Jung, gutaussehend, charismatisch und ein Frauenschwarm – all das ist Charles Edward Stuart, als er 1744 an den französischen Hof kommt. Gleichzeitig ist er aber auch der Erbe eines alten Anspruches der Familie Stuart auf den schottischen, irischen und englischen Thron. Deshalb wirbt er bei den Mächtigen für Unterstützung, um eine Invasion zu starten und sich seines Erbes zu bemächtigen. Zu seiner Ernüchterung muss der Prinzregent aber erkennen, dass nicht viele gewillt sind, sein waghalsiges Anliegen zu unterstützen, da dies höchste diplomatische Konflikte mit England nach sich ziehen würde. Doch Charles Edward Stuart lässt sich von Rückschlägen nicht unterkriegen und stürzt sich mit voller Kraft in ein scheinbar aussichtsloses Abenteuer. Getrieben von seiner unbändigen jugendlichen Kraft nimmt er den Kampf auf, der ihn unsterblich machen sollte …

Dies ist eine Geschichte voller Hoffnung, Mut, Willensstärke und Liebe, aber auch Tragik und Leid. Dies ist die Geschichte des legendären Bonnie Prince Charlie!

Brendan P. Walker

BONNIE PRINCE CHARLIE

Historischer Roman

- Basierend auf wahren Begebenheiten -

Impressum

Brendan P. Walker – BONNIE PRINCE CHARLIE,
My Bonnie lies over the ocean
Copyright © 2018, Patrick Grünvogel
Gemeindeplatz 1, 89077 Ulm

Druck: Amazon Media EU S.àr.l., 5 Rue Plaetis,
L-2338, Luxembourg

Kontakt: BrendanP-Walker@gmx.de

* Im Anhang dieses Buches finden Sie ein ausführliches
Personenverzeichnis sowie eine Schottlandkarte mit den
wichtigsten in diesem Buch vorkommenden Schauplätzen.

My Bonnie lies over the ocean,
My Bonnie lies over the sea,
My Bonnie lies over the ocean,
Oh, bring back my Bonnie to me …

Altes schottisches Lied, entstanden um 1746

Kapitel 1

Am französischen Hof, Juni 1744

Die Tatsache, dass sämtliche Augenpaare auf ihn gerichtet waren, sobald er einen Raum betrat, das war für den gerade einmal dreiundzwanzigjährigen Charles Edward nichts Neues. Schließlich war er nicht irgendwer, sondern ein waschechter Stuart. Ein Prinz. Von seinem Vater letztes Jahr zum Prinzregenten ernannt, mit allen zugehörigen Vollmachten.

Dennoch lag es heute in erster Linie nicht an seinem berühmten und klangvollen Namen, weshalb er sämtliche Aufmerksamkeit auf sich zog. Vielmehr lag es an dem überaus prächtigen und farbenfrohen Justaucorps, bestehend aus Kniehose, Weste und Rock. Die Schöße des Rocks waren derart weit auseinander gezogen, dass sie mehr denn je den steifen Reifröcken der anwesenden Damen ähnelten. Die Weste reichte gerade noch bis zu den Knien, die Ärmel hingegen waren sehr lang geschnitten und gingen über die Handgelenke hinaus. Zahlreiche Verzierungen in Form von blinkenden Knöpfen, Borten und angenähten Taschen, sowie bunten Bändern an den Schultern und goldenen Stickereien von oben bis unten rundeten das prachtvolle Bild ab. Noch konnte der Rock knapp oberhalb des Bauches zugeknöpft werden, doch es deutete sich bereits eine Tendenz zu einer Knöpfung oberhalb der Brust an. Die Mode stand eben niemals still und wandelte sich stets. So waren zudem die lange Zeit üblichen Allongeperücken längst wieder außer Mode und wurden zumeist nur noch von ehrwürdigen Richtern getragen. Im Gegensatz zu der bisherigen üppigen Lockenpracht, die gut und gerne bis auf die Brust hinabfallen konnte, trug der moderne Mann nun eine Bourse-Perücke. Hierbei handelte es sich um einen klassischen Pferdeschwanz, der schließlich in einem sogenannten Taftbeutel verschwand. Auf der Perücke trug Charles Edward Stuart noch einen eleganten Dreispitz, ohne den er selten außer Haus ging.

Das Präsentieren und Auflaufen bei Hofe, ganz gleich zu welchem Anlass, war immer auch ein Wettbewerb. Zwar war dies heute Abend nur ein gewöhnlicher Ball zu Ehren des Königs, aber dennoch herrschte unter den Teilnehmern ein gewaltiger Konkurrenzkampf. Wer ging mit der Zeit? Wer konnte neue modische Akzente setzen? Wer hatte diese verpasst oder konnte sie sich nicht mehr leisten? Wie wurde sich in der Öffentlichkeit präsentiert? Wer stand in der Gunst des Königs? Wer hatte Geld, Macht und Einfluss? Und wer verlor im Ansehen des Königs oder fiel gar in Ungnade? Es war ein ewiger Wettkampf, einst eingeführt durch den Sonnenkönig Ludwig XIV. und bis heute erhalten geblieben.

Nun war Charles Edward zwar kein reguläres Mitglied des französischen Hofstaates, er war vielmehr ein schottischer Prinz ohne Krone und Reich, aber dennoch ein junger, gutaussehender Mann, mit Charme und Charakter, der es wusste, sich perfekt in Szene zu setzen. Und dieses Wissen setzte er gekonnt ein, um auf sich aufmerksam zu machen … beim König, beim Adel und auch bei den Frauen.

So auch an diesem Abend. Die neugierigen, musternden und staunenden Blicke waren ihm gewiss, während er den großen Festsaal mit federnden Schritten durchquerte. Hier und dort blieb er kurz stehen, schüttelte ganz staatsmännisch einige Hände, wechselte ein paar freundliche Worte, lachte über einen Witz, warf einer

Frauengruppe ein spitzbübisches und wissendes Lächeln zu und ging dann weiter.

Von einem der vielen Kellner nahm er ein Glas entgegen, leerte den Inhalt in einem Zug, seufzte kurz auf, als sich eine wohlige Wärme in seinem Magen ausbreitete, und verschaffte sich dann einen Überblick über die versammelte Gesellschaft. Die Großen, Mächtigen und Wichtigen des gesamten französischen Königreiches waren hier versammelt und versuchten, sich gegenseitig in Pomp und Pracht zu überflügeln. Es wurde an nichts gespart und nur die feinsten, edelsten und teuersten Stoffe getragen. Es wurde gefachsimpelt, getratscht, gelästert, Geschäfte abgeschlossen, Bünde besiegelt und um die Gunst des Königs gebuhlt, der seinerseits heute wie ein Paradiesvogel verkleidet war. Ludwig XV., ein Enkel des Sonnenkönigs und bereits König seit 1715, trug einen Rock und eine Weste mit bunten Federn und plusterte sich immer wieder auf wie ein eitler Pfau. Zur rechten Hand des Königs ging stets seine Ehefrau, die polnische Prinzessin Maria Leszczynska, doch ihr Blick war heute eher traurig. Vielleicht mochte es daran liegen, dass ihr Ehemann erst neulich eine neue Mätresse erwählt hatte, doch sicher wusste Charles Edward es nicht zu sagen, denn nicht immer war es einer adeligen Ehefrau unrecht, wenn sich ihr Mann eine Geliebte nahm, denn solche Heiraten wurden in aller Regel nicht aus Liebe, sondern aus rein machtpolitischen Gründen geschlossen. Es bestand zwar durchaus die Möglichkeit, dass sich daraus im Laufe der Jahre so etwas wie Liebe oder zumindest eine tiefergehende Zuneigung entwickelte, doch manchmal endete auch alles in einer Katastrophe. Und in einem gefundenen Fressen für all die vielen Tratschweiber bei Hofe, die sich förmlich die Münder darüber zerrissen. Aus diesem Grund konnte es für eine Ehefrau durchaus auch Vorteile haben, wenn ihr Mann sich mit einer Mätresse vergnügte. Und eine Mätresse bedeutete keinesfalls einen Ehebruch, es war vielmehr ein Ausdruck des modernen Mannes, es war schlicht eine Mode der Zeit. Wer keine Mätresse hatte, der musste sich nicht wundern, wenn hinterrücks zahlreiche Gerüchte über einen verbreitet wurden, die keinen sehr schönen Inhalt hatten.

Das Thema Mätressen führte Charles Edward auf seine eigene Person zurück. Er selbst war noch nicht verheiratet, doch im Grunde war es nur eine Frage der Zeit, bis sich das änderte. Als Stuart, als rechtmäßiger Erbe der von den Hannoveranern besetzten englischen, irischen und schottischen Throne, war er durchaus eine gute Partie und dementsprechend hoch gehandelt in den Herrscherhäusern Europas. Doch gleichzeitig schmälerte der besondere Umstand, dass er in Italien und in Frankreich im Exil lebte, wieder seinen Wert, denn eine Heirat mit ihm konnte die größten diplomatischen Konflikte mit England nach sich ziehen. Der englische König - in den Augen der Stuart-Anhänger ein Usurpator - und dessen Parlament sahen es nicht gerne, wenn er in ein anderes europäisches Herrscherhaus einheiratete, denn dies konnte seine Position ungemein stärken. Der englische König fürchtete also um seinen Thron und übte deshalb hinter den Kulissen massiv Druck aus, damit solch eine Heirat nicht zustande kam.

Charles Edward wusste dies. Doch er war eigentlich ganz froh, dass er noch nicht verheiratet war, denn er gestand sich ein, dass er mit einer Ehefrau nicht so recht etwas anzufangen wusste. Zwar könnte er sich dann ebenfalls eine Mätresse nehmen, oder auch zwei, aber dennoch hätte er gewisse eheliche Pflichten, die er einhalten müsste. Und außerdem: Selbst zwei Mätressen waren ihm zu wenig, wie er sich selbst grinsend eingestand.

»Eurem Grinsen nach zu urteilen, müsst Ihr einen sehr freudigen Gedanken haben«, meldete sich plötzlich jemand zu Wort.

Charles Edward schrak aus seinen Gedanken hoch, wirbelte herum und blickte in das amüsierte Gesicht von Thomas Sheridan, seines treuen väterlichen Freundes. »Ah, Ihr seid es«, murmelte er und winkte dann einen nahen Diener heran, damit dieser zwei frische Gläser brachte. »Ich habe Euch überhaupt nicht kommen sehen.«

»Das wundert mich nicht, Hoheit«, murmelte Sheridan provokativ und leise, aber dennoch laut genug, damit sein Schützling ihn noch verstand.

Charles Edward nahm die Herausforderung an. Er zog fragend eine Augenbraue hoch, lächelte und wollte dann wissen: »Wie darf ich denn diese Anspielung verstehen?«

»Nun, seht mich an! Ich habe keine vollen und sinnlichen Lippen, meine Haare sind grau und nicht blond gelockt, meine Haut wird mit jedem Jahr runzliger und ist nicht makellos rein sowie von einer natürlichen, schönen Blässe, und des Weiteren …«

»Ja?«

»Des Weiteren habe ich keine großen Brüste!«

Charles Edward lachte auf.

»Hätte ich hingegen Brüste, so in etwa wie diese edlen Damen dort drüben …«, er zeigte mit dem Finger auf eine Gruppe von Frauen, die bereits zu ihnen herüberblickten und sich nun ertappt fühlten. Wie auf Kommando schlugen sie ihre Fächer auf und platzierten sie so vor ihren Gesichtern, dass ihre zunehmend geröteten

Wangen nicht mehr zu sehen waren. »Dann, aber auch nur dann, würdet Ihr mich beachten und mit Euren Blicken verfolgen!«

»Mein lieber Thomas, Ihr gefallt mir ohne Brüste aber deutlich besser«, erwiderte Charles Edward lachend.

»Ich mir auch«, versicherte Thomas Sheridan hastig, wischte sich eine störende Strähne seiner Perücke aus dem Blickfeld und wurde dann aber still und nachdenklich. »Obwohl es mich schon einmal reizen würde … Wie sich das wohl anfühlen mag?«

»Was?«, rief Charles Edward und blickte seinen Freund erstaunt an. Er hatte sein Glas bereits an die Lippen gehoben, hielt aber im letzten Moment inne.

»Wollt Ihr denn nicht auch einmal wissen, wie … na, Ihr wisst schon … was meint Ihr?«

»Ich meine, dass wir nun aber ganz schnell das Thema wechseln sollten!«

»Oh, bitte verzeiht … ich habe mich ein wenig gehen lassen.«

»Kein Wort mehr darüber!«, meinte Charles Edward und hob eine Hand, um jegliche Erwiderung seines Gegenübers im Keim zu ersticken. »Die Bilder, die jetzt bereits in meinem Kopf herum-schwirren, reichen mir vollkommen!«

»Ich verstehe«, sagte Thomas, zupfte ein wenig an seiner Weste herum und grüßte dann, ganz dem höfischen Zeremoniell entspre-chend, einige vorbeikommende Persönlichkeiten. Er war ein be-kannter und hochgeachteter Mann und seine unerbittliche Stuart-treue brachte ihm in ganz Europa viel Bewunderung und Anerken-nung ein. Er war allerdings kein Schotte, sondern ein Ire.

Es vergingen einige lange Sekunden des Schweigens. Sowohl der junge Charles Edward als auch sein väterlicher Mentor blickten sich neugierig um und musterten die anwesenden Gäste. Der König amüsierte sich prächtig, lachte lautstark und ließ sich sein Glas immer wieder auffüllen. Zahlreiche Bedienstete schwirrten um ihn herum, ganz so wie Mücken um eine Lichtquelle, und lasen ihm jeden Wunsch von den Lippen ab. Daneben standen die wichtigsten Minister und die höchsten Adeligen des Landes und schubsten sich auch schon einmal gegenseitig weg, um besser im Blickfeld des Königs dazustehen. Es war ein komisches Bild und Charles Edward musste an sich halten, um nicht laut loszulachen. Das Leben bei Hofe war ziemlich merkwürdig und geprägt von zahlreichen Absonderlichkeiten. Wer dieses Schauspiel nicht mit eigenen Augen gesehen hatte, konnte es nicht recht verstehen.

»Mir scheint, der König amüsiert sich prächtig«, brach Thomas Sheridan das Schweigen.

»In der Tat … Aber sagt, wie heißt diese junge Frau dort drüben?«

»Ich stelle fest, dass Ihr bereits wieder ganz der Alte seid und die unschönen Bilder von vorhin längst aus Eurem Gedächtnis verschwunden sind.«

Charles Edward sagte nichts, drehte nur seinen Kopf, verschränkte seine Arme vor der Brust und blickte den hochgeschossenen Iren musternd an.

»Schon gut, kein Wort mehr darüber«, beeilte Sheridan sich zu sagen. »Ihr wollt wissen, wer diese Dame dort drüben ist? Wieso geht Ihr nicht hinüber und fragt sie?«

»Weil Ihr es mir genauso gut sagen könnt«, brummte Charles Edward. »Es gibt schließlich keine Person bei Hofe, dir Ihr nicht beim Namen zu nennen wisst.«

»Das ist wahr. Denn wie ich Euch mühselig gelehrt habe, sind Kontakte und Verbindungen die wichtigsten Waffen in einem schweren und ungleichen Kampf. Nicht Musketen, nicht Schwerter, sondern … «

»Sondern Verbindungen, ich weiß. Aber wollt Ihr mir nun den Namen verraten, oder nicht?«

»Ihr solltet nicht vergessen, weshalb wir eigentlich auf diesem Ball sind!«

»Das habe ich mitnichten, aber seht Euch doch nur einmal den König an! Er ist ständig umgeben von seinen Männern, da ist momentan kein Durchkommen.«

»Ihr unterschätzt Eure Fähigkeiten. Ihr habt das Talent, um …«

»Außerdem macht er sich gerade zum Tanz bereit. Und da sollten wir ihn nicht stören, denn wie Ihr selbst wisst, mag der König dies unter keinen Umständen.«

»Jeder Tanz geht irgendwann einmal zu Ende.«

»Das ist richtig, mein Lieber, aber bis dahin sollten wir nicht wie erstarrte Götzen hier herumstehen, sondern uns selbst ein wenig amüsieren.«

»Aber …«

»Nichts da! Ein klein wenig Ablenkung und Amüsement wird Euch wohl bekommen, vertraut mir!«

»Ihr beliebt zu scherzen! Ihr habt bei früheren Gelegenheiten selbst gesehen, welch miserabler Tänzer ich bin. Und außerdem denke ich, dass …«

»Alles nur Geschwätz! Ab auf die Tanzfläche!«, rief Charles Edward gut gelaunt und zog seinen Mentor mit sich. Er lief zu der Reihe von Männern, die sich gegenüber den Frauen positionierten, und reihte sich zusammen mit Thomas Sheridan, dem sichtlich unwohl war in seiner Haut, ein. »Lächeln, mein lieber Thomas, immer schön lächeln!«

»Das sagt sich so leicht, aber ich …«

»Obacht! Es geht los!«

Mit dem Einsetzen der Musik begann der Tanz. Die vielen Männer und Frauen, die sich zu diesem Vergnügen aufgestellt hatten, setzten sich rhythmisch in Bewegung, machten einige Schritte aufeinander zu, klatschten einmal in die Hände und gingen wieder rückwärts. Die Musik schwoll an, die Bewegungen wurden schneller. Es folgten einige fest vorgeschriebene Schrittfolgen und Drehungen, dann wurden hüpfend die Plätze getauscht, ehe sich an den Händen gefasst und im Kreis gedreht wurde. Der König tanzte mittendrin und erntete selbstverständlich den meisten Applaus der vielen umstehenden Zuschauer.

Da die Plätze untereinander immer wieder getauscht wurden, begegnete Charles Edward auch einmal dem König, wobei sich ihre Blicke trafen und für einen Moment aufeinander ruhen blieben. Dann nickte der König kaum merklich, Charles Edward nickte ergeben zurück, ehe sie auch schon wieder getrennt wurden und der König sich neben seiner Gemahlin wiederfand, was diese aber nicht gerade zu begeistern schien.

Charles Edward Stuart hingegen landete zufällig bei der unbekannten Dame, deren Namen er nicht wusste und den Thomas Sheridan ihm vorhin auch nicht hatte verraten wollen. Er verlor sich direkt in den dunklen und doch so hell leuchtenden Augen, die von einer dünnen Maske spielerisch umrahmt wurden. Plötzlich gab es nur noch sie und ihn. Er achtete nicht mehr auf die anderen Anwesenden, auch nicht auf den König. Wie von alleine trugen ihn seine Beine über den knarzenden Boden, während er die junge Dame, er schätzte sie auf Anfang zwanzig, streng mit den Augen fixiert hielt.

15

Sie erwiderte seinen Blick, lächelte schüchtern-lasziv und forderte ihn damit heraus. Irgendwann schlug sie kurz die Augen nieder und blickte für einen Moment zu Boden, ehe sie ihren Blick wieder anhob und ihn unverhohlen anschmachtete.

Charles Edward setzte ein süffisantes und gleichzeitig charmantes Lächeln auf. Dies geschah ebenso beinahe von alleine, und ohne dass er es bewusst tat. Andernfalls wäre solch ein Lächeln wohl auch missfallen, er jedoch beherrschte es nahezu perfekt. Er zwinkerte der Dame zu und stellte zufrieden fest, dass sich die untere Wangenhälfte, die nicht durch die Maske verdeckt wurde, zunehmend rötete.

Als wieder ein Partnerwechsel anstand und Charles Edward drauf und dran war, die junge Dame aus den Augen zu verlieren, drängelte er sich kurzerhand an zweien Nebentänzern vorbei, ignorierte die bösen Flüche, die in seine Richtung gerufen wurden, und tanzte unerschrocken weiter. Seine Aktion blieb natürlich weder beim Publikum noch bei der jungen Dame unbemerkt. Während die einen anfingen, hinter vorgehaltenen Händen zu tuscheln und zu tratschen, zeichnete sich auf den Lippen der Unbekannten ein amüsiert-keckes Lächeln ab.

So ging es weiter, bis die umgarnte Dame sich keuchend aus dem Tanz zurückzog, der seinerseits aber unverändert munter weiterging. Denn sobald sich eine Person verabschiedete, um ein wenig durchzuschnaufen, nahm eine Person aus dem umstehenden Publikum sofort deren Platz ein. Die Musiker spielten und spielten, bis ihnen jeweils der Schweiß in dicken Poren auf der Stirn stand, und gaben ihr Bestes, damit die Musik niemals abbrach.

Als Charles Edward sah, wie sich die unbekannte Dame elegant zurückzog, machte auch er Platz und heftete sich sofort an ihre

Fersen. Er ließ den König, Thomas Sheridan, die Musik und die vielen Tänzer hinter sich, durchquerte den Saal und nestelte nebenbei an seiner Weste und seinem Rock herum. Zum einen saß sein Justaucorps durch das viele Auf- und Abhüpfen nicht mehr perfekt, zum anderen kramte er in den wenigen echten Taschen nach einem Tuch. Da das Tanzen anstrengend gewesen war und er unter seiner Perücke ziemlich heftig schwitzte, musste er sich erst einmal mit dem Tuch die Stirn abtupfen, sonst würde er bald vor lauter Schweiß, der ihm direkt in die Augen lief, nicht mehr viel sehen können. Dieser eine Moment reichte jedoch aus, um die angeschmachtete Dame aus dem Blickfeld zu verlieren.

»Mist!«, murmelte er deshalb leise und drehte sich einmal im Kreis. Auch in diesem etwas kleineren Nebensaal hatten sich eine Menge Leute versammelt, um miteinander zu plaudern und zu tratschen. Ein Teil von ihnen hatte bereits getanzt, die anderen wiederum wollten dem bewusst entgehen und hielten sich von vornherein lieber in der Nähe des reichhaltigen Buffets auf.

Charles Edward blickte sich suchend nach allen Seiten um und wurde sich der Blicke bewusst, die ihm massenhaft zufielen. Besonders die anwesenden Damen und Dienstfräulein lugten neugierig zu ihm herüber. Manch eine ganz offensichtlich und mit unverhohlenen Absichten, andere wiederum heimlich und verstohlen. Seine abenteuerlichen Frauengeschichten waren oftmals ein Thema bei Hofe, dessen war er sich absolut bewusst.

Dann endlich entdeckte er seine gesuchte Dame. Sie stand am Aufgang der hinteren Treppe und schien dort ungeduldig auf ihn zu warten. Als sie sah, dass er sie bemerkt hatte, drehte sie sich geschwind um und eilte die vielen Stufen mit wehenden Röcken hinauf. Charles Edward nahm erneut die Verfolgung auf, durchquerte schnellen Schrittes den Nebensaal und wies die vielen Hände und Grüße, die ihm dargeboten wurden, hastig ab. Am Fuß der Treppe angekommen, blickte er kurz nach oben, aber seine Dame war bereits verschwunden. Also legte er einen Zahn zu und nahm immer zwei Stufen auf einmal.

Ohne sich noch einmal zu dem berauschenden Fest und dessen Gästen umzublicken, marschierte er die stillen Flure entlang, vorbei an prachtvollen Gemälden, mannshohen Skulpturen und riesigen Flügeltüren, bis er eine Kammer erreichte, deren Tür offen stand und ihn geradezu einlud, einzutreten. Er schnalzte mit der Zunge und rieb sich in erwartungsvoller Vorfreude die Hände, während sein Herz stärker zu pochen begann als vorhin bei dem Tanz. Er wollte bereits eintreten, aber dann hielt er doch für einen kurzen Moment inne und zögerte. Er rief sich das Bild seines Mentors sowie dessen mahnende Worte in Erinnerung: *»Bedenkt, warum wir hier sind! Wir wollen für Unterstützung in unserer Sache werben ...«* Charles Edward seufzte auf und schwankte für einige Sekunden in unentschlossener Abwägung, dann traf er eine Entscheidung. Oder vielmehr traf sein Herz die Entscheidung, seine Füße folgten lediglich und führten die Befehle aus, die sein Herz ihnen vorgab. Er machte einen Schritt in den Raum, streckte den Kopf noch einmal hinaus, um sich zu vergewissern, dass ihm niemand gefolgt war, dann schloss er die Tür hinter sich leise zu.

Neugierig blickte er sich um. Die verführerische junge Frau war nirgends zu sehen. Es war recht düster, nur einige wenige Kerzen flackerten in einem großen Kerzenständer, doch sie spendeten immerhin genug Licht, um alles einigermaßen sehen zu können. Gleichzeitig sorgte das unruhige Flackern aber auch für eine gemütliche und leicht erotische Stimmung. Eine Atmosphäre, wie

Charles Edward Stuart sie am liebsten hatte, wie er sich selbst mit einem schelmischen Grinsen eingestand.

Im selben Augenblick nahm er einen süßlichen Duft wahr, der von einigen abbrennenden Räucherstäbchen herrührte und alsbald den gesamten Raum erfüllte. Zwar verzichtete er in seinen eigenen Gemächern bewusst auf solche Wunderstäbchen, die in letzter Zeit vermehrt in Mode kamen, doch er musste sagen, dass der süßliche Duft ihn irgendwie betörte und gleichzeitig an frisches Obst denken ließ. Es lief ihm das Wasser im Mund zusammen, wenngleich er jetzt kein Obst essen, sondern etwas ganz anderes vernaschen wollte …

Er hielt auf das große Himmelbett zu, das am Kopfende des länglichen Gemachs stand und von einigen Tüchern verhüllt wurde. Als die Tücher sachte raschelten, stoppte Charles Edward. Er hielt die Luft an, wartete ab, aber nichts weiter geschah. Vorsichtig streifte er seine unbequemen Schuhe ab und ging in den Strümpfen weiter, sodass er kaum ein Geräusch mehr verursachte.

Er ging an einem riesigen Gemälde vorüber, das einen streng dreinblickenden Mann zeigte, einen äußerst vornehmen Mann, wie die Kleidung offenbarte. Charles Edward konnte nicht sagen, um wen es sich hierbei handelte, vielleicht um einen Verwandten oder einen Ahnen der jungen Dame. Auf jeden Fall erwiderte er den grimmigen und starren Blick mit einem breiten Grinsen, dann hob er seinen Dreispitz zum Gruß und marschierte weiter.

Noch einmal tupfte er sich mit dem Tuch den Schweiß von der Stirn, dann war er auch schon am Bettende angekommen. Er hörte ein leises Kichern. Eindeutig aus der Kehle einer Frau. Das Grinsen in seinem Gesicht wurde noch breiter, sein gesamter Körper begann innerlich zu pulsieren. Plötzlich war ihm noch viel heißer und er zwängte sich umständlich aus seinem Justaucorps.

Als er die seidenen Tücher des Himmelbettes auseinander schob und einen Blick in das Innere wagte, entfuhr ihm ein unerwartetes »Ui!«. Vor ihm lag die immer noch unbekannte Dame, komplett nackt, nur mit ihrer Maske *bekleidet*. Sie räkelte sich in den weichen, weißen Laken und seufzte dabei mehrmals wohlig auf. Charles Edward genoss diesen Anblick und tastete mit seinen Augen ihren Körper ab, wobei er sich für einige bestimmte Regionen ganz viel Zeit ließ. Dann schälte er sich hastig aus seinen restlichen Klamotten, warf die Perücke achtlos beiseite und gesellte sich zu der Schönheit mit der schneeweißen Haut. Er sank in ihre Arme, überhäufte sie mit Küssen, erkundete mit seinen Händen ihren Körper, brachte sie zum Stöhnen und vereinigte sich mit ihr, sodass es außer purer Lust nichts mehr in diesem Raum gab …

Kapitel 2

Am französischen Hof, August 1744

Der Morgen war ruhig. Es herrschte eine angenehme Stille, sowohl draußen als auch hier drinnen in den Gemächern. Keine schreienden Kinder, keine Arbeiter und auch keine Kutschen, die mit ihren beschlagenen Rädern über die Steinauffahrt fuhren, waren zu hören. Selbst die vielen Vögel, die jeden Morgen ein wahres Konzert von sich gaben, schienen heute lieber die Ruhe genießen zu wollen und schwiegen. Die Sonne war unlängst aufgegangen und verhieß abermals einen sehr sonnigen und vor allem sehr heißen Sommertag. Wahrscheinlich würde gegen Mittag die Hitze in diesem Land unerträglich werden und die schattigen Plätzchen dann heiß begehrt. Aber das war Charles Edward Stuart ziemlich egal, denn er wollte diesen herrlichen Morgen und die Nachwehen der vergangenen Nacht entspannt genießen. Die übergroßen Fenster seines Gemachs waren bestmöglich mit hölzernen Läden verschlossen worden und die dicken Vorhänge davor hielten auch noch die letzten Reste des eindringenden Sonnenlichts ab. Deshalb herrschte hier drinnen eine angenehme Temperatur.

Der junge Prinz seufzte wohlig auf, drehte sich einmal in dem großen Bett herum, spürte die warme Haut einer anderen Person und grinste mit geschlossenen Augen vor sich hin. Langsam kamen die Erinnerungen an letzte Nacht zurück, bis urplötzlich wieder Leben in seine untere Körperregion kam.

Aber dennoch war irgendetwas anders. Es fühlte sich einfach anders an … es hatte sich bereits in der Nacht anders angefühlt … wie auch in den vielen Nächten zuvor. Wenn er es sich recht über-

21

legte, dann ging das schon eine ganze Weile so. Er verspürte zwar die gleiche Lust und den gleichen Drang nach Sex wie immer, aber dennoch war er gleichzeitig … ermattet und müde. Unruhig. Nervös. Das war äußerst seltsam.

Auch jetzt war er nicht vollständig ruhig. Er versuchte zwar, sich so gut es ging zu entspannen und dabei auf schönere Gedanken zu kommen, aber es fiel ihm schwer. Eine innere Unruhe hielt ihn fest in ihrem Griff und ließ ihn nicht mehr los. Er hatte vieles probiert, um diese Unruhe abzuschütteln, aber sie weigerte sich standhaft. Er hatte sogar schon einen Arzt des Königs aufgesucht, um sich von ihm beraten zu lassen, aber dieser Quacksalber hatte nur Interesse an seinem Geld gezeigt, mehr nicht.

Charles Edward wälzte sich erneut herum, probierte eine andere Liegeposition aus, doch nach wenigen Minuten war er sie bereits wieder leid. So ging es in einem fort. Es war beinahe zum verzweifeln. Nach solch einer langen, aufregenden und intensiven Nacht schlummerte er meistens so fest wie ein Bär in seinem Winterschlaf, nicht so aber in den vergangenen Wochen. Nicht so heute. Er war wach, aber dennoch müde und völlig geplättet, er wollte gerne schlafen, konnte aber nicht. Er schwitzte, denn es war ihm furchtbar heiß, doch sobald er die Decke zurückschlug, dann war ihm kalt. Er hatte sich eigentlich auf einen entspannten Morgen gefreut, doch es schien beinahe so, als könnte einzig er an diesem Morgen keine Ruhe finden.

Dann wurde er unsanft aus seinen Gedanken gerissen, als die Tür des Gemachs geöffnet wurde und mehrere feste Stiefelschritte zu hören waren. Die Schritte näherten sich dem Bett an, verstummten für einen Moment, dann gingen sie hinüber zu den Fenstern. Es war immer noch stockdunkel, sodass Charles Edward nicht einmal richtig erkennen konnte, wer da in das Zimmer einfach so hereingeplatzt war. Er wollte bereits zu einer wütenden Schimpftirade ansetzen, als plötzlich die Vorhänge beiseite gezogen und die Fenster sowie die hölzernen Verschläge schlagartig geöffnet wurden.

»Was zum Teufel!?!«, fluchte der junge Stuart und hielt sich die Hände vor das grelle und überaus störende Sonnenlicht, das nun ungehindert in den Raum und insbesondere auf das Bett drang.

»Es ist Zeit!«, war die strenge Stimme von Thomas Sheridan zu hören.

»Thomas? Seid Ihr das?«, fragte Charles Edward nach, obwohl er die Antwort eigentlich bereits kannte. »Wofür ist es Zeit?«

»Na, wofür wohl? Zum Aufstehen natürlich!«, ertönte eine um einige Stufen tiefere Stimme, die einem zweiten Mann gehörte.

»William Murray? Was macht Ihr denn hier?«

»Euch beim Aufstehen behilflich sein, Hoheit!«, antwortete Murray todernst und ohne jeden Spott in seiner Stimme.

Charles Edward hielt sich weiterhin die Hände schützend vor das Gesicht, wagte nun aber vorsichtig einen Blick dahinter hervor. Er blinzelte gegen die hellen Sonnenstrahlen an und erkannte dann unscharf den alten Recken mit dem schmalen Gesicht und den schulterlangen, dunkelblonden Haaren. Er trug eine knallrote Weste, ein weißes Halstuch, eine weiße Perücke, eine dunkle Hose und kniehohe schwarze Stiefel. Kerzengerade und würdevoll stand er da, die Hände hinter dem Rücken verschränkt. Der Schotte war der mit Abstand erfahrenste Mann unter seinen Anhängern und genauso ergeben und treu wie Thomas Sheridan. Mit seinen vierundfünfzig Jahren hatte der Marquis of Tullibardine schon so manche Schlacht für die jakobitische Sache geschlagen und war sogar bei den Aufständen im Jahre 1715 dabei gewesen. Bei dem Gedanken daran verzog Charles Edward sein Gesicht zu einer Grimasse.

»Ihr seid wohl nicht sonderlich erfreut, mich zu sehen«, meinte William Murray grinsend.

Charles Edward schwang sich aus dem Bett, um dem grellen Sonnenlicht zu entgehen. Dabei fasste er sich an den leicht brummenden Kopf. Er hatte gestern Abend wohl doch ein klein wenig zu viel getrunken. »Nein, das ist es nicht«, antwortete er auf Murrays Frage. »Es ist nur so, dass ich …« Zu mehr kam er nicht mehr, denn Thomas Sheridan zog auch noch die restlichen Vorhänge beiseite und öffnete jeden einzelnen Verschlag vor den Fenstern, sodass jeder kleinste Winkel im gesamten Raum plötzlich mit einer unangenehmen Helligkeit überflutet wurde. »Was soll das?«, wollte Charles Edward genervt wissen.

»Ihr macht die Nacht zum Tag!«, sagte Thomas Sheridan.

»Und den Tag zur Nacht!«, vollendete William Murray. »Dabei solltet Ihr viel eher …«, er stoppte abrupt, als er ein Rascheln wahrnahm, das eindeutig aus dem Bett kam. Mit wenigen Schritten war er dort und zog die große Decke beiseite. Zum Vorschein kamen zwei nackte Mädchen, die verschlafen ihre Augen öffneten, diese aber sofort wieder zuschlugen, denn auch sie empfanden die grelle Helligkeit als unangenehm. »Wer ist das?«, wollte der Marquis wissen.

Charles Edward schlüpfte hastig in seine Hose, denn bisher war auch er komplett nackt gewesen. »Ich habe keine Ahnung«, murmelte er und kratzte sich am Kopf. Währenddessen hielt er Ausschau nach dem Weinkrug und entdeckte ihn schließlich neben dem Bett auf dem Boden. Er hob ihn auf und wollte sich ein paar

24

Tropfen in einen Kelch gießen, musste aber feststellen, dass der gesamte Krug leer war. »Verdammt!«, zischte er.

Thomas Sheridan nahm ihm den Krug aus der Hand und reichte ihm stattdessen einen Becher mit Wasser. »Ihr solltet wieder einen klaren Kopf bekommen!«

William Murray deutete weiterhin auf die beiden Mädchen in dem Bett.

»Was starrt Ihr mich so an?«, murmelte Charles Edward abwehrend. »Ich habe ehrlich keine Ahnung, wer die beiden sind. Aber ist das denn überhaupt wichtig?« Er wandte sich um und wankte auf unsicheren Beinen zu dem großen Standspiegel, der in der Ecke stand. Er stellte sich davor und blickte sich selbst neugierig an. Normalerweise stellte er sich gerne vor einen Spiegel, um sich darin zu betrachten, aber seit einigen Wochen fiel ihm das zusehend schwerer. Es hatte wohl mit dieser inneren Unruhe zu tun. »Ihr wollt wissen, wer diese beiden Mädchen in meinem Bett sind? Ich kann es Euch nicht sagen, denn ich weiß momentan nicht einmal mehr sicher zu sagen, wer *ich* bin!«

Thomas Sheridan und William Murray blickten sich gegenseitig erstaunt an, sagten aber kein Wort. Sie gestikulierten hinter Charles Edwards Rücken mit einigen Handzeichen, dann reckte der Ire seine Nase in den Krug, um herauszufinden, ob sich dort drinnen tatsächlich nur Wein befunden hatte. Als er den fragenden Blick des Schotten sah, zuckte er nur mit den Schultern. Es roch zumindest nach Wein, aber es konnten dennoch einige weitere Substanzen untergerührt worden sein. Nachweisbar war das nun auf jeden Fall nicht mehr.

William Murray zog die beiden Mädchen aus dem Bett, drückte ihnen ihre Kleider in die Hände und scheuchte sie anschließend barsch aus dem Zimmer. Dann wandte er sich dem jungen Stuart-Prinzen zu: »Ich kämpfe bereits mein ganzes Leben lang für die Stuarts und die jakobitische Sache, ich habe, wie Ihr wisst, bereits Eurem Vater gedient und dabei schon viele Male dem Tod direkt ins Auge geblickt, aber das war alles nicht so anstrengend, wie Euch aus dem Bett zu bekommen!«, murrte er.

»Wer bin ich?«, murmelte Charles Edward immer wieder leise vor sich hin und fuhr sich dabei unentwegt mit einer Hand über das Gesicht. Noch immer blickte er in den Spiegel.

»Ihr fühlt Euch nicht sonderlich wohl«, sagte Thomas Sheridan mit tadelndem Unterton und trat an seinen Schützling heran. »Das sind die Folgen einer solchen Nacht. Aber wem sage ich das? Ihr kennt Euch da ja bestens aus …«

Charles Edward ging aber nicht darauf ein, sondern wandte sich abrupt um. »Könnt Ihr mir sagen, wer ich bin? Wer steht hier vor Euch?«

»Ihr, mein Prinz, seid Charles Edward Louis Philip Casimir Stuart, Sohn des James Francis Edward Stuart und rechtmäßiger Erbe der Throne von Schottland, Irland und England!«

»Und was mache ich dann hier in Frankreich?«, fragte Charles Edward mit monotoner Stimme zurück. »Sollte ich dann nicht in Schottland, Irland oder England sein?«

»Das ist kein leichtes Unterfangen, wie Ihr selbst wisst, aber genau aus diesem Grund sind wir doch hier. Wir versuchen, die Unterstützung des französischen Königs zu erlangen, damit dieser Euch zu Eurem rechtmäßigen Erbe verhilft.«

»Doch Ihr scheint Euch lieber mit den Frauen des französischen Hofes zu vergnügen!«, merkte Murray knurrend an.

26

Charles Edward schaute auf. Sein Blick, der bis gerade eben noch in eine weite Ferne gegangen war, wurde schlagartig klar. »Ihr habt recht!«, rief er laut aus. »Ihr habt absolut recht!«

Thomas Sheridan und William Murray wechselten erneut fragende Blicke.

»Was ist mit ihm los?«, wollte der Marquis flüsternd und mit vorgehaltener Hand wissen.

»Ich bin dreiundzwanzig Jahre alt und verbringe meine Zeit damit, kreuz und quer in Europa herumzureisen, um für Unterstützung zu werben. Rom, Mailand, Wien, Preußen, Paris … ich ziehe seit Jahren bittend und bettelnd umher, während ein anderer auf den Thronen sitzt, die rechtmäßig und von Gottes Gnaden meiner Familie zustehen. Seit Monaten verweilen wir nun schon an diesem Hof, doch was habe ich in dieser Zeit erreicht? Ein klares Bekenntnis des Königs? Fehlanzeige! Er geht mir scheinbar aus dem Weg. Er gibt sich freundlich und zuvorkommend, aber weder Geld noch Truppen hat er zugesagt. Versteht Ihr? Ich bin es leid! Ich habe es satt, wie ein mittelloser Bittsteller aufzutreten!«

»Ihr seid mitnichten …«

»Bitte, unterbrecht mich nicht und versucht auch nicht, irgendetwas anderes zu behaupten! Ich sehe es nun ganz deutlich. Endlich. Bisher habe ich meine Augen vor der Wahrheit verschlossen, habe in meinem Spiegelbild nur das gesehen, was ich sehen wollte. Doch seit einigen Wochen schon gärt es in mir, ich bin unruhig, nervös und bereit für Veränderungen. Es kann nicht so weitergehen wie bisher! Ich bin schließlich schon dreiundzwanzig!«

»Und Ihr seid erst am Anfang Eures Weges …«

»Aber nun erst sehe ich diesen Weg ganz klar und deutlich vor mir. Versteht Ihr? Ich sehe endlich meinen Weg.«

Thomas Sheridan und William Murray nickten einander zu und warteten gebannt ab, was der junge Stuart-Erbe als nächstes sagte.

»Meinem Großvater, Jakob II., wurde durch Verrat die Krone geraubt, sodass er letzten Endes gezwungen war, Hals über Kopf das Land zu verlassen, um sein nacktes Leben sowie das Leben seiner Frau und dem gemeinsamen Sohn, meinem Vater, zu retten. Doch er gab nicht auf, sondern kämpfte. Nur Monate nach dem Verlust kehrte er entschlossen zurück, landete im März 1689 in Irland, scharte seine Getreuen um sich und kämpfte sich gen Süden vor. Unglücklicherweise wurde er in der Schlacht bei Boyne besiegt und sah sich genötigt, die Insel erneut zu verlassen. Und mit ihm mussten viele treue Iren, die sogenannten *Wildgänse,* ihrer Heimat den Rücken kehren und kamen auf das Festland herüber, um sich hier zu sammeln und weiterhin für uns Jakobiten, für uns Stuarts zu kämpfen. Nach dem Tod meines Großvaters ging die Aufgabe an meinen Vater über. Und auch er hat alles in seiner Macht Stehende unternommen, um den Thron schnellstmöglich wiederzuerlangen. Mein Vater war gerade mal zwanzig Jahre alt, als er im Jahre 1708 versuchte, den Thron für unsere Familie zurückzugewinnen. Mit der Hilfe des damaligen französischen Königs brach er auf und segelte mit sechshundert bewaffneten Kämpfern nordwärts. Damals wurde er durch schlechtes Wetter und die englische Kriegsmarine an einer Invasion gehindert. Doch er gab nicht auf. Im Jahr 1715 kehrte er erneut zurück, diesmal mit mehreren tausend Mann. Ihr, William Murray, seid damals dabei gewesen und habt an der Seite meines Vaters gekämpft.«

»In der Tat«, stimmte der Schotte mit seiner tiefen Stimme zu. »Es sah damals nicht schlecht aus für uns. Es hat nicht viel gefehlt … doch es hat nicht sollen sein.«

»Nach der schmerzhaften Niederlage 1715 musste er zurück ins Exil, zunächst nach Frankreich, wo ihn der Sonnenkönig freundlich aufnahm, nach dessen Tod ging es nach Italien, genauer gesagt nach Rom, wo er bis heute lebt. Seither sind die Stuarts gezwungen, im Exil langsam zu versauern und mitanzusehen, wie ein Usurpator nach dem anderen unser Erbe in seinen dreckigen Händen hält. Und seit 1715 wurde im Grunde kein Versuch einer ernsthaften Invasion mehr unternommen. Viele Jahre sind vergangen, aber außer einigen leeren Worten und Versprechungen vonseiten unserer Freunde kam nichts weiter dabei heraus. Nun aber, nun bin ich an der Reihe, meinen Anteil beizutragen. Mein Vater ist wohl zu alt und zu müde, um erneut in den Kampf einzusteigen. So liegt es jetzt an mir! Jawohl! Das ist mein Weg, den ich zu beschreiten habe. Ich werde eine Invasion planen und das zurückholen, was meiner Familie vor so vielen Jahrzehnten weggenommen wurde. Und jeder, der mir und uns beisteht und mit uns geht, soll seinen gerechten Anteil bekommen!«

»Wir sind sehr stolz auf Euch«, murmelte Thomas Sheridan und legte eine Hand auf Charles Edwards Schulter.

»Und wir stehen immer an Eurer Seite«, fügte William Murray hinzu und legte seine Hand auf die andere Schulter des jungen Prinzen.

»Habt Dank!«, sagte Charles Edward und blickte seine beiden väterlichen Freunde in dem großen Spiegel an. »Ob mit oder ohne Unterstützung des französischen Königs … ich werde schon bald aufbrechen, um in das gelobte Land meiner Vorfahren zu gehen. Die Zeit ist reif! Jawohl!« Er drehte sich um, drückte die Hände seiner beiden Mitstreiter und hielt dann nach seinen restlichen Klamotten Ausschau. Als er sie gefunden hatte, schlüpfte er schnell in sie hinein und wollte dann aus dem Zimmer stürmen.

»Ihr habt es aber ziemlich eilig, wie mir scheint«, murmelte Thomas Sheridan.

»Wir haben lange genug gewartet, jetzt ist es Zeit, endlich zu handeln. Ich kann nicht noch länger warten, denn diese Ungewissheit und dieses Nichtstun zermürben mich langsam aber sicher. Daher auch diese innere Unruhe und diese nervtötende Rastlosigkeit in den letzten Wochen. Aber damit ist nun Schluss! Ich kann schon fühlen, wie sich mein Geist …«

»Wir sollten aber nichts überstürzen, mein Prinz!«, mahnte nun auch William Murray. »Wir beide«, er deutete auf Sheridan und sich selbst, »unterstützen Euch bei diesem gefährlichen Vorhaben so gut wir können. Aber dennoch dürfen wir nicht übereilt handeln, denn sonst unterlaufen uns Fehler. Eine Invasion ist ein Krieg, junger Stuart, und ein Krieg ist eine gefährliche Sache. Wer die zu schnell auf die leichte Schulter nimmt, der wird selbst durch den Krieg zerstört werden.«

»Ein Glück, dass ich zwei der besten und erfahrensten Krieger, die unsere Zeit hervorgebracht hat, vor mir stehen habe«, meinte Charles Edward frohlockend. »Was soll da schon groß schiefgehen?« Mit diesen Worten rauschte er aus dem Zimmer.

»Moment!«, riefen Sheridan und Murray im Chor und stürmten hinterher. Gemeinsam quetschten sie sich durch die Tür, behinderten sich dabei aber unnötigerweise gegenseitig.

»Mein Prinz, wartet! Wo wollt Ihr denn hin?«, rief der Ire und blickte dem jungen Stuart hinterher, der beinahe schon das Ende des langen Flures erreicht hatte.

»Zum König«, schrie Charles Edward über die Schulter zurück, ohne aber anzuhalten oder sich umzudrehen. »Ich gehe zum König und verlange endlich eine Audienz.« Dann war er verschwunden.

»Ich denke, dass das aber…«, wagte Thomas Sheridan einen letzten Einwand, obwohl er wusste, dass es zwecklos war. Dennoch stürmte er hinterher.

»Nein, lasst ihn!«, murmelte Murray und hielt den Iren zurück.

»Was? Ihr sagtet doch selbst, dass wir sehr vorsichtig sein müssen. Wir sollten also nicht hier herumstehen, sondern ihm hinterher gehen. Wer weiß, welchen Blödsinn er sonst anstellt …«

»Er muss jetzt seinen eigenen Weg gehen. Er hat sein Schicksal angenommen und tritt in die Fußstapfen seines Großvaters und seines Vaters. Er ist ein klein wenig hitzig, ja, aber das ist sein Vater auch. Ein echter Stuart eben.«

»Wir sollten dabei sein, wenn er mit dem König spricht«, beharrte Sheridan. »Ich denke nicht, dass er bereits so weit ist, dass er …«

»In dem Jungen steckt viel mehr, als man auf den ersten Blick vermuten möchte, und das wisst Ihr ebenso gut wie ich. Wir beide kennen ihn nun schon so lange und er hat recht, wenn er sagt, dass die Zeit für ihn nun gekommen ist, das schwere Erbe der Stuarts anzutreten. Er ist noch jung, ja, aber er hat auch unglaublich viel Temperament und ein ausgesprochen seltenes Charisma. Er kann begeistern, er kann die Menschen mitreißen, ihm stehen sämtliche Türen offen. Er ist noch nicht derart verbittert wie sein Vater, er hat die richtige Mischung aus Unbekümmertheit und Erfahrung, die für dieses Unterfangen, sofern es denn erfolgreich verlaufen soll, notwendig ist. Wir haben ihm alles beigebracht, was uns möglich war. Was er nun daraus macht, das ist seine Sache. Aber ich sage Euch, mein lieber Thomas, wenn es einer schafft, den französischen König doch noch zu überzeugen, dann er. Der junge Stuart kann sehr überzeugend sein, wenn er nur will … Bei den Frauen klappt es jedenfalls zuhauf.«

Thomas Sheridan lachte herzhaft auf. »Ihr habt ja recht, mein Lieber, Ihr habt absolut recht. Ich setze viele Hoffnungen in unseren Prinzen. Und ihr habt auch recht, wenn Ihr behauptet, dass er es schaffen kann, wenn er es nur will. Nur manchmal denke ich dann doch wieder, dass es vielleicht zu früh kommt. Er hat eine große Zukunft vor sich, aber wir beide wissen, dass es schon viele derartige Männer mit ebenso wundervollen Fähigkeiten gab. Und wir wissen aus Erfahrung auch, dass es nicht alle von ihnen überlebt haben.«

»Daran dürfen wir nicht denken!«, mahnte Murray. »Außerdem sollten wir Schritt für Schritt denken. Ich sage also: Lasst uns erst einmal abwarten, was unser junger Prinz beim König erreichen kann. Beobachten wir, wie er sich anstellt und was er anschließend konkret plant. Dann werden wir sehen, wie es weitergeht und ob er nicht doch noch etwas Zeit braucht.«

»Lasst uns aber einen anderen Ort aufsuchen, um weiter zu sprechen!«, schlug der Ire vor.

Also schlenderten die beiden durch die scheinbar leeren und weitläufigen Flure und wechselten kurzzeitig das Thema. Sie sprachen einige belanglose Sätze miteinander und tauschten den neuesten Hoftratsch aus. Obwohl sie niemandem begegneten und auch niemanden sahen, wollten sie nicht in aller Öffentlichkeit über das geplante Vorhaben sprechen. Es war kein Geheimnis, dass die Wände am französischen Hof sehr hellhörig waren und vieles aufschnappten, was eigentlich nicht für sie gedacht war. Neugierige Ohren gab es hier zuhauf.

Erst nachdem sie in Murrays Gemach angelangt waren und die Tür fest verriegelt hatten, sprachen sie wieder offen miteinander über ihr weiteres Vorgehen.

»Wir dürfen nur Männer einweihen, die ohne jeden Zweifel treu ergeben sind«, meinte der Ire.

»Nicht nur das«, merkte Murray an. »Sie sollten auch absolut verschwiegen sein. Am besten keine Trinker, denn der übermäßige Wein hat schon so manche scheinbar schweigsame Zunge gelockert und dadurch preisgegeben, was lieber unausgesprochen geblieben wäre.«

»Ich kenne einige Leute, denen wir vertrauen können«, meinte Sheridan nachdenklich.

»An wen denkt Ihr?«

»Hm, da wäre zum Beispiel der Colonel John William O'Sullivan zu nennen. Trotz seines noch recht jungen Alters ist er bereits ein alter Haudegen, kann gut mit Waffen umgehen und hat sich in vielen Kämpfen als nützlich erwiesen. Selbstverständlich ist er auch bedingungslos stuarttreu. Ein Mann mit vielen nützlichen Fähigkeiten, äußerst erfahren, furchtlos und abenteuerlustig.«

»Nun gut, dann sprecht mit ihm. Wer könnte uns noch folgen?«

»Ich denke noch an John MacDonald.«

»Der Name tauchte auch in meinen Gedanken auf. Eine irische Wildgans …«

»… dazu ein ausgezeichneter Kavallerieoffizier, der sich seine Sporen auf den Schlachtfeldern Europas verdient hat.«

»Was ist mit Aeneas MacDonald?«

»Für den verbürge ich mich«, sagte Sheridan sofort. »Für Aeneas lege ich meine Hand ins Feuer. Er verwaltet die Finanzen unseres Prinzen schon seit Jahren und das sehr zuverlässig. Ihr wisst selbst, dass vielen Banken heutzutage nicht mehr zu trauen ist, da sie einem das Geld aus der Tasche ziehen, anstatt es sicher zu verwahren und zu vermehren, aber dieser Aeneas leistet hervorragende Arbeit. Ich besitze vollstes Vertrauen in ihn, wie übrigens auch Charles Edwards Vater.«

»Apropos Vater …«

»Ein heikles Thema, ich weiß. Was meint Ihr: Sollten wir seinem Vater in Rom Bescheid geben?«

»Ich denke, dafür ist es noch zu früh. Außerdem ist es besser, dass erst einmal so wenige wie möglich involviert sind. Wir sollten versuchen, das gesamte Vorhaben streng geheim zu halten. Wie Ihr nur zu gut wisst, lässt der englische König den alten James Francis Stuart rund um die Uhr von Geheimagenten überwachen. Er hat die vielen Invasionsversuche der Jakobiten sowie die Aufstände in Schottland und Irland immer noch in lebhafter Erinnerung, selbst wenn sie schon so viele Jahre zurückliegen und zum Teil seine Vorgänger betrafen. Er sieht in den Stuarts weiterhin eine große Gefahr, wenngleich er den Vater für gefährlicher hält als den Sohn, weshalb unser Charles Edward nicht so penibel überwacht wird. «

»Ein Fehler, wie sich herausstellen könnte«, scherzte Sheridan und setzte ein sardonisches Lächeln auf.

»Wir sollten dennoch unsere bisherigen Vorsichtsmaßnahmen noch einmal verstärken und sehr, sehr aufmerksam sein.«

»Mit dem Enttarnen von Spionen kenne ich mich aus. Denkt nur an diesen … na, wie hieß er noch gleich? Einen Moment, mir fällt es bestimmt wieder ein …«

»Ihr meint aber nicht zufällig den Baron von Stosch?«

»Ah! Ja, doch, genau den meine ich. Philipp von Stosch hieß er, ich erinnere mich. Dieser Bursche war ein deutscher Diplomat, Antiquar, Forscher, ein närrischer Antikensammler und was weiß ich nicht noch alles. Aber er war eben auch ein Spion im Dienste des englischen Königs und an der Überwachung von James Francis Stuart beteiligt. Durch meine Kontakte ist es mir damals aber gelungen, ihn zu enttarnen, woraufhin er Rom fluchtartig verlassen und nach Florenz übersiedeln musste. Seither lebt er dort und wagt sich nicht mehr aus der Stadt heraus.« Thomas Sheridan lachte zufrieden auf.

»Das ist aber nur die halbe Wahrheit«, meinte William Murray augenzwinkernd, während er sich einen Kelch schnappte und einen rot schimmernden Wein einschenkte, der jederzeit für ihn in der Kammer bereit stand.

»Was wollt Ihr damit andeuten?«, fragte Sheridan mit leichter Empörung in der Stimme.

»Nun, ich habe gehört, dass er Rom aufgrund seiner sexuellen Eskapaden verlassen musste.«

»Seine Ausschweifungen dieser Art waren sehr absonderlich, das ist richtig, aber ich bitte Euch, in Florenz hätten sie solch einen verkommenen Burschen doch niemals aufgenommen, wenn es ausschließlich darum gegangen wäre.«

»Außerdem ist er ein bekennender Atheist, vergesst das bitte nicht!«, meinte Murray und fügte noch an: »Und so etwas kommt in der Ewigen Stadt überhaupt nicht gut an. Was glaubt Ihr, was der Papst dazu …«

»Ich bleibe dabei! Er ist damals vor uns geflüchtet, nachdem seine Tarnung aufgeflogen war. Aber worum es mir eigentlich ging, ist doch die Tatsache, dass wir ihn enttarnen konnten. Ihr seht, dass meine Kontakte sehr hilfreich sind für unser Vorhaben. Ich lasse also jede Person, die unserem jungen Stuart-Prinzen zu nahe kommt, gründlich durchleuchten. Da fällt mir ein …«

»Was überlegt Ihr?«

»Nun, ich habe dem Polizeiminister des Königs neulich einen Gefallen getan. Deshalb schuldet er mir jetzt noch eine Kleinigkeit. Mit seiner Hilfe wäre es um einiges einfacher, etwaige Spione aufzuspüren, beschatten zu lassen und gegebenenfalls hochzunehmen.«

»Das klingt sehr vernünftig. Ihr solltet Euch noch heute mit ihm verabreden.«

»Das werde ich machen, verlasst Euch drauf.«

»Ich rede derweil mit Francis Strickland, ein weiterer Mann und Freund, der uns mit seinen Fähigkeiten und seinem Wissen behilflich sein könnte. Was ist los? Was habt Ihr? Ihr seht auf einmal etwas skeptisch aus?«

»Ich kenne diesen Francis Strickland und muss sagen, dass es ein wahrlich guter Mann ist, ganz ohne Zweifel, aber dennoch …«

»Aber dennoch habt Ihr bei ihm Bedenken. Wieso?«

»Ganz einfach: Er ist Engländer. Und vergesst nicht, dass wir in England einmarschieren wollen.«

»Pst! Nicht so laut! Wir sollten dem ganzen Unternehmen einen Codenamen geben und es ab sofort nicht mehr offen aussprechen. Und was Strickland angeht: Ich weiß sehr wohl, dass er Engländer ist, aber das hat nichts zu bedeuten. Vergesst nicht, dass viele Engländer unzufrieden mit ihrem jetzigen König sind und sich nur zu gerne über gewisse Veränderungen freuen würden. Außerdem haben wir Jakobiten nicht nur Anhänger in Schottland, sondern Sympathisanten in ganz Europa, warum also nicht auch in England?«

»Das sind wahre Worte, ich denke, da muss ich Euch recht geben. Ich erinnere mich auch, dass anders herum viele Schotten in den ersten Aufständen in der englischen Armee mitgekämpft haben.«

»Das ist richtig. Nicht alle Schotten unterstützen die jakobitische Sache, wenngleich ich ehrlich gesagt nicht weiß, warum das so ist.«

»Ich kann es mir auch nicht erklären, schließlich sind doch die … Ach, vergessen wir das. Fragt von mir aus Euren Freund. Es reicht mir vollkommen aus, wenn Ihr Euch für ihn verbürgen könnt.«

»Das kann ich in der Tat«, stimmte William Murray zu.

»Gut, dann haben wir nun ja einiges zu erledigen. Ich bin nur gespannt, wie es unserem jungen Stuart ergeht …«

»Macht Euch um ihn nicht allzu viele Sorgen. In Euch hatte er den besten Lehrmeister, den man sich nur vorstellen kann.«

»Ihr schmeichelt meinem Ego, aber beruhigen könnt Ihr mein aufgewühltes Inneres dadurch nicht.«

»Ich vielleicht nicht«, meinte Murray grinsend und langte nach einem weiteren Kelch, »aber mit Sicherheit dieser edle Tropfen. Hier, trinkt!«

Kapitel 3

Am französischen Hof, Ende August 1744

Der junge Charles Edward Stuart hätte in diesem Moment seine Perücke am liebsten heruntergerissen und weit von sich geschmissen, doch er beherrschte sich, widerstand diesem inneren Drang und versuchte, einen kühlen Kopf zu bewahren. Das war allerdings in vielerlei Hinsicht nicht sehr einfach. Die Sonne brannte an diesem Tag mal wieder gnadenlos auf das Land herab und versengte massenhaft Blüten und Blumen, die langsam aber sicher ausdörrten und in sich zusammenschrumpelten. Es war drückend schwül und das Atmen fiel einem deutlich schwerer als sonst.

Die vielen Gärtner, die bei Hofe angestellt waren, hatten ihre liebe Mühe, die noch blühenden Pflanzen zu retten und nicht auch noch eingehen zu lassen. Sie taten alles in ihrer Macht Stehende, um die riesige und weitläufige Gartenanlage des Königs zu pflegen, teilweise wurde sogar der ausgedörrte und verbrannte Boden mit grüner Farbe überpinselt, damit es von Weitem so aussah, als würde es sich hierbei um saftiges, grünes Gras handeln. Aus Wassermangel mussten auch die vielen Wasserspiele und Brunnen, die in regelmäßigen Abständen zwischen den Blumen und Sträuchern eingebaut waren und sonst vergnügt vor sich hin plätscherten, schweigen. Es sei denn, der König lustwandelte gerade vorüber, dann nämlich wurde das jeweilige Wasserspiel von einem Gärtner aktiviert, damit der Herrscher einen schönen Anblick hatte, war er jedoch vorüber, dann wurde alles sofort wieder abgestellt.

Charles Edward hätte gerne die Gelegenheit genutzt, seinen erhitzten Kopf in eines dieser Wasserspiele gestreckt und das kühle

Nass auf seiner Haut verspürt, doch dies wäre einem Frevel gegenüber dem König gleichgekommen, der jedoch nicht weniger keuchend und schnaufend neben ihm herging. Gemeinsam wandelten sie durch die Gärten und unterhielten sich. Endlich. Die Audienz war ihm lange Zeit verweigert worden. In einigem Abstand folgten ihnen zahlreiche Diener, Minister und Wachen des Königs. Blieb der König stehen, dann hielt der gesamte Tross an, ging der König weiter, dann ging es auch für das Gefolge weiter. Es war ein Bild, das Charles Edward Stuart sicher zum Lachen gebracht hätte, wenn das Gespräch mit dem französischen Monarchen nicht derart ernst gewesen wäre.

»Wisst Ihr, junger Stuart, wie ich von meinem Volk genannt werde?«, fragte der König. Aber noch bevor Charles Edward etwas antworten konnte, fuhr er bereits fort und gab dadurch die Antwort selbst: »*Le Bien-Aimé* … der Vielgeliebte. Und das nicht ohne Grund. Ich werde von meinem Volk geliebt, da ich für die Menschen sorge, ihre Ängste wahrnehme und weil ich das Land zusammenhalte. Ich sorge dafür, dass alle zu Essen haben, dass die Verbrecher bestraft werden, dass die Grenzen unseres Reiches gewahrt werden, der Ruhm vermehrt und dass unser Name mit Ehrfurcht gesprochen wird.«

»Wie Ihr wisst, Majestät, bin ich im Laufe der letzten Jahre viel auf dem Kontinent unterwegs gewesen und ich kann Euch berichten, dass Euer Name allseits mit Respekt und Ehrfurcht ausgesprochen wird.« Dies entsprach zwar nicht ganz der Wahrheit, doch wenn diese kleine Schmeichelei half, ihn seinen Zielen näher zu bringen, dann machte er mit Freude davon Gebrauch.

»Das ist der Lohn unserer harten Arbeit. Doch wir dürfen uns nicht darauf ausruhen, denn das würde den Lohn sogleich wieder schmälern. Wir dürfen niemals nachlassen, müssen ständig wachsam und einen Schritt voraus sein, am besten sogar zwei Schritte, wir müssen unseren Feinden unsere Stärke demonstrieren und jeden bestrafen, der wider uns agiert. Lasst mich Euch einen wertvollen Ratschlag geben!«

»Ihr habt mein Ohr, Majestät.«

»Solch ein riesiges Reich zu erobern, das ist vergleichsweise einfach … es aber zusammenzuhalten, darin liegt die wahre Kunst. In der Geschichte wurden schon unzählige Reiche erobert, man denke nur an Alexander den Großen, an Cäsar oder Karl den Großen. Sie alle haben durch das Schwert ein gigantisches Reich erschaffen …«

»Aber keiner von ihnen konnte seinen jeweiligen Triumph allzu lange auskosten, keiner konnte sein Reich so stabilisieren, dass es auf lange Zeit Bestand hatte.«

Ludwig XV. wirkte überrascht und erfreut zugleich. »Wie ich sehe, hattet Ihr einen guten Unterricht.«

»Oh, in der Tat«, meinte Charles Edward nickend. »Ich hatte durchaus sehr gute Privatlehrer in Rom und Bologna, dort, wo ich aufgewachsen bin, wenngleich ich natürlich nicht auf so vielen Gebieten bewandert bin wie Eure Majestät.«

»Man sagte mir, Ihr wärt ein wahres Sprachtalent.«

»Nun ja, meine Lehrer legten großen Wert auf das Erlernen verschiedener Sprachen, denn ihrer Meinung nach sind gute Verständigung und Kommunikation unabdingbar, sofern man Großes erreichen will.«

»Und das wollt Ihr, wie mir scheint. Nicht wahr?«

»Durchaus. Ich habe zwar nicht die Absicht, ein neues Alexanderreich zu errichten, doch ich möchte meiner Familie und mir das zurückholen, was uns vor so langer Zeit gestohlen wurde.«

»Das sind mutige Worte«, sagte Ludwig XV. anerkennend. »Und auch gefährliche … Welche Sprachen sprecht Ihr?«

»Latein, Französisch, Englisch, Italienisch, Polnisch und … und natürlich Gälisch, die Sprache meiner Vorfahren.«

»Ihr sprecht diese Sprachen alle fließend?«

»Selbstverständlich.«

»Auch Gälisch?«

»So wahr ich hier stehe …«

»Ich sehe, Ihr seid wahrlich gut vorbereitet worden. Ein König, der Gälisch sprechen kann, wird in Schottland durchaus besser aufgenommen werden, als irgendein ein Mitglied aus dem Hause Hannover, der kein Wort Gälisch kann. Das ist interessant …«, murmelte Ludwig XV., dann winkte er einen Bediensteten heran, der ihnen sogleich ein Tablett mit Erfrischungen darbot. »Bitte, bedient Euch!«, meinte er an Charles Edward gewandt.

Dieser griff erfreut zu, dankbar für den kühlen Wein. Er musste sich sichtlich beherrschen, um nicht sofort den gesamten Inhalt des Kelches in einem Zug zu leeren. Möglichst unauffällig blickte er in der Folge zu Ludwig hinüber und beobachtete, wie der König an seinem Kelch nur nippte. Innerlich aufstöhnend folgte er dem Beispiel des Monarchen. Auf einmal wurde das Verlangen nach dem Wein immer stärker, doch er ermahnte sich in Gedanken selbst zur Mäßigung. Das richtige Auftreten, der Schein, das äußere Bild, all diese Dinge waren von immenser Wichtigkeit und konnten über Erfolg und Misserfolg entscheiden. Der König umgab sich nicht aus Spaß mit so viel verschwenderischer Pracht und pompösen Prunk, der Adel wetteiferte nicht ohne Grund miteinander und teilweise sogar bis in den Bankrott. Die Mode war kein Vergnügen, es spielte keine Rolle, ob sie bequem war oder nicht, es zählte einzig und allein die Wirkung nach außen. Daher auch diese drückende, viel zu enge und kratzende Perücke, die selbst bei diesen extrem hohen Temperaturen getragen wurde. Oder diese ebenfalls unbequemen Schuhe, die nicht zwischen rechtem und linkem Fuß unterschieden, sondern komplett einheitlich waren und sich erst im Laufe der Zeit den Formen des jeweiligen Fußes anpassten. Naja, manchmal war es aber auch anders herum, da passten sich die Füße den Schuhen an …

Charles Edward beobachtete weiterhin den König, während er selbst immer wieder an seinem Kelch nippte. Der französische Monarch hatte eine hohe Stirn, relativ buschige Augenbrauen, eine große, wenngleich nicht dicke oder knollenartige Nase, ein leichtes Doppelkinn und müde wirkende Augen, die dem gesamten Gesicht oftmals eine gewisse Trägheit verliehen. Wer den König aber kannte oder über einen längeren Zeitraum hinweg ansah, erkannte schnell, dass diese Trägheit keinesfalls auf das Gemüt oder den Geist zutraf, es war wieder einmal nur ein äußerer Schein, der leicht irre führte. Der König trug ebenfalls eine weißlich-graue Perücke, die bis auf das winzigste Härchen frisiert und ordentlich hin drapiert worden war. Im Laufe des Tages erschien mehrmals der eigene Friseur des Monarchen und prüfte, ob alles noch bestens saß. Denn alles musste absolut penibel und perfekt sitzen. Und trotz der hohen Temperaturen trug Ludwig XV. einen schweren Mantel sowie einen gefütterten blau-roten Rock.

Nachdem der König seine Erfrischung wieder an den Diener gereicht hatte, stellte auch Charles Edward seinen Kelch zurück, nicht aber ohne ein gewisses Bedauern, denn er hatte nicht einmal die Hälfte des Weines getrunken. Der Diener zog sich augenblicklich zurück, sodass die beiden wieder unter sich waren.

»Ihr möchtet also von mir, dass ich Euch bei der Invasion Großbritanniens unterstütze?«, fragte Ludwig nach, obwohl die Antwort darauf bereits klar war.

Charles Edward Stuart ballte seine Hände unwillkürlich zu Fäusten, als er diese Worte vernahm, hatte sich aber recht schnell wieder im Griff. Er verschränkte hastig seine Hände hinter dem Rücken und tat, als hätte er die Spitze des Königs überhört. Ludwig hatte nicht England, Irland und Schottland gesagt, sondern bewusst Großbritannien. Und dies war eine ungeheure Provokation für jeden ehrbaren Schotten, jeden Jakobiten und jeden Stuart. Seit dem *Act of Union* von 1707 waren die Reiche Schottland, England und teilweise auch Irland gemeinsam unter dem Namen *Vereinigte Königreiche Großbritannien und Irland* vereint, wenngleich die meisten Schotten und Iren diese Vereinigung niemals angenommen hatten und bis heute heftig dagegen protestierten. So hatte schon sein Vater, James Francis Edward Stuart, kein Jahr nach dem *Act of Union* einen Feldzug gestartet, um die Kronen zu erobern und anschließend den Zusammenschluss wieder rückgängig zu machen, doch bekanntermaßen vergebens.

Charles Edward zwang sich zu einem falschen Lächeln. Der König wollte ihn wohl auf die Probe stellen und sehen, wie er auf diese Provokation reagierte. Deshalb zogen sich seine Lippen nach oben und entblößten seine gut gepflegten und weißen Zähne, während sein Herz aber heftig rebellierte. Seine Zunge hätte am liebsten eine gleichermaßen provokative und böse Erwiderung herausgebrüllt, doch er hielt sie ebenfalls zurück. Stattdessen antwortete er besonnen: »Es soll nicht zu Eurem Nachteil sein. Eure Hilfe wird Euch um ein Vielfaches vergolten werden, sollte ich erst der König von Schottland, von Irland und England sein. Überlegt nur einmal, welch mächtiges Bündnis wir damit schmieden könnten! England, das über viele Jahrhunderte mit Frankreich im Krieg stand und es auch heute immer noch steht, würde quasi über Nacht zu Eurem wichtigsten Verbündeten werden. Gemeinsam könnten wir die Niederlande endgültig besiegen, Maria Theresia in Wien zurückdrängen und auch in Übersee wären wir kaum zu schlagen. Bedenkt nur, wenn wir sämtliche Ressourcen dieser verfeindeten Nationen vereinigen würden … Unserer Flotte wären die Spanier und Portugiesen niemals gewachsen …«

Ludwig XV. hob seine Hand, um Charles Edward Einhalt zu gebieten. »Halt, halt, nicht so stürmisch!«, lachte er und blickte den jungen Stuart vergnügt an. »Ihr habt ein außerordentlich hitziges Temperament, das muss ich sagen. Aber es gefällt mir auch ...«

Charles Edward schnaufte einmal tief durch, er hatte sich offensichtlich zu sehr gehen lassen. Erst jetzt bemerkte er, dass er erneut seine Hände zu Fäusten geballt hatte, wenngleich aus einem anderen Grund als noch vorhin. Er entspannte seine Finger und wischte sich mit einem Tuch die Stirn ab.

»Ihr habt Feuer«, sprach Ludwig heiter weiter. »Ihr erinnert mich unweigerlich an meine jungen Jahre, da besaß ich ebenfalls so viel Tatkraft. Ihr wisst vielleicht, dass ich erst fünf Jahre alt war, als mein Vorgänger Ludwig XIV. starb. Herzog Philipp II. von Orléans wurde daraufhin zum Regenten ernannt und leitete die gesamte Politik. Doch ich wollte endlich selbst anpacken, die Geschicke meines Reiches selbst lenken und nicht länger warten oder einen eingesetzten Regenten alles regeln lassen. Die Macht hat eine ungewöhnliche Ausstrahlung und Anziehung auf Personen wie uns … Und wir sehen sie nur ungern in den Händen anderer. Doch darin besteht auch eine große Gefahr, denn man sollte nichts überstürzen oder unüberlegt übereilen.«

»Bei allem Respekt, aber ich denke nicht, dass ich überstürzt handle, Majestät. Ich bin bereit!«

»Oh, das wollte ich Euch gar nicht absprechen. Und ich muss zugeben, dass Ihr wahrlich sehr vielversprechend seid. Aus Euch könnte in der Tat ein großer König werden. Ihr dürft mir diese Worte glauben, denn ich würde so etwas niemals leichtfertig behaupten. In Euch schlummert so viel Potenzial, solch eine …«, er suchte nach den richtigen Worten, »… solch eine Kraft. Ihr habt Mut und einen großen Willen, noch dazu die jugendliche Unbekümmertheit. Genau diese Eigenschaften haben auch mich geprägt und bis hierher geführt, wo ich heute stehe. Seht mich an! Ich habe meine Herrschaft gefestigt, ich sitze seit vielen Jahren fest auf meinem Thron.«

»Aber Euer Thron ist ständig in Gefahr!«, hielt Charles Edward dagegen und sah gleichzeitig eine gute Gelegenheit gekommen, um sich für die vorherige Spitze des Königs zu revanchieren. »Denkt nur an die Engländer, die Niederländer, das Heilige Römische Reich Deutscher Nation … Irgendwann auch wieder die Spanier … Ihr müsst ständig an allen Fronten kämpfen, um Euer Reich zu wahren.«

»Das ist leider wahr«, meinte Ludwig und marschierte auf eine Allee zu, die aus großen und dicht bewachsenen Bäumen bestand und von daher etwas mehr Schatten versprach.

Charles Edward folgte ihm dankbar, musste aber aufpassen, nicht in einen schnelleren Schritt zu verfallen und den König dadurch eventuell zu überholen. Doch kurz bevor sie die schattige Allee erreicht hatten, hielt der Franzose plötzlich an. Mitten in der prallen Mittagssonne. Charles Edward unterdrückte ein Aufstöhnen, setzte erneut sein breitestes Lächeln auf und ließ sich die Enttäuschung nicht weiter anmerken. *Immer den Schein wahren!*, ging es ihm durch den Kopf.

»Es wäre eine große Erleichterung für mich, wenn ich Großbritannien nicht mehr als meinen Feind wüsste. Ich könnte deutlich ruhiger schlafen.«

»Dann werdet Ihr mich also in meinem Vorhaben unterstützen?«, frohlockte Charles Edward Stuart und hätte den König in diesem Moment am liebsten umarmt. Doch er unterließ es und lächelte stattdessen fröhlich weiter. Diesmal war das Lächeln echt.

»Nun, ich werde Euch sicherlich unterstützen. Aber …«

»Aber?«

»Die Frage wird sein, in welcher Form ich Euch am besten unterstützen kann?«

»Stellt mir eine gut ausgerüstete Truppe Männer zur Verfügung und sorgt für die Verschiffung, dann öffne ich Euch das Tor nach England und Schottland. Ich schwöre hiermit feierlich, dass meine Flagge in London wehen wird, noch ehe das kommende Jahr zu Ende geht. Ich …«

»Moment! Bevor Ihr weitersprecht, so hört mich an!«

»Ich bin ganz Ohr …«

»Ich kann Euch zum jetzigen Zeitpunkt beim besten Willen keine Männer zur Verfügung stellen.«

»Was? Aber …«

»Wie ich Euren Worten entnommen habe, wollt Ihr sofort aufbrechen, ja?«

»Bei der sich nächstbietenden Gelegenheit. Der Herbst beginnt und mit ihm werden die Stürme kommen, dann der Winter und das

Wasser wird zugefrieren. Aber sobald es wieder taut, das Eis bricht und der Frühling sein Erwachen andeutet, dann möchte ich losziehen. Noch bevor die Blumen so richtig erblühen, möchte ich in Schottland gelandet sein, um von dort aus nach London zu marschieren und die gesamte Insel zu erobern.«

»Diese kurze Zeitspanne wird aber nicht ausreichen, um eine schlagkräftige Armee aufzustellen, die dies bewerkstelligen könnte, mein Guter. Ich muss Euch nicht daran erinnern, dass wir uns zurzeit bereits im Krieg befinden.«

»Aber dann …«

»Der Polnische Thronfolgekrieg ist erst seit wenigen Jahren beendet, doch wir finden uns bereits im nächsten Krieg, dem Österreichischen Erbfolgekrieg, wieder. Nachdem das Haus Habsburg keinen männlichen Nachfolger mehr aufzuweisen hat, kämpft halb Europa um den Kaiserthron in Wien. Maria Theresia, die Tochter des verstorbenen Kaisers Karls VI., hat sich des Thrones bemächtigt und ist nicht gewillt, ihn wieder herzugeben. Seither tobt dieser Krieg und wir sind mal wieder mittendrin. Die Niederlande haben sich mit England und Maria Theresia verbündet und bedrohen nun vor allem unsere nordwestlichen Grenzen. Anfang des Jahres habe ich deshalb eine achtzigtausend Mann starke Armee unter der Führung des Moritz von Sachsen in das Grenzgebiet geschickt, um dort gegen die Engländer und Niederländer vorzugehen.« Ludwig XV. machte eine kurze Pause und marschierte dann endlich in den kühleren Schatten. Dort ließ er sich auf einer Bank nieder und bot dem jungen Stuart den Nebenplatz an. Dann fuhr er fort: »Meine Truppen machten dort bislang große Fortschritte und konnten einige Siege verzeichnen. Die Städte Menin, Ypern, Knock und Furnes konnten eingenommen werden. Es lief alles nach Plan, die gesamten Niederlande standen kurz vor der Eroberung. Doch dann war ich leider gezwungen, den größten Teil der Männer abzuziehen und nach Süden zu schicken, da dort eine österreichische Armee unter Karl von Lothringen den Rhein überquert hatte und drohte, uns in den Rücken zu fallen. Zwar kam es in der Folge zu keinem Kampf mit den Männern von Karl von Lothringen, da dieser sich schleunigst nach Böhmen zurückziehen musste, weil Preußen wieder zu neuem Leben erwacht worden war, doch es hat für den Moment unsere Pläne in den Niederlanden wieder zunichte gemacht und unsere bisherigen Fortschritte über den Haufen geworfen. Die Engländer und Niederländer konnten durchschnaufen, sich neu sammeln und sich so unserem Willen widersetzen.

»Preußens neuerlicher Kriegseintritt war nicht rein zufällig«, mutmaßte Charles Edward und blickte den König musternd an.

Ludwig lachte herzhaft auf. »Nein, natürlich nicht. Ihr seid ein guter Beobachter. Und Ihr solltet wissen, dass Krieg nicht immer nur bloße Waffengewalt bedeutet, sondern auch das Schmieden von Bündnissen und das Aushandeln von geheimen Verträgen. Geschieht dies hinter dem Rücken des Feindes, dann sind es mächtige Waffen, die mehr wert sein können als eine ganze Armee. Die Preußen belagern momentan Prag, sodass Karl von Lothringen und seine Armee dort gebunden sind. Wir können uns derweil in Ruhe mit den Engländern und Niederländern befassen. Aber Ihr fragt Euch sicherlich, warum ich Euch all dies erzähle?«

Charles Edward konnte es sich bereits denken, doch er sagte nichts und schwieg. Seine Hoffnung auf eine ihm unterstellte französische Armee schwand immer mehr dahin.

»Es ist ganz einfach: Solange ich auf dem Kontinent in diesen vermaledeiten Erbfolgekrieg verwickelt bin, kann ich keine Truppen entbehren, um eine Invasion Großbritanniens zu unternehmen. Sosehr ich mir dies auch wünsche. Glaubt mir, wenn ich aufrichtig behaupte, dass ich Euch nur allzu gerne auf dem englischen Thron sitzen sehen würde.«

»Ihr stellt mir also keine Männer zur Verfügung …«, murmelte Charles Edward mit leiser Stimme und gedämpften Hoffnungen.

»Nun«, meinte Ludwig mit deutlich besserer Stimmung, »das heißt aber nicht, dass ich Euch überhaupt nicht unterstützen werde. Ich heiße Euer Anliegen gut und möchte mich durchaus beteiligen. Was ich Euch für den Moment bieten kann, sind Geld und Boote, um die Überfahrt auf die Insel zu schaffen.«

Charles Edward seufzte innerlich laut auf. Dieses Angebot war zwar immerhin etwas, doch nicht annähernd so viel, wie er sich ursprünglich erhofft hatte. Ludwig würde massiv davon profitieren, wenn er, Charles Edward Stuart, in Schottland und England einfallen und die Kronen an sich reißen würde. Zunächst einmal würde der jetzige englische König sämtliche Truppen vom Festland abziehen, da sie dringend auf der Insel gebraucht würden. Dies wäre eine immense Entlastung für Ludwig, da er es dann nur noch mit den Niederländern zu tun hätte. Und sollte die Invasion gelingen und die Kronen tatsächlich wieder an die Stuarts übergehen, dann wären England und Frankreich fortan wichtige Verbündete und keine Feinde mehr. Dadurch würde sich das komplette Kräfteverhältnis in Europa verschieben. Nichts wäre mehr so, wie es momentan war. Aus diesem Grund war er so enttäuscht, dass Ludwig kein besseres Angebot machte.

»Ihr lächelt, auch wenn ich merke, dass Ihr enttäuscht seid«, meinte der französische König milde.

»Ich gebe zu, dass ich ein klein wenig mehr erhofft hatte«, antwortete Charles Edward wahrheitsgemäß. »Sollte ich siegreich sein, dann geht Ihr ebenfalls als Gewinner hervor. Und dann …«

»Solltet Ihr aber scheitern, dann …«

»Meine Mission wird keinesfalls scheitern, wenn Ihr mir die nötigen Ressourcen gebt! Habt Vertrauen in …«

»Ich vertraue Euch durchaus. Und ich sage es noch einmal: Wenn jemand dieses waghalsige und beinahe schon tollkühne Vorhaben schaffen kann, dann seid Ihr es. Aber dennoch kann ich mitten im Krieg keinen Mann entbehren. Dieser Umstand sollte auch Euch klar sein. Falls Ihr Großbritannien erobert, dann gehe ich ebenso als Gewinner hervor, das ist richtig, aber das nutzt mir nichts, wenn ich dadurch meine Position hier auf dem Festland schwäche und die vorrückenden Truppen meiner Feinde nicht mehr aufhalten kann. Dann nämlich sitze ich wortwörtlich auf einem Präsentierteller! Ich würde Euch gerne mehr unterstützen, aber Ihr seht, mir sind leider die Hände gebunden.« Er machte eine kurze Pause, um die Worte sacken zu lassen. »Aber mir scheint, dass Ihr dennoch aufbrechen werdet …«

»Ich werde nächstes Frühjahr nach Schottland aufbrechen, verlasst Euch drauf!«, sagte Charles Edward mit fester Stimme. »Nichts und niemand kann mich mehr aufhalten!«

»Dieser Mut zeichnet Euch aus.«

»Ich habe viele Anhänger in Schottland und Irland, die ich um mich scharen werde.«

»Hört zu! Ich kann Euch nichts versprechen, aber wer weiß schon, was die Zeit bringt und wie dieser nervtötende Erbfolgekrieg weiter geht. Solltet Ihr tatsächlich in Schottland landen und Euch erfolgreich gegen die englischen Regierungstruppen erwehren können, und sollte dieser Krieg hier auf dem Kontinent bis zum nächsten Frühjahr zu unseren Gunsten ausfallen, dann verspreche ich, werde ich Truppen schicken.«

»Ich danke Euch für dieses Angebot, Majestät«, sagte Charles Edward und stand auf, als auch der König sich erhob. »Ich werde Schottland und dann auch England erobern, verlasst Euch drauf!«

»Das gefällt mir«, schmunzelte der König. »Ihr gefällt mir. Ihr seid ein tapferer und ambitionierter Mann. Und Männer mit solchen Eigenschaften haben es für gewöhnlich sehr weit gebracht.« Er wollte noch hinzufügen: *Sehr weit oder eben an den Galgen*, behielt es aber für sich. Daraufhin entließ er den jungen Stuart, der sich herzlich bedankte, noch einmal tief verbeugte und dann davonmarschierte. Ludwig blickte ihm nach, bis er verschwunden war, anschließend winkte er seinen Kriegsminister herbei.

»Majestät?«

»Kommt her und setzt Euch zu mir!«

»Wie ist das Gespräch verlaufen? Ihr wirkt sehr nachdenklich.«

»Was? Ah, das Gespräch, ja … Ich halte sehr viel von diesem jungen Stuart und hoffe inständig, dass er mit seiner tollkühnen Mission Erfolg hat …«

»Aber?«

»Aber ich kann dafür keine Männer abstellen, denn wir benötigen jeden Soldaten hier. Dieses Unterfangen scheint mir zudem in der jetzigen Situation zu waghalsig und riskant, zu viel steht auf dem Spiel. Außerdem: Nehmen wir an, dass es so einfach wäre, mal eben in England einzufallen, dann hätten wir es schon längst getan, nicht wahr?«

»Durchaus, Majestät. Ich entnehme Euren Worten, dass Ihr nicht ernsthaft an ein Gelingen des jungen Stuarts glaubt?«

»Das ist schwierig zu sagen. Er kann durchaus die Massen für sich begeistern und es stimmt, dass er viele Anhänger in Schottland und Irland hat, die sich ihm womöglich anschließen werden. Doch damit ist noch lange kein Krieg gewonnen. Und er hat es auch nicht mit einem dahergelaufenen Bauerntrupp zu tun, sondern mit hervorragend ausgebildeten Soldaten. Und ich weiß, wovon ich spreche, schließlich kämpfe ich gerade gegen englische Truppen in den Niederlanden.«

»Und was schlagt Ihr vor, was nun zu tun ist?«

»Wir werden abwarten und die ganze Sache beobachten. Sollte *the Young Pretender*, wie ihn die Engländer nennen, tatsächlich Erfolg haben, dann lasst uns sehen, wie wir ihm helfen und die Situation am besten für uns nutzen können. Womöglich können wir dann doch ein kleines Entsatzheer losschicken … Es würde mich sehr reizen, die Engländer in ihrem eigenen Land zu schlagen!«

Kapitel 4

Am französischen Hof, Mitte April 1745

Charles Edward Stuart hob seinen Kelch an, setzte ihn an die Lippen und stellte ihn dann fluchend wieder ab. »Schon wieder leer!«, murmelte er knurrend und blickte sich nach dem großen Krug um, den ein Diener erst heute Morgen frisch gebracht hatte. Doch als er sich aus dem Krug nachschenken wollte, musste er enttäuscht feststellen, dass auch er bereits wieder leer getrunken war. »Ist das zu glauben?«, rief er und haute wütend mit der Faust auf den Holztisch, an welchem er saß und seine Korrespondenz durchging. Einige lose Blätter flogen auf und segelten zu Boden, während das kleine Tintenfass überschwappte und einen dunklen Fleck auf dem Holz hinterließ.

»Na toll!«, knurrte der Prinzregent, stand schnaubend auf und läutete energisch nach einem Diener. Als dieser endlich erschien, schnauzte er ihn herrisch an und trug ihm auf, schleunigst mehr Wein zu besorgen. Der Kerl lief los, als ginge es um sein Leben. Anschließend hob Charles Edward die heruntergefallenen Briefe wieder auf und setzte sich zurück an seinen Platz.

Als kurz darauf die Tür leise ächzend geöffnet wurde, dachte er schon, dass der Diener endlich zurück war, doch als er von einem Brief aufblickte, den er gerade in den Händen hielt, sah er, dass es Thomas Sheridan war, der den Raum betrat.

»Störe ich?«, fragte der Ire vorsichtig nach, kam aber bereits näher, ohne vorher die Antwort abzuwarten.

»Nein, kommt ruhig herein!«, antwortete Charles Edward grimmig.

Thomas Sheridan nickte, entledigte sich seines Umhangs und legte diesen quer über einen Stuhl. Dann trat er an eines der Fenster und warf einen Blick hinaus. Von hier aus konnte man einen Teil des weitläufigen Gartens erkennen, wo bereits wieder fleißige Gärtner ihre Arbeit verrichteten, Hecken schnitten, Blumen pflanzten und neue Wasserspiele installierten, die sich der König unbedingt gewünscht hatte. Trotz des Krieges blühte der Hof auf und strotzte nur so vor Prunk und Pracht. Gespart werden konnte an jeder möglichen Stelle, nicht aber am höfischen Leben. Dann fiel sein Blick auf eine junge Dame, die gemächlich durch den Garten spazierte, begleitet von einer weitaus älteren Dame und einem Diener, der ihr hinterherlief und stets einen Sonnenschirm über den Kopf hielt. Ein Lächeln formte sich in Thomas Sheridans Gesicht. Diese junge Dame hatte es ihm offensichtlich angetan, denn sobald er sie erblickte, fing sein Herz unregelmäßig und wie wild zu schlagen an. Plötzlich fühlte er sich wieder wie ein junger Kerl, zurückversetzt in seine besten Jahre, der Zeit voller Manneskraft. Er hatte eigentlich nicht geglaubt, in seinem Alter noch einmal solch ein herrliches Gefühl verspüren zu dürfen, noch einmal dieses Verlangen und Begehren zu erleben, und umso schöner fühlte es sich deshalb nun an. »Dieses reizende Gesicht, diese langen Haare … welch ein süßer Anblick …«

»Bitte?«

Thomas Sheridan wirbelte erschrocken herum. Erst jetzt wurde ihm bewusst, dass er seine letzten Gedanken laut ausgesprochen hatte. Etwas verwirrt und peinlich berührt starrte er den Stuart-Prinzen an und räusperte sich. »Sagtet Ihr etwas?«

»Ich war der Meinung, dass Ihr zu mir spracht …«, erwiderte Charles Edward.

Dann wurde es Thomas Sheridan bewusst. Der Prinz war nicht weniger in seine Gedanken vertieft gewesen. Charles Edward hatte es also kaum mitbekommen, wie er eben aus dem Fenster gesehen und die junge Cousine der Marquise de Maintenon bewundert hatte.

Charles Edward blickte seinen Mentor fragend an. Dann stand er wortlos auf, lief zu dem Fenster und blickte ebenfalls hinaus. »Aha!«, rief er laut. Und auf einmal wandelte sich seine griesgrämige Grimasse in das breiteste Grinsen.

Thomas Sheridan spielte den Überraschten. »Was erheitert Euch derart, Hoheit?«, fragte er unschuldig nach.

Charles Edward drehte sich zu ihm um und blickte ihm frech in die Augen. »Mein lieber Thomas«, sagte er in feierlichem Ton und klopfte ihm dann freundschaftlich auf die Schulter. »Eine sehr gute Wahl, die Ihr da getroffen habt, wirklich ausgezeichnet!«

»Ich fürchte, ich kann Euch nicht ganz folgen …«

»Ich könnte Euch mit der reizenden jungen Dame bekannt machen«, bot Charles Edward großzügig an. »Ihre Cousine ist, äh, eine … eine Bekannte von mir.«

»Natürlich«, meinte der Ire. Und nun war er es, der sich ein Grinsen nicht mehr verkneifen konnte. »Eine Bekannte also, ja?«

»Ja. Nichts weiter … nur eine gute Bekannte. Aber darum geht es momentan ja überhaupt nicht, also versucht bitte nicht, von dem eigentlichen Thema abzulenken!«

»Ich denke, wir sollten hier einen Schlussstrich ziehen und ein ganz anderes Thema zur Sprache bringen!«, schlug Sheridan vor.

»Einverstanden. Nun sagt, was führt Euch zu mir? Ihr seid sicherlich nicht ohne Grund hierher gekommen, habe ich recht?«

»Natürlich bin ich nicht grundlos hier!«, bestätigte Thomas Sheridan und deutete mit dem Kopf auf die viele Korrespondenz, die auf dem Schreibtisch verstreut lag. Bevor er sich aber endgültig diesem Thema zuwandte, warf er einen letzten Blick zu dem Fenster hinaus und auf seine heimlich Angebetete, die just in diesem Moment hinter einer großen Hecke und somit aus seinem Blickfeld verschwand.

Charles Edward bemerkte diesen sehnsüchtigen Blick natürlich sofort, sagte aber nichts und setzte sich stattdessen wieder auf seinen Stuhl. Er stellte seine Ellenbogen auf das harte Holz und stützte damit sein Kinn ab. Für einen kurzen Moment hatte er seine Sorgen vergessen, doch nun kehrten sie schlagartig wieder zurück.

»Wie sieht unsere Lage aus?«, wollte der Ire wissen, nachdem auch er Platz genommen hatte. Er griff nach dem Weinkrug, um sich davon etwas einzuschenken, stellte ihn dann aber enttäuscht zurück.

In diesem Moment kehrte der Diener mit dem neuen Krug zurück, der randvoll mit dem besten Wein weit und breit gefüllt war. Er befüllte unaufgefordert zwei frische Kelche, stellte den Krug ab und zog sich dann unauffällig wieder zurück.

Thomas Sheridan beobachtete, wie sein Schützling sofort nach dem einen Kelch griff, den Inhalt in einem Zug austrank und sich anschließend sofort nachschenkte. »Mit Verlaub, aber Ihr solltet nicht ganz so viel trinken …«

»Ich trinke«, empörte sich Charles Edward, »so viel ich will! Verstanden?!«

»Natürlich. Ich meinte ja nur, dass es besser wäre, wenn Ihr einen klaren Kopf behaltet …«

»Meine Gedanken sind so klar wie … wie … ach, vergessen wir das.« Es entstand eine kurze Pause zwischen ihnen, in der nur das leise Ticken einer mannshohen Schrankuhr zu hören war. Charles Edward hatte sie sich letzten Winter angeschafft, nachdem er sich hatte eingestehen müssen, doch länger als beabsichtigt am französischen Hof verweilen zu müssen. Der ursprünglich angedachte Zeitplan war längst nicht mehr einzuhalten. »Es ist zum Verzweifeln!«, brach er schließlich das Schweigen. »Mittlerweile haben wir Mitte April und ich sitze immer noch hier fest. Dabei hätte ich schon längst in Schottland sein sollen, um …«, seine Worte brachen abrupt ab und es klang fast wie ein Schluchzen. Erneut haute er mit der Faust auf den Tisch.

»Vorsicht!«, rief Thomas Sheridan, als das Tintenfass abermals überschwappte und einige Briefe bekleckerte.

Charles Edward winkte ab. »Die Briefe sind allesamt bereits gelesen und beantwortet.« Dann stand er demonstrativ auf, griff sich mit beiden Händen sämtliche Papiere, die er auf einmal fassen konnte, trug sie hinüber zu dem offenen Kamin und warf sie dort hinein. Dann entzündete er ein Feuer, um all die brisanten Unterlagen zu vernichten. Es handelte sich hierbei um eine reine Vorsichtsmaßnahme. Zwar existierten noch seine Antwortbriefe, die er mit einigen vertrauenswürdigen Boten losschickte, doch in diesen wurde er niemals so konkret, als dass ein Spion, der diese Briefe eventuell abfing, daraus jemals schlau werden würde. Wirklich Wichtiges wurde ohnehin nur mündlich besprochen oder durch einen Getreuen mündlich an den Empfänger überbracht.

Charles Edward sah zu, wie die Papiere langsam Feuer fingen und verbrannten, dann kehrte er an den Tisch zurück und setzte sich wieder hin. »Von Ludwig XV. können wir keine Männer erwarten, aber das war uns schon lange Zeit bekannt. Auch sämtliche Hoffnungen, dass dieser Erbfolgekrieg ein baldiges Ende finden würde, haben sich beinahe aufgelöst. Die Franzosen sind weiterhin auf dem Festland gebunden …«

»Und werden es wohl auch noch länger sein«, fügte Thomas Sheridan leise hinzu.

»Was? Ihr habt Neuigkeiten? Dann sprecht!«

»Nun, ich habe tatsächlich eine Nachricht von einem guten Bekannten aus der Reichsstadt Ulm erhalten, der wiederum Nachricht aus der Reichsstadt Augsburg erhalten hat.«

»Ja, und?«, drängte Charles Edward Stuart ungeduldig. »Was spricht dieser Bekannte? Worum geht es?«

»Es sind leider keine sehr guten Nachrichten für uns. Am fünfzehnten April trafen in Pfaffenhofen an der Ilm in Oberbayern …«

»Noch nie davon gehört.«

»… österreichische Truppen auf ein Bündnis aus bayrischen, kurpfälzischen und französischen Soldaten. Wie es aussieht, waren die Österreicher zwar ein klein wenig in der Unterzahl, doch sie konnten dem Bündnis dennoch eine herbe Niederlage zufügen. Die Verluste der Bayern, Kurpfälzer und Franzosen waren mehr als dreimal so hoch wie die der Österreicher. Und obwohl es keine sehr große Schlacht war, dürfte sie immense Folgen in diesem Erbfolgekrieg haben, denn so wie es aussieht, hat Erzherzogin Maria Theresia es geschafft, die Bayern endgültig zu besiegen. Bayern hat nun seine Koalition mit Frankreich aufgekündigt und sich Österreich angeschlossen, was wiederum heißt, dass harte Zeiten auf Frankreich zukommen werden.«

»Und das bedeutet zugleich, dass wir keine Hilfe erwarten können. Es ist zum … Aahhh!« Er schlug erneut auf den Tisch ein.

»Wenn das so weitergeht, dann benötigt Ihr schon bald ein neues Tintenfass«, versuchte Thomas Sheridan einen Scherz.

»Und die hiesige *Irische Brigade*, die uns beistehen könnte, ist weiterhin in französischen Diensten gebunden«, murrte Charles Edward weiter. »Ich hatte gehofft, wenigstens sie für meine Mission zu gewinnen.«

»Welche Nachrichten habt Ihr aus Schottland erhalten? Ich hoffe, wesentlich bessere …«

»Wir haben in der Tat einige wichtige Verbündete gewinnen können«, antwortete Charles Edward. »Doch ich fürchte, dass das nicht genug sein könnte. Von manchen Clans habe ich noch keine Antwort erhalten, sie lassen weiterhin auf sich warten. Das Problem ist, dass wir auch nicht bei allen offen nachfragen können, sondern sehr vorsichtig und über zahlreiche Umwege gehen müssen, um unsere wahren Absichten nicht direkt zu offenbaren. Sollte auch nur ein englandtreuer Wicht Wind von dieser Sache bekommen, dann sind wir aufgeschmissen.«

»Welche Clans haben wir bislang gewinnen können?«

»Chattan, MacDonald, außerdem Cameron, MacLean und MacLachan. Sie alle stehen ganz sicher treu zu uns. Es gibt noch einige weitere, doch teilweise sind sich die Clanmitglieder auch untereinander nicht vollständig einig. Es herrscht eine gewisse Unsicherheit, die ich ihnen aber keinesfalls verübeln kann. Wir planen schließlich nichts Geringeres als einen kompletten Umsturz.«

»Welche Clans sind noch unentschlossen?«

»Unter anderem die MacDonalds of Clanranald. Deren Clanchief Ranald, der 17. Clanranald, weigert sich vehement, uns seine Hilfe zukommen zu lassen. Er möchte uns nicht unterstützen, stellt sich uns aber gleichzeitig auch nicht in den Weg. So hat er es seinen

Anhängern freigestellt, selbst zu entscheiden. Sein ältester Sohn und Erbe, ebenfalls mit dem Namen Ranald, ist demzufolge ein begeisterter Stuart-Anhänger. Er ist ungefähr so alt wie ich und ich habe ihn bereits vor einiger Zeit hier in Frankreich kennengelernt. Er hält es nicht so wie sein Vater und hat mir bereits seine feste Zusage gegeben. Er versucht derzeit, so viele Männer wie möglich in Schottland und Irland zu gewinnen und wird sich uns anschließen, sobald wir auf der Insel gelandet sind.«

»Ich erinnere mich gut an den jungen Ranald«, murmelte Sheridan leise und nachdenklich. »Ein bisschen erinnerte er mich damals an Euch, mein Prinz. Genauso stürmisch und begeistert …«

»Wir haben auch einige der *Wild Geese* kontaktiert, die in Diensten des Hauses Habsburg stehen, doch es ist schwer, sie so kurzfristig aus ihren Diensten herauszueisen. Zumal die meisten von ihnen momentan ohnehin im Felde sind aufgrund dieses verdammten Erbfolgekrieges.«

»Dieser Krieg kommt wahrlich zu keiner gelegenen Zeit«, stimmte Thomas Sheridan zu. »Auf der anderen Seite sollten wir nicht immer das Schlechte in allem sehen, denn dieser Krieg hat auch eine gute Seite für uns. Denn dadurch sind englische Truppen in den Niederlanden gebunden und können uns so in Schottland und England nicht in die Quere kommen.«

»Ihr habt recht!«, rief Charles Edward und sprang schwungvoll von seinem Stuhl auf. Dabei stieß er mit der Hüfte unglücklich gegen den Tisch, sodass dieser sich ruckartig um ein Stückchen verschob und dabei das Tintenfass umwarf. Die Tinte spritzte auf und landete ausgerechnet auf Thomas Sheridans Kleidung.

»Oh!«, murmelte Charles Edward, als er sein Missgeschick bemerkte.

Thomas Sheridan hatte beide Arme ausgebreitet und blickte entgeistert an sich hinab. Mit offenem Mund starrte er die dunkle Tinte an, die in Sekundenschnelle seine Kleidung tränkte und dadurch komplett ruinierte. Dann blickte er auf und eindringlich den Stuart-Prinzen an. »Wirklich fabelhaft, mein Freund, wirklich fabelhaft. Dieser Justaucorps war nagelneu und hat mich ein Vermögen gekostet!«

»Das lässt sich bestimmt wieder reinigen …«

»Diese Tinte? Niemals! Die bekommt man nicht mehr aus der Kleidung heraus! Absolut fabelhaft! Damit wollte ich die junge Dame, die Ihr vorhin gesehen habt, beeindrucken.«

»Ach, Ihr seht absolut beeindruckend aus«, scherzte Charles Edward und grinste seinen väterlichen Freund schief an. »In diesem Aufzug wird die Dame Eures Herzens Euch sicher nicht übersehen …«

»Na wartet!«, rief Sheridan laut, stand auf und wollte sich den Prinzen greifen.

»Ihr werdet es nicht wagen!«, erwiderte Charles Edward mit gespieltem Ernst und duckte sich unter den Händen des großen Iren hinweg. Mit Tränen in den Augen vor lauter Lachen flüchtete er aus dem Zimmer und lief hinaus in den Garten. Anfangs hörte er noch die schweren Schritte seines Freundes hinter sich, doch schon bald hatte er ihn abgehängt und konnte langsamer machen, um ein wenig zu verschnaufen. Er lehnte sich gegen einen Baum, blies sich eine Haarsträhne der Perücke aus dem Gesicht und grinste dabei unentwegt vor sich hin.

Kurz darauf entdeckte er zufällig jene Hofdame, die Cousine der Marquise de Maintenon, für die Thomas Sheridans Herz so heftig entflammt war. Er zupfte seinen Justaucorps zurecht, überprüfte noch einmal, ob seine Perücke richtig saß, dann ging er auf die junge Dame und deren Begleiter zu und grüßte sie freundlich.

»Ihr seid der junge Stuart-Prinz, nicht wahr?«, kam sogleich die Frage.

»Der bin ich«, bestätigte Charles Edward und reckte seine Brust ein wenig mehr hinaus. Er plauderte mit der Dame ein wenig über belangloses Zeug, höfischen Tratsch eben, und sparte dabei nicht mit Schmeicheleien. Schließlich meinte er: »Aber sagt, mein Fräulein, würdet Ihr mir denn einen Gefallen tun?«

»Jeden, den Ihr von mir verlangt«, kicherte diese zurück und fing sich dafür einen bösen Blick ihrer älteren Begleitdame ein.

»Sehr schön. Hört zu! Schon bald müsste hier ein alter irischer Kerl auftauchen, der nach mir sucht. Wenn Ihr ihn seht, dann grüßt ihn bitte recht freundlich von mir und …«

»Ja?«

»… und macht ihm bitte auch ein Kompliment für seine extravagante Kleidung. Der Gute ist seiner Zeit und unserer Mode eben immer ein gutes Stückchen voraus, müsst Ihr wissen, und er kann nicht genug Lob über sein Aussehen bekommen.«

»Wie Ihr wünscht«, versprach die junge Dame.

»Ihr seid wahrhaft die Beste!«, frohlockte Charles Edward, gab ihr schnell ein Küsschen auf die Wange, ohne dass die Anstandsdame es verhindern konnte, und stahl sich dann davon. Im Gehen warf er ihr noch einen Handkuss zurück, woraufhin sie stark errötete und schnell nach ihrem Fächer griff.

Kaum war er außer Sichtweite, hielt er an und ging wieder ein gutes Stückchen zurück. Er verließ die regulären Wege, durchquerte ein frisch bepflanztes Gartenbeet und positionierte sich hinter einer hüfthohen Hecke. Vorsichtig spähte er hinter den dornigen

Zweigen hervor und konnte dann auch schon seinen Freund Thomas Sheridan ausmachen, der just in diesem Moment die Stelle erreichte, wo er selbst gerade eben noch gestanden und mit der jungen Dame gesprochen hatte. Wie diese es versprochen hatte, suchte sie das Gespräch mit dem Iren.

Obwohl Charles Edward von seinem Standpunkt aus die Konversation zwischen den beiden nicht hören konnte, konnte er dennoch deutlich sehen, wie sie Thomas Sheridan ein Kompliment über dessen Kleidung machte. Der Ire wurde deshalb knallrot im Gesicht und zwang sich sichtbar zu einem gequälten Lächeln. Er machte eine gute Miene zum bösen Spiel und malte sich in Gedanken wahrscheinlich schon aus, wie er es ihm heimzahlen konnte.

Charles Edward musste laut loslachen und schlug sich schnell die Hände vor den Mund, um sich nicht zu verraten. Er hätte anschließend gerne noch weiter zugesehen, doch ausgerechnet dann erschienen zwei Gärtner, die mit grimmigen Blicken die Fußabdrücke in dem Blumenbeet musterten. Als sie ihn entdeckten, hoben sie wütend ihre scharfen Gartenscheren an, woraufhin er schnellstmöglich und immer noch herzhaft lachend davonrannte. Bei seiner Flucht quer durch das Blumenbeet zertrampelte er aus Versehen zahlreiche Blumen, was ihm noch mehr Flüche und Verwünschungen vonseiten der Gärtner einbrachte …

Kapitel 5

Am französischen Hof, Mitte Mai 1745

Thomas Sheridan hüpfte und tanzte, als wäre er Anfang zwanzig und nichts bereits mehr als doppelt so alt. Er fühlte sich jung, frisch und mit neuem Elan, während er seine junge Tanzpartnerin herumwirbelte und sie so unwillkürlich zum Lachen brachte. Die vielen Zuschauer des Tanzes johlten und klatschten und übertönten dabei fast die Musiker, die aus Leibeskräften in ihre Instrumente bliesen oder an ihnen zupften, bis ihre Köpfe und Finger rot anliefen, um überhaupt noch gehört zu werden. Irgendwann brach der Flötist ab und hörte mit dem Spielen auf, doch es schien niemand zu bemerken. Sämtliche Blicke und Aufmerksamkeit waren auf Thomas Sheridan gerichtet, der seit Jahren nicht mehr so ausgelassen getanzt hatte.

Doch irgendwann spürte der Ire, dass er keine zwanzig Jahre mehr alt war. Es begann hier und dort zu zwicken und auch sein Atem ging immer schneller und unregelmäßiger. Schließlich musste er keuchend innehalten. Er verabschiedete sich galant von seiner Tanzpartnerin, stolperte wankend und unter Beifall der Zuschauer von der Tanzfläche herunter und hielt nach dem nächsten Diener Ausschau, der ihm etwas zu Trinken reichen konnte. Als er endlich ein Glas in den Händen hielt, konnte er aber vor lauter zittrigen Händen kaum einen Schluck nehmen. Schweißgebadet stand er da und versuchte, sich wieder zu beruhigen. In seinem Alter dauerte dies jedoch seine Zeit und ging nicht von jetzt auf gleich.

Als sich plötzlich eine Hand von hinten auf seine Schulter legte, wirbelte er erschrocken herum.

»Was war denn das?«, murmelte William Murray sichtlich amüsiert.

Thomas Sheridan wollte etwas erwidern, doch er war immer noch so außer Atem, dass er kein einziges Wort herausbrachte. Also ließ er die angesammelte Luft wieder geräuschvoll aus seinen Lungen entweichen und hob stattdessen das Glas an seine Lippen, allerdings verschüttete er mehr auf seinen Justaucorps, als dass er tatsächlich trank.

»Ich habe in meinem Leben schon so manches gesehen, mein Lieber«, sagte William Murray, »aber Eure Vorstellung heute Abend übertrifft noch alles!«

»Macht ruhig Eure Witzchen …«, keuchte Sheridan zurück.

»Euer Anblick erinnerte mich an einen Tanzbären, den ich einmal im russischen Zarenreich zu Gesicht bekommen habe. Das war so ein großer, brauner und zotteliger Bär, der an einer Kette um eine Stange geführt und dabei fortwährend zum Tanz animiert wurde. Wankend und ungelenk tapste das riesige Vieh dann auf den Hinterpfoten umher … genauso wie Ihr heute Abend.«

»Jaja, schon gut. Ich war nur etwas außer Form, denn ich habe schon seit Jahren keine Tanzfläche mehr betreten.«

»Aus gutem Grund, wie mir scheint!«, frotzelte der schottische Marquis. »Aber diese Dame, die Cousine der Madame de Maintenon, scheint Euch neue Kraft zu geben, was?«, fügte er schelmisch an und zwinkerte seinem Freund zu.

»Könntet Ihr bitte dieses zweideutige Zwinkern unterlassen?«

»Das war doch nicht zweideutig«, erwiderte der Marquis of Tullibardine gut gelaunt. »Das war eindeutig!«

Thomas Sheridan verdrehte genervt die Augen. Während er sich ein neues Glas mit Wein bringen ließ, wanderte sein Blick über die volle Tanzfläche und blieb schließlich an der angebeteten Dame hängen.

Murray blieb dieser sehnsüchtige und verliebte Blick natürlich nicht verborgen. Er klopfte dem Iren kräftig auf die Schulter und lächelte.

»Würdet Ihr dies vielleicht auch unterlassen?«, erwehrte sich Sheridan.

»Wenn es nach Euch ginge, dann würde ich stumm in der Ecke dort drüben stehen, oder?«, antwortete der Marquis stichelnd.

»Spottet, so viel Ihr wollt.«

»Das werde ich, verlasst Euch drauf!«

Bevor William Murray noch etwas sagen konnte, wechselte Sheridan schnell das Thema: »Wo ist eigentlich unser junger Stuart-Sprössling? Ich habe ihn vorher noch beim Tanz gesehen, doch irgendwann war er plötzlich verschwunden.«

»Och, er hat den Saal bereits verlassen …«

»Alleine?«

Murray lachte laut auf. »Natürlich nicht, ich bitte Euch! War das Tanzen derart anstrengend, dass Ihr nicht mehr klar denken könnt?«

»Verzeiht, aber es war in der Tat sehr anstrengend. Ich bin immer noch völlig außer Atem …«

»Unser Charles ging selbstverständlich nicht alleine, sondern in Begleitung einer äußerst attraktiven Dame …«

»Natürlich.«

»Oder waren es zwei? Ich … Ach, egal …«

»Während ich getanzt habe, habt Ihr Euch wohl ein Gläschen zu viel gegönnt, habe ich recht?«, mutmaßte Sheridan.

»Bitte? Wohl kaum. Ich bin ein Schotte … und Schotten vertragen so einiges! Das lasst Euch gesagt sein!«

»Ihr vertragt nicht halb so viel wie ein echter Ire!«, hielt Sheridan dagegen.

»Ha! Da zieht es mir doch glatt die Perücke vom Kopf!« lachte Murray laut auf, sodass einige der Umstehenden sich ihnen mit fragenden Blicken zuwandten. »Aber bitte, wenn Ihr wirklich darauf besteht, dann können wir das gerne in einem Wettkampf klären …«

»Sehr gerne«, stimmte Sheridan zu. »Aber bitte nicht heute, denn ich …«

»Ihr kneift?«

»Selbstverständlich nicht! Ich muss doch sehr bitten! Doch ich fürchte, mit meinen jetzigen zittrigen Fingern werde ich kaum ein Glas richtig halten, geschweige denn vernünftig trinken können. Und wir wollen von dem guten Tropfen doch nichts leichtfertig verschütten, habe ich recht?«

»Das ist ein Argument«, stimmte der Marquis nach kurzem Nachdenken zu. »Aber wir werden diesen kleinen Wettkampf sicherlich zu gegebener Zeit ausfechten.«

»Verlasst Euch drauf!«

Die beiden blickten den Tanzenden noch eine Weile stillschweigend zu, ehe sie den Tanzsaal verließen und eine ruhigere Ecke aufsuchten.

»Ich kann diese ständigen Bälle nicht ausstehen«, meinte Murray schließlich.

»Es zwingt Euch niemand, daran teilzunehmen.«

»Ja, wirklich sehr komisch. Ihr wisst sehr gut, dass der König es als Beleidigung auffasst, wenn man seinen Bällen fernbleibt. Da könnte ich mich genauso gut selbst aus dem Palast befördern, andernfalls würde es der König höchstpersönlich tun.«

»Ihr solltet vielleicht auch mal wieder das Tanzbein schwingen«, meinte Thomas Sheridan. »Das belebt den Körper ungemein …«

»Ich sehe es. Aber wenn ich dann so aussehe wie Ihr, dann verzichte ich lieber!«

»Jetzt geht das schon wieder los …«

»Oh, das werdet Ihr Euch noch eine ganze Weile von mir anhören müssen, seid unbesorgt, mein Tanzbär.«

»Ihr wisst nicht zufällig, wohin Charles entschwunden ist?«, fragte der Ire zurück und ging nicht weiter auf William Murrays Sticheleien ein.

»Warum interessiert Euch das?«

»Nun, der Junge ist … Warum interessiert Euch, wieso mich das interessiert?«

»Warum sollte mich es nicht interessieren, warum Euch das interessiert?«

»Nun, das ist eine persönliche Angelegenheit zwischen mir und Charles.«

»Ah, ich verstehe.«

»Was versteht Ihr?«

»Ihr wollt es ihm noch immer heimzahlen, da er Euch damals den Streich mit dieser jungen Dame Eures Herzens gespielt hat.«

»In der Tat. Ich warte seither noch auf den richtigen Augenblick, um es ihm …«

»Das ist über einen Monat her.«

»Umso besser, dann denkt er vielleicht, dass ich es längst vergessen hätte und ich bekomme ihn leichter dran.«

»Seid doch viel eher froh!«

»Worüber?«

William Murray verneigte sich höflich vor einer vorbeikommenden Dame, die ein prächtiges Ballkleid sowie eine sagenhafte Hochsteckfrisur trug, und warf ihr gekonnt einen Luftkuss zu. Die Dame fing ihn auf und schenkte ihm im Gegenzug ein Lächeln, das eindeutig mehr verhieß.

Thomas Sheridan stand daneben und schaute den beiden erstaunt zu. Als die Dame mit ihrem Kleid schließlich wieder davonrauschte, um sich in den Tanzsaal zu begeben, verzog er sein Gesicht zu einem anerkennenden Grinsen und nickte. Dann aber erinnerte er sich an die Unterhaltung von eben und fragte noch einmal nach: »Weshalb sollte ich unserem Charles so furchtbar dankbar sein?«

»Na, dank ihm seid Ihr der Dame doch endlich näher gekommen. Ohne ihn würdet Ihr das junge Ding vermutlich weiterhin nur aus der Ferne sehnsüchtig anstarren. Ob Ihr es Euch nun eingesteht oder nicht, aber unser junger Freund hat Euch verkuppelt. Das hätte eine professionelle Verkupplerin niemals besser hinbekommen. Und genau deshalb solltet Ihr ihm dankbar sein.«

»Nun, da ist etwas dran, das muss ich zugeben, aber …«

»Vergesst das Aber!«, fuhr Murray ihm dazwischen.

»Auf keinen Fall! Er hat mich damals in eine ganz schön peinliche Situation gebracht, wie Ihr wisst. Ihr vermögt Euch das gar nicht vorzustellen, wie ich da vor ihr stand, mein Justaucorps voller Tinte, und sie meinte, ich würde das absichtlich so tragen … Die folgenden zwei Wochen war ich das beherrschende Tratschthema am Hofe, jeder Wicht hat sich über mich das Maul zerrissen … Und unser Charles soll keinesfalls glauben, nur weil er ein Prinz ist, kann er sich alles erlauben. Oh nein, dafür werde ich mich revanchieren!«

»Hach, ihr Iren gefallt mir.«

»Was soll das nun wieder heißen?«

Bevor der Marquis etwas erwidern konnte, krachten sie unsanft mit einer dritten Person zusammen. Wild fluchend stürzten sie zu Boden und verhakten dabei ihre Gliedmaßen ineinander.

»Was zum Teufel?!?«, rief Murray und schob sich die heruntergerutschte Perücke aus dem Blickfeld, da er sonst nichts sehen konnte.

Thomas Sheridan rieb sich die schmerzende Seite und erkannte als erstes den Kerl, der da in sie hineingerauscht war. »Aeneas MacDonald?«, murmelte er erstaunt. »Was tut Ihr denn hier?«

Der Landsmann von William Murray rappelte sich ächzend wieder auf die Beine, klopfte den imaginären Dreck aus seinen Klamotten – der Boden war blitzblank - und half dann auch den anderen beiden beim Aufstehen. »Gott sei Dank!«, keuchte er dann. »Ich habe Euch gefunden.«

»War ein Volltreffer!«, knurrte Murray und hatte Probleme, seine Perücke wieder richtig aufzusetzen. Umständlich schob er das Haarteil hin und her, bis er es irgendwann ganz vom Kopf zog und in seine Westentasche steckte.

Thomas Sheridan blickte ihn erstaunt an. »Ihr seht mit Euren echten Haaren so ganz anders aus …«

William Murray hob eine Hand, um jedes weitere Wort diesbezüglich zu unterbinden. »Spart Euch das für später auf. So wie unser Freund hier aussieht, hat er ein Gespenst gesehen. Also, Aeneas, was ist los? Was hat Euer Gemüt derart erregt?«

»Nicht hier!«, flüsterte Aeneas MacDonald, der Bankier von Charles Edward und James Francis Stuart. »Lasst uns irgendwo hingehen, wo wir ungestört miteinander reden können!«

Thomas Sheridan blickte sich kurz um. Es waren zwar einige Gäste des Balls hier in diesem Nebenraum, doch die meisten waren vielmehr mit sich selbst beschäftigt und beachteten sie überhaupt nicht.

»Bitte!«, fügte MacDonald leise hinzu. »Es ist sehr wichtig!«

»Na schön«, murmelte Murray, packte seinen Landsmann am Ärmel und führte ihn in Richtung der Flügeltüren, die in den Garten hinausführten. Eine Tür stand ein wenig offen und ließ einen kühlen Luftzug hinein, der an den vielen Kerzen- und Kronleuchtern rüttelte, die hier an den Wänden und Decken hingen.

Aeneas MacDonald fröstelte kurz.

»Ist alles in Ordnung mit Euch?«, fragte Thomas Sheridan besorgt nach.

»Es ist nur … Oh nein! Er ist hier!«

»Wer?«, fragte Murray nach und blickte sich suchend um.

»Nicht direkt hinsehen!«, warnte Aeneas MacDonald. Er hatte seine Zähne zusammengepresst und sprach nur noch leise zischend. »Der Kerl dort drüben, der gerade eben den Raum betreten hat … seht Ihr ihn? Schaut nicht so auffällig …«

»Klar und deutlich. So schlecht wie der gekleidet ist, kann man ihn ja kaum übersehen.«

»Er sieht ihn sogar doppelt«, witzelte Thomas Sheridan und nickte in Richtung William Murray. »Er hat heute bereits zu tief ins Glas geschaut.«

Der Marquis strafte seinen Freund mit einem mahnenden Blick. Dann wandte er sich wieder Aeneas MacDonald zu. »Wer ist der Kerl? Ich habe ihn noch nie zuvor hier am Hof gesehen.«

»Das konntet Ihr auch nicht. Er ist ein Agent des englischen Königs.«

»Was? Ein Agent des englischen Königs?«

»Pst! Seid doch still!«, zischte MacDonald sogleich. »Wenn Ihr noch lauter sprecht, dann weiß es gleich der gesamte Hof!«

»Was macht der Kerl hier?«, wollte Thomas Sheridan mit besorgter Miene wissen. »Und woher wisst Ihr überhaupt, dass er ein Agent der englischen Krone ist?«

»Das will ich Euch erklären«, erwiderte der schottische Bankier und tupfte sich mit einem Tuch den Schweiß von der Stirn. »Aber nicht hier. Wir sollten einen ruhigeren Ort aufsuchen!«

»In Ordnung«, stimmte William Murray zu. »Wir trennen uns jetzt sofort und gehen jeweils auf einen anderen Ausgang zu. In fünfzehn Minuten treffen wir uns draußen im Garten.«

»Wo im Garten?«

»Im Heckenlabyrinth … in der Mitte beim Wasserspiel.«

»Einverstanden. Bis gleich.«

Kurze Zeit später trafen sich die drei Freunde an besagter Stelle wieder. William Murray erschien als Letzter, da er sich vorher noch seine Pistole aus dem Zimmer hatte holen müssen.

»Was wollt Ihr denn damit?«, fragte Sheridan sofort nach.

»Nur für den Notfall«, erwiderte Murray lässig und schob die Pistole dann unter seinen Mantel, sodass sie nicht mehr sichtbar war. »Ist Euch jemand gefolgt?«

»Nein.«

»Mir auch nicht«, meinte Aeneas MacDonald.

»Gut. Dann erzählt endlich, welche Neuigkeiten Ihr für uns habt!«

»Alles fing vor ein paar Tagen an. Der Mann, den ich Euch vorhin gezeigt habe, erschien da in der Bank in Paris. Er wollte einige Wechsel einlösen, was zunächst auch nicht weiter absonderlich erschien, da wir jeden Tag Kunden mit diesem Anliegen haben. Allerdings waren es keine normalen Wechsel, sondern eindeutig welche der englischen Krone. Nun ist dieser Fall auch nicht so sonderbar, wie es auf den ersten Augenblick klingen mag, doch ich habe mir meine Gedanken gemacht, wie ich es bei solchen Personen immer mache, und habe deshalb einige Nachforschungen angestellt. Ich habe also meine Verbindungen spielen lassen und eine Dame, die in einem Freudenhaus arbeitet, berichtete mir, dass der Kerl seit seiner Ankunft regelmäßig bei ihr vorbeischaut, um ihre Dienste in Anspruch zu nehmen. Und da sie mit ihrem Mund auf vielerlei Weise sehr geschickt ist ...«

Thomas Sheridan und William Murray verdrehten bei diesen Worten ihre Augen, sagten aber nichts.

»... hat sie in Erfahrung bringen können, dass er im Auftrag der englischen Krone unterwegs ist. Und wie sich nach und nach herausstellte, ist er kein gewöhnlicher Untertan oder Diplomat, sondern ein Spion.«

»Und was will er hier?«

»Angeblich soll er eine Person überwachen.«

»Und wen genau?«

»Keine Ahnung.«

»Hat Eure Dame in diesem Freudenhaus denn nicht mehr aus ihm herausbekommen?«

»Leider nein.«

»Ich dachte, sie sei mit ihrem Mund so geschickt …«

»Oh, das ist sie, glaubt mir! Aber sie konnte ihn ja schließlich nicht direkt fragen. Sie musste sehr vorsichtig und diskret vorgehen, um nicht sein Misstrauen zu erwecken, denn das hätte böse Folgen für sie gehabt.«

»Ob er wohl wegen Charles Edward hier ist?«, überlegte Thomas Sheridan laut.

»Wäre durchaus denkbar.«

»Es wäre aber genauso gut möglich, dass er wegen einer völlig anderen Person hier ist, schließlich hat die englische Krone viele Spione …«

»… und noch mehr Feinde.«

»Viele Stuartmitglieder und Anhänger werden von Agenten überwacht, denkt nur an Charles' Vater in Rom. Da liegt es also nahe, dass auch auf ihn Agenten angesetzt sind, das war uns schon lange Zeit bewusst. Doch warum erscheint dieser Kerl ausgerechnet jetzt?«

»Das ist in der Tat kein günstiger Zeitpunkt, denn unsere Mission steht kurz vor dem Aufbruch.«

»Vielleicht ist von unserem Vorhaben etwas durchgesickert?«, mutmaßte Aeneas MacDonald.

»Möglich wäre es schon. Wir waren zwar sehr, sehr vorsichtig und haben versucht, so wenig Aufsehen und Aktivität wie nur möglich zu zeigen, doch ganz auszuschließen ist es nicht, dass wir irgendwo ein Leck haben, durch das Informationen nach Außen gedrungen sind.«

»Dann lasst uns diesen Agenten umlegen!«, knurrte William Murray. Er zückte seine Pistole und überprüfte, ob sie geladen war.

In diesem Moment war er wieder ganz der alte Soldat und Kämpfer.

»Nicht so hastig!«, fuhr Thomas Sheridan dazwischen und packte seinen Freund am Ärmel, um ihn aufzuhalten. »Wir sollten nicht unüberlegt handeln, denn das könnte alles gefährden! Absolut alles!«

»Was spielt das für eine Rolle, wenn wir bereits aufgeflogen sind?«

»Noch wissen wir nicht, ob wir überhaupt aufgeflogen sind, bedenkt das bitte!«

»Dann eben ein anderer Vorschlag: Wir holen uns diesen englischen Agenten lebend und prügeln ihn durch, bis er uns sagt, was er weiß. Dann wissen wir, ob wir unsere Mission weiterführen können oder doch abbrechen müssen«, knurrte der Marquis of Tullibardine grimmig.

»Das ist keine schlechte Idee«, wandte Aeneas MacDonald ein. »Auf diese Weise erlangen wir Gewissheit … Und können nebenbei einem Engländer wehtun. Es gibt beileibe Schlimmeres auf dieser Welt!«

»Damit sorgen wir aber für Aufsehen«, hielt Sheridan dagegen. »Und wenn es etwas gibt, das wir momentan überhaupt nicht gebrauchen können, dann ist es die verstärkte Aufmerksamkeit der englischen Krone. Denkt doch einmal nach! Wenn einem ihrer Agenten an diesem Ort derart übel mitgespielt wird, wenn er angegriffen wird, plötzlich verschwindet oder gar stirbt, dann werden diese Bastarde sofort misstrauisch und fragen sich, was hier los ist. Es dauert dann nicht lange und dieser Hof wird von einer ganzen Horde von Agenten überschwemmt werden. Sie werden jeden Stein umdrehen, überall nachsehen, Leute ausquetschen, bestechen und zum Reden bringen. Und wie hoch ist die Wahrscheinlichkeit, dass alle ihren Mund halten? Einer wird nicht widerstehen können, wird etwas sagen, selbst wenn er nicht den ganzen Plan kennt. Er wird einen ersten Hinweis geben, der diese Mistkerle aber früher oder später auf unsere Spur bringen wird. Und das, meine Freunde, können wir nicht riskieren.«

»Was schlagt Ihr also vor?«

»Den Kerl etwa am Leben lassen?«

»Es fällt auch mir schwer, aber es ist das Beste so. Wir setzen einen unserer besten Agenten auf ihn an und versuchen, auf diese Art und Weise herauszubekommen, weshalb der Kerl hier ist. Falls es nötig werden sollte, weil er womöglich zu viel weiß oder sehr unangenehm wird, dann können wir ihn immer noch jederzeit aus dem Weg räumen. Vielleicht haben wir aber auch Glück und wir machen uns umsonst Sorgen. Es wäre ja zumindest denkbar, dass er überhaupt nicht wegen uns hier ist. Dann müssen wir auch nicht einschreiten, sondern machen ganz nach unserem Plan weiter.«

»Klingt tatsächlich vernünftig«, meinte William Murray nach einer Weile.

»Ihr, Aeneas, geht zurück in Eure Bank und sorgt dafür, dass wir am Tag des Aufbruchs genügend Geld in unserer Truhe haben. Geht ganz normal Euren Geschäften nach und lasst Euch nichts von Eurem Wissen anmerken!«

»In Ordnung.«

»Und auch wir beide«, sagte Thomas Sheridan und zeigte auf den Marquis und sich selbst, »sollten uns möglichst unauffällig verhalten. Absolut nichts darf darauf hindeuten, dass wir etwas im Schilde führen. Wir sollten diesen Spion, und auch alle anderen möglichen Spione, in vollkommener Sicherheit wiegen.«

»Dann sollten wir zurück auf das Fest und uns etwas amüsieren«, brummte Murray wenig begeistert.

»Dann müsst Ihr aber zuerst Eure Pistole wieder fortbringen und anschließend ein freundlicheres Gesicht machen, mein Lieber«, erwiderte Thomas Sheridan.

»Wollt Ihr damit sagen, dass ich unfreundlich gucke?«

»Aeneas, sagt Ihr es ihm!«

»Oh nein, ich halte mich da schon raus!«, rief Aeneas MacDonald. »Ich ziehe mich zurück und melde mich wieder, wenn ich mehr weiß.« Er grüßte die beiden und verschwand anschließend in den verwirrenden Gängen des Heckenlabyrinths.

Thomas Sheridan blickte den Marquis of Tullibardine schmunzelnd an. »Vergesst nicht, dass dort drinnen ein festlicher Ball stattfindet, dort wird getanzt, getrunken und ausgelassen gefeiert. Das ist ein Ort der Freude und nicht der Trauer, dort wird viel gescherzt und gelacht.«

»Ich habe schon verstanden«, brummte Murray zurück und setzte dann ein übertrieben breites und gekünsteltes Lächeln auf. »Ist es so besser?«, fragte er sarkastisch nach.

»Oh … nein!«, rief der Ire laut aus. »Wir sind verloren.«

Murray lachte herzlich auf, hielt dann aber plötzlich inne.

»Was ist?«

»Habt Ihr das eben auch gehört?«

»Was denn?«

»Dort drüben ist jemand!«

»Seid Ihr sicher?«, hakte Sheridan nach. »Ah, ich verstehe, Ihr wollt mir einen Streich spielen … aber das wird Euch nicht gelingen, mein Freund, denn …«

»So seid doch endlich still!«, brummte der Marquis. »Hört Ihr? Da drüben raschelt es!«

Thomas Sheridan verstummte und lauschte angestrengt in die Dunkelheit hinein. »Jetzt kann ich es auch hören. Ihr hattet recht.«

»Natürlich!«, antwortete Murray und tastete nach seiner Pistole. »Jetzt seid Ihr doch froh darüber, dass ich die hier geholt habe, was?«

»Steckt dieses Ding weg! Vielleicht hat sich hier nur jemand verirrt …«

»Um diese Uhrzeit? Wohl eher nicht. Bleibt dicht hinter mir, ich werde der Sache auf den Grund gehen!« Mit diesen Worten schlich er sich näher an die Stelle heran, von wo das Rascheln stammte. Er überlegte kurz und positionierte sich schließlich geschickt in einem toten Winkel und zog den Iren hinter sich. »Kein Wort mehr!«, flüsterte er und überprüfte noch einmal seine Waffe. Dann warteten sie ab.

Allzu lange mussten sie allerdings nicht dort ausharren, denn plötzlich tauchte eine dunkle Gestalt auf, die auf leisen Sohlen um die Ecke geschlichen kam und sich neugierig umsah. Die Person trug einen dunklen Mantel mit Kapuze und hatte diese tief in ihr Gesicht gezogen, sodass das Gesicht nicht auf den ersten Blick zu erkennen war.

William Murray reagierte prompt, hob seine Pistole an und der unbekannten Person an den Hinterkopf. »Keinen Schritt weiter!«, knurrte er mit seiner tiefen Stimme.

Die unbekannte Person blieb abrupt stehen und streckte die Hände ergeben in den Himmel.

»Und jetzt ganz langsam runter mit der Kapuze!«, forderte der Marquis und verlieh mit der Waffe seinen Worten den nötigen

Nachdruck. Die Gestalt kam seiner Aufforderung unverzüglich nach und machte keine Anstalten, sich dem zu widersetzen.

»Aeneas? Ihr seid es?«, riefen Sheridan und Murray schließlich im Chor, als sie das ihnen nur allzu bekannte Gesicht sahen.

»Was soll das?«, rief Thomas Sheridan empört. »Wir hätten Euch erschießen können!«

William Murray ließ seine Waffe sinken und blickte den Bankier strafend an. »Hätten wir Euch für den englischen Agenten gehalten und ich ein nervöses Händchen gehabt, dann würde Euer Hals nun diesem Wasserspiel hier ungemein gleichen!«

»Ein treffender Vergleich«, kommentierte Thomas Sheridan. »Anschaulicher hätte ich es nicht verdeutlichen können.«

Aeneas MacDonald musste einmal schwer schlucken. »Verzeiht, meine Freunde, aber ich hatte zwei Dinge vergessen und bin noch einmal umgekehrt.« Er langte in seine Tasche und kramte dort herum, bis er gefunden hatte, wonach er suchte. Etwas umständlich beförderte er einen Brief hervor. »Hier, diesen Brief habe ich neulich aus Schottland erhalten, er ist aus der Feder von Alasdair MacMhaighstir Alasdair.«

Thomas Sheridan riss ihm den Brief ungeduldig aus der Hand. »Was schreibt er?«

»Nun, er berichtet, dass sämtliche Vorbereitungen in Schottland gut gedeihen. Er ist bereit und erwartet unsere Ankunft.«

»Sehr gut«, antwortete der Ire. »Ausgezeichnet. Er ist ein fähiger Mann und einer unserer wichtigsten Verbündeten. Er wird das Clanranald-Regiment anführen, wenn es soweit ist.«

»Und was war das Zweite?«, fragte Murray seinen Landsmann MacDonald. »Ihr sagtet, Ihr hättet zwei Dinge vergessen.«

»Ah, ja. Ich habe mich gefragt, ob wir dem Prinzen Bescheid geben sollen … also, die Sache mit dem feindlichen Agenten.«

»Das werde ich übernehmen«, antwortete Thomas Sheridan. »Ich werde es ihm bei günstiger Gelegenheit sagen, jedoch nicht mehr heute Abend. Den Angaben des Marquis zufolge ist unser Stuart in Gesellschaft einer jungen Dame.«

»Das ist richtig«, antwortete William Murray. »Vielleicht waren es auch zwei, wie gesagt, ich weiß es nicht mehr so genau …«

»Das spielt keine Rolle«, erwiderte Sheridan. »Die Hauptsache ist, dass er heute Abend ganz er selbst ist. Sobald er aber von dem Agenten erfährt, wird er nicht mehr ganz er selbst sein.«

»Und das wollen wir vermeiden, um keine Aufmerksamkeit und keinen Argwohn zu erregen.«

»Ganz genau. Darum lassen wir ihn momentan in Ruhe. Und wir sollten nun ebenfalls endlich wieder auf das Fest zurückkehren, schließlich haben wir ja kein Geheimtreffen und auch nichts zu verbergen, nicht wahr?«

»Ich war nur hier draußen, um ein wenig frische Luft zu schnappen«, brummte William Murray. »Die Luft in den großen Sälen ist mir immer zu stickig.«

»Und ich habe mich hier nur verlaufen«, warf Aeneas MacDonald ein, schlug sich die Kapuze wieder über den Kopf und wandte sich zum Gehen.

»Wunderbar«, sagte Thomas Sheridan. »Dann werde ich jetzt noch eine Runde tanzen gehen.«

»Du lieber Himmel!«, entfuhr es Murray unwillkürlich. »Dann werde ich mehr Wein brauchen …«

Kapitel 6

Am französischen Hof, Anfang Juni 1745

»Meint Ihr nicht, dass das nun weit genug entfernt ist?«, wollte Charles Edward Stuart wissen und sah seinen Mentor fragend von der Seite an. Er musterte Thomas Sheridan unverhohlen ausgiebig, denn in diesem Aufzug hatte er seinen Freund noch nicht sehr oft gesehen. Sie beide trugen heute nämlich nicht ihre prachtvollen Justaucorps, sondern die dunkle Jagdkleidung, und saßen auf stattlichen Pferden, die aus den Ställen des französischen Königs stammten. Der König hatte für den heutigen Tag eine große Jagd angekündigt, wobei es keine Jagd im herkömmlichen Sinne war, sondern vielmehr eine Schauveranstaltung. Hin und wieder wurde solch eine Jagd veranstaltet, und wer dabei sein durfte, der stand in der Gunst des Königs weit oben, wer jedoch nicht mitreiten durfte, der wusste, dass er sich mehr anstrengen musste, um dem König wieder zu gefallen. Der Stuart-Prinz und Thomas Sheridan hingegen hatten keinerlei Absicht, sich rege an der Veranstaltung zu beteiligen. Sie hatten sich schon früh von der größten Gruppe abgekoppelt und sind ihren eigenen Weg geritten, um sich nun ungestört unterhalten zu können. William Murray hingegen war in der Nähe des Königs geblieben, damit ihr Fehlen nicht direkt auffiel. Außerdem war es gut, dass sie drei nicht ständig miteinander gesehen wurden, denn dies konnte einem aufmerksamen Beobachter durchaus verdächtig vorkommen.

»Noch ein kleines Stückchen«, erwiderte Thomas Sheridan auf Charles Edwards Frage. »Schließlich wollen wir doch nicht, dass uns jemand belauschen kann, habe ich recht?«

»Wir befinden uns tief im königlichen Wald, wo sich keine Menschenseele aufhält. Wer sollte uns da belauschen wollen?«

»Ich habe Euch doch von diesem Spion erzählt, der Mitte Mai an den Hof gekommen war.«

»Ja, aber wie sich herausgestellt hat, ist er nicht meinetwegen hier …«

»Vermutlich nicht«, berichtigte der Ire schnell. »Ganz sicher wissen wir es immer noch nicht zu sagen. Leider …«

»Der Kerl nimmt doch überhaupt nicht an dieser Jagd teil.«

»Das heißt aber nicht, dass er nicht doch hier aufkreuzen kann. Oder dass er jemanden bestochen hat, der für ihn die Ohren aufhält. Ihr wisst, dass wir niemandem trauen dürfen, den wir nicht sehr gut kennen. Dies kann über Gelingen oder Scheitern unseres Unternehmens entscheiden.«

»Dessen bin ich mir durchaus bewusst«, seufzte Charles Edward. »Ich bin furchtbar aufgeregt, ich kann es kaum mehr erwarten, dass es endlich losgeht.«

»Ein bisschen müsst Ihr Euch aber noch gedulden, mein Prinz. Jetzt dürfen wir nicht hastig werden und keine leichtsinnigen Fehler riskieren. Letzte wichtige Vorbereitungen müssen noch getroffen werden, bevor wir endlich in See stechen können. Unsere Kontaktmänner in Schottland und Irland sind bereit und warten darauf, dass wir ihnen unser Signal geben. Noch immer sind einige unentschlossen, da sie … ach vergessen wir das.«

»Da sie der Meinung sind, dass wir keinen Erfolg haben werden«, vollendete Charles Edward den Satz. »Sprecht es ruhig offen aus!«

»Na schön. Einige unserer Anhänger meinen, dass es noch zu früh ist für unser Vorhaben und dass die Aussichten auf einen Sieg nicht gerade günstig stehen. Sie glauben, dass sie mehr verlieren als gewinnen können, deshalb sind sie noch sehr zurückhaltend. Und diese Haltung ist wie eine Krankheit. Den einen hat sie kaum befallen, da haben sich bereits andere bei ihm angesteckt. Und je mehr letzten Endes betroffen sind, desto geringer ist die Unterstützung für uns.«

»Mich lässt das nicht zaudern, mein Bester«, meinte Charles Edward selbstbewusst. »Ich werde diese Männer heilen, wenn ich erst einmal in Schottland gelandet bin. Ich werde ihnen die Ängste nehmen und ihnen zeigen, dass es richtig und sehr wohl erfolgversprechend ist, sich uns anzuschließen. Und habe ich erst einen von ihnen durch unseren Erfolg überzeugt und somit für unsere Sache gewonnen, dann werden weitere in Scharen folgen.«

»Euer Wort in Gottes Ohr, mein Prinz … Euer Wort in Gottes Ohr.«

»Wie sieht es mit unseren Schiffen aus? Sind sie fahrtüchtig?«

»Die *La Doutelle* und die *Elisabeth*, die Ludwig XV. uns großzügigerweise zur Verfügung gestellt hat, sind abfahrtbereit. Sie müssen nur noch heimlich beladen werden, doch darum kümmern sich gewissenhaft John William O'Sullivan und Reverend George Kelly. Sie bringen sämtliche nötige Ausrüstung, Waffen, Nahrungsvorräte und unser Gold auf die beiden Schiffe, sodass wir sofort ablegen können, sobald wir an Bord gehen.«

»Wie viel Gold haben wir?«

»Aeneas MacDonald hat zusammengetragen, was möglich war.«

»Und?«

»Letzten Endes haben wir ungefähr viertausend Goldstücke.«

Charles Edward wankte mit dem Oberkörper und seinem Kopf leicht hin und her, da er mit der genannten Summe haderte.

Thomas Sheridan blieb dies selbstverständlich nicht verborgen. »Ich weiß, dass Ihr mehr erhofft hattet, doch mehr war einfach nicht möglich. Aeneas hat sein Bestes gegeben, doch zum einen ist das Leben hier am französischen Hof sehr teuer, außerdem haben auch Eure vielen Reisen in den letzten Monaten und Jahren quer durch Europa eine Menge Geld verschlungen. Zwar war dies unabdingbar, um für Unterstützung zu werben, doch das Gold ist nun eben weg. Ludwig XV. konnte auch nicht mehr sonderlich viel dazu geben, denn wie Ihr wisst, tobt hier auf dem Festland immer noch der Österreichische Erbfolgekrieg. Der König braucht also jede noch so kleine Münze selbst, um seine Truppen bezahlen zu können.«

»Das könnte für uns aber ebenfalls zum Problem werden«, meinte Charles Edward. »Wir müssen die Männer, die für uns kämpfen, gut bezahlen, denn ansonsten werden sie sich weigern, dies weiterhin zu tun. Und auch um die letzten Zweifler zu überzeugen, benötigen wir eine Menge Geld.«

»Ein Krieg frisst Unmengen an Geld, das ist richtig. Und darüber ist auch schon so mancher Kriegsherr gestolpert … Die Geschichtsbücher heutzutage sind voll mit Beispielen von verlorenen Schlachten, die als Grund eines verlorenen Krieges dienen. Doch die meisten Kriege werden beileibe nicht durch einzelne Schlachten entschieden, sondern schlicht allein durch die Menge an verfügbarem Geld. Wer mehr Gold und Geld hat, der kann mehr Leute anwerben, der kann seine Soldaten besser ausrüsten, der kann unbequeme Personen bestechen, der kann …« Thomas Sheridan hielt inne und wurde nachdenklicher. »Wir sollten aber nicht den Fehler machen und denken, dass Geld alles ist, denn das ist auch wieder nicht richtig. Vieles, das in einem Krieg und auf dem Schlachtfeld wichtig ist, kann man nämlich nicht kaufen. Ein Mann kann sich vielleicht eine teure und in der Sonne funkelnde Ausrüstung zulegen, doch das macht ihn noch lange nicht zum großen Anführer. Wer Soldaten in den Krieg führen will, der muss Charisma haben, der muss die Männer mit sich reißen können, der muss schlichtweg dafür geboren sein. Ein großer und erfolgreicher Anführer muss Gehorsam und Respekt einfordern, doch das geht nicht mit Geld, sondern nur durch Taten.«

»Dennoch werden wir darauf angewiesen sein, reichlich Beute zu machen«, schlussfolgerte der Stuart-Prinz. »Allein dadurch können wir unsere Geldkasse wieder auffüllen. Und die Männer erhalten eben einen Teil ihres Lohns in Form von Beute.«

»Das wird vermutlich die einzige Lösung sein, ja.«

»Dann lasst uns beten, dass die englischen Besatzer in Schottland große Goldtruhen besitzen und dass diese nicht so leer sind wie die unseren.«

»Amen.«

Sie ritten eine Weile schweigend nebeneinander her, wobei jeder seinen ganz eigenen Gedanken nachhing. Als Charles Edward eine kleine Lichtung entdeckte, lenkte er sein Pferd dorthin und ließ es ein wenig grasen. Thomas Sheridan folgte seinem Beispiel.

»Was geht Euch durch den Kopf?«, wollte der Ire plötzlich wissen.

»Wo soll ich anfangen?«, gab Charles Edward zurück. »Mir geht in letzter Zeit so vieles durch den Kopf, dass ich manchmal keinen klaren Gedanken mehr fassen kann. Aber gerade eben, da musste ich an Schottland denken.«

»Weshalb?«

»Findet Ihr es nicht auch seltsam, dass ich dabei bin, ein Land zu erobern, das ich noch nie zuvor in meinem Leben betreten habe? Ein Land, das meine Heimat ist, und gleichzeitig auch wieder nicht, ein Land, das ich nur aus Erzählungen kenne, das ich aber noch nie mit eigenen Augen gesehen habe …«

»Ihr seid aufgeregt und nervös.«

»Nicht wegen des Krieges. Ich bin nur unsicher, was mich erwartet. Was für Menschen werde ich zu Gesicht bekommen und was für eine Landschaft? Wie sieht es dort aus? Ich kann nicht einmal diese einfache Frage beantworten!« Er blickte kurz etwas traurig drein. Dann jedoch fixierte er seinen Mentor. »Erzählt mir mehr von Schottland!«

»Ich habe Euch doch schon eine Menge erzählt …«

»Das war früher!«, hielt Charles Edward dagegen. »Das waren Kindergeschichten, nichts weiter. Nun aber bin ich ein Mann! Ich möchte alles wissen!«

»Na schön. Aber lasst mich zunächst einmal sagen, dass Euch dieses Gefühl nicht seltsam vorkommen muss, es ist vielmehr nur allzu verständlich. Rom und Italien sind Eure Heimat, da Ihr dort geboren und aufgewachsen seid. Diese Stadt und dieses Land kennt Ihr, sie sind Euch bestens vertraut. Aber Schottland ist ebenfalls Eure Heimat, denn dort liegen Eure Wurzeln. Dort liegen die weitverzweigten und sehr tiefen Wurzeln Eurer großen und ruhmreichen Familie. Die Stuarts sind und werden immer zutiefst schottisch sein, ganz egal wo und unter welchen Umständen ihre Mitglieder auch aufwachsen mögen. Ihr, mein lieber Prinz, habt eine schottische Seele. Und das macht Euch zu einem echten Schotten, das lasst Euch gesagt sein!« Thomas Sheridan machte eine kurze Pause und setzte sich auf seinem Pferd ein wenig anders hin, weil sein rechtes Bein im Begriff war, langsam aber sicher einzuschlafen. Als er zufrieden mit der neuen Sitzposition war, fuhr er fort: »Ich verspreche Euch, Ihr werdet über alle Maßen erstaunt sein, wenn Ihr das schottische Königreich erst mit eigenen Augen seht. Dieses Land lässt einen nicht mehr los, wenn man es einmal betreten hat. Fast könnte man meinen, es sei ein Fluch …« Er lachte laut los und Charles Edward stimmte schließlich herzhaft mit ein. »Nein, aber ganz im Ernst, wer diese sagenhafte Landschaft einmal erblicken durfte, der kann fortan an nichts anderes mehr denken. Er wünscht sich zu jeder Stunde seines Lebens an diesen Ort zurück. Diese Sehnsucht hält einen für immer fest und lässt nicht locker, bis sie erfüllt wird.«

»Ihr selbst wart schon viele Jahre nicht mehr in Schottland.«

»Ich bin auch ein Ire«, lachte Thomas Sheridan. »Aber mit Irland ist es im Grunde dasselbe. Irland ist meine Heimat, Schottland aber auch. Ich liebe diese beiden großartigen Länder und würde alles dafür tun, um noch einmal dorthin zurückkehren zu können.«

»Es wird bald soweit sein, versprochen!«

»Ihr werdet Schottland lieben, mein Prinz, das verspreche ich Euch!«

Charles Edward bemerkte interessiert, wie Sheridans Blick zunehmend verklarte, wässriger wurde und in eine weite Ferne rückte.

»Raues Meer, eine peitschende und salzig-weißliche Gischt, die auf markante Felsformationen aufschlägt, hohe und steil abfallende Klippen, das Gras so grün, wie Ihr es noch nie zuvor gesehen habt, dafür wenige Wälder, zumeist weite Ebenen, tiefe und langgezogene Täler, menschenleer, vollkommen ruhig, nur vereinzelt ein paar Schafe, hier und dort ein paar Steinhäuser, viele dunkle Seen …«

Charles Edward wurde stutzig. »Und woher nehmen wir dann unsere Verbündeten, wenn alles menschenleer ist?«, fragte er, jedoch nicht ohne einen gewissen ironischen Unterton, denn es war ihm durchaus bewusst, dass sein Freund nicht irgendeine, sondern eine ganz bestimmte Gegend in den Highlands beschrieb, die sein Lieblingsort in Schottland war.

»Es gibt selbstverständlich auch viele große Städte«, erwiderte der Ire sogleich, leicht verärgert darüber, dass er so unsanft aus seinen Gedanken gerissen worden war. »Man denke nur an Inverness, Dundee, Glasgow, Stirling oder Edinburgh. Dort leben die Menschen wie hier. Wenngleich das Wetter ein wenig … sagen wir … rauer ist. Ihr stört Euch an der übermäßig stark brennenden Sonne hier in Frankreich? Dann seid unbesorgt, Ihr werdet sie nicht mehr lange auf Eurem Haupte erdulden müssen. In Schottland hat es oft dicke Wolken, die sich um die Berge legen und bisweilen tief in die Täler hinab kommen, oftmals begleitet von einem sanften Nieselregen, der einem die Nase kitzelt. Dazu bläst einem der Wind um die Ohren, meist ganz sachte, hin und wieder sehr stark.« Thomas Sheridan hatte die Augen nun geschlossen und tat, als könnte er den Wind Schottlands tatsächlich in seinem Gesicht spüren. »Diese sanfte Brise, die einem durch das Haar fährt, ist das nicht herrlich, erfrischend, belebend. Da hat man ein Gefühl, als erblüht der gesamte Körper zu neuem Leben …«

Charles Edward unterdrückte ein Grinsen. Er mochte es, wenn sein väterlicher Freund derart ins Schwärmen geriet. Und er hoffte, Thomas hatte recht, denn dieses Land, das er so eindrucksvoll und begeistert beschrieb, klang unheimlich verlockend.

Mit einem Ruck schlug der Ire seine Augen auf und fixierte den Stuart-Prinzen. »Aber es ist nicht nur die Landschaft, die Schottland auszeichnet und so einmalig macht, nein, denn es sind auch die Menschen dort. Ihr werdet sie lieben, kann ich Euch sagen. Es sind Menschen, die in einfachen Verhältnissen leben, aber aufrichtig, ehrlich und offen sind. Zugegeben, fremden Leuten gegenüber können sie schon manchmal etwas zurückhaltend sein, aber bitte, in welchem Land auf dieser Erde ist das nicht der Fall? Aber sobald sie einen etwas besser kennen, kennt ihre Gastfreundschaft keine Grenzen. Sie nehmen einen auf, als wäre man ihr eigen Fleisch und Blut. Dort ist Gastfreundschaft keine lästige Pflicht, sondern noch etwas Ehrenvolles. Und diesen Unterschied merkt man ganz deutlich. Es hat mit ihrem Verständnis im Umgang mit den Menschen zu tun, und das ist alles tief verwurzelt.« Ein schwaches Hornsignal ließ ihn innehalten.

»Wir sind ganz schön weit von der Gruppe abgekommen, was?«, murmelte Charles Edward.

»In der Tat. Wir sollten vielleicht langsam wieder zurückreiten.« Kaum hatte er dies gesagt, wurde sein Pferd unruhig. Es musste irgendein unliebsames Tier im hohen Gras entdeckt haben und ergriff schnell die Flucht. Es machte einen großen Satz nach vorne, sodass der Ire Mühe hatte, sich aufrecht im Sattel zu halten.

»Ihr scheint es sehr eilig zu haben«, scherzte Charles Edward und jagte geschwind hinterher.

»Einen echten Iren wirft so leicht niemand aus dem Sattel!«, brüllte Sheridan zurück, während er versuchte, sein Pferd irgendwie zu beruhigen. Als er dies endlich und unter schweißtreibender Mühe geschafft hatte, schloss Charles Edward wieder zu ihm auf, sodass sie beide langsam nebeneinander ritten. »Wo war ich stehengeblieben mit meiner Erzählung?«, wollte der Ire schmunzelnd wissen.

»Bei den Menschen in Schottland.«

»Ah, richtig. Also, die Menschen dort sind in verschiedenen Clans organisiert, aber das wisst Ihr ja bereits, das ist nichts Neues. Jeder Clan hat einen Chief, der das Sagen hat. Er sorgt für seinen Verbund, während ihm im Gegenzug absoluter Gehorsam entgegengebracht wird. Leider ist es nun so, dass sich nicht alle Clans des Landes untereinander einig sind. Es gibt hin und wieder Sticheleien, manchmal auch eine ausgewachsene Keilerei. Ihr kennt sicherlich die Geschichte vom *Massaker in Glencoe*. Kurz nachdem Eurem Großvater James II. die Kronen geraubt worden waren, kam es in den Highlands zu diesem blutigen Abmetzeln unschuldiger Menschen, das vielen MacDonalds das Leben gekostet hat. Bis zum heutigen Tag hängt dieses verabscheuungswürdige Massaker wie eine dunkle Wolke über dem Land. Die daran mitverantwortlichen Campbells sind weitestgehend geächtet.«

»Und da die Clans untereinander teilweise zerstritten sind, wird es für uns umso schwerer, sie möglichst alle zu einen.«

»Ganz genau. Je mehr Clans sich uns anschließen, desto bessere Aussichten haben wir. Einige haben wir bereits gewonnen, doch leider gibt es einige, die mittlerweile fest zu den Engländern stehen. Diese schwarzen Schafe gilt es zu überzeugen. Und das möglichst ohne Waffengewalt, denn sonst werden das die Engländer gegen uns verwenden. Und selbst wenn einige Schotten nicht auf unserer Seite stehen, es sind dennoch Schotten und Eure Untertanen. Dies solltet Ihr stets beachten. Tja, mein lieber Freund und Prinz, Euch steht eine schwere Aufgabe bevor. Die Ihr aber mit Sicherheit bravourös meistern werdet, dessen bin ich mir sicher.«

»Ihr sagt diese Worte nur, um mich zu beruhigen.«

»Nein! … Na gut, wem mache ich hier etwas vor? Ihr seid nicht mehr der kleine Junge, sondern ein Mann, ein Prinz, ein Anführer. Doch ich bin tatsächlich davon überzeugt, dass unsere Landung ein Erfolg wird und dass schon bald wieder die Stuart-Standarte vom schottischen und vom englischen Thron herab weht.«

Charles Edward lächelte, enthielt sich aber einer Antwort. Er konnte seinen Aufbruch kaum mehr erwarten und sehnte den großen Tag endlich herbei. Und die Vorstellung, bald schon über das Inselreich zu herrschen, war äußerst verlockend und trieb ihn immer weiter an. Nicht mehr lange und er würde das erste Mal das Land seiner Vorfahren betreten, das er bislang nur aus Geschichten und Erzählungen kannte.

Erneut erschallte ein Hornsignal, diesmal aber wesentlich lauter.

»Sie kommen in unsere Richtung«, merkte Thomas Sheridan sogleich an. »Und sie kommen sehr schnell näher. Passt auf!«

Dann raschelte es auch schon im Unterholz. Büsche und Sträucher erzitterten, Dreck wurde aufgeschleudert und wirbelte wie hunderte kleine Geschosse durch die Luft. Bislang war weder Tier noch Mensch zu sehen, doch ein zunehmendes Keuchen, aufgeregtes Hundegebell sowie lautes Hufgetrappel kündigten beide an. Vögel flatterten auf, verärgert über diese Störung, und suchten schnell das Weite.

»Die halten genau auf uns zu!«, rief Charles Edward in Richtung seines Freundes. »Wir sollten es den Vögeln gleichtun und zusehen, dass wir schleunigst von hier verschwinden!«

»Dafür wird es wohl schon zu spät sein!«, erwiderte Thomas Sheridan laut. »Wir werden keine Chance haben, sondern vom Jäger zum Gejagten werden …« Dann nahm er sein Gewehr in die Hand, das bisher über seiner Schulter gehangen hatte. Er hatte nicht gehofft, es heute gebrauchen zu müssen - er war ohnehin nur aus reinem Pflichtgefühl bei dieser inszenierten Jagd dabei - nun aber kam es anders.

Charles Edward tat es ihm gleich, doch er hatte wesentlich mehr Mühe, seine Stute ruhig zu halten, die die Ankunft der gehetzten Tiere ebenfalls hörte und noch viel deutlicher verspürte. Unruhig tänzelte das Pferd hin und her und schnaubte immer wieder laut, der angeborene Fluchtinstinkt wuchs mit jeder Sekunde. Mehrmals unternahm es einen Ausbrechversuch. Es war kein Schlachtross, keinen solchen Lärm gewohnt. »Halt still!«, rief Charles Edward energisch und tat sein Bestes, um das aufgeschreckte Tier zu besänftigen.

Erste Schüsse ertönten und hallten wie Kanonengeschosse durch den vormals stillen Wald. Noch waren es vereinzelt abgefeuerte Schüsse, doch die Anzahl nahm rasant zu und wurde von einem neuerlichen Hornsignal begleitet. Das Bellen der Hunde, die die Beute unerbittlich hetzten, nahm zu, schwoll kontinuierlich an.

Charles Edward und Thomas Sheridan legten ihre Gewehre an und zielten damit auf die Büsche, aus welchen jeden Moment die gejagten Tiere hervorspringen mussten. Und dann war es soweit: Mit einem lauten Knacken wurde ein Busch zur Seite geknickt, als handelte es sich lediglich um einen dünnen Grashalm, und eine aufgebrachte Wildsau erschien. Mit panischem Blick lief sie um ihr Leben, der erdige Waldboden unter ihren Füßen wurde aufgewirbelt und zu allen Seiten davongeschleudert.

Thomas Sheridan reagiert sofort und feuerte sein Gewehr ab. Ein Funken sprang auf, der Schuss löste sich krachend und traf die Wildsau direkt in die Stirn. Während der Ire sich über den Treffer freute, sackte das Tier tödlich in sich zusammen, schlitterte unkontrolliert über den Boden und blieb nicht weit entfernt von Charles Edward Stuarts Stute liegen. Doch allzu lange konnte Thomas Sheridan sich nicht über den Treffer freuen, denn im nächsten Moment spürte er das kräftige Vibrieren des Waldbodens, das von einer ganzen Horde Wildschweine herrührte. Und diese Horde brach dann auch schon durch das Unterholz und visierte sie beide an.

»Oh, verdammt!«, keuchte Charles Edward und feuerte nun auch sein Gewehr ab. Da nach jedem Schuss erst umständlich nachgeladen werden musste, griff er anschließend sein Ersatzgewehr, feuerte dieses ab und zückte dann seine Handpistole. Ein Glück, dass er all diese Waffen mitgenommen hatte, obwohl er - wie sein irischer Freund - nicht daran gedacht hatte, sich wirklich aktiv an der Jagd zu beteiligen. Er hätte vielleicht alibimäßig ein Rebhuhn geschossen, danach ein paar Schüsse in die Luft abgefeuert und behauptet, heute kein Glück gehabt zu haben. Nun jedoch war er unendlich froh, seine Munition noch nicht verschossen zu haben, denn mit einer wild gewordenen Horde von Wildschweinen war nicht zu spaßen. Es gab nicht selten Verletzte oder Tote bei solchen Jagden, selbst wenn sie meist mehr inszeniert waren, um den Jägern eine Menge Arbeit zu ersparen. Auch die Tatsache, dass heute zumeist mit Gewehren gejagt wurde und nicht mehr mit Lanzen und Spießen, machte eine solche Jagd nicht unbedingt sicherer.

Schüsse knallten immer und immer wieder, während beißender Rauch aus den Mündungen der Waffen zunehmend die Sicht verhüllte. Charles Pferd stieg panisch auf und wieherte. Um ein Haar hätte der schottische Prinz das Gleichgewicht verloren und wäre gestürzt, da er ja zumindest eine Hand benötigte, um seine Waffe zu bedienen, doch er konnte sich gerade noch so auf dem Pferd halten. Hinterher wusste er nicht zu sagen, wie er so viel Glück gehabt hatte.

Als weder Thomas Sheridan noch Charles Edward einen Schuss mehr übrig hatten, mussten sie gezwungenermaßen das Schießen einstellen. Sie tasteten beide automatisch nach ihren Messern, um sich notfalls damit zu verteidigen. Doch als der schnell aufgekommene Rauch sich genauso rasch wieder verzogen hatte, blickten sie nicht wenig erstaunt drein, als die gesamte Wildschweinhorde tot vor ihren Füßen lag.

Noch erstaunter waren nur die Gesichter der Jagdgesellschaft, die in diesem Moment die Stelle des Gemetzels erreichte und zwischen den toten Tieren und dem Stuart-Sprössling sowie dessen irischem Mentor hin und her blickte. Am meisten verwundert, und auch ein klein wenig verärgert, war das Gesicht des französischen Königs, der sich inmitten dieser Gruppe befand. Er sah sich seiner sicher geglaubten Beute beraubt und funkelte die beiden böse an.

»Oh!«, murmelte Thomas Sheridan, sodass es nur Charles Edward hören konnte. »Das ist nicht gut!«

»Wir haben ihm doch die ganze Arbeit abgenommen«, hielt der Prinz leise zischend dagegen. »Der König sollte uns dankbar sein …«

»Erwähnt das bitte mit keiner Silbe!«, zischte der Ire und blickte seinen Herrn mahnend und flehend zugleich an.

»Ich meine ja nur …«, sagte Charles Edward und steckte seine Waffe zurück in das Halfter. »Was hätten wir sonst tun sollen? Uns etwa über den Haufen rennen lassen? Dann wären wir jetzt beide tot, das wisst Ihr genauso gut wie ich.«

»Natürlich weiß ich das«, erwiderte Thomas Sheridan. »Und dennoch ist es ein Frevel, die Beute des Königs vor dessen Augen wegzuschnappen. Das sieht er überhaupt nicht gern. Und wir wollen ihn so kurz vor unserer Abreise nicht unnötig verärgern, nicht wahr?«

Charles Edward seufzte leise auf. »Na gut«, murmelte er, stieg von seinem Pferd ab und machte sich auf in Richtung König, der immer noch verärgert und staunend die Szenerie betrachtete. An seinem Gesicht war deutlich abzulesen, dass er sich fragte, wie zwei Personen es fertig gebracht hatten, solch eine Horde in dieser kurzen Zeit abzuknallen. In diese Gedanken versunken, sah Charles Edward nicht, wie William Murray in einiger Entfernung hastig seine Waffen nachlud, dann mit einer Hand in der Luft herumwedelte, um den Rauch zu vertreiben, und sich letzten Endes wieder unauffällig in die Gruppe weiter hinten einreihte.

Während Charles Edward über die kreuz und quer daliegenden Leiber der Wildschweine kletterte und dabei möglichst den größeren Blutlachen aus dem Weg ging, legte er sich die passenden Worte zurecht, die er dem König als Entschuldigung darbringen wollte.

Doch als er an einem riesigen Eber vorbeikam, riss der plötzlich seine Augen auf und versuchte, sich wieder auf die Beine zu rappeln. Das Tier war zwar getroffen und schwer verletzt, doch längst noch nicht tot. Charles Edward blickte in diese dunklen Augen und sah sich plötzlich den furchteinflößenden und tödlichen Reißern gegenüber. Gedankenschnell gingen seine Hände zu seinem Messer und zückten die scharfe Klinge. Aber ehe er sich erwehren konnte, knallte ein letzter Schuss durch den Wald. Ein gequältes Stöhnen folgte, dann vibrierte noch einmal der Boden unter Charles' Füßen, als der mächtige Eber zurück auf den Boden sank, diesmal ganz sicher tot.

Charles Edward blickte sich um, bis sein Blick auf dem König haften blieb, der aufrecht im Sattel saß und das Gewehr hoch erhoben hatte, direkt in seine Richtung zielend. Für einen kurzen Moment herrschte Stille, dann brach lauter Jubel unter dem Gefolge des Königs aus. Die Männer und Begleiter umringten ihren König und feierten ihn, während Thomas Sheridan zu seinem Prinzen aufschloss und sich neugierig den toten Eber ansah.

»Mit dem wäre ich auch alleine fertig geworden!«, murmelte Charles Edward und deutete mit dem gezückten Messer auf das tote Tier mit den nunmehr blutrot unterlaufenen Augen.

»Ich weiß«, meinte der Ire lapidar und klopfte ihm dann auf die Schulter. »Aber gönnt dem König diesen Triumph, nachdem Ihr ihm schon seine Beute direkt vor der Nase weggeschnappt habt. Mit dieser Wendung ist er nun zufrieden und nicht mehr beleidigt. Dass Ihr aber überhaupt nicht hättet gerettet werden müssen, dies sollte unser Geheimnis bleiben«, sagte er und zwinkerte mit einem Auge. »Und nun lasst uns endlich zum Hof zurückkehren, denn ich habe einen mächtigen Hunger. Solch eine kleine Schießerei regt ungemein den Appetit an …«

»Und macht noch mehr durstig«, fügte Charles Edward schmunzelnd hinzu.

»Ihr sagt es, mein Prinz, Ihr sagt es!«

Kapitel 7

Nantes, in den frühen Morgenstunden des 22. Juni 1745

»Und? Wie sieht es aus?«, wisperte Charles Edward Stuart ungeduldig und bereits zum wiederholten Male.

Thomas Sheridan verdrehte genervt die Augen, setzte sein Fernrohr ab und wandte den Kopf in Richtung des Prinzen. »Auch wenn Ihr mir immer wieder dieselbe Frage stellt, wird sich die Sache dadurch nicht beschleunigen. Habt bitte noch etwas Geduld!«

»Die *La Doutelle* und die *Elisabeth* müssten aber doch schon längst eingelaufen sein«, hielt Charles Edward dagegen. »Wo bleiben sie nur?«

»Es war nicht leicht, die beiden Schiffe möglichst unauffällig seetauglich zu machen und anschließend heimlich zu beladen. Niemand durfte Verdacht schöpfen und keine noch so geringe Spur durfte zu Euch zurückzuverfolgen sein. Dennoch ist es uns gelungen, das schier Unmögliche zu erreichen. Die Engländer sind vollkommen ahnungslos, ihre Spione wissen von nichts. Da sollte es uns jetzt nicht kümmern, wenn sich die Ankunft der beiden Schiffe um wenige Minuten verzögert.«

»Um wenige Minuten? Die Verzögerung beträgt bereits mehr als einige Minuten und wir …«

»Das Wasser und die Winde sind eben unberechenbar«, erwiderte Thomas gereizt. »Das ist in der Seefahrt völlig normal, vergesst das bitte nicht! Da kann es durchaus vorkommen, dass man für eine vorgesehene Strecke etwas länger als zuvor berechnet braucht. Außerdem haben wir diesen Faktor durchaus berücksichtigt, sodass wir einen kleinen Puffer haben.«

»Ist gut«, sagte Charles Edward und lehnte seinen Kopf rücklings gegen die Hauswand, hinter der sie sich zusammengekauert hatten und hinunter in den still daliegenden Hafen von Nantes blickten. Die *La Doutelle* und die *Elisabeth* hätten eigentlich schon längst im Hafen erscheinen und ihre Beiboote ins Wasser lassen sollen, um sie von hier abzuholen. Er hoffte nur, dass nichts schief gelaufen war und dass sie nicht gezwungen waren, bereits jetzt ihre Mission aufzugeben.

»Ihr seid aufgeregt«, meinte William Murray, der dritte im Bunde. Er saß auf einem alten Holzfass, das neben der Hauswand lehnte und hatte bisher kaum ein Wort gesagt. Seelenruhig saß er da, blickte in den leicht bewölkten und noch dunklen Morgenhimmel und zog immer wieder an seiner Pfeife, die er sich in den Mund gesteckt hatte. Kleine Rauchwölkchen stiegen auf und verdeckten seine Augen, sodass diese nicht zu erkennen waren. Wenn man ihn so sitzen sah, konnte man fast meinen, er würde sich nach einem langen und sehr harten Arbeitstag ein wenig erholen. »Es ist vollkommen verständlich, dass Ihr nervös seid, aber Ihr dürft diese Aufregung keinesfalls offen zeigen, denn dies wäre schlecht für die Moral Eurer Männer.«

»Welche Männer denn?«, zischte Charles Edward zurück. »Wir drei sind hier alleine …«

»Ich meinte nicht unbedingt diesen Augenblick«, unterbrach William Murray. »Aber wenn wir erst einmal in Schottland sind und Ihr Eure Armee anführt, dann werden die Männer Euch ständig vor den Augen haben. Und sie werden Euch genau beobachten. Sie werden jede Eurer Gefühlsregungen bemerken und in sich aufnehmen, sie werden mutig sein, wenn Ihr es seid, aber sie werden auch ängstlich und nervös sein, wenn Ihr es ihnen so vorgebt. Die Armee ist wie ein einziger großer Körper … und die Arme und Beine bekommen es unweigerlich mit, wenn mit dem Kopf etwas nicht stimmt. Vergesst das niemals!«

»Ich werde ganz sicher an Eure Worte denken«, gelobte Charles Edward. Er hatte viel darüber gelernt, wie ein starker Anführer sich am besten zu verhalten hatte, doch in der Praxis war es immer etwas ganz anderes, als wenn man nur in der Theorie davon las. Die Aufregung und das plötzliche und unkontrollierte Herzklopfen ließen sich nun einmal nicht bestimmen oder einfach so beiseite schieben. Und es waren Dinge, die in der Theorie niemals nachgeahmt werden konnten, sondern sich erst in der jeweiligen realen Situation offenbarten. »Seid Ihr denn überhaupt nicht aufgeregt?«, wollte er vom Marquis of Tullibardine wissen.

»Nicht im Geringsten.«

»Wie kommt das?«

»Das Alter.«

»Das Alter?«

»Och, ich habe in meinem Leben schon so viel erlebt und so vieles gesehen, wundersame Dinge, schöne, aber auch schreckliche, da wird solch ein nächtlicher Ausflug schon zur Routine …«

»Hört nicht auf ihn!«, meldete Thomas Sheridan sich da zu Wort.

»Was?«, fragte Charles Edward überrascht nach. »Wie darf ich das verstehen?«

»Er ist sehr wohl aufgeregt, genauso wie Ihr und ich. Doch er hat etwas gefunden, um seine Aufregung zu lindern und nicht direkt öffentlich zu zeigen.«

»Ihr solltet nicht auf *ihn* hören!«, warf William Murray gekränkt ein.

»Es stimmt schon, dass die Aufregung mit dem Alter ein wenig nachlässt, aber komplett ist sie niemals zu besiegen, es wird immer ein Rest an Nervosität erhalten bleiben. Wenn Ihr jedenfalls mich fragt …«

»Gut, dass Euch niemand gefragt hat!«, brummte William Murray und zog kräftig an seiner Pfeife.

»Habt Ihr unseren hoch geschätzten Marquis of Tullibardine schon oft seine Pfeife rauchen sehen?«, wollte Thomas Sheridan von Charles Edward wissen.

»Hm, jetzt, da Ihr es sagt … eigentlich nicht.«

»Seht Ihr?! Das ist so eine Art Ritual, mit dem er seine Aufregung unterdrückt. Ein zugleich verstärkender positiver Aspekt ist, dass jemand, der gemütlich an einer Pfeife zieht, niemals sehr aufgeregt aussieht. Die ganze Szenerie verleiht unserem Freund hier nach außen hin also eine gewisse Ruhe.«

»Ihr seid wie die Tratschweiber am Hofe!«, knurrte William Murray. »Aber da wir gerade dabei sind … Wozu benötigt Ihr eigentlich ein Fernrohr, mein Freund?«

»Das, äh, naja, um in den Hafen zu blicken. Was für eine dämliche Frage!«

Charles Edward blickte verwundert zwischen den beiden Freunden hin und her. Dann wurde ihm bewusst, worauf der Marquis anspielte. Er wandte sich an Thomas Sheridan: »Ist das Eure Art, um in einem nervösen Moment ruhig zu bleiben?«

»Was? Nein! Natürlich nicht! Ich bin immer die Ruhe selbst, das wisst Ihr doch! Einen altgedienten Kavallerieoffizier bringt schließlich nichts so leicht aus der Ruhe.«

»Aber Ihr sagtet doch erst vorhin, dass bei jedem Menschen ein Rest an Aufregung …«

»Dann habe ich mich wohl geirrt«, blaffte Thomas Sheridan zurück. »Vergesst, was ich gesagt habe!«

»Aber wieso denn?«, grinste William Murray. »Jetzt wird es doch erst so richtig interessant.«

»Oh, Ihr hinterhältiger …«

Der Schotte ging nicht auf die Worte des Iren ein, sondern wollte von Charles Edward wissen: »Benötigt Ihr denn ein Fernglas, um dort hinunter in den Hafen zu blicken?«

Charles Edward war über diese Frage zunächst etwas überrascht, doch dann drehte er seinen Kopf wieder in Richtung Hafen und musste feststellen, dass er in der Tat keine Hilfsmittel benötigte, um alles klar und deutlich erkennen zu können. »Nein«, antwortete er deshalb. »Wir sind nicht so weit entfernt, als dass ich nicht alles mit …«

»Ihr seid auch noch jung«, meinte Thomas Sheridan schnell. »Ich dagegen bin ein paar Jahre älter und meine Augen sind nicht mehr die besten. Von daher ist es ganz legitim, dass ich mich eines Fernrohrs bediene, findet Ihr nicht auch?!«

»Oh, Eure Augen benötigen noch lange keine Sehhilfe«, hielt William Murray grinsend dagegen. »Die junge Cousine der Madame de Maintenon könnt Ihr auf eine Meile Entfernung sehen. Ohne jedwede Probleme.«

»Das ist wahr«, rief Charles Edward lachend. »Ich möchte fast behaupten, dass Eure Augen besser sehen als die meine.«

»Ach was!«, ereiferte sich Thomas Sheridan und machte eine wegwerfende Handbewegung. »Bei Tageslicht vielleicht, aber in der Nacht, da sind meine Augen …«

»Nun gebt es doch endlich zu!«, brummte William Murray nicht locker lassend.

»Was denn? Ich habe nichts zu verbergen …«

»Na schön, dann übernehme ich das für Euch. Also gut, unser lieber Thomas hier braucht irgendetwas zwischen die Finger, um seine Nervosität zu überdecken.«

»Das ist doch nicht wahr!«, hielt der Ire dagegen. »Das ist absurd, einfach lächerlich …«

»Glaubt mir!«, sagte Murray zu Charles Edward. »Er muss seine Finger beschäftigen, sonst weiß er nicht wohin mit ihnen. Das ist eben seine Macke.«

»Wenn Ihr dann fertig seid mit dem Geplauder, Marquis …«, meinte Thomas Sheridan lässig. »Dort drüben sehe ich unsere Schiffe in den Hafen einlaufen. Aber ich gebe gerne ein Signal, dass wir noch etwas Zeit benötigen, um ein wenig …«

»Macht Euch bitte nicht lächerlich!«, lachte William Murray mit seiner tiefen Stimme. »Und nun packt endlich dieses dämliche Fernrohr weg!«

»Und Ihr Eure Pfeife!«

»He!«, zischte Charles Edward dazwischen. »Wir sollten leiser sein, schließlich wollen wir doch niemanden aufwecken! Also, lasst die braven Bürger dieses Städtchens schlafen!«

»Ihr habt recht«, stimmte Thomas Sheridan sofort zu und senkte seine Stimme. »Ich bezweifle zwar, dass uns jemand erkennen würde, doch wir sollten es nicht darauf ankommen lassen.«

»Ganz meine Meinung.«

»Schön. Gibt es schon ein Signal von den Schiffen?«

Thomas Sheridan zückte sein Fernrohr, zog es wieder auseinander und blickte damit in Richtung Hafen. »Noch alles ruhig«, vermeldete er nach kurzer Zeit.

»Dann warten wir noch einen Moment!«, verkündete Charles Edward und wandte sich an seinen Landsmann, während der Ire weiterhin hinunter in den Hafen blickte und alles beobachtete, was sich dort regte. »Ob ich mir wohl auch solch ein Fernglas zulegen sollte?«

»Solch ein hässliches Ding?«

»Oder eine Pfeife? Was meint Ihr?«

Der Marquis überlegte kurz, ehe er antwortete: »Wisst Ihr eigentlich, dass Zarin Anna Iwanowna sich vor gut fünf Jahren einen Eispalast hat erbauen lassen?«

»Bitte?«, fragte Charles Edward verwirrt zurück.

»Na, Ihr kennt doch sicherlich die Zarin?! Und sie hat damals in Petersburg, die Stadt liegt an dem Flüsschen Newa, einen echten Eispalast errichten lassen. Das Wasser des Flüsschens war fest zugefroren und tragfähig, sodass mittels herbeigeschaffter Eisblöcke ein richtiger Palast nachgebaut wurde, in welchem sogar ausgelassene Feste gefeiert wurden. Der gesamte Hof wurde darin untergebracht und lebte für einige Zeit dort, ehe das Eis im Frühjahr wieder geschmolzen ist. Dann mussten natürlich alle raus. Faszinierend, nicht wahr?«

»Jaja, absolut faszinierend, aber was hat …? Echtes Eis, sagtet Ihr? Und der gesamte Hof hat darin gewohnt? Ihr erlaubt Euch einen Scherz auf meine Kosten!«

»Aber nein! Wenn ich es Euch doch sage!«

»Das ist wirklich sehr beeindruckend. Leider ist so etwas in Rom oder Paris unmöglich.«

»Ja, leider …«

»Aber … He! Ihr habt vom eigentlichen Thema abgelenkt. Was hat diese interessante Geschichte mit meiner Frage zu tun?«

»Merkt Ihr denn nichts? Für einen kurzen Moment wart Ihr dermaßen abgelenkt, dass Ihr nicht mehr an Eure Nervosität dachtet.«

»Erstaunlich«, flüsterte Charles Edward. »Wirklich erstaunlich … Wisst Ihr noch mehr solcher Geschichten?«

»Eine ganze Menge«, grinste William Murray.

»Hebt sie Euch für später auf!«, flüsterte Thomas Sheridan dazwischen. »Wir haben soeben das vereinbarte Signal erhalten. Wir können an Bord.«

»Na endlich«, seufzte Charles Edward und marschierte voran, seine beiden Begleiter hinterher.

Sie huschten durch die leeren und verlassenen Gassen von Nantes, ein gutes Stück bergab, bis sie schließlich einen fischigen Geruch wahrnehmen konnten. »Wir sind fast da«, kommentierte Murray lachend. Die nächtlichen Wachen, die in regelmäßigen Abständen ihre Runden durch die schlafende Hafenstadt machten, behinderten sie nicht und unternahmen nichts, um sie irgendwie aufzuhalten. Sie alle hatten eine entsprechende Anweisung vom König erhalten. Als sie den Hafen endlich erreichten, lag bereits ein Beiboot der *Elisabeth* an der Kaimauer und wartete darauf, dass sie einstiegen.

»Aeneas MacDonald!«, rief Charles Edward erfreut aus, als er den schottischen Bankier in dem Beiboot stehen sah.

»Mein Prinz«, erwiderte MacDonald und verbeugte sich ehrerbietig. Dann begrüßte er auch Thomas Sheridan und William Murray, ehe er sie alle drei in das Boot hereinwinkte. »Los, los, lasst uns endlich aufbrechen! Je eher wir von hier wieder verschwinden, desto besser.«

Mit kräftigen Ruderschlägen und im Schutze der Dunkelheit wurden sie zu den beiden wartenden Schiffen gebracht. Die kräftigen Seemänner an den Ruderbänken blickten kein einziges Mal zu den Männern auf, sondern konzentrierten sich voll und ganz auf ihre schwere Arbeit. Ihre Mienen waren wie versteinert, ihre Münder geschlossen und auf ihren Schläfen schimmerten kleine Schweißperlen, die im fahlen Mondlicht hin und wieder aufblitzten. Ihre hölzernen Arbeitswerkzeuge glitten in einem rhythmischen Gleichschritt und beinahe lautlos in das schwärzliche Nass und verdrängten mit jedem neuerlichen Zug eine Menge Wasser, sodass sie recht zügig vorankamen.

Charles Edward Stuart stand nachdenkend im hinteren Teil des Beibootes und blickte auf das friedlich schlafende Nantes zurück. Er hatte soeben das europäische Festland verlassen und war aufgebrochen zu seiner Mission, zu seiner Invasion. Wenn alles gut ging und nach Plan verlief, dann würde er vielleicht eines Tages wiederkommen, doch dann als König … Als König von Schottland, Irland und England. Und er würde keinesfalls bei Nacht wiederkommen, sondern am helllichten Tag, während begeisterte Massen von Zuschauern ihn jubelnd empfingen. Aber dieser Moment war noch so weit, weit fort.

Bei den wartenden Schiffen angekommen, kletterten sie schnell und leise die ausgeworfenen Strickleitern empor und waren endlich an Bord. Charles Edward blickte sich neugierig um, während William Murray sich freudig die Hände rieb und Thomas Sheridan sich über ein nasses Hosenbein aufregte, das er sich eingefangen hatte.

Kurz darauf erschienen die wenigen restlichen Gefährten, um ihren Prinzen zu begrüßen. Sie alle waren schon früher - als die Schiffe beladen worden waren - an Bord gegangen und kamen nun mit stolzen Gesichtern an Deck. Und während die Seemänner stillschweigend ihrer Arbeit nachgingen und die beiden Schiffe auf das offene Meer hinaussteuerten, umarmte Charles Edward Stuart jeden einzelnen seiner treuen Mitstreiter. Sie alle waren hier, um ihm beizustehen, um ihn auf dieser abenteuerlichen und überaus gefährlichen Mission zu begleiten.

Es waren insgesamt sieben Männer, die mit ihm gingen, und wenn es sein musste, auch bis in den Tod: die vier Iren Colonel John William O'Sullivan, Reverend George Kelly, John MacDonald und Thomas Sheridan, die beiden Schotten Aeneas MacDonald und William Murray, sowie der Engländer Francis Strickland.

Zusammen wollten sie das schier Unmögliche schaffen und die Kronen der Insel wieder für die Stuarts erlangen.

»Auf nach Schottland!«, rief Charles Edward Stuart und reckte seine Faust in die Höhe.

»Auf nach Schottland!«, wiederholten seine Gefährten im Chor.

Kapitel 8

Auf hoher See, Ende Juni 1745

Die beiden Schiffe *La Doutelle* und *Elisabeth* lagen gut im Wasser und brachten sie zunächst recht zügig voran, sodass sie Nantes und das Festland schnell hinter sich lassen konnten. Von der französischen Hafenstadt aus ging es zunächst ein Stück westwärts, auf der Route, die die vielen Schiffe in die Neue Welt nahmen, dann aber wurde der Kurs geändert und der Weg nach Norden eingeschlagen. Es ging immer entlang der rauen Bretagne, deren Klippen aber niemals zu sehen waren, da als Vorsichtsmaßnahme ein Sicherheitsabstand eingehalten wurde. Niemand durfte sie entdecken.

Nachdem sie den Kanal fast zur Gänze durchquert hatten, ließen sie Frankreich endgültig hinter sich und kamen der südwestlichsten Region Englands gefährlich nahe. Die beiden Länder trennten bekanntlich nicht viele Seemeilen, auch wenn die Passage in diesem Abschnitt immerhin noch breiter war als beispielsweise die Strecke zwischen den beiden Städten Dover und Calais. Letztere war nicht von ungefähr über viele Jahrhunderte hinweg ein blutiger Zankapfel zwischen den beiden Königreichen gewesen.

Am Horizont tauchte von nun an immer wieder feindliches Küstengebiet auf, und die Gefahr, in diesem Abschnitt auf fremde oder gar englische Schiffe zu treffen, war sehr hoch, da sie direkt die Fahrrinne kreuzten, die englische Schiffe nutzten, um ihrerseits nach Amerika zu segeln. Allerdings mussten sie dieses Risiko eingehen, da sie schlicht und einfach keine andere Route zur Verfügung hatten. Aus diesem Grund hielten die Seeleute Tag und Nacht nach allen Seiten nach fremden Schiffen Ausschau und schlugen bei dem kleinsten Anzeichen sofort Alarm. Zwar fuhren sie unter französischer Flagge und ihre Schiffe waren als Kaufmannsschiffe getarnt, doch dies war für die Engländer kein Grund, sie bei einer Entdeckung nicht aufzuhalten. Der Piratenkrieg in der Neuen Welt befand sich schon seit Jahren auf einem unschönen Höhepunkt und machte auch innerhalb der europäischen Küstenregionen keinen Halt.

Erschwerend kam schließlich noch hinzu, dass der Wind täglich schwächer wurde und die Segel immer schlaffer von den Masten hingen. Dies verzögerte ihre Überfahrt um einige Tage und erhöhte wiederum das Risiko, doch noch entdeckt zu werden. Dementsprechend wuchsen die Sorgen auf den beiden Schiffen mit jedem weiteren windstillen Tag an. Insbesondere der Marquis of Tullibardine machte ein Gesicht, als hätte ihm jemand einen kräftigen Schlag in die Magengegend verpasst.

Diese Tatsache entging auch Charles Edward Stuart nicht, der in den letzten Tagen genug Zeit gehabt hatte, um all seine Gefährten noch besser kennenzulernen und genauestens zu beobachten. Die Zeit auf dieser Überfahrt ging nur sehr langsam vorüber. Erschwerend kam hinzu, dass es so gut wie keine Privatsphäre auf solch einem engen Schiff gab und die Männer deshalb rund um die Uhr zusammensaßen. Am Anfang der Reise war dies noch kein Problem, doch es konnte eins werden, je länger die Fahrt dauerte. Die Eingeengtheit trug nämlich nicht dazu bei, die Atmosphäre an Bord aufzulockern.

»Ihr fürchtet Euch doch nicht etwa vor den Engländern?«, versuchte Charles Edward einen Scherz, um den Marquis wieder ein wenig aufzuheitern.

William Murray schreckte aus seinen Gedanken auf und blickte den Stuart-Prinzen mit einer Mischung aus Verwirrung und Empörung an. »Dankt Gott, dass Ihr ein Prinz seid!«, murmelte er dann mürrisch.

»Ach ja? Warum denn?«

»Weil ich Euch sonst aufgrund Eurer Worte sofort über Bord geworfen hätte!«

Charles Edward lachte laut auf und der Marquis stimmte schon bald in das Lachen mit ein. »Seid Ihr dann vielleicht seekrank?«

»Ich muss zugeben, ich fühle mich an Land und mit einem festen Boden unter meinen Füßen wesentlich wohler, Hoheit, aber es braucht dennoch wesentlich mehr, um mich aus dem Gleichgewicht zu bringen, merkt Euch das!«

Charles Edward verdrehte übertrieben gespielt die Augen über diese Antwort. So ähnlich hatte Thomas Sheridan damals, als sie mit dem französischen König samt Gefolge auf der Jagd gewesen waren, ebenfalls geantwortet, als sein Pferd durchgegangen war und ihn beinahe aus dem Sattel geschmissen hätte.

»Was ist?«, verlangte William Murray zu wissen.

»Nichts«, log Charles Edward.

»Darf man den Grund erfahren, weshalb Ihr so Eure Augen verdreht?«

»Ihr seid Thomas Sheridan sehr ähnlich, wisst Ihr das?«

»Er ist Ire, ich bin Schotte.«

»Das ist aber auch der einzige Unterschied. Ihr seid sogar genauso seekrank wie er.«

»Ich bin nicht seekrank!«, widersprach William Murray heftig. »Es ist nur …«

»Was?«, hakte Charles Edward sofort nach. »Was ist es?«

»Ihr seid wirklich …«, er suchte nach den richtigen Worten. »Ihr seid gerissen«, meinte er schließlich knurrend.

»Ich? Nein, absolut nicht …«

»Ihr wisst genau, wie Ihr mir die Worte entlocken könnt, wie Ihr die Antwort auf Eure Frage bekommt.«

»Von wem ich das nur gelernt habe?«, lachte Charles Edward auf. »Aber im Ernst: Was belastet Euch derart schwer, dass Ihr solch ein trübsinniges Gesicht zieht? Ihr wisst, dass Ihr mir alles anvertrauen könnt!«

»Das Wetter macht mir zu schaffen«, sagte der Marquis nach einer Weile. »Blickt nach oben! Was seht Ihr?«

Charles Edward hob seinen Kopf an und kniff sofort die Augen vor der brennenden Sonne zu.

»Eure Reaktion ist mir Antwort genug«, meinte William Murray. »Kein Wind, nicht einmal ein Lüftchen, keine Wolken, nur blauer Himmel und die ewig sengende Sonne. Wenn das so weitergeht, dann verzögert sich unsere Fahrt nach Schottland auf unbestimmte Zeit. Aber wer weiß schon, ob wir je dort ankommen werden …«

»Normalerweise würde ich nun antworten: Natürlich kommen wir an! Doch ich weiß, dass Ihr Euch nicht einfach so den Kopf zerbrecht, sondern aus Erfahrung sprecht. Ihr habt solch eine Überfahrt schon einmal mitgemacht, nämlich mit meinem Vater.«

»Erinnert Euch an die versuchte Invasion im Jahre 1708«, murmelte William Murray. »Damals war das Wetter mitunter ein Grund, warum das Unternehmen grandios scheiterte.«

»Und die englische Kriegsmarine.«

»Ja, aber nur, weil die Schiffe aufgrund des Wetters nicht rechtzeitig vorankamen. Bedenkt nur, was ein englisches Kriegsschiff jetzt mit uns machen würde, sollte es uns entdecken!«

»Wir haben vielleicht nicht viele Kanonen und könnten das Feuer eines gewaltigen Kriegsschiffes nicht einmal ansatzweise erwidern, aber unsere Schiffe sind wesentlich kleiner, wendiger und schneller, wir würden entkommen …«

»Nicht, wenn kein Wind weht!«, hielt Murray dagegen. »Ohne den verdammten Wind sind wir vollkommen aufgeschmissen!«

»Die Engländer werden ebenfalls keinen Wind haben. Gleiche Chancen für alle …«

»Sie haben aber wesentlich mehr Möglichkeiten, das Letzte aus ihren Schiffen herauszuholen. Falls es dazu kommen sollte, werden sie uns zwar nicht sehr schnell nahe kommen, aber sie werden nahe kommen! Und dann können sie uns langsam mit ihren Kanonen in kleine Stückchen schießen.«

»Das sind wahrhaft finstere Gedanken, die Ihr da habt, mein lieber Marquis. Jetzt verstehe ich Euer trübes Gesicht. Aber ich glaube, ich kann Euch dennoch ein wenig beruhigen. Ich habe nämlich gerade mit dem Kapitän gesprochen und der meinte, dass wir schon bald wieder günstigeres Wetter haben werden.«

»Woher will der das denn wissen?«

»Er ist ein erfahrener Seemann und kennt diese Gegend hier sehr gut. Er spürt, wenn die Winde wieder stärker werden.«

»Die einzigen Winde, die ich gerade spüre, kommen aus meiner Hose …«, lachte William Murray trocken auf. »Aber habt dennoch Dank, Hoheit, für Eure aufmunternden Worte. Ich glaube, ich werde mir jetzt etwas zu Essen holen. Möchtet Ihr auch etwas?«

»Macht Euch über den Kapitän nur lustig«, rief Charles Edward und schüttelte den Kopf. »Sobald wir endgültig die Keltische See erreicht haben, werden wir wieder schneller vorankommen!«, rief er seinem Landsmann hinterher, der sich unter Deck begab, um nach etwas Essbarem zu suchen.

Charles Edward blieb zurück und blickte auf das weite Meer hinaus. Obwohl es dort überall gleich aussah und es nichts Bestimmtes zu sehen gab, konnte er stundenlang so dastehen und das Wasser anstarren. Dabei kam ihm immer wieder der Gedanke, dass das Meer gigantisch war … so groß, mächtig und weit … nichts als Wasser, wohin man auch blickte, soweit das menschliche Auge reichte. Es war faszinierend. Und auch ein wenig beängstigend, denn es führte einem direkt und unmissverständlich vor Augen, wie klein man doch selbst war.

Irgendwann fiel ihm ein alter Matrose auf, der an der Reling stand und eine Flasche Rum in den Händen hielt. Der Seemann hatte nur noch wenige Haare auf dem Kopf, die komplett weiß waren, ein knochiges, altes und vom Wind sowie der Seefahrt gezeichnetes Gesicht, einige Narben, eine von der Sonne verbrannte Haut, und nur noch wenige Zähne zwischen den Lippen. Und diese wenigen Stummel waren gelblich-schwarz und faulten munter-fröhlich vor sich hin.

Der Seemann schien die Flasche anzustarren und dabei irgendetwas zu sagen. Charles Edward trat näher heran, um das Gesprochene besser verstehen zu können. Dann blieb er plötzlich abrupt stehen, denn der Matrose öffnete nun die Flasche, nahm einen kräftigen Schluck und leerte anschließend einen Teil des Inhalts in das Meer.

»Ihr wollt sicher wissen, was dies soll, Eure Majestät?«, sagte der Matrose auf einmal und ohne aufzublicken.

Charles Edward zuckte kurz zusammen. Dann kam er noch näher heran und musterte den alten Seemann von oben bis unten.

»Ich wundere mich tatsächlich«, gestand er nach einiger Zeit. »Wieso vergießt Ihr den guten Rum auf solch schändliche Art und Weise?«

»Oh«, meinte der Seemann und wandte sich ihm direkt zu. »Es tut auch in meinem Herzen weh, diesen guten Tropfen einfach herzugeben, doch es muss sein!«

»Warum dies? Sprecht!«

»Nun, damit besänftige ich die bösen Geister, die in den Untiefen des Meeres lauern!«

»Die bösen Geister? In den Untiefen des Meeres? Erklärt Euch ein wenig genauer!«

»Ihr müsst wissen, Majestät, dass …«

»Nennt mich bitte nicht Majestät, solange wir noch unterwegs sind!«

»In Ordnung, Hoheit, also …«

»Nein, auch nicht … ach, vergesst es. Also, was ist nun mit dem Rum und den bösen Geistern?«

»Ihr müsst wissen, dass ich ein erfahrener Seemann bin und schon vieles in meinem Leben gesehen habe. Sehr vieles. Wundersames, Schönes, Seltsames und auch Hässliches. Ich habe viele Kriege, Kämpfe und Schlachten erlebt, zu Land und auf See. Und in Kriegen tun die Männer schreckliche Dinge … Glaubt mir, denn ich weiß nur zu gut, wovon ich spreche. Doch nichts auf dieser Welt ist so schrecklich, wie die bösen Geister, die dort unten«, er zeigte mit einem Finger verstohlen auf das Meer und senkte seine Stimme zu einem leisen Flüstern, »wie die bösen Geister, die dort unten lauern.«

Charles Edward bekam unwillkürlich eine Gänsehaut und hörte weiter gebannt zu, wenngleich er nicht sicher war, was er wirklich von dieser Geschichte halten sollte. Er hatte mehr und mehr den Verdacht, dass dieser alte Seemann ihm irgendein Märchen erzählte.

»Ich sage es Euch, es sind gewaltige Kreaturen, die durch und durch böse sind. Wenn sie Euch erst einmal in ihr Auge genommen haben, dann solltet Ihr anfangen zu beten, denn dann neigt sich Euer Leben gewiss dem Ende zu. Solche Schiffe wie die *La Doutelle* oder die *Elisabeth* wirken winzig im Vergleich zu diesen Monstern.«

»Sollen diese Monster nur kommen, wir werden mit ihnen schon fertig«, meinte Charles Edward leichtfertig und zuckte mit den Schultern.

»Scht!«, zischte der Seemann aufgebracht und blickte angsterfüllt auf das Meer hinaus. Er öffnete erneut seine Flasche und schüttete den Alkohol in das Meer. »Ihr solltet diese Kreaturen nicht ohne Grund provozieren! Damit bringt Ihr uns alle in große Gefahr!«

Charles Edward zog die Stirn in Falten und suchte dann ebenfalls die Wasseroberfläche nach trügerischen Anzeichen einer solchen Kreatur ab, konnte aber auch nach einigen Minuten der Stille nichts entdecken, was seine Vermutung bezüglich des Wahrheitsgehalts der Geschichte bestätigte. »Seht Ihr?«, fragte er nach. »Keine bösen Kreaturen, die uns auffressen wollen.«

»Aber doch nur, weil ich sie mit dem Rum besänftigt habe!«, hielt der Seemann dagegen.«

Charles Edwards Stirnrunzeln wurde noch größer, doch er sagte nichts mehr, sondern klopfte dem Mann auf die Schulter, meinte »Gut gemacht!« und ging dann davon. In Gedanken fragte er sich, ob die viele Sonne dem armen Kerl nicht schon vor Jahren das

Hirn verbrannt hatte. Er jedenfalls glaubte nicht an solche See-
mannsgeschichten, die vielleicht gut genug waren, um ein kleines
Kind zu erschrecken. Ihn, den zukünftigen König, aber sicherlich
nicht!

Kapitel 9

Auf hoher See, Mitte Juli 1745

Mittlerweile drückten die ständige Sonne sowie der ausbleibende Wind allen an Bord gewaltig auf die Gemüter. Bereits seit unzähligen Tagen herrschte diese träge und kaum mehr auszuhaltende Flaute an, kein noch so schwaches Windchen füllte die schlaff herabhängenden Segel. Die Sonne brannte gnadenlos und dörrte die Kehlen der Männer schneller aus, als sie trinken konnten. Wenn das ungebrochen so weiter ging, dann mussten sie sogar anfangen, das Trinkwasser zu rationieren, denn keiner wusste zu sagen, wann und wo sie wieder an Land gehen konnten. Ihr ohnehin schon knapp bemessener Zeitplan schien auf diese Weise nicht mehr einhaltbar.

Charles Edward Stuart lag in einer Hängematte unter einem schmalen Vorbau, sodass er wenigstens ein klein wenig Schatten abbekam, und stieß sich mit einem Fuß immer wieder leicht an einem Holzbalken ab. Die Hängematte schaukelte gemächlich hin und her, was zwar ganz angenehm war, doch wirkliche Abkühlung verschaffte dies auch nicht.

William Murray lag in einer weiteren Hängematte neben ihm und tat es ihm gleich. Sein Gesicht war jedoch aufgrund der schwülen und drückenden Hitze bereits rot angelaufen. Mit einem breitkrempigen Hut fächerte er sich etwas Luft zu. »Schade, dass wir keine Frauen an Bord haben«, brach er irgendwann das Schweigen.

»Oh ja!«, bestätigte Charles Edward grinsend.

»Aber nicht aus dem Grund, den Ihr in Euren Gedanken hegt«, korrigierte der Marquis of Tullibardine sofort. »Einzig und allein der Fächer wegen, die die Damen ständig mit sich herumtragen. Solch einen Fächer hätte ich nun auch gerne! Ich würde momentan alles geben, um nur ein wenig Abkühlung zu erfahren ...«

»Natürlich«, murmelte Charles Edward und schloss seine Augen. Der Marquis hatte ihn unweigerlich auf andere Gedanken gebracht. Gedanken, in denen einige Hofdamen eine wichtige Rolle spielten. Ein sanftes Lächeln zauberte sich sogleich auf sein Gesicht, als die Bilder in seinem Kopf konkrete Formen annahmen.

»Na toll!«, stöhnte William Murray auf, als er dieses Lächeln bemerkte und sofort wusste, was Sache war. Doch er ließ dem Prinzen seinen Spaß und sagte dann nichts mehr. Stattdessen schloss auch er die Augen und lauschte den wenigen Geräuschen, die momentan zu hören waren: ein leises Rascheln der schaukelnden Hängematten, ein kaum wahrnehmbares Klicken, wenn sie beide sich mit ihren Stiefeln an den Holzbalken abdrückten, ein Murmeln, das von zwei Seemännern stammte, die sich in einer gegenüberliegenden Ecke flüsternd unterhielten, hin und wieder ein schwaches Ächzen eines Holzbalkens, gefolgt von einem Knarren, ein lauter Fluch des Küchenmeisters, dann wieder Stille. Die Stille dauerte an, bis ein Matrose ein kleines Glöckchen betätigte und alle zum Essen rief. Dann erst kehrte ein wenig Leben an Bord zurück. Aus allen Löchern kamen die erschöpften Seemänner hervorgekrochen und stellten sich an der Essensausgabe an. Und dann wurde gegessen, getrunken, gelacht, gescherzt und miteinander gesungen, ehe sich alle wieder verkrochen und die Stille zurückkehrte. Die Essenszeiten waren die letzten verbliebenen fröhlichen Momente.

Charles Edward und William Murray kehrten dann auch zu ihren Hängematten zurück und legten sich wieder nieder. Eine

Weile schaukelten sie hin und her, bis der Prinz das Wort ergriff: »Kann ich Euch etwas fragen?«

»Natürlich. Jederzeit. Das wisst Ihr doch!«

»Was denkt Ihr? War es ein Fehler, meinem Vater dieses Unternehmen im Vorhinein zu verschweigen?«

»Hm.«

»Ihr dürft schon ein wenig ausführlicher antworten, Marquis!«

»Ich denke, dass es so am vernünftigsten und sichersten war. Selbstverständlich drängte es Euch geradezu, Eurem Vater von unserem Vorhaben zu erzählen, ihn vielleicht um Rat und um Zustimmung zu bitten, doch es war einfach zu gefährlich. Die Zeit war knapp und die Spione der Engländer sind überall, insbesondere in der Nähe Eures Vaters, das wisst Ihr. Er hat Euch vor gut zwei Jahren zum Prinzregenten ernannt und Euch damit sämtliche Vollmachten übertragen. Dies hat er nicht ohne Grund getan. Euer Vater ist ein kluger Mann, er wird vielleicht sogar darauf gehofft haben, dass Ihr diesen Schritt eines Tages wagen werdet.«

»Und was ist mit meinem Bruder Henry Benedict?«

»Was soll mit ihm sein?«

»Er wird sicher enttäuscht sein, dass er nicht eingeweiht wurde.«

»Das denke ich nicht«, widersprach William Murray.

»Wie könnt Ihr Euch da so sicher sein?«

»Nun, sagt mir: Was hätte es gebracht, ihn in unsere Pläne einzuweihen?«

»Nun ja …«

»Er wäre informiert gewesen, das wäre aber auch schon alles. Er ist ein Mann der Kirche und zwar mit Haut und Haaren. Militärisch oder logistisch hätte er uns nicht unbedingt weiterhelfen können. Unser Geheimnis wäre bei ihm nicht sicher gewesen, denn Ihr wisst, dass er kaum ein Geheimnis je für sich hat behalten können, der Gute. Das war schon immer so gewesen.«

»Da ist etwas dran«, lachte Charles Edward auf. »Er war auch nie ein sonderlich guter Lügner, ich habe ihn jedes Mal sofort durchschaut. Er konnte noch nicht einmal beim Spielen betrügen.«

»Da habt Ihr es. Und glaubt mir, ich sehe dies nicht unbedingt als charakterliche Schwäche an, denn es zeigt von seiner Offenheit und Unschuld bezüglich der verteufelten Geheimniskrämerei, aber wir hätten uns damit selbst nur unnötig in Gefahr gebracht. Je weniger von unserem Vorhaben wissen, desto besser. Nicht auszudenken, wenn er sich irgendwie verraten hätte …«

»Und dennoch tut es mir in gewisser Weise leid, dass er es nicht direkt von mir persönlich erfahren wird. Ich hätte es ihm gerne von Angesicht zu Angesicht gesagt. So wie es unter Brüdern selbstverständlich ist.«

»Das ist nun einmal nicht mehr zu ändern, Hoheit, aber Ihr solltet Euch deswegen nicht den Kopf zerbrechen. Außerdem wird es unser Henry Benedict schon verkraften, dessen bin ich mir absolut sicher. Wie gesagt, er hat momentan nur die heilige Kirche im Kopf. Ihr kennt doch sicherlich noch seinen Tutor, den ehrbaren James Murray, Earl of Dunbar?«

»Ja. Was ist mit ihm?«

»Nun, ich stehe mit ihm noch regelmäßig in Kontakt. Und seinen Briefen zufolge verbringt Euer Bruder den halben Tag lang im tiefen Gebet zu Gott. Außerdem muss er stets eine Uhr bei sich tragen, um ja keinen Gottesdienst, keine Lesung, keine Andacht, kein sonstiges Ritual und was weiß ich nicht alles zu verpassen. Er scheint ganz vernarrt in die Kirche zu sein.«

»Er liebäugelt mit der Kardinalswürde.«

»Diese wird ihm wohl in nicht mehr allzu ferner Zukunft verliehen werden. Es gibt kaum jemanden, der auf diese Weise alles der Kirche unterordnet wie er. Er ist wirklich dazu berufen.«

»Das ist er wohl.«

»Und Ihr seid dazu berufen, schon bald der König von Schottland, Irland und England zu sein. Und wenn Euer Bruder dann auch noch in der Kirche aufsteigt, dann wird das Hause Stuart in neuem Licht erblühen. Ihr, der weltliche Herrscher von Gottes Gnaden, Henry Benedict als Kardinal … Man stelle sich nur einmal vor …«

»Noch ist nichts davon wahr«, bremste Charles Edward die Euphorie. Dann wechselte er das Thema: »Thomas war heute nicht beim Essen. Ob es ihm wohl gut geht?«

»Es ist merkwürdig, doch mit solch einer ruhigen See kommt er weniger zurecht, als wenn es stürmt und das Schiff wie verrückt wankt«, erklärte William Murray, jedoch nicht ohne gewisse Schadenfreude.

»Ich werde mal nach ihm sehen.«

»Ist gut.«

Charles Edward schwang sich mühsam aus der Hängematte, blickte zur Sonne empor, blinzelte und schirmte seine Augen mit seiner flachen Hand ab. »Immer noch da!«, knurrte er und schlurfte dann unter Deck, um nach seinem Freund Thomas Sheridan zu sehen.

Als er kurz darauf vor dessen kleiner Kajüte stand, hielt er die Luft an und lauschte an der Tür, ob er irgendwelche verdächtigen Geräusche hörte. Da dies nicht der Fall war, klopfte er an, wartete kurz ab und trat dann ein. Der Ire lag auf dem Boden und hatte die Augen geschlossen. Charles Edward stürmte sofort zu ihm, um zu sehen, was los war. Er kniete sich neben Thomas nieder, packte ihn an den Schultern und rüttelte ihn einmal kräftig durch.

Es dauerte einen Moment, doch dann machte der Ire endlich seine Augen auf. »Ah, Ihr seid es«, murmelte er verschlafen.

»Gott sei Dank, Ihr lebt!«, murmelte Charles Edward erleichtert auf.

»Natürlich lebe ich«, erwiderte der Ire, wobei seine Stimme leicht gekränkt klang.

»Jaja, ich weiß, es braucht mehr, um Euch umzuhauen … Schon verstanden.«

»Schön, dass Ihr das endlich einseht, Hoheit«, lachte Thomas Sheridan und ließ sich auf die Beine helfen.

»Was macht Ihr auf dem Boden?«, wollte Charles Edward neugierig wissen und deutete dann auf das kleine Bett. »Und wieso schlaft Ihr nicht hier drin?«

»Zum einen«, gab Thomas Sheridan zurück, »wankt es zu sehr, wenn ich auf dem Bett liege …«

»Aber es ist komplett windstill! Das Schiff bewegt sich kein bisschen …«

»Zum anderen ist das Bett für mich zu klein«, sprach der Ire weiter, ohne auf den Einwand des Stuart-Prinzen einzugehen. »Seht her! Wenn ich mich in das Bett lege, dann weiß ich nicht, wohin mit meinen Füßen …«

Charles Edward musste laut auflachen, während er zusah, wie sein Freund versuchte, sich mühsam und ächzend in das Bett zu legen. »Ihr seid wahrhaftig zu groß für dieses Bett.«

»Und deshalb bevorzuge ich den Boden«, schloss der Ire das Thema ab. Dann ging er zu einer kleinen Truhe, die in einer Ecke stand, und öffnete sie. Er kramte ein wenig darin herum, bis er gefunden hatte, wonach er suchte. »Das ist für Euch!«, meinte er schließlich und überreichte dem Prinzregenten einen nagelneuen Kilt.

»Für mich?«, fragte Charles Edward überrascht nach und begutachtete den feinen Stoff, der das typisch schottische Karomuster aufwies.

»Ich wollte Euch diesen Kilt erst nach unserer Ankunft in Schottland überreichen, aber … egal, nun habt Ihr ihn bereits jetzt.«

»Der ist wunderschön!«, rief Charles Edward erfreut aus. »Ich danke Euch, mein Freund.« Er umarmte den Iren und wollte noch etwas sagen, als sie unsanft gestört wurden.

Ein lauter Ruf eines Seemanns hallte aus heiterem Himmel durch das Schiff hindurch, ließ einige Gläser erzittern und weckte jeden verschlafenen Mann augenblicklich auf. Sofort erwachte das gesamte Schiff zu neuem Leben. Es wurde hastig in die Stiefel gesprungen, die Köpfe herausgereckt und zu den Waffen gegriffen.

»Was ist da los?«, wollte Charles Edward erstaunt wissen.

Thomas Sheridan war mit einem Satz an der Tür angelangt und riss sie auf. Draußen jagten einige Seemänner hastig an ihnen vorüber. Sie drängten sich in dem engen Gang vorwärts und strebten nach oben an das Tageslicht. Im Gehen gürteten sie ihre Waffen um. Nur mit Mühe konnte Thomas Sheridan einen von ihnen aufhalten und nach dem Grund für diese Unruhe fragen.

»Ein fremdes Schiff wurde gesichtet, Herr«, kam sogleich die bereitwillige Auskunft.

»Ein fremdes Schiff?«, hakte der Ire beunruhigt und alarmiert zugleich nach. »Was für ein Schiff? So sprecht!«

Bevor der Seemann darauf antworten konnte, hallte erneut der warnende Ruf über das Schiff hinweg: »Englisches Kampfschiff steuerbord! Englisches Kampfschiff steuerbord!«

»Oh verdammt!«, entfuhr es Thomas Sheridan unweigerlich. Er ließ den aufgehaltenen Seemann seinen Kameraden nachjagen, dann wandte er sich zu Charles Edward um, doch der drängte ihn bereits aus der Kabine und ebenfalls an Deck.

Als sie oben angekommen waren, konnten sie sämtliche Seemänner überblicken, die in einer langen Reihe an der Reling standen, drängelten, sich um den besten Platz stritten, und auf den winzigen Punkt in der Ferne starrten, der das feindliche Kampfschiff sein musste.

»Macht sofort Platz, ihr Tagediebe!«, brüllte der Kapitän seinen Männern zu, als er Charles Edward und Thomas Sheridan erblickte. Und sofort wurde dem schottischen Prinzen Platz gemacht, sodass er den besten Aussichtspunkt erhielt.

Dann holte Thomas Sheridan sein Fernrohr hervor, zog es aus und blickte damit zu dem winzigen Punkt hinüber. Es vergingen zähe Sekunden, in denen nichts geschah und jeder Anwesende die Luft anzuhalten schien.

»Was ist? Was sehr Ihr?«, drängte Charles Edward schließlich. »Nun sagt schon!«

Thomas Sheridan nahm das Fernrohr wieder herunter und wurde kreidebleich im Gesicht. Er starrte fassungslos zum Horizont, den Mund weit aufgerissen und unfähig zu einer Antwort. Mehrmals musste er schwer schlucken, dann reichte er wortlos das Fernrohr an Charles Edward weiter.

Der junge Stuart riss das Fernrohr an sich und blickte ebenfalls hindurch. Es dauerte kurz einen Moment, bis er den Punkt in der

Ferne ausgemacht hatte, aber dann wurde auch er sehr nachdenklich. »Eindeutig ein Schiff«, murmelte er, »das ist nicht gut. Aber bevor wir in unkontrollierte Panik ausbrechen … ist es auch ein feindlich gesinntes? Ich kann nicht sonderlich viel erkennen …«

»Ich habe sie sofort erkannt«, flüsterte Thomas Sheridan leise. »Das ist die *H.M.S. Lion*!« Während er dies sagte, wich auch noch der letzte kümmerliche Rest seiner Farbe aus dem Gesicht, sodass er sich vor einer weißen Wand hätte verstecken können.

Charles Edward nahm das Fernrohr wieder herunter und reichte es an Aeneas MacDonald weiter, der neben ihm stand und ebenfalls einen Blick riskieren wollte. »Ihr kennt dieses Schiff also«, sagte er dann an Thomas gewandt. »Wie gefährlich kann eine Begegnung für uns werden?«

»Wie gefährlich?«, fragte der Ire ungläubig zurück, bemüht um einen ruhigen Ton. »Ihr wollt wissen, wie gefährlich es für uns … Ich sage es mal so: Wenn wir nicht schnellstens Wind in unsere Segel bekommen, dann sind wir so gut wie tot!«

»Ich bin beileibe kein Pessimist«, meldete sich William Murray zu Wort, »aber ich fürchte, unser lieber Thomas hat recht. Ich kenne die *H.M.S. Lion* ebenfalls und es handelt sich hierbei nicht um ein Leichtgewicht. Wir sprechen hier über ein schwer bewaffnetes Schlachtschiff der englischen Marine, über ein Linienschiff der dritten Klasse!«

»Der dritten Klasse?«, hakte John William O'Sullivan nach, der ebenfalls an Deck gekommen war.

»Der dritten Klasse«, bestätigte William Murray.

»Und was bedeutet das genau?«, wollte Reverend George Kelly wissen, der von Kriegsschiffen nicht allzu viel Ahnung hatte.

»Das bedeutet für uns, dass dort ein Ungetüm mit mindestens vierundsechzig Kanonen sowie mehreren hundert Mann Besatzung auf uns zuhält!«

»Um Gottes Willen!«

»Vierundsechzig Kanonen und mehrere hundert Mann Besatzung, sagt Ihr? Wie sollen wir uns je gegen diese Übermacht verteidigen?«

»Das ist nicht einmal zu vergleichen mit David gegen Goliath!«, meinte der Reverend. »Das ist Goliath gegen eine kleine Eintagsfliege!«

»Sollte es zum Kampf kommen, dann haben wir keine Chance«, sprach der Marquis of Tullibardine offen aus. »Bevor wir auch nur reagieren könnten, hätten diese Bastarde unsere beiden Schiffe in abertausende Stücke zerschossen. Gegen solch eine geballte Feuerkraft können wir nichts ausrichten!«

»Wir dürfen es deshalb nicht zum Kampf kommen lassen«, schlussfolgerte Charles Edward nüchtern. »Wir müssen auf der Stelle von hier verschwinden!«

»Und wie soll das gehen? So ganz ohne jeden Wind …«

»Dieses Problem hat aber auch das feindliche Kriegsschiff, vergesst das nicht!«

»Und dennoch werden wir kaum entkommen können, wenn nicht noch von irgendwoher ein Wunder geschieht. Denn sobald der Wind auffrischt, dann wird das Linienschiff unaufhaltsam aufschließen, bis es auf Feuerweite herangekommen ist. Es ist uns nicht nur in der Anzahl an Kanonen und Männern überlegen, sondern auch in der Anzahl der Segel. Und mehr Segel bedeuten mehr Fahrt, so einfach ist das. Und wenn es soweit ist, dann Gnade uns Gott. Diese elendigen Wichte werden uns Stück für Stück zerlegen!

Sie werden an der Reling ihres Schiffes stehen und gemütlich dabei zusehen, wie wir auf diesem Kutter absaufen …«

»Dazu wird es niemals kommen!«, hielt Charles Edward fest dagegen, um seinen Männern Mut zuzusprechen. Doch er wusste selbst, dass seine Worte nichts als Schall und Rauch waren, denn er hatte keinerlei Ahnung, wie sie es anstellen sollten, den Engländern zu entkommen. »Wir sollten froh darüber sein, dass wir es nicht mit einem Linienschiff der ersten Klasse zu tun haben«, meinte er scherzhaft, doch keiner der Männer lachte darüber.

»Vor fünf Jahren kollidierte die *H.M.S. Lion* aus Versehen mit der *Victory*«, meinte William Murray düster. »Und die *Victory* war ein Linienschiff der ersten Klasse, eines der größten und mächtigsten Kriegsschiffe der Royal Navy. Jetzt ratet mal, welches der beiden Schiffe seinen Bugspriet verloren hat! Die *Lion* jedenfalls nicht …«

»Was können wir machen, um endlich wieder mehr Fahrt aufzunehmen?«, wollte Charles Edward wissen.

»Nicht sehr viel«, antwortete der Kapitän des Schiffes resigniert. »Wir haben leider keine Ruder …«

»Ballast abwerfen?«

»Wird auch nicht sehr viel bringen.«

»Zumindest nicht für den Moment, doch sobald der Wind auffrischt, können wir so ein wenig an Zeit gewinnen.«

»Dann lasst uns alles über Bord werfen, was nicht mehr absolut dringend gebraucht wird«, schlug Charles Edward vor. »Es ist vielleicht nicht viel, aber immerhin ein Anfang und ein Hoffnungsschimmer.«

Ein lauter Knall, der die Stille des Meeres zerriss, ließ sie alle zusammenzucken und erschrocken zu der *H.M.S. Lion* hinüberblicken. Dort war kurzzeitig ein kleiner Feuerball zu sehen, dann stieg eine Rauchwolke in den wolkenlosen Himmel auf.

»Was war das?«, wollte Reverend George Kelly wissen.

»Die feuern auf uns!«

»Sie sind noch viel zu weit entfernt, als dass sie uns treffen könnten«, wehrte William Murray ab. »Das war ein Schuss aus einer Kanone, das ist richtig, doch lediglich als Warnung an uns gedacht. Damit geben sie uns zu verstehen, dass sie uns ebenfalls entdeckt haben und dass wir uns stellen sollen.«

»Kommt gar nicht in Frage!«, rief Charles Edward energisch aus. »Wenn ich meinen nackten Arsch über die Reling strecke, ist das dann eine eindeutige Antwort?«

»Das wird es wohl sein«, schmunzelte Thomas Sheridan, während langsam wieder die Farbe in sein Gesicht zurückkehrte.

»Na schön, dann soll es so sein!«, sagte der junge Stuart. »Sie sollen sogleich meine Antwort erhalten! Ich will keine Zeit verlieren …«

Einige Seemänner begannen schallend zu lachen und taten es dem schottischen Prinzen gleich. Sie alle stellten sich an die Reling, zogen ihre Hosen herunter und präsentierten den Engländern ihre nackten Ärsche.

»Ich hoffe nur, diese Bastarde haben genügend Fernrohre«, witzelte William Murray, der amüsiert die Szene beobachtete. »Wäre doch jammerschade, wenn ihnen dieser grandiose Anblick entgehen würde, nicht wahr?«

»In der Tat«, stimmte Thomas Sheridan zu. »In der Tat.«

Kapitel 10

Auf hoher See, Mitte Juli 1745

Charles Edward Stuart stand neben Thomas Sheridan und John MacDonald, dem ehemaligen Kavallerieoffizier in französischen Diensten, an der Reling der *Elisabeth* und blickte nachdenklich zu der *H.M.S. Lion* hinüber, die sie schon seit Tagen unerbittlich verfolgte. Das englische Kriegsschiff hatte mittlerweile ein gutes Stück aufgeholt und war nun ohne Fernrohr gut sichtbar. Die vielen Masten und Segel waren beeindruckend und beängstigend zugleich.

»Mein Prinz, Ihr solltet besser wieder unter Deck gehen«, meinte Thomas Sheridan und deutete mit dem Kopf in Richtung des immer größer werdenden Linienschiffes der Royal Navy. »Und Ihr ebenfalls, MacDonald. Wir fahren zwar unter französischer Flagge und als Kaufmänner getarnt, doch wenn sie Euch oder einen von uns in einem Kilt oder einem feinen Justaucorps erblicken, dann ist es vorbei mit der Tarnung. Dann werden sie wissen, dass wir keine Kaufmänner mit ehrlichen Handelsabsichten sind.«

»Spielt das denn noch eine große Rolle?«, fragte John MacDonald zurück. »Ich meine, wenn sie uns umbringen, dann ist es doch letzten Endes egal! Ob sie nun uns oder ein paar Franzosen abschlachten. Für diese englischen Hunde macht das keinen großen Unterschied …«

»Noch sind wir nicht geschlagen!«, meinte Charles Edward an ihn gewandt. »Thomas hat recht, wir sollten uns nicht mehr so offen an Deck zeigen.« Er blickte zum Himmel empor, der nach so vielen langen Tagen endlich wieder einige Wolken trug. Und es wurden ihrer immer mehr, eine ganze Wolkendecke kündigte sich an, die langsam aber sicher über ihnen zusammenzog. »Da braut sich ganz schön was zusammen, möchte ich meinen«, frohlockte er. »Noch haben wir also eine Chance …«

»Sie wird zu spät kommen«, erwiderte John MacDonald pessimistisch. »Ja, wir nehmen langsam wieder an Fahrt auf, der Wind füllt wieder unsere Segel, doch seht nur, wie die Segel der *Lion* gefüllt sind! Ich sage es nur ungern, aber es macht mir Angst, wie schnell sie näher kommt.«

»Dann lasst uns noch mehr Ballast abwerfen!«, rief Charles Edward.

»Das wird kaum mehr möglich sein, wir haben bereits sämtliche überflüssige Ladung über Bord geworfen. Und das Gold oder die Waffen werdet Ihr wohl kaum …«

»Natürlich nicht! Aber dann muss eben die Inneneinrichtung der Schiffe dran glauben. Lasst einfach alles, jeden Balken, jedes noch so kleine Stück Holz, das nicht dringend benötigt wird, herausreißen und über Bord schmeißen!«

»Wird sofort erledigt!«, rief John MacDonald und lief los, um den Auftrag auszuführen.

»Wie sieht es mit unserer Bewaffnung aus?«, wollte Charles Edward dann von Thomas Sheridan wissen.

»Lasst es mich bildlich ausdrücken: Stellen wir uns einen kleinen Vogel vor, der sein Geschäft verrichten muss. Sein Kot hat ungefähr die Größe einer Fingerkuppe. Das sind wir. Die *H.M.S. Lion* hingegen, wenn die scheißt, dann sind das Pferdeäpfel! Oder Kuhfladen! Je nachdem, was Euch lieber ist …«

»Das war eindeutig veranschaulicht«, murmelte Charles Edward.

»Ich habe mehrmals nachgezählt, aber es werden einfach nicht mehr Kanonen. Dieses Schiff hat vier Zwölfpfünder und im Bug noch einige Sechspfünder, doch damit können wir nicht viel ausrichten. Die *Lion* hingegen hat Zweiundvierzig- und Vierundzwanzigpfünder zur Verfügung, die zudem auf mehrere Decks verteilt sind. Eine gezielte und gut getroffene Breitseite würde ausreichen, um unser Schiff mit einem Schlag außer Gefecht zu setzen.«

»Dann sollten wir ihr weiterhin den Hintern zukehren. Wir dürfen auf gar keinen Fall ihre Breitseite zu sehen bekommen.«

»Dazu müssen wir aber vor der *Lion* bleiben, denn sobald der Wind stärker wird, schließt sie zu uns auf, überholt uns und schon stehen wir parallel zueinander da.«

»Diese Konstellation muss verhindert werden! Deshalb müssen wir zwingend vorher abdrehen und irgendein Ausweichmanöver fahren. Wie erfahren ist der Kapitän noch gleich?«

»Er ist sehr erfahren, doch auch er nimmt es nicht jeden Tag mit einem Linienschiff der dritten Klasse auf. Außerdem glaube ich, dass er vor einigen Tagen das Trinken angefangen hat. Angeblich, um seine Aufregung zu unterdrücken …«

»Na toll! Die guten Nachrichten reißen nicht ab, was? Wie stehen unsere Chancen für eine nächtliche Flucht? Sobald die Dunkelheit hereinbricht, könnten wir sämtliche Lichter löschen und versuchen, mit dem Wind, der bis dahin vorhanden ist, eine andere Richtung einzuschlagen.«

»Theoretisch wäre das heute Nacht sicherlich möglich«, meinte Thomas Sheridan zögernd. »In den letzten Nächten war es das nicht, da kein Wind vorhanden war, der uns hätte fortbringen können. Aber heute stünden unsere Chancen beileibe nicht schlecht. Allerdings werden die Engländer etwas dagegen haben. Sie werden vermuten, dass wir etwas in diese Richtung planen und werden ihrerseits alles daran setzen, um genau dies zu verhindern. Wie mir scheint, wollen sie noch vor Einbruch der Dunkelheit das Feuer auf uns eröffnen, denn bis dahin sollten sie nahe genug an uns dran sein. Sie werden uns dadurch noch nicht unbedingt einen schweren Schaden zufügen, doch mittels Leuchtgeschossen können sie dann sehen, ob wir den Kurs heimlich ändern wollen, und so werden auch sie ihren Kurs ändern. Wir werden diese Klette nicht mehr los, sofern uns das Wetter nicht noch mehr hilft.«

»Unser Marquis hat so ein Jucken in den Füßen, das er immer dann bekommt, wenn ein schwerer Sturm heraufzieht.«

»Und das sollte uns Hoffnung machen. Zwar könnte ein schwerer Sturm uns ebenso gut vernichten, wie es die Engländer mit ihren Kanonen könnten, doch immerhin haben wir so eine größere Chance.«

»Und wir sterben nicht durch die Hand eines Engländers«, fügte Charles Edward hinzu. »Auch ein großer Vorteil.«

»Das ist richtig«, lachte der Ire auf. »Sterben müssen wir ja alle … und manche eben durch die Hand eines Feindes, da kann man nichts machen. Doch bitte nicht durch einen Engländer!«

»Ich hoffe, dass Gott Eure Worte erhört«, sagte Charles Edward in ernstem Ton.

»Amen«, murmelte Thomas Sheridan und bekreuzigte sich. »Und nun lasst uns lieber unter Deck gehen, es wäre …«

»Schon gut«, meinte Charles Edward abwinkend. »Ich habe verstanden. Die Engländer sollen uns nicht an unseren Kleidern erkennen. Allerdings kam mir diesbezüglich gerade ein Gedanke. Wie wäre es, wenn wir uns ebenfalls als Seemänner tarnen würden?«

»Kein schlechter Gedanke«, überlegte der Ire.

»So müssten wir uns nicht unter Deck verkriechen und könnten zudem während des Kampfes unerschrocken mitkämpfen.«

»Ich gehe sofort los und frage den Kapitän, ob er auf die Schnelle noch irgendwelche Klamotten für uns auftreiben kann.«

»Sofern nicht längst alles über Bord geworfen wurde«, murmelte Charles Edward ihm noch hinterher. Dann blickte er wieder zu dem bedrohlichen Kriegsschiff hinüber und verfluchte es in Gedanken. In den Vorbereitungen zu dieser Überfahrt hatten sie die Möglichkeit einer solchen Begegnung immer wieder angesprochen, doch insgeheim hatte er gehofft, niemals in eine solche Situation zu geraten. Er hatte gehofft, von allen Feinden unbemerkt überzusetzen, um heimlich, still und leise in Schottland zu landen. Er hatte auf sein Glück sowie auf Gott vertraut, schließlich war seine Sache gerecht. Doch nun war alles anders gekommen und dieses bedrohliche Linienschiff schien ihn deshalb förmlich verspotten zu wollen. Nicht nur, dass es seine Invasionspläne durchkreuzte, nein, es war alles noch viel schlimmer. Denn falls er, der Erbe der Kronen, getötet oder aber in Gefangenschaft geraten sollte, dann wäre die Sache der Stuarts endgültig gescheitert. Mit ihm als Geisel, würde es keiner der Stuart-Anhänger mehr wagen, einen Angriff oder einen Umsturzversuch zu starten. Alle würden sie stillhalten und keinen Finger rühren, um sein Leben nicht zu gefährden. Und er selbst? Er würde irgendwann kinderlos in Gefangenschaft sterben, sodass einzig sein Bruder Henry Benedict Stuart übrig bleiben würde, doch der war ein Mann der Kirche und fühlte sich nicht dazu berufen, ein Heer an der Spitze anzuführen, um das rechtmäßige Erbe der Familie Stuart zurückzuholen. Sein Vater war bereits zu alt und zu müde, um noch einmal in den Kampf zu ziehen.

Plötzlich wurde Charles Edward so richtig bewusst, wie wichtig seine Mission war und wie viel Verantwortung und Hoffnung auf seiner Person ruhten. Falls er scheiterte, stünde es schlecht um das

Haus Stuart. Allein aus diesem Grund durfte er nicht versagen, sondern musste erfolgreich sein.

Wie sich im Verlauf des Tages herausstellte, war das Jucken in den Füßen des Marquis of Tullibardine kein Trugschluss gewesen, denn es braute sich tatsächlich ein gewaltiger Sturm zusammen, der es noch vor Einbruch der Dunkelheit pechschwarze Nacht werden ließ. Finstere Wolken schoben sich zusammen, bauten sich zu riesigen Türmen auf und fungierten als bedrohliche Vorboten des kommenden Unwetters. Die See wurde unruhig, das Wasser begann zu brodeln und schwappte immer öfter über die Reling herein und auf das Deck. Die *Elisabeth* und die *La Doutelle* begannen kräftig zu schwanken und hin und her zu schaukeln, als handelte es sich bei ihnen nicht um Schiffe, sondern um kleine Spielbälle in den Händen eines Riesen.

Bald darauf setzte ein leichter Nieselregen ein, der den Seemännern die Arbeit an Deck zusätzlich erschwerte, da er alles an Bord rutschig und glitschig werden ließ. Viele Männer verloren in einem unachtsamen Moment ihren Halt, rutschten aus und fielen der Länge nach hin. Wenn sie Glück hatten, konnten sie sich irgendwo festhalten und mühsam wieder auf die Beine zerren, andernfalls drohten sie, bei einer kräftigen Windböe oder einer großen Welle über Bord zu gehen. Und wer einmal über Bord war, für den gab es in solch einer Situation keinerlei Aussicht auf Rettung. Dann war er dort draußen auf offener See ganz alleine auf sich gestellt und beinahe schon tot.

Der Wind frischte mehr und mehr auf und nahm mit jeder Minute an Kraft zu. Er begann zu heulen und in den Ohren der Männer zu dröhnen, sodass diese lauthals schreien mussten, um überhaupt noch miteinander kommunizieren zu können. Das aufgebrachte Wasser schäumte, bildete abertausende kleine Bläschen, rüttelte mit Geisterhand an den Schiffen, zerrte an dem Holz und brachte die ganze Welt der Seefahrer ins Wanken. Stille Stoßgebete wurden zigfach gen Himmel gesandt und mit zahlreichen Versprechungen im Falle einer Rettung verziert.

Doch es sollte noch schlimmer kommen: Der anfängliche Nieselregen ging schon bald in einen Platzregen über, der, durchmischt mit kleinen Hagelkörnern, die Männer komplett durchnässte und unweigerlich zum lautstarken Fluchen brachte. Derbe Seemannsflüche, die unkontrolliert über das Deck fegten und sich immer weiter steigerten, genauso wie die stürmische See. Blitze zuckten nun vielfach am Himmel auf und ließen die Flüche der Seemänner nach und nach ersterben, denn plötzlich wagte keiner mehr, noch länger die böse Zunge zu schwingen. Alle zogen sie ihre Köpfe ein und konzentrierten sich wieder mehr auf das Beten und Erflehen des Schutzes durch Gottes Hand. Die Blitze wurden größer und greller, manche reichten gar über den halben sichtbaren Himmel und ließen die Dunkelheit kurzzeitig verschwinden. Dann war es so hell, als würde die Sonne wieder erstrahlen.

Jeder der Männer suchte schnellstmöglich Schutz unter einem Verschlag oder gar unter Deck, doch nur solange, bis der Kapitän dies mitbekam, sie unbarmherzig anbrüllte und wieder auf ihre Posten zurücktrieb. Mit gezückter Pistole stand er da und drohte, jeden zu erschießen, der nicht gehorchte und nicht sofort wieder seine Arbeit aufnahm. Mürrisch gaben die Seemänner nach und gehorchten. Sie versuchten, die schmerzhaften kleinen Hagelkörner zu ignorieren, die ihnen auf die Köpfe und Schultern prasselten, und taten ihr Bestes, um die beiden Schiff auf Kurs zu halten. Der

Sturm hingegen schien alles mögliche zu unternehmen, um genau dies zu verhindern. Er machte mit ihnen, wonach ihm gerade der Sinn stand, und ließ sie nicht aus seinen gefährlichen Fängen entkommen. Mehr noch, er trieb sie geradewegs in die Hände des englischen Linienschiffes, das zwar auch schwer mit dem Unwetter zu kämpfen hatte, doch wesentlich ausgeglichener im Wasser lag und von daher besser mit der unruhigen See zurechtkam.

Selbst einem so unerfahrenen Seefahrer wie Charles Edward Stuart wurde klar, dass der Sturm sie in eine Position brachte, die ungünstiger nicht hätte sein können. Und wie um seine finsteren Gedanken zu bestätigen, krachte in diesem Moment der erste Schuss los. Trotz des heulenden Windes, des dröhnenden Donners und des rauschenden Wassers, konnte er den Knall der Kanone deutlich heraushören. Er drehte erschrocken seinen Kopf in Richtung der *H.M.S. Lion* und sah gerade noch das Verblassen des Feuerreifs, der von der abgefeuerten Kanone herrührte. Und noch ehe er einen weiteren Gedanken fassen konnte, schlug die Kanonenkugel auch bereits in die *Elisabeth* ein, ließ das gesamte Schiff mächtig erzittern und sorgte für einen unglaublichen hölzernen Splitterhagel. Instinktiv duckte Charles Edward sich weg und vergrub seinen Kopf zwischen seinen Händen, mit denen er sich umständlich an einem Holzbalken festhielt, damit er nicht über Bord geschwemmt wurde. Er schrie auf, als einige größere Holzsplitter auf ihn niedergingen, doch glücklicherweise fügten sie ihm keine ernsthaften Verletzungen zu. Er schüttelte sich einmal kräftig, fast so wie ein nasser Hund, sodass hunderte Wassertropfen und Holzsplitter von ihm davonflogen. Dann konzentrierte er seinen Blick wieder auf das englische Kriegsschiff, das nun schlagartig so nahe herangekommen war, dass es nun aus allen Rohren feuern konnte. Und die

Lion war riesig. Viel größer als die *Elisabeth* oder die *La Doutelle*. Charles Edward meinte beinahe, nur seine Hand ausstrecken zu müssen, um die Segel des feindlichen Schiffes greifen zu können. So nahe war das Linienschiff ihnen auf die Pelle gerückt.

Erneut krachte es laut. Diesmal jedoch aus mehreren Kanonen, die gleichzeitig abgefeuert wurden. Rauch stieg auf und nicht einmal einen Wimpernschlag später erbebte die *Elisabeth* erneut. Balken erzitterten, Holz krachte, Männer schrien, entweder weil sie Angst hatten oder aber verletzt worden waren. Ein wildes Durcheinander und Chaos brach an Bord aus, Seemänner liefen umher, einer von ihnen wurde in hohem Bogen über Bord geworfen und verschwand auf immer im schäumenden Wasser. Die *Elisabeth* geriet in der Folge in eine gefährliche Schieflage, als sie von einer monströsen Welle erfasst und angehoben wurde.

Charles Edward verlor seinen Halt, der Boden wurde ihm förmlich unter den Füßen weggerissen. Für einen kurzen Moment wusste er nicht, wie ihm geschah, panisch blickte er sich um, krallte seine Finger in den Holzbalken und biss die Zähne zusammen. In diesem Moment wäre er wohl über Bord gegangen, wenn er sich nicht stark genug festgehalten hätte. So aber hatte er Glück und landete lediglich unsanft auf dem Boden, schlug sich die Knie auf, konnte sich dann aber wieder aufrappeln. Er fuhr sich mit der flachen Hand einmal über das Gesicht, um den Schmutz, der sich dort angesammelt hatte, abzuwischen. Dann wappnete er sich auch schon gegen den neuerlichen Kanonenbeschuss, der nicht lange auf sich warten ließ.

Er wurde abermals kräftig durchgeschüttelt und hatte absolut keine Ahnung, wie er es schaffte, sich weiterhin an dem Balken festzuhalten. Ungeahnte Kräfte zerrten an ihm, wollten ihn greifen

136

und fortschleudern, doch er kämpfte tapfer dagegen an. Er holte alles aus seinem Körper heraus, konnte aber dennoch nicht verhindern, dass er abermals zu Boden geworfen wurde. Und wie er dort so lag und aufblickte, konnte er einen jungen Seemann erkennen, der nicht weit von ihm entfernt stand und ungläubig auf seinen blutenden Armstumpf hinabblickte. Anscheinend konnte der arme Kerl die ganze Szenerie nicht recht begreifen, konnte nicht verstehen, weshalb sein halber Arm plötzlich fehlte. Charles Edward rief ihm etwas zu, wollte ihn auffordern, unter Deck und zu dem Schiffsarzt zu gehen, doch noch ehe seine Worte verhallt waren, wurde das Schiff zum wiederholten Male von einer mächtigen Welle erfasst und herumgeschleudert. Instinktiv kniff er die Augen zusammen. Und als er sie wieder öffnete und sich umsah, war der junge Seemann verschwunden, höchstwahrscheinlich über Bord gespült. »Verdammt!«, brüllte er deshalb und klammerte sich noch fester an seinen rettenden Balken. Seine Fingernägel brachen, seine Knöchel begannen zu schmerzen und er bekam kaum noch richtig Luft, doch er hielt weiter durch. Auf gar keinen Fall durfte er jetzt schwächeln und loslassen. Er dachte an seine Mission, an seinen Vater und seinen Bruder und schöpfte hieraus neue Kraft. Er schrie laut auf, brüllte dem Sturm seine Wut entgegen und schluckte dann viel Wasser, als wie aus dem Nichts eine gigantische Welle über ihm zusammenbrach und ihm das unschöne Gefühl des Ertrinkens gab. Er musste husten, er keuchte und spuckte einen Teil des Wassers wieder aus, doch da kam auch schon die nächste Welle über ihn herein. Er machte sich so klein wie möglich, um dem Wasser keine große Angriffsfläche zu bieten. »Nimmt das denn gar kein Ende?!«, brüllte er verzweifelt und konnte dann abermals die krachenden Kanonen der *H.M.S. Lion* hören. Obwohl diese Bastarde selbst gegen den Sturm und um ihr Überleben kämpften, schossen sie weiterhin ihre Kanonen auf sie ab. Und die Geschosse verfehlten trotz des unruhigen Seegangs kaum ihre Ziele, nur wenige Kanonenkugeln landeten im Wasser, die meisten fraßen sich durch das Holz der stark gebeutelten *Elisabeth*.

Aus dem Augenwinkel bekam er anschließend mit, wie ihr Kapitän die Mannschaft anbrüllte und allen Widerständen zum Trotz an die Kanonen befahl. Kurz darauf feuerte auch die *Elisabeth* aus allen Rohren, wenngleich die Wirkung der Geschosse mehr oder weniger verpuffte. Zwar wurde die *Lion* durchaus getroffen, doch ernsthaft aufgehalten werden konnte sie dadurch nicht.

Ein Aufschrei aus einer dunklen und bekannten Männerkehle ließ Charles Edward in eine andere Richtung blicken. Er brauchte kurz einen Moment, um sich in all dem Chaos zu orientieren, doch dann konnte er William Murray erkennen, der heftig mit den Armen rudernd über das nasse und mit Splittern übersäte Deck rutschte, geradewegs dem Schlund der schwarzen See entgegen. Verzweifelt versuchte der Marquis sich irgendwo festzuklammern, doch seine Hände fanden keinen Halt und rutschten immer wieder ab. Durch den Beschuss klaffte ein riesiges Loch in der Reling.

»Haltet durch!«, schrie Charles Edward ihm entgegen, wuchtete sich auf die Beine, wartete die nächste hereinbrechende Welle ab und machte dann einen Satz nach vorne.

»Nicht!«, schrie der Marquis zurück und griff gleichzeitig nach einem lose herumliegenden Seil, konnte es aber nicht fassen. »Ihr werdet sterben!«

Doch Charles Edward gab nichts auf die Worte seines Freundes, sondern taumelte gedankenlos weiter. Schritt um Schritt kämpfte er sich vorwärts, auch wenn er das Gefühl hatte, dass das

Schiff auf einmal wesentlich länger war. Das Schwanken nahm zu und ließ seine ohnehin schon wackeligen Beine mächtig erzittern, gleichzeitig stieß er sich an sämtlichen herumliegenden Kisten, Werkzeugen und umgestürzten Masten die Beine an. Ein neuerlicher Blick in Richtung des Marquis verriet ihm, dass er zu spät kommen würde, falls er weiterhin nur in diesem langsamen Tempo vorankam. William Murray hatte sich zwar kurz an einem aus dem Deck herausgebrochenen Holzstück festhalten können, was ihm etwas Zeit verschaffte, doch eine einzige Welle reichte aus, um ihn davon wieder loszueisen und weiter dem Abgrund entgegenzuschleudern.

Deshalb setzte Charles Edward alles auf eine Karte. Er griff sich schnell das in der Nähe liegende Seil, wonach sein Freund sich vorhin vergeblich gestreckt hatte, und band es sich fest um den Bauch. Dann wartete er die nächste Welle ab und ließ sich willig von ihr fortreißen. Eine ungekannte Kraft zerrte ihn auch sogleich von den Beinen, schleuderte ihn schmerzhaft über das Deck und geradewegs dem Marquis entgegen. Und bevor William Murray zur Gänze in die See hinabstürzte, packte Charles Edward ihn am Kragen und hielt ihn fest. Mit aller Kraft riss er an der Kleidung seines Landsmannes und hielt ihn dadurch an Bord des Schiffes. Allerdings schaffte er es nicht, ihn an einen sichereren Ort zu ziehen, weshalb sie nun beide am Abgrund hingen.

»Lasst mich los!«, brüllte William Murray gegen den Sturm an.

»So leicht entkommt Ihr mir nicht!«, schrie Charles Edward zurück.

»Dann werden wir beide sterben! Ihr sollt mich loslassen, verdammt!«

»Nein!«

»Ihr habt eine Mission zu erfüllen, die wichtiger ist als mein Leben! Hört Ihr?!«

»Ihr könnt sagen, was immer Ihr wollt, aber ich lasse Euch nicht über Bord gehen! Vergesst es!«

»Ihr seid ein dummer, starrköpfiger Esel! Ich bin ersetzbar, aber Euch kann niemand ersetzen. Ihr dürft Euch nicht meinetwegen opfern!«

»Ich opfere mich nicht, ich werde Euch retten …« Alle weiteren Worte wurden durch einen erneuten Brecher verschluckt.

»Der Prinz!«, ertönte plötzlich eine Stimme hinter ihnen.

Charles Edward meinte, dass sie Thomas Sheridan gehörte, doch er konnte sich nicht umdrehen, um nachzusehen. Mit beiden Händen hielt er William Murray umklammert und mit den Füßen stemmte er sich mit aller Kraft gegen ein Stückchen unbeschädigte Reling. Ohne das Seil, das er sich glücklicherweise umgebunden hatte, wären sie beide schon längst über Bord gespült worden. Allein dieses Seil hielt sie noch am Leben. Eine beängstigende Vorstellung, doch keiner der beiden hatte momentan Zeit, um sich intensiver damit zu beschäftigen.

»Wir müssen den Prinzen retten!«, brüllte Thomas Sheridan aufgeregt, der ihre missliche Lage erkannt hatte. »Koste es, was es wolle! Seine Rettung hat oberste Priorität!«

Charles Edward wusste es nicht mit Sicherheit zu sagen, aber anscheinend hatte Thomas Sheridan mehrere Männer um sich versammelt, denen er nun Anweisungen zu ihrer Rettung gab. »Haltet noch etwas länger durch!«, rief er deshalb William Murray zu und wappnete sich gegen erneute Wassermassen.

»Lasst mich endlich los und rettet Euch!«, knurrte der Marquis wütend zurück. »Ihr setzt meinetwegen alles aufs Spiel!«

»Haltet endlich den Mund! So seid Ihr keine große Hilfe!«, rief Charles Edward und versuchte, seinen Kopf in Richtung Thomas Sheridan zu drehen, um erkennen zu können, was er zu ihrer Rettung plante. Er konnte gerade noch so einen blutjungen, spindeldürren Matrosen erkennen, der wagemutig in ihre Richtung gekrochen kam. Doch ausgerechnet da schlugen einige abgefeuerte Geschütze der *Lion* direkt neben dem armen Kerl ein und zerfetzten seinen Leib. Ein wilder Schrei war noch zu hören, dann fehlte von ihm jede Spur.

»Oh … mein Gott!«, schrie Charles Edward und krallte seine Finger noch tiefer in die Kleidung des Marquis, da dieser seinem Griff zu entgleiten drohte. »Könnt Ihr nach dem Seil greifen, das ich um meinen Körper geschlungen habe?«, wollte er wissen. »Nehmt es und bindet es Euch ebenfalls um den Leib!«

»Das Seil kann unmöglich uns beide halten!«, kam prompt die Antwort zurück.

»Marquis! Das war keine Bitte!«

Bevor William Murray etwas sagen konnte, gab es einen ohrenbetäubenden Knall, der um ein gutes Stück lauter war als die bisherigen.

»Was war das?«, schrie Charles Edward erschrocken und verrenkte erneut seinen Kopf, um besser sehen zu können, was da in seinem Rücken los war. Und bevor er es sehen konnte, hörte er die schlechte Nachricht: »Der Hauptmast ist getroffen!«, brüllte jemand. »Er wird umstürzen!« Daraufhin wanderte Charles Edwards Blick automatisch zu dem Hauptmast, der sich bereits gefährlich zur Seite neigte. Auf ihre Seite!

»Was ist los?«, rief nun auch William Murray, der so sehr mit sich selbst beschäftigt war, dass er die neue Gefahr durch den umstürzenden Hauptmast noch nicht mitbekommen hatte.

»Wir müssen endlich von hier weg!«, antwortete Charles Edward. »Andernfalls zermalmt uns der Mast!«

»Was?«, rief der Marquis of Tullibardine ungläubig zurück und begann, wie wild mit den Händen und Füßen zu treten, um sich irgendwie aus seiner misslichen Lage zu befreien. Doch es blieb dabei: Alleine konnte er nichts ausrichten, er war auf fremde Hilfe angewiesen. Beinahe fühlte er sich so, als würde er in einer einsinkenden Sandgrube festsitzen.

Charles Edward konnte das Knacken des Holzes bereits deutlich hören, es drang über die vielen anderen lauten Geräusche direkt zu seinem Ohr durch. Vor seinem inneren Auge sah er auch schon den dicken und schweren Mast in sich zusammensinken, wie er sich zunächst langsam zur Seite neigte, bis er schließlich einen Punkt erreicht hatte, an dem es kein Halten mehr gab und mit Schwung niedersauste. Und sie beide erschlug … Er musste schwer schlucken und suchte fieberhaft nach einer Lösung. Er wollte noch nicht sterben, er hatte schließlich noch eine Invasion anzuführen und Kronen zu erobern. Er hatte allgemein noch so vieles vor in seinem Leben und er wollte auch nicht seinen Freund sterben lassen. Er versuchte panisch, irgendwie auf die Beine zu kommen, aber er hatte keine Kraft mehr. Er konnte sich alleine kaum mehr zu voller Größe aufrichten, geschweige denn sich über das halb kaputte Schiff und an einen sicheren Ort schleppen. Seine Finger waren mittlerweile blutig und drohten, ebenfalls zu versagen. Tränen stiegen ihm in die Augen, während er verzweifelt um sein Leben und das seines Freundes kämpfte. Doch es schien ein aussichtsloser Kampf zu sein, denn der Mast gab schließlich nach und stürzte nieder …

Kapitel 11

Auf hoher See, Mitte Juli 1745

»Er wird wieder wach«, murmelte eine gedämpfte Stimme, die so nah und fern zugleich schien.

»Wird ja auch langsam Zeit«, antwortete eine andere.

»Hat lange genug geschlafen …«

Charles Edward Stuart blinzelte und versuchte, seine schweren Augenlider ganz zu öffnen, doch sie wollten noch nicht so recht gehorchen. Und als eine unangenehme Helligkeit ihn blendete, schloss er sie sofort wieder. Er stöhnte auf und fasste sich an den schmerzenden Kopf. »Wo bin ich?«, fragte er frei heraus und mit geschlossenen Augen, sodass er nicht sah, zu wem er eigentlich sprach.

»In Sicherheit«, antwortete die erste Stimme, die ihm so bekannt vorkam. Doch noch konnte er ihr kein Gesicht zuordnen. Deshalb versuchte er erneut, seine Augen zu öffnen und diesmal konnte er sie tatsächlich ein wenig länger offen lassen und sich grob die Gesichter ansehen, die um ihn herum standen und auf ihn hinabblickten. Er hatte dabei seinen Kopf ein wenig angehoben, da er auf einer harten Bank lag, doch als die Helligkeit abermals unangenehm wurde, schloss er seine Augen und ließ den Kopf stöhnend niedersinken.

»Er freut sich eindeutig, uns wiederzusehen«, lachte jemand und die anderen fielen in das Lachen ein.

»So sieht wahre Wiedersehensfreude aus, nicht wahr?«

»Nicht so laut!«, murmelte Charles Edward, dem das laute Lachen unangenehm war.

»Er hat recht«, meinte jemand. »Er braucht jetzt dringend etwas Ruhe. Und die gönnen wir ihm. Wir wissen jetzt, dass es ihm gut geht, also, alle raus!«

»Dass es mir gut geht?«, fragte der Prinzregent leise. »Was ist denn passiert?« Er hob abermals seinen Kopf an und streckte eine Hand vor seine Augen, um die Helligkeit ein wenig abzudämpfen. So konnte er nun endlich das Gesicht mit der bekannten Stimme mustern. »Thomas Sheridan!«, rief er erfreut aus, als er den Iren erkannte. Doch im nächsten Augenblick bereute er seinen freudigen Ausruf auch schon wieder, denn sofort meldete sich das Pochen in seinem Kopf in unverminderter Stärke zurück.

»Ich bin es«, bestätigte der Ire und drückte den Stuart-Sprössling sanft auf die Bank zurück. »Und Ihr solltet meinen Rat befolgen und Euch etwas ausruhen. Es ist noch zu früh, um bereits …«

»Was ist passiert?«, unterbrach ihn Charles Edward. »Ich kann mich nicht … Oh, mein Kopf!«

»Der Sturm«, meinte da eine zweite bekannte Stimme.

Charles Edward horchte auf. Es hatten also nicht alle - wie von Thomas Sheridan angeordnet - den Raum verlassen, irgendwer war noch da geblieben. Er musste seinen Kopf halb verrenken, um die Person zu sehen, zu der diese Stimme gehörte. Seine Augen nahmen dann zwar ein Gesicht wahr, allerdings leicht verschwommen. »Seid Ihr es, William Murray?«, fragte er mit schwacher Stimme.

»In Geist und Person«, antwortete der Marquis of Tullibardine. »Dank Euch.«

»Dank mir?«

»Wisst Ihr es wirklich nicht mehr? Oder wollt Ihr nur von mir hören, welche Heldentat Ihr vollbracht habt, und dass ich tief in Eurer Schuld stehe?«

Charles Edward lächelte. »Ich wünschte, es wäre Letzteres, aber ich kann mich tatsächlich nicht mehr erinnern. Meine Gedanken sind irgendwie … mein Kopf fühlt sich schwer und gleichzeitig so leer an …«

»Dann sollte ich Euer Gedächtnis ein wenig auffrischen. Auch auf die Gefahr hin, dass ich mir diese Geschichte immer und immer wieder anhören muss.«

»Vielleicht später und nicht jetzt«, meinte Thomas Sheridan. »Er braucht jetzt wirklich etwas Ruhe, um schnell wieder zu Kräften zu kommen.«

»Nein, nein«, wehrte Charles Edward ab. »Ich bin schon fast wieder der Alte … mein Gedächtnis ausgenommen.«

»Nach schier endlos langen Tagen der Flaute braute sich ein gewaltiger Sturm zusammen, der vor zwei Nächten mit aller Macht über uns hereinbrach. Wir wurden von den Kräften der Natur ordentlich durchgeschüttelt und waren dem Schiffbruch mehrmals sehr nahe. Doch dem nicht genug: Durch das Unwetter kamen wir unfreiwillig in gefährliche Nähe zu der *H.M.S. Lion*, die natürlich diese Gelegenheit ausnutzte, um uns endlich unter Beschuss zu nehmen. Wir haben in dieser Nacht einige tapfere Seemänner verloren. Und auch ich würde jetzt nicht mehr hier vor Euch stehen, wenn Ihr nicht gewesen wärt und so beherzt eingegriffen hättet.«

»Beherzt mag sein«, murmelte Thomas Sheridan. »Aber auch dumm!«

»Dem kann ich nur zustimmen«, meinte William Murray. »Ihr habt verhindert, dass ich über Bord gespült wurde.«

»Was soll daran dann bitteschön dumm sein?«, fragte Charles Edward nach.

»Nun, ganz einfach: Durch Euer Eingreifen habt Ihr Euch selbst in höchste Todesgefahr gebracht. Und das war einfach nur dumm!«

»Nennt es, wie Ihr wollt, aber ich würde es jederzeit wieder so …«

»Nein!«, beschied William Murray. »Ihr dürft nie wieder so handeln! Habt Ihr das verstanden? Ich bin Euch dankbar dafür, dass Ihr mich gerettet habt, doch Ihr hättet mich besser sterben lassen.«

»Ihr wärt jetzt lieber tot?«, hakte Charles Edward ungläubig nach.

»Natürlich nicht!«, widersprach der Marquis. »Aber darum geht es überhaupt nicht.«

»Dann ist doch alles in bester Ordnung.«

»Nein, ist es nicht. Ihr dürft Euer Leben niemals für einen von uns aufs Spiel setzten, versteht Ihr das? Ihr dürft so etwas Dummes nie wieder machen! Euer Leben ist nicht ersetzbar, denn Ihr seid der rechtmäßige Thronfolger der schottischen, irischen und englischen Kronen. Und wir sind nur dazu da, um Euch zu beschützen. Nicht andersherum!«

»Wenn Ihr es so wollt, dann vergleicht es mit einer Schachpartie«, meinte Thomas Sheridan. »Ihr seid der König, der um jeden Preis geschützt werden muss, koste es, was auch immer es wolle. Alle anderen Figuren dienen einzig und allein diesem einen Zweck. Ihre Schicksale sind nicht bedeutend, sie sind ersetzbar, sie können beliebig eingesetzt und geopfert werden. Der König darf aber niemals fallen, denn ansonsten ist das Spiel aus! Dann ist alles verloren, sämtliche Mühe und Opfer waren vergebens und der Feind hat gewonnen.«

Charles Edward nickte bedächtig, dann sagte er: »Es ging doch alles gut, oder nicht? Warum dann diese Aufregung?«

Thomas Sheridan und William Murray stöhnten genervt und verzweifelt auf. Sie blickten sich gegenseitig fragend an.

»Ihr seht das ganze als Abenteuer, als … als Spiel und nicht mit dem nötigen Ernst …«, brummte schließlich der Ire in Richtung des Stuart-Prinzen.

»Wenn ich mich recht entsinne, dann wart Ihr es doch, der eben unsere Situation mit einem Schach*spiel* verglichen hatte«, gab Charles Edward schnippisch zurück. »Oder täuscht mich mein Gedächtnis diesbezüglich?«

»Ich gebe es auf!«, stöhnte der Ire und fasste sich an den Kopf. »Eher lernt ein Gaul sprechen, als dass Ihr Vernunft annehmt!«

»Ich habe durchaus verstanden, was Ihr mir sagen wollt«, meinte Charles Edward versöhnlich. »Und ich verstehe auch Eure Beweggründe und Sorgen. Doch bitte versteht Ihr, dass ich niemals so eiskalt sein werde, als dass ich einen guten Freund in einer tödlichen Situation alleine lassen würde. Was Ihr da von mir verlangt, ist keinesfalls akzeptabel für mich.«

»Es hat keinen Zweck«, murmelte Thomas Sheridan geschlagen.

»Da habt Ihr recht«, bestätigte der Stuart-Prinz. »Es hat keinen Zweck, mich umstimmen zu wollen. Ich bleibe dabei: Ich würde jederzeit wieder so handeln. Auch wenn ich nicht mehr jedes einzelne Detail weiß … Ich kann mich erinnern, dass ich Euch festgehalten habe, Marquis. Allerdings habe ich keine Ahnung, wie es anschließend … wartet! Der Mast! Der Mast war von einer Kanonenkugel der *Lion* getroffen … er drohte umzustürzen und genau auf uns drauf!«

»Euer Gedächtnis kehrt langsam zurück«, meinte William Murray. »Das ist gut. Der Mast stürzte tatsächlich um, doch er verfehlte uns glücklicherweise um Haaresbreite. Thomas Sheridan hat die missliche Lage, in der wir uns befanden, rechtzeitig mitbekommen und einige Leute zusammengetrommelt, mit deren Hilfe er uns beide retten konnte.«

»Erinnert Ihr Euch an das Seil, das Ihr Euch um die Hüfte gebunden habt, bevor Ihr dem Marquis entgegengesprungen seid?«, wollte Thomas Sheridan wissen.

»Ja, ich erinnere mich.«

»Daran haben wir gemeinsam gezogen und Euch so gerade noch ein Stückchen zur Seite bewegen können, sodass der umstürzende Mast nur knapp an Euch vorbeischrammte.«

»Oh«, meinte Charles Edward. Die Aussicht, von einem so mächtigen Masten zerquetscht zu werden, ließ ihn unwillkürlich erschaudern, auch wenn die Gefahr längst vorbei war. »Ich danke Euch. Ihr habt uns gerettet.«

»Seht Ihr? Genau zu diesem Zwecke bin ich da«, sagte der Ire eindringlich.» Das ist meine Aufgabe: Euch zu beschützen, Euch Rat zu geben, Euch zu stützen, falls Ihr zu stürzen droht, und falls Ihr doch stürzt, dann wieder aufzuhelfen. Dies habe ich Euch vorhin zu vermitteln versucht.«

»Und ich habe Euch zu erklären versucht, dass ich kein eiskalter Regent bin, der seine Mitstreiter beliebig opfert, nur um als König zu überleben.«

»Ihr müsst dies aber tun! Sonst …«

»Nein! Und dabei bleibt es!«

»Aber …«

»Nichts da! Keine Widerworte mehr! Ich bin der König und habe damit das letzte Wort! Und ich sage, dass das Thema damit jetzt beendet ist!«

»Für den Moment vielleicht«, knurrte Thomas Sheridan und verabschiedete sich, da es eine Menge Arbeit an Bord gab. »Der Sturm ist abgeebbt und hat uns aus seinen Fängen wieder entlassen, doch er hat große Zerstörungen an Bord angerichtet. Ebenso die *Lion*, die wir aber glücklicherweise im Durcheinander des Sturms abschütteln konnten«, meinte er noch beiläufig, bevor er die kleine und enge Kammer verließ.

»Das sind doch im Grunde keine allzu schlechten Nachrichten«, meinte Charles Edward gut gelaunt. »Der Sturm ist überstanden, das feindliche Kriegsschiff verschwunden. Was will man mehr?«

»Und wir haben überlebt«, meinte William Murray, der nicht mit Sheridan davongegangen war.

»Wagt es nicht, damit wieder anzufangen!«, drohte Charles Edward mit erhobenem Zeigefinger. Anschließend versuchte er, sich auf der harten Bank aufzurichten. »Wenn es so viel Arbeit gibt, dann möchte ich nicht faul herumliegen«, kommentierte er.

»Ich bitte Euch«, rief der Marquis sofort, »Ihr solltet Euch noch etwas ausruhen. Der Hauptmast hat Euch zwar verfehlt, doch ein armgroßes Holzstück hat Euch direkt an der Schläfe getroffen, weshalb Ihr ohnmächtig geworden seid.«

»Deshalb konnte ich mich zunächst nicht mehr erinnern«, murmelte Charles Edward und befühlte die wunde Stelle an seiner Schläfe. Einen Wimpernschlag später zog er das Gesicht schmerzhaft zusammen. »Und darum herrscht immer noch eine Lücke, was die Zeit danach angeht. Ich habe keine Ahnung, wie ich hierher gekommen bin.«

»Thomas hat Euch getragen. Wir haben uns alle große Sorgen gemacht.«

»Nicht!«, rief Charles Edward, um im Voraus jegliche Rückkehr auf dieses Thema zu unterbinden. Der Marquis konnte es einfach nicht lassen. »Was ist mit Euch?«, meinte er schließlich.

»Was soll mit mir sein?«, fragte William Murray zurück.

»Ihr habt sicherlich auch eine Menge Arbeit zu erledigen. Nehme ich zumindest an.«

»Mich werdet Ihr nicht los!«

»Na toll«, brummte Charles Edward. »Ihr seid also mein Kindermädchen!«

»Es dient nur zu Eurer Gesundheit.«

»Natürlich.«

»Aber ...«

»Ja?«

»Ich werde Euch alleine lassen, sofern Ihr mir eine Frage beantwortet.«

»Was wollt Ihr denn wissen?«

»Wer ist diese Marie Louise, von der Ihr in Eurer Ohnmacht so oft spracht?«, wollte der Marquis of Tullibardine wissen und setzte ein Lächeln auf, das breiter war als die Klinge des Dolchs, den er an seiner Seite trug.

Charles Edward fühlte sich ertappt und wurde schlagartig rot im Gesicht. Er war nicht nur ohnmächtig gewesen, sondern hatte dabei auch noch laut gesprochen und Intimitäten preisgegeben. Na toll! »Geht, Marquis, geht endlich!«, rief er und wedelte mit seiner rechten Hand in der Luft herum, als könnte er so seinen Freund hinausscheuchen. »Na, macht schon! Verschwindet!«

»Oh nein!«, widersprach William Murray schelmisch grinsend. »Erinnert Ihr Euch daran, wie ich exakt dieselben Worte an Euch richtete, als ich in jener stürmischen Nacht über dem Abgrund baumelte und drohte, über Bord zu stürzen und in der wilden See zu versinken?«

»Vage … sehr vage …«

»Und Ihr seid nicht gegangen, sondern habt mich weiter festgehalten.«

»Und jetzt sollte ich dies bereuen?«

»Ich werde Euch nicht alleine lassen«, beschied William Murray mit fester Stimme. »Mich werdet Ihr so schnell nicht los!«

»Womit habe ich das verdient?«, seufzte Charles Edward und legte sich wieder hin. Es hatte keinen Zweck, seinem Freund jetzt zu widersprechen, denn noch fühlte er sich zu matt, um überhaupt aufzustehen. »Wenn Ihr schon nicht geht«, sagte er nach einem Blick in das Gesicht seines Landsmannes, »könnt Ihr dann wenigstens aufhören, so dämlich zu grinsen? Das macht mich noch ganz verrückt!«

»Wenn Ihr mir verratet, wer denn nun diese Marie Louise ist …«

»Ich weiß nicht, wovon Ihr da sprecht!«, beschied Charles Edward und drehte sich herum, sodass er dem Marquis nicht mehr direkt in die Augen sehen musste.

»Im Schlaf sagtet Ihr diesbezüglich aber etwas ganz anderes«, witzelte William Murray weiter. »Wie Ihr ihren Namen aussprach … Wie Eure Stirn dabei zu glühen anfing …«

»Kann ich bitte den Sturm und das feindliche Linienschiff zurück haben?«, stöhnte Charles Edward und vergrub seinen Kopf zwischen seinen Armen.

»Nun sagt schon!«, drängte der Marquis lachend. »Mir könnt Ihr doch verraten, wer Eure Liebe ist? Ich werde es auch nicht weitererzählen, versprochen!«

»Oh, ich kenne Euch, Ihr seid ein altes Tratschweib, verehrter Marquis.«

»Dann gebt Ihr also zu, dass Ihr und diese Marie Louise …«

»Ich gebe gar nichts zu! Verschwindet endlich, bevor ich …« Weiter kam er nicht, denn in diesem Moment ertönte ein Schrei von oben, dass Land gesichtet wurde. »Land?«, murmelte er. »Welches Land? Wie weit sind wir durch den Sturm von unserer geplanten Route abgekommen?«

»Keine Ahnung«, gab William Murray die nichtssagende Auskunft.

»Soll das heißen, dass niemand weiß, wo wir uns gerade befinden? Wir treiben orientierungslos im Meer?«

»Nun übertreibt nicht, ganz so schlimm ist es auch nicht. Durch den Sturm und den Beschuss der *Lion* wurden unser Kompass, unser Steuerruder und allerlei andere Geräte beschädigt und die Karten des Kapitäns sind seither nicht mehr auffindbar. Aber wo sollen wir schon sein? Westlich von uns ist irgendwo Irland und östlich England oder Schottland. Wir können uns praktisch nicht sehr weit verfahren …«

»Sehr präzise Angaben«, murmelte Charles Edward sarkastisch. »Ein Glück, dass Ihr nicht mit Christoph Kolumbus unterwegs wart, sonst wärt Ihr sonst wo gelandet.«

»Ach, bitte! Ich hätte wahrscheinlich Indien gefunden«, grinste der Marquis. »Und wäre nicht irgendwo in Amerika gelandet!«

Charles Edward schenkte sich eine bissige Antwort darauf und versuchte abermals, sich von der Bank zu erheben.

»Was tut Ihr da?«, wollte William Murray sofort wissen.

»Sieht man das denn nicht? Ich stehe auf!«

»Um was zu tun?«

»Um endlich diese stickige und viel zu enge Kammer zu verlassen. Ich habe keine Ahnung, wie das manche Seeleute Monate oder gar Jahre aushalten! Mehr oder weniger eingesperrt in solch einem kleinen Raum, keine Bewegungsfreiheit … das wäre auf Dauer nichts für mich.«

»Bedenkt, dass dies eine vornehme Kammer ist. Die gemeinen Seemänner haben nicht einmal dies, sondern noch weniger Platz, noch weniger Komfort und noch weniger Privatsphäre.«

»Was Ihr nicht alles wisst«, murmelte der Prinzregent und hievte sich auf die Beine. »Noch etwas wackelig, aber es geht.«

William Murray griff ihm unter die Arme und stützte ihn, da er bereits wusste, dass der Prinz sich nicht wieder hinlegen würde, so vehement er dies auch forderte. Außerdem war er der Meinung, dass ein bisschen frische Luft nicht schaden konnte, denn es war in der Tat sehr schwül und stickig in dieser kleinen Kammer. Den Satz »Auf dem Weg nach oben müsst Ihr mir alles von Eurer Marie Louise erzählen!« konnte er sich aber nicht verkneifen.

Kapitel 12

Auf hoher See, Mitte Juli 1745

Charles Edward Stuart hatte mit einem wüsten Anblick gerechnet, doch was er dann sah, als er die Kabine verließ und an Deck zurückkehrte, schockierte ihn regelrecht »Ich muss sagen«, murmelte er leise, »es erscheint mir als ein Wunder, dass sich die *Elisabeth* überhaupt noch über Wasser halten kann!«

»Ein Wunder ist es in der Tat«, stimmte William Murray zu.

Die Seemänner, die ihnen auf ihrem Rundgang über das Schiff begegneten, grüßten sie freundlich und unendlich froh darüber, dass der Stuart-Prinz überlebt hatte, doch dieser hatte für sie kaum einen Blick übrig, denn wie gebannt sog er das Chaos um sich herum mit den Augen auf. Überall lagen Trümmerteile und Splitter wild herum, dort drüben hatten einige Männer Holzteile zu einem Stapel zusammengetragen, auf der anderen Seite lagen blutdurchtränkte Laken, Leinentücher und die Reste der völlig zerfetzten Segel. Der umgestürzte Hauptmast lag mitten auf dem Schiff und hatte Kisten, Fässer und allerlei Werkzeuge unter sich begraben. Auch ein abgetrennter Fuß schaute unter dem schweren Holzmast hervor, doch bislang hatte es niemand geschafft, diesen ekelerregenden Anblick zu entfernen, denn dafür musste zunächst das Chaos um den Masten herum aufgeräumt werden, um diesen ein Stückchen anheben zu können. Die Stricke, mit denen die Segel normalerweise an den Masten befestigt waren, spannten sich wie ein Spinnennetz kreuz und quer über das Schiff und behinderten so die Aufräumarbeiten. Nicht wenige Männer fielen in einem kurzen und unachtsamen Moment über die so entstandenen Stolperfallen der

Länge nach hin. Dann folgte in aller Regel ein wüster Schwall an Flüchen und Beschimpfungen, anschließend ging die Arbeit weiter.

Hier und dort lugten Seile aus dem Durcheinander, die sich teilweise derart ineinander gewickelt hatten, dass sie nicht mehr voneinander zu lösen waren. Dann blieb ihnen nichts anderes mehr übrig, als die Seile durchzuschneiden und zu kappen, was aber wiederum eine sehr mühsame Arbeit war.

All dies war auf eine so komische Art und Weise ineinander verzahnt, dass es nur sehr langsame Fortschritte mit den Aufräumarbeiten gab. Das Schiff trieb derweil in leichter Schieflage voran, aber ohne den eigentlich vorgesehenen Kurs. Das Steuer war schwer beschädigt und musste ebenfalls zuerst repariert werden.

»Lasst uns hoffen, dass wir nicht noch einmal dem Feind begegnen«, murmelte William Murray leise, sodass es nur der Prinz neben ihm hören konnte. »Der Wind wäre jetzt günstig zum Segeln, doch wir können nicht ein einziges Segel setzen, da sämtliche Masten beschädigt sind. Wir könnten also nicht einmal davonlaufen, geschweige denn ordentlich kämpfen.«

»Haben wir viele Seemänner verloren?«, wollte Charles Edward wissen, während er einer riesigen Blutlache auswich, die sich in einer kleinen Versenkung gesammelt hatte und seelenruhig hin und her schwappte.

»Dreizehn Männer sind entweder tot oder nicht mehr auffindbar«, gab der Marquis willig Auskunft.

»Nicht mehr auffindbar?«

»Vermutlich über Bord gespült. So wie auch mir es bevorstand … Schon gut, ich fange nicht wieder davon an«, sagte er schnell. »Hinzu kommen noch etliche Verletzte. Manche hat es ziemlich schwer erwischt, sodass es noch weitere Todesopfer geben wird, andere hingegen hatten Glück und kamen mit einigen Prellungen und Schrammen davon.«

»Können wir das Schiff auch mit verringerter Besatzung noch ordentlich fahren?«

»Dieses Trümmerfeld noch als Schiff zu bezeichnen, wäre wohl etwas übertrieben. Aber im Ernst: Möglich wäre es schon, sofern wir die *Elisabeth* überhaupt wieder flott kriegen. Und das ist das weitaus größere Problem.«

»Wo ist die *La Doutelle*?«, fragte Charles Edward verwundert nach. Erst jetzt fiel ihm auf, dass das zweite Schiff ihrer Mission nirgends zu sehen war. »Sie könnte uns doch behilflich sein.«

»Wir haben uns leider aus den Augen verloren«, seufzte der Marquis of Tullibardine. »Der Sturm hat unsere beiden Schiffe getrennt, sodass wir nicht wissen, wo die *La Doutelle* im Moment ist.«

»Sie werden sicher nach uns suchen.«

»Sofern sie den Sturm heil überstanden haben. Niemand weiß, wie es bei ihnen aussieht, womöglich haben sie die gleichen Probleme wie wir oder sind gar …«

»Was?«

»Es wäre durchaus möglich, dass die *La Doutelle* gesunken ist.«

»Daran wollen wir nicht denken. Es wäre töricht, immer gleich vom Schlimmsten auszugehen.«

»Aber wir müssen diese Möglichkeit im Hinterkopf bewahren«, meinte William Murray. »Außerdem wäre es auch denkbar, dass die *Lion* sie gestellt oder vernichtet hat. Doch solange wir nicht wissen, was mit dem anderen Schiff geschehen ist, sind wir auf uns allein gestellt.«

»Großartig«, brummte Charles Edward sarkastisch. »Wir kommen als gerupftes Huhn nach Schottland!«

»Aber wir *kommen* nach Schottland!«, lachte der Marquis und der Prinz musste in sein Lachen einstimmen.

»Niemals aufgeben und niemals den Lebensmut verlieren, was?«

»So ist es. Es spielt keine Rolle, wie das Leben aussieht, und auch wenn es ein Trümmerhaufen wie die *Elisabeth* hier ist, es kommt immer darauf an, was man selbst daraus macht.«

»Ihr hättet ebenso gut Philosoph werden können, wisst Ihr das?«

»Solche Sachen lehrt eben das Soldatenleben. Wie oft stand ich schon bis zum Hals in der Scheiße? Ich kann mich ganz ehrlich nicht einmal mehr an sämtliche Male erinnern. Doch ich habe nie aufgesteckt, sondern immer das Bestmöglichste aus der jeweiligen Situation herausgeholt.«

»Dann seid Ihr ja ein Fachmann«, meinte Charles Edward. »Dann könnt Ihr mir gewiss sagen, wie wir mit diesem schwimmenden Trümmerfeld sicher und auf schnellstem Wege nach Schottland gelangen?!« Er lehnte sich gegen die Reling und blickte die Schiffswand auf der Steuerbordseite hinab, wo ein riesiges Loch klaffte, durch welches immer wieder Wasser eindrang. »Kriegen wir das Loch geflickt? Oder sorgt es zuvor dafür, dass wir absaufen?«

»Ein Ergebnis des Beschusses durch die *Lion*«, brummte William Murray. »Diese Bastarde haben uns dort voll getroffen. Und ein Stückchen weiter hinten ebenso. Seht nur! Ein Glück für uns, dass nicht die Waffenkammer oder sonst etwas Wichtiges getroffen wurde. Der Schaden hier beschränkt sich lediglich auf dieses Loch, das wir aber ordentlich verschließen werden. Hört Ihr das Hämmern? Dort sind bereits einige Männer zu Werke und geben ihr Bestes, um das Loch schnellstmöglich zu schließen.«

»Sehr gut. Ich kann zwar schwimmen, doch momentan ist mir absolut nicht danach, wenn Ihr versteht, was ich meine?«

»Das tue ich.«

»Was ist mit dem Gold? Ist es noch da?«

»Auch da haben wir riesiges Glück gehabt, es fehlt keine einzige Goldmünze.«

»Dem Himmel sei Dank!«, rief Charles Edward laut aus und fasste sich anschließend an die pochende Schläfe. »Dem Himmel sei Dank!«, wiederholte er, diesmal aber wesentlich leiser. »Ohne das Gold wären wir total aufgeschmissen. Dessen Verlust hätte uns schwer getroffen. Noch schwerer als die *Lion* mit ihren verdammten Kanonenkugeln. Was ist dort hinten?«

Charles Edward Stuart und William Murray führten ihre Inspektion fort und schauten sich weiter neugierig um. Als sie vor einen schmalen Durchgang kamen, der durch einen umgestürzten Nebenmast versperrt wurde, mussten sie jedoch umkehren und einen anderen Weg nehmen.

»Einige Lebensmittel und Wasserfässer sind verlorengegangen, doch wir haben noch genügend, um einige Tage auszuhalten. Dann müssen wir allerdings irgendwo an Land gehen, um die Vorräte aufzufrischen. Natürlich nur, sofern wir bis dahin noch nicht unseren Zielort erreicht haben sollten.«

»Doch dazu müssten wir erst einmal wissen, wo wir uns momentan eigentlich befinden«, führte Charles Edward den Gedanken weiter aus. »Wirklich eine unangenehme Situation. Und zu solch einem ungünstigen Zeitpunkt. Das alles wäre uns erspart geblieben, wenn wir früher hätten aufbrechen können. Aber was nützt es, sich nun darüber zu beklagen?«

»Genau meine Worte«, bestätigte William Murray. »Nie zurückblicken, sondern immer nach vorne.«

Ein Aufschrei ließ sie beide zusammenzucken.

»Was zum Teufel war das?«, fragte Charles Edward mit vor Schreck geweiteten Augen.

»Der Arzt«, entgegnete der Marquis. »Er kümmert sich, wie bereits gesagt, um die Verletzten. Wahrscheinlich muss er gerade amputieren …«

»So genau wollte ich es nicht wissen, danke. Ich werde später bei den Verletzten vorbeischauen und mit ihnen sprechen. Ich werde auch zu gegebener Zeit veranlassen, dass sie alle eine Prämie für ihre Tapferkeit erhalten. Und im Falle derjenigen, die gestorben sind, sollen die Familien diese Prämie erhalten.«

»Das ist sehr großzügig von Euch.«

»Es ist das Mindeste.«

»Reverend George Kelly ist ebenfalls bei den Verletzten und kümmert sich um sie, spendet wenn nötig den letzten Segen, die letzte Ölung.«

»Dann geht es dem Reverend gut?«

»Ja. Ebenso John William, Aeneas, John und unserem liebsten Engländer, dem hochgeschätzten Francis Strickland. Sie alle haben das Chaos heil überstanden, von einigen Schnitten an John MacDonalds Arm einmal abgesehen. Es ist aber nicht sehr schlimm, er arbeitet bereits wieder voll mit. Seht Ihr, da vorne ist er.«

Charles Edward blickte in die angegebene Richtung und erkannte zwei seiner sieben Gefährten. Der besagte John MacDonald stand an der Stelle, an der normalerweise der Hauptmast in die Höhe ragte, nun aber nichts außer einem großen Loch klaffte. Die Verankerung des Mastes war bereits von dem übriggebliebenen

Stummel befreit worden. Allem Anschein nach wurde versucht, einen neuen Träger aufzustellen, an welchem anschließend zumindest ein notdürftig geflicktes Segel gehisst werden konnte. John MacDonald trug lediglich sein weißes Hemd, die Ärmel hochgekrempelt, den verletzten Arm notdürftig verbunden. In seiner rechten Hand hielt er einen Hammer, im Mund hatte er einige Nägel zum Vorrat. Neben ihm stand John William O'Sullivan, völlig durchgeschwitzt und ermüdet von der harten Arbeit, die Augen rot unterlaufen und übernächtigt.

»Der Teufelskerl hat seit dem Sturm kein Auge mehr zugemacht, sondern ohne Pausen durchgearbeitet«, murmelte William Murray seinem Prinzen ins Ohr, während sie näher herantraten.

»Königliche Hoheit!«, riefen die arbeitenden Männer im Chor, als sie Charles Edward Stuart erblickten. Sie hielten mit ihrer Arbeit kurz inne, nickten dem Thronanwärter zu und machten dann weiter.

»Wie geht es voran, meine Herren?«

»Naja, nicht gerade sehr schnell. Wir machen zwar Fortschritte, doch wir werden noch einiges mehr an Zeit brauchen, bis die *Elisabeth* wieder voll funktionstüchtig sein wird. Aus einem vor sich hin treibenden Trümmerfeld macht man eben nicht von heute auf morgen ein seetaugliches Schiff.«

»Sagt mir, wie ich helfen kann!«, verlangte Charles Edward, zog seine Weste aus und krempelte seinerseits die Ärmel hoch.

»Oh nein!«, rief William Murray sofort dazwischen. »Ihr werdet heute keinen Finger rühren, sondern Euch von der Verletzung ausruhen! Ihr seid noch nicht so weit, als dass Ihr wieder voll arbeiten könnt! Erinnert Euch an vorhin, da hattet Ihr größte Mühe, überhaupt aus dem Bett zu kommen!«

»Mir geht es gut«, versicherte Charles Edward und wischte Murrays Worte mit einer lässigen Handbewegung beiseite. »Außerdem wird jede helfende Hand benötigt, habe ich recht?« Er blickte John William O'Sullivan eindringlich an.

»Jeder kleine Finger wird benötigt, Hoheit. Aber dennoch denke ich, dass unser Marquis nicht ganz unrecht hat mit …«

»So sagt mir endlich, wie ich helfen kann!« Dann wandte er sich an William Murray. »Noch sind wir nicht in Schottland, sondern auf hoher See. Die Gefahr, dass die *Lion* oder ein anderes feindliches Kriegsschiff auftaucht, besteht weiterhin. Wir sollten also alles daransetzen, um schnellstmöglich wieder Fahrt aufnehmen zu können.«

»Apropos Schiff«, rief John MacDonald plötzlich aufgeregt, »dort hinten sind Segel zu erkennen!« Er hatte die Nägel aus seinem Mund gespuckt und deutete nun mit dem Zeigefinger in Richtung Horizont, wo ein dunkler Fleck zu erkennen war. Da ihre sämtlichen Masten umgeknickt waren und zudem jeder Mann bei den Aufräumarbeiten helfen musste, hatten sie keinen Ausguck mehr zur Verfügung, deshalb war bislang noch keinem das Schiff aufgefallen. Nun aber sprach sich die Neuigkeit in Windeseile herum, sodass jeder für einen Moment seine Arbeit einstellte, mit den Händen die Augen abschirmte und zu dem Punkt in der Ferne hinüberstarrte. Eine Glocke wurde geläutet, um auch den Männern unter Deck Bescheid zu geben.

»Oh nein!«, stöhnte Charles Edward leise auf. »Ich bin die Seefahrerei leid!«

»Sollte das die *H.M.S. Lion* sein, dann sind wir diesmal endgültig verloren!«, zischte einer der Seemänner.

»Bitte nicht!«, rief ein anderer und sank auf die Knie nieder, um ein Gebet anzustimmen. Einige Männer taten es ihm sofort gleich, sodass ein monotones Murmeln entstand. Der Kerl, der glaubte, mit seinem Alkohol die bösen Geister und Ungeheuer der Tiefe zu besänftigen, rannte sofort wieder zur Reling und öffnete eine neue Flasche Rum.

Charles Edward beobachtete überrascht diese Reaktionen, konnte sie andererseits aber sehr gut nachvollziehen. Ein fairer Kampf zwischen ähnlich starken Partien war das eine, doch sich kampflos ergeben zu müssen oder gar wehrlos abgeschlachtet zu werden, war besonders erniedrigend und ehrlos. Und nichts anderes stand ihnen bevor, falls das unbekannte Schiff die *Lion* sein sollte.

»Noch wissen wir nicht, um was für ein Schiff es sich handelt«, beruhigte William Murray die aufgebrachten Gemüter, aber keiner schien seine Worte wirklich zu hören … oder hören zu wollen. »Zu wem rede ich eigentlich?«, fragte er sich deshalb leise selbst, ehe er die Männer wieder zur Arbeit antrieb. »Na los! Bewegt eure Ärsche und arbeitet weiter! Das Schiff repariert sich schließlich nicht von alleine!« Um seine Worte zu unterstreichen, schnappte er sich ein armlanges Holzteil, das achtlos auf dem Boden herumlag, und versetzte damit jedem Mann, der nicht sofort wieder seine Arbeit aufnahm, einen leichten Schlag. »Na los, ihr faulen Hunde!«

Charles Edward musste über den Marquis of Tullibardine kurz grinsen, doch dann widmete er sich wieder voll und ganz dem nahenden Schiff. Und es bestand kein Zweifel daran, dass es näher kam, denn der Punkt wurde zunehmend größer. Allerdings fiel eine Unterscheidung in Freund oder Feind immer noch sehr schwer, weshalb die Anspannung von Minute zu Minute wuchs.

»Es hält direkt auf uns zu!«, meinte Thomas Sheridan, der neben den Stuart-Prinzen getreten war. »Leider habe ich mein Fernrohr in all dem Durcheinander verloren.«

»Ein Königreich für ein Fernrohr, wie?«, scherzte Charles Edward. »Ihr müsst in Zukunft besser auf Eure Sachen achtgeben, mein Lieber!«

»Darf ich fragend erinnern, wer vor zwei Jahren nach dem Baden mit einer Dame in einem italienischen See seine Klamotten nicht mehr auffinden konnte?«, konterte der Ire augenzwinkernd.

»Das tut hier nichts zur Sache«, murmelte Charles Edward schnell.

»Die Geschichte kenne ich noch gar nicht«, meinte William Murray interessiert.

»Weil es keine solche Geschichte gibt. Unser Thomas möchte nur von seiner eigenen Schusseligkeit ablenken, das ist alles. Aber konzentrieren wir uns doch wieder gemeinsam auf das fremde Schiff. Wer mir zuerst sagen kann, mit wem wir es hier zu tun haben, der bekommt einen Dukaten.« Er schnaufte einmal tief durch und versuchte, nach außen hin möglichst gelassen zu wirken, doch innerlich zerriss es ihn fast. Es war kaum mehr auszuhalten und er wollte endlich Klarheit haben. War er bereits so früh gescheitert? Oder war all die Aufregung umsonst? Damit er ein wenig beschäftigt war, zog er seine Weste ganz langsam wieder an, zupfte sie mehrmals zurecht, obwohl sie bereits perfekt saß, und steckte dann seine Hände in die Seitentaschen. Unruhig trat er von einem Fuß auf den anderen, wippte leicht hin und her und ließ dann Reverend George Kelly holen, der die besten Augen von ihnen allen hatte.

Weitere zähe Minuten vergingen, doch keine Spur von George Kelly. »Wo bleibt er denn?«, rief Charles Edward genervt und wollte sich schließlich selbst auf den Weg machen, um ihn zu holen.

»Da kommt er«, meinte Thomas Sheridan endlich und deutete auf seinen Landsmann.

»Ich habe von dem Schiff gehört«, keuchte der Reverend, nachdem er an Deck erschienen war. »Ich bin so schnell gekommen, wie ich konnte. Aber wir haben gerade eben einen weiteren Mann verloren und ich konnte den armen Kerl in seinen letzten Minuten nicht einfach alleine lassen.«

»Ihr habt richtig gehandelt, Reverend«, meinte Charles Edward und tätschelte ihm die Schulter. »Ihr seid ein guter Mann. Aber nun sagt uns, was Euer Auge an diesem unbekannten Schiff erkennen kann. Mit wem haben wir es hier zu tun?«

George Kelly nickte, kniff die Augen eng zusammen und lehnte sich ein Stückchen über die Reling nach vorne, um besser sehen zu können. »Schwierig zu sagen«, murmelte er schließlich. »Selbst für meine Augen ist das Schiff noch sehr weit entfernt. Ich fürchte, wir müssen uns noch ein wenig gedulden.«

»Na toll!«, maulte Charles Edward, doch es blieb ihnen keine andere Wahl. Also warteten sie.

Nach weiteren langen Minuten konnte George Kelly eindeutig sagen, dass es kein mächtiges Linienschiff war, denn dafür war es einfach zu klein. »Zu klein und zu wenig Segel. Aber es gibt auch kleinere Kriegsschiffe!«, fügte er warnend hinzu. »Und in unserem jetzigen Zustand könnten wir uns nicht einmal gegen Sloops oder Korvetten erwehren, ja nicht einmal gegen Kriegskutter.«

»Und dennoch ist es eine gute Nachricht«, befand Charles Edward und strahlte seine Mitstreiter an, als hätten sie den Krieg bereits geschlagen und auch gewonnen. »Es ist also nicht die *Lion.* Und das ist gut so. Noch einmal muss ich diesem Teufelsschiff nicht unbedingt begegnen, darauf kann ich gut und gerne verzichten.«

»Ich denke, dass es ein Schiff unserer Größe ist … Hm, schwer zu sagen, vielleicht ein Handelsschiff.«

»Euer Wort in Gottes Ohr, Reverend«, meinte Thomas Sheridan.

»Amen«, fügte William Murray hinzu.

»Wieso sollte ein Handelsschiff direkt auf uns zuhalten?«, warf John MacDonald in die Runde und erntete für diese Frage zahlreiche entgeisterte Blicke. »Was denn? Ich meine doch nur, dass es schon seltsam ist, denn schließlich sind doch alle Händler froh, wenn sie in Zeiten der Piratenkrise anderen Schiffen aus dem Weg gehen. Da kreuzt niemand freiwillig die Bahn eines anderen unbekannten Schiffes.«

»Geht wieder an die Arbeit, MacDonald!«, rief Charles Edward laut. »Ihr habt mir meine Laune kaputt gemacht, die gerade eben erst wieder besser geworden war!«

William Murray lachte trocken auf, doch dann merkte er an: »Es stimmt schon, was unser John hier sagt. Wir sollten vorsichtshalber alle noch einsatzfähigen Waffen zusammentragen und austeilen lassen. Man kann ja nie wissen.«

»Ist gut«, stimmte Charles Edward zu. »Kümmert Euch darum!«

»Seht es quasi als erledigt an!«, rief der Schotte und lief los.

»Ah, nun kann ich deutlich mehr erkennen«, murmelte Reverend George Kelly dazwischen. »Das Schiff ist nah genug heran, dass ich … Blitz und Donner!«

»Was ist?«, schrie Charles Edward und schüttelte den Reverend einmal kräftig durch. »Was habt Ihr gesehen? So sprecht!«

»Ich habe dieses Schiff erkannt«, antwortete George Kelly mit zitternder Stimme.

Kapitel 13

Eriskay, Schottland, Ende Juli - Anfang August 1745

Es herrschte eine allgemeine Erleichterung an Bord der *Elisabeth*, als sich das unbekannte Schiff als die vermisste *La Doutelle* entpuppte. Nicht viele hatten ernsthaft damit gerechnet, das zweite Schiff dieses Unternehmens so schnell wieder zu Gesicht zu bekommen, im Gegenteil, die meisten Seemänner waren unlängst der Meinung gewesen, dass die *La Doutelle* gesunken sein musste. Es war kein Geheimnis, dass die *Elisabeth* das bessere und stabilere Schiff von beiden war, und wenn sie schon solchen Schaden genommen hatte, dann musste die *La Doutelle* noch viel schlimmer getroffen worden sein. Das war zumindest die vorherrschende Auffassung. Umso überraschender war es dann, als sie mit eigenen Augen sahen, dass ihr Schwesterschiff kaum Schaden genommen hatte und sogar wie zu den besten Zeiten fuhr. Kein Mast der *La Doutelle* war umgeknickt, kein Segel kaputt, nirgends lagen Trümmerteile herum und Einschusslöcher durch die *H.M.S. Lion* waren auch nicht zu erkennen.

»Ein wunderschöner Anblick«, rief Thomas Sheridan erleichtert aus und fiel dann in den allgemeinen Jubel ein, der auf der *Elisabeth* aufbrandete. »Nun wären wir wieder vereint!«

»Und wieder voll auf Kurs!«, jubelte Charles Edward Stuart. »Die Besatzung der *La Doutelle* wird uns helfen, die geschundene *Elisabeth* wieder auf Vordermann zu bringen. Dann können wir uns Segel leihen und dank der funktionierenden Instrumente unseres Schwesterschiffes wissen wir auch wieder, wo wir sind und wo wir hin müssen.« Ein Aufseufzen entrang sich seiner Brust. »Den

Sturm überlebt, das feindliche Kriegsschiff überstanden, nun kann uns nichts mehr aufhalten!«, rief er laut und die umstehenden Männer jubelten ihm zu. Er lächelte und ließ die Männer ihre Freude hinausschreien, dann klatschte er in die Hände und rief: »An die Arbeit, Männer! Nun haben wir es fast geschafft!«

Und sogleich fiel die anstehende Arbeit um ein Vielfaches leichter. Nicht nur, weil nun mehr helfende Hände zur Verfügung standen, sondern weil die Männer befreit arbeiten konnten und das Ziel ihrer langen Reise endlich vor Augen sahen. Die Landung des Prinzen in Schottland stand unmittelbar bevor! Und diese Aussicht beflügelte alle und sorgte für eine recht fröhliche und ausgelassene Stimmung.

Nachdem die *Elisabeth* notdürftig repariert worden war, konnte wieder ein schnelleres Tempo aufgenommen werden. Der auffrischende Wind füllte sogleich die Segel und trug die beiden Schiffe zügig über die raue See. Das typische Schaukeln setzte wieder verstärkt ein und das Wasser spritzte rechts und links des Bugs auf. Einige Möwen kreisten kreischend über ihnen oder flogen neben ihnen her und kündeten von nahem Land.

Am darauffolgenden Tag hielt Reverend George Kelly einen Gottesdienst für die verstorbenen und verschollenen Kameraden ab, dem sämtliche Seemänner beiwohnten und so den Toten die letzte Ehre erwiesen. Es war ein ruhiger und andächtiger Moment, doch er konnte die verbesserte Stimmung nicht trüben.

Die Zeit nach dem Gottesdienst verbrachte Charles Edward Stuart alleine an Deck. Er stand lange völlig still und bewegungslos da und genoss den Wind, der durch seine Haare fuhr und in seinen Ohren dröhnte. Er hatte sich in seinen warmen Mantel gehüllt und genoss die schnelle Fahrt. Er fühlte bereits, wie er seiner unbekannten und doch so geliebten Heimat immer näher kam, konnte fast schon die Edelsteine der Kronen spüren, die er zu erobern gedachte. Dann musste er an seinen Vater und an seinen Bruder denken, die beide nichts von all dem hier wussten. Was sie wohl dazu sagen würden? Ob sie es gutheißen würden? Ob sie sauer sein werden, wenn sie davon erfahren? Oder doch eher stolz? Er wusste es nicht zu sagen. Er für seinen Teil verspürte jedenfalls eine Aufregung, wie er sie sonst nur von seinen Abenteuern mit den Frauen her kannte. Er konnte es kaum erwarten, endlich an Land zu gehen. Er wollte endlich runter von diesem Schiff und das in Anspruch nehmen, was rechtmäßig seiner Familie zustand. Endlich war es soweit!

Irgendwann fiel sein Blick wieder auf jenen alten Matrosen, der an der Reling stand, seine Rumflasche öffnete und etwas von dem Inhalt in das Meer verschüttete. Er verfolgte dieses merkwürdige Verhalten und schüttelte kaum merklich den Kopf. Andererseits musste er zugeben, dass sie all den tödlichen Gefahren entronnen waren. Vielleicht war also doch mehr an dieser Sache dran …

Als der Alte entdeckte, dass er beobachtet wurde, schloss er die Flasche und kam zu dem Prinzen herübergelaufen. Er bot Charles Edward grinsend einen Schluck aus der Flasche an, den dieser dankend annahm.

Und während Charles Edward trank, fragte er sich selbst, wie zum Teufel der Kerl nur immer an diese Rumflaschen herankam, schließlich waren sie nicht für jedermann offen zugänglich, sondern wurden nach strengen Rationen eingeteilt herausgegeben. Doch er fragte nicht laut nach, sondern ließ den alten Seemann in Ruhe. Solange es keine Probleme gab, würde er diesbezüglich ein Auge zudrücken. Nachdem er getrunken hatte, reichte er die Flasche zurück, woraufhin der Seemann ebenfalls einen großen Schluck nahm.

»Ah, das wärmt von innen …. Nicht wahr, königliche Hoheit?«

Charles Edward nickte. Er mochte den Alten auf irgendeine Art. Gut möglich, dass er vielleicht ein wenig verrückt war, aber er war ein guter Mann und ein erfahrener und wichtiger Seefahrer. »Wieso habt Ihr diesmal den Rum in die See geschüttet?«, wollte er schließlich wissen. »Doch nicht etwa wieder wegen der Ungeheuer in den Tiefen?«

»Nein, nein«, erwiderte der Seemann, »die sind vorerst noch beruhigt. Dieser Schluck war für die verstorbenen Kameraden.«

»Ah, ich verstehe«, sagte Charles Edward. »Es ist sehr edel von Euch, dass Ihr auch an diese armen Seelen denkt.«

»Diese Seelen müssen unbedingt besänftigt werden, denn sonst finden sie keine Ruhe und verfolgen dieses Schiff auf ewig!«

»Natürlich«, murmelte Charles Edward und verabschiedete sich schnell, bevor der alte Seemann weiterreden konnte. »Ein bisschen verrückt, aber im Grunde herzensgut«, murmelte er vor sich hin.

Die restliche Fahrt verlief ohne weitere nennenswerte Zwischenfälle. Feindliche Schiffe tauchten glücklicherweise keine mehr auf, das Wetter blieb ruhig, aber dennoch windig, und die *Elisabeth* schaffte den Schlussspurt ohne gravierende Probleme. Die behelfsmäßigen und aus der Not heraus geborenen Reparaturen hielten. So erreichten die beiden Schiffe des jungen Stuart-Prinzen, die vor über einem Monat von Nantes aus aufgebrochen waren, endlich ihr Ziel: Eriskay, eine Insel der Äußeren Hebriden im Nordwesten Schottlands.

»Wir haben es geschafft!«, schrie Charles Edward voller Freude und reckte seine Hände gen Himmel. »Wir haben es geschafft!«, wiederholte er beinahe ungläubig. Die Männer jubelten ihm ausgelassen zu und freuten sich mit ihm. Jeder von ihnen hatte seinen Teil beigetragen, damit sie nun hier standen.

Der Strand, an welchem sie gelandet waren, bestand aus feinem, hellbraunem Sand. Bäume waren weit und breit keine zu sehen, dafür einige schroffe und karge Felsen, die sich in der weitläufigen Landschaft erhoben. Dazwischen wuchs kniehohes und saftig grünes Gras, dessen Halme sich in Windrichtung bogen. Kleine Wellen schoben sich in regelmäßigen Abständen und leise rauschend den Sandstrand hinauf, überspülten einige Muscheln und zogen sich wieder zurück. Es waren keine Häuser zu sehen, keine Menschen, kein Hinweis auf eine Zivilisation. Es war ein idyllisches Plätzchen Erde, das völlig unberührt schien und einem irdischen Paradies glich.

Die ersten Schritte von Charles Edward Stuart im Land seiner Vorfahren waren sehr bedächtig. Er blickte sich neugierig um, drehte sich einmal im Kreis und sog die frische Luft tief in seine Lungen ein. »Ich bin in Schottland!«, murmelte er leise vor sich hin. »Ich bin hier! Im Land meiner Vorfahren! Ich habe es geschafft!« Er ballte beide Hände zu Fäusten und ließ sich dann rücklings in den weichen Sand fallen. Er lachte und blinzelte gegen die warme Sonne an. Fasziniert beobachtete er die langsamen Bewegungen einiger Wolken, die über dieses kleine Eiland hinwegzogen, lauschte dem Rauschen des Meeres und genoss diesen Moment. Er hatte den ersten Schritt geschafft und war in Schottland gelandet! Er musste diesen Satz mehrmals laut vor sich hinsagen, bevor er ihn erst so richtig begriff.

Nach einigen Minuten stand er wieder auf und blickte in die amüsierten Gesichter seiner sieben Gefährten, die mittlerweile ebenfalls an Land gegangen waren. Sie standen in einem kleinen Kreis zusammen und freuten sich ebenfalls. Sie redeten miteinander, klopften sich auf die Schultern und tauschten überschwänglich Glückwünsche aus. Einzig William Murray hielt sich deutlich zurück und sparte auch mit dem Lächeln.

»Was ist mit Euch?«, fragte Charles Edward nach. »Freut Euch doch ein wenig mit uns anderen!«

»Wir haben noch nichts erreicht«, erwiderte der Marquis mit trockener und mahnender Stimme. »Wir sind gerade einmal in Schottland gelandet, doch der wirklich harte Teil unseres Unternehmens kommt erst noch, vergesst das bitte nicht!«

»Das habe ich keinesfalls vergessen, mein Lieber«, meinte Charles Edward und klopfte ihm auf die Schulter. »Doch ich denke, dass wir nach diesem gefährlichen Abenteuer - das wir alle hier lebend überstanden haben - doch das Recht haben, uns ein klein wenig freuen zu dürfen.«

»Feiert Ihr nur, Hoheit, ich werde mich derweil um unsere Weiterfahrt kümmern.«

»Der Ärmste«, murmelte Thomas Sheridan in Charles' Ohr. »Er kann nicht sonderlich gut mit seinen Gefühlen umgehen, wenn er seine alte Heimat wiedersieht. Das löst irgendetwas in ihm aus, denn dann wird er ganz gefühllos und schroff … genau wie diese Felsen hier drüben.«

»Ach ja?«, grinste Charles Edward und bückte sich, um eine Handvoll Sand aufzunehmen. Da der Sand nass war, ließ er sich leicht in eine runde Form bringen, ganz so wie ein Schneeball im Winter. Er drückte und presste einige Sekunden lang, während die anderen ihm erstaunt zusahen. Und nachdem er die gewünschte Rundung hinbekommen hatte, zielte er, holte weit aus und warf seinen Sandball in Richtung des mürrisch davontrottenden William Murray. »Volltreffer!«, rief er, als er den Marquis direkt am Hinterkopf erwischt hatte.

»Ein vorzüglicher Wurf, Hoheit!«, lächelte Thomas Sheridan. »Wirklich vorzüglich!«

William Murray schrie auf, als der Sandball gegen seinen Kopf flog und dabei wieder in tausende einzelne Sandkörner zersplitterte, aber in erster Linie nicht aus Schmerz, sondern vielmehr aus Überraschung, denn mit so etwas hatte er nicht gerechnet. Er blieb stehen und befühlte mit einer Hand die Stelle, wo er getroffen worden war. Doch bevor er sich umdrehen und den Werfer zurechtstutzen konnte, verspürte er bereits den zweiten Sandball, diesmal weiter unten in seinem Rücken. Dann erwachte er ruckartig zu Leben, wirbelte herum und rannte zu seinen Mitstreitern zurück. »Na wartet!«, rief er übertrieben verärgert und visierte Charles Edward Stuart an, der schnell noch einen Sandball formte, diesen in seine Richtung warf und dann eiligst die Flucht ergriff. »Ihr entkommt mir nicht!«, rief William Murray und zog im Rennen seine Weste aus, um noch schneller laufen zu können.

Thomas Sheridan und die anderen Gefährten schauten der munteren Verfolgungsjagd belustigt zu und begannen, Wetten auf den Sieger abzuschließen. Sie feuerten die beiden an, lachten, schrien und grölten. Aeneas MacDonald rief sogar einen Schiffsjungen herbei, der ihnen unverzüglich eine Flasche Wein bringen sollte.

Charles Edward lief, so schnell ihn seine Beine trugen, doch da er währenddessen laut lachen musste, dass es bereits in seinem Bauch weh tat, musste er unfreiwillig das Tempo verringern. Er stolperte und wäre fast gestürzt, konnte sich aber gerade noch so auf den Beinen halten. Mit einer Hand fasste er sich an den Bauch, doch er konnte einfach nicht mit dem Lachen aufhören. Und er musste auch zugeben, dass er William Murray unterschätzt hatte. Der Marquis of Tullibardine war vielleicht ein alter Mann, gehörte deshalb aber noch lange nicht zum alten Eisen. Er war trotz seines fortgeschrittenen Alters immer noch topfit und unheimlich schnell. Aus diesen Gründen war es kein Wunder, dass sein knapper Vorsprung schnell zusammenschrumpfte.

»Ihr könnt mir nicht entkommen!«, rief William Murray keuchend.

»Gebt auf, Marquis, Ihr werdet mich niemals erwischen!«, kam die Antwort über die Schulter zurück.

»Ich werde Euch notfalls bis ans Ende der Welt jagen!«

»Viel Glück dabei«, lachte Charles Edward und fiel diesmal tatsächlich hin. Er hörte vage die Anfeuerungsrufe der anderen, rappelte sich auf und lief weiter. Da der Marquis nun direkt hinter ihm war, schlug er plötzlich einen Haken und änderte seine Richtung. Er steuerte direkt auf das Wasser zu. »Wie wäre es mit einem kleinen Bad, William?«, rief er lachend, während das Wasser rechts und links zu seinen Füßen aufspritzte und seine Kleidung durchnässte. »Ihr hattet schon viel zu lange kein Bad mehr!«

»Wenn ich mit Euch fertig bin, dann braucht Ihr das gesamte nächste Jahr kein Bad mehr!«, drohte der Marquis.

Kurz darauf standen die beiden bis zu den Hüften im Wasser, doch keiner dachte daran, jetzt aufzugeben. Die Verfolgungsjagd ging munter-fröhlich weiter, allerdings wesentlich langsamer, da sie jetzt nicht mehr so schnell vorankamen. Und schließlich hatte William Murray den Prinzen eingeholt. Er packte ihn und zerrte an seinen Kleidern, bis beide unfreiwillig in den Fluten untertauchten. Für einen Moment war nichts mehr von ihnen zu sehen, bis ihre

Köpfe plötzlich wieder auftauchten. Beide spuckten sie Wasser aus, schüttelten sich, umarmten sich lachend und trotteten dann gemeinsam wieder an Land. Und während sie zu den anderen zurückkehrten, scherzten sie lautstark miteinander.

»Und wer hat nun gewonnen?«, wollte Aeneas MacDonald wissen und kratzte sich fragend am Kopf.

»Selbstverständlich ich!«, rief William Murray sogleich und reckte seine Brust raus.

»In Euren Träumen vielleicht, verehrter Marquis«, konterte Charles Edward. »Der Sieger kann natürlich nur ich sein!«

»Ihr provoziert mich schon wieder!«

»Ich denke, es kann nur einen Weg geben, um den wahren Sieger herauszufinden«, meinte Charles Edward mit den Schultern zuckend. Dann bückte er sich blitzschnell, formte hastig einen neuen Sandball und schmiss ihn in Richtung seines Freundes.

Natürlich reagierte William Murray sofort darauf und so ging der Zweikampf von vorne los.

»Neue Wetten, Männer!«, rief Aeneas MacDonald begeistert. »Na los, gebt neue Einsätze bekannt! Macht schon!«

Kapitel 14

Schottland, Anfang - Mitte August 1745

Von Eriskay, auf den Äußeren Hebriden gelegen, ging es ostwärts in Richtung der Inneren Hebriden, vorbei an der Insel Rhum und dann nach Eilean Shona, am Loch Moidart gelegen. Dort wollten sie sich mit einigen wichtigen Clanführern treffen, um sie zu überzeugen und auf ihre Seite zu ziehen, denn noch immer waren viele Chiefs unentschlossen und wussten nicht so recht, was sie von dem jungen Stuart halten sollten. England war bei ihnen allen zwar zutiefst verhasst und sie wären gerne die Fesseln der Knechtschaft losgeworden, die seit einigen Jahrzehnten fest um ihre Gelenke saßen, doch sie fürchteten zugleich die nicht absehbaren Folgen im Falle einer Niederlage. Und bevor sie sich leichtfertig einem jungen Burschen anschlossen, der noch nie zuvor dieses Land betreten hatte und von vielen von ihnen als ein Fremder angesehen wurde, wollten sie ihn erst besser kennenlernen und sich mit eigenen Augen ein Bild von ihm und seinem Vorhaben machen.

Auf dem Weg nach Loch Moidart begegneten sie – einige Fischer ausgenommen – kaum Menschen, was Charles Edward ins Grübeln brachte und erneut zu der Frage veranlasste, wie sie so jemals eine schlagkräftige Armee aufstellen sollten. »Diese Gegend ist wie ausgestorben!«, murmelte er immer wieder vor sich hin.

»Keine Sorge!«, beruhigte Thomas Sheridan, der das Land wesentlich besser kannte. »Dieser Teil Eures Reiches ist nun einmal sehr dünn besiedelt, daran lässt sich nichts ändern, doch wir werden schon bald Gegenden erreichen, wo mehr Menschen leben, versprochen!«

»Das möchte ich hoffen«, war die brummende Antwort des Prinzen, bevor es schweigend weiterging. Doch die kurz aufgekommene schlechte Stimmung verflog mit jedem weiteren Schritt, den er im Land seiner Vorfahren machte. So dauerte es nicht lange, bis er wieder fröhlich vor sich hin strahlte und seine Gefährten dadurch ansteckte. Neugierig schaute er sich überall um, sog sämtliche Eindrücke tief in sich auf, und versuchte, diese fest in seinem Gedächtnis zu speichern. Ehe er sich versah, da hatte er sich in seine neue Heimat verliebt. Noch immer konnte er kaum glauben, was er gerade tat und dass er tatsächlich in Schottland gelandet war, um von hier aus sein Erbe zurückzuerobern. Alles schien manchmal so unwirklich zu sein, dass er sich kneifen musste, um zu wissen, dass es doch gerade passierte und nicht nur ein schöner Traum war.

Und wie Thomas Sheridan vor einiger Zeit versprochen hatte, verbrannte die Sonne in diesem Land nicht sämtliches Gras, sondern schien sich die meiste Zeit hinter einer Wolkendecke zu verbergen. Dies war allen Gefährten sehr recht, denn keiner von ihnen marschierte gerne in der prallen Mittagssonne, noch dazu in einem Landstrich, wo es kaum Bäume gab, die kühlen Schatten spenden konnten. Was ebenfalls sehr angenehm war, war der Verzicht auf die nervtötenden Perücken. Keiner der Männer trug nunmehr diese kratzenden und viel zu warmen Haarteile, die am französischen Hof nicht wegzudenken gewesen waren. Alle zeigten sie ihr natürliches Haar und genossen den Wind, der ihre Kopfhaut kitzelte. Außerdem trugen sie alle fortan die landestypische Kleidung, bestehend aus Kilt, Hemd und Plaid. Der Kilt, der nur den Männern zum Tragen vorbehalten war, bestand aus nur einem einzigen und sehr langen Stück Stoff, der so geschickt gefaltet und gewickelt wurde, dass er dem jeweiligen Träger bis knapp über die Knie reichte, aber niemals den Boden berührte. Das Plaid, auch Schulterdecke genannt, wurde anschließend lose über die Schulter gelegt und bei Bedarf mit einer Brosche befestigt. Alle Kilts und Plaids wiesen die typische Karomusterung auf, woran die Zugehörigkeit zu dem jeweiligen Clan erkennbar war. Was hingegen viele nicht wussten, war die Tatsache, dass diese Erkennbarkeit anhand der Karos erst im Laufe der Zeit entstanden war. Früher wurde dadurch vielmehr der Unterschied zwischen reichen und ärmeren Schotten veranschaulicht. Wer es sich nämlich leisten konnte, der trug aufwendige und mehrfarbige Karomusterungen, wer hingegen kein oder nicht so viel Geld hatte, der musste auf einfarbige oder sehr schlichte Karos zurückgreifen.

Charles Edward mochte den Kilt als Kleidungsstück, denn er war ungemein praktisch und bequem. Er war nicht so eng wie manche Hose, sondern ließ dem Träger eine ungewöhnliche Freiheit und sorgte gleichzeitig für ein frisches Windchen unten herum. Im Sommer trug der Kilt also zur Kühlung bei, im Winter jedoch hielt er einen nicht weniger warm als eine Hose. Und das Plaid diente nicht nur als Kleidungsstück zum Tragen, sondern war gleichzeitig auch die Decke für die Nacht, in die man sich warm einwickeln konnte. All diese Vorteile waren auch der Grund, warum sich diese in Europa einzigartige Kleidung über so viele Jahrhunderte hinweg erhalten hatte, denn wäre sie unpraktisch gewesen, dann hätten die Hochlandbewohner sie längst gegen andere Kleidung eingetauscht. Um einen Punkt, der heutzutage in Bezug auf den Kilt nicht mehr gemacht wird, war Charles Edward hingegen sehr froh. Thomas Sheridan hatte ihm erzählt, dass man früher auf den Kilt uriniert beziehungsweise den Kilt in einem Fass mit

Urin getränkt hatte, um ihn auf diese Weise von Kleintieren und gefährlichen Krankheitserregern zu befreien, die sich im Laufe der Zeit dort reichlich ansammeln konnten. »Ich möchte mir nicht vorstellen, wie die Menschen damals gestunken haben müssen«, war Charles' einziger Kommentar dazu gewesen, ehe er das Thema gewechselt und die kleine Gruppe zu einem schnelleren Tempo angetrieben hatte.

Pausen gönnten sie sich auf ihrem Weg ins Landesinnere kaum welche, denn die Zeit war nun ein wichtiger Faktor, der mitunter über Gelingen und Scheitern mitentscheiden konnte. Sie waren gelandet und gingen nun in die Offensive, sie mussten ihre Deckung verlassen und offen sämtliche Clans dazu auffordern, ihnen beizustehen. Und das wiederum sorgte natürlich für Aufsehen. Spätestens nachdem sie die Stuart-Standarte ganz offiziell gehisst haben würden, wusste auch der englische Usurpator in London über die Ankunft des Prinzen Bescheid. Dann war es vorbei mit den Geheimnissen und den Versteckspielchen, dann herrschte ganz offen Krieg. Und dieser Krieg war unausweichlich, denn der englische König würde nicht tatenlos mit ansehen, wie der Stuart-Prinz sich seines verlorenen Erbes bemächtigte. Er würde sofort den Befehl zum Truppenausheben geben und die Soldaten dann nach Norden schicken, um Charles Edward Stuart wieder zu vertreiben, oder bestenfalls gleich zu töten, denn damit wäre das Problem schnell und unkompliziert gelöst.

In den Highlands sprach sich die Landung des Stuart-Prinzen schnell herum. Per Mundpropaganda wurde diese sensationelle Neuigkeit weitergegeben und wanderte so von Dorf zu Dorf, von Hof zu Hof. Es dauerte nicht lange, da wusste der gesamte Norden des Königreiches Bescheid. Und während die einen sich voller

Freude auf den Weg machten, um sich dem Prinzregenten anzuschließen, zögerten andere und warteten gebannt, was als nächstes passieren würde. Viele Schotten schienen immer noch unentschlossen, auf welche Seite sie sich schlagen sollten.

Nur wenige Tage nach der Landung im schottischen Hochland erreichten die Gefährten die Gegend um Glenfinnan. Hier waren nun tatsächlich mehr Menschen zu sehen, doch die meisten von ihnen begafften sie nur staunend, schlossen sich ihnen aber nicht an. Charles Edward redete mit den Einheimischen, gab sich ihnen verbunden und nahe, doch so recht folgen wollte ihm zunächst niemand. Noch überwog die Skepsis vor dem Fremdling, der er in ihren Augen eben war. Er war vielleicht ein Stuart, ein Prinz mit schottischem Blut, doch er war geboren in Rom, aufgewachsen in Italien, und das war sehr weit weg von hier. Auf den ersten Blick schien es zwar ein kleiner Vorteil, dass viele der Menschen hier noch seinen Vater, James Francis Stuart, kannten, doch dessen gescheiterte Invasionsversuche waren dann wiederum keine sonderlich guten und überzeugenden Argumente. Charles Edward konnte deutlich sehen, dass die letzten Unterfangen dieser Art keinesfalls angenehme Folgen für die Menschen hier gehabt hatten, auch wenn keiner ein Wort darüber verlor. Erstaunt war er auch darüber, dass er und seine Gefährten ohne Ausnahme überaus freundlich aufgenommen und bewirtet wurden, selbst dann, wenn seine Überzeugungsversuche höflich abgelehnt wurden. Thomas Sheridan hatte also nicht zu viel versprochen, als er damals im königlichen Wald am französischen Hof von der außergewöhnlichen Gastfreundschaft der Hochlandbewohner geschwärmt hatte.

Am Abend saßen Charles Edward und seine engsten Vertrauten zusammen, um den morgigen Tag sowie das weitere Vorgehen zu besprechen. Die Familie, bei der sie in dieser Nacht untergebracht waren, hatte ihnen großzügig allerlei Speisen aufgetischt und sich dann zurückgezogen, um sie in Ruhe beratschlagen zu lassen. Charles Edward hatte der Familie zum Dank eine Goldmünze überreichen wollen, was diese aber dankend abgelehnt hatte, und das, obwohl sie nicht sehr reich, sondern hart arbeitende Bauern am Existenzminimum waren.

»Wieso nehmen sie das Geld nicht an?«, fragte er laut in die Runde. »Von dieser einen Goldmünze könnten sie wochenlang sorgenfrei leben!«

»Das, mein Lieber, ist eben die schottische Mentalität. Vielleicht versteht Ihr sie nun ein wenig besser.«

»Im Gegenteil«, murmelte Charles Edward zur Antwort.

»Würden sie Geld für ihre Gastfreundschaft entgegennehmen«, erklärte Thomas Sheridan geduldig, »dann wäre es ein Geschäft und somit kein Teil einer uralten Tradition mehr. Es ist im Grunde ein ungeschriebenes Gesetz in den Highlands, dass jeder, der an die Tür eines anderen klopft, hereingelassen und aufgenommen wird. Niemand wird abgewiesen oder einfach im Regen stehen gelassen.«

»Auch nicht der Feind?«

»Auch nicht der Feind! Gehören die Bittenden einem verfeindeten oder zumindest rivalisierenden Clan an, dann werden sie trotzdem genauso gut behandelt wie Freunde.«

»Es sei denn, du bist ein Engländer!«, frotzelte William Murray. »Dann solltest du besser in Deckung gehen, denn ansonsten könnten dir eine Menge Musketenkugeln um die Ohren fliegen!«

»Danke«, murmelte Francis Strickland, der einzige Engländer unter ihnen, sarkastisch.

»Was denn?«, erwehrte sich William Murray grinsend. »Ich spreche nur die Wahrheit.« Dann lachte er laut los. Die anderen fielen nach und nach in sein herzhaftes und tiefes Lachen mit ein, auch Francis Strickland.

»Was können wir tun, damit die Leute uns folgen?«, wollte Aeneas MacDonald wissen, nachdem sich alle wieder einigermaßen beruhigt hatten. »Es muss doch etwas geben, womit wir sie überzeugen können!«

»Unser Gold!«, meinte Reverend George Kelly sogleich. »Es gibt nicht viele, die der Wirkung dieses glänzenden Wunders widerstehen können.«

»Das ist schon wahr, Gold wäre tatsächlich eine Lösung, doch leider haben wir nicht annähernd so viel Gold dabei, als dass wir damit jeden einzelnen Mann in den Highlands kaufen könnten«, erwiderte Thomas Sheridan. »Wir sollten es deshalb gut dosieren und noch überlegter einsetzen. Wir dürfen nicht den Fehler machen und bereits jetzt sämtliches Gold händeweise rauswerfen.«

»Warum nicht?«, fragte William Murray nach. »Wenn wir mit Gold nur so um uns werfen, dann spricht sich das herum, oder etwa nicht?«

»Oh doch, das wird es. Sehr schnell sogar.«

»Also. Dann weiß schon bald ganz Schottland, dass wir Gold besitzen. Und so wie wir es rausschmeißen, sieht es so aus, als besäßen wir eine ganze Menge davon. Jeder wird glauben, dass wir Gold scheißen können!«

»Hm …«

»Er hat recht«, stimmte Colonel John William O'Sullivan begeistert zu. Bislang hatte der Recke sich zurückgehalten, doch nun sprudelten die Worte nur so aus ihm heraus: »Es wird schon bald die Meinung vorherrschen, dass wir unheimlich reich sind. Und jeder möchte natürlich ein Stück vom Kuchen abhaben, das ist verständlich. Doch damit nicht genug: Die Engländer werden ebenfalls davon erfahren und sich fürchten, denn es ist kein großes Geheimnis, dass die englischen Schatztruhen in London bis auf das letzte Pfund leer sind. Die vielen Kriege in den letzten Jahren haben den Schuldenberg massiv anwachsen lassen. So verschießen wir zwei Kugeln mit nur einem Gewehr!«

»Schön gesprochen«, meinte Thomas Sheridan und nickte dann nachdenklich mit seinem Kopf hin und her. »Es könnte tatsächlich gelingen. Aber …«

»Ihr seid nicht ganz überzeugt?«, hakte O'Sullivan nach. Dann kramte er in seiner Tasche herum und beförderte schließlich ein Goldstück zutage. »Und jetzt? Seid Ihr jetzt überzeugt?«

»Lasst das!«, meinte der Ire lachend und lehnte das angebotene Goldstück ab. »Ihr habt ja recht, das bestreite ich gar nicht. Aber was ist, wenn der große Zahltag ansteht und wir nicht jeden Mann bezahlen können? Dann wird unser kleiner Schwindel unweigerlich auffliegen! Und was dann? Wie wollt Ihr Euch dann herausreden?«

»Es wird nicht dazu kommen, wenn wir bis dahin reichlich Beute machen konnten.«

»Gerade spracht Ihr von leeren Schatztruhen bei den Engländern …«

»Oh, Ihr wisst ganz genau, wovon ich spreche. Ihr dreht mir jedoch die Worte im Mund herum, Ihr …Ihr …«, er suchte nach dem richtigen Wort, fand es aber nicht.

»In den Städten gibt es genügend Gold zu holen«, meinte Aeneas MacDonald schließlich und unterband somit das persönliche Duell der beiden. »Die Städte sind nicht England, sind nicht das

Parlament. Der König, das Parlament und die Staatstruhen mögen vielleicht leer sein und in den letzten Jahren kaum frische Goldmünzen zu Gesicht bekommen haben, doch die Städte haben damit nichts zu tun. Dort lagern Unmengen an Gold und sonstigen Wertsachen, die wir uns einverleiben können. Die Städte müssen Steuern bezahlen, doch sie unterschlagen stets einen Teil davon, um es für sich zu behalten. Und ich weiß, wovon ich spreche, schließlich bin ich Bankier und mit Geldgeschäften - auch den krummen - bestens vertraut.« Für seine letzten Worte erntete er schallendes Gelächter.

»Ihr gebt es also zu, dass Ihr krumme Geschäfte tätigt?!«, rief Francis Strickland mit Tränen in den Augen. »Ich wusste es! Ich wusste es schon immer!«

»Und dennoch habt auch Ihr, mein Guter, Euer Geld in meine Hände gegeben.«

»Och, ich dachte mir, lieber auf der Seite der Bescheißer als auf der Seite der Beschissenen!«

»Bitte aufhören!«, rief John MacDonald, der sich bereits den Bauch vor Schmerzen hielt. »Bitte! Hört auf, ich kann nicht mehr!«

»Ihr habt aber recht, Aeneas«, meldete sich Charles Edward nach einer Weile zu Wort. »Es war uns von vornherein bewusst, dass wir auf reichlich Beute angewiesen sind. Deshalb werden wir aus den großen Städten herausholen müssen, was möglich ist. Und ich muss sagen, dass es keine schlechte Idee ist, uns als übermäßig reich und großzügig darzustellen, denn dadurch erhöhen wir unseren Zulauf. Und nur darauf kommt es momentan an.«

»Das stimmt«, sagte Thomas Sheridan. »Wir müssen den Stein erst ins Rollen bringen, ehe er von ganz alleine ins Tal hinab schießt. Dazu brauchen wir aber auch einen mächtigen Verbündeten auf unserer Seite, der in der Folge als Vorbild dient und die noch Unentschlossenen zu uns lockt.«

»Wir brauchen ein Zugtier.«

»Ganz genau.«

»Und so, wie Ihr sprecht, habt Ihr auch schon eines gefunden, nehme ich an?«

»In der Tat. Vor unserem Aufbruch hatten wir regen Kontakt zu einigen wichtigen Verbündeten sowie einigen Clanchiefs dieser Gegend. Ranald MacDonald, Sohn des Chief Ranald of Clanranald, beispielsweise ist einer unserer treuesten Anhänger. Er hat schon vor Monaten seine bedingungslose Unterstützung zugesagt und hier einiges organisiert. Er hat zudem einige Männer des Clans seiner Familie um sich geschart und wird sie uns schon bald zuführen. Obwohl der junge Ranald noch nicht selbst Chief ist, sondern immer noch sein Vater, hat er bereits große Macht und sein Wort hat Gewicht. Wir werden ihn morgen im Verlauf des Tages treffen, sofern wir noch vor dem Abend das kleine Dörfchen Glenfinnan erreichen. Dort ist unser abgemachter Treffpunkt.«

»Sicher?« wollte William Murray leise murmelnd wissen. Er war aufgestanden, um sich seine Pfeife anzuzünden, hielt diese aber nun in seiner Hand und starrte aus dem Fenster in die zunehmende Dunkelheit hinaus.

»Was ist los?«, wollte Thomas Sheridan wissen und stand auf, um sich zu ihm zu gesellen. »Warum auf einmal diese pessimistische Stimmung?«

»Dort draußen kommen Reiter an!«, brummte der Marquis of Tullibardine zurück.

»Was?«

186

Sofort sprangen alle von ihren Sitzen auf und stürmten zum Fenster. Dort entstand ein kurzes Gerangel um den besten Platz, denn jeder wollte mit eigenen Augen sehen, wer da um diese späte Uhrzeit noch ankam.

»Wer ist das?«, wollte Charles Edward von Thomas Sheridan wissen. »Kennt Ihr die Männer?«

»Ich bin mir nicht sicher«, gab der Ire zurück. »Diese verdammte Dunkelheit …«

William Murray zog seine Pistole und überprüfte auch sein Gewehr.

»Macht langsam, William!«, mahnte Thomas Sheridan sogleich.

»Ich bin lieber gut vorbereitet als schlecht überrascht!«

»Das sind schon einmal keine Engländer, so viel kann ich erkennen. Moment … Ja! Das darf nicht wahr sein! Hach …«

»Was ist? Was habt Ihr?«, verlangte Charles Edward ungeduldig zu wissen und blickte in das freudestrahlende Gesicht seines Mentors. »Ihr habt die Männer dort draußen erkannt, nicht wahr? Nun sagt endlich! Wer sind sie?«

»Das, mein lieber Prinz, ist Chief Donald Cameron of Lochiel.«

»Er höchstpersönlich?«, fragte Charles Edward ungläubig zurück. Er hatte mit dem Chief des Clans Cameron vor ihrem Aufbruch einen regen Briefverkehr betrieben, doch er hatte den Mann noch nie zuvor persönlich gesehen und hatte demzufolge keine Ahnung, wie er überhaupt aussah. Deshalb hatte er ihn auch nicht erkannt, nicht erkennen können, ganz im Gegensatz zu Thomas Sheridan, der ein alter Freund von Donald Cameron of Lochiel war.

»Ja, er ist es höchstpersönlich«, antwortete der Ire und machte sich dann auf den Weg nach draußen, um den Chief zu begrüßen. »Er wollte ebenfalls in Glenfinnan zu uns stoßen, doch anscheinend hat er es nicht mehr aushalten können und ist uns entgegen geritten. Geduld hatte der Gute noch nie sonderlich viel …«, sagte er und strahlte wie ein kleines Kind in die Runde. »Männer, nun kommt Schwung in die Sache!«

Kapitel 15

Glenfinnan, Schottland, 19. August 1745

Am Morgen des neunzehnten August 1745 erreichte Charles Edward Stuart das kleine Dörfchen Glenfinnan, das mitten in den Highlands und direkt am Loch Shiel lag. Es gehörte zum beanspruchten Gebiet des Getreuen Ranald MacDonald. Die drei Flüsse Finnan, Callop und Abhainn Shlatach flossen von Norden, Osten und Westen herbei und mündeten genau hier. Glenfinnan war nicht sonderlich groß, bestand lediglich aus mehreren Dutzend Steinhäusern und hatte nur rund hundert Einwohner, doch an diesem Tag lagerten dort über tausend Mann in ihren Zelten.

Charles Edward Stuart konnte seinen Augen kaum trauen, als er den Kamm des Hügels erreicht hatte, der Glenfinnan im Westen beschnitt, und nun ungehindert auf das Dörfchen hinunter sehen konnte. Er musste innerlich gegen die Tränen ankämpfen, als er die vielen Zelte und die noch zahlreicheren Krieger sah, die sich an den Zelteingängen, am Ufer des Loch Shiel oder im Dorf selbst tummelten. Er zügelte sein Pferd, das Chief Donald Cameron ihm geschenkt hatte, und genoss den überwältigenden Anblick.

»Habe ich zu viel versprochen?«, wollte der Chief lächelnd wissen, als er zu dem Prinzen aufgeschlossen hatte.

»Das habt Ihr nicht«, antwortete Charles Edward mit bebender Stimme. »Das habt Ihr wahrlich nicht! Und dafür danke ich Euch von ganzem Herzen.«

»Jean Cameron of Glendessary ist dort unten mit über dreihundert Mann vertreten. Außerdem wartet Ranald MacDonald, Sohn des Chief Ranald of Clanranald, bereits mit gut zweihundertfünfzig

Mann auf Euch, des Weiteren Macdonald of Kinlochmoidart und dessen Bruder Macdonald of Glenaladale und ihre Männer. Zusammengenommen sind es bereits über tausend Kämpfer, die Eurem Kommando unterstehen. Das, mein Prinz, ist der Grundstock Eurer glorreichen Armee!«

Charles Edward löste seinen Blick kurz von dem Dörfchen und wandte seinen Kopf, dann bot er Donald Cameron seine Hand dar und drückte diese fest, nachdem der Chief mit einem breiten Grinsen eingeschlagen hatte.

»Das sind alles Highlander«, merkte Donald Cameron noch an. »Absolut treu, kampferprobt und furchteinflößend in der Schlacht. Die Engländer werden sich vor Angst in die Hosen machen!« Er lachte schallend los und hielt sich dabei mit einer Hand seinen mächtigen Bauch.

Charles Edward lachte herzhaft mit, denn dieser Tag war ein Tag des Triumphes, ein Tag zum Feiern. Er hätte am liebsten laut aufgeschrien vor Freude, gleichzeitig hätte er platzen können vor Glücksgefühlen, die ihn von innen her ausfüllten und sich warm um sein Herz legten. Er sog die Luft geräuschvoll in seine Lungen und seufzte dann tief auf, während der frische und omnipräsente Wind um seine Nase blies und unablässig an seiner Kleidung zerrte. Für einige Minuten blickte er still auf die vielen Männer hinab und legte sich bereits die Worte zurecht, die er ihnen mitteilen wollte, sobald er bei ihnen war. Dies waren seine Männer!

Dann horchte er auf, denn plötzlich hörte er ein seltsames Geräusch. Neugierig blickte er sich nach allen Seiten um, konnte aber nicht erkennen, von wo dieses merkwürdige Rauschen herkam. Ja, es war eindeutig ein Rauschen, vielleicht auch vergleichbar mit einem Dröhnen. »Was ist das?«, wollte er erschrocken wissen.

»Wartet es ab!«, meinte Chief Donald Cameron augenzwinkernd. »Ihr werdet es gleich selbst erkennen!«

Charles Edward verstand zwar kein Wort, doch er fragte nicht weiter nach, sondern zuckte mit den Schultern und schaute sich weiter suchend um. Der Chief schien wegen des Geräuschs nicht beunruhigt, also verhielt auch er sich ruhig. Das Rauschen schwoll indes mehr und mehr an und wurde immer lauter, bis es in ein Pfeifen überging. Und dies erinnerte ihn plötzlich an einen Moment im Polnischen Thronfolgekrieg, den er im Alter von Vierzehn Jahren mitgemacht hatte. Er war damals, bei der Belagerung von Gaeta, zu nahe an einer Kanone gestanden, die just in diesem Moment abgefeuert worden war, sodass er die darauffolgenden Tage ständig einen durchgehenden Piepston in seinem linken Ohr gehört hatte. Dieses Pfeifen nun war so ähnlich und genauso penetrant. Doch Kanonen waren hier weit und breit keine zu sehen.

Und dann konnte er endlich die Ursache des Geräuschs erkennen: ein Bagpiper hatte sich sein Gerät gegriffen, stand nun am Ufer des Loch Shiel und begann zu spielen. Zunächst klang es etwas seltsam, doch dann war das unverkennbar hohe Pfeifen nicht mehr zu überhören. Ein durchgängiger Grundton, ein sattes Brummen, erklang, dann legten sich die höheren Melodietöne darüber und wurden vom Wind zu ihm auf den Hügel getragen. Obwohl es nur ein einziger Dudelsackspieler war, war er meilenweit zu hören. Er spielt eine schöne Melodie, die rau und wild war, genauso wie die Landschaft in dieser Gegend.

Und während Charles Edward den Tönen lauschte, musste er sich selbst die Frage stellen, warum er nicht schneller darauf gekommen war, dass es sich hierbei um einen Bagpiper handelte, schließlich hatte er dieses Instrument schon öfters gehört. In den

Armeen auf dem Festland dienten in aller Regel auch viele Schotten, die ihre Heimat verlassen hatten, manchmal freiwillig, manchmal aber auch aus Zwang. Und jede schottische Einheit, ganz egal wie groß sie war, hatte stets auch mindestens einen Dudelsackspieler in ihren Reihen. Allerdings hatte er schon lange nicht mehr im Felde gestanden, vielleicht hatte er deshalb nicht sofort gewusst, was da los war. Nun aber konnte er sich wieder ganz deutlich an das typische Pfeifen erinnern. Und er musste sich eingestehen, dass er es vermisst und schon viel zu lange nicht mehr gehört hatte. Unauffällig wischte er sich eine Träne aus dem Auge, dann spornte er sein Pferd an, um nach Glenfinnan hinabzureiten, stets begleitet von den Tönen des Dudelsacks.

Kaum im Dorf angekommen, wurden die Gefährten sofort von den vielen Kriegern umringt und überaus herzlich empfangen. Sämtliche Männer erschienen wie auf Kommando aus ihren Zelten, den Steinhäusern oder kamen vom Ufer herbeigelaufen, um den Prinzen mit eigenen Augen zu sehen. Ein Gedränge und Durcheinander entstand, als jeder von ihnen den besten Platz in der vordersten Reihe haben wollte. Jeder wollte den Prinzen unbedingt einmal berühren, in dem Glauben, dass dies Glück brachte.

Charles Edward Stuart war über diesen Trubel sehr erfreut und überrascht zugleich. Er lachte, winkte den Männern zu, schüttelte Hände und kämpfte sich Schritt für Schritt durch die Menge. Er nahm sich viel Zeit, um möglichst viele Krieger zu begrüßen, und ließ es bereitwillig zu, dass an ihm und seiner Kleidung herumgezogen wurde. Er genoss das Bad in der Menge und war jedem einzelnen Mann dankbar dafür, dass er heute hier war. Er machte viele Versprechungen und gelobte, die Engländer nach so vielen Jahren endlich aus ihrem Land zu verjagen, wofür er viel Zuspruch und Applaus erntete.

Und dann traf er endlich auf Jean Cameron of Glendessary und Ranald MacDonald, die beiden Getreuen, die den Großteil der Krieger hergeführt hatten. Er begrüßte sie überschwänglich und dankte ihnen für ihre Unterstützung. Die beiden waren zwei seiner wichtigsten Verbündeten und hatten in den letzten Monaten, unter dem Einsatz ihres eigenen Lebens, außerordentlich gute Arbeit geleistet. Ohne sie wäre dieser Tag heute nicht möglich gewesen.

Währenddessen stand der einsame Bagpiper die ganze Zeit über am Ufer des Loch Shiel und spielte Melodie um Melodie. Nach einiger Zeit gesellten sich weitere Dudelsackspieler mit ihren Instrumenten zu ihm, nahmen Aufstellung und unterstützten ihn, sodass ganz Glenfinnan samt Umgebung in einen ohrenbetäubenden Lärm gehüllt wurde. Es war dermaßen laut, dass kaum mehr einer das Wort des anderen verstand. Wer sich verständigen wollte, musste aus vollem Halse schreien.

Nachdem Charles Edward einmal durch das Dorf marschiert und sämtliche ihm entgegengereckten Hände geschüttelt hatte, ging er auf die Piper zu und lud den tapferen Spieler, der so lange durchgehalten hatte, für später zum Essen ein, was dieser dankend annahm und dann pflichtbewusst weiterspielte.

Charles Edward Stuart blickte sich mit stolz geschwellter Brust um. Er stand am Ufer des weitläufigen Loch Shiel, die Bagpiper neben ihm, das gesamte Dorf und die Krieger hinter ihm, sämtliche Augen waren auf ihn gerichtet. »Meine Standarte!«, verlangte er schließlich in feierlichem Tonfall und an seine Gefährten gewandt.

»Die Standarte!«, gab Thomas Sheridan den Befehl brüllend weiter. Er musste mit seinen Händen einen Trichter formen und aus Leibeskräften schreien, damit er überhaupt verstanden wurde. »Die Standarte!«, wiederholte er.

Eilig wurde die Stuart-Standarte herbeigebracht, die im Gepäck der Gefährten mitgeführt worden war. Sie wurde von Mann zu Mann durchgereicht, bis zu Thomas Sheridan, der sie feierlich entgegennahm und dann mit einem demonstrativen Kniefall an Charles Edward Stuart überreichte.

»Eure Standarte, königliche Hoheit!«

Charles Edward nickte dankbar, nahm die Standarte mit beiden Händen entgegen, wandte sich um und hielt sie Reverend George Kelly hin. Dieser segnete die Standarte und sprach auch einige huldvolle Worte, die aber im ununterbrochenen Sturm der Bagpiper untergingen. Dann schlug Charles Edward seine Standarte kraftvoll in den weichen Boden. Die nahe Kirchturmuhr schlug kaum den elften Schlag der vollen Stunde, da wehte die Stuart-Fahne bereits in vollem Glanz über Glenfinnan.

Anschließend machten die Dudelsackspieler eine Pause, damit eine offizielle Deklaration verlesen werden konnte. Die Ansprüche der Stuarts wurden darin erneuert, der Vater, James Francis Stuart, als König bestätigt und sein Sohn, Charles Edward Stuart, als Prinzregent mit allen umfänglichen Vollmachten ausgerufen. Als dies verlesen war, brach lauter Jubel aus, der noch lange anhielt und beinahe nicht mehr abebben wollte. Die Piper begannen erneut zu spielen, gefühlt noch lauter und frenetischer als zuvor.

Charles Edward hätte zwar gerne noch ein paar Worte gesprochen, doch er kam nicht mehr dazu. Deshalb genoss er den Moment und ließ es geschehen, dass er von Thomas Sheridan, William Murray, Chief Donald Cameron, Jean Cameron of Glendessary sowie Ranald MacDonald durch die Menge geschoben wurde. Sie alle geleiteten ihn zu dem größten Haus in Glenfinnan, aus welchem ihm bereits ein herrlicher Essensduft entgegenschlug. Zur Feier des Tages gab es das schottische Nationalgericht: Haggis.

Es herrschte eine ausgelassene Stimmung in dem großen, aber dennoch viel zu kleinen Raum. Die *Seven Men of Moidart*, wie die sieben treuen Gefährten von Charles Edward mittlerweile schon genannt wurden, sowie die Clanchiefs drängten sich um einen Tisch und ließen sich großzügig bewirten. Die Becher kreisten in nassfröhlicher Stimmung umher und waren schon wieder leer, kaum dass sie aufgefüllt worden waren. Es wurde gegessen, gelacht, gescherzt, gesungen und später auch zu Musik getanzt. Charles Edward Stuart und dessen Familie wurden lautstark gefeiert und es wurde immer wieder auf ihre Namen angestoßen. Gleichzeitig wurde über die verhassten Engländer übel hergezogen. Fast hatte es den Anschein, als wäre ein Wettbewerb entstanden, wer von ihnen die Engländer am besten beleidigen und verunglimpfen konnte. Und auch wenn es keinen klaren Sieger gab, war William Murray ganz vorne mit dabei. Seine derben Sprüche gingen nicht selten tief unter die Gürtellinie und sorgten mit für die meisten Lacher.

Auch der Dudelsackspieler, den Charles Edward eingeladen hatte, war anwesend und wusste mit so mancher Geschichte die Gemüter zusätzlich zu erheitern. Er war allerdings noch wesentlich jünger, als er ohnehin schon aussah. Auf die Frage nach seinem Alter antwortete er: »Siebzehn, Hoheit!«

»Wie heißt Ihr?«, wollte Charles Edward von ihm wissen.

»James Reid, Hoheit. Stets zu Euren Diensten.«

»Habt Dank, James Reid, für Eure musikalische Darbietung.«

»Ich helfe, wie ich eben kann«, meinte James Reid bescheiden. »Ich habe den Umgang mit Waffen nie erlernt, doch dafür kann ich die Männer mit meinem Dudelsack unterstützen und in die Schlacht begleiten.«

»Zweifelsohne eine ebenso wichtige Aufgabe. Ihr sollt ab sofort mein erster Bagpiper sein«, meinte Charles Edward.

»Das ist sehr großzügig, königliche Hoheit«, erwiderte James Reid mit einem überbreiten Grinsen, das von der einen Gesichtshälfte zur anderen ging. »Ich danke Euch von ganzem Herzen und werde Euch nicht enttäuschen! Unsere Feinde werden auf den Schlachtfeldern erzittern, wenn sie nur den Klang unserer Sackpfeifen zu hören bekommen!«

»Das ist die richtige Einstellung, mein Junge!«, lobte Charles Edward, der selbst nur wenige Jahre älter war.

»Still! Still!«, ertönte da Thomas Sheridans laute Stimme und brachte die illustre Runde zum Schweigen. »Unser Marquis hat noch einen Witz im Repertoire. Na los, William, erzählt schon!«

»Na gut«, murmelte der Marquis of Tullibardine und räusperte sich. »Also, ein Schotte, ein Ire und ein Engländer sind zum Tode verurteilt worden. Sie sollen erschossen werden. Da meint der Schotte, dass die Mitglieder des Erschießungskommandos nicht gerade die hellsten im Kopf sind …«

»Wahrscheinlich Engländer!«, rief Ranald MacDonald dazwischen und erntete viel Gelächter.

William Murray musste ebenfalls kurz lachen, dann fuhr er fort: »Außerdem sind sie sehr leichtgläubig und fallen gut und gerne mal auf eine List rein. Deshalb ist der Schotte auch davon überzeugt, der Erschießung zu entkommen. Als der besagte Tag ansteht, wird der Schotte als erstes hinausgeführt, es werden ihm die Augen verbunden, das Erschießungskommando nimmt Aufstellung. Die Gewehre werden angelegt. Kurz bevor sie jeweils den Abzug ihres

Gewehres betätigen, schreit der Schotte plötzlich, dass es ein Erdbeben hat. Sofort bricht Panik aus, ein Chaos entsteht, der Schotte kann entkommen. Als zweites wird dann der Ire hinausgeführt, auch ihm werden die Augen verbunden, die Gewehre werden angelegt. Kurz vor den tödlichen Schüssen schreit der Ire, dass eine Sturmflut angerauscht kommt. Erneut bricht Panik aus, ein Durcheinander entsteht und der Ire kann entkommen. Als letztes wird dann der Engländer hinausgeführt. Auch ihm werden die Augen verbunden, das Erschießungskommando nimmt zum dritten Mal Aufstellung, der Kommandeur befiehlt das Anlegen der Gewehre. Dann plötzlich schreit der Engländer laut: *Feuer!*«

Schallendes Gelächter brach unter den Gefährten aus, kaum einer von ihnen konnte sich mehr auf seinem Stuhl halten. Der Reihe nach fielen sie lachend zu Boden und verschütteten dabei ihre Getränke, sodass eine regelrechte Sauerei entstand, die aber niemanden wirklich interessierte. So wurde noch bis spät in die Nacht hinein gefeiert, ehe die Gefährten nacheinander an Ort und Stelle einschliefen …

Kapitel 16

Glenfinnan, Schottland, 20. August 1745

Am nächsten Morgen wachten viele der Männer mit einem gewaltigen Brummschädel auf. Schwerfällig hievten sie sich nach und nach auf die Beine, kniffen die Augen zusammen, zogen eine Grimasse, rieben sich die pochenden Schläfen, richteten sich dann die Kleidung und gingen ein wenig an die frische Luft hinaus. Manch einer nutzte auch die Gelegenheit und sprang nackt in einen der nahen Flüsse, die hier zusammenflossen. Andere hingegen, wie etwa Francis Strickland, genossen zwar auch ein eiskaltes Bad im Loch Shiel, doch eher unfreiwillig. John MacDonald, William Murray, James Reid und Aeneas MacDonald machten sich einen Spaß draus, packten den armen Engländer, als dieser noch schlief, und trugen ihn rasch hinunter ans Ufer. Dort schwangen sie ihn einige Male umher, ehe sie ihn losließen und in hohem Bogen in den See warfen. Unzählige Krieger sahen dem unfreiwilligen Bad zu und lachten schadenfroh, ehe sie dem betröppelt dreinblickenden Francis Strickland wieder aus dem See heraushalfen und ihm trockene Kleidung besorgten. Strickland war zwar für den Moment ein wenig beleidigt und bedient, doch er war es nicht lange und konnte schon bald wieder lachen. Dennoch schwor er sich, es den anderen später auf gleiche Weise heimzuzahlen.

Charles Edward Stuart hatte zwar keinen sonderlich großen Kater, dennoch zog er es vor, sich ein wenig zurückzuziehen und die Ruhe am Morgen zu genießen. Deshalb begab er sich zu Fuß auf einen nahen Hügel, um dort ein wenig herumzulaufen und durchzuschnaufen. Er blickte auf Glenfinnan hinab, beobachtete die vielen Krieger, die nach und nach aufwachten und sich für den Tag rüsteten, und besah sich fasziniert die Natur. Gleichzeitig ließ er seinen vielen Gedanken freien Lauf. Gestern war ein großer Tag gewesen, für ihn, für seinen Vater, für seine Familie, für Schottland. Seine Standarte war gehisst, seine Ansprüche offiziell verlesen. Nun galt es, diese Ansprüche durchzusetzen und zwar mit allen möglichen Mitteln. Jetzt gab es auch eindeutig kein Zurück mehr, der Konflikt mit dem englischen Usurpator war unausweichlich. Aber er verspürte deswegen keine Furcht. Im Gegenteil, er konnte es kaum mehr erwarten und freute sich richtig auf das, was da kam. Er freute sich auf die Konfrontation. Die ganze Welt sollte sehen, wie er zuerst Schottland und dann auch England eroberte! In Gedanken konnte er bereits sehen, wie Gedichte und Lobgesänge über ihn formuliert und komponiert wurden, wie er zum Helden zahlreicher Geschichten und Erzählungen avancierte. Und diese Vorstellung gefiel ihm. Sehr sogar. Ein Grinsen huschte über sein Gesicht.

Dann entdeckte er plötzlich einen Trupp Männer, die sich von östlicher Richtung dem kleinen Dörfchen Glenfinnan annäherten. Er kniff seine Augen zusammen, um besser sehen zu können, und stellte dann fest, dass es sich eindeutig um Hochlandschotten handelte. Sie kamen zu Fuß langsam näher und waren bewaffnet, allerdings schienen sie keine bösen Absichten zu hegen, denn sie marschierten ganz normal und machten nicht den Anschein, als wollten sie sich anschleichen oder einen Angriff wagen. Ihr mächtiger Chief ging vorneweg und blickte sich immer wieder um.

Als die Neuankömmlinge auch von den Männern in Glenfinnan entdeckt worden waren, ertönte ein lautes Trommelsignal, das den

Besuch ankündigte. Sofort sammelten sich die Kämpfer und rüsteten sich für alle Eventualitäten.

Dies nahm Charles Edward zum Anlass, von seinem Hügel hinabzusteigen und sich ebenfalls wieder in das Dorf zu begeben. Er ging zügig in den großen Saal zurück, in welchem sie gestern bis spät in die Nacht hinein gefeiert hatten, und stellte erstaunt fest, dass er in der Zwischenzeit komplett gesäubert und wieder ordentlich hergerichtet worden war. Nichts ließ mehr darauf schließen, dass hier vor nicht allzu langer Zeit eine Sauf- und Fressorgie stattgefunden hatte. »Sehr fleißige Leute«, murmelte er anerkennend und setzte sich dann auf den großen Stuhl, der am Kopfende des Raumes für ihn hingestellt worden war. Es war zwar nur ein kläglicher Ersatz für einen echten Thron, aber dennoch besser als nichts.

Kaum hatte er Platz genommen, kamen auch schon zwei Mägde herbei und boten ihm einen Krug Wein, einen Kelch und eine frische Pastete dar. Dankend nahm er die Köstlichkeiten entgegen und ließ sie sich munden. Währenddessen rief er Thomas Sheridan zu sich und fragte ihn nach den Neuankömmlingen.

Der Ire gab bereitwillig Auskunft: »Ranald MacDonald hat einige Clanchiefs hierher eingeladen, damit sie ihre Position verdeutlichen. Stehen sie auf unserer Seite und ziehen mit uns weiter … oder verweigern sie ihre Hilfe …«

»Unser Ranald macht sich sehr gut«, meinte Charles Edward anerkennend. »Er ist sehr fleißig … Wie die meisten hier. Das macht Mut für die vor uns liegenden Aufgaben.«

»Da kommen sie«, murmelte Thomas Sheridan und zog sich ein Stückchen zurück, damit der Prinz freie Sicht hatte. Allerdings hielt er sich in Reichweite, um jederzeit mit Rat und Tat zur Seite stehen zu können. Neben ihm stellten sich rasch auch noch die anderen sechs Gefährten sowie Jean Cameron of Glendessary, Chief Donald Cameron und Ranald MacDonald auf. Sie alle gehörten zum engsten Stab von Charles Edward Stuart und genossen dessen vollstes Vertrauen.

Ein ergrauter Mann mit einem mächtigen Oberkörper, muskelbepackten Armen und einem leicht hinkenden Schritt betrat den großen Raum und blickte sich neugierig um. Er trug einen prächtigen Kilt und einen Plaid, der seinen ohnehin schon massigen Körper noch einmal breiter wirken ließ. Da es hier drinnen deutlich dunkler als draußen war, brauchten seine Augen einen Moment, bis sie sich an die veränderten Lichtverhältnisse gewöhnt hatten. Als er dann Charles Edward Stuart auf seinem improvisierten Thron sitzen sah, blieb sein Blick lange Zeit an ihm haften. Er musterte den Prinzen ausgiebig, bevor er endlich näher kam und sich vorstellte. »Königliche Hoheit«, eröffnete er mit seiner brummenden Stimme und verbeugte sich. »Mein Name ist William Drummond of Machany, der vierte Viscount of Strathallan. Ich hörte von Eurer allseits erhofften Ankunft und bin hierher gekommen, um Euch meine ergebenen Dienste, mein Schwert und meine Männer anzubieten.«

Charles Edward nickte zufrieden, stand auf, ging auf den hünenhaften und um ein Vielfaches breiteren Mann zu und begrüßte ihn, als wären sie alte Freunde, die sich viel zu lange nicht mehr gesehen hatten. Hätten es die Umstehenden nicht besser gewusst, dann wären sie keinesfalls auf den Gedanken gekommen, dass sich diese Männer niemals zuvor begegnet waren.

Es folgte eine freundschaftliche Umarmung, die dem Chief des Clans Drummond sogar ein überraschtes Lächeln auf die Lippen zauberte. Dann winkte William Drummond einen jungen Mann herbei, der sich bisher in dessen rückwärtigen Schatten aufgehalten hatte. »Und das hier ist mein Sohn. Darf ich vorstellen: James Drummond of Machany.«

»Ich heiße euch beide herzlich willkommen! Es erfreut mein Herz mit unbändiger Freude, den Clan Drummond vereint an unserer Seite stehen zu sehen«, sagte Charles Edward in feierlichem Ton und begrüßte auch den Sohn wie zuvor den Vater. »Euren Männern wird unverzüglich ein Ruheplatz zugewiesen, damit sie sich ein wenig erholen können. Und ihr beide seid meine Gäste in dieser bescheidenen Halle!«

»Das ist sehr großzügig, habt vielen Dank!«

»Ihr müsst mir unbedingt mehr von Euch erzählen!«, meinte Charles Edward an den Vater gewandt. »Aber zunächst greift zum Krug und trinkt mit mir zusammen!«

»Sehr gerne«, erwiderte der Chief. Dies ließ er sich nicht zweimal sagen. »Die Reise hierher war zwar nicht sehr lang, aber dennoch anstrengend und verursachte bei mir eine ziemlich trockene Kehle.« Er nahm den dargebotenen Krug entgegen und tätigte einen kräftigen Schluck, sodass ein Teil des Weines in seinen buschigen Bart sickerte. Es schien ihn jedoch nicht im Geringsten zu stören. Nachdem er getrunken hatte, wischte er sich mit der Hand einmal quer über den Mund. »Ah, das tut gut«, murmelte er.

Nach einer kurzen und intensiven Unterhaltung kündigten laute Trommelsignale von draußen bereits die nächsten Besucher an. Also zogen die Drummonds sich dezent in den Hintergrund zurück, um den nächsten Neuankömmlingen Platz zu machen. Charles Edward dankte ihnen schnell noch einmal, verschob das weitere Gespräch auf später und wappnete sich dann für die folgenden Highlander. Doch diese waren noch nicht einmal in den großen Saal getreten, da kündigte ein neuerliches Signal bereits die übernächsten Gäste an. Doch damit nicht genug, denn kaum war dieses Signal wiederum über Glenfinnan verklungen, da ertönte es zum vierten Male.

»Das geht zu wie auf dem Jahrmarkt«, murmelte William Murray grinsend.

»Wurde auch Zeit!«, erwiderte Thomas Sheridan flüsternd. »Nicht auszudenken, wenn … egal. Vergesst es! Freuen wir uns über den regen Zulauf!«

Charles Edward nahm die kurze Unterhaltung seiner beiden engsten Freunde nicht wahr, denn er suchte derweil den Kontakt zu Ranald MacDonald. Mit unverhohlener Überraschung im Gesicht drehte er sich zu dem Schotten, der gelassen hinter ihm stand, um. »Wie habt Ihr das nur angestellt, mein Freund?«, wollte er wissen. »Ihr verspracht zwar, dass ich hier einige Clanchiefs treffen werde, doch damit«, er deutete zur Tür und nach draußen, »damit habe ich wahrlich nicht gerechnet.«

Ranald MacDonald winkte bescheiden ab. »Och, ich habe lediglich ein wenig den Druck erhöht«, sagte er mit leiser Stimme. »Ihr wisst doch, dass ich gute Verbindungen zu den meisten Hochlandclans habe. Und ich habe, nachdem ich von Eurer Landung in Eriskay erfahren habe, ein unverzügliches Bekenntnis von allen gefordert. Ich habe in Eurem Namen, so wie Ihr es mir in Euren Briefen aufgetragen habt, offen zum Kampf aufgerufen. Hier und dort habe ich ein wenig nachgeholfen, doch die meisten sind dem Aufruf von alleine gefolgt. Allerdings gibt es immer noch einige Clans, vor allem in den Lowlands, die Euch gegenüber skeptisch sind. Es ist nicht gelungen, sämtliche Anführer auf Eure Seite zu ziehen.«

»Das macht nichts«, wiegelte Charles Edward ab. »Mit Euch an meiner Seite wiegen wir diesen Verlust mehrfach auf.« Er grinste Ranald MacDonald an, dann wurde ihre Unterhaltung unterbrochen. Charles Edward drehte sich wieder der Eingangstür zu, wo gerade in diesem Moment der nächste Clanchief eintrat. Dieser war sehr dünn, hochgewachsen und hatte einen freundlichen, gleichzeitig aber auch etwas müde oder vielmehr melancholisch wirkenden Gesichtsausdruck. Er trug ebenfalls einen Kilt mit einem äußerst prächtigen Karomuster in den Hauptfarben rot und schwarz. Er stellte sich als Chief des Clans McBain vor.

»Ihr kanntet bereits meinen Vater, nicht wahr?«, fragte Charles Edward nach.

»Ja, das ist richtig.«

»Mein Vater sprach von den McBains stets nur in den höchsten Tönen. Ich kann mich noch an viele Geschichten erinnern, in denen Eure Anhänger wahre Wundertaten für die Familie Stuart vollbrachten. Ihr habt Euch wahrlich einen guten Namen gemacht, den man nicht genug mit Ruhm und Lob überhäufen kann. Und es macht mich ungemein stolz, Euch erneut an meiner Seite zu wissen.«

»Wie Ihr sagtet, Majestät, die McBains standen von jeher treu an der Seite der Stuarts. So auch diesmal, wenn es erneut gegen die Engländer geht. Es ist uns eine große Ehre, Seite an Seite mit Euch kämpfen zu dürfen. Ihr ruft und wir folgen Euch, Ihr erhebt das Schwert, wir werden es ebenfalls tun. So wie es Generationen vor uns getan haben und wie es auch die nachfolgenden Generationen halten werden. Von daher ist es mir eine Freude, Euch heute meinen Enkel Gillies Mor McBain vorzustellen. Er ist ebenso ein glühender Anhänger wie ich.«

»Seid gegrüßt, Gillies Mor McBain«, sagte Charles Edward und wandte sich dem Jungen zu, der halbrechts hinter dem Chief der McBains stand und nun einen Schritt nach vorne machte, um sich nochmals vor dem Prinzregenten zu verbeugen. »Mir ist das Unrecht, das den McBains durch die Engländer widerfahren ist, nur allzu gut im Gedächtnis«, fuhr er fort und meinte damit in erster Linie die Tatsache, dass besonders viele Mitglieder des Clans McBain von den Engländern verschleppt und in die Neue Welt, zumeist nach Virginia, Maryland und South Carolina, verschifft worden waren, wo sie als Arbeitssklaven ausgebeutet wurden und ein äußerst armseliges Dasein fristeten. »Es ist von daher mein Bestreben, dieses Unrecht zu vergelten, wenngleich wir es leider nicht mehr rückgängig machen können. Aber Ihr werdet für Euren Verlust bestmöglich entschädigt werden, darauf gebe ich Euch mein Wort. Die Engländer sollen für die Schandtaten, die sie Euch und Eurem Clan antaten, bezahlen!« Heftiger Applaus brandete auf, nachdem er geendet hatte. Charles Edward blickte sich um, genoss den Zuspruch und wartete einen Moment ab, ehe er beide Hände hob, um wieder Ruhe einkehren zu lassen. »Gillies Mor McBain, tretet näher!«

Der Angesprochene gehorchte und machte einen Schritt nach vorne.

»Ich ernenne Euch hiermit zu einem Major meines Heeres!«

Gillies Mor McBain war von dieser Ernennung sichtlich überrascht und strahlte über das ganze Gesicht. Intuitiv reckte er stolz seine Brust raus. »Ich werde Euch immer treu und ergeben dienen!« murmelte er, während er versuchte, nicht an Ort und Stelle abzuheben, sondern auf dem Boden zu bleiben. Auf einmal hatte er das Gefühl, auf einen Schlag um einige *inches* gewachsen zu sein. »Das ist eine sehr große Ehre für mich und bedeutet mir außerordentlich viel. Habt vielen Dank, königliche Hoheit!«

Auf diese Weise gingen der Vormittag und auch der Mittag vorüber. Charles Edward Stuart empfing in staatsmännischer Manier die vielen nacheinander ankommenden Clanchiefs und deren Anhänger, hörte sie an, sprach mit ihnen und gliederte sie in seine anwachsende Armee ein. Falls es nötig war, versuchte er, sie auf seine Seite zu ziehen und von seinem gerechten Kampf zu überzeugen. Manchmal mit bloßen und schönen Worten, mit Versprechungen auf eine bessere Zukunft, oder eben auch mit materiellen Bestechungen wie etwa Gold, Titel oder Land. Einige ließen sich letzten Endes dadurch überzeugen und schlossen sich ihm an, andere hingegen waren auch gekommen, um ihm offiziell die Unterstützung zu versagen. Sie baten dann um Verzeihung und versuchten, ihre Beweggründe offenzulegen, was zwar nicht sehr gut aufgenommen, aber dennoch von allen Anwesenden respektiert wurde. Wer sich den Aufständischen nicht anschloss, der wurde zwar schief angesehen, doch er durfte unbehelligt wieder von dannen ziehen, keinem von ihnen wurde Gewalt angetan. Darauf hatte Charles Edward Stuart sein Ehrenwort gegeben und er hielt es auch ein. Manche hielten dies für töricht und fahrlässig, doch es brachte dem jungen Stuart auch eine Menge Respekt und Sympathien ein. Und das wiederum war sehr wertvoll, denn er hielt sich wieder und wieder selbst vor Augen, dass er in der Wahrnehmung der meisten Schotten immer noch ein Landfremder war und sich seine Sporen erst verdienen musste. Und dies war ein weiterer wichtiger Schritt in diese Richtung.

Im Verlauf des Tages machte der Prinzregent zahlreiche neue Bekanntschaften und lernte viele wichtige Verbündete das erste

Mal persönlich kennen. Natürlich stand er im Mittelpunkt und wurde von allen anderen ausgiebig gemustert und von oben bis unten kritisch beäugt. Doch wie ihm mehrfach vonseiten seiner treuesten Gefährten bestätigt wurde, herrschte eine positive Meinung über ihn vor. Er gab sich nicht herablassend, wie es so manch anderer Prinz in den Herrscherhäusern Europas tat, sondern ging auf seine Untertanen zu, redete mit ihnen, hörte sich ihre Ängste, Sorgen und Probleme an, und musste sich dabei auch nicht sonderlich verstellen, sondern benahm sich ganz so, wie er einfach war. Es war sein großes Anliegen, dass sie ihn als einen von ihnen betrachteten, denn nur dann würden sie ihm auch beistehen, wenn es brenzlig wurde. Hilfreich dabei waren zudem die Tatsachen, dass er fließend Gälisch sprach und zudem einen Kilt und Plaid trug, sodass er bereits rein äußerlich als ein ganz normaler Highlander durchgehen konnte. Außerdem bemühte er sich, die vielen, vielen neuen Namen und Gesichter richtig zuzuordnen und im Gedächtnis zu behalten, was aber am Anfang noch etwas schwer war, da es so viele waren. Allerdings standen ihm hierbei vor allem Thomas Sheridan, William Murray, Chief Donald Cameron und Ranald MacDonald fest zur Seite und halfen ihm auch mal galant und unauffällig auf die Sprünge, falls er einen Namen nicht sofort wusste. Dies war aber auch nur ein anfängliches Problem, denn schon bald würde er mit Sicherheit sämtliche Gesichter und die dazugehörigen Namen problemlos kennen. »Ich spreche sechs verschiedene Sprachen fließend, darunter Gälisch und Latein«, meinte er dazu nur, »da werde ich mir auch recht schnell ein paar Namen merken können. Nun lasst uns aber feiern!«

Am Abend wurde dann abermals ausgelassen getanzt, getrunken, gegessen und alte Geschichten erzählt. Durch die vielen Neuankömmlinge war der große Saal jedoch plötzlich nicht mehr groß genug, sodass im Freien, direkt am Ufer des Loch Shiel, ein riesiges Feuer entzündet wurde. Auch die vielen Krieger entzündeten vor ihren Zelten jeweils kleinere Feuer, sodass ganz Glenfinnan in einen gelb-roten Schimmer gehüllt war und sich im pechschwarzen Wasser des Sees widerspiegelte.

Kapitel 17

Schottland, Anfang September 1745

Nachdem Charles Edward Stuart seine Standarte in Glenfinnan ge-
hisst hatte, entwickelte sich eine Art Katz-und-Maus-Spiel mit den
Engländern, die nun ihrerseits aktiv wurden, um dem gelandeten
Prinzen entgegenzutreten. General John Cope wurde eiligst nach
Norden ausgesandt, damit er den aufständischen Hochländern den
Weg versperrte und sie in einem anschließenden Aufeinandertref-
fen aufrieb.

Der General war ein ergrauter Mann von fünfundfünfzig Jahren
und konnte auf eine lange Karriere in der englischen Armee zurückblicken. Seit ganzen achtunddreißig Jahren diente er bereits,
hatte den Spanischen sowie den Österreichischen Erbfolgekrieg erlebt und für seine Leistungen den *Order of the Bath* erhalten. Mittlerweile war er der Oberbefehlshaber der englischen Truppen in
Schottland und träumte eigentlich von einem ruhigen Ausklang seiner militärischen Laufbahn, zumal er seit einigen Jahren zusätzlich
noch Mitglied des englischen Parlaments war und in dieser Funkti-
on mehr als genügend Arbeit fand. Aber nicht nur deshalb war ihm
der eindeutige Marschbefehl aus London zuwider. Täglich hörte er
von neuen Berichten, denen zufolge der Stuart-Prinz regen Zulauf
aus den Hochland-Clans erhielt, während er selbst gerade mal eine
notdürftige Garnison zur Verfügung hatte, denn die meisten regulären englischen Truppen wurden auf dem Kontinent im weiterhin
tobenden Österreichischen Erbfolgekrieg gebraucht. Er hatte folglich nur eine Rumpfarmee, die nicht nur unerfahren und schlecht
ausgebildet, sondern auch mies ausgerüstet und vollkommen un-

motiviert war. Die Ausrüstung durfte wahrscheinlich auch ein Problem auf Seiten der Rebellen sein, ging es ihm durch den Kopf, doch diese waren immerhin hoch motiviert und in der Schlacht gefürchtet. Und dennoch musste er dem Befehl seines Königs Folge leisten und aufbrechen, um dem Stuart-Prinzen entgegenzuziehen. Also schickte er Späher aus, um die Position der Aufständischen genauer zu bestimmen, doch die Informationen, die er zurückerhielt, waren so gut wie unbrauchbar. Täglich kamen ihm andere Informationen zu Ohren, sodass er keine Ahnung hatte, wo genau sich dieser Charles Edward Stuart eigentlich aufhielt. Da die Zeit aber drängte und man in London Ergebnisse sehen wollte, musste er endlich aufbrechen, selbst ohne genaue Orientierung. Er zog also mit seinen Männern gen Nordwesten, in Richtung Fort William, wo er den Feind ungefähr vermutete. Der Weg dorthin führte ihn durch weite und wilde Täler, vorbei an zahlreichen Flüssen und Seen, und über eine steile Bergkette hinweg, sodass sich der Marsch in die Länge zog und sehr beschwerlich wurde. In den letzten Jahren waren zwar zahlreiche neue Wege angelegt worden, um auch den schwer zugänglichen Norden des Landes besser kontrollieren zu können, doch die ständige Furcht vor einem unüberlegten Schritt sowie das zunehmend schlechte Wetter machten diesen Vorteil gleich wieder zunichte.

Charles Edward Stuart wusste seinerseits von dem Herannahen des General Cope früh Bescheid, da die Weiterreichung von Neuigkeiten innerhalb der Hochland-Clans um einiges schneller vonstatten ging und zudem auch viel zuverlässiger war. Allerdings ging er zu diesem Zeitpunkt einer direkten Konfrontation noch aus dem Weg, da er zunächst mehr Männer um sich scharen wollte. Zwar erhielt er tatsächlich täglich Zulauf von weiteren Kämpfern, die seine Armee stetig anwachsen ließen, doch es waren bei Weitem nicht so viele, wie er gezielt in Gerüchten streuen ließ, um dem General sowie den Engländern allgemein Angst zu machen. Es gab immer noch einige Clans, die zögerten oder ihre Hilfe ganz verwehrten, und dieser Umstand ärgerte ihn zusehends. Außerdem war die Ausrüstung vieler Kämpfer nicht die allerbeste und bereits stark in die Jahre gekommen, sodass sie zunächst neuere erwerben wollten, was sich wiederum als nicht sehr einfach herausstellte. Einige Mitglieder eines verbündeten Clans hatten zwar eine englische Kompanie überfallen und ausrauben können, doch die erbeuteten Waffen reichten längst nicht aus, um alle Männer zu versorgen.

Deshalb marschierte Charles Edward Stuart nicht direkt nach Süden, und damit General John Cope entgegen, sondern machte zunächst einen kleinen Bogen nach Norden, ehe er seine Armee nach Osten führte, direkt auf das Städtchen Dundee zu. Dort ließ er seinen Vater erneut zum König und sich selbst zum Prinzregenten ausrufen, ganz so wie schon zuvor in Glenfinnan.

Von Dundee ging es anschließend ein kleines Stückchen nach Südwesten und in die nahe gelegene Stadt Perth, wo er und seine Gefährten einige Tage ruhten und weitere Verbündete um sich sammelten. Da viele Anhänger aus den entlegensten Landesteilen stammten und teilweise ebenfalls einen sehr langen Fußmarsch hinter sich hatten, war es gut, für einige Tage einen festen Sammelpunkt zu haben, sodass die Kämpfer nach und nach eintrudeln konnten. Und diese Neuankömmlinge brachten stets auch die neuesten Berichte über Beobachtungen mit, die sie auf ihrem Weg hierher gemacht hatten. So erfuhr Charles Edward beispielsweise, dass General John Cope tatsächlich direkt an die Westküste marschiert war, sich nun dort aufhielt und wahrscheinlich verzweifelt nach ihm suchte, aber keinerlei brauchbare Spur fand. »Wir befinden uns an der Ostküste des Landes, General John Cope hingegen an der Westküste«, murmelte Charles Edward zufrieden und mit einem süffisanten Lächeln im Gesicht. »Damit ist der Weg tiefer in den Süden frei!«

Einige seiner Gefährten rieten ihm anschließend, den General erneut zu überraschen und nun von hinten anzugreifen, damit diese Gefahr gebannt wäre, doch Charles Edward entschied sich nach kurzem abwägen seiner Möglichkeiten und Erfolgsaussichten dagegen. Er fürchtete John Cope und dessen Truppen nicht und wollte so schnell wie möglich weiter in den Süden vordringen, direkt auf die Hauptstadt Edinburgh zu. »Wenn wir ein Geplänkel mit diesem Cope eingehen, dann verlieren wir nur wertvolle Zeit. Wir marschieren in den nächsten Tagen nach Süden!«, rief er deshalb laut und mit fester Stimme aus.

General Cope hatte damit zwar rechnen müssen, doch er hatte seine Armee nicht aufteilen können, da er sonst bei einer möglichen Konfrontation völlig aufgeschmissen gewesen wäre. Er hatte es wagen und einen Weg wählen müssen, der sich im Nachhinein jedoch als der falsche herausstellte. Als der General bemerkte, dass der Stuart-Prinz längst nicht mehr im Westen des Landes verweilte und dass er ihn ausgetrickst hatte, gab er sofort den Befehl zum Rückmarsch, doch er konnte nicht verhindern, dass die Rebellen im Osten sich bereits vorbereiteten, um schon bald nach Süden vorzustoßen.

Die verbleibenden Tage bis zum Weitermarsch nutzte Charles Edward für einige wichtige Dinge. Zum einen erfolgte in Perth erneut eine Proklamation. Sein Vater wurde zum wiederholten Male zum König und er selbst zum Prinzregenten ausgerufen. Im Grunde war es so, dass die Ansprüche der Stuarts in jedem Dorf und in jeder Stadt, die sie auf ihrem Weg passierten, erneuert wurden. Jeder sollte davon erfahren, die feierliche Ausrufung mit eigenen Augen ansehen und die Nachricht dann bis in die verwinkelsten Landesteile weitertragen. Zwar ließ Charles Edward auch einige Flugblätter drucken und kostenlos verteilen, doch er wusste, dass Mundpropaganda immer noch die schnellste und effektivste Form der Nachrichtenverbreitung war. Und auch um einiges billiger.

Jede freie Minute, die er beim Aufenthalt in Perth erübrigen konnte, verbrachte er im Kreise seiner Kämpfer. Seine Armee war mittlerweile auf gut dreitausend Mann angewachsen, doch neben der teils schlechten Ausrüstung gab es einen weiteren entscheidenden Nachteil, den er schnellstmöglich beheben wollte: Seine Armee war ein wilder Haufen, zusammengewürfelt aus unzähligen verschiedenen Clanmitgliedern. Es waren keine Berufssoldaten, sondern einfache Männer, die zumeist einer bäuerlichen Tätigkeit nachgingen und nun zusammen in den Krieg ziehen sollten. Viele von ihnen waren zwar kampferprobt, doch strenge Disziplin, wie sie beispielsweise im Heer des großen Preußenkönigs Friedrich zu finden war, suchte man bei ihnen vergeblich. Deshalb versuchte er, seinen Männern in der Kürze der Zeit möglichst viel in Sachen Schlachtordnung, Marschieren und moderner Kriegsführung beizubringen, was sich aber nicht gerade als sonderlich einfach herausstellte. Einmal mehr bekam er verdeutlicht, was den schottischen Geist - neben einer gewissen Wildheit und Rauheit - ausmachte: der unbändige Drang nach Freiheit.

Schließlich musste der Stuart-Prinz sich eingestehen, dass er selbst mit den härtesten Ausbildern und in einer Zeitspanne von hundert Jahren niemals seine Männer auf solche Weise drillen und trainieren konnte, wie es in besagtem Preußen der Fall war. Das war in jenem Moment ärgerlich, doch gleichzeitig verspürte er deswegen auch so etwas wie Stolz auf seine unbeugsamen Freigeister. Und diese Unbeugsamkeit würde er später, wenn es endlich zum Kampf kam, gezielt einsetzen können, um seine Kämpfer gegen die Engländer anzustacheln. Das war ein durchaus wichtiger Trumpf, den er da noch in seiner Hinterhand behielt.

In Perth wurde dem Prinzen zu Ehren auch ein rauschendes Fest gefeiert, doch Charles Edward hatte diesmal keine Augen für solches Vergnügen, denn er hatte noch mit anderen Problemen zu kämpfen. So waren etwa die aus Frankreich mitgebrachten viertausend Goldstücke mittlerweile restlos aufgebraucht, sodass er und seine Gefährten drohten, in Zahlungsnot zu geraten. Nach einer Nacht voller Beratschlagungen veranlasste er, dass jede Stadt und jedes Dorf in einem festgelegten Umkreis, vornehmlich in den benachbarten Grafschaften Angus und Fife, Kontributionen zu leisten hatte. Zwar hatte er dies zu Beginn der Unternehmung möglichst vermeiden oder zumindest auf wenige große Städte begrenzt halten wollen, da die Betroffenen verständlicherweise niemals sonderlich glücklich über solche Zwangszahlungen waren, doch es ging nicht anders. Es war die einzige Möglichkeit, um schnell an eine größere Summe Geld zu gelangen. »Der Krieg ernährt den Krieg!«, meinte Charles Edward trocken. »Das waren bereits die Worte des großen Generalissimus Wallenstein. Und wir werden es genauso halten müssen! Zumindest für den Moment …«

Mit dem frischen Geld – unter anderem fünfhundert Pfund Sterling von Perth – konnten anschließend die Männer für einige Tage entlohnt und so auch bei Laune gehalten werden. Charles Edward hoffte indes, dass es in Edinburgh und Glasgow mehr zu holen gab, denn ansonsten konnten die ständigen Geldsorgen rasch zu ernsthaften Problemen mit äußerst schwerwiegenden Folgen für ihn und seine Mission führen. Doch das lag glücklicherweise noch in der Zukunft. Zunächst galt es, die Zelte in Perth abzubrechen und weiter nach Edinburgh zu marschieren, solange General John Cope sich noch im Westen des Landes aufhielt und sich ihnen nicht in den Weg stellen konnte.

Die langen und kräftezehrenden Tagesmärsche nutzte der Prinzregent, um Land und Leute besser kennenzulernen. Er blickte sich neugierig um, sog alles Neue in sich auf und war erstaunt, wie fremd und zugleich doch vertraut ihm alles vorkam. Manches hatte er sich genau so vorgestellt, anderes wiederum präsentierte sich vollkommen gegenteilig zu dem Bild in seiner Fantasie. Und manchmal war er erstaunt, wie exakt sein Freund Thomas Sheridan ihm dieses wundervolle Land beschrieben hatte. Und er konnte nun auch viel besser verstehen, warum er und die anderen Gefährten solch eine Sehnsucht nach ihrer Heimat hatten.

Charles Edward grüßte die Bewohner der Dörfer stets sehr freundlich, verweilte teils einige Zeit bei ihnen, sprach mit ihnen und hörte sich ihre Geschichten, ihre Sorgen und ihre Ängste an. Er gab sich menschennah, aufgeschlossen und zu keiner Zeit herablassend. Dank eines Pferdes konnte er anschließend den Zeitverlust zu seiner vorausmarschierenden Armee wieder aufholen.

Manchmal blieb er aber auch einfach am Wegesrand - inmitten der wilden und nahezu unberührten Natur - stehen und ließ die Krieger an ihm vorüberziehen. Er schaute ihnen zu, wie sie marschierten, wie sie nebenbei miteinander redeten und Scherze machten, wie sie über die Engländer herzogen, und hin und wieder gesellte er sich zu einer Gruppe und mischte sich mitten unter sie, als wäre er einer von ihnen. Er stellte ihnen viele Fragen und zeigte großes Interesse an ihrer Kultur und ihren jeweiligen Lebensweisen. Er wollte möglichst viel über seine Männer in Erfahrung bringen, wollte sie kennenlernen und besser verstehen, denn nur so konnte er sie auch erfolgreich in den Krieg führen. Besonders intensiven Kontakt suchte er zu den vielen verschiedenen Clanchiefs, denn viele der Krieger folgten eigentlich ihnen und diese wiederum ihm. Aber sollte ein Clanchief - aus was für einem Grund auch immer - entscheiden, nicht mehr an diesem Kriegszug teilzunehmen, dann würde er höchstwahrscheinlich auch seine Männer mitnehmen, was dann ein herber Verlust wäre. Deshalb musste Charles Edward sich mit ihnen gut stellen. Es gab zwar auch einige Chiefs, die es ihren Anhängern bewusst freigestellt hatten, selbst die Wahl zu treffen, ob sie sich ihm anschließen wollten oder nicht, doch das waren die wenigsten.

In den vielen Gesprächen und gemeinsamen Stunden lernte der Stuart-Prinz so eine Menge über die schottische Kultur kennen, die ihm zwar vom Hörensagen bekannt, aber dennoch bis dato in der Ausübung fremd war. Er lernte viele alte Bräuche und Rituale kennen, hörte uralte Geschichten und Legenden, und eignete sich nützliches Wissen auch über die Religion an. Er selbst war katholisch, doch hier in Schottland herrschte ein wahres Durcheinander der Religionen, was auf den ersten Blick recht seltsam erschien, da es in ganz Europa seit Jahrhunderten Konflikte im Namen der Religionen gab. Auch in Schottland hatte es diesbezüglich schon blutige Auseinandersetzungen gegeben, er dachte da zum Beispiel an John Knox, doch mittlerweile schien das Nebeneinader recht gut zu gelingen. Es gab Katholiken gleichermaßen wie Protestanten, und dies neben ganz eigentümlichen und uralten heidnischen Bräuchen, die teilweise miteinander vermischt wurden. Da solch eine wilde Vermischung unter seinen Anhängern vorherrschte, vermied Charles Edward es tunlichst, eine der Religionen zu bevorzugen oder eine zu benachteiligen. Sofern es möglich war, behandelte er alle gleich. Auf diese Weise wollte er mögliche Konfliktherde bereits im Vorhinein ausschalten. Und wie er bisher feststellen konnte, verfuhr er mit dieser Taktik sehr gut.

Ähnlich verhielt es sich mit der Herkunft seiner Männer. Die meisten waren zwar Schotten, doch es befanden sich auch viele Iren und vereinzelt sogar Engländer unter ihnen. Zumal es bei den Schotten wiederum Unterscheidungen in Highlander und Lowlander gab, zwischen denen eine gewisse Rivalität vorherrschte und immer mal wieder deutlicher zu verspüren war. Auch hier versuchte Charles Edward, keine Gruppe besser zu behandeln als die andere. In seiner Armee waren alle weitestgehend gleich.

Auf dem Weitermarsch kamen sie zufälligerweise in die Nähe von Schloss Scone, dem Stammsitz der Stuarts. Entgegen dem Abraten seiner engsten Gefährten, da hierdurch zu viel Zeit verloren ginge, beharrte Charles Edward auf einem kurzen Besuch und machte sich deshalb auf den Weg. In Begleitung weniger Männer erreichte er das Schloss, das jedoch dem Verfall preisgegeben war und deshalb langsam aber sicher zu einer unbewohnten Ruine verkam. Für den Moment konnte er nichts dagegen unternehmen, doch er nahm sich vor, zurückzukehren und das Schloss wieder herrichten zu lassen, sobald er nur die Kronen erobert haben würde.

Danach ging es weiter Richtung Süden. Mitte September erreichten sie den Firth of Forth und suchten nach einer geeigneten Stelle, um den sich öffnenden Meerbusen zu überqueren. Da sie keine Boote zur Verfügung hatten und zudem die Brücke bei Sterling nicht nehmen konnten, da die Festung von feindlichen Truppen besetzt war, mussten sie sich etwas anderes einfallen lassen. Dank einiger ortskundiger Krieger fanden sie schließlich eine Furt, durch welche sie das andere Ufer erreichen konnten. Nun stand ihnen auf dem letzten Abschnitt ihres Weges nach Edinburgh nichts mehr im Wege …

Kapitel 18

Edinburgh, 17. September 1745

Am Morgen des 17. September erreichte Charles Edward Stuart mit seinem Gefolge die Hauptstadt des Landes: Edinburgh. Die Umrisse der dicken Mauern und der zahlreichen Wehrtürme erhoben sich zunächst vage aus den Nebelschwaden und boten schließlich ein zutiefst beeindruckendes Bild. Insbesondere die mächtige Festungsanlage im Herzen der Stadt, die auf einem steilen Felsen errichtet worden war und alles andere ringsum überragte, entlockte dem Prinzregenten ein erstauntes und bewunderndes Aufseufzen. Er genoss diesen Anblick eine Weile und gab sich ganz seiner Träumerei hin, ehe er notgedrungen in die Wirklichkeit zurückkehrte und den Befehl zum Anhalten gab. Er ließ seine Männer in einiger Entfernung zu den Mauern und Toren lagern und ein wenig ausruhen, während er, begleitet von seinen engsten Gefolgsleuten, voran ritt, um die Lage auszukundschaften.

»Wo ist Colonel O'Sullivan?«, fragte er in die Runde. Der Colonel hatte sich bereits vor Tagen auf den Weg hierher gemacht, um herauszufinden, ob die mächtige Stadt freiwillig die Tore öffnen würde, oder sie sich nun mit Gewalt Zugang verschaffen mussten.

»Es war ausgemacht, dass wir uns auf dem Gipfel des *Arthurs Seat* treffen«, antwortete William Murray.

»Dann nichts wie hin!«, rief Charles Edward und ließ sein Pferd in einen schnelleren Gang überwechseln. Die anderen jagten ihm geschwind hinterher.

Am Fuß des kleinen Berges angekommen, stiegen sie ab und gingen den Rest bis zur Spitze zu Fuß, da es auf den Pferden zu gefährlich war. An einigen wenigen Stellen offenbarte der Berg Gestein aus Basalt, was darauf hinwies, dass es sich um einen erstarrten Lavadom handelte.

»Wieso treffen wir uns nicht am Fuß des Berges?«, wollte Thomas Sheridan irgendwann keuchend wissen und hielt dann kurz an, um einmal tief durchzuatmen.

»Spart Euren Atem!«, murmelte William Murray, als er an seinem Freund vorüberging. »Der Aufstieg ist noch lang …«

»Na toll!«, murrte der Ire und marschierte dann weiter.

Als sie nach weiteren anstrengenden Minuten den Gipfel erreicht hatten, konnte der aufgeregte Charles Edward Stuart, der dank seiner Jugend kaum außer Atem war, sogleich den Colonel entdecken.

John William O'Sullivan stand mit einigen weiteren Männern am Rand des Gipfels und unterhielt sich angeregt. Dabei deutete er immer wieder hinüber zu der Festung der Hauptstadt, die auf genau solch einem Berg wie der *Arthurs Seat* errichtet worden war. Als der Colonel den Prinzregenten entdeckte, unterbrach er das Gespräch, kam eilig herbeigelaufen und grüßte so laut und fröhlich, dass ein Echo seine Stimme den Berg hinab trug.

»So gut gelaunt?«, hakte Charles Edward sofort nach. »Das bedeutet nicht zufällig, dass Ihr gute Nachrichten für mich habt?«

»Oh, das bedeutet es in der Tat!«, frohlockte der Colonel und stellte ihm zunächst die anderen Männer vor.

Einer dieser Männer war Charles Edward aber durchaus sehr gut bekannt. »Lord Elcho!«, rief er erfreut aus, als er seinen guten Freund wiedererkannte. Lord Elcho, der eigentlich David Wemyss hieß, aber von allen einfach nur Lord Elcho genannt wurde, war trotz seines jungen Alters von vierundzwanzig Jahren bereits ein äußert erfahrener Kämpfer. Vor gut fünf Jahren, im Oktober 1740, war er für einige Monate in Rom gewesen und hatte sich dort mit den Stuarts angefreundet. Seither war er ein glühender Anhänger und ein wichtiger Verbündeter. »Ich hatte nicht geglaubt, Euch so früh wiederzusehen«, meinte Charles Edward, der erst später mit dem Erscheinen seines Freundes gerechnet hatte und nun umso erstaunter war. Er breitete seine Arme aus, um seinen Freund zu einer Umarmung einzuladen.

»Überraschungen sind meine Spezialität, das wisst Ihr doch«, scherzte Lord Elcho und umarmte den Prinzen, ehe er ihn an den Schultern ergriff und von oben bis unten betrachtete. »Lasst mich Euch ansehen! Ihr seht fabelhaft aus, wenn ich das so und ohne Übertreibung sagen darf!«

»Ihr seht auch nicht übel aus«, lachte Charles Edward. »Aber sagt: Wie kommt es, dass Ihr bereits jetzt zu uns stoßt?«

»Die Umstände«, sagte Lord Elcho lapidar. »Die Umstände. General John Cope ist, wie Ihr sicherlich bereits wisst, schnurstracks Richtung Westküste marschiert, während Ihr in einem genialen Schachzug einen Schlenker nach Osten gemacht habt, ehe Ihr Euch nach Süden zuwandtet. Da durch General Copes übereiligen Abmarsch kaum mehr Soldaten hier waren, abgesehen in den Festungen, konnte ich weitestgehend ungehindert agieren und meine Männer sammeln, die Euch schon bald zugeführt werden. Deshalb bin ich schon früher hier.«

»Großartig!«, rief Charles Edward und lachte herzhaft auf. »Das sind wahrlich gute Neuigkeiten. Was könnt Ihr mir über Edinburgh und die dortige Besatzung berichten? Müssen wir mit ernstem Widerstand rechnen?«

»Wohl kaum«, sagte Colonel O'Sullivan und übernahm damit das Wort. »Wie ich Euch in den letzten Tagen per Brief habe mitteilen lassen, waren die Stadtoberen zunächst gewillt, Edinburgh mit allen möglichen Mitteln zu verteidigen. Sie riefen deshalb alle wehrfähigen Männer zu den Waffen, doch diesem Aufruf sind nur die wenigsten gefolgt. Und dennoch wollten diese Bastarde kämpfen, in der Hoffnung, die Stadt so lange halten zu können, bis General Cope zurückkehrt und ihnen beisteht. Sie ließen also Waffen verteilen und die freiwilligen Männer ausrüsten. Dann entschieden sie aber - Gott allein weiß warum - Euch auf dem Felde entgegenzuziehen und Euch und Eure Armee erst gar nicht bis an die Stadtmauern heranzulassen. Doch sie hatten nicht mit Lord Elcho und einigen anderen stuarttreuen Schotten gerechnet, die sich in der Kürze der Zeit zusammengerottet und diesen kümmerlichen Haufen in einem harmlosen Geplänkel in die Flucht geschlagen haben!«

»Großartig!«, rief Charles Edward erneut laut aus und klatschte dazu in die Hände. »Absolut fabelhaft! Das bedeutet, dass die Tore Edinburghs offen stehen und wir direkt einmarschieren können?«

»Im Grunde ja …«, murmelte der Colonel und wiegte dabei seinen Kopf leicht hin und her. »Edinburghs Stadttore sind in der Tat offen und die Leute bereiten sich bereits frenetisch auf Euren Empfang vor, aber …«

»Aber?«

»Die Festung, die Ihr von hier aus exzellent bewundern könnt«, er machte eine kurze Pause und deutete mit seiner Hand hinüber auf die mächtige Anlage, »ist weiterhin in den Händen einiger weniger Getreuen des englischen Usurpators.«

»Und sie weigern sich vehement, sich zu ergeben«, fügte Lord Elcho hinzu.

»Mit wie vielen haben wir es dort oben zu tun?«, verlangte Charles Edward zu wissen.

»Ganz genau können wir es nicht sagen, aber glaubwürdigen Quellen zufolge sind es nur sehr wenige.«

»Die jedoch ausreichen, um die gewaltige Festung zu halten, denn dafür sind nicht sehr viele Männer notwendig. Die Mauern sind extrem dick, die Zugänge sehr schwer und für die Besatzung leicht zu verteidigen.«

»Was schlagt Ihr also vor?«

»Wir könnten versuchen, die Festung im Sturm zu nehmen«, meinte John William O'Sullivan. »Allerdings müssten wir mit großen Verlusten rechnen.«

»Aber wir könnten die Festung einnehmen?«

»Gewiss, daran besteht kein Zweifel. Aber wie gesagt, unsere Verluste wären um ein Vielfaches höher als die Verluste der Besatzer.«

»Dennoch sollten wir es machen!«, knurrte William Murray, der bislang geschwiegen und interessiert den Berichten gelauscht hatte. »Wir dürfen keinesfalls zulassen, dass eine Handvoll dieser Bastarde uns zum Narren hält!«

»Das ist ein Argument«, meinte Aeneas MacDonald, der zusammen mit Thomas Sheridan nun ebenfalls den Gipfel erreicht hatte.

»Ich für meinen Teil denke, dass es das nicht wert ist«, widersprach Thomas Sheridan keuchend. »Lassen wir diese Kerle ruhig dort oben vor sich hin schmoren.«

»Können sie uns gefährlich werden?«, wollte Charles Edward wissen.

»Mit einem Ausfall wohl kaum, denn dafür sind es zu wenige. Außerdem werden sie keinesfalls einen Ausfall wagen, denn das wäre gleichbedeutend mit ihrem Verderben. Sie wissen, dass sie in einem offenen Kampf keine Chance gegen uns haben. Deshalb werden sie sich weiterhin hinter den dicken Mauern und den Kanonen verschanzen.«

»Wie viele Kanonen haben sie?«

»Es sind rundherum einige Dutzend«, meinte Lord Elcho. »Das ist natürlich etwas ärgerlich, denn dadurch könnten sie uns schon ein wenig ärgern. Außerdem könnten wir die Geschütze selbst gut gebrauchen.«

»Wie ich bereits sagte: Lasst uns die Festung einnehmen!«, rief William Murray und tat, als wollte er losgehen, da diese Sache nun entschieden war.

»Nicht so hastig!«, sagte Thomas Sheridan und hielt ihn zurück.

»Was gibt es da noch zu überlegen?«, hielt der Marquis dagegen. »Ich sage: Lasst uns diesen aufgeblasenen Wichten zeigen, dass ihr letztes Stündlein angebrochen ist! Wir werden schon sehen, wie lange sie dann noch widerspenstig sind!«

»Wir sollten nicht unbesonnen handeln!«

»Können wir sie irgendwie bestechen?«, machte Chief Donald Cameron of Lochiel einen Vorschlag.

»Mit Gold? Keinesfalls!«

»Zumal wir gar keines mehr haben«, warf Aeneas MacDonald leise ein. »Sämtliche viertausend Goldmünzen, die wir aus Frankreich mitgebracht haben, sind aufgebraucht. Und auch das Geld, das wir aus den Städten und Dörfern der Umgebung erhalten haben, hat unsere Truhen bereits wieder verlassen. Alles weg!«

»Dann bieten wir ihnen eben freien Abzug an!«, meinte der Chief des Clans Cameron.

»Das haben wir bereits versucht«, antwortete O'Sullivan. »Aber darauf gehen sie nicht ein, denn dazu fühlen sie sich zu sicher hinter diesen dicken Mauern. Ich meine, wer will es ihnen verübeln? Ich würde auch nicht auf solch ein Angebot eingehen und stattdessen ausharren, bis Verstärkung kommt.«

»Und die ist wahrscheinlich schneller hier, als ursprünglich gedacht«, meinte William Murray finster und deutete auf einen Boten, der völlig außer Atem angelaufen kam und in einem respektvollen Abstand stehen blieb.

Charles Edward drehte sich zu dem Boten um und winkte ihn dann geschwind herbei. »Was bringt Ihr für Neuigkeiten?«, wollte er ohne Umschweife wissen.

Der Bote überwand schnell noch das letzte Stückchen Weg, verbeugte sich tief und wollte dann ganz formell grüßen, doch Charles Edward blockte sogleich ab und forderte ihn direkt zum Bericht auf.

»Ich bringe Euch Nachricht aus Dunbar, königliche Hoheit …« Er brach kurz ab, um einmal tief Luft zu holen, da er ansonsten drohte, auf der Stelle umzukippen.

»Der Ärmste muss wohl den ganzen Berg hinauf gesprungen sein«, kommentierte Lord Elcho leise.

Charles Edward blickte den Boten gebannt an und wartete ungeduldig darauf, dass dieser endlich fortfuhr. Unruhig scharrte er mit seinen Füßen im Dreck herum.

»Nachricht aus … Dunbar …«, wiederholte der Bote.

»Das hatten wir schon«, meinte William Murray knurrend. »Um was für eine Nachricht handelt es sich? Ist es eine gute oder schlechte? So sprecht endlich!«

»General John Cope ist, nachdem er Euch nicht mehr an der Westküste antraf, nach Nordosten, in Richtung Inverness marschiert, um sich dort mitsamt seinen Männern einzuschiffen. Er segelte anschließend in raschem Tempo südwärts und ist heute Morgen in Dunbar angekommen.«

»Heute Morgen?«, fragte Charles Edward ungläubig nach. Er hatte zwar gewusst, dass der General sich nicht einfach so geschlagen geben und ihm ohne Zweifel nachmarschieren würde, doch dass er die Strecke so schnell zurücklegen würde, damit hatte er nicht gerechnet.

»Die Hafenstadt Dunbar liegt von Edinburgh aus ungefähr ein bis zwei Tagesmärsche entfernt, je nachdem wie schnell der General marschieren lässt«, meinte Chief Donald Cameron nachdenklich.

»Dann könnte John Cope bereits übermorgen hier eintreffen und wir wären zwischen seinen Truppen und der Besatzung der Festung eingekesselt!«

»Deshalb sollten wir diese Hunde dort rausholen!«, ereiferte sich William Murray. »Wie ich bereits sagte: Lasst uns die Festung erobern, dann haben wir ein Problem weniger!«

»Und auch weniger Leute zur Verfügung, weil viele tot sein werden!«, hielt Thomas Sheridan dagegen.

Eine laute und hitzige Diskussion entstand, da immer mehr der Gefährten sich ebenfalls einmischten und wahllos durcheinander redeten. Keiner hörte dem anderen mehr richtig zu, sondern schleuderte mit Argumenten für oder gegen eine Einnahme der Festung um sich.

»Seid ruhig! Alle!«, schrie Charles Edward irgendwann, als ihm diese Wortgefechte zu viel wurden. Sofort kehrte eine ungewohnte

Stille ein und alle Augen richteten sich auf ihn. »Ich habe bereits eine Entscheidung gefällt«, verkündete er leise.

»Und?«

»Wir werden die Festung nicht angreifen!«

»Aber …«

»Meine Entscheidung steht!«, rief Charles Edward mit fester Stimme. »Ich werde deswegen keine Männer opfern. Lassen wir diese Kerle ruhig dort oben hinter ihren Mauern vor sich hin vegetieren, wir bemächtigen uns derweil der restlichen Stadt.«

»Aber sie könnten auf uns schießen …«, wagte William Murray einen letzten Versuch.

»Das wage ich zu bezweifeln«, meinte Charles Edward. »Sie werden nicht wahllos in die Stadt hinunter feuern und dadurch das Leben von vielen unschuldigen Zivilisten riskieren. Außerdem wissen sie, dass wir uns dann gezwungen sehen, sie doch anzugreifen. Sie würden uns vielleicht Schaden zufügen, doch sie wissen auch, dass sie gegen unsere Übermacht auf Dauer keine Chance haben.«

»Auf Dauer? Wir haben doch gerade eben erst erfahren, dass General Cope in der Nähe gelandet ist!?!«

»Wir wissen darüber Bescheid, ja«, erwiderte der Prinz mit ruhiger Stimme. »Doch die Besatzung in der Festung weiß das nicht. Die sind dort oben auf ihrem Hügel isoliert und erhalten keinerlei Nachrichten.«

»Sie werden davon erfahren, sobald General Cope vor diesen Toren auftaucht! Das können wir nicht zulassen!«

»Und das werden wir auch nicht, mein lieber Marquis«, erklärte Charles Edward. »Euer Eifer erfreut mein Gemüt, doch ich muss Euch enttäuschen, denn heute wird nicht mehr gekämpft. Wir werden uns zeitnah um diesen General Cope und dessen Truppen kümmern, aber heute sollen unsere Gewehre schweigen und unsere Schwerter ruhen, heute sollen lediglich die vollen Kelche geschwungen werden! Lasst uns feiern, denn ab sofort steht die Hauptstadt dieses Landes wieder unter der Gewalt der Stuarts!«

»Ein Hoch auf die Stuarts!«, rief Thomas Sheridan und die anderen stimmten darin ein.

»Ich möchte, dass die Armee sich dort unten in der Nähe von Duddingstone sammelt und ihr Lager aufschlägt«, rief Charles Edward, nachdem er wieder Gehör bei seinen Anhängern fand. Er deutete mit seiner rechten Hand auf eine freie Fläche unterhalb des *Arthurs Seat.* »Das sollte weit genug entfernt sein, dass keine verirrte Kanonenkugel aus der Festung jemanden verletzen könnte. Die Männer sollen sich ein wenig ausruhen und eventuell noch ein paar Übungsstunden einlegen. Ich möchte lediglich eine kleine Einheit dabei haben, wenn wir gleich durch die Stadttore Edinburghs ziehen und diese Perle ganz offiziell in Besitz nehmen!«

Nachdem er geendet hatte, blickte er noch eine Weile in die Ferne. Von hier oben hatte man eine sagenhafte Aussicht. Die Sonne stand mittlerweile hoch am Himmel, der Nebel war weitestgehend verzogen, der Ozean im Hintergrund leuchtete in einem hellen Blau und die vielen Bäume und Wälder ringsum erstrahlten in einem kräftigen Orange. Und mittendrin, direkt zu seinen Füßen, lag die Hauptstadt seines Reiches. Dunkle Häuser aus grauem Stein reihten sich dicht aneinander und drängten sich rings um den Felsen, der die Festung trug. Dann erblickte er den Palast von Holyrood, der sich von den übrigen Häusern abkanzelte und deutlich hervorstach. Das war sein nächstes Ziel.

Der anschließende Einzug in Edinburgh entpuppte sich als wahrer Triumphmarsch. Die Menschen, die hier wohnten, hatten die Ankunft des Prinzregenten natürlich längst erwartet und waren dementsprechend aufgeregt. Sie alle kamen aus ihren Häusern gelaufen oder öffneten ihre Fenster, da die Straßen schon bald verstopft waren, und jubelten Charles Edward Stuart und dessen Gefolge enthusiastisch zu. Und es war kein falscher, kein erzwungener Jubel, denn all diese Menschen standen tatsächlich auf der Seite der Stuarts und freuten sich nun ausgelassen. Diejenigen, die eher Sympathie für die Gegenseite verspürten, hatten die Stadt in den letzten Tagen längst verlassen oder sich im letzten Moment noch in die Festung auf dem Hügel geflüchtet.

Die feindliche Besatzung in der Festung feuerte zunächst einige Kanonenschüsse ab, sodass ein ohrenbetäubender Lärm die Stadt kurzzeitig in Atem hielt, doch sie stellten den Beschuss recht schnell wieder ein, als sie sahen, dass er sinnlos war. Sie hatten nämlich keine genauen Ziele, die sie von ihrer Position aus anvisieren konnten, denn die vielen dicht an dicht gebauten Häuser versperrten ihnen die Sicht. Und die feindliche Armee konnten sie auch nicht beschießen, denn die lagerte außerhalb ihrer Reichweite in Duddingstone. Also stellten sie den Beschuss ein und sparten ihre Munition auf. Notgedrungen mussten sie in ihrem goldenen Käfig dem Triumphzug ihres Feindes zusehen.

Charles Edward Stuart hingegen stolzierte grinsend und wie ein Sieger nach einem erfolgreichen Kriegszug durch die verwinkelten Gassen, ließ sich feiern und winkte den abertausenden Menschen geduldig zu. Er schüttelte viele Hände, nahm Blumenkörbe von kleinen Mädchen und Jungen entgegen und schenkte den vielen bezaubernden Damen ein Lächeln, was diese ihm mit schmachtenden Blicken dankten. Einige der Damen fielen gar in eine kurze Ohnmacht, als er sie mit seinen betörenden Blicken berührt hatte, andere fächerten sich hastig Luft zu, während sie unfreiwillig laut aufseufzen mussten. Von vielen Häusern, die festlich geschmückt worden waren, regnete es ein Meer aus Blumenblüten herab und an mancher Haustür musste der jugendliche und doch so männlich wirkende Prinzregent anhalten, da er auf ein Getränk eingeladen worden war, was Charles Edward aber nur allzu gerne annahm.

Dann ging der Triumphzug weiter. »His Royal Highness the Prince Regent!«, hallte es wieder durch die Straßenzüge und kündigte somit lautstark den jungen Stuart an. »Macht Platz!«, ertönte es anschließend immer, da das Gedränge der Menschen stetig zunahm. Jeder wollte an vorderster Reihe stehen und den Prinzen persönlich begrüßen und berühren. Der Marsch durch die Stadt zog sich deshalb ungemein in die Länge und kam Charles Edward wie eine halbe Ewigkeit vor, sodass er recht schnell wieder eine trockene Kehle bekam und froh über eine weitere Erfrischung war. Er lachte viel, scherzte und prostete seinen Untertanen zu, die aus dem Jubeln gar nicht mehr herauskamen. James Reid, sein erster Piper, hatte es sich nicht nehmen lassen und war mit einigen anderen Spielern ebenfalls in die Stadt gekommen, um nun bis zum Umfallen zu spielen. Ihre Köpfe liefen langsam rot an, während sie unaufhörlich bliesen, zumeist schnelle, fröhliche und lustige Melodien. Das Dröhnen und Pfeifen ihrer Dudelsäcke hüllte das gesamte Edinburgh ein und führte dazu, dass die Menschen anfingen, auf offener Straße miteinander zu tanzen. Selbst Nachbarn, die noch vor Tagen oder Wochen einen Streit miteinander gehabt hatten, vergaßen ihren Zwist, fielen sich gegenseitig in die Arme und genossen den Augenblick der Freude. Ein Gefühl von Freiheit, wie es jahrelang nicht mehr verspürt worden war, machte sich breit und ergriff einen nach dem anderen, bis es alle erfasst hatte. England und General Cope waren an diesem Tag und an diesem Abend nicht nur meilenweit weg, sondern ganze Welten entfernt. Charles Edward Stuart wurde als Held und Befreier gefeiert.

Und gleichzeitig waren diese Stunden die Geburt eines Namens, der ihn von nun an auf ewig begleiten sollte: Bonnie Prince Charlie … der hübsche Prinz Karl.

Kapitel 19

Edinburgh, 19. September 1745

Charles Edward Stuart stand alleine auf einem Balkon des Holyrood-Palastes und blickte auf den Garten hinab, in welchem seine Anhänger lustig feierten, tanzten und tranken. Und das bereits seit drei ganzen Tagen! Seit seinem triumphalen Einzug in Edinburgh waren die Feierlichkeiten im Gange. Und es hatte fast den Anschein, als würde dieses Fest niemals ein Ende nehmen wollen, als bekämen die Menschen nicht genug vom Feiern. Es herrschte überall eine fröhliche und ausgelassene Stimmung, nirgends war ein betrübtes Gesicht auszumachen. Sie alle feierten ihn und sein Erscheinen in Schottland. Sie wollten endlich wieder ihre eigenen Herren sein und nicht länger einem englischen Usurpator huldigen müssen. Sie sahen ihn als ihren Befreier aus der englischen Knechtschaft an und genossen das wärmende Gefühl der Hoffnung, das reichlich durch ihre abgemagerten Körper floss und sie neu zu beleben schien. Sie glaubten an ihn und an eine bessere, eine glorreichere Zukunft.

Dieses unbeschreibliche Gefühl hatte auch ihn selbst ergriffen und sorgte dafür, dass er das erste Mal seit vielen, vielen Monaten wieder eine gewisse innere Ruhe verspürte. Er musste kurz an die Zeit am französischen Hof zurückdenken, als er wie ein Bittsteller um eine Audienz beim König betteln musste und unzufrieden mit sich und seinem Leben gewesen war. Doch diese Zeit war nun endgültig vorbei. Er hatte es geschafft! Er war in Schottland gelandet, hatte viele Anhänger um sich geschart und hatte die Hauptstadt unter seine Kontrolle gebracht. Mittlerweile war diese Nachricht

232

längst auf dem Weg auf das Festland und würde schon bald sämtliche Monarchen in ganz Europa erreicht haben. Auch seinen Vater und seinen Bruder, die beide in Rom waren und nichts von seinem Aufbruch geahnt hatten. Nur zu gerne würde er ihre Gesichter sehen können, wenn sie die Nachricht von seinem Eroberungszug vernahmen.

Ein Lächeln huschte über Charles' Gesicht. Dann nahm er einen kräftigen Schluck aus dem Kelch, den er in den Händen hielt. Darin befand sich der beste Wein ganz Edinburghs, wahrscheinlich ganz Schottlands, den er bei seiner Inspektion der Räumlichkeiten im Keller des Palastes gefunden hatte. Er genoss das wärmende Gefühl, das sich in seiner Kehle und in seinem Magen ausbreitete, schloss kurz die Augen und verharrte ganz still. Die Melodien der Musiker drangen zu ihm auf den Balkon hoch, sodass er plötzlich ganz automatisch anfing, den Takt mit den Fingern mitzuklopfen. Die Melodie wurde schneller, sodass auch er schneller wurde und mit seiner freien Hand abwechselnd gegen den Kelch in der anderen Hand sowie das Balkongeländer trommelte.

Dann öffnete er wieder seine Augen und ließ sie über die im Hintergrund des Gartens anschließende Häuserreihe schweifen. Eine dunkle Dämmerung hatte sich ganz heimlich über die Stadt gelegt, sodass überall Lichter entzündet wurden und es aussehen ließen, als würde es allerorts brennen. Das gelbliche Flackern zuckte unruhig hin und her, gerade so, als könnte es die Melodie der Musiker ebenfalls hören und versuchte nun, den Rhythmus aufzunehmen und zu halten.

Obwohl es bereits auf den Herbst zuging, war die heutige Nacht noch recht angenehm. Charles Edward hatte lediglich einen leichten Mantel übergezogen, was ihm sogar fast zu warm war. Er nahm erneut einen Schluck aus seinem Kelch und überlegte dann seine weiteren Schritte. Im Grunde tat er seit drei Tagen nichts anderes mehr. Er zählte seine Möglichkeiten auf, benannte Chancen und Risiken und versuchte, mögliche Probleme oder Hindernisse in seine Kalkulationen miteinzubeziehen. Außerdem versetzte er sich so gut es ging in die Lage seiner Feinde, um auf diese Weise herauszufinden, was sie wohl als nächstes unternehmen würden. General John Cope war mit seinen Truppen bereits vor Tagen in der Hafenstadt Dunbar gelandet, hatte einen frontalen Angriff auf die Hauptstadt aber bislang vermieden. Er war zwar nahe an die Stadt herangerückt, doch noch war es zu keiner militärischen Auseinandersetzung gekommen.

In diesem Moment ebbte die Musik langsam ab, sodass Charles Edward auch nicht länger den Takt mitklopfen konnte. Einige derbe Sprüche einer kleinen Gruppe Highlander störten seine Gedankengänge, brachten ihn auf den Balkon zurück und ließen ihn unweigerlich schmunzeln. Es waren Sprüche tief unter die Gürtellinie und hatten zumeist die verhassten Engländer zum Ziel. Immer wieder herrschte zwischen den Rufen eine kurze Ruhe, dann nämlich tranken die Männer. Es folgten laute Rülpser, dann begannen die Schmähungen wieder von vorne.

»Diesen rauen Gesellen wolltet Ihr auf dem Übungsplatz Disziplin beibringen!?«, ertönte eine leise Stimme. »Da wäre es leichter, den Papst zum Protestanten zu machen!«

Charles Edward zuckte zusammen und drehte sich um. »Thomas!«, rief er laut aus, als er seinen irischen Freund erkannte, und fügte dann mit einer nicht ganz ernst gemeinten Mahnung hinzu: »Ihr solltet Euch das Anschleichen schnellstens abgewöhnen, sonst halte ich Euch irgendwann für einen feindlichen Meuchelmörder! Und das würde Euch keinesfalls wohl bekommen …«

»Das Risiko gehe ich ein«, erwiderte Thomas Sheridan. »Aber sagt, warum steht Ihr hier ganz alleine auf dem Balkon? Wieso seid Ihr nicht dort unten und feiert? Ich wüsste nicht, wann Ihr jemals eine schöne und weinreiche Feier ausgelassen hättet!«

Charles streckte dem Iren seinen Weinkelch entgegen. »Ich habe selbstverständlich vorgesorgt und mich mit reichlich Wein eingedeckt.«

»Natürlich. Wie hatte ich einen Moment lang glauben können, dass … egal, lassen wir das!«

Charles Edward grinste und nahm demonstrativ einen Schluck. Dann deutete er auf die Gruppe Highlander, die immer noch dabei war, die Engländer zu verschmähen und zu beleidigen. »Meine Armee ist vielleicht kein Musterwerk an Disziplin, das stimmt«, meinte er unverhohlen. »Doch sie haben etwas, das viel mehr wert ist. Genau genommen sind es zwei Dinge: einen unbändigen Drang nach Freiheit und einen Hass auf die Engländer. Diese beiden Eigenschaften sind viel nützlicher und tödlicher als bloße Disziplin.«

»Und dennoch können ein bisschen Zucht und Ordnung nicht schaden, wenn es zu einer Schlacht kommt. Ihr habt selbst schon Kämpfe miterlebt, Ihr wisst also, was passiert, wenn ein ungeordneter Haufen blindlings und kopflos in ein Schlachtgetümmel rennt.«

»Ihr habt doch nicht etwa Angst, mein lieber Thomas?«, provozierte Charles Edward.

»Wärt Ihr kein Prinz, dann …«

»Ja?«

»Dann müsste ich Euch aufgrund Eurer Worte zum Duell herausfordern, das ist Euch bewusst, oder?«, sagte Thomas Sheridan, wobei seine Worte der Wahrheit entsprachen und dennoch nicht ganz ernst gemeint waren.

»Puh, dann habe ich ja noch einmal Glück gehabt, dass ich ein echter Prinz bin, nicht wahr?«, witzelte Charles Edward und reichte seinen Kelch an seinen Freund weiter. Zum Zeichen des Friedens.

»Habt Dank«, sagte der Ire und nahm den Kelch entgegen. Doch als er ihn an die Lippen setzen und trinken wollte, stellte er erstaunt fest, dass er leer war. »Kein Tropfen mehr drin! Natürlich!«, murmelte er leise und stellte den Kelch auf das Balkongeländer, während ihn das schadenfrohe Lachen des Prinzregenten traf. Glücklicherweise tauchte in diesem Moment Chief Donald Cameron of Lochiel auf, sodass er sich eine passende Antwort sparen konnte.

»Ich habe überall nach Euch gesucht«, meinte der Chief des Clans Cameron an Charles Edward gewandt. »General Cope schleicht sich dort draußen herum und ist eine ständige Bedrohung für uns«, eröffnete er ohne Umwand. »Nicht, dass ich dieses Fest nicht gerne noch länger genießen würde, doch ich bin der Meinung, dass wir unbedingt diesen Cope von hier verjagen sollten. Dieser vermaledeite Engländer verkommt zu einer ernsthaften Plage. Und das nicht nur wegen seiner Armee, die er anführt, nein, er hat meinen Spionen zufolge Boten in sämtliche Himmelsrichtungen ausschicken lassen, um gegen Euch zum Krieg aufzurufen.«

»Das ist in der Tat ein Problem«, stimmte Thomas Sheridan zu. »Mit einer Mischung aus überhöhten Versprechungen und der Androhung von tödlichen Konsequenzen versucht er, die weiterhin unentschlossenen Clans auf seine Seite zu ziehen. Besonders in den unteren Landen, dort, wo die Grenze zu England nicht sehr weit weg ist, hofft er auf Unterstützung.«

»Doch er hat nicht sonderlich viel Erfolg damit«, widersprach Charles Edward mit einer wegwerfenden Handbewegung. »Wie Ihr wisst, haben auch wir Boten ausgesandt, um dasselbe zu erreichen. Deren Aussagen zufolge haben aber nur die wenigsten der noch Unentschlossenen wirkliches Interesse daran, sich General Cope anzuschließen.« Er lachte hell auf.

»Was ist daran so komisch, Hoheit?«, wollte Chief Donald Cameron wissen und blickte auch Thomas Sheridan fragend an, doch der schaute nicht weniger verwundert drein.

»Nun, das ist schnell erklärt«, sagte Charles Edward. »Als die Engländer hier die Macht übernommen und zudem die Rückeroberungsversuche meines Großvaters und meines Vaters vereitelt hatten, erließen sie ein Gesetz, das zur Entwaffnung sämtlicher Schotten dienen sollte. So sollte verhindert werden, dass die Schotten je wieder einen bewaffneten Aufstand anzetteln. Und diejenigen, die damals auf Seiten der Engländer standen, haben sich diesem Gesetz gebeugt und haben tatsächlich ihre sämtlichen Waffen abgegeben, sodass sie heute ohne Waffen dastehen und sich General Cope nicht anschließen können, selbst wenn sie dies wollten. Die Anhänger meiner Familie hingegen haben sich diesem Gesetz nicht gebeugt, sie haben ihre Waffen behalten, sodass wir heute weiterhin Zulauf von Kriegern erhalten können. Erst gestern beispielsweise ist der Clan McLachlan hier angekommen, um sich uns anzuschließen. Ist das nicht großartig? Die Engländer haben den Ast angesägt, auf dem sie selbst sitzen.«

»Da ist etwas dran«, stimmte Thomas Sheridan zu. »Wie ich gehört habe, ist der Graf Home mit gerade einmal zwei Männern zu

General Cope gestoßen, weil er nicht mehr ausrüsten konnte. Zur Zeit der Aufstände von Charles' Vater hingegen hatte er nicht weniger als sechshundert Mann angeführt.«

»Aber dennoch gibt es einige Faktoren, die wir hierbei unbedingt beachten sollten«, warnte Chief Donald. »Es gibt auch einige englandtreue Clans, die gut ausgerüstet sind beziehungsweise von den Engländern ausgerüstet werden. James Sinclair of Rosslyn zum Beispiel hat den Engländern fünfhundert Mann versprochen, sofern diese seine Kämpfer voll ausrüsten. Und auch die Clans Grant of Glenmoriston und Grant of Strathspey sind leider nicht auf unserer Seite, sondern ziehen es vor, den Feind zu unterstützen. Von den verdammten Campbells möchte ich gar nicht erst anfangen, diesen … diesen …«, er hatte seine Hände zu Fäusten geballt, während er nach dem richtigen beleidigenden Wort suchte. Irgendwann gab er es aber auf und fuhr fort: »Und die Engländer sind deutlich besser bewaffnet als wir, denn vergesst nicht, dass das Haus Hannover dort auf dem Thron sitzt und sie ihre Waffen unter anderem aus dem Heiligen Römischen Reich Deutscher Nation beziehen. Mit diesen Waffen und dieser moderneren Ausrüstung können wir keinesfalls mithalten.«

»Wir haben hier in Edinburgh auch gute Beute gemacht«, hielt Bonnie Prince Charlie dagegen. »Wir haben in der gesamten Stadt über tausend taugliche Flinten zusammengebracht, die ich bereits an die Männer habe austeilen lassen, damit sie sich mit ihnen vertraut machen und gleich ein wenig üben können. Außerdem habe ich gehört, dass die englischen Truppen, die hier stationiert waren, nicht die besten Kämpfer sein sollen und auch nicht übermäßig gut ausgerüstet sind, schließlich tobt auf dem Festland immer noch ein Krieg, der Unmengen an Mensch und Material verschlingt. Wir kämpfen also nicht gegen einen übermächtigen Feind, mein Freund! Aber Ihr habt recht, wenn Ihr sagt, dass dieser General Cope lästig ist. Ich mag es nicht, wenn sich jemand um mich herumschleicht, wie eine Katze um den heißen Brei. Wir haben der Katze genügend Zeit gegeben, um die Krallen einzuziehen und zu verschwinden, doch nun müssen wir handeln und sie endlich vertreiben, damit wir wieder unsere Ruhe haben!«

»Ihr wollt aufbrechen und dem General entgegentreten?«

»So ist es!«, stimmte Bonnie Prince Charlie mit feierlicher Stimme zu. »Ich denke, dass dies nun der nächste wichtige Schritt sein wird. Sobald wir General Cope und dessen Truppen vernichtet haben, gehört ganz Schottland uns. Er ist der einzige, der uns momentan noch im Weg steht.«

»Wann wollt Ihr aufbrechen, Hoheit?«, fragte Chief Donald mit leuchtenden Augen nach.

»Sofort!«

»Sofort?«

»Ja. Ich begebe mich noch heute Abend ins Heerlager bei Duddingstone und erteile sämtlichen Heerführern den Abmarschbefehl. Wir rücken noch heute Nacht aus!«

»Ausgezeichnet!«, rief Chief Donald Cameron und rieb sich die Hände. »Ich kann es kaum erwarten.«

»Und das Fest?«, fragte Thomas Sheridan dazwischen.

»Das Fest? Das, äh, ja … das wird unterbrochen und fortgesetzt, wenn wir siegreich zurückkehren«, meinte Charles Edward. »Also, auf geht's!«, rief er und breitete schwungvoll seine Arme aus, sodass er mit seinem rechten Ellenbogen gegen den leeren Kelch stieß, den Thomas Sheridan vorhin auf dem Balkongeländer abgestellt hatte. Der Kelch fiel von der Brüstung und landete unten im

Garten, direkt inmitten einer Gruppe Highlander. Dort fiel er einem alten Kämpfer auf den Kopf, der jedoch schon so stark angetrunken war, dass er meinte, jemand hätte ihn geschlagen. Also holte er selbst mit seinen Fäusten aus und schlug sie dem Nächstbesten ins Gesicht. Kurz darauf hatte sich daraus eine wüste Schlägerei entwickelt, die auf immer mehr Schotten, Iren und Engländer überging, bis der gesamte Garten einem einzigen Schlachtfeld glich.

»Bewahrt Euch Eure Treffsicherheit unbedingt für das Aufeinandertreffen mit den Engländern auf, mein Prinz!«, spottete Thomas Sheridan, der neben Charles Edward und Chief Donald Cameron auf dem Balkon stand und mit einer Mischung aus Faszination, Unglauben und Kopfschütteln der wilden Keilerei zusah.

»Ich fürchte, diese Schlägerei ist ganz allein Euer Werk«, gab Bonnie Prince Charlie zurück.

»Wieso denn das?«, hakte der Ire mit großen Augen und einer Unschuldsmiene nach.

»Na, ganz einfach: Ihr habt den Kelch dort so ungünstig abgestellt. Deshalb seid Ihr allein daran schuld.«

»Aber …«

»Na! Kein Aber! Ich bin der Prinzregent, schon vergessen?«, frotzelte Charles Edward. »Und wenn ich sage, Ihr seid der Schuldige an dieser Keilerei, dann ist das so. Habe ich recht, Chief Donald?«

»Absolut, Hoheit, absolut!«, stimmte der Chief schmunzelnd zu und machte sich dann auf, um zu retten, was noch zu retten war.

»Vergesst nicht: Heute Nacht wird aufgebrochen!«, rief Bonnie Prince Charlie ihm noch hinterher. »Schlägerei hin oder her!«

Kapitel 20

Nahe Prestonpans – südöstlich von Edinburgh, in der Frühe des 21. Septembers 1745

Bonnie Prince Charlie fröstelte stark, sodass er seinen Mantel enger um seinen Leib zog und seine Hände aneinander rieb. Hin und wieder formte er zudem seine Lippen zu einem Kreis und blies auf seine steifen Fingerglieder, damit ihm diese nicht komplett einfroren. Gleichzeitig musste er aufpassen, dass er nicht mit den Füßen in dem dunklen und völlig weichen Morast einsank, in welchem er und seine Männer hockten und auf den Weitermarsch warteten. Doch der Weitermarsch verzögerte sich, sodass sie alle müde und frierend auf dem Boden kauerten und versuchten, sich irgendwie warmzuhalten. Allerdings durften sie keine Fackeln anzünden oder gar kleine Lagerfeuer machen, denn diese hätten sie sofort verraten. Irgendwo dort drüben, am Ende des Sumpfes, lagerte nämlich die Armee des General John Cope und ahnte noch nichts von der drohenden Gefahr. Und so sollte es weiterhin bleiben.

Es war noch mitten in der Nacht, die Dämmerung hatte noch nicht einmal eingesetzt, sodass es um sie herum stockdunkel war. Normalerweise hätten sie sich unter diesen Umständen niemals in dieses sumpfartige und gefährliche Gebiet vorgewagt, da es sehr lebensgefährlich sein konnte, doch glücklicherweise hatte sich ihnen ein Mann in Edinburgh offenbart, ein gewisser Anderson von Witburgh, der in dieser Gegend oftmals auf Schnepfenjagd ging und von daher einige sichere Schleichwege kannte. Charles Edward hatte die Chancen und Risiken gegeneinander aufgewogen und sich schließlich dazu entschieden, das Angebot des Anderson von Witburgh anzunehmen, und so einen nächtlichen Angriff auf die englischen Truppen zu wagen. Deshalb marschierten sie schon seit einer gefühlten Ewigkeit durch diesen Sumpf, in der Hoffnung, dass es nun nicht mehr weit war. Durch einen nächtlichen Überraschungsangriff waren ihre Siegchancen um ein Vielfaches höher, als wenn sie sich auf ein Gefecht auf offenem Feld einließen, zumal berichtet wurde, dass General Cope über Geschütze und Reiterei verfügte. Sie selbst hatten lediglich ein paar alte Kanonen gefunden, die aber kaum zu gebrauchen waren, und eine Kavallerie hatten sie auch nicht wirklich aufzubieten, denn dazu hatten sie viel zu wenig Pferde zur Verfügung. Außerdem konnten sie, sofern der Überraschungsangriff glückte, ihre eigenen Verluste relativ gering halten. All diese Überlegungen hatten Charles' Entscheidung beeinflusst.

General John Cope, der sich im weitläufigen Gelände vor den Toren Edinburghs herumtrieb, war zunächst überrascht gewesen, dass die Hochländer um Bonnie Prince Charlie sich angeblich nicht weiterhin hinter den Mauern der Hauptstadt verstecken, sondern sich ihm tatsächlich auf offenem Feld zum Kampf stellen wollten, dann jedoch hatte er sofort reagiert und nahe dem Dörfchen Prestonpans Aufstellung genommen. In seinem Rücken befand sich jener morastige Sumpf, der als natürliche Barriere gedacht war, sodass er von dieser Seite her keinen Angriff der Schotten erwartete. Er rechnete mit einem Kampf zu Felde am nächsten Morgen, wenngleich er dennoch Nachtwachen eingeteilt hatte, unter anderem auch am Rande des Sumpfes. Er war mittlerweile zu erfahren, um nachlässig zu werden oder irgendetwas dem Zufall zu überlassen.

Bonnie Prince Charlie blickte sich um und versuchte, die Stimmung unter seinen Männern zu erfassen. Auch sie waren müde, erschöpft und froren, aber dennoch flammte in ihren Augen gleichzeitig auch eine eigenartige Kampfeslust. Es hatte fast den Anschein, als würden sie sich regelrecht auf den bevorstehenden Kampf freuen. Keiner von ihnen murrte über das unerträgliche Warten in diesem Sumpf, keiner beschwerte sich, dass es nur sehr langsam voran ging. Sie hielten kauernd durch, dann standen sie wortlos auf und liefen in einer geschlossenen Reihe weiter. Dabei sanken nicht wenige knöchel- oder gar knietief in den Morast ein, sodass die Beine schwer wurden und das Weiterkommen zusätzlich verlangsamt wurde.

Charles Edward führte den hinteren Teil seiner Armee an, obwohl er liebend gerne ganz vorne an der Spitze gestanden hätte. Doch sein Kriegsrat hatte ihm dazu abgeraten und ihn so lange gedrängt, bis er nachgegeben und sich hier hinten eingereiht hatte. Er hatte argumentiert, dass er als Anführer ganz vorne sein sollte, sie hatten jedoch dagegengehalten, dass er dadurch nur leichtsinnig sein Leben auf's Spiel setzte, wenn er als einer der ersten auf den Feind traf. Und sein Leben galt es fortan ganz besonders zu schützen, denn von ihm hing so vieles ab. Sollte er sterben, dann würde der Aufstand wohl sofort wieder zusammenbrechen, denn viele der Clanchiefs folgten seiner Person, folgten dem Erben der Familie Stuart.

Deshalb marschierte er nun hier hinten mit und wusste nicht, wie weit sie schon waren oder wie lange sie noch gehen mussten. Und diese Ungewissheit ärgerte ihn, denn er war es gewohnt, den Ton anzugeben und stets über alles Bescheid zu wissen. Er fühlte sich gar ein wenig degradiert, wenngleich dies nur ein Gefühl war und natürlich nicht der Wahrheit entsprach.

Aber je mehr Zeit verging, desto mehr überwog auch bei ihm die Vorfreude auf den bevorstehenden Kampf. Er wollte endlich seine erste Schlacht auf schottischem Boden ausfechten, wollte die Engländer vernichtend schlagen und es allen zeigen. Allen Feinden, allen Zweiflern, allen Kritikern. Einfach allen.

Plötzlich nahm die ohnehin kaum vorhandene Sicht weiter ab, denn dichter Nebel kam auf und sorgte dafür, dass man kaum mehr die eigenen Füße sah, sodass man auch nicht mehr erkennen konnte, wohin man gerade trat. Das wiederum führte dazu, dass einige Männer stolperten und der Länge nach hinfielen. Mit Mühe und unter leise gefluchten Schimpfwörtern rappelten sie sich dann wieder auf die Beine, versuchten ungelenk, den Dreck und den Matsch irgendwie von ihren Klamotten zu schlagen, mussten sich dann aber eingestehen, dass es zwecklos war.

Auch Charles Edward fiel einmal zu Boden, zog sich aber schnell wieder auf die Beine und ging weiter. Er fluchte gleichermaßen vor sich hin und konnte sich bereits in Gedanken die dämlichen Bemerkungen seiner Gefährten ausmalen, wenn sie ihn so später zu Gesicht bekamen.

Dann endlich kam von vorne die Meldung, dass sie beinahe den Rand des Sumpfes erreicht hatten und vollkommen leise sein sollten, um ja nicht entdeckt zu werden. Diese Nachricht wurde bis zum Ende der langen Marschkolonne durchgegeben, damit alle Bescheid wussten. Allerdings änderte diese neue Nachricht nichts daran, dass viele der Männer weiterhin derb fluchten, wenn sie einmal zu Boden fielen oder einfach zu tief im Boden einsanken. Außerdem machte es auch einige schmatzartige Geräusche, wenn sie ihre Stiefel mit Mühe wieder aus dem Dreck befreiten, sodass kam, was unweigerlich kommen musste: Einige aufmerksame Wachtposten des General John Cope hörten die Geräusche, wurden neugierig und sahen sich den Rand des Sumpfes genauer an. Sie kamen näher heran und entzündeten einige Fackeln, um besser sehen zu können. Da aber auch sie mit dem dichten Nebel zu kämpfen hatten und die Schotten zudem durch die Lichtscheine der Fackeln vorgewarnt wurden, konnten sie zunächst nichts Verdächtiges ausmachen. Deshalb schlugen sie noch keinen Alarm, da es sich ihrer Meinung nach auch nur um einige nachtaktive Tiere handeln konnte. Dennoch behielten sie alles weiter streng im Blick.

Bonnie Prince Charlie wackelte unruhig mit seinem Oberkörper hin und her, während er darauf wartete, dass es wieder einige Schritte voran ging. Die Anspannung wurde schier unerträglich. Dann zählte er still in Gedanken bis Hundert, ehe er seine Flinte von der Schulter nahm und überprüfte, ob sie durch seinen Sturz vorhin Schaden genommen hatte. Da er nicht viel sehen konnte, tastete er die Waffe mit seinen Fingern ab, die jedoch immer steifer und kühler wurden. Tagsüber war es zwar noch angenehm war, doch die Nächte wurden bereits sehr frisch. Soweit er feststellen konnte, war sein Gewehr noch intakt und lediglich ein wenig verschmutzt. Deshalb wischte er mit der Innenseite seines Mantels den Bereich rund um den Abzug ab, damit er später einen guten Griff hatte und nicht aus Versehen abrutschte.

Anschließend ging es endlich weiter. Ein paar Schritte vorwärts, ein kurzer Halt, und noch ein paar Schritte. Mittlerweile war die langsam einsetzende Dämmerung schon zu spüren. Das hieß, dass sie sehr viel Zeit gebraucht hatten, um diesen Sumpf zu durchqueren. Sie mussten sich also beeilen, falls sie den Schutz der Dunkelheit noch angemessen ausnutzen wollten. Deshalb rief er einen

Jungen zu sich heran und trug ihm auf, schnellstmöglich nach vorne zu laufen und die Spitze des Zuges zur Eile anzutreiben.

Der Junge nickte, stand auf und hastete davon. Mit seinen kleineren und stelzenartigen Beinen kam er wesentlich schneller voran. Außerdem trug er keine Ausrüstung oder Waffen bei sich, was ebenfalls ein Vorteil war, da er so weniger Gewicht hatte.

Es dauerte anschließend eine Weile, doch dann kam tatsächlich Bewegung in den langen Zug. Es ging mit einem schnelleren Tempo voran und diesmal wurde nicht mehr so oft Halt gemacht. Charles Edward begann unwillkürlich zu grinsen, während ein beinahe schon schmerzhaftes Kribbeln durch seine Finger rauschte. Er unterdrückte ein Stöhnen und konzentrierte sich auf den dunklen Weg vor ihm, um nicht wieder hinzufallen. »Vorwärts, Männer!«, rief er mit gedämpfter Stimme über seinen Rücken zurück. »Vorwärts! Rasch! Aber seid vorsichtig, wo ihr hintretet!«

Sie hatten ein gutes Stück des Weges zurückgelegt, als plötzlich ein gellender Schrei die Stille zerriss. Sofort hielten alle an und blickten sich suchend in der Dunkelheit um.

»Was war das?«, wollte einer der Männer hinter Bonnie Prince Charlie wissen.

Noch bevor ihm einer eine Antwort geben konnte, wurde auch schon im feindlichen Lager Alarm geschlagen. Viele Schreie hallten nun aufgeregt durch den nebligen Morgen, gefolgt von einem lauten Knall einer Kanone, die abgefeuert wurde, um sämtliche noch schlafenden Männer aufzuwecken.

»Wir sind entdeckt worden!«, schlussfolgerte Charles Edward und rannte dann ungestüm los. »Verdammt!«, rief er und trieb seine Männer an. »Schneller! Kommt schon! Vorwärts!« Er rannte und kümmerte sich nicht um den nach allen Seiten auffliegenden Dreck sowie um irgendwelche Geräusche, die er dabei verursachte. Sie waren entdeckt worden und nun galt es, so viel wie nur möglich von dem leider geplatzten Überraschungsangriff auszunutzen. Noch steckten die meisten Männer von General Cope in ihren Zelten, rieben sich wahrscheinlich verwundert die Augen und mussten erst einmal begreifen, was da eigentlich los war. Und bis sie sich auf die Beine gezogen, ihre Waffen gegriffen und geordnet Aufstellung zur Verteidigung genommen hatten, würden noch einige wertvolle Minuten vergehen. Zeit, die über Sieg oder Niederlage entscheiden konnte.

Charles Edward Stuart hielt nun nichts mehr zurück. Lautstark trieb er seine Männer an, brüllte ihnen Befehle zu und führte sie schließlich aus dem Sumpf heraus, sodass sie sich der hektisch formierenden Armee des General Cope gegenüber sahen. Nur ein relativ kleines Stück offene Fläche trennte die beiden Kampfverbände noch voneinander.

Charles Edward schloss hastig zu der Spitze seiner eigenen Männer auf und ignorierte die Warnungen seiner Gefährten, sich wieder zurückzuziehen und weiter im Hintergrund aufzuhalten. Er verschwendete daran keinen Gedanken, sondern stellte sich neben seine Standarte, die an der Spitze des Zuges mitgeführt worden war. Dann winkte er sein Pferd herbei, das einige Burschen für ihn bereithielten, saß auf und überwachte von seiner erhöhten Position aus die Aufstellung seiner Kämpfer. Ein kurzer Blick zum Feind hinüber verriet ihm, dass General Cope ebenfalls hoch zu Ross saß und seinerseits wütend seine Soldaten dirigierte. Der Ärger über das so plötzliche und unerwartete Auftauchen der Hochländer war ihm deutlich anzusehen, sein Kopf war knallrot, seine Stimme vom lauten Brüllen bereits heiser. John Cope ließ seine Soldaten eilig umschwenken, sodass die Infanterie wieder in der Mitte war, die Artillerie hingegen auf der rechten Flanke, geschützt durch die Kavallerie. Die berittenen Dragoner wurden angeführt von Oberst Gardiner, während General Cope sich in der Mitte bei der Infanterie hielt.

Bonnie Prince Charlie beobachtete die schnellen Manöver mit Sorge, denn sehr zu seinem Missfallen bildete sich beim Feind schnell eine mehr oder weniger geordnete Verteidigungslinie. Die blutroten Röcke der Soldaten huschten in einem scheinbaren Durcheinander wild hin und her, während die langen Bajonette steil in den morgendlichen Himmel aufragten und das erste Licht der aufgehenden Sonne reflektierten.

»Zum Angriff!«, brüllte Charles Edward Stuart und gab seinen Männern den heiß ersehnten Befehl, obwohl diese noch gar nicht vollkommen aufgestellt waren. »Zum Angriff!«, wiederholte er einige Male lautstark, damit ihn auch alle hörten.

»Die Männer sind noch nicht in Aufstellung …«, hielt Chief Donald Cameron keuchend dagegen und versuchte, seine Männer halbwegs in Schlachtformation zu bringen, was aber kläglich misslang.

»Wir haben keine weitere Zeit zu verlieren!«, brüllte Charles Edward ihm entgegen und erstickte jede weiteren Widerworte mit einer herrischen Armbewegung im Keim. »Jetzt oder nie!«, schrie er aus Leibeskräften und ließ sein Pferd antraben. »Folgt mir, Männer! Zum Angriff!«

Und die Männer folgten ihm. Einige sprachen noch schnell ein kurzes Gebet, dann jedoch stürmten sie los, als wäre der Teufel höchstpersönlich hinter ihnen her. Eine langgezogene und geordnete Reihe, wie sie auf den Schlachtfeldern Europas oder auch bei

General Copes Armee üblich war, suchte man bei den anstürmenden Schotten und Iren vergeblich. In loser Formation, teilweise mit großen Lücken dazwischen, rannten sie dem Feind entgegen, die Clanchiefs brüllend vorneweg. Auch Chief Donald Cameron hielt sich nicht länger mit Reden auf, sondern setzte sich an die Spitze seiner Männer aus dem Clan Cameron und führte sie über das offene Gelände, mitten in die Reihen der englischen Regierungstruppen, die immer noch dabei waren, ihre Position einzunehmen. An der Spitze der Hochländer liefen diejenigen mit der besten Bewaffnung, meist in Form einer neueren Flinte und den gefürchteten Claymore-Schwertern. Dahinter kamen die Männer, die zwar Flinten hatten, die jedoch schon uralt waren und absolut ungenau schossen, und als letztes folgten die Kämpfer, die nur mit einfachen Äxten, Speeren, Lanzen, Sensen oder hölzernen Knüppeln bewaffnet waren.

Als Charles Edward sah, dass Oberst Gardiner seinen Dragonern den Angriffsbefehl gab, sammelte er einige Männer mit den besseren Flinten um sich und ließ sie eine gezielte Salve inmitten der Reiter abfeuern. Daraufhin stürzten viele Reiter getroffen von ihren Pferden, die anderen zögerten und versuchten, sich in diesem entstandenen Chaos neu zu formatieren. Und bevor sie sich wieder so zusammengefunden hatten, dass Gardiner erneut zum Angriff schreien konnte, waren die ersten Schotten auch schon bei ihnen angekommen und griffen sie mit ihren Schwertern und Äxten an.

Nun entfaltete sich die ganze Wucht der gefürchteten Highlander. Wie wild gewordene Berserker schlugen sie auf die englischen Regierungstruppen ein und schonten auch nicht die verängstigten Tiere, die in Panik ausbrachen, ihre Reiter abwarfen und Reißaus nahmen. Und während die herabgestürzten Kavalleristen sich wieder auf die Beine zu ziehen versuchten, schwangen die aufständischen Schotten ihre Waffen und schlugen ihnen die Köpfe ein. Die schweren Breitschwerter summten, als sie in der Luft geschwungen und herumgewirbelt wurden, glänzten im Licht der stärker werdenden Sonne auf, ehe sie niederfuhren, sich durch die Leiber fraßen und in Blut getränkt wurden. Unheilvolle Schreie gellten über das Gelände, ehe die Münder für immer schwiegen.

Als die umstehenden Engländer die Wucht und die Gewalt der Schotten mitansahen, bekamen sie Panik, ließen größtenteils alles stehen und liegen und suchten ihr Heil in der Flucht. Auch die Artilleristen verließen ihre Posten, kümmerten sich nicht weiter um die Geschütze, sondern liefen wie die Hasen davon. Alles war so schnell gegangen, dass sie nicht einmal einen einzigen Schuss hatten abfeuern können. Nun zählte für sie nur noch, den rasenden Schotten zu entkommen und ihr Leben irgendwie zu retten. Alles andere war ihnen egal, die Schlacht war in ihren Augen bereits so kurz nach Beginn verloren.

Die Panik, die den rechten Flügel der Engländer erfasst hatte, breitete sich in der Folge rasend schnell auf alle anderen Teile der Regierungstruppen aus, einzig zentral in der Mitte wurde noch erbittert Widerstand geleistet. Dort standen die besten Infanteristen und feuerten ihre Gewehre ab, doch sobald sie einmal geschossen hatten, konnten sie nicht mehr nachladen, da dies zu lange dauerte und zu umständlich war, außerdem waren dann bereits die Schotten bei ihnen und droschen mit ihren Schwertern erbarmungslos auf sie ein. Die Engländer hoben ihre Bajonette und versuchten, sich irgendwie zu verteidigen, doch ihre Linien wurden gnadenlos aufgesprengt und durchbrochen, sodass sie alle bald schon keinen Nebenmann mehr hatten, sondern ganz alleine auf sich gestellt waren. Und in diesen direkten Zweikämpfen waren sie den entschlossenen Schotten und Iren weit unterlegen. Der Reihe nach wurden sie niedergemacht, bis keiner mehr von ihnen stand. Wer sich aber rechtzeitig ergab, konnte hoffen, verschont und gefangen genommen zu werden.

Auch Oberst Gardiner fand letztendlich den Tod, da er einer der tapfersten Kämpfer der Engländer war und es vorgezogen hatte, nicht feige zu fliehen. Ein Highlander schlug ihm im Kampf unvermittelt die säbelführende Hand ab, woraufhin er wehrlos war und von anderen Schotten gewaltsam von seinem Pferd gezogen wurde. Anschließend wurde er erschlagen, der Boden mit seinem Blut getränkt.

»Die englischen Truppen lösen sich auf!«, rief Lord Elcho und gesellte sich dann zu Charles Edward Stuart. »Ihr habt es geschafft, Hoheit! Ihr habt gesiegt!«

»*Wir* haben es geschafft!«, korrigierte Bonnie Prince Charlie mit feierlicher Stimme und strahlte dabei über das ganze Gesicht. Er reichte seinem Freund den Arm und schüttelte diesen. »Wir haben es geschafft!«

Viele weitere Gefährten und Heerführer kamen herbeigeritten oder –gelaufen und gratulierten Charles Edward zum Sieg. Währenddessen schleppten sich die letzten geschlagenen Engländer vom Feld, wurden jedoch kurz darauf von den sie verfolgenden Schotten niedergemacht.

»Dafür hat sich die Nacht in diesem stinkenden und eiskalten Sumpf gelohnt!«, tönte William Murray grimmig und erntete dafür viel Zustimmung.

»Wobei es doch noch ziemlich knapp wurde«, sagte Thomas Sheridan. »Es hätte nicht viel gefehlt und der Überraschungsangriff wäre misslungen.«

»Habt ihr die verängstigten Gesichter der Engländer gesehen?«, fragte Colonel John William O'Sullivan lachend. »Die haben sich die Hosen eingeschissen, als sie uns auf sich zustürmen sahen! Haha!«

»In der Tat. Das war ein herrlicher Anblick«, stimmte Ranald MacDonald zu. »Das hat mein Herz zum Lachen gebracht. All die vielen Demütigungen der letzten Jahre und Jahrzehnte schienen für einen kurzen Augenblick vergessen!«

»Ich hatte fast vergessen, wie großartig es sich anfühlt, englisches Blut zu vergießen«, meinte John MacDonald und wischte seine blutverschmierte Klinge mit einem englischen Mantel sauber.

Charles Edward lauschte den Männern und ihren Sprüchen und genoss den Augenblick. Erst jetzt bemerkte er langsam, dass seine rechte Hand ein wenig zitterte. Vorhin war alles so schnell gegangen … er war aufgesessen, hatte den Befehl zum Angriff gegeben und war dann mitten in dem kurzen Schlachtgetümmel verschwunden, sodass er nicht viel Zeit zum Nachdenken gehabt hatte, nun aber machte sich seine Aufregung im Nachhinein bemerkbar. Nun spürte er plötzlich sein Herz wild, unkontrolliert und laut in seiner Brust schlagen und fühlte sich, als hätte er stundenlang und nicht nur wenige Minuten gekämpft. Aber glücklicherweise wurde es rasch wieder besser und er beruhigte sich schnell wieder.

»Was meint Ihr, glorreicher und siegreicher Prinzregent?«, drang es auf einmal zu ihm hindurch.

»Äh, was?«, fragte er nach, nachdem er aus seinen Gedanken aufgeschreckt war.

»Nun, dieser ruhmreiche Sieg muss doch ordentlich und standesgemäß gefeiert werden, oder nicht?«

»Natürlich«, stimmte Charles Edward zu. »Natürlich. Sobald wir in Edinburgh zurück sind, werden wir feiern. Zunächst aber möchte ich …«, er verstummte und rief einige Kämpfer zu sich heran. »Geht über das Schlachtfeld und seht nach, ob ihr General John Cope findet! Dann bringt ihn zu mir!«, trug er ihnen auf.

In den darauffolgenden Stunden waren die siegreichen Schotten damit beschäftigt, die Leichen zu plündern und ihre gefallenen Kameraden zu begraben. Alles in allem hatten sie dreißig Tote und ungefähr siebzig Verwundete zu beklagen, während die englischen Regierungstruppen immense Verluste von dreihundert Toten, über fünfhundert Verwundeten und bis zu eintausendfünfhundert Gefangenen zu verzeichnen hatten. Von General John Copes Armee war nichts mehr übrig, sie war vollständig zerschlagen. Auch der mitgeführte Tross der Engländer, der in Cockenzie zurückgelassen worden war, fiel den Schotten in die Hände. Besser hätte die kurze aber dennoch heftige Schlacht nicht verlaufen können.

Einzig General John Cope war nirgends mehr aufzufinden. Er befand sich weder unter den Toten – wie Oberst Gardiner - noch unter den Gefangenen, sodass sehr schnell klar wurde, dass der feindliche General geflohen sein musste.

»Ärgert Euch nicht darüber«, meinte Thomas Sheridan an Bonnie Prince Charlie gewandt. »Wir haben gesiegt und seine Armee zersprengt. Die englische Regierungsarmee in Schottland existiert nicht mehr! Und das ist alles, was am heutigen Tage zählt!«

»Wohl wahr«, erwiderte Charles Edward, konnte aber dennoch nicht verleugnen, dass er den General gerne als seinen Gefangenen bezeichnet hätte. Er blickte ein letztes Mal zurück auf das Schlachtfeld, ehe er sich abwandte und rief: »Dann auf, zurück nach Edinburgh! Lasst uns ordentlich feiern!«

Und während die Schotten erneut freudetrunken in Edinburgh einzogen und ausgelassen ihren Sieg feierten, sprengte eine kleine Gruppe Reiter über die schottische Grenze nach England und erreichte tief in der Nacht Berwick-upon-Tweed. An der Spitze der Reiter befand sich der geschlagene General John Cope, der unerkannt vom Schlachtfeld entkommen war und der nun zähneknirschend die Nachricht von seiner eigenen Niederlage überbrachte, wofür er bis an sein Lebensende verspottet werden sollte …

Kapitel 21

Edinburgh, Ende September 1745

Das neuerliche Fest war bereits in vollem Gange, als Bonnie Prince Charlie endlich eintraf. Laute Musik, vergnügtes Lachen und wilde Rufe drangen aus dem großen Saal des Holyrood-Palastes. Da es abends war, herrschte draußen eine schwärzliche Dunkelheit vor, die Räumlichkeiten des Palastes hingegen waren hell erleuchtet, sodass es fast den Anschein hatte, als wäre es doch Tag. Vor den großen Flügeltüren, die in den großen Saal führten, blieb Charles Edward noch einmal kurz stehen, um seine Kleidung und seine Frisur zu richten. Dabei schweiften kurzzeitig seine Gedanken zu den vorangegangen Stunden ab.

Er hatte nämlich zuvor noch eine wichtige Besprechung mit seinen engsten Vertrauten und Beratern gehabt, wobei hauptsächlich die Frage diskutiert worden war, wie der Sieg nun genutzt werden sollte. Die englischen Regierungstruppen in Schottland waren vernichtend geschlagen, General Cope war geflohen und dem Spott ausgesetzt und so gut wie ganz Schottland war nun unter der Kontrolle der Aufständischen. Lediglich wenige Festungen, wie etwa die in Edinburgh oder in Stirling, waren noch in den Händen einiger Englandtreuer, doch auch sie würden früher oder später aufgeben, da sie von Feinden umzingelt waren und auf keine Hilfe hoffen konnten. Spätestens wenn der Hunger nicht mehr auszuhalten war, würden sie die Tore ihrer Festungen öffnen und sich ergeben.

Die Diskussion um das weitere Vorgehen war allerdings erneut sehr hitzig verlaufen und hatte auch kein konkretes Ergebnis hervorgebracht, da sie sich nicht einig geworden waren. Einige skeptische Clanchiefs hatten von Charles Edward wissen wollen, wann endlich die versprochenen Truppen aus Frankreich in England landen würden, denn ohne diese zusätzliche Verstärkung wollten sie nicht nach Süden und über die dortige englische Grenze marschieren. Andere übereifrige und vom Sieg noch freudetrunkene Chiefs hingegen wollten so früh wie nur möglich aufbrechen, da sie eine einmalige Gelegenheit sahen, die Engländer endgültig und in ihrem eigenen Land zu schlagen, um anschließend den schottischen Prinzregenten auf den englischen Thron zu setzen. Und eine dritte Gruppe wollte nichts von alledem machen, sondern abwarten, die schottischen Grenzen absichern und beobachten, wie die Engländer auf die Schmach von Prestonpans reagieren würden. Sie wollten nicht voreilig agieren und das bisher Gewonnene leichtfertig aufs Spiel setzen. Letztendlich hatten sich alle so in diese Diskussion hineingesteigert, dass jeder nur noch wild durcheinander gesprochen und niemand mehr dem anderen zugehört hatte.

Charles Edward Stuart hatte keine Ahnung, wie solche Besprechungen in Zukunft ablaufen sollten, wenn sie bereits jetzt derartig ausuferten. Er hatte daraufhin versucht, die aufgebrachten Gemüter zu beruhigen, hatte alle zum Schweigen aufgefordert und dann selbst das Wort ergriffen. Er hatte erklärt, dass die Franzosen gerade dabei waren, ein Entsatzheer aufzustellen und mit diesem anschließend nach England segeln würden, um sie in ihrem Kampf zu unterstützen. Hier hatte er eine kleine Pause eingelegt und seine Mitstreiter gemustert, hatte in ihre Gesichter geblickt und sich gefragt, ob sie ihm glaubten. Denn er hatte dies behauptet, obwohl er nicht mit letzter Sicherheit zu sagen wusste, ob seine Worte tatsächlich der Wahrheit entsprachen. Er stand zwar in Kontakt mit Frankreich, doch zum einen dauerte die Überbringung der Botschaften stets sehr lange, und zum anderen gab der französische König nie klare und verlässliche Antworten, sondern redete ständig um den heißen Brei herum und änderte mit jeder neuen Nachricht seine Meinung. Mal sprach er vage davon, dass der Österreichische Erbfolgekrieg sehr gut verlaufen würde und er gedachte, tatsächlich ein Heer aufzustellen und nach England zu schicken, manch anderes Mal hingegen verlor er über die versprochenen Männer kein einziges Wort und versuchte stattdessen, ihn mit irgendwelchen belanglosen und nicht nachvollziehbaren Ausreden hinzuhalten. So hoffte Charles Edward immer noch inständig, dass französische Truppen zur Verstärkung kommen würden, doch er konnte es nicht mit Gewissheit sagen. Da dieser Punkt aber entscheidend war, konnte er zum jetzigen Zeitpunkt keine klare Antwort auf die Frage nach dem weiteren Vorgehen geben. Er musste wohl einen Mittelweg finden, um die vielen Clanchiefs bei Laune zu halten, bis er selbst mehr wusste. Aus diesem Grund hatte er zum Abschluss des Treffens gesagt: »Sobald die Franzosen an der Südküste Englands landen, marschieren wir ihnen von Norden her entgegen, sodass wir den Feind von zwei Seiten gleichzeitig angreifen und damit in die berühmte Zange nehmen!«

Er hatte diese Worte bedächtig gesprochen und dennoch ein verlangendes Feuer bei den meisten seiner Getreuen geschürt. An keinem Tag und an keiner Stunde zuvor war die Hoffnung so groß gewesen. Die Hoffnung auf einen endgültigen Sieg über die Engländer, die Hoffnung auf Freiheit, auf Selbstständigkeit, die Hoffnung auf Ruhe, Wohlstand und Frieden. Diejenigen, die sofort aufbrechen und in England einmarschieren wollten, waren zwar keinesfalls sehr erfreut über diese Antwort, doch auch sie gaben sich zunächst damit zufrieden, denn sie sahen diese Hoffnungen zum greifen nahe und wollten sich deshalb nicht die eigentlich gute Laune verderben lassen.

»Wieso greifen wir nicht jetzt sofort an?«, hatte einer noch zaghaft wissen wollen.

»Jetzt werden wir erst unseren grandiosen Sieg feiern!«, hatte Charles Edward mit einem Grinsen geantwortet. »Die Männer sollen sich ein wenig amüsieren. Dann werden wir sie neu bewaffnen und zu gegebener Zeit nach Süden führen!« Damit war für ihn das Thema vorerst erledigt gewesen. Er hatte sie alle davongescheucht und ihnen befohlen, auf das Fest zu gehen und sich ebenfalls zu vergnügen. Anschließend hatte er sich in seine besten Klamotten geworfen, sich hastig zurecht gemacht und war voller Vorfreude in Richtung des feucht-fröhlichen Festes marschiert.

Nun stand er also vor den großen Saaltüren und hielt noch einen Moment inne, während die laute und fröhliche Musik bereits in seine Ohren drang und ihn wie magisch anzuziehen schien. Doch er widerstand dem großen Drang noch einen weiteren Moment und senkte beinahe andächtig seinen Kopf. Einige lose Gedanken gingen an seinem inneren Auge vorüber, schnelle und kurze Bildfetzen der vergangenen Tage und Wochen tauchten auf, verschwanden wieder, dann musste er plötzlich an seinen Vater denken, ehe er die vielen Toten und Verletzten von der Schlacht bei Prestonpans deutlich sah. Es war kein schöner Anblick. Und am liebsten würde er ihn schnellstmöglich wieder vergessen, doch wahrscheinlich würde er dies nie wirklich können. Und dann stellte er sich die Frage, ob es noch zu viel mehr Schlachten kommen würde? Aber so schnell diese Frage auftauchte, so schnell war sie auch wieder verschwunden, denn plötzlich stieg ihm der Geruch von gebratenem Fleisch in die Nase und sofort galt seine ganze

Aufmerksamkeit wieder dem Fest. Wenn es nach ihm ginge, dann könnte er ständig feiern, täglich ein Festmahl geben und die bewundernden und anschmachtenden Blicke der vielen Damen und jungen Fräulein genießen. Und wie er festgestellt hatte, lag seit seinem rühmlichen Sieg bei Prestonpans noch eine Spur mehr Bewunderung in diesen Blicken. Er wurde nicht mehr nur als jugendlicher Frauenschwarm, sondern nun auch als Held angesehen, als der Mann, der es tatsächlich geschafft hatte, die Engländer aus Schottland zu vertreiben. Bei diesen Gedanken hob Bonnie Prince Charlie seinen Kopf wieder an.

Dann nickte er kaum merklich den Wachen zu, die still und beinahe unsichtbar an der mächtigen Flügeltür standen. Sofort kam Leben in die Männer und sie öffneten die schweren Türen für ihren Prinzregenten. Mit vor Stolz geschwellter Brust trat Charles Edward Stuart ein.

Der Herold, der neben der Tür stand und die jeweiligen Gäste ankündigte, räusperte sich laut, schlug mit seinem Stock hart gegen den Boden, sodass es in dem Saal widerhallte, und verkündete dann mit feierlicher Stimme: »His Royal Highness the Prince Regent!«

Augenblicklich verstummte die Musik. Alle anwesenden Gäste drehten sich zu ihm um und starrten ihn an. Ein Raunen ging durch die Menge, während er kurz still stand und die vielen Blicke genoss. Dann mischte er sich unter die feiernden Gäste, begleitet von frenetischem Applaus und vielen »*Lang lebe Charles Edward Stuart!*«-Rufen. Er schüttelte viele Hände, bekam ununterbrochen die Schultern geklopft und grinste wie ein schelmischer Bub, der gerade seinem verhassten Lehrer einen gelungenen Streich gespielt hatte. Er war der Mann der Stunde. Er war bereits jetzt ein Held.

Bonnie Prince Charlie bahnte sich langsam einen Weg durch die Menge und steuerte das Kopfende der langen Tafel an, die an der Stirnseite des Saales aufgebaut worden war. Seine wichtigsten und mächtigsten Getreuen saßen mit ihm an einem Tisch, die anderen entweder an kleineren Tischen oder hatten einen Stehplatz an den langen Seitenwänden des Saales.

Überall roch es himmlisch nach gebratenem Fleisch, sodass Charles Edward bereits das Wasser im Munde zusammenlief. Doch er musste sich noch einen Moment gedulden, denn er setzte sich nicht direkt hin, als er an seinem königlichen Platz angekommen war, sondern blieb stehen, ergriff den goldenen Kelch und hob ihn hoch. Augenblicklich kehrte wieder Ruhe ein, alle angeregten Gespräche und der Applaus verebbten.

»Schotten … Iren … Engländer … Freunde …«, er sprach diese Worte langsam und mit Bedacht und blickte dabei in die Gesichter der Umstehenden. Seine Hände, in der einen weiterhin den Kelch haltend, hatte er hoch erhoben, zum Zeichen, dass er alle von ihnen ansprach. Es war plötzlich so still, dass man jedes kleinste Rascheln oder Husten im gesamten Saal überdeutlich hören konnte. Einige hatten sogar unweigerlich die Luft angehalten. Charles Edward Stuart fuhr fort: »Wir alle stehen hier nach gewonnenem Kampfe, vereint in einer gerechten und gottgefälligen Sache. Wir stehen hier vereint, den unterschiedlichen Herkunftsorten, den unterschiedlichen Sprachen, dem unterschiedlichen Aussehen zum Trotz. Wir stehen hier vereint, weil wir alle dasselbe Ziel haben, nämlich endlich wieder freie Luft zu atmen. Wir alle lieben unsere Freiheit, lieben unsere Unabhängigkeit und wollen nicht, dass irgendein Fremder, der im fernen London auf einem güldenen Thron sitzt, einem gestohlenen noch dazu, über uns und unser Leben bestimmt!« Er musste eine Pause machen, da ein gewaltiger Zustimmungslärm aufbrandete. Überall wurde mit den Füßen auf den Boden gestampft, in die Hände geklatscht oder laut gebrüllt.

Erst nach einer gefühlten Ewigkeit konnte Bonnie Prince Charlie weitersprechen: »Ich sage euch: Die Zeiten, in denen ein fremder Herrscher fremde Gesetze erlässt, die uns und unserem Wesen, unserer Kultur, unserer Identität aufs Äußerste widersprechen, sind nun endlich vorbei. Viele Jahre und Jahrzehnte herrschten Willkür und Tyrannei, sodass viele unserer Freunde und Familienmitglieder gezwungen waren, ihre Heimat zu verlassen. Sie taten dies gewiss nicht leichtfertig, doch sie sahen keinen anderen Ausweg mehr oder wurden gar verschleppt. Ich verspreche euch hiermit, dass nun andere Zeiten anbrechen und dass niemand seine Heimat verlassen muss, weil er andernfalls fürchten muss, verhaftet zu werden, im finsteren Kerker zu landen oder weil er nicht weiß, wie er seine Familie ernähren soll. Meine Familie, das Haus Stuart, ist nach Jahrzehnten des schweren Exils wieder zurück und wird einen neuen Weg einschlagen. Mein Vater, der König, und ich, der Prinzregent, wir werden gemeinsam für verbesserte Lebensbedingungen sorgen, werden die ungerechten Gesetze und Beschneidungen des Londoner Parlaments zurücknehmen und Garanten für die Freiheit aller sein, die in diesem Land leben. Wir können zwar begangenes Unrecht nicht rückgängig machen, doch wir werden die Betroffenen bestmöglich entschädigen und dafür sorgen, dass nie wieder ein Tyrann Gewalt über unsere Heimat bekommt!« Abermals brandete lauter Jubel auf. »Und ich kann euch versprechen, dass dies nicht bloß leere Worte sein werden, wie es leider oftmals bei vielen Herrschern der Fall ist, nein, ich werde persönlich dafür einstehen, dass all dies auch eingehalten wird. Die Stuarts mögen lange Jahre im Exil in Italien gewesen sein, doch in unseren Herzen waren und sind wir immer Schotten geblieben. Auch ich, obwohl ich bis vor wenigen Monaten nie zuvor einen Fuß in dieses Land gesetzt hatte, bin von Kopf bis Fuß ein Schotte und werde alles dafür tun, um meinem Land zu dienen. Und ich denke, dass ich diesbezüglich bereits einen ersten sichtbaren Beweis geliefert habe, indem ich die englischen Regierungstruppen besiegt und ganz Schottland von der fremden Knechtschaft befreit habe. Doch das war erst der Anfang, meine Freunde, denn ich habe noch viel mehr vor. Und mit eurer Treue und Hilfe wird es mir gelingen, diese Ziele auch zu erreichen. Es ist kein Geheimnis, dass einige von euch zu Beginn, als sie von meiner Landung hörten, skeptisch und zögernd waren, doch dieser Augenblick hier und jetzt ist der Beweis, dass wir gemeinsam alle unsere Ziele erreichen können. Nichts und niemand wird uns aufhalten können, wenn wir nur fest beieinander stehen. Und mit der Hilfe der Franzosen, die bereits Truppen für eine Invasion in England aufstellen, werden wir unbesiegbar sein!«

»Jawohl!«, brüllte einer laut dazwischen.

»Lang lebe der Prinzregent!«

»Ein Hoch auf unseren Prinzen!«

»Gott schütze Charles Edward Stuart!«

Bonnie Prince Charlie genoss die vielen begeisterten Jubelrufe und ließ sich minutenlang feiern. Dann nahm er einen kräftigen Schluck aus seinem Kelch, da er einen ganz trockenen Mund hatte, und hieß anschließend das Festmahl offiziell für eröffnet. Sein Magen hatte während seiner kleinen Rede bereits kräftig zu knurren angefangen, gereizt durch den herrlichen Duft, der den gesamten Saal erfüllte.

Nach der Rede von Bonnie Prince Charlie erhielt der noch recht junge Folksänger Adam Skirving seinen großen Moment, als er seine neueste Komposition vortragen durfte. Sein Lied *Hey, Johnnie Cope, Are Ye Waking Yet?* fand so große Begeisterung unter den Zuhörern, dass er kurz darauf in ganz Schottland berühmt wurde. Sein Spottlied über den geflüchteten General John Cope erlangte schnell überregional Bekanntheit und wurde vor allem von den Anhängern des Hauses Stuart begeistert gesungen.

Und in dieser Nacht machte Bonnie Prince Charlie seinem bereits omnipräsenten Spitznamen wieder volle Ehre. Nicht nur beim gefährlichen Kampf auf dem Schlachtfeld wollte er unbedingt in der ersten Reihe stehen, sondern auch beim balzartigen Schaukampf zwischen den beiden Geschlechtern. Ständig war er von einem Dutzend Frauen umringt, lachte, erzählte Geschichten, flirtete, trank und küsste viele weibliche Münder. Und er sorgte dafür, dass sein Ruf als Frauenschwarm mehr als genug Nahrung erhielt, um selbst in den entferntesten Winkeln Europas noch ein Echo zu finden. Der Prinz war schnell in aller Munde, egal ob bei Hofe oder bei den gemeinen Bauersleuten auf dem Land, jeder sprach von ihm, seinen Ausschweifungen, seinem Coup, seinem Aussehen, seinem Charisma, seiner Leidenschaft, seinem Wagemut und seinen Geschichten. Dass nicht alle dieser Geschichten über ihn stimmten, sondern viele frei erfunden und erlogen waren, kümmerte indes niemanden so recht. Der junge und gutaussehende Prinzregent mit dem einprägsamen Beinamen Bonnie Prince Charlie bot eben bereits jetzt genügend Stoff für zahlreiche Fantasien, Mythen und Legenden.

Kapitel 22

Edinburgh – Holyrood Palace, 4. November 1745

»Oh, wie ich sehe, sind bereits alle versammelt«, murmelte Charles Edward Stuart von seinem Standpunkt an der Tür aus und blickte hastig in die Runde. Dann trat er ganz in den Raum, genauer gesagt in die königlichen Gemächer des Holyrood Palace, schloss die schwere Tür hinter sich zu und stolzierte zu seinem Ehrenplatz. Diese Räumlichkeiten waren einst schon von der berühmten und in Schottland bis heute verehrten Maria Stuart bewohnt worden, als sie 1561 nach ihrem Aufenthalt in Frankreich in ihr Heimatland zurückkehrte. Hier hatte sie auch ihren Cousin Henry Stuart und später ihren letzten Ehemann James Hepburn geheiratet. Außerdem war ihr Sekretär David Rizzio hier vor ihren eigenen Augen ermordet worden. Diese Gemächer hatten also schon einiges zu sehen bekommen. Und nun war er, Charles Edward Louis Philip Casimir Stuart, der Prinzregent, der Herr über diese königlichen Gemächer.

An seinem Ehrenplatz angekommen, ließ er sich aufseufzend nieder und langte sofort zu dem Krug mit dem Wein. Während er sich einschenkte, fragte er ohne aufzublicken: »Also, wie sieht es aus?«

»Die Männer werden langsam unruhig«, meinte Thomas Sheridan und blickte Bonnie Prince Charlie eindringlich an. »Seit unserem Sieg bei Prestonpans sind mehrere Wochen vergangen, doch noch immer sitzen wir hier in Edinburgh und warten ab. Und von den Franzosen ist weit und breit keine Spur auszumachen.«

»Meint Ihr vielleicht, dass mir diese ungewisse Situation gefällt?«, fragte Charles Edward gereizt zurück und klopfte mit seinen Fingern nervös auf dem Tisch herum. Es war nicht das erste Mal, dass sie dieses Thema ansprachen. Doch ein klares Ergebnis ließ auf sich warten, denn immer noch schwankten die verschiedenen Meinungen sehr stark. Nachdem er einen Schluck genommen hatte, meinte er: »Wenn es allein nach mir ginge, dann säße ich auch bereits auf dem englischen Thron! Bis hierher haben wir Großes geleistet. Nicht wenige waren skeptisch und haben uns dies nicht zugetraut, nicht zuletzt der englische Usurpator und dessen englisches Parlament. Mit der Erlangung der schottischen Krone ist ein wichtiger Teil meiner Mission erreicht, doch damit bin ich noch lange nicht am Ziel angelangt! Ich möchte mir so schnell es geht auch die englische Krone holen!« Nachdem er geendet hatte, wurde er nachdenklich, sodass für einige Minuten Stille im Raum herrschte. Anscheinend erwarteten sie weitere Worte von ihm.

Irgendwann griff William Murray zu dem Krug mit Wein und schenkte sich davon etwas in seinen Becher ein, sodass ein leises Gluckern zu hören war, anschließend war es wieder vollkommen ruhig.

Charles Edward überlegte. Er hatte eigentlich auf die Landung der Franzosen abwarten wollen, um mit deren Hilfe gen Süden vorzustoßen, doch die versprochenen Soldaten ließen weiterhin auf sich warten. Mittlerweile war er sich nicht einmal mehr sicher, ob der französische König seine eigentlich getätigte Zusage noch einhielt. Zwar hatte er Berichte erhalten, denen zufolge tatsächlich Männer angeworben wurden, doch die Zeit spielte eindeutig gegen sie. Der Winter hielt unaufhaltbar seinen Einzug ins Land und machte eine sichere Überfahrt von Frankreich nach England mit jedem weiteren Tag unwahrscheinlicher. Bald schon würden die Stürme auf der See zu stark sein, um eine solche Unternehmung noch zu wagen. Dann wäre erst wieder im Frühjahr eine Überfahrt möglich, doch bis dahin konnte eine Menge passieren. Und er wollte eigentlich auch nicht so lange hier herumsitzen und abwarten, denn diese Zeit konnten der englische Usurpator und dessen Parlament nutzen, um Gegenmaßnahmen zu ergreifen. Sie hatten ihn eindeutig unterschätzt, ihn und seine Fähigkeiten, doch spätestens seit seinem Sieg bei Prestonpans wurde er von allen ernst genommen. Und während er hier in Edinburgh saß, konnten sie sich, in Erwartung eines Angriffs aus dem Norden, rüsten. Einen Alleingang ohne die Hilfe der Franzosen hatte er bislang jedoch für zu riskant empfunden, zumal die Bewaffnung seiner Männer immer noch sehr mangelhaft war. Zwar hatten sie gute Beute gemacht und standen eindeutig besser da als noch vor Monaten, aber dennoch konnten sie kampftauglichere Waffen und ein wenig Unterstützung sehr gut gebrauchen.

»Wo bleiben die Franzosen?«, räusperte sich Ranald MacDonald und stellte damit die eine Frage, die allen so furchtbar auf den Lippen brannte.

Charles Edward fuhr aus seinen Gedanken auf. »Wie es aussieht, dauert es noch ein wenig, bis die Franzosen endlich aufbrechen. Aber sie werden kommen, das kann ich garantieren!«

William Murray schnaufte verächtlich auf. »Die Franzosen sind ein unzuverlässiges Volk! Das habe ich schon immer gesagt!«, rief er mit erhobenem Zeigefinger.

»Wir können aber doch nicht weitere Wochen oder gar Monate untätig herumsitzen und nichts tun!?«, eiferte sich nun auch Clanchief Donald Cameron of Lochiel. »Wir hätten direkt nach Prestonpans zuschlagen sollen!«

»Vermutlich«, meinte Bonnie Prince Charlie. »Aber das bringt uns nun auch nicht weiter, denn das Rad der Zeit vermag auch ich nicht zurückzudrehen.«

»Wir brauchen doch diese verdammten Franzosen nicht!«, eiferte sich William Murray und wandte sich dann direkt an Charles Edward. »Vergesst nicht, dass Ihr lediglich mit sieben Mann hier gelandet seid. Und nun seht, wie weit Ihr es gebracht habt und wie viele Männer heute unter Eurem Kommando stehen!«

Lord Elcho pflichtete William Murray bei. »Wer es schafft, mit gerade einmal sieben Gefährten ein Königreich wie Schottland zu erobern, der wird keine Probleme haben, mit einer Armee von über fünftausend Mann ganz England zu annektieren!«

»Wir verstehen uns«, grummelte William Murray in Lord Elchos Richtung und nickte mit dem Kopf.

»Ich denke, dass dieser Vergleich irreführend ist«, schaltete sich Aeneas MacDonald ein. »Wir haben nun nämlich eine ganz andere Ausgangssituation. Das Überraschungsmoment war auf unserer Seite und wir hatten auch nichts zu verlieren. Doch die Engländer sind nun gewarnt und wissen, dass sie uns ernst nehmen müssen. Sie werden London nicht kampflos aufgeben und sich uns mit allem in den Weg stellen, das sie aufzubieten vermögen.«

»Warum solch ängstliche Gedanken?«, reizte William Murray.

»Das hat rein gar nichts mit Angst zu tun!«, hielt Aeneas MacDonald dagegen. »Was ich sagen wollte, ist doch nur, dass …«

»Ihr seid Bankier«, fuhr der Marquis of Tullibardine ihm dazwischen. »Und als solcher solltet Ihr doch wissen, dass sich Geld nicht von alleine vermehrt, habe ich recht?«

»Natürlich, aber was …«

»Um aus wenig Geld viel zu machen, müsst Ihr es gut anlegen. Das habt Ihr auch vor unserem Aufbruch mit dem Geld des Prinzregenten gemacht.«

»Ja, aber …«

»Jede Anlage birgt gleichzeitig aber auch ein gewisses Risiko, das wisst Ihr. Ohne Risiko gibt es auch keinen Gewinn. Was ich damit sagen will: Natürlich wird es nicht einfach, nun auch die englische Krone zurückzuholen, doch das hat auch nie jemand behauptet. Jeder Krieg und jede Schlacht bedeuten immer ein gewisses Risiko, da niemand vorhersagen kann, wie solch ein Kampf letzten Endes ausgeht. Doch ich denke, dass wir uns nicht verstecken müssen, vielmehr sollte es unser Feind tun. Wir sind zahlenmäßig stark angewachsen und die Motivation unserer Männer ist nach wie vor ungebrochen. Das reicht, um eventuelle Mängel im Bereich der Ausrüstung wettzumachen.«

»Ihr schlagt also vor, so bald wie möglich gen Süden zu marschieren?«, hakte Charles Edward nach.

»Ja. Wir sollten sofort aufbrechen, um keine weitere Zeit mehr zu verlieren. Der Winter ist nah, doch die Zeit, die wir bis zu den schweren Schneestürmen haben, sollten wir noch nutzen! Und wenn dann zu gegebener Zeit auch noch die Franzosen zu uns stoßen, wie Ihr uns versichert, dann ist es die einzig richtige Vorgehensweise.«

Bevor Zusprüche oder Widerworte folgen konnten, klopfte es von außen lautstark gegen die Tür.

»Wer da?«, wollte Thomas Sheridan wissen und stand auf.

»Ich bringe eine persönliche Botschaft für den Prinzregenten«, kam es sogleich zurück.

»Tritt ein!«

Die Tür ging auf und ein junger, zierlicher Bursche von vielleicht zwanzig Jahren trat ein. Er trug einen typischen Kilt, seine Haare waren aber wild zerzaust und an seinen Füßen haftete kniehoch Dreck und Schlamm.

Thomas Sheridan winkte den jungen Boten heran, gleichzeitig gab er den anderen Anwesenden ein Zeichen, den Raum zu verlassen, damit Charles Edward den Boten in Ruhe empfangen konnte.

Doch Bonnie Prince Charlie winkte schnell ab und befahl dem Boten, frei vor allen zu sprechen. Und auch wenn von seinen Gefährten und Beratern sich in diesem Moment niemand etwas anmerken ließ, rechneten sie ihm dies hoch an, denn es zeigte sein Vertrauen in sie und dass er keine Geheimnisse hatte. Er war zwar unumstritten der Herrscher in diesem Raum, doch er ließ sie diese Tatsache oftmals nicht so deutlich spüren, wie sie es teilweise von anderen Königen und Fürsten gewohnt waren. Vielmehr gab er sich ihnen nahe, wie übrigens auch dem Volk gegenüber, wofür er von allen geliebt wurde.

»Wie Ihr wünscht, königliche Hoheit«, keuchte der Bote und trat näher heran. So wie er aussah, musste er gerade eben erst in Edinburgh eingetroffen sein. Allerdings ignorierte er die vielen Blicke wegen seines Aussehens und konzentrierte sich auf seine Botschaft. »Ich bringe Kundschaft aus England«, verkündete er mit fester Stimme, die in einem gewissen Gegensatz zu seinem schmalen Körper stand.

»Aus England? So sprecht!«, rief Thomas Sheridan voreilig, hatte sich aber schnell wieder im Griff.

»Ich habe mich sofort auf den Weg gemacht, um Euch zu benachrichtigen«, fuhr der Bote an Charles Edward gewandt fort.

»Und zwar bringe ich Kunde über Wilhelm August, den Duke of Cumberland und Sohn des englischen Usurpators Georg II.«

Charles Edward sank tiefer in seinen Sessel, da er bereits jetzt ahnte, was kommen würde. Dennoch hörte er dem jungen Burschen aufmerksam zu. Sicherheitshalber schielte er schon in Richtung des Weinkruges, um sich sogleich nachzuschenken. Und seine Befürchtung sollte sich nur Sekunden später bewahrheiten.

»Der Duke of Cumberland hat den europäischen Kriegsschauplätzen des Österreichischen Erbfolgekrieges den Rücken zugewandt und ist mit seiner Armee nach England zurückgekehrt!«

Ein aufgeregtes Gemurmel brandete auf, das sich jedoch rasch zu einem orkanartigen Sturm entwickelte. Diese Neuigkeit hatte die gleiche verheerende Wirkung wie eine abgefeuerte Kanonenkugel in eine dicht gedrängte Menschenmenge.

»Was? Das darf nicht wahr sein!«, rief Ranald MacDonald. »Seid Ihr sicher? Wie zuverlässig ist diese Nachricht?«

»Verdammt!«, zischte William Murray.

»Der hat uns gerade noch gefehlt!«

»Seine Ankunft kann nur eines bedeuten!«

»Wir hätten zuschlagen sollen, als wir die einzigartige Möglichkeit dazu hatten!«

»Beruhigt Euch, Männer!«, rief Charles Edward und mahnte seine Getreuen zu Ruhe und Ordnung. Doch zunächst schien ihn niemand zu hören, denn alle waren sie aufgesprungen und redeten wild durcheinander. Sie gestikulierten hektisch mit den Händen, schlugen mit den Fäusten auf den Tisch ein und drängten sich zu guter Letzt um den jungen Boten, um mehr Informationen aus ihm herauszubekommen.

»Ruhe!«, brüllte Bonnie Prince Charlie und griff sich seine Pistole, um einen Schuss abzugeben. Und erst als der laute Knall durch die königlichen Gemächer hallte, kehrte endlich die gewünschte Stille ein. Alle waren sie plötzlich mucksmäuschenstill, drehten sich zu ihm um und blickten ihn erstaunt an. Die Zeit schien einen kurzen Moment wie angehalten, ehe die Türen aufgeschlagen wurden und die alarmierten Wachen hereinstürmten.

»Nichts passiert«, sprach Thomas Sheridan schnell und erklärte ihnen die ungewöhnliche Situation, sodass die Wachen vorsichtig nickten und den Raum wieder verließen.

Charles Edward nickte seinem väterlichen Mentor dankend zu, ehe er sich dem verängstigten Boten zuwandte. »Berichte ausführlich, was du gesehen hast! Ist der Österreichische Erbfolgekrieg etwa vorüber?« Hoffnung schwang in seiner Stimme mit, denn wenn dem so war, dann könnte der französische König sich endlich voll und ganz auf die Invasion Englands konzentrieren und noch mehr Männer hierfür bereitstellen.

Der Bursche fasste sich und holte dann aus: »Der Österreichische Erbfolgekrieg ist leider noch nicht vorüber, die Kämpfe dauern unvermindert an.«

»Verdammt!«, entfuhr es Charles Edward versehentlich.

Der Bote fuhr mit ruhiger Stimme fort: »Allein der Duke of Cumberland hat seine Kampfhandlungen im nördlichen Grenzgebiet zu Frankreich eingestellt und sich mit seinen Truppen aus dem Kriegsgeschehen zurückgezogen. Am achtundzwanzigsten Oktober ist er mit starken Kampfverbänden im Süden Englands gelandet und von dort weiter nach London marschiert, um sich mit seinem Vater zu beratschlagen. Die Gespräche zwischen den beiden dauern noch an, doch wie es aussieht, wird sich bald ein starkes englisches Heer nach Schottland aufmachen.«

Stille hatte die erhitzten Gemüter erfasst. Jeder hing seinen ganz eigenen Gedanken nach. Es dauerte dann auch eine ganze Weile, bis Thomas Sheridan sich räusperte, dem Boten dankte, ihm eine Münze zusteckte und dann einen Diener rief, der dem Boten eine Kammer zuweisen und ihm etwas zu Essen bringen sollte.

»Georg II. muss mächtig Angst haben, wenn er seinen Sohn und dessen Armee aus den umkämpften Niederlanden abzieht und nach England zurückholt. Solch einen drastischen Schritt macht man nicht ohne Weiteres«, schlussfolgerte Colonel John William O'Sullivan. »Man steigt nicht aus einem Krieg aus, der noch in vollem Ausmaß tobt!«

»Und wir haben wohl eine einmalige Gelegenheit verpasst«, knurrte William Murray erneut, diesmal aber mit leicht trauriger Stimme. »Denn nun wird es für uns ungleich schwerer.«

»Der Duke of Cumberland gilt aber nicht gerade als herausragender Heerführer, wenn ich das anmerken dürfte«, meinte Ranald MacDonald. »Wenn ich mich recht erinnere, dann hat er zusammen mit dem niederländischen General Königsegg erst letzten Mai die Schlacht bei Fontenoy verloren. Gegen Moritz Graf von Sachsen.«

»Die *Irische Brigade* in Diensten der französischen Armee war an der Niederlage der Engländer nicht ganz unbeteiligt«, stellte Thomas Sheridan mit gewissem Stolz fest. »Einige dieser Teufelskerle kämpfen mittlerweile in unseren Reihen und sie erzählen diese Geschichte immer wieder gerne … Aber das tut momentan nichts zur Sache. Die Frage ist nun, was werden Georg II. und sein Sohn konkret unternehmen?«

272

»Noch wichtiger ist: Was werden *wir* unternehmen?«, korrigierte Chief Donald Cameron.

»Diese Nachricht verändert vieles«, stellte Lord Elcho mit gedämpfter Stimme fest. »Eine Invasion Englands wird dadurch um ein Vielfaches schwieriger umzusetzen sein … sofern sie erfolgreich ablaufen soll.«

»Und wenn die Engländer nicht bereits vorher in Schottland einfallen!«

»Dann wären wir gezwungen, uns hier zu verteidigen.«

»Ich fasse zusammen«, meinte Bonnie Prince Charlie. »Wir können uns in Schottland, genauer gesagt in den Festungen, verstecken und auf die Engländer warten und sie dann zurückschlagen. Eventuell gelingt es uns, sie so vernichtend zu schlagen, dass wir im Gegenzug unsere geplante Invasion durchführen können. Mit etwas Glück ist zu diesem Zeitpunkt dann auch endlich die Verstärkung des französischen Königs eingetroffen. Die andere Möglichkeit wäre eine gnadenlose Offensive zum jetzigen Zeitpunkt. Und zwar ohne die Hilfe der Franzosen. Dann hätten wir das Heft in der Hand und könnten frei agieren, anstatt nur zu schauen, was der Feind macht, um anschließend darauf zu reagieren.«

»Ich stimme für die zweite Variante«, meinte Lord Elcho sofort. »Ich bin beileibe kein Freund davon, dem Feind freie Hand zu gewähren, und schon gar nicht, wenn es sich dabei um die verdammten Engländer handelt. Wenn wir jetzt unsere Offensive starten, dann können wir dem Gegner unseren Willen aufzwingen, andernfalls riskieren wir, dass die Engländer ihre Strategie voll zur Entfaltung bringen können. Und wie das dann ausgeht, weiß niemand zu sagen.«

»Ihr würdet jetzt auch ohne die Franzosen marschieren?«, hakte Colonel John William O'Sullivan nach.

»Jederzeit. Wir haben es bis hierher auch ohne die Hilfe der Franzosen geschafft. Wir haben gerade einen guten Lauf und wären dumm und töricht, wenn wir das nicht ausnutzen. Außerdem sollten die Franzosen ja früher oder später zu uns stoßen. Und mit den zusätzlichen Truppen werden wir London dann überrennen, sage ich euch! Wir brauchen also nur ein wenig Zeit, bis die Franzosen eintreffen.«

»Wir sollten aber das Wetter nicht unterschätzen«, merkte Francis Strickland an, dem es nichts auszumachen schien, dass so abfällig gegen die Engländer geredet wurde. Aber im Grunde war es ja auch so, dass es gar kein Engländer war, der da auf dem englischen Thron saß, sondern ein Hannoveraner. Und auch die englischen Truppen bestanden nur zu einem recht übersichtlichen Teil aus Engländern, die Mehrheit der Männer stammte aus anderen Ländern, teilweise auch aus Schottland. Aber im Allgemeinen wurde einfach die Bezeichnung *Engländer* verwendet, um den Feind zu bezeichnen, was vermutlich auch daran liegen mochte, dass die Engländer bei den Schotten und Iren zutiefst verhasst waren, und auf diese Weise konnte man die Krieger wesentlich leichter für den Kampf motivieren. Das mit den Nationalitäten war ohnehin manchmal eine seltsam anmutende Sache. In der französischen Armee etwa war Englisch die Kommandosprache. Da nun viele sogenannte *Irische Wildgänse*, deren Muttersprache wie bei den Schotten eine Art des Gälischen war, ihren Dienst in der französischen Armee versahen, erwarben sie dort ihre ersten Englischkenntnisse.

»Francis hat recht«, meinte nun auch Reverend George Kelly. »Sobald der Winter mit aller Härte über das Land kommt, wird es nicht leicht sein, die Kampfhandlungen aufrecht zu erhalten. Das Vorankommen wird schwieriger werden, da der Boden durch den Schnee aufweicht, der Transport der erbeuteten Kanonen wird dann kaum zu realisieren sein, die Nachschublinien werden ebenfalls Probleme bekommen und die Männer werden frieren und ihre Kampfmoral wird selbstverständlich ebenfalls sinken.«

»Aber diese Probleme haben auch die Engländer«, knurrte William Murray.

»Aber die können sich in ihren Festungen verstecken, während wir auf offenem Feld liegen.«

»Es könnte aber durchaus sein, dass sie sich zu einer offenen Feldschlacht bewegen lassen, denn wie sähe es aus, wenn sich die Engländer hinter ihren Mauern verstecken?«

»Offene Feldschlachten sind aber nur bedingt zu unserem Vorteil«, warf Thomas Sheridan dazwischen. »Bedenkt, dass wir keine große Kavallerie haben und dass unser Kampfstil … naja, etwas veraltet ist im Vergleich zu der modernen Kampfweise der gut trainierten und gedrillten englischen Truppen.«

»Das hat diesen Affen bei Prestonpans auch nichts genutzt!«, lachte William Murray schadenfroh auf.

»Wir dürfen aber nicht Prestonpans als Grundlage für alle noch kommenden Schlachten hernehmen!«, warnte Thomas Sheridan und einige weitere Männer stimmten ihm zu. »Was meint Ihr, königliche Hoheit?«

Charles Edward blickte ruhig in einige Gesichter, ehe er antwortete: »Ich muss gerade an zwei Personen denken.« Thomas Sheridan kratzte sich aufgrund dieser Aussage am Kopf, doch noch ehe er nachfragen konnte, fuhr der Prinzregent auch schon fort:

»Zum einen an Hannibal Barkas und zum anderen an Friedrich III.«

»So? Warum ausgerechnet an diese beiden?«, wollte Reverend George Kelly neugierig wissen. »Was haben diese beiden und schon längst verstorbenen Persönlichkeiten mit uns und unserer jetzigen Situation zu tun?«

»Nun, Hannibal, der große Heerführer Karthagos, gilt bis heute als einer der besten Heerführer der gesamten Antike, der es sogar mit den scheinbar übermächtigen Römern aufnahm. Er war damals in einer äußerst misslichen Lage, zögerte jedoch nicht, ging voran, marschierte in einem waghalsigen Unternehmen über die Alpen, sogar mit Kriegselefanten, überraschte so die Römer und fügte ihnen eine verheerende Niederlage zu. Er versteckte sich nicht, wartete nicht darauf, was der Feind plante, sondern ging mutig in die Offensive und bedrohte den Feind in dessen eigenem Territorium.«

»Und Friedrich III.? Der war aber alles andere als ein Hannibal Barkas«, meinte Aeneas MacDonald.

Bonnie Prince Charlie nickte. »Ich möchte zwar beileibe nicht die Errungenschaften von Friedrich III. kleinreden, doch er galt als unentschlossen, passiv und defensiv, der viele Probleme einfach aushockte und sich ihrer nicht annahm. Manche seiner Zeitgenossen nannten ihn angeblich hinter vorgehaltener Hand eine Schlafmütze.«

»Äußerst nett, aber ich verstehe immer noch nicht ganz, was das nun mit uns zu tun haben soll?«, meinte John MacDonald. »Ergeht dies nur mir so?«

»Ganz einfach«, klärte Bonnie Prince Charlie auf. »Ich möchte keinesfalls als Schlafmütze in die Geschichte eingehen!«

276

»Ihr wollt lieber ein Hannibal Barkas sein«, rief William Murray zufrieden und haute mit seiner Faust auf den Tisch. »Das lobe ich mir!«

»Das heißt, dass wir gen Süden marschieren?«, fragte Ranald MacDonald noch einmal nach.

»Wir ziehen nach Süden! Auf nach England!«, rief Charles Edward Stuart. »Auf nach England!«

Kapitel 23

Grenze zu England, 8. November 1745

Bittere Kälte hatte sich über das Land gelegt und drückte auch auf die Stimmung der Krieger, die in einer schier endlosen Kolonne gen Süden marschierten. Als sie vor wenigen Tagen in Edinburgh aufgebrochen waren, waren die Männer noch guter Laune gewesen, hatten wie üblich fröhlich gesungen und waren schnellen Schrittes gelaufen. Doch mittlerweile waren die Füße schwer, die Glieder durchgefroren und die Mägen begannen langsam zu knurren, da die Nachschubwägen ständig im Schnee oder in riesigen Schlammlöchern stecken blieben und nicht so schnell nachgeführt werden konnten. Höchstens zwei Personen liefen nebeneinander her, da der Zustand der schmalen Wege mittig noch am besten war. Je weiter man sich aber davon entfernte, desto unebener, weicher und morastiger wurde der Untergrund. Die Wägen mit dem Proviant und dem Sold waren jedoch so breit, dass die Reifen links und rechts ständig einsanken oder gar zu brechen drohten. Die wenigen Pferde, die zur Verfügung standen, waren größtenteils vor die Karren gespannt worden, doch auch sie hatten mittlerweile schwer mit der Müdigkeit zu kämpfen, sodass sie immer öfter durch Männer ersetzt werden mussten. Natürlich war diese Aufgabe bei den Kriegern nicht sehr beliebt, weshalb hier und da gemurrt wurde. »Wir sind Krieger und keine Zugpferde!«, hatte jemand angesäuert gerufen, sich dann aber doch wieder bereitwillig einspannen lassen. Bonnie Prince Charlie schrieb dies dem Wesen der Highlander zu, die gerne über dies oder das murrten, aber wenn es darauf ankam, ohne zu Zögern in die Hände spuckten und kräftig anpackten.

Deshalb sagte er auch nichts, ließ die Männer frei heraus fluchen und grinste in sich hinein. Er selbst packte auch immer wieder mit an, was ihm anfänglich verwunderte Blicke eingebracht hatte, aber eben auch den Respekt seiner Krieger, die vieles von einem Prinzregenten erwartet hätten, aber keinesfalls, dass er sich die Hände schmutzig machte wie ein gemeiner Kerl. Die anstrengende körperliche Arbeit hatte aber auch noch einen anderen Vorteil, wie Charles Edward zufrieden feststellte, denn dadurch wurde ihm wenigstens ein bisschen warm. Hin und wieder gönnte er sich zudem einen kleinen Schluck Whisky, der ihn von innen her wärmte. Er musste jedoch aufpassen, nicht seinen gesamten Vorrat auf einmal zu trinken, denn die Versuchung war sehr groß. Es war einfach ein herrliches Gefühl, wenn das sanfte Brennen in seiner Kehle einsetzte, sich langsam tiefer in seiner Brust ausbreitete und ihm kurzzeitig die Schweißperlen auf die Stirn trieb, der klirrenden Kälte zum Trotz. Zum Glück war er ein erfahrener Trinker, sodass er einiges vertrug und nicht drohte, irgendwann besoffen umzukippen oder vom Pferd zu fallen. Denn wenn er nicht gerade beim Schieben und Ziehen der Wägen mithalf, dann ritt er die lange Kolonne seiner Armee entlang, schaute, dass alles in Ordnung war und dass der Zug gut vorankam. Er sprach den Kriegern Mut zu oder hörte sich ihre Sorgen und Probleme an, manchmal lauschte er aber auch nur einer guten Geschichte, die einer der zumeist älteren Highlander zum Besten gab. In aller Regel waren es Geschichten aus vergangenen Kriegen, Heldentaten oder lustige Erinnerungen, manchmal aber auch traurige Erzählungen, sodass anschließend ein nachdenkliches Schweigen in den Reihen der Männer herrschte. Aber nur, bis einer der Dudelsackspieler das Spielen anfing und die Männer irgendwann die Melodie leise mitsummten.

Bonnie Prince Charlie hatte mittlerweile gelernt, dass die Dudelsackspieler und die Trommler ein ganz wichtiger Bestandteil seiner Armee waren und nicht nur irgendwelche Musiker, die scheinbar für ein bisschen Unterhaltung sorgten. Die Piper und Drummer waren mitunter das Herzstück der Armee, denn sie gaben den Takt vor, sorgten für gute Laune, gaben Signale, bliesen zur Aufstellung, sie machten Mut, gaben Kraft, schüchterten den Feind ein, indem sie einen ohrenbetäubenden Lärm machten, und standen symbolisch für die Kampfkraft der Krieger. Sie waren identitäts- und kulturstiftend und erzeugten ein ungemein großes Zusammengehörigkeitsgefühl. Es war ein Stück Heimat, das überall hin mitgenommen werden konnte, selbst mit in den Krieg, mit nach England. In gewisser Weise waren sie vergleichbar mit dem heimischen Whisky, denn auch sie wärmten Körper und Geist, eben nur auf eine andere Art und Weise. Eine schottische Armee ohne Dudelsackspieler und Trommler war im Grunde unvorstellbar. Wahrscheinlich würden die Männer sich dann weigern zu kämpfen oder würden erst gar nicht mit in den Krieg ziehen.

Bonnie Prince Charlie ritt schließlich an die Spitze des Zuges, den William Murray und einige andere treuen Gefährten anführten, und überzeugte sich persönlich davon, dass auch hier alles in bester Ordnung war. Nach und nach ließ er sich dann wieder zurückfallen, lenkte sein Pferd an den Wegesrand und ließ seine Männer an ihm vorüberziehen. Die Krieger blickten zu ihm auf, wenn sie vorübergingen, grüßten ihn und neigten ehrerbietig ihre Häupter.

Irgendwann tauchten Thomas Sheridan, Colonel John William O'Sullivan und Ranald MacDonald auf und gesellten sich zu ihm. Auch die anderen Heerführer und Clanchiefs ritten hin und wieder auf und ab, um die lange Marschkolonne zu kontrollieren, damit niemand aus der Reihe tanzte, nirgendwo eine große Lücke entstand und alles möglichst zügig vorwärts ging, denn sie durften nicht trödeln und dadurch kostbare Zeit verlieren.

»Seid Ihr bereits zu Eis erstarrt, königliche Hoheit?«, wollte der Colonel lachend wissen, da Charles Edward bewegungslos auf seinem Pferd saß und sich kaum bewegte.

»Ich hoffe, Ihr würdet mich in solch einem Fall wieder auftauen«, gab Bonnie Prince Charlie zurück, zog seinen dicken Wintermantel fester um seinen Körper und fügte dann nach einer kleinen Pause hinzu: »Ich kann es kaum glauben, doch auf einmal vermisse ich die sengend heiße Sonne in Frankreich.«

»Dort ist es momentan nicht gerade sehr viel wärmer«, meinte Thomas Sheridan schulterzuckend. »Aber ich verstehe, was Ihr meint.«

»Damals habe ich mich über die viel zu warme Sonne beschwert, und über den Schweiß, der einem ständig von der juckenden Perücke ins Gesicht lief, nun jedoch wäre ich froh, wenn die Sonne sich wenigstens ein oder zwei Stunden am Tag blicken lassen würde. Mehr würde ich gar nicht verlangen.«

»Wir werden bald unser Nachtlager aufschlagen«, meinte Ranald MacDonald, »dann können wir uns ein gemütliches Feuer anzünden und die eiskalten Zehen wieder auftauen.«

»Ein himmlischer Gedanke«, seufzte Bonnie Prince Charlie.

»Sofern meine Zehen bis dahin nicht abgefroren sind!«, warf Colonel O'Sullivan dazwischen. »Ich kann meine Fußspitzen schon gar nicht mehr richtig spüren. Diese verdammten Stiefel sind außerdem viel zu klein und drücken, dass es zum verrückt werden ist.«

»Wieso habt Ihr Euch in Edinburgh keine neuen Stiefel besorgt?«, wollte Thomas Sheridan wissen.

»Oh, ich hatte durchaus ein neues Paar, aber …«

»Aber?«

»Nun, äh, die hat nun ein anderer«, gab O'Sullivan zähneknirschend zu.

»Ein anderer? Wie kommt das?«

»Unwichtig!«

»Mich würde das schon interessieren.«

»Könnten wir bitte das Thema wechseln?«

»Nun sagt schon!«

»Ich denke, dass das hier niemanden interessiert …«

»Nun, dann werde ich es für Euch sagen«, grinste Ranald MacDonald.

»Das wagt Ihr nicht!«

»Er hat sie beim Würfelspiel verloren. So, nun ist es raus!«

»Ihr würfelt?«, fragte Charles Edward erstaunt nach.

»Nun, eigentlich habe ich ja schon vor langer Zeit damit aufgehört«, knurrte der Colonel. »Aber dieser Hund namens Aeneas MacDonald hat mich zu einer kleinen Partie überredet, die ich seiner Meinung nach keinesfalls verlieren konnte.«

Charles Edward Stuart, Thomas Sheridan und Ranald MacDonald grinsten sich gegenseitig schief an, sagten aber kein Wort. Sie wussten, dass der Colonel ein schlechter Spieler war und sich deshalb vor langer Zeit geschworen hatte, damit aufzuhören. Sie wussten aber ebenso über die Gerissenheit und Überzeugungskraft des Aeneas MacDonald Bescheid.

Colonel O'Sullivan bekam das Grinsen seiner Kameraden aber nicht mit, da er so tief in seiner Erzählung vertieft war. »Ein saftiger Gewinn sollte auf mich warten«, murmelte er. »Verlieren? Ausgeschlossen! Von wegen!«

»Unser Aeneas ist doch Bankier«, sagte Thomas Sheridan mit einem leicht tadelnden Unterton. »Und zwar einer, der sein Handwerk sehr gut versteht. Das sollte Euch doch mittlerweile nur zu gut bekannt sein!«

»Danke für den Hinweis«, grummelte der Colonel sarkastisch zurück.

»Die kalten Füße sollten Euch deshalb eine Lehre sein«, setzte Ranald MacDonald oben drauf.

»Jaja, macht euch nur weiter über mich lustig! Aber Aeneas fand es im Nachhinein nicht mehr so lustig, als ich ihm eine kleine Abreibung verpasst habe!«

»Ah, deshalb erschien er für zwei Tage weder zu den Festlichkeiten noch zu unseren Beratungen«, rief Charles Edward. »Daran wart Ihr also schuld.«

»Schuld war allein er selbst«, verteidigte sich O'Sullivan. »Der wird es sich das nächste Mal besser überlegen, ob er mich noch einmal über das Ohr hauen will!«

»Habt Ihr, königliche Hoheit, nicht auch mit Aeneas gewürfelt?«, wollte Ranald MacDonald von Bonnie Prince Charlie wissen.

Doch der hörte bereits nicht mehr zu, sondern hatte einen Punkt auf einem nahen Hügel ins Auge gefasst. Er kniff die Augen zusammen, um besser sehen zu können, während seine Hand automatisch in Richtung seines Gewehres wanderte.

»Was ist los?«, wollte Thomas Sheridan sofort wissen. »Was habt Ihr?«

»Seht nicht alle auf einmal direkt dorthin!«, mahnte Charles Edward und deutete dann vorsichtig mit seinem Kinn in Richtung des Hügels. »Verhaltet euch weiter möglichst unauffällig, aber sagt mir zeitnah, was ihr auf dem Hügel dort drüben seht!«

»Ich kann dort nichts erkenn… Moment! Da stehen einige Personen«, flüsterte Ranald MacDonald.

»Ihr müsst nicht leise sprechen!«, meinte Charles Edward. »Wir sind zu weit entfernt, als dass sie uns hören könnten. Außerdem sollten wir uns nicht anmerken lassen, dass wir sie entdeckt haben und uns ganz normal verhalten, denn so wie ich das sehe, sind das nicht ein paar arme Bauern, die zufällig dort oben stehen, sondern wahrscheinlich Späher, die uns gezielt beobachten.«

»Späher? Hier?«, fragte der Colonel ungläubig nach. »Sind wir dafür nicht noch ein wenig zu …«

»Nein, das könnten durchaus Späher des Feindes sein«, unterbrach Thomas Sheridan und stimmte Charles Edward zu. »Vielleicht habt Ihr es nicht mitbekommen, aber wir haben heute Morgen die Grenze zu England überschritten. Wir sind jetzt ganz offiziell auf feindlichem Boden!«

»Und natürlich schickt Georg II. Späher und Spione aus, da er wissen möchte, wo wir uns befinden, welchen Weg wir nehmen, was wir vorhaben und wie stark unsere Armee ist. Genaue Informationen über den Feind sind unerlässlich, wenn man einen Krieg gewinnen möchte.«

»Wir sind also in England«, murmelte O'Sullivan nachdenklich. »Sieh einer an, das habe ich tatsächlich nicht mitbekommen, ich habe die Grenzsteine beim besten Willen nicht gesehen. Aber ich habe seit heute Morgen so einen merkwürdigen Geruch in der

Nase. Ich frage mich schon die ganze Zeit, was hier so komisch riecht. Jetzt weiß ich es: die Engländer!«

Bonnie Prince Charlie und die anderen lachten lautstark über diesen Witz, um die vermeintlichen Späher im Glauben zu lassen, dass sie weiterhin unentdeckt waren. Dann wandte der Prinzregent sich an Thomas Sheridan: »Wartet noch ein, zwei Minuten, dann reitet an die Spitze des Zuges und informiert William Murray und die anderen!«

»In Ordnung.«

»Bevor Ihr reitet …«

»Ja?«

»Was liegt hinter diesem Hügel?«

Der Ire überlegte kurz und schien in seinen Gedanken zu kramen. »Soweit ich mich an diese Gegend erinnere, dann müsste direkt hinter dem Hügel ein See liegen.«

»Sehr gut. Colonel O'Sullivan?«

»Hoheit?«

»Ihr wählt einige Eurer besten Männer aus und sammelt sie möglichst unauffällig am Fuß des Hügels. Am besten ist es, wenn Ihr Euch von dort unten, von dem kleinen Wäldchen her annähert, dadurch habt ihr einen natürlich Schutz und werdet nicht sofort entdeckt.«

»Wird gemacht.«

»Und was soll ich machen?« wollte Ranald MacDonald wissen.

»Ihr bleibt hier und lasst Euch ein Stückchen zurückfallen, damit auch die hinteren Truppenteile und deren Clanchiefs informiert werden. Anschließend schnappt auch Ihr Euch einige Männer und führt sie von der anderen Seite aus dem Hügel zu. Spannt die Pferde von den Karren aus und reitet mit ihnen, das wird uns einen

Vorteil gewährleisten. Auf meinen Befehl hin gehen wir alle gemeinsam zum Angriff über und holen uns diese Hunde!«

»Ihr wollt die Späher in die Zange nehmen?«

»Soweit der Plan«, meinte Bonnie Prince Charlie. »Wir müssen uns so nahe wie nur möglich heranschleichen und dann auf mein Kommando hin hart zuschlagen. Wenn hinter dem Hügel ein See liegt, dann können sie lediglich nach rechts oder links ausweichen …«

»Und somit werden sie uns direkt in die Arme laufen.«

»Sofern sie über kein Boot verfügen, mit dem sie schnell über den See flüchten können«, warnte O'Sullivan.

»Dann lasst uns die Boote vor ihnen erreichen!«

»Die haben aber einen gewaltigen Vorsprung. Wir können uns ein gutes Stückchen anschleichen, aber früher oder später werden sie uns leider entdecken. Und dann werden sie sich schnellstens aus dem Staub machen.«

»Das mag sein, ja, aber wenn sie mit Booten hierher gelangt sind, dann werden sie keine Pferde dabei haben. Dann sind sie also zu Fuß unterwegs. So oder so, wir sollten es schaffen, sie vorher einzuholen.«

»Passt auf Euch auf!«, sagte O'Sullivan und machte sich sogleich daran, seine erhaltenen Befehle auszuführen.

Bonnie Prince Charlie wünschte ihnen allen noch gutes Gelingen, dann blieb er zurück und blickte aus den Augenwinkeln immer wieder zu dem Hügel hinüber, verhielt sich aber sonst ganz ruhig. Plötzlich war ihm nicht mehr kalt, denn er spürte, wie die Aufregung seine Körpertemperatur anhob und ihn beinahe ins Schwitzen brachte. Sogar der dicke Mantel wurde ihm lästig, doch er behielt ihn weiter an, um nicht auffällig zu wirken. Er ließ scheinbar beiläufig den Piper James Reid zu sich bringen und befahl ihm, auf Kommando eine bestimmte Melodie zu spielen, die den Angriff signalisieren sollte. Der junge Mann nickte, zum Zeichen, dass er verstanden hatte. Dann überprüfte Charles Edward seine Waffen.

Als er nach zähen Minuten des Wartens endlich jeweils eine Nachricht von Ranald MacDonald und Colonel John William O'Sullivan erhalten hatte, dass sie in Position und bereit zum Zugriff waren, gab er das vereinbarte Kommando. Und während James Reid zum Angriff blies, warf er seinen Mantel ab und sprengte auf seinem Pferd davon. Er trieb seine Stute zur Höchstleistung an und jagte sie unerbittlich den Hügel hinauf, der zunächst noch recht sanft geschwungen war, dann aber zusehends steiler wurde.

Die Hügelspitze erwachte indes schlagartig zu Leben. Gut ein halbes Dutzend Männer standen abrupt auf, da sie ganz offensichtlich ertappt waren, und liefen - wie vermutet - die andere Seite des Hügels hinab, direkt auf den See zu. Ihre langen Mäntel flatterten im Wind, einer von ihnen verlor seine Mütze, ließ sie aber achtlos zurück.

Für einen kurzen Moment verlor Bonnie Prince Charlie die Männer aus den Augen, da er den höchsten Punkt des Hügelkammes noch nicht erreicht hatte, doch als er endlich ganz oben stand, konnte er auf die davonjagenden Männer hinabstarren. Sie liefen wie die Hasen auf der Flucht vor dem Falken, während gleichzeitig Ranald MacDonald und Colonel John William O'Sullivan von den Flügeln herangeprescht kamen und ihnen so die Fluchtwege über Land abschnitten. Am See waren einige kleine Boote festgemacht, auf die die Flüchtenden zuhielten. Charles Edward Stuart hatte auf der Hügelspitze kurz angehalten, um all dies beobachten zu können, dann jedoch presste er seine Füße in die Flanken des Pferdes und ließ es den Hügel geschwind hinab galoppieren. Sein Plan schien aufzugehen.

Feiner, weißer Pulverschnee wirbelte zu allen Seiten auf, als die Pferde und Männer durch die Winterlandschaft jagten. Aus der Ferne war immer noch der Dudelsack des James Reid zu hören, der unablässig weiterspielte, selbst dann noch, als er Bonnie Prince Charlie längst nicht mehr sehen konnte. Zu dem Dudelsack gesellte sich kurz darauf lautes Gebrüll, das aus den Kehlen der Männer von Ranald MacDonald und Colonel O'Sullivan stammte. Es setzte ein, kurz bevor sie die feindlichen Späher erreichten. Es war ein tiefes, knurrendes Brummen aus kampferprobten Kehlen, das an Intensität zunahm, je näher sie dem Feind kamen, bis es schließlich von den ersten peitschenden Schüssen aus den Flinten sowie den aufeinandertreffenden Schwertklingen überlagert wurde.

Als Bonnie Prince Charlie dies sah, trieb er seine Stute zu noch mehr Tempo an. Er wollte unbedingt schneller vorankommen und im Kampf dabei sein … und nicht erst eintreffen, wenn alles erledigt wäre. Doch kurz bevor er die Stelle der Kämpfenden erreichte, stieg seine Stute plötzlich und unerwartet in die Höhe und warf ihn rücklings ab. In hohem Bogen landete er im Schnee, der glücklicherweise seinen Sturz noch ein wenig abdämpfen konnte, sodass er nur Sekunden später bereits wieder auf den Beinen stand. Allerdings sah er nun auch deutlich den Grund, weshalb seine Stute derart merkwürdig reagiert hatte: Er war von mehreren grimmig dreinblickenden Feinden umzingelt, die aus einer nahen Grube entstiegen kamen. Die Grube, oder vielmehr das enge Erdloch, war gut getarnt gewesen, sodass er nichts Verdächtiges hatte sehen können. Und die vielen Fußspuren, die hier überall im Schnee zu sehen waren, hatten ihn auch nicht stutzig werden lassen, denn er hatte sie den flüchtenden Männern zugeschrieben, die weiterhin in einen heftigen Kampf mit Ranald MacDonalds und John William O'Sullivans Leuten verwickelt waren.

»Das ist ein Hinterhalt!«, schrie Charles Edward und versuchte gleichzeitig, möglichst ruhig zu bleiben und nicht in Panik zu verfallen. Doch noch ehe er einen Ausweg aus seiner Situation ausmachen konnte, gingen die fremden Männer auch schon zum Angriff über. Sie umkreisten ihn wie ein in die enge getriebenes Wildtier und attackierten ihn von mehreren Seiten zugleich.

»Der Prinzregent!«, brüllte O'Sullivan von Weitem, der die missliche Lage nun ebenfalls wahrnahm. Allerdings konnte er Charles Edward nicht zu Hilfe eilen, da er sich gerade den wütenden Angriffen zweier Feinde erwehren musste. Aus den Booten waren nämlich weitere Engländer herausgesprungen, die sich dort unter Decken versteckt gehalten und nur auf den richtigen Augenblick gewartet hatten. Und auch hinter einer kleinen Baumgruppe kamen wie aus dem Nichts weitere Soldaten herbeigelaufen. Waren die Männer von Ranald MacDonald und dem Colonel anfangs in der sicheren Überzahl gewesen, so befanden sie sich nun eindeutig in der Unterzahl und hatten Mühe, sich zu verteidigen.

»Zum Prinzregenten!«, brüllte O'Sullivan verzweifelt, doch keiner seiner Männer konnte diesem Befehl Folge leisten. »Verdammt! Schützt den Prinzregenten!«

Charles Edward Stuart erwehrte sich mit aller Macht. An der Art und Weise wie die fremden Männer ihn angriffen, war ihm sofort klar, dass sie gar nicht versuchten, ihn gefangen zu nehmen. Sie wollten ihn töten! Diese Männer waren keine Späher, sondern ein Killerkommando, das den Auftrag hatte, ihn auszuschalten.

Und während diese Gedanken durch seinen Kopf rasten, zückte er seine Pistole und feuerte sie auf einen Feind ab. Der ging zwar sogleich tödlich getroffen zu Boden, doch dies änderte kaum etwas an seiner misslichen Lage, denn er war immer noch hilflos in der Unterzahl. Und nachladen und noch einmal feuern konnte er nicht, denn das Nachladen hätte zu viel Zeit in Anspruch genommen. Deshalb zückte er sein Schwert und schlug damit auf die Kerle ein. Einem von ihnen konnte er die Pistole aus der Hand schlagen, einem zweiten konnte er eine kleine Armverletzung beifügen, doch dann wurde er selbst durch einen Hieb an der Schulter verletzt und sah sich plötzlich dem Lauf einer riesigen Flinte gegenüber. Augenblicklich hielt er inne. Er senkte sein Schwert und konnte nur noch in den pechschwarzen Lauf dieser furchteinflößenden Waffe blicken. Keuchend stand er da, mit bebender Brust, und die Männer, die ihn umzingelt hatten, verharrten ebenfalls, da allen klar war, dass es nun zu Ende war.

»Nein!«, schrie Ranald MacDonald aus Leibeskräften, der die tödliche Situation für den Prinzregenten aus dem Augenwinkel mitbekommen hatte. Er haute auf einen feindlichen Kämpfer ein, wich einem tödlichen Hieb gerade noch so aus und rannte dann Charles Edward Stuart entgegen. Doch seine Beine waren schwer und der Weg zu weit. Er wusste, dass er niemals rechtzeitig ankommen würde, um den letzten, tödlichen Schuss verhindern zu können. Tränen der Wut und der Verzweiflung liefen ihm über das Gesicht, dann stolperte er auch noch und fiel der Länge nach hin. Im Schnee kniend, streckte er seine Hände nach dem Prinzregenten aus. Sie waren wie blutige Anfänger in die Falle des Feindes getappt und würden das nun teuer bezahlen. »Nein!«, schrie er erneut.

Bonnie Prince Charlie stand weiterhin innerlich ganz ruhig vor dem Lauf der Flinte, unfähig, sich zu rühren. Sein Herz pochte aufgeregt vom bisherigen Kampf und sein Oberkörper senkte sich schnell auf und ab, denn er war ziemlich außer Atem. So viele Gedanken gingen ihm plötzlich durch den Kopf, verrückte und komische, aber auch schöne Gedanken. Innerlich schloss er mit seinem Leben ab. Seltsam dabei war nur, dass er weniger vor dem eigentlichen Tod Angst hatte, als vor dem Scheitern seiner Mission.

»Noch ein letztes Gebet?«, fragte der Kerl mit der Flinte und fügte ein höhnisches »Young Pretender!« hinzu. Und während er lächelte, entblößte er eine riesige dunkle Zahnlücke.

Charles Edward sagte nichts und erwartete den finalen Schuss. Er schloss nicht seine Augen, er wollte alles sehen können.

Dann knallte es. Ein peitschender Knall, der durch die schöne Landschaft pfiff. Ein schmerzhafter Aufschrei folgte. Blut spritzte auf und benetzte in dicken Tropfen den blütenweißen Schnee. Weißer Rauch stieg in den Himmel auf.

Charles Edward Stuart hatte nun doch unweigerlich die Augen zusammengekniffen. Als er sie wieder öffnete, blickte er an sich hinab und suchte die Stelle, wo er getroffen worden war. Doch er fand sie nicht, und verspürte auch keinen Schmerz. Ungläubig tastete er seinen Oberkörper ab, mit den Augen und mit den Händen. Konnte das wahr sein? Der Kerl mit der Flinte hatte aber den Abzugshebel betätigt, er hatte sogar das leise Klicken noch gehört, da war er sich ganz sicher. Nun aber lag der arme Kerl auf dem Boden und hielt sich vor Schmerzen das verbrannte Gesicht. Da wurde es ihm klar: Die Zündung der Flinte musste fehlerhaft explodiert sein, sodass es dem Schützen das Gesicht verbrannt hatte.

Und in diesem Moment erwachte der Kampfgeist im jungen Stuart-Prinzen zu neuem Leben. Er schreckte aus seiner Starre auf, hob sein Schwert wieder an und hieb wütend auf die nicht weniger verwunderten feindlichen Soldaten ein, die noch um ihn herum standen. Das Schicksal ihres Kumpanen musste sie jedoch so schwer getroffen haben, dass sie sich kaum richtig erwehren konnten und zwei von ihnen sogleich dem Schwert von Bonnie Prince Charlie zum Opfer fielen.

Und dann ertönte erneut der Dudelsack des James Reid, diesmal aber nicht gedämpft und aus der Ferne, sondern ganz nah. Der junge Mann stand nämlich auf dem Hügel, umgeben von weiteren Spielern, die einen kleinen Trupp Männer anfeuerten, der nun den Hügel hinabgestürmt kam, angeführt von Thomas Sheridan. Der Ire brüllte laut, sein Haar war zerzaust, sein Gesicht stark gerötet. In dieser Aufmachung sah er ziemlich furchteinflößend aus. Er rannte so schnell ihn seine Beine trugen, und als er nahe genug heran war, hielt er abrupt an, hob sein Gewehr in die Höhe und schoss auf einen Feind, der die Gefahr erkannt hatte und sein Leben zu retten versuchte, indem er hastig davonrannte. Doch es nutzte ihm nichts, denn die abgefeuerte Kugel traf ihn im Oberschenkel, sodass er stürzte und dann unter Schmerzen im Schnee verblutete.

Dank der Hilfe von Thomas Sheridan und der zusätzlichen Männer konnte die Lage schnell unter Kontrolle gebracht werden. Sämtliche feindlichen Krieger wurden binnen Sekunden getötet oder gefangen genommen, sofern sie sich rechtzeitig ergaben.

»Gott sei Dank, Ihr lebt!«, rief Colonel John William O'Sullivan, als er sich keuchend zu Bonnie Prince Charlie gesellte. »Ich dachte schon … Verdammt!«

»Ihr könntet jetzt genauso gut tot sein!«, grummelte Thomas Sheridan. »Nicht auszudenken …«

»Das war leichtsinnig und dumm!«, schimpfte auch William Murray, der nur wenige Minuten später mit seinem Pferd auf dem Schlachtfeld eintraf. Er hatte die Führung der Armee seinem Stellvertreter überlassen.

»Wer konnte schon ahnen, dass das eine Falle war?«, hielt Charles Edward schwach dagegen, obwohl er wusste, dass seine Gefährten natürlich recht hatten. Mittlerweile waren sie an einem Punkt angekommen, an welchem sie ständig mit Fallen und Hinterhalten rechnen mussten.

»Die verfluchten Engländer haben ein riesiges Kopfgeld auf Euch ausgesetzt, schon vergessen?«, meinte Ranald MacDonald. »Und Geld ist verlockend. Ich nehme mal an, dass diese Gruppe sich zusammengefunden hat, einzig mit dem Ziel, Euch umzubringen.«

»Was ihnen ja auch um ein Haar gelungen wäre!«

»Anschließend hätten sie sich mit ihren Booten wieder aus dem Staub gemacht und wir hätten sie nicht einmal verfolgen können. Alles bisher Erreichte wäre dann umsonst gewesen …«

»Wir müssen noch vorsichtiger sein!«

»Und Ihr solltet ab sofort keine militärischen Alleingänge mehr unternehmen!«, knurrte William Murray in Richtung des sichtlich geknickten Prinzregenten.

»Das alleine wird nicht reichen«, murmelte Thomas Sheridan. »Wir müssen unseren hübschen Prinzen noch besser schützen, denn die Gefahren sind sehr vielfältig geworden und lauern mittlerweile überall.«

»Was schlagt Ihr vor?«

»Eine eigene Leibgarde.«

»Ich kann sehr gut selbst für meine Sicherheit sorgen«, wandte Bonnie Prince Charlie ein, doch seine Worte hatten kaum Wirkung auf seine Freunde.

»Eine Leibgarde ist ein erster Anfang«, stimmte William Murray zu. »Wir suchen die besten und treuesten Männer aus und stellen sie an die Seite des Prinzen. Sie sollen Tag und Nacht nicht von ihm weichen. Auch dann nicht, wenn er pissen geht!«

»Und erst recht nicht in solch einem gefährlichen Moment wie dem gerade eben.«

»Ich hätte da vielleicht noch eine Idee«, meinte Francis Strickland, der kurz zuvor mit weiteren Männern auf dem Kampfplatz erschienen war, um die nähere Umgebung abzusichern, nur für den Fall, dass sich dort in den Gebüschen weitere Feinde aufhielten. Bisher war aber alles ruhig geblieben. Sofern sich noch irgendwo ein Engländer versteckt halten sollte, dann vermied er eine direkte Konfrontation, wohl wissend, dass er jetzt keine Chance mehr hatte.

»Was schwebt Euch vor?«, wollte Ranald MacDonald von Francis Strickland wissen.

»Geduldet Euch bitte einen Moment!«, antwortete der Engländer und schickte dann einen jungen Soldaten los, der einen anderen bestimmten Kerl herbeiholen sollte. Als dieser dann endlich eintraf, musste Strickland nicht mehr viel sagen, denn alle Anwesenden starrten erstaunt und mit weit aufgerissenen Augen auf den jungen Kerl, der ihnen da entgegengelaufen kam.

»Das gibt es doch nicht!«, murmelte Thomas Sheridan verblüfft. Dann wandte er seinen Kopf hin und her und starrte abwechselnd den Prinzregenten und den gerade eben eingetroffenen Mann an.

Die Ähnlichkeit zwischen diesen beiden war unglaublich. Das gleiche halblange, blondgelockte Haar, ähnliche Wangenknochen, die gleiche jugendliche Unbekümmertheit, die gleiche Abenteuerlust in den Augen …

»Ein Doppelgänger!«, rief Ranald MacDonald. »Keine schlechte Idee. Und …«, er brach ab, da ihn diese Ähnlichkeit vollkommen sprachlos machte. »Das …«

»Mein Name ist Roderick MacKenzie, es ist mir eine Ehre, Euch zu dienen, königliche Hoheit«, sprach der Doppelgänger und ging vor Bonnie Prince Charlie auf die Knie.

Charles Edward war nicht weniger verblüfft, doch er fand seine Sprache schnell wieder. Er zog den vor ihm Knienden auf die Beine und fasste ihn an beiden Schultern, während er ihm tief in die Augen blickte. Einige Augenblicke musterten sie sich gegenseitig. Dann lächelte der Stuart-Prinz, denn er fand die Aussicht, einen so unglaublichen Doppelgänger zu haben, auf einmal sehr amüsant. Damit konnten sie die Engländer täuschen und hinters Licht führen. »Wenn Ihr ich sein wollt, dann braucht Ihr aber andere Kleider«, meinte er schließlich und führte Roderick MacKenzie zurück zum Tross der Armee, um ihn dort neu einzukleiden und bei dieser Gelegenheit auch besser kennenzulernen. »Ihr müsst mir alles über Euch erzählen!«, forderte er den jungen Mann auf.

»Sehr gerne«, antwortete dieser. »Es ist mir eine große Ehre. Also, bis vor Eurer Ankunft war ich in Edinburgh ein einfacher Kaufmann, ich …«

William Murray, Thomas Sheridan und die anderen blieben zurück und blickten den beiden staunend hinterher.

Der Marquis of Tullibardine kratzte sich am Kopf. »Es ist unglaublich, was für Sachen es gibt, ist es nicht so?«

»Ihr sagt es, mein Lieber«, stimmte O'Sullivan zu und wandte sich dann an den Engländer in ihren Reihen: »Gut gemacht, Francis!«

»Wir sollten auch wieder zur Armee zurückkehren«, sagte Ranald MacDonald. »Wir haben schon viel zu viel Zeit verloren.«

»Was machen wir mit den Gefangenen?«

»Wir werden sie gründlich befragen, vielleicht kann uns einer von ihnen noch nützliche Informationen verraten.«

»Wir können sie aber nicht auf unserem Kriegszug mitnehmen«, meinte Francis Strickland. »Sie sind lediglich eine Behinderung für uns.«

»Er hat recht. Außerdem können wir nicht einen einzigen Mann für ihre Bewachung abstellen. Wir brauchen jede Klinge im Kampf.«

»Was schlagt Ihr also vor?«

»Wir könnten ...«

»Wir müssen sie wohl doch ein paar Tage mit uns führen«, rief der Marquis of Tullibardine dazwischen. »Auf unserem Weg nach London werden wir die eine oder andere Stadt einnehmen, ich denke da zum Beispiel an Brampton, Carlisle oder Penrith. Dort werden wir sie dann in einen Kerker oder in eine Festung sperren.«

»So machen wir es«, stimmte Thomas Sheridan zu. »Das wird das Vernünftigste sein.«

»Was machen wir mit den Toten?«

»Der Boden ist gefroren, wir können sie nicht begraben.«

»Schickt Boten in die umliegenden Dörfer und Städte! Auf Geheiß des Prinzregenten sollen sich dort einige Leute zusammenfinden, hierher kommen und die Leichen wegschaffen!«

»Schön. Und wir reiten weiter auf London zu. Ich kann es kaum erwarten, weiteren englischen Ärschen den Hintern zu versohlen. Nichts für ungut, Francis.«

»Schon in Ordnung«, gab Francis Strickland zurück. »Ich bin es mittlerweile gewohnt.«

Kapitel 24

England, Ende November 1745

Ende November überschlugen sich die Ereignisse. Die jakobitische Armee des Stuart-Prinzen kam gut und zügig voran und eroberte Stück für Stück den Norden Englands. Aus taktischen Gründen waren die Truppen hierzu aufgeteilt worden. Den einen Teil führte Charles Edward Stuart selbst an, die andere Hälfte übernahm ein gewisser Lord George Murray, der es zu einem der wichtigsten Ratgeber des Prinzen gebracht hatte und zugleich der Bruder von William Murray war.

Die Reihen der Ratgeber und Anführer wuchsen zusammen mit der Armee stetig weiter an, da die vielen Clans weiterhin jeweils von ihren eigenen Clanchiefs angeführt wurden. Und jeder Chief strebte natürlich die Nähe des Stuart-Prinzen an, um daraus Ansehen zu gewinnen und später auch Profit zu schlagen. Die Rechnung war einfach: Je näher man einem Herrscher stand, desto mehr Macht und Einfluss bekam man. Charles Edward seinerseits teilte wichtige Aufgaben und Ämter so gut er es konnte möglichst gleichmäßig unter seinen Getreuen auf, damit kein Clan sich benachteiligt fühlte. Auf jeden Fall wollte er verhindern, dass Streit unter den Clans ausbrach, denn das konnte die ganze Invasion gefährden. Bisher klappte die Verteilung auf die vielen Schultern zwar recht gut, wenngleich die Balance immer schwieriger wurde.

Im Norden Englands trafen die einfallenden Jakobiten um den Stuart-Prinzen auf relativ geringen Widerstand. War erst am achten November des Jahres 1745 die Grenze zwischen den beiden Königreichen überquert worden, so kapitulierte nur wenige Tage später, am vierzehnten November, bereits das stark befestigte Carlisle. Die Stadt wurde zunächst hermetisch von der Außenwelt abgeschnitten, anschließend positionierte man die mitgeführten Kanonen vor den Mauern, zum Zeichen, dass man gewillt war, die Stadt notfalls in Schutt und Asche zu schießen. Daraufhin ergaben sich die besorgten Bürger und Bonnie Prince Charlie konnte Carlisle ohne jegliches Blutvergießen einnehmen.

Von Carlisle ging es weiter über Shap und Penrith nach Kendal, bevor auch schon Lancaster eingenommen wurde. Auch hier wurde nirgendwo ernsthaft mit Waffengewalt Widerstand geleistet, alle Städte öffneten mehr oder weniger freiwillig ihre Tore, nachdem ihnen zugesichert worden war, sämtliche Menschenleben innerhalb der Mauern zu verschonen.

Anschließend ergaben sich zudem Preston und Wigan, zwei weitere wichtige Städte auf ihrem Weg nach Süden. Der Vormarsch der Jakobiten schien zu diesem Zeitpunkt für viele unaufhaltbar. In Wigan wurde allerdings ein weiteres Attentat auf Bonnie Prince Charlie verübt. Ein treuer Anhänger von Georg II. schaffte es, trotz der verschärften Sicherheitsmaßnahmen in die direkte Nähe des Prinzregenten zu gelangen. Dort zückte er ohne zu Zögern seine geladene Pistole, zielte auf den überraschten Charles Edward und drückte ab. Es gab einen lauten Knall und Pulverrauch stieg auf.

Für einen Moment herrschte eine böse Lähmung, eine Art Schreckstarre unter den Anhängern des Prinzen, ehe die neu formierte Leibgarde eingriff und den Attentäter hart zu Boden riss. Alle anderen Anwesenden richteten sogleich ihre Blicke auf Charles Edward, doch der schien wie durch ein Wunder unverletzt. Die scheinbar tödliche Kugel hatte ihn um ein kleines Stückchen verfehlt und war in die Wand hinter ihm eingeschlagen. Ungläubig starrten alle den Prinzen an, niemand konnte sich erklären, wie der Attentäter ihn aus dieser Entfernung hatte verfehlen können. Vor allem Colonel John William O'Sullivan konnte dieses Wunder kaum fassen und begutachtete anschließend minutenlang die in der Wand steckende Kugel, ehe er sie mit seinem Dolch herausstocherte und Bonnie Prince Charlie übergab, der sie zunächst kritisch beäugte und anschließend in seine Westentasche steckte.

»Nicht zu treffen … war vermutlich schwieriger, als die Kugel ins vorhergesehene Ziel zu bringen«, murmelte John MacDonald fassungslos. »Wir … wir hatten verdammt viel Glück!«

»Das war Gottes schützende Hand!«, rief Reverend George Kelly laut aus und ließ diese wundersame Rettung sogleich überall verbreiten. Jeder sollte wissen, dass der Prinzregent unter göttlichem Schutz stand und nicht so einfach getötet werden konnte.

Bonnie Prince Charlie betrachtete das Ganze etwas nüchterner, wenngleich er keinen Einwand gegen die Worte des Geistlichen erhob. Es konnte nicht schaden, wenn alle Welt glaubte, dass Gott auf seiner und ihrer Seite stand und ihn beschützte. Er ordnete deshalb auch eine kleine Feier an und ließ eine doppelte Ration Whisky ausschenken.

An einem ruhigeren Moment am Abend holte er dann die Pistolenkugel wieder hervor, um sie abermals zwischen Daumen und Zeigefinger zu klemmen und neugierig zu begutachten. Und er musste zugeben, dass es ein komisches Gefühl war, wenn er sich vorstellte, wie diese kleine Pistolenkugel nun genauso gut in seinem Kopf stecken könnte. »So klein, unscheinbar und schlicht … aber doch so unendlich tödlich!«, murmelte er, ehe auch er sich in dieser Nacht ganz dem Whisky hingab …

Das vereitelte Attentat gab den Anhängern des Prinzregenten einen mächtigen Schub und hielt ihren Eifer unvermindert hoch. Ende November konnte deshalb schon an die Tore der mächtigen Stadt Manchester angeklopft werden. Oder vielmehr direkt an die hölzernen Haustüren der verängstigten Bewohner, denn Manchester besaß keinerlei Stadtmauer. Hier und dort waren zwar noch die kargen Ruinen einer ehemaligen römischen Befestigung zu sehen, doch das war es dann auch schon. Dass die Stadt dennoch nicht ganz wehrlos war, davon zeugte ein Ereignis vor gut hundert Jahren im *Englischen Bürgerkrieg.* Damals war Manchester von den verfeindeten Royalisten belagert worden und hatte trotz fehlender Stadtbefestigung standhalten können. Grund zur Freude hatten die Stadtbewohner aber nicht lange gehabt, denn als die Royalisten einige Jahre nach dem Krieg wieder an die Macht gekommen waren, hatten sie sich auf andere Weise gerächt … So hatte Manchester auf einen Schlag sämtliche Sitze im Parlament verloren.

Dieser Zustand hielt bis heute an und verärgerte so manchen Stadtoberen. Immerhin war man wirtschaftlich auf einem guten Weg, denn aufgrund der günstigen Lage mit zahlreichen Flüssen und Bächen in der Umgebung wuchs die Zahl der Baumwollspinnereien rasant an. Und mit den Spinnereien nahm auch die Bevölkerungszahl zu und somit der Einfluss der Stadt. Und dass nun solch eine große und mächtige Stadt von den Jakobiten ohne Probleme eingenommen werden konnte, ließ allerorts aufhorchen und sorgte vor allem in London für pures Entsetzen.

Nach einem kurzen Aufenthalt in Manchester ging es im Eilmarsch weiter südwärts. Die Armee legte täglich große Distanzen zurück und drang tief in England ein. Die Landschaft veränderte sich auch zusehends, die wilde, schottische Rauheit wich einer eher ebenen englischen Nüchternheit. Es gab nicht mehr so viele Seen und Flüsse, dafür mehr Bäume und ein wesentlich besser ausgebautes Straßennetz, das wiederum das Vorankommen ungemein erleichterte. Auch das Wetter spielte einigermaßen mit und ließ die Unternehmung weiter gedeihen. Die nächsten Eroberungen waren schließlich Stockport, Macclesfield, Ashburn und Leek.

Am vierten Dezember erreichte Bonnie Prince Charlie unbehelligt Derby, eine Stadt in Mittelengland, nur rund hundert Meilen nördlich von London gelegen! Und hatte der Verlust von Manchester in London schon großes Entsetzen ausgelöst, so herrschte nach dem Erhalt dieser Nachricht blanke Panik. Viele Bürger der englischen Hauptstadt bereiteten sich darauf vor, in den nächsten Tagen London zu verlassen, um vor den scheinbar unaufhaltsam anrückenden Truppen des Stuart-Prinzen zu fliehen. Mensch und Tier, Waren und Wertgegenstände wurden eiligst fortgeschafft, und selbst König Georg II. plante seine überstürzte Flucht, da er nicht mehr daran glaubte, sich auf dem Thron halten zu können. Zwar befand sich noch sein Sohn, Wilhelm August, der Duke of Cumberland, mit seiner Armee zwischen ihm und dem mittlerweile allseits gefürchteten Bonnie Prince Charlie, doch in seinen Augen war der Kampf bereits verloren. Und dies zeigte er offen allen Menschen, indem er seinen Abgang vorbereiten ließ. Dies wiederum führte bei der Bevölkerung zu noch mehr Panik, denn diese wusste, dass dies der drastischste Schritt war, den ein König nur machen konnte.

Kapitel 25

England, Derby, 5. Dezember 1745

Von der nackten Angst und Panik in London und naher Umgebung bekam in Derby niemand etwas mit. Hier ahnte man nicht einmal etwas von der Massenflucht aus der englischen Hauptstadt, die ihretwegen dort anhielt. Hätte man Kenntnis davon gehabt, dann wäre wohl alles in Ordnung gewesen, doch so gab es einen großen Streit, einen ersten ernsthaften Riss in der Führung der jakobitischen Armee. Es rumorte und gärte bereits seit Tagen und Charles Edward fragte sich, wie lange dies noch gut gehen mochte. Er konnte förmlich spüren, wie ihm die Kontrolle über seinen Kriegsrat langsam aber sicher entglitt. Es war eine mehr und mehr verzwickte Situation, in der er sich befand. Von seinen Kriegern wurde er verehrt und als Held gefeiert, doch seine wichtigsten Berater wurden täglich missmutiger und schlechter auf ihn zu sprechen. Viele der Clanchiefs weigerten sich vehement, sich weiter dem Kriegszug anzuschließen, da sie es für reinen Selbstmord hielten, ohne die Hilfe der Franzosen gen London zu marschieren. Hinzu kam, dass nicht annähernd so viele Engländer sich dem Stuart-Prinzen anschlossen, als zunächst noch gehofft. Zwar hatten die Jakobiten auch in England einige Anhänger, doch die meisten weigerten sich, dem Prinzregenten offen Gefolgschaft zu leisten, selbst wenn sie ihm nicht direkt feindlich gesinnt waren. Aber zu groß war die Angst vor den Konsequenzen und der Rache aus dem Süden, aus London.

Alle hatten sie gehofft, dass die Franzosen mittlerweile im Süden des Landes gelandet wären, doch noch immer gab es diesbezüglich keine positive Nachricht. Die anfängliche Jubelstimmung nahm rasant ab und wich einer zögernden Nüchternheit. Deshalb hatten die Clanchiefs Lord George Murray als ihren Sprecher auserwählt, um ihre Position dem Stuart-Prinzen darzulegen. Er sollte dem jungen Prinzregenten ins Gewissen reden und Klarheit erlangen, was die Franzosen anbelangte.

»Wann werden die Franzosen endlich erscheinen?«, stellte also Lord George Murray die entscheidende Frage, um die sich alles drehte, von der einfach alles abhing. »Ohne die französischen Truppen wollen viele der Clanchiefs nicht weiter marschieren.«

Bonnie Prince Charlie wusste, dass dieser Moment nun ganz entscheidend war, weshalb er seine Antwort sorgsam abwägen musste. »Sie werden kommen!«, hielt er fest dagegen. »Vertraut darauf! Vertraut auf mein Wort!«

»Die Franzosen werden kommen? Sicher? Das sagtet Ihr bereits nach der siegreichen Schlacht bei Prestonpans. Und später bei Beratungen in Edinburgh, als es um die Frage ging, ob wir jetzt in England einmarschieren oder erst später. Das sagtet Ihr vor zwei Wochen. Und auch letzte Woche. Das sagtet Ihr …«

»Es reicht!«, ging Thomas Sheridan barsch dazwischen. »Vergesst nicht, mit wem Ihr hier redet!«

Lord George Murray biss geknirscht die Zähne zusammen. Sein Kopf war vor Erregung knallrot, seine Wangen glühend heiß. Er schien kurz zu überlegen, ob er nicht doch weiterreden sollte, aber dann gab er nach. Zumindest für den Moment. »Verzeiht, königliche Hoheit«, murmelte er in Richtung Charles Edward Stuart und setzte sich dann auf seinen Platz zurück, von dem er zuvor aufgesprungen war.

»Ich frage Euch, Lord Murray«, meinte Bonnie Prince Charlie, »habe ich Euch bisher zu viel versprochen? Habe ich nicht versprochen, die schottische Krone zurückzuholen und die englischen Fremdherrscher aus unserem Land zu vertreiben? Und seht nun: Die Krone ist auf meinem Haupt, die Engländer sind fort. Wieso vertraut Ihr mir also nicht mehr?«

»Nun, ich muss zugeben, königliche Hoheit, dass Ihr Euch bis hierhin außerordentlich erfolgreich präsentiert habt, daran besteht keinerlei Zweifel. Und Eure bisherigen Erfolge stellt auch niemand in Frage, weder ich noch die Clanchiefs Eurer Armee. Doch nun stehen wir an einem völlig anderen Punkt. Wenn wir jetzt einen entscheidenden Fehler machen, dann sind die Erfolge lediglich Schnee von gestern. Ich frage Euch deshalb noch einmal: Was ist mit den verdammten Franzosen? Ihr habt versprochen, dass sie kommen werden! Aber ich kann sie nirgends sehen! Und diese Tatsache lässt die Männer unruhig werden. Sie sind Euch auf diesem Kriegszug nach England gefolgt, weil Ihr ihnen versprochen habt, schon bald einige tausend Mann französische Unterstützung zu erhalten. Das war der entscheidende Faktor!«

»Ich kann die Franzosen nicht durch Fingerschnippen herbeiwünschen!«, knurrte Bonnie Prince Charlie wütend. Wütend war er zum einen auf die Franzosen, aber auch auf die Clanchiefs, die sich nun weigerten, ihm weiter zu vertrauen. Dabei standen sie so dicht vor ihrem Ziel! So unglaublich dicht! »London ist zum Greifen nahe!«, rief er laut. »Lasst uns diese einmalige Gelegenheit nicht entgehen!«

»Wir werden London niemals erreichen, wenn wir jetzt blindlings darauf losstürmen!«, eiferte sich Lord George Murray. »London ist stark befestigt, die Stadt wird sich nicht so einfach ergeben wie Lancaster, Manchester oder Derby! Und vergesst nicht, dass der Duke of Cumberland mit seiner Armee noch zwischen uns steht!«

»Wir werden ihn schlagen!«

»Falls es Euch entgangen sein sollte: Der Duke of Cumberland hat erfahrene, kriegserprobte Soldaten unter seinem Kommando, die sind kein Kanonenfutter!«

»Habt Ihr so wenig Vertrauen in unsere eigene Stärke?«, provozierte Charles Edward Stuart. »Aber bitte, wenn Ihr nicht kämpfen wollt, dann entbinde ich Euch von Euren Aufgaben.«

Lord George Murray sprang empört auf. »Prinzregent hin oder her! Ihr wagt es, mich der Feigheit zu bezichtigen?!«

Erneut musste Thomas Sheridan dazwischengehen, um den aufgebrachten Ratgeber zu beruhigen. Da er es aber nicht alleine schaffte, mussten auch noch William Murray und Ranald MacDonald mithelfen. Nur gemeinsam schafften sie es, die Situation und die Gemüter wieder unter Kontrolle zu bringen.

»Niemand zweifelt Euren Mut und Euren Kampfgeist an, Lord Murray!«, bekräftigte Thomas Sheridan und wuchtete den massigen Soldaten zurück auf seinen Stuhl. »Das war lediglich ein Missverständnis! Und jetzt beruhigt Euch wieder!«

»Es wäre töricht, wenn wir uns hier und jetzt selbst zerfleischen!«, rief Lord Elcho und ermahnte alle Anwesenden zu Ruhe und Besonnenheit. »Vielleicht sollten wir dieses Gespräch auch vertagen und fortführen, wenn die Gemüter wieder …«

»Nichts da!«, ereiferte sich Lord George Murray. »Das muss hier und jetzt geklärt werden!«

»Dem stimme ich zu«, meinte Thomas Sheridan sogleich. »Erst wenn das geklärt ist, sind wir wieder im Besitz voller Handlungsmacht. Diese Fragen dürfen nicht aufgeschoben werden.«

Chief Donald Cameron of Lochiel ergriff anschließend das Wort, um eine erneute Eskalation vorerst zu verhindern. »Lord Murray hier hat schon in einem Punkt recht, königliche Hoheit. Der Duke of Cumberland lagert nicht weit von hier entfernt mit seiner Armee. Er wartet im Grunde nur darauf, dass wir uns ihm in den Weg stellen, denn er weiß, dass er uns hinsichtlich der Truppenstärke sowie der Ausrüstung überlegen ist. Außerdem haben wir einen wochenlangen und kräftezehrenden Fußmarsch hinter uns, während seine Männer viel frischer und ausgeruhter sind. Doch damit nicht genug: Laut einigen Spähern hat er seine Armee aufgeteilt. Die Hauptstreitmacht führt er selbst an, den anderen Teil ein gewisser General George Wade. Und hierin besteht die Gefahr! Er hat die beiden Armeeteile so vor uns positioniert, dass sie eine Art Trichter bilden, durch den wir hindurch müssen, sofern wir auf London zumarschieren und dabei keinen umständlichen und gefährlichen Umweg einschlagen wollen. Wenn wir nicht aufpassen, dann geraten wir zwischen diese beiden Armeen und werden fürchterlich aufgerieben.«

»Wir haben unsere Armee auch zweigeteilt«, erwiderte Charles Edward. »Wir können also die Falle hintergehen, indem wir vorher einen Teil des Trichters oder der Zange zerstören!«

»Das wird in diesem Gelände kaum möglich sein, da der Duke of Cumberland diese Gegend kennt und dementsprechend seine Armeen strategisch sehr günstig positioniert hat. Unsere Verluste wären enorm.«

»Außerdem müssten wir den Feind schon vernichtend schlagen, denn sonst gefährden wir unseren Rückzug«, warf Colonel O'Sullivan ein.

»In unserer derzeitigen Verfassung wird uns ein vernichtender Schlag nicht gelingen«, sagte Lord George Murray. »Und dieser Meinung bin nicht nur ich, dieser Meinung sind die meisten der Chiefs. Und aus diesem Grund weigern sie sich, auch nur einen Fuß weiter gen Süden zu marschieren!«

»Wären hingegen die Franzosen da, dann wären wir es, die die Engländer gewaltig in die Zange nehmen könnten. So aber ...«

»Ihr wollt nicht marschieren? Was schlagt Ihr stattdessen vor?«, wollte Lord Elcho von Lord George Murray wissen.

»Einen geordneten Rückzug antreten und ...«

»Das kommt nicht in Frage!«, rief Charles Edward laut und haute mit der Faust auf den Tisch. »Ich werde jetzt, da wir so dicht vor dem Ziel stehen, doch nicht aufgeben! Schon gar nicht wegen irgendwelcher angeblicher Bedenken, für die es keinen Grund gibt!«

»Ein Rückzug oder die Franzosen!«, zischte Lord George Murray. »Könnt Ihr uns bestätigen, dass die Franzosen gerade dabei sind, im Süden Englands zu landen? Könnt Ihr das?«

»Ich denke, dass ...«, wollte Thomas Sheridan sagen.

Doch Lord George Murray unterbrach ihn. »Nein! Lasst den Prinzregenten eine Antwort geben! Kommen die Franzosen ... oder kommen sie nicht?«

Plötzlich waren wieder sämtliche Augenpaare auf Bonnie Prince Charlie gerichtet. Er schluckte schwer, während er sich seine Antwort zurecht legte. Was sollte er sagen? Mittlerweile wusste er, dass die Franzosen sicher nicht mehr in diesem Winter kommen würden. Das war unmöglich. Aber konnte er das so offen zugeben?

Andererseits, was sollte er sonst sagen? Er musste sich selbst eingestehen, dass er die Hilfe der Franzosen in dem einen oder anderen
Moment vielleicht etwas zu beschönigend dargestellt hatte, dass er
in dem einen oder anderen Sehnsüchte und Hoffnungen geweckt
hatte, die nun zerstört wurden. Aber er war sich absolut sicher, dass
sie es auch ohne die dämlichen Franzosen schaffen würden. Leider
teilten viele der Chiefs diese Ansicht nicht ganz.

»Nun?«, drängte Lord George Murray.

Charles Edward räusperte sich, um noch etwas Zeit zu gewinnen. Dann trommelte er kurz nervös mit seinen Fingern auf der
Tischplatte herum, ehe er unvermindert und mit gedämpfter Stimme zugab: »Vor dem Frühjahr dürfen wir keine Hilfe erwarten!«

Nun war es also heraus! Mit seinen Worten löste er einen großen Tumult aus. Einige der Ratgeber sprangen auf, fuchtelten mit
den Händen in der Luft herum und alle sprachen mal wieder wild
durcheinander. Eine Besprechung ohne solch ein Gebaren war beinahe schon ein Wunder. Die Schotten und Iren hatten durchaus
ein hitziges Temperament, dachte sich Charles Edward, das insbesondere in solchen Fällen zum Vorschein kam. Er selbst verhielt
sich relativ ruhig und beteiligte sich nicht an diesem Durcheinander. Er saß beinahe andächtig auf seinem Platz, lauschte den hitzigen Diskussionen und überlegte sich, wie er die Zweifler doch
noch überzeugen konnte. Allerdings fiel ihm auf die Schnelle nichts
ein. Er war beileibe nicht auf den Mund gefallen, er hatte Charisma
und Charme, er konnte gut mit Worten umgehen und außerdem
hatte er eine Menge Selbstvertrauen, doch in diesem Moment
schien all dies wie durch Geisterhand verschwunden. Möglicher-
weise hätte ihm in dieser Situation ein wenig mehr Erfahrung wei-
tergeholfen. Vielleicht hätte er auch Härte zeigen und rücksichtslo-

ser Vorgehen sollen, so wie es ein egozentrischer Herrscher getan hätte. Wie auch immer, er saß da und wusste nicht, wie er die Situation retten oder vielmehr umkehren konnte. Und auch viele seiner engsten und treuesten Gefährten rieten auf einmal von einem weiteren Kriegszug gen Süden ab. Selbst Lord Elcho, Chief Donald Cameron of Lochiel, Ranald MacDonald und sogar Thomas Sheridan meinten, dass ein geordneter Rückzug vielleicht doch nicht die allerschlechteste Variante wäre.

»Das ist keine Niederlage«, meinte Thomas Sheridan versöhnlich an Charles Edward gewandt, der sichtlich geknickt dreinschaute, gerade so, als stünde der Untergang der Welt bevor. »Wir ziehen uns lediglich nach Schottland zurück, verschanzen uns dort, sammeln neue Kräfte und decken uns mit frischem Proviant ein. Anschließend können wir einen zweiten Versuch wagen.«

»Einen zweiten Versuch?«, murmelte Charles Edward niedergeschlagen. »Glaubt Ihr ernsthaft, dass wir noch einmal so leichtes Spiel haben werden? Unsere Ambitionen sind nun allen klar, unsere Vorgehensweise ist bekannt, unsere Taktik, einfach alles … Der Feind wird gewarnt sein, wird sich vorbereiten können, er wird die Städte und Festungen auf unserem Weg verstärken und die Tore werden uns nicht mehr so leicht aufgemacht werden! Außerdem zeigen wir durch einen Rückzug in der jetzigen Lage eindeutig Schwäche!«

»Nein, das ist keine Schwäche«, hielt der Ire dagegen. »Aber manchmal muss man eben auch einen Schritt gehen, der einem schwerfällt, der wehtut, der so nicht eingeplant ist. Ein Schritt zurück, der aber dennoch ein Schritt in die Zukunft ist. Vergesst dabei bitte nicht, dass Ihr bisher abertausende Schritte stets nur nach vorne gemacht habt! Und in was für einem Tempo! Ihr habt Un-

310

mögliches geschafft, habt einen Aufstieg hingelegt, den so nicht viele geschafft hätten. Noch zu Jahresbeginn saßen wir in Frankreich und kein Mensch ahnte etwas von der Invasion. Niemand glaubte, dass Ihr am Ende des Jahres bereits auf dem schottischen Thron sitzen und dass Ihr ganz Schottland von den Engländern befreit haben würdet! Niemand glaubte dies. Und nun seht, was Ihr erreicht habt!«

»Denkt Ihr wirklich, dass ein Rückzug der beste Weg für uns ist?«, hakte Charles Edward nach. »Seid Ihr davon absolut fest überzeugt, ohne jeglichen Zweifel?«

Thomas Sheridan überlegte kurz, ehe er langsam mit dem ergrauten Kopf zu nicken begann. »Ja, ich denke, dass es in unserer jetzigen Situation das Beste wäre. Denn solltet Ihr auf einem Marsch weiter gen Süden und auf London bestehen, werden Euch nicht mehr alle Clanchiefs und deren Anhänger folgen. Unsere Armee würde dadurch massiv ausgedünnt werden, was nichts anderes als tödlich wäre. Ich bin generell der festen Überzeugung, dass wir es schaffen können, den englischen Thron für Euch und Eure Familie zurückzuholen. Doch nur, wenn wir auf die gesamte Truppenstärke zurückgreifen können.«

»Oder mit der Hilfe der Franzosen«, murmelte Charles Edward leise und mit einem bitteren Geschmack im Mund.

»Sollten die Franzosen tatsächlich nächstes Frühjahr kommen, dann werden wir erneut hier in Derby stehen und dann werden wir nicht wieder zurückweichen!«, sagte Thomas Sheridan und legte dem Prinzregenten eine Hand auf die Schulter. »Manchmal muss Großes auch gut vorbereitet werden und darf unter keinen Umständen unter Hast oder auf Biegen und Brechen in Angriff genommen werden!«

»Schön«, seufzte Bonnie Prince Charlie traurig, wenngleich er immer noch anderer Meinung war. »Dann gebt den Befehl zum Rückzug!«

Kapitel 26

Grenzgebiet zwischen England und Schottland, Dezember 1745

Am Freitag, den sechsten Dezember 1745, begann der Rückzug der bisher siegreichen jakobitischen Armee um Charles Edward Stuart. Von der Mehrheit der Clanchiefs wurde dieser Schritt begrüßt, eine kleine Minderheit hingegen verfluchte ihn, unter anderem auch der Prinzregent selbst. Er war immer noch der Meinung, dass sie weiter gen Süden ziehen sollten, doch mit dieser Meinung stand er ziemlich alleine da und er konnte nichts tun, um seine Anhänger umzustimmen, sodass er sich dem Drängen der mächtigen Clanchiefs beugen musste. Es war im Grunde eine doppelte Niederlage für ihn, denn er musste sich erneut eingestehen, dass er in gewisser Weise von den Chiefs abhängig war. Es war zwar seine Armee, die er anführte, doch konnte er in Wahrheit über sie nur mit Hilfe der Clanchiefs verfügen. So ging dieser Freitag als *Schwarzer Freitag* in die Geschichte ein.

Charles Edward hatte an diesem kalten Freitagmorgen seinen Hut tief ins Gesicht gezogen, während er inmitten des Trosses dem langen Zug der Krieger folgte. Er wollte nicht an der Spitze reiten, wollte diesen Rückzug keinesfalls anführen. Sein Gesicht war verfinstert, seine Schultern hingen herab, seine Stimmung lag noch unter dem Gefrierpunkt des Eises, das rechts und links der Wege auf den kahlen Feldern lag. Er redete kaum an diesem Tag, und wenn doch, dann nur das Allernötigste. Außerdem mied er den Kontakt zu seinem Kriegsrat und den Clanchiefs, allen voran Lord George Murray. Er wollte keinen von ihnen heute sehen, er wollte vielmehr seine Ruhe haben und diese Schmach verdauen. Selbst seine neu formierte Leibgarde schickte er unter barschen Worten weg. Diese zögerte zunächst, da die Männer nicht wussten, wie sie ihn beschützen sollten, wenn sie nicht in seiner Nähe waren, doch als sie sahen, dass er keine Späße machte, gehorchten sie und zogen sich dezent zurück.

Thomas Sheridan kam im Laufe des Tages auf ihn zu und versuchte, ihn aufzubauen und ihm erneut zu erklären, dass dies überhaupt keine Niederlage war, doch seine Worte verhalfen ihm nicht unbedingt zu einer besseren Stimmung.

Irgendwann rief Charles Edward den jungen Roderick MacKenzie, den ehemaligen Kaufmann aus Edinburgh und jetzigen Doppelgänger, der ihm wie aus dem Gesicht geschnitten schien, herbei. Er überließ ihm seinen Platz, zog seinen Hut noch tiefer ins Gesicht und ritt dann auf seiner Stute davon. Er entfernte sich von seiner Armee, ritt auf einen nahen Hügel und hielt dort an, um einmal frei durchzuatmen. Er hatte nämlich das unschöne Gefühl gehabt, in dem langen Armeezug keine Luft mehr zu bekommen. Nun spürte er die eiskalte Luft, die in seine Lungen strömte und ihn innerlich erzittern ließ. Doch es war kein schlechtes Gefühl, im Gegenteil, es hatte etwas Befreiendes an sich. Geräuschvoll stieß er die Luft wieder aus, sodass sich kleine Kristallwölkchen vor seinem Mund bildeten. Seinem Pferd musste es ähnlich ergehen, denn es schnaubte auf, wackelte mit dem Kopf und stieß ebenfalls eine dichte Kristallwolke aus, die jedoch wesentlich größer war als seine. Bonnie Prince Charlie beugte sich ein wenig nach vorne, tätschelte seine Stute am Hals und flüsterte ihr einige beruhigende Worte zu. Anschließend richtete er sich wieder auf, setzte sich kerzengerade in seinen Sattel und blickte auf seine Krieger hinab. Lange Zeit schaute er ihnen einfach nur zu, wie sie langsamen Schrittes zurück nach Schottland marschierten. »Ungeschlagen und trotzdem auf dem Rückzug!«, murmelte er leise vor sich hin, als konnte er all dies nicht so recht begreifen.

Die Stimmung unter den Männern war ebenfalls nicht sonderlich gut, keiner sang an diesem Tag, keiner machte lautstarke Witze über Engländer, niemandem war zu scherzen zumute. Dabei spielte es keine Rolle, ob sie diesen Rückmarsch guthießen oder nicht, es fühlte sich einfach für niemanden gut an. Irgendwann begann zwar James Reid mit seinem Dudelsack zu spielen, doch die anfänglich eher noch fröhliche Melodie wandelte sich mehr und mehr in einen melancholischen Trauermarsch.

Der Rückmarsch führte sie exakt auf den Wegen, die sie beim Hinmarsch genommen hatten. Am Abend des *Schwarzen Freitags* erreichten sie Ashburn, am nächsten Tag ging es weiter zurück nach Leek, am achten Dezember nach Macclesfield, am neunten Dezember erreichten sie wieder Manchester. Dort versuchte Charles Edward noch einmal, seine Ratgeber und die Clanchiefs zu einer anderen Taktik zu bewegen, aber vergeblich. Auf jedes seiner Argumente hatten sie ein passendes Gegenargument, sodass sie sich nicht umstimmen ließen. Außerdem nahmen sie ihm weiterhin übel, dass er bezüglich der Hilfe durch die französische Armee nicht direkt die ganze Wahrheit gesagt hatte. Sie fühlten sich getäuscht und in ihrer Ehre gekränkt, was jeden Umstimmungsversuch bereits im Voraus zum Scheitern verurteilte.

Deshalb ging der Rückzug nach Schottland auch am nächsten Tag unvermindert weiter. An diesem zehnten Dezember erfolgte der Abmarsch aus Manchester, sodass man am Abend Wigan erreichte, wo man wiederum die Nacht verbrachte. Von dort ging es über Preston nach Lancaster, wo zwei Nächte verbracht wurden, um ein bisschen Kraft und Energie zu sammeln. Nach dieser kleinen Pause marschierte die Armee nach Kendal und anschließend nach Shap. Die Bewohner dieser Städte waren nicht wenig überrascht, als sie die siegreiche und dennoch auf dem Rückzug befindliche Stuart-Armee erblickten. Viele der Menschen fragten sich, weshalb man sich zurückzog, doch keiner der Krieger wollte darauf eine Antwort geben, sie gingen stumm an den Menschen vorbei. Die Bürger hingegen waren froh, sich diesem Zug vor Wochen nicht angeschlossen zu haben, denn nun sahen sie ihre Befürchtungen bezüglich englischer Vergeltungsmaßnahmen bestätigt.

Am siebzehnten Dezember 1745 kam es bei Clifton zu einem blutigen Gefecht mit Truppen des Duke of Cumberland, der mit seiner zweigeteilten Armee den Rebellen nachjagte. Er für seinen Teil deutete den Rückzug als Schwäche, sodass er eine Entscheidungsschlacht herbeizuführen suchte, was bei diesem raschen Rückzug allerdings gar nicht so einfach war. Bei Clifton hingegen konnte ein Teil seiner Armee, mehrere hundert berittene Soldaten, die Jakobiten stellen und in ein Gefecht verwickeln. Allerdings waren Charles Edward Stuart und seine Getreuen auf solch ein Zusammentreffen vorbereitet, sodass sie in diesem Gefecht die Oberhand behielten. Unter der Leitung von Lord George Murray schlugen die Jakobiten die Engländer in die Flucht und sicherten so ihren weiteren Rückzug militärisch ab.

Der Duke of Cumberland hingegen hatte sich ordentlich die Finger verbrannt und musste sich eingestehen, dass die feindliche Armee keinesfalls wehrlos war oder gar Auflösungserscheinungen zeigte. Er selbst hingegen hatte einige schwere Verluste zu verzeichnen und verzichtete deshalb vorerst auf eine weitere militärische Auseinandersetzung, wenngleich er die Verfolgung nicht gänzlich aufgab, sondern den Jakobiten um Bonnie Prince Charlie gefährlich im Nacken sitzen blieb. Er wollte lediglich auf eine günstigere Gelegenheit warten, um es dann erneut zu versuchen.

So erreichten Bonnie Prince Charlie und seine Gefährten an Weihnachten die Stadt Glasgow, wo sie sich für einige Tage hinter die dicken Mauern zurückziehen und durchschnaufen konnten. Außerdem wartete hier bereits frischer Proviant auf sie, mit dem sie sich eindecken konnten. Ein anstrengender und kräftezehrender Gewaltmarsch lag hinter ihnen – von Mittelengland zurück, hunderte Meilen nordwärts, wieder über die Grenze der beiden Königreiche und bis nach Mittelschottland. Und den Feind all die Zeit über lauernd im Nacken. Bonnie Prince Charlie bedauerte immer mehr, zu diesem Schritt gezwungen worden zu sein, denn er sah keinen geordneten Rückzug, sondern vielmehr eine Art Hetzjagd, wobei sie leider nicht die Jäger waren. Und all das, obwohl sie keine Schlacht, keinen Kampf, kein noch so kleines Gefecht bisher verloren hatten. Dieser Umstand war in seinen Augen nicht nur sehr ärgerlich, sondern äußerst dramatisch. Verständlicherweise verliefen das Weihnachtsfest und die Neujahrsfeiern nicht sonderlich fröhlich und wurden stattdessen von einer trüben Stimmung überschattet.

Alle bisher eroberten Städte auf englischem Boden fielen in der Folge wieder in die Hände der englischen Regierungstruppen. Auch Carlisle, das Charles Edward Stuart unbedingt hatte halten wollen, weshalb er einige hundert Mann Besatzung dort zurückgelassen hatte. Leider vergeblich. Die Truppen des Duke of Cumberland belagerten die Stadt in unerbittlicher Weise und konnten sie noch vor Jahresende einnehmen. Selbst einige Städte in Schottland fielen den englischen Truppen wieder in die Hände, darunter unglücklicherweise auch Edinburgh, die Hauptstadt des Reiches, was besonders schwer wiegte und Charles Edward einen schmerzhaften Stich in die Brust versetzte.

Keiner der Berater des Prinzen hatte zu Beginn des Rückzugs aus England damit gerechnet, dass alles dermaßen unkontrolliert und chaotisch ablaufen würde, allgemein hatte die Meinung vorgeherrscht, dass die englischen Regierungstruppen sich nicht so weit bis nach Schottland vorwagen und stattdessen an der Grenze der beiden Königreiche zurückbleiben würden. Sie hatten gedacht, die Engländer würden davor zurückschrecken, die gefürchteten Highlander und Iren in ihre Heimat zu verfolgen. Nun wurden sie jedoch eines Besseren belehrt und suchten nach einem Ausweg aus dieser ungünstigen Lage.

Bonnie Prince Charlie blieb mit dem größten Teil seiner Armee, der nahezu nur aus Highlandern bestand, bis Anfang Januar im sicheren Glasgow. Dort veranlasste er, dass die Bürger der Stadt seine Truppen neu ausrüsteten. So mussten diese den Soldaten zwölftausend Hemden, fast sechstausend Hosen und ebenso viele Mäntel übergeben. Als dies geschehen war, gab Charles Edward den Befehl zum Aufbruch. Er zog aus Glasgow ab und marschierte auf das nicht allzu weit entfernte Stirling zu, um sich den dortigen jakobitischen Truppen anzuschließen, die das Stirling Castle belagerten. Dieses wurde weiterhin von Engländern gehalten, was ein großes Ärgernis war. Stirling war nämlich ein wichtiger Knotenpunkt zwischen dem Süden und dem Norden des Landes und von daher von wichtiger strategischer Bedeutung. Und solange das Castle von feindlichen Truppen gehalten wurde, bedeutete dies eine ständige Gefahr. Außerdem war die mächtige Festungsanlage auch ein sicherer Rückzugspunkt, sofern die Stadt aufgegeben werden musste.

In Stirling erreichte Bonnie Prince Charlie die schlechte Nachricht, dass eine große englische Streitmacht unter der Führung von Generalleutnant Henry Hawley, dem Nachfolger des verspotteten und entlassenen General John Cope, aus Edinburgh abmarschiert sei, um den eingeschlossenen Engländern in Stirling Castle zu Hilfe zu kommen. Daraufhin ließ er rund eintausend Krieger zurück, die die Belagerung des Stirling Castle fortführen sollten, und zog selbst mit den restlichen achttausend Kriegern – so stark war seine Armee mittlerweile - den herannahenden Engländern entgegen. Nahe Falkirk trafen sie aufeinander.

Kapitel 27

Schottland, nahe Falkirk, 16. Januar 1746

Bonnie Prince Charlie war guter Dinge. Seine Laune hatte sich erheblich gebessert, ebenso wie das Wetter in den letzten Tagen. Die Kälte war zwar immer noch sehr unangenehm, doch wenn sich tagsüber die Sonne für ein paar Stunden durch die ansonsten dichte Wolkendecke schob, wurde es erträglich. Die Sonnenstrahlen erwärmten den gefrorenen Boden, ließen die Erde dampfen und sorgten für ein angenehmes Kribbeln auf der nackten Haut. Und mit denselben Worten hätte Charles Edward momentan auch sein Innerstes beschrieben, wie er mit einem aufseufzenden Lächeln feststellte. Im Grunde verhielt es sich mit seinem Herzen genauso wie mit der Sonne: Der trübe Schleier der letzten Tage und Wochen war wie durch Geisterhand verschwunden, stattdessen drängte neues Licht hindurch und ließ die Welt in einem warmen Glanz erstrahlen. Außerdem verspürte er eine Begierde, wie er sie lange Zeit nicht mehr dermaßen intensiv wahrgenommen hatte. Die Ursachen hierfür waren ganz unterschiedlicher Natur. Zum einen freute er sich auf den unmittelbar bevorstehenden Kampf, denn er glaubte felsenfest an einen Sieg seiner Truppen, schließlich hatte er bisher in jedem Gefecht oder kleinen Scharmützel gegen die Engländer die Oberhand behalten. Und er wollte diese Siegesserie weiter ausbauen, um sich schnellstmöglich das zurückzuholen, was in den letzten Wochen verloren gegangen war. Zum anderen aber hatte er vor einigen Tagen eine junge Frau getroffen, die ihm seither nicht mehr aus dem Kopf gehen wollte. Zwar verhielt es sich so, dass er kaum eine Nacht allein verbrachte, auch hier in Schottland oder auf ihrem Zug gen Süden nach England nicht, doch diese eine Frau war anders. Es war mehr als eine reine Liebschaft, mehr als eine gemeinsame Nacht und das fleischliche Vergnügen. Es ging vielmehr darüber hinaus und verursachte bei ihm ein Herzrasen, ein heftiges und nicht zu kontrollierendes Flattern, wie er es sonst nicht kannte. Diese Frau bewunderte er nicht nur wegen ihres makellosen Körpers, nein, es war um einiges mehr. Er mochte ihre ganze Art an sich, ihr Auftreten, ihre selbstsichere und gleichzeitig doch etwas schüchterne Körperhaltung, ihre goldgelockte Haarpracht, ihre glänzenden und äußerst markanten Augen, ihren schlanken Hals, der von einem enganliegenden schwarzen Halsband umrahmt wurde, ihr herzhaftes und ehrliches Lachen, ihre stets leicht befeuchteten Lippen, ihre filigranen Hände, die äußerst geschickt waren ... Er konnte endlos weiter aufzählen, was er an ihr bewunderte. Mit ihr konnte er Stunden zubringen. Und zwar nicht nur im Bett, sondern auch im Gespräch oder einer gemeinsamen Unternehmung. So hatten sie in der kurzen Zeit, die ihnen bei dieser ersten wundersamen Begegnung vergönnt gewesen war, einiges unternommen: ein Picknick auf dem Heuboden, ein winterlicher Spaziergang, bei welchem ihre Wangen vor Freude und Kälte rot angelaufen waren, sowie ein nächtliches Beobachten der leider sehr wenigen Sterne. In ihrer Nähe fühlte er sich frei und glücklich, bei ihr konnte er einfach nur ein junger Mann sein, kein Prinzregent, kein Armeeführer, bei ihr war er lediglich ein junger und verliebter Bursche. Ja, das war er tatsächlich ... verliebt! Ernsthaft verliebt, nicht nur gefangen in einer flüchtigen Liebelei, sondern mit ganzem Herzen bei der Sache. Das, was er fühlte, wenn er an sie dachte, war ganz anders als das, was er sonst fühlte, wenn er mit einer Frau zusammen war. Und genau aus diesem Grund wollte er sie unbedingt wiedersehen. Dazu musste er allerdings zuerst Generalleutnant Henry Hawley und dessen Truppen schlagen, erst dann konnte er sich wieder dem Vergnügen widmen. Und wer wusste schon zu sagen, wie die Geschichte mit dieser jungen Dame weiterging?

»Ist das nicht herrlich?«, ertönte plötzlich eine wohlbekannte Stimme und riss Charles Edward Stuart damit unfreiwillig aus den schönen und intimen Gedanken. Thomas Sheridan und einige andere Gefährten lenkten ihre Pferde neben das des Prinzregenten.

»Hm«, murmelte Bonnie Prince Charlie beiläufig zur Antwort und wollte sich dann wieder auf seine Angebetete konzentrieren. Er nahm nicht einmal richtig war, wer da zu ihm gesprochen hatte. Seine Gedanken glitten nämlich sogleich wieder ab und seine Augen nahmen einen verträumten Ausdruck an.

»Von mir aus könnte immer die Sonne scheinen«, antwortete Ranald MacDonald an seiner Stelle.

»Oh, ich habe in erster Linie nicht die Sonne gemeint«, stellte Thomas Sheridan mit einem süffisanten Grinsen klar.

»So? Was denn dann?«

»Seht Euch nur unsere königliche Hoheit an! Seht in sein Gesicht und sagt mir, was Ihr darin lesen könnt!«

Ranald MacDonald und auch die anderen blickten daraufhin alle Bonnie Prince Charlie direkt an und riefen dann gemeinsam im Chor einen Laut des Verstehens aus.

»Ist dieser Gesichtsausdruck nicht herrlich?«, wiederholte Thomas Sheridan. »Weg sind die Sorgenfalten, sind der Groll und die Skepsis. Stattdessen sind dort … Gut, lassen wir das! Ich denke, dass ich das nicht weiter erläutern muss.«

»Sicher nicht!«, bestätigte Lord Elcho. »Solch einen verträumten Gesichtsausdruck hat nur ein bis über beide Ohren Verliebter.«

»So ist es.«

»Unsere königliche Hoheit ist frisch verliebt! Eieiei …«

»Wer ist denn die Glückliche?«, wollte Chief Donald Cameron of Lochiel neugierig wissen.

»Eine gewisse Clementina Walkinshaw.«

»Ich kann euch alle hören!«, murmelte Bonnie Prince Charlie leise. »Und damit ihr es wisst, sie heißt Clementina Maria Sophia Walkinshaw!«

»Ah! Dann gebt Ihr es also zu, dass Ihr verliebt seid?!«, rief Lord Elcho und zog seinen Freund mit weiteren Sprüchen auf. Die anderen beteiligten sich munter daran. Sie alle waren überaus froh darüber, dass Charles Edward sein Lachen, seinen Mut und seinen Kampfgeist wiedergefunden hatte, denn der erzwungene Rückzug aus England und die daraus resultierenden Folgen hatten ganz schön an ihm genagt. Manch einer wäre da wohl bereits der irreparablen Melancholie verfallen und hätte aufgegeben oder sich komplett von jeglicher Verantwortung zurückgezogen.

»Ihr müsst uns unbedingt alles über diese Clementina Maria Sophia Walkinshaw erzählen!«, drängte Ranald MacDonald und betonte extra jeden einzelnen Namen der jungen Dame.

»Ja, wir möchten alles wissen!«, bestätigte Chief Donald Cameron.

Dann wurde es ruhig, weil jeder darauf wartete, dass der Prinzregent zu erzählen begann. Doch der lächelte nur in sich hinein und schwieg. Er dachte nicht daran, hier und jetzt alles über seine geliebte Clementina preiszugeben. Außerdem wusste er ja noch nicht, wie genau es mir ihr und ihm weitergehen würde. Es war auch durchaus möglich, dass sie sich nie wieder sehen würden.

»Er schweigt und genießt!«, rief Chief Donald Cameron in gespielt übertriebener Empörung aus. »Dabei weiß er ganz genau, wie sehr wir solche Geschichten lieben!«

»Vielleicht möchte er uns bestrafen …?«, mutmaßte William Murray, der bisher nichts gesagt und sich aus allem rausgehalten hatte. Doch auch er wollte nun unbedingt mehr wissen, seine Neugier war geweckt. Deshalb bedrängten er und die anderen Charles Edward so lange, bis dieser endlich nachgab und sich bereiterklärte, doch Auskunft zu geben.

»Was wollt ihr denn wissen?«, seufzte Bonnie Prince Charlie ergeben. »Und ich hoffe, dass ihr anschließend endlich Ruhe gebt!«, fügte er schnell noch hinzu.

»Wer ist diese Clementina Walkinshaw?«, platzte es aus Chief Donald Cameron heraus. »Woher kommt sie? Was macht sie? Was machen ihre Eltern? Wie …«

»Halt!«, rief Charles Edward lachend dazwischen. »Das sind ziemlich viele Fragen auf einmal. Also …«

»Ja? Nun erzählt schon!«

»Clementina ist …«

»Wie vertraut er ihren Namen bereits ausspricht!«, plapperte Thomas Sheridan sofort dazwischen.

Bonnie Prince Charlie stoppte und wandte sich dem Iren zu. »Wollt Ihr nun mehr wissen, Sir Thomas, oder nicht?«

»Natürlich. Verzeiht diese kleine Unterbrechung und fahrt doch bitte fort!«

»Clementina ist im selben Jahr geboren wie ich, allerdings ist sie einige Monate älter.«

»Wo ist sie aufgewachsen?«

»Geboren wurde sie in Glasgow, jedoch hat man sie im Kindes-alter auf den Kontinent geschickt, wo sie dann aufwuchs und erzogen wurde. In dieser Zeit ist sie auch zum römisch-katholischen Glauben übergetreten.«

»Das dürfte Euch freuen, nicht wahr?«

»Das kann ich nicht leugnen«, bestätigte Charles Edward. »Wenngleich der Rest ihrer Familie weiterhin protestantisch ist. Naja, auf jeden Fall ist sie vor nicht allzu langer Zeit vom Kontinent wieder in ihre Heimat zurückgekehrt und lebt seither bei ihrem Onkel, Sir Hugh Paterson, in Bannockburn.«

»Ah!«, rief William Murray laut aus. »Ich verstehe. Bannockburn liegt nicht weit entfernt von Stirling Castle. Dort wart Ihr also, wenn Ihr immer fortgeritten seid.«

»Und ich dachte, Ihr erkundet die Gegend …«, sagte Ranald MacDonald.

»Dabei hat er etwas ganz anderes erkundet!«, witzelte Lord Elcho und erntete dafür lautes Gelächter, das gleichzeitig Charles Edward die Röte ins Gesicht trieb. »Es war zumindest ebenfalls unbekanntes Terrain!«

»Habt ruhig euren Spaß!«, sagte Bonnie Prince Charlie und gab seinem Pferd einen leichten Schenkeldruck, woraufhin das Tier einen Satz nach vorne machte.

»Moment!«, rief William Murray und versuchte, nach den Zügeln von Charles Edwards Pferd zu greifen, jedoch vergeblich. »Ihr habt uns noch nicht alles erzählt!«, rief er dem flüchtenden Prinzregenten hinterher.

»Mehr müsst Ihr nicht wissen, Marquis!«, rief Bonnie Prince Charlie über die Schulter zurück. »Denn das ist nicht für Kinderohren bestimmt!«

»Na toll! Ihr habt ihn vertrieben, Lord Elcho!«, klagte William Murray nicht ganz ernst gemeint an. »Dabei hätte ich gerne noch mehr Einzelheiten erfahren.«

»Ein bisschen weiß ich über diese Clementina auch Bescheid«, grinste Thomas Sheridan. »Natürlich habe ich unseren Prinzregenten niemals alleine losziehen lassen, sondern habe darauf bestanden, dass er seine Leibgarde und seinen Doppelgänger mitnimmt, die im Notfall hätten eingreifen können. Einen von ihnen habe ich beiläufig beauftragt, mehr über Clementina Walkinshaw herauszufinden.«

»Weiß Charles Edward darüber Bescheid?«, wollte Ranald Mac-Donald wissen.

»Nein. Und ich halte es auch für besser, wenn das so bleibt. Er muss es nicht erfahren. Außerdem diente es ja nur zu seiner eigenen Sicherheit, schließlich wurde bekanntermaßen schon mehr als einmal ein Attentat auf ihn geplant und auch versucht. Deshalb können wir gar nicht vorsichtig genug sein.«

»Und die Neigungen des Prinzen bezüglich des anderen Geschlechts sind mittlerweile landauf und landab bekannt«, führte Lord Elcho den Gedankengang weiter aus.

»Genau. Es könnte von daher gut sein, dass die Engländer versuchen, ihm eine Falle mithilfe einer Frau zu stellen.«

»Glaubt Ihr das ernsthaft?«, wollte William Murray erstaunt wissen.

»Denkbar wäre es durchaus. Eine Frau macht sich an ihn heran, lockt ihn weg und führt ihn direkt in die Hände eines Killerkommandos.«

»Und was habt Ihr bezüglich dieser Clementina Walkinshaw herausgefunden? Ist sie eine Bedrohung?«

»Nein«, versicherte Thomas Sheridan schnell. »Sie ist absolut in Ordnung und nicht im Geringsten eine Gefahr für das Leben des Prinzregenten.«

»Seid Ihr Euch absolut sicher?«

»Ja. Sie ist die jüngste von ganz erstaunlichen zehn Töchtern des John Walkinshaw of Barrowhill und dessen Ehefrau Katherine Paterson.«

Ranald MacDonald spitzte bei diesen Worten seine Lippen und pfiff einmal laut aus. Gleichzeitig nickte er anerkennend mit dem Kopf.

»Zehn Töchter …«, murmelte Lord Elcho leise.

Thomas Sheridan überging diese Bemerkungen und fuhr unbeirrt fort: »Ihr Vater ist ein treuer Anhänger des Hauses Stuart. Er kämpfte im Jahre 1715 für Charles Edwards Vater und wurde bei der Schlacht von Sheriffmuir, nordöstlich von Dunblane bei den Ochil Hills, gefangen genommen. Es gelang ihm jedoch glücklicherweise die Flucht auf den Kontinent, wo er die anschließenden zwei Jahre im Exil lebte. Danach wurde er vom englischen Parlament begnadigt und konnte in seine Heimat zurückkehren. In Glasgow wurde er dann ein sehr reicher und angesehener Kaufmann. Und dort ist rund drei Jahre später Clementina geboren worden.«

Das weitere Gespräch wurde jäh unterbrochen, als ein Bote der Vorhut angeritten kam und die Meldung machte, dass die feindlichen Truppen unter Generalleutnant Henry Hawley ganz in der Nähe lagerten.

»Man kann hier kein begonnenes Gespräch vernünftig zu Ende führen!«, maulte der Marquis of Tullibardine.

»Dann haben wir zumindest für heute Abend schon Gesprächsstoff«, meinte Lord Elcho und zuckte mit den Schultern, ehe er seine gesamte Aufmerksamkeit dem Boten schenkte.

Der Bote sprang von seinem Pferd, holte seinen Dolch hervor und zog in den weichen Untergrund hastig einige Linien. »Das hier ist Falkirk«, sprach er, »und General Hawleys Männer lagern hier vor den Toren.«

»Was ist mit Hawley selbst?«, wollte William Murray wissen.

»Der befindet sich hier«, antwortete der Bote und ritzte ein Stückchen weiter östlich von Falkirk einen kleinen Kreis in den Boden. »Der General hat sich in dieses Herrenhaus ganz in der Nähe zurückgezogen.«

»Das ist das *Callender House*«, murmelte Thomas Sheridan, der dieses Herrenhaus zu kennen schien, und kratzte sich am Kinn. »Wenn Hawley sich dorthin zurückgezogen hat, dann wird er nicht in den nächsten Tagen weiterziehen.«

»Dann wird es also hier zum Kampf kommen!«, stellte William Murray trocken fest. »Es gibt wahrlich bessere Gegenden für ein Gefecht!«, fügte er dann knurrend hinzu und blickte sich skeptisch um.

Thomas Sheridan dankte dem Boten und schickte ihn wieder fort. Dann ließ er sofort nach Bonnie Prince Charlie schicken und versammelte zudem sämtliche Clanchiefs, um die Taktik zu besprechen. Dies war nun eine unvorhergesehene Wendung, doch um in einem Krieg erfolgreich zu sein, musste man eben flexibel und auf jedwede Bedrohung unverzüglich schlagkräftig reagieren können.

»Ich kenne das Gelände wie meinen Kilt«, rief Lord George Murray sofort aus, als es um die Frage ging, wo der unmittelbar bevorstehende Kampf ausgefochten werden konnte.

»Was schlagt Ihr also vor?«, wollte Charles Edward wissen.

Lord George Murray nutzte die vorgefertigten Umrisse des Boten, um seine Vorgehensweise zu erklären. Mit einem Stock markierte er einen Bereich südwestlich von Falkirk und General Hawleys Armee. »Das ist das *Falkirk Muir*, eine relativ ebene Fläche, auf der es sich am besten kämpfen ließe.«

»Wie ist der dortige Untergrund beschaffen?«, wollte Ranald MacDonald wissen.

»Sumpfig und weich. Es ist eben ein Moor.«

»Nicht schon wieder!«, murmelte William Murray. »Ich habe es satt, ständig bis zu den Knöcheln im Dreck zu stecken.«

»Ich denke, dass dieser Platz deshalb durchaus für einen Kampf geeignet scheint«, meinte Charles Edward nachdenklich.

»Wie meint Ihr das?«

»Nun, ganz einfach: Wir wissen, dass General Hawley über eine starke Kavallerie verfügt. Seine Dragoner sind das Herzstück seiner Armee. Seine Taktik besteht in aller Regel darin, seine Kavallerie ungestüm vorpreschen zu lassen, was in vielen Fällen bereits ausgereicht hat, um eine Lücke in die Reihen des Feindes zu reißen. Der Rest ist dann in aller Regel zu sehr eingeschüchtert, gerät in Panik und nimmt Reißaus. Wenn wir aber auf einem moorigen Untergrund kämpfen, wird es seine Kavallerie sehr schwer haben. Die Pferde werden rasch einsinken und wenn überhaupt, dann nur sehr langsam vorankommen. Und diesen Umstand werden wir uns zu Nutze machen.«

»Mit wie vielen feindlichen Soldaten müssen wir rechnen?«, wollte Lord Elcho wissen.

»Die Späher berichten von ungefähr siebentausend.«

Chief Donald Cameron of Lochiel pfiff einmal durch die Zähne. »Das wird ein schweres Stück Arbeit«, meinte er dann. »Aber ich liebe Arbeit!«

»Wir sollten froh sein, dass der Duke of Cumberland mit seinem Armeeteil nicht hier ist, sonst müssten wir gegen eine gewaltige Übermacht antreten. Nun haben wir Glück, dass der Duke seine Armee zweigeteilt hat.«

»Mit der richtigen Taktik werden wir den Sieg erringen«, meinte Bonnie Prince Charlie zuversichtlich. »Und ich habe auch schon eine genaue Vorstellung, wie wir das anstellen werden. Doch das klären wir heute Abend, zunächst müssen wir zusehen, dass wir das Falkirk Moor erreichen.«

»Heute werden wir es nicht mehr rechtzeitig vor Einbruch der Dunkelheit dorthin schaffen«, sagte Lord George Murray. »Aber morgen könnten wir noch vor dem Mittag Aufstellung nehmen.«

»Dann soll es so sein!«, rief Bonnie Prince Charlie laut aus und löste die Versammlung für den Moment auf, damit der Weitermarsch nicht in Verzug geriet. Morgen würden sie dann die feindlichen Truppen angreifen und den Engländern zeigen, dass dieser Rückzug nichts an ihrer Kampfkraft und ihrer Moral geändert hatte. Zufrieden darüber wollte er sich gerade wieder an die Spitze seiner Armee setzen, als ein Warnsignal ertönte.

»Was ist da los?«, rief Colonel John William O'Sullivan alarmiert, zückte seinen Säbel und rückte näher an Bonnie Prince

Charlie heran, um ihn notfalls besser beschützen zu können. Auch die Leibgarde reagierte sofort und umringte den Prinzregenten von allen Seiten.

»Das war das Signal, dass feindliche Truppenverbände gesichtet wurden«, klärte Thomas Sheridan auf und erhielt nur wenige Augenblicke später die Bestätigung, als abermals ein Bote eilig angeritten und nur wenige Schritte vor ihnen zum Halten kam.

»Ein starker Trupp Soldaten wurde an unserer rechten Flanke gesichtet, königliche Hoheit«, machte der Bote Meldung.

»Wissen wir, mit wem wir es zu tun haben?«, wollte Bonnie Prince Charlie wissen und fügte noch hinzu: »Generalleutnant Henry Hawley lagert bei Falkirk, das wissen wir. Womöglich ist es der Duke of Cumberland mit seinen Männern? Das wäre dann überhaupt nicht gut!« Seine Laune erreichte bei diesen Worten beinahe den Gefrierpunkt, seine Miene erstarrte.

»So wie es aussieht, königliche Hoheit, sind es Männer des Clans McKintosh.«

»McKintosh?«, rief Lord Elcho laut aus und hielt mit seiner Verwunderung nicht hinter dem Berg.

»Da stimmt irgendetwas nicht«, murmelte William Murray argwöhnisch und zog seine Stirn in Falten. Gleichzeitig überprüfte er seine Waffen.

»Ganz und gar nicht«, pflichtete ihm Ranald MacDonald sofort bei. »Chief Angus McKintosh hat sich mit seinen Anhängern dem Feind, genauer gesagt dem englischen *Black-Watch-Regiment*, angeschlossen. Was also hat er hier zu suchen?«

»Eine Falle?«, vermutete Chief Donald Cameron of Lochiel.

»Ein Überraschungsangriff?«

»Lasst uns sofort dorthin aufbrechen!«, beschied Bonnie Prince Charlie, da er sich selbst ein Bild machen wollte, und wies den Boten an, sie schnell zu der besagten Stelle zu führen, wo die Männer des McKintosh-Clans gesichtet worden waren. Als sie diese nach einem kurzen aber scharfen Ritt erreicht hatten, befahl er seinen Kriegern in diesem Abschnitt, vorsichtshalber eine Verteidigungsaufstellung einzunehmen und sich gegen einen möglichen Angriff zu wappnen.

Augenblicklich setzte ein lautes Dudelsackspiel ein, unterstützt durch nicht weniger leisen Trommelwirbel, der die Männer zur Aufstellung trieb und auf einen Kampf einstellte. In einem scheinbaren Durcheinander liefen Krieger umher und formierten sich zu einer langgezogenen und dichten Einheit. Befehle wurden gebrüllt, Anweisungen gegeben und die Clanchiefs sorgten dafür, dass jeder einzelne ihrer Männer an seinem richtigen Platz stand. In kurzen und lautstark gebrüllten Ansprachen schworen sie die Kämpfer ein, die mit lauten Rufen antworteten und ihre Bereitschaft signalisierten, sodass binnen kürzester Zeit die Straße, auf der sie sich befanden, in ohrenbetäubenden Lärm gehüllt war.

Bonnie Prince Charlie und seine engsten Gefährten ritten währenddessen auf einen kleinen Hügel ganz in der Nähe, um einen besseren Überblick über das Gelände zu haben. In der Ferne, einem langgezogenen Tal, das sich zur linken Seite an einen dunklen See schmiegte, konnten sie die Truppen des McKintosh-Clans deutlich erkennen. Und diese hielten direkt auf sie zu.

»Wir stehen an einem ziemlich ungünstigen Punkt«, sprach Colonel John William O'Sullivan die Befürchtung aus, die alle innerlich hegten. »Wir stehen mitten auf einer Straße. Das ist kein guter Ort für einen Kampf!«

»Wir können auf die Schnelle nirgends ausweichen«, hielt Lord George Murray dagegen, wenngleich auch er nicht begeistert war, sich jetzt auf einen Kampf einzulassen. Zumal sie auch nicht auf ihre volle Armeestärke zurückgreifen konnten, da sich der Heereszug über eine weite Strecke hinzog und es lange dauerte, bis die Vorhut zurückgerufen werden konnte und die Nachhut endlich aufgeschlossen hatte. Deshalb hatten sie nur wenige hundert Mann zur Verfügung. Und so wie es aussah, bestand der anrückende McKintosh-Clan ebenfalls aus mehreren hundert Männern. Es war also eine ziemlich ausgeglichene Sache, die schnell böse enden konnte. Noch dazu so kurz vor der eigentlichen Schlacht mit den Truppen des General Hawley.

»Eine böse Überraschung«, murmelte William Murray deshalb mit finsterer Miene.

»Aber wir werden den Kampf annehmen müssen!«, hielt sein Bruder dagegen. »Wir können weder ausweichen noch riskieren, zwischen die beiden feindlichen Armeen zu geraten. Der Kampf ist unumgänglich! Aber wie es aussieht, agieren die Männer des Clans McKintosh unabhängig von General Hawley. Warum das so ist, kann ich beim besten Willen nicht sagen, doch es ist gut für uns.«

»Moment!«, rief Thomas Sheridan aufgeregt dazwischen. Er hatte sich bisher mit Worten zurückgehalten, da er sein neues Fernrohr, welches er sich in Glasgow besorgt hatte, in den Händen hielt und zu den McKintosh-Kriegern hinüber sah.

»Was ist? Was seht Ihr?«, wollte Charles Edward sofort wissen. »Nun sagt schon und spannt uns nicht länger auf die Folter!«, fügte er noch knurrend hinzu.

»Das an der Spitze dort unten ist nicht Chief Angus McKintosh!«

»Was? Wer sollte es denn sonst sein?«, wollte Lord Elcho erstaunt wissen.

»Niemand anderes als der Chief höchstpersönlich kann einen Clan anführen«, bestätigte Lord George Murray. »Es *muss* Chief Angus McKintosh sein!«

»Und wenn ich es euch doch sage!«, beharrte Thomas Sheridan auf seinen Worten. »Das ist nicht der Chief. Das ist jemand anderes … Gütiger Himmel! Darf das wahr sein?«

Augenblicklich drängten sich alle um den Iren, um sich dessen Fernrohr auszuleihen und selbst einen besseren Blick auf die nahenden Kriegern zu werfen. Thomas Sheridan reichte sein Fernrohr auch gerne weiter, zunächst allerdings an den Prinzregenten, dann an die anderen. Die Verwunderung, nachdem sie alle einen Blick getätigt hatten, stand ihnen schließlich deutlich in die Gesichter geschrieben.

»Ich vermag meinen Augen nicht mehr recht zu trauen!«, verkündete Chief Donald Cameron als erster. »Das … das …«

»D-das i-ist eine Frau a-an der Spitze d-der Männer!«, stotterte Aeneas MacDonald ungläubig und sprach damit aus, was alle sagen wollten, sich aber keiner getraute beim Namen zu nennen.

»Nicht irgendeine Frau«, korrigierte Thomas Sheridan zugleich. »Das ist die Ehefrau des Chief Angus McKintosh. Ihr Name ist Lady Anne Farquharson-McKintosh. Ich kenne sie von einem früheren Zusammentreffen …«

»Aber was …«

»Was macht sie hier? Und wieso führt sie gut vierhundert Männer, auf diese Anzahl würde ich die Krieger schätzen, an? Das … wie …«

»Ich habe keine Ahnung«, gestand der Ire. »Was ich aber sagen kann, ist die Tatsache, dass Lady Anne eine ergebene Anhängerin des Hauses Stuart ist. Das war sie schon immer, wenngleich ihr Ehemann, der Chief, ein treuer Anhänger des englischen Usurpators ist.«

»Ihr vertraut ihr?«, hakte Charles Edward nach.

»Absolut«, bestätigte Thomas Sheridan. »Was auch immer hier vor sich gehen mag, wir haben es sicher nicht mit feindlichen Truppen zu tun. Lady Anne würde Euch und Eure Familie niemals hintergehen! Für sie lege ich meine Hand ins Feuer!«

»Nun gut«, meinte Bonnie Prince Charlie und ließ sein Pferd antraben. »Dann lasst uns Lady Anne entgegenreiten und sehen, was ihre Absichten sind!«

»Nicht so schnell!«, rief Colonel O'Sullivan und heftete sich geschwind an seine Fersen. »Ihr solltet dennoch sehr vorsichtig sein!«

»Ich habe doch Euch an meiner Seite«, antwortete Charles Edward sanft, während er von den anderen Gefährten sowie seiner Leibgarde in das Tal hinab eskortiert wurde.

Es folgte ein kurzer Ritt, ehe sie kurze Zeit später auf Lady Anne und ihre Anhänger trafen. Während Thomas Sheridan dem Treffen gelassen entgegensah, war die Leibgarde des Prinzregenten in höchste Alarmbereitschaft versetzt, die Hände an den Waffen und jederzeit zum Eingreifen bereit.

Lady Anne blieb einige Schritte vor Charles Edward voller Ehrfurcht stehen und sank dann auf ein Knie nieder, während sie sprach: »Ich, Lady Anne Farquharson-McKintosh, grüße Euch, königliche Hoheit. Es ist mir …«

»Bitte, erhebt Euch!«, forderte Bonnie Prince Charlie in sanftem Tonfall, bevor sie weiterreden konnte. »Wahrlich ein ungewöhnlicher Anblick«, schmunzelte er dann, als er die recht junge und sehr ansehnliche Dame in Männerklamotten von oben bis unten ausführlich betrachtete. »So etwas sieht man nicht alle Tage.«

Thomas Sheridan und die anderen musterten Lady Anne nicht weniger neugierig, teilweise auch skeptisch, denn auch sie hatten - ihrem reichhaltigen Erfahrungsschatz zum Trotz - so etwas noch nie zuvor gesehen. Eine Lady in Männerklamotten, die noch dazu eine kleine Streitmacht von wilden und hartgesottenen Highlandern anführte. Und wie es den Anschein hatte, wurde sie von ihnen auch akzeptiert und respektiert. Sie war eindeutig ihre Anführerin.

»Die Not lässt uns manches tun, das wir eigentlich lieber vermieden hätten«, antwortete Lady Anne und hielt dem Blick des Prinzregenten stand. Allerdings konnte sie nicht verhindern, dass sie doch ein klein wenig errötete.

»Verzeiht unsere Blicke, aber … wie kommt es, dass Ihr, Lady Anne, diese Männer anführt?«, fragte Bonnie Prince Charlie nach. »Was ist mit Chief Angus, Eurem Ehemann?«

Es war deutlich zu erkennen, dass dieses Thema Lady Anne sehr unangenehm war. Dennoch redete sie nicht um den heißen Brei herum, sondern sprach frei heraus: »Ich kann Euch versichern, dass ich die Entscheidung meines Ehemannes, die englischen Truppen zu unterstützen, nicht gutheiße. Ich habe unzählige Male versucht, Angus diesbezüglich umzustimmen, aber leider vergeblich. Ich schäme mich für diese Tatsache, doch er kämpft lieber im *Black-Watch-Regiment*, was Euch aber durchaus bekannt sein dürfte. Ich hingegen habe mich stets offen zu Eurer Familie bekannt und werde dieses Bekenntnis heute nur allzu gerne erneuern. Zum Zeichen dafür führe ich Euch die ebenfalls treu ergebenen Männer des Clans McKintosh zu.« Sie wandte sich zu ihren Männern um, die in einigem Abstand warteten. »Die Krieger, die Ihr hier seht, weigerten sich vehement, sich den Engländern anzuschließen. Sie trotzten dem Befehl ihres Clanchiefs, meines Ehemannes, und zogen es vor, mir zu folgen. Jeder einzelne von ihnen will für Euch und für Schottland kämpfen!«

Bonnie Prince Charlie nickte. »Dann seid uns herzlich willkommen. Wir können jeden Mann sehr gut gebrauchen. Und jede Frau!«, fügte er hastig hinzu. Dann rief er die Gebrüder Murray zu sich und trug ihnen auf, sich um die Neuankömmlinge zu kümmern. Sie sollten zunächst eine Extraration Whisky bekommen und anschließend in die Armee eingegliedert werden.

»Zu Befehl, Hoheit!«, riefen Lord George Murray und William Murray im Chor und machten sich dann an die Ausführung.

Charles Edward hingegen wandte sich voll und ganz Lady Anne zu. Er ließ ihr ein Pferd bringen, damit sie nicht mehr laufen musste, und hielt sich stets an ihrer Seite auf. Er plauderte mit ihr, stellte ihr viele Fragen und behandelte sie wie seine engsten männlichen Vertrauten.

»Ich bin so froh, Euch endlich erreicht zu haben«, verkündete Lady Anne. »Zunächst wollte ich Eurem Heerzug nach England folgen, doch aufgrund der komplizierten Differenzen mit meinem Ehemann war das nicht möglich. Nachdem er sich den Engländern angeschlossen hatte, wollte er mich sogar zu Hause einsperren lassen, damit ich in seinen Augen keinen Blödsinn mache, doch ich wusste mich durchaus zu erwehren. Allerdings hat es einige Zeit gedauert, bis ich die treuen Stuart-Anhänger im Clan McKintosh versammeln konnte. Als ich dann von Eurem Rückzug nach Glasgow erfahren habe, habe ich sofort einen Boten dorthin geschickt, um Euch von meinem baldigen Kommen zu informieren. Doch bei meinem Eintreffen wart Ihr schon wieder unterwegs, sodass ich Euch querfeldein nachgeeilt bin.«

»Und Ihr seid genau zur rechten Zeit gekommen«, meinte Bonnie Prince Charlie fröhlich. »Der Kontakt mit dem Feind steht unmittelbar bevor, Colonel Anne!«

Lady Annes ohnehin schon gerötete Wangen nahmen bei dieser Bezeichnung noch einmal eine kräftigere Farbe an. Sie war unheimlich stolz darauf, als Frau mit Colonel angesprochen zu werden, wenngleich ihr bewusst war, dass dies nur rein symbolisch war. Frauen gab es in keiner Armee auf dieser Welt, denn dieser Bereich war allein den Männern vorbehalten. Aber umso größer war deshalb diese Ehre, die, soweit sie wusste, noch keiner Schottin vor ihr zuteil geworden war. Sie, Lady Anne Farquharson-McKintosh, war nunmehr der Colonel des Prinzregenten, der Colonel des berühmten Bonnie Prince Charlie!

Kapitel 28

Schottland, Falkirk Muir, 17. Januar 1746

General Henry Hawley war ein großgewachsener Mann, mit einem schmalen Gesicht, dunklen Augen, dichten Brauen, einer nach unten dicker werdenden Nase und einem deutlich erkennbaren Doppelkinn. Das enge Halstuch, das er zu seinem meist dunkelblauen Justaucorps trug, verstärkte den Effekt seines Doppelkinns noch zusätzlich, was ihn oftmals ärgerte. Doch ganz egal, wie lange er vor einem Spiegel stand und sich hin und her drehte oder seine Kleidung anders richtete, das Doppelkinn blieb. Seine bereits ergrauten und nur noch spärlich vorhandenen Haare versteckte er mehr oder weniger unter einer schulterlangen, schwarzgelockten Perückenpracht. Dadurch erschien sein ohnehin schon bleiches Gesicht noch weißlicher, sodass es ständig den Eindruck hatte, er wäre krank. Seine engsten Vertrauten und Berater hatten sich mit dieser Blässe längst abgefunden, doch sobald er jemand Fremdes traf, kam stets die Frage auf, ob es ihm gut ginge. Diesen ersten Eindruck der Schwäche versuchte Henry Hawley mit Strenge wettzumachen. So galt er als einer der bissigsten und gnadenlosesten Heerführer in der englischen Armee, einen Ruf, den er über viele Jahre hinweg aufgebaut hatte und den er zugegebenermaßen sehr genoss.

Allerdings war auch er mittlerweile in einem Alter angelangt, in welchem er keinen sonderlich großen Wert mehr darauf legte, ob er gefürchtet wurde oder nicht. Stand er früher höchstpersönlich und täglich auf dem Truppenübungsplatz und drillte und quälte seine Soldaten, bis diese ermüdet umfielen, so überließ er dies nun seinen nachfolgend Untergebenen. Er hingegen konzentrierte sich lieber mehr darauf, was er zu Essen bekam und dass er es stets schön warm hatte. Seit einigen Jahren schon plagten ihn nämlich Rheuma und Gicht, seine Glieder und Gelenke schmerzten, besonders an solch kalten Wintertagen. Aus diesem Grund hatte er sich auch in dieses abseits der Kleinstadt Falkirk gelegene Herrenhaus namens *Callender House* zurückgezogen, um hier vor einem wärmenden Kamin zu sitzen und abends in einem gemütlichen Bett schlafen zu können. Als junger Mann hatten ihm Feldlager und die damit verbundenen Unannehmlichkeiten nichts ausgemacht, aber mittlerweile zog er es vor, nicht mehr in einem offenen Feldlager und damit auf dem harten und kalten Boden zu nächtigen. Insgeheim sehnte er seinen Ruhestand herbei, den er sich seiner Meinung nach redlich verdient hatte. Die Jahre in der Armee hatten an ihm gezehrt und forderten nun im Alter seinen Tribut.

Jener Henry Hawley hatte es sich heute Vormittag, am siebzehnten Januar 1746, in einem weich gepolsterten Sessel in der Bibliothek des Herrenhauses gemütlich gemacht. Draußen herrschte ein ekliges Wetter, es war bitterkalt, der Wind zog ungemütlich in jede Ritze der Kleidung und am frühen Morgen hatte auch noch starker Regen eingesetzt. Deshalb hatte er es vorgezogen, nicht ins Feldlager zu seinen Soldaten zu reiten und nachzusehen, ob alles in bester Ordnung war, sondern hierzubleiben, sich in den Sessel vor den Kamin mit dem offenen Feuer zu setzen und zusätzlich in eine kuschelige Decke einzuwickeln. In der einen Hand hielt er ein zufällig ausgewähltes Buch aus dem reichhaltigen Bestand der Bibliothek, eine Abhandlung von René Descartes, in der anderen Hand eine Tasse mit dampfendem Wein, der einen recht süßlichen Geschmack hatte. Auf diese Weise wollte er diesen Tag zubringen und unter keinen Umständen gestört werden.

Der Vormittag verlief auch sehr ruhig, die einzigen Geräusche, die er vernahm, waren das Knistern des Feuers im Kamin sowie das leise Prasseln des Regens, der hin und wieder von außen gegen die Fensterscheiben klopfte. Ansonsten war alles still und der Tag schien für ihn doch noch ein recht schöner Tag zu werden, dem miesen Wetter zum Trotz.

Als es kurz vor dreizehn Uhr klopfte, schaute Henry Hawley von dem Buch auf, nahm demonstrativ gelassen einen Schluck Wein und wartete ab, ob das Klopfen wieder aufhörte. Als dies jedoch nicht der Fall war, rief er notgedrungen: »Herein!«

Ein Sergeant, der komplett durchnässt war und sichtlich fror, betrat daraufhin die Bibliothek. »General Hawley? Sir?«, fragte er vorsichtig und kam ein paar Schritte näher. Er hielt den General im Sessel fixiert, doch aus den Augenwinkeln betrachtete er sehnsüchtig das Wärme spendende Feuer. Nur allzu gerne hätte er sich vor den Kamin gestellt, wäre es auch nur für fünf Minuten gewesen.

»Was gibt es denn?«, blaffte Henry Hawley genervt. »Ich habe doch ausdrücklich gesagt, dass ich heute nicht gestört werden möchte!«

»Schon, Sir, aber es gibt wichtige Neuigkeiten.«

»Was kann denn schon so wichtig sein an diesem Tag, dass es nicht bis morgen warten kann?«, knurrte Hawley genervt zurück.

»Nun«, räusperte sich der Sergeant und machte einen unscheinbaren Schritt in Richtung Feuer, um mehr von der Wärme abzubekommen. Die nasse Kleidung klebte fürchterlich an seinem Körper und seine Zehen fühlten sich bereits ganz taub an vor lauter Kälte. »Die Jakobiten um Charles Edward Stuart sammeln sich ganz in der Nähe auf dem *Falkirk Muir*. Allem Anschein nach planen sie einen Angriff. Und zwar noch heute …«

»Blödsinn!«, maulte Henry Hawley schlecht gelaunt dazwischen. »Die Jakobiten werden an solch einem Tag sicher keinen Angriff wagen!«

»Aber … Sir, unsere Vorhut berichtet, dass die Rebellen Aufstellung nehmen und sich eindeutig zum Kampf formieren …«

»Und ich sage, dass das Blödsinn ist! Allenfalls ein blöder Scherz!«

»Aber … Sir, bei allem Respekt …«

»Sind Sie ruhig, Mann!«, bellte Hawley. »Ich habe den Weg für die Rebellen blockiert und sie werden einen Teufel tun, uns heute noch anzugreifen. Haben Sie mal nach draußen gesehen?«

Der Sergeant blickte fassungslos über diese Frage an sich hinab - um seine Füße hatte sich mittlerweile eine große Pfütze gebildet - und vermied gerade noch so einen bissigen Kommentar, wodurch er höchstwahrscheinlich auch seinen Kopf rettete. Dann blickte er wieder auf und dem General in die Augen und nahm gleichzeitig eine strengere Haltung an. »Wie lauten Ihre Befehle, Sir?« Das *Sir* hatte er beinahe rausgeschrien.

Henry Hawley schien kurz zu überlegen und schloss dazu seine Augen, sodass der Sergeant irgendwann meinte, der General sei eingeschlafen. Doch dann schlug dieser plötzlich seine Augen wieder auf, seufzte und sagte: »Lassen Sie meinetwegen die Männer bewaffnen und zu erhöhter Vorsicht ermahnen!«

»Sind das alle Befehle, Sir?«, hakte der Sergeant ungläubig nach. »Wie ich bereits sagte, die Rebellen …«

»Jajaja, ich weiß!«, schnauzte General Hawley und fuchtelte dabei mit seiner Hand wild in der Luft herum, sodass er etwas von seinem warmen Wein verschüttete. »Verdammt!«, zischte er. »Jetzt sehen Sie sich diese Sauerei an!«

Der Sergeant wartete seelenruhig ab, bis General Hawley sich wieder beruhigt hatte und nicht mehr über den verschütteten Wein schimpfte, dann wagte er einen letzten Versuch. »Sir, wenn Sie erlauben, werde ich die Meldung der Vorhut überprüfen lassen, sodass …«

»Jetzt halten Sie endlich Ihren Mund!«, brüllte Hawley gereizt. »Es reicht! Sie können gehen!«

»Jawohl, Sir!«, knurrte der Sergeant, salutierte und zog sich notgedrungen zurück. Auf einmal konnte er gar nicht mehr schnell genug aus dieser Bibliothek kommen. Seltsamerweise erschien ihm das verregnete und eiskalte Wetter, das ihn auf seinem Rückweg ins Feldlager begleiten würde, sogar sehr verlockend.

»Verdammter Narr!«, bellte General Hawley, nachdem der Sergeant gegangen und er wieder alleine war. »Macht sich bei dem kleinsten Gerücht über den Feind sofort in die Hosen! So einer wie der wird es nie zum General schaffen! Die Rebellen müssten dumm und töricht sein, wenn sie heute einen Angriff wagen würden. Kein Mensch würde bei solch einem Unwetter zu den Waffen greifen und ernsthaft einen Kampf ausfechten wollen! Das war reiner Wahnsinn!« Nachdem er geendet hatte, rief er einen Bediensteten herbei, verlangte mit barschen Worten nach neuem Wein und widmete sich dann wieder voll und ganz seiner Lektüre. »Die Rebellen heute angreifen? Pah!«, waren seine letzten Worte zu dem Thema.

Der Bedienstete, der frischen Nachschub an Wein brachte und auch noch das Feuer schürte, konnte General Hawleys Stimmung mit einem Schlag ändern, indem er verkündete: »Schon bald wird das Mittagsmahl zubereitet sein, Sir. Sie können bereits am Tisch Platz nehmen.«

»Ah, sehr gut!«, rief General Hawley erfreut aus, legte das Buch beiseite und erhob sich ächzend, um wenige Schritte zu dem nahen Tisch zu laufen und sich dann wieder hinzusetzen. Die Sache mit den Rebellen hatte er da längst wieder vergessen, stattdessen lief ihm bei dem Gedanken an eine frisch zubereitete und warme Mahlzeit das Wasser im Mund zusammen. Gemütlich griff er nach der bereitgelegten Serviette, schnürte sie sich um den Hals und schloss kurz die Augen. Dann hob er plötzlich seine Nase an und schnupperte in der Luft. »Hm, wie mir scheint, gibt es heute einen saftigen Braten!«, murmelte er leise vor sich hin und befeuchtete mit seiner Zunge die Lippen. Gleichzeitig langte er nach seinem Messer, um sofort loslegen zu können, sobald der Braten serviert war …

Um vierzehn Uhr klopfte es erneut an der Tür, doch diesmal weitaus stürmischer. General Henry Hawley blickte genervt von seinem Teller auf, denn er saß immer noch über sein Essen gebeugt und schlug sich munter-fröhlich den Magen voll. Der Braten schmeckte einfach köstlich. Da das Klopfen nicht aufhörte, brüllte er laut und genervt: »Was?«

Erneut trat ein Sergeant herein, diesmal aber ein anderer als der vor gut einer Stunde. Dennoch war auch er nicht minder steifgefroren, es hatte beinahe den Anschein, als wäre er eine Runde in einem See geschwommen, er musste bis auf die Haut durchnässt sein. »Ich komme direkt von General John Huske, Sir«, machte der Sergeant Meldung und salutierte.

»Jaja«, maulte General Hawley und deutete mit seinem Messer in der rechten Hand auf die Tür hinter dem Sergeant. »Es zieht!«

Der Sergeant wusste zunächst nicht, was er sagen sollte, er schien für einen kurzen Moment vollkommen sprachlos zu sein. Dann jedoch drehte er sich geschwind um, schloss hastig die Tür und fuhr dann fort: »General Huske erbittet Ihre sofortige Anwesenheit im Feldlager, Sir. Er lässt Sie darüber informieren, dass die Rebellen mit dem *Young Pretender* an der Spitze kurz vor dem Angriff stehen, Sir!«

»Vor dem Angriff? Die Rebellen?«, fragte Henry Hawley überrascht nach, wobei ihm das Stückchen Fleisch, das er sich gerade in den Mund geschoben hatte, wieder heraus und auf den Tisch fiel. Mit offenem Mund und großen Augen starrte er den Sergeant an, der unruhig vor ihm stand.

»Die Lage ist äußerst dramatisch, Sir«, verkündete der Sergeant. »Ihre sofortige Anwesenheit wird benötigt, Sir!«

Erst jetzt begriff General Hawley den Ernst der Lage. Es war beinahe so, als hätte er in einem leichten Dämmerschlaf vor sich hin geträumt, nun aber war er schlagartig aufgewacht. Plötzlich schrillten sämtliche Alarmglocken in seinem Kopf. Die Rebellen standen unmittelbar vor dem Angriff! Wie vom Blitz getroffen sprang er von seinem Stuhl auf, der dabei polternd nach hinten wegkippte, und griff sich seinen wasserdichten Mantel. In Sekundenschnelle war er bereit zum Aufbruch, der Rest des leckeren Bratens kümmerte ihn nicht mehr. In Gedanken fragte er sich selbst, wieso er nicht früher reagiert hatte, wieso er derart töricht gewesen war, die Meldung von vorhin nicht ernst zu nehmen. Wenn es nun ganz blöd lief, dann würde er zu spät im Feldlager eintreffen, um eine vollkommene Katastrophe noch zu verhindern. Panisch marschierte er zu den Ställen des Herrenhauses und verlangte nach seinem Pferd. Als dieses endlich bereitgestellt war, stieg er auf und jagte in das Feldlager, als wäre der Teufel höchstpersönlich hinter ihm her. Nicht auszudenken, wenn er durch seine Nachlässigkeit diese Schlacht verlieren würde. Dann würde er in einer Reihe mit dem allseits verspotteten und verlachten General John Cope stehen. Und dieser furchtbare Gedanke trieb ihm den Angstschweiß ins Gesicht, wo sich dieser mit den dicken Regentropfen vermischte, die von pechschwarzen Wolken herabfielen. In all der Eile hatte Generalleutnant Henry Hawley sogar vergessen, seine Serviette abzunehmen, die er immer noch um seinen Hals gebunden hatte …

Kapitel 29

Schottland, Falkirk Muir, 17. Januar 1746, gegen 16.00 Uhr

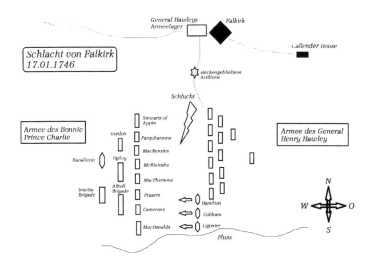

Skeptisch blickte Bonnie Prince Charlie in den Himmel und scheinbar direkt in den Abgrund zur Hölle. Zumindest stellte er sich diesen so vor: pechschwarze Dunkelheit, tief hereinhängende Wolken,
die wie Nebelschwaden vorüberzogen, dicke Regentropfen und
eine eisige Kälte, die im Gegensatz zu den ewigen Feuern im In-
nern der Hölle stand. Kurzum, eine undurchdringliche und alles
verschluckende Finsternis, deren Anblick bei ihm am ganzen Körper eine Gänsehaut verursachte.

»Alles in Ordnung, Hoheit?«, fragte Thomas Sheridan nach, der
aus den Augenwinkeln mitbekommen hatte, wie sich der Prinzregent kurz schüttelte.

»Alles bestens«, log Bonnie Prince Charlie. »Ich frage mich jedoch …«

»Ja?«

»… ob es eine gute Idee war, an einem Tag wie dem heutigen in den Kampf zu ziehen?«

»Selbstredend sind das keine sonderlich guten Bedingungen für einen geordneten Kampf«, meinte der Ire, fügte aber sogleich an: »Doch genau hierin bestand das Überraschungsmoment, das wir auf unserer Seite haben. Seht Euch nur die englischen Truppenverbände an! Die stehen da wie ein Haufen Barbaren!«

Bonnie Prince Charlie musste lachen über diesen Vergleich. »General Hawley war gezwungen, seine Männer so eilig zu formieren, dass sie letzten Endes komplett durcheinander geraten sind. Ihre Aufstellung ist dermaßen unordentlich und schief, dass es zu unserem Vorteil gereichen sollte.«

In diesem Moment kam Lord George Murray auf seinem Pferd angeprescht und machte kurz vor den beiden Halt. »Wir sind bereit zum Kampf!«, meinte er keuchend. »Unsere Formation wurde genau nach Euren Wünschen positioniert.«

»Sehr gut«, meinte Charles Edward.

»In vorderster Front stehen die Krieger der Clans Stewart of Appin, Farquharson, Mackenzie, McKintosh, Fraser, MacPherson und Cameron. Den Abschluss und damit den rechten Flügel bildet selbstverständlich der Clan MacDonald, dem diese Ehre gebührt.«

»Und unsere zweite Reihe?«

»Dort stehen wie befohlen Gordon, Ogilvy und die *Atholl Brigade*. Die dritte Reihe bilden zur Absicherung unsere Kavallerieeinheiten sowie die tapferen Männer der *Irischen Brigade*. Letztere können variabel zur Verstärkung unserer Frontabschnitte eingesetzt werden, falls dem Feind ein Durchbruch gelingen sollte.«

»Durch die unfreiwillig verschobene Aufstellung des Feindes stehen nun deren gefürchteten Kavallerieeinheiten Ligonier, Cobham und Hamilton direkt unseren Clans MacDonald, Cameron, MacPherson und Fraser gegenüber«, sagte Bonnie Prince Charlie lächelnd. »Und ihr linker Infanterieflügel wird es mit unserem starken Zentrum zu tun bekommen. Ausgezeichnet!«

»Am linken Rand des Schlachtfeldes gibt es jedoch eine kleine Schlucht«, meinte Lord George Murray etwas beunruhigt. »Damit wird es den Stewarts of Appin, die unseren linken Flügel bilden, nicht möglich sein, im Verlauf des Kampfes nach rechts einzuschwenken und den Engländern in den Rücken zu fallen.«

»Das ist wahrlich nicht gut, doch immerhin ist dadurch unser linker Flügel bestens geschützt. Ich möchte mich ohnehin auf unseren rechten Flügel und das Zentrum konzentrieren. Wenn unser Plan aufgeht, dann erlebt der linke Flügel einen eher ruhigen Tag. Was ist mit der Artillerie von General Hawley?«

Lord George Murray begann zu grinsen. »Die ist auf dem Weg vom Feldlager in dem sumpfigen Abschnitt etwas nördlich von hier stecken geblieben. Sie haben alles versucht, um die schweren Kanonen doch noch aus dem kniehohen Schlamm zu bekommen, aber vergeblich. Wir können uns also voll und ganz auf die Kavallerie und Infanterie des Feindes konzentrieren.«

»Sehr schön! Dann war es vielleicht doch kein Fehler, bei solch einem Sauwetter in den Kampf zu ziehen«, gab Bonnie Prince Charlie sich mit dem Wetter versöhnlich. Wenn das so weiter ging, dann würde dieser Tag sehr gut für sie enden, für den Feind hingegen sehr übel. Aber noch war der Kampf nicht ausgefochten …

»Es geht los!«, rief Thomas Sheridan auf einmal und deutete mit seinem gezückten Säbel auf den linken Flügel der Engländer, wo die Kavallerie Aufstellung genommen hatte. »General Hawley eröffnet!«

»Viel Glück, Hoheit!«, rief Lord George Murray Charles Edward noch zu, dann verabschiedete er sich hastig, um zu ihrem eigenen rechten Flügel vorzustoßen und dort die Männer zu befehligen.

»Denkt an die besprochene Taktik!«, rief Bonnie Prince Charlie ihm hinterher und begab sich dann ebenfalls weiter nach vorne, was seine Leibgarde mit Sorge betrachtete. Da seine persönliche Standarte ständig mit ihm herumgeführt wurde, wusste der Feind ganz genau, wo er sich gerade befand. Dieser Umstand konnte sehr gefährlich werden und sogar tödlich enden. Den Vorschlag, die Standarte an die Seite seines Doppelgängers zu stellen, lehnte Charles Edward Stuart ab. »Meine Standarte bleibt bei mir!«, war sein einziger Kommentar dazu. Er gab nichts auf die zahlreichen Warnungen, sondern wollte unbedingt vorne mitmischen, um seinen Kriegern, die alles für ihn riskierten, ein Vorbild und echter Anführer zu sein. Er wollte der Schlacht nicht nur als Zuschauer beiwohnen, so wie es beispielsweise General Hawley tat.

Die Schotten auf dem rechten Flügel ließen in der Folge die feindlichen Kavallerieeinheiten nahe an sich herankommen und zögerten ihre Abwehrmaßnahmen gefährlich lange hinaus. Die Dudelsackspieler und Trommler erzeugten einen ohrenbetäubenden Lärm, der durch die vielen höhnischen Rufe der Highlander in Richtung der vorrückenden Engländer noch verstärkt wurde. Als die drei feindlichen Einheiten Ligonier, Cobham und Hamilton nahe genug herangekommen waren, hoben die Schotten alle gemeinsam auf Kommando ihre Gewehre in die Höhe und gaben eine fürchterliche Musketensalve ab, die dutzendfach den Tod unter die Engländer brachte. Gezieltes Schießen war mit diesen Gewehren zwar kaum möglich, noch dazu bei solch miesem Wetter, doch die Masse aus mehreren hundert Musketen hatte eine verheerende Wirkung. Unzählige englische Reiter stürzten getroffen von ihren Pferden zu Boden, wo sie im tiefen Schlamm einsackten und von den nachrückenden Reitern vollends zertrampelt wurden.

Nach einer zweiten Salve war das Chaos unter den heranstürmenden Engländern perfekt. Viele verloren die Orientierung und kamen kaum mehr voran, da sie durch den Schlamm, die gefallenen Kameraden und die reiterlosen Pferde blockiert wurden. Und als die MacDonalds dann auch noch zum Angriff riefen und mit gezückten Schwertern wild auf sie zugerannt kamen, um sie zu vernichten, grassierte die nackte Panik. Viele englische Kavalleristen versuchten verzweifelt, in dem heillosen Durcheinander zu fliehen, doch dabei behinderten sie sich mehr gegenseitig und blieben immer wieder in dem morastigen Untergrund stecken. Und spätestens als die Schotten sie erreicht hatten, gab es für sie kein Entkommen mehr. Die Highlander griffen dabei auf eine ungewöhnliche Taktik zurück, denn sie attackierten in erster Linie nicht die feindlichen Reiter selbst, sondern deren Pferde. Sie schlugen nach den Köpfen der Tiere oder warfen sich rücklings auf den Boden, um die Bäuche der Pferde aufzuschlitzen. Dadurch wurden die Reiter von den verletzten Tieren abgeworfen und landeten im Dreck. Und bevor sie sich von dort wieder aufrappeln und ihre Waffen ziehen konnten, wurden sie bereits gnadenlos in Stücke gehackt. Auf diese Weise starb einer nach dem anderen von ihnen, nur sehr wenige hatten das Glück und konnten sich gerade noch so hinter ihre eigenen Infanteriereihen zurückziehen.

Nachdem der Eröffnungsangriff von General Hawleys Kavallerie kläglich gescheitert war, gab Bonnie Prince Charlie seinem Zentrum den Befehl zum Vorrücken. Im nächsten Augenblick stürmten tausende Highlander wild entschlossen und unter lautem Gebrüll vorwärts und mitten in den linken Infanterieflügel der Engländer hinein. Geprägt war dieser Ansturm durch einen unglaublich dynamischen Schwung, gepaart mit brutaler Rücksichtslosigkeit. Diese Kombination führte meist noch vor dem eigentlichen Aufeinandertreffen der Parteien zu Panik und Lähmungserscheinungen beim Gegner, und so auch diesmal wieder. Die Angst stand den englischen Soldaten deutlich ins Gesicht geschrieben und beeinflusste ihre Kampfkraft. Die meisten Highlander trugen in der linken Hand einen kleinen Schild, zum Teil auch noch einen kleinen Dolch zwischen den Fingern, mit dem sie zusätzlich nach vorne stoßen konnten, und in der rechten Hand die gefürchteten Breitschwerter. Beim Aufeinandertreffen mit dem Feind drückten sie mit den Schilden zunächst deren Bajonette zur Seite und schlugen dann mit ihren Schwertern auf die ansonsten ungeschützten Körper ein. Auf diese Weise knackten sie problemlos die ersten Verteidigungslinien, ehe sie sich in kleinere Gruppen aufteilten und, angeführt von den Chiefs und deren Stellvertretern, inmitten des Feindes grausam wüteten …

Diese beim Feind gefürchtete Angriffstaktik schien auch diesmal wieder erfolgreich zu sein. Die Engländer hatten große Mühe, sich dem Ansturm der Schotten zu erwehren. An ein Vorwärtskommen ihrerseits war schon wenige Minuten nach Beginn des Kampfes überhaupt nicht mehr zu denken, es ging einzig und allein darum, sich irgendwie zu schützen und dabei möglichst geordnet zurückzuziehen.

Bald darauf wurden deutliche Auflösungserscheinungen in den Reihen der Engländer sichtbar, einzig der rechte Flügel hielt den drückenden Schotten stand, da dieser durch die kleine Schlucht an dieser Stelle mehr oder weniger geschützt war und die verfeindeten Linien dadurch nicht frontal aufeinandertreffen konnten. Nur einige Musketenkugeln wechselten die Seiten, richteten jedoch keinen großen Schaden an. Am Ausgang der kleinen Schlucht, wo diese in das offene Feld führte, wurde hingegen erbittert um jeden Fußbreit gekämpft, allerdings war die Passage so schmal, dass immer nur sehr wenige Soldaten nebeneinander stehen konnten, sodass auch die Schotten an dieser Stelle nur sehr mühsam vorankamen und keine sonderlich großen Gebietsgewinne verzeichnen konnten.

Bonnie Prince Charlie befehligte ruhig und unaufgeregt seine Soldaten, gab klare und unmissverständliche Anweisungen und versuchte, bei all dem vorherrschenden Durcheinander den Überblick zu bewahren. Doch das war leicht gesagt, aber schwer in die Realität umzusetzen. Der Sturm nahm derweil ständig weiter zu und erschwerte zum einen die Sicht, die auf ein gefährliches Minimum dahin sank, und zum anderen die Weitergabe von Befehlen. Die Heerführer mussten sich auf beiden Seiten jeweils die Seele aus dem Leib brüllen, damit sie überhaupt verstanden wurden, und waren schon bald heiser von dem ganzen Geschrei. Der dröhnende Wind, das starke Prasseln des Regens, das Gebrüll der Soldaten, das Jammern der Verwundeten, die Trommeln und Dudelsäcke, das Klirren der Schwerter, das Wiehern der verletzten Pferde, all dies vermischte sich zu einem unerträglichen Klangbrei, der so manchem Kämpfenden schier den Verstand raubte und wild und verzweifelt um sich schlagen ließ. Hinzu kam noch die gefürchtete Dunkelheit, die immer stärker zunahm. Obwohl es noch nicht ganz Abend war, war es bereits stockfinster. Denn im Winter zog die Dunkelheit stets um diese Uhrzeit über das Land und hüllte alles ein, außerdem wurde die Schwärze heute durch das Unwetter extrem verschärft.

Bonnie Prince Charlie zog sich nun doch ein Stückchen weiter zurück, um den Überblick über das gesamte Kampfgeschehen zu behalten, das sich bereits weit in die Breite gezogen hatte. Er musste sicherstellen, dass seine Frontlinie nirgends nachgab oder gar einbrach und dass seine Flügel ständig geschützt waren, denn dort war seine Armee am verwundbarsten. So weit er es sehen konnte, schlugen sich seine Männer sehr gut und erfochten nach und nach die Oberhand, doch er wusste auch, dass der Schein manchmal trügen konnte. Und ein einziger Fehler, nur ein kleiner unachtsamer Moment oder ein Geistesblitz des Feindes, konnte schnell zu einem Einbruch der Frontlinie führen, der sich wiederum wie eine Infektion auf die anderen Linien ausbreiten und so zum gesamten Zusammenbruch seiner Truppen führen konnte. Deshalb durfte niemals auch nur ein kleines Stückchen nachgelassen werden, solange der Kampf noch tobte. Erst dann, wenn die Schlacht wirklich geschlagen war, war der Kampf auch gewonnen. Oder eben verloren. Bis dahin war aber alles offen und konnte zu jeder Seite hin ausschlagen.

Als Bonnie Prince Charlie seinen Heerführer Lord George Murray in dem Getümmel entdecken konnte, rief er ihn zu sich heran. »Bericht!«, verlangte er knapp.

»Die Kavallerie der Engländer ist geschlagen«, antwortete der Schotte ebenso knapp und musste dann einen Moment durchschnaufen, da er völlig außer Atem war. Im Kampf war ihm dieser Umstand gar nicht weiter aufgefallen, doch nun hechelte er beinahe wie verrückt. «Allerdings habe ich den Sichtkontakt zu den feindlichen Regimentern Munro und Blakeney verloren. In dieser verdammten Finsternis konnten sie uns glatt entwischen.«

»Lasst eine neue Linie bilden!«, befahl Bonnie Prince Charlie. »Die Männer sollen sich wieder sammeln und formieren. Ich möchte nicht, dass wir eine böse Überraschung erleben! Gebt mir Bescheid, sobald sich etwas ändert!«

»Zu Befehl, Hoheit!«, rief Lord George Murray und preschte wieder davon, um den Befehl sofort auszuführen.

Bonnie Prince Charlie blickte ihm hinterher, doch nach nur wenigen Sekunden war George Murray bereits aus seinem Blickfeld und in der dunklen Masse verschwunden. »Diese verdammte Finsternis!«, murrte er besorgt und wandte sich dann in Richtung des anderen Flügels. Einen Kampf in solch einer undurchdringbaren Dunkelheit hatte er noch nie mitgemacht. Und es fühlte sich komisch an. Es war etwas völlig anderes als bei Tageslicht.

Plötzlich hörte er von irgendwoher seinen Namen rufen. Zunächst hielt er es nur für eine Einbildung, da er sich nach allen Seiten umblickte und niemanden sah, doch dann wurde er von einem Soldaten seiner Leibwache auf Francis Strickland aufmerksam gemacht, der auf sie zugerannt kam. Hastig ging Bonnie Prince Charlie ihm entgegen und fragte nach dem Grund seines Geschreis.

»General Hawley versucht, uns mit einem Infanterieregiment am Flügel zu umgehen, damit er uns in den Rücken fallen kann!«, kam die beunruhigende Nachricht.

»Verdammt!«, zischte Charles Edward und begab sich so schnell er konnte in Richtung *Irischer Brigade*, die bislang noch nicht zum

Einsatz gekommen war. Francis Strickland, Thomas Sheridan, seine Leibwache, sein Doppelgänger, sein Standartenträger und einige weitere Männer folgten ihm im Eilschritt.

Bei der *Irischen Brigade* angekommen, wandte Bonnie Prince Charlie sich an Charles Radcliffe, den Earl of Derwentwater und Hauptmann des Regiments Dillon innerhalb der *Irischen Brigade*. Der Earl war ein glühender Anhänger des Stuart-Prinzen und zu allem bereit, was vermutlich auch daran liegen mochte, dass er vor kurzem von einem englischen Gericht in Abwesenheit zum Tode verurteilt worden war. Er hatte folglich nichts zu verlieren, sondern nur zu gewinnen.

»Wie kann ich dienen, Hoheit?«, fragte Charles Radcliffe auch sofort, als er den Prinzregenten erkannte.

»Wir werden vom Feind umgangen!«, verkündete Bonnie Prince Charlie kurz angebunden. »Ich möchte von daher, dass Ihr Euer Regiment nehmt und uns hinten sowie an den Flanken absichert! Sorgt dafür, dass kein Engländer uns in den Rücken fällt!«

»Nichts lieber als das!«, rief Charles Radcliffe laut, salutierte und machte sich dann auf den Weg, den Francis Strickland ihm beschrieb. Aufgrund der Dunkelheit musste er sich blindlings auf die Angaben des Engländers verlassen.

Bonnie Prince Charlie mobilisierte eine weitere Einheit, die Charles Radcliffe falls nötig unterstützen sollte, dann begab er sich schleunigst zurück ins Zentrum seiner Armee, da er dieses sowie den rechten Flügel nicht vernachlässigen durfte. Er musste überall präsent sein und an jedem Punkt auf dem Schlachtfeld seine Augen und Ohren offen halten.

Der Kampf ebbte in der Folge aber sehr schnell ab, einfach weil es zu dunkel war. Man sah kaum mehr die eigene Hand vor Augen, da eine natürliche Lichtquelle nicht vorhanden war, die noch etwas Licht hätte spenden können. Die Sonne war längst untergegangen, der Mond hinter einer dicken Wolkendecke versteckt, Laternen oder sonstige Beleuchtung gab es auf dem Moor keine. Zwar waren hier und dort ein paar Fackeln entzündet worden, doch zumeist in den hinteren Reihen der Soldaten. Diejenigen aber, die ganz vorne kämpften, taten dies im Dunkeln. Und aufgrund des starken Regens gingen die wenigen Fackeln bald auch schon wieder aus. In diesem Zustand konnte nur noch schwer zwischen Freund und Feind unterschieden werden, sodass sich die Schotten auf das halbblinde Plündern von Gefallenen verlagerten, während die Engländer sich im Schutze der Dunkelheit zurückzogen. General Hawley hatte die Aussichtslosigkeit einer Weiterführung des Kampfes erkannt und deshalb angeordnet, das Schlachtfeld zu verlassen.

Bonnie Prince Charlie befahl seinen Kriegern eine erhöhte Wachsamkeit, da er nicht wusste, ob General Hawley sich tatsächlich zurückzog oder ob er nur einen Schritt zurück machte, um dann mit Schwung anzustürmen. Auf einmal kam in ihm wieder der Gedanke hoch, dass es wohl doch nicht so gut gewesen war, sich auf einen Kampf mitten in der undurchdringlichen Finsternis einzulassen. Vielleicht hätten sie lieber den nächsten Tag abwarten sollen? Außerdem musste er feststellen, dass es in diesem Stadium des Gefechts gar nicht so einfach war, seine Männer an der Frontlinie zu erreichen, denn die waren uneinheitlich und in kleinen Gruppen über das weitläufige Gebiet verstreut, plünderten, verfolgten einige Engländer oder erholten sich von dem Kampf, sodass es schwer war, sie irgendwie zusammenzuhalten. So hatten er und seine Armeeführer die halbe Nacht lang zu tun, um alle wieder an einen Punkt zurückzuführen, zu ordnen und sich einen Überblick zu verschaffen, wie hoch die Verluste waren. Gleichzeitig musste immer mit einem Zurückkommen des Feindes gerechnet werden.

»Die Anzahl der Toten hält sich in Grenzen, wie mir scheint«, meinte Ranald MacDonald keuchend, völlig erschöpft von dem Kampf. »Doch genaue Zahlen können wir erst nennen, wenn es wieder hell wird.«

»Was ist mit General Hawley?«, wollte Bonnie Prince Charlie wissen. »Irgendeine Spur von ihm?«

»Er hat das Schlachtfeld verlassen«, meinte Colonel John William O'Sullivan. »Sein unbeschädigter rechter Flügel hat den Rückzug abgesichert. Allem Anschein nach sind sie nach Osten in Richtung Linlithgow …«

»Ich nehme mal an, dass sie den Rückzug nach Edinburgh planen.«

»Wir müssen heute Nacht dennoch die Augen und Ohren offen halten, denn ich möchte unter gar keinen Umständen unangenehm überrascht werden!«, sagte Charles Edward und gab den Auftrag, noch mehr Wachen aufzustellen und bei der kleinsten verdächtigen Regung sofort Alarm zu schlagen.

»Die steckengebliebene Artillerie haben sie leider mitgenommen«, meinte Aeneas MacDonald, der sich kurz zuvor bei ihnen eingefunden und die letzten Fetzen des Gesprächs mitbekommen hatte. »Einer unserer Männer hat gesehen, wie englische Grenadiere es doch irgendwie schafften, die Kanonen aus dem Schlamm zu befreien und wegzuschleppen.«

»Eigentlich schade, denn die Artillerie hätten wir gut gebrauchen können«, seufzte Bonnie Prince Charlie und zuckte dann mit den Schultern. »Aber da kann man nichts machen. Eine Verfolgung zum jetzigen Zeitpunkt halte ich für zu riskant.«

»Davon würde ich ebenfalls abraten«, stimmte Lord George Murray zu und wischte sich im spärlichen Fackelschein sein blutverschmiertes Gesicht ab. »Nicht mein Blut!«, fügte er brummend hinzu.

In diesem Moment bemerkte Charles Edward ganz deutlich die Ähnlichkeit zwischen George und William Murray. Das tiefe, leicht sarkastische, leicht arrogante Brummen hatten beide Brüder gemein. Verstärkt wurde dieser Effekt nun zusätzlich noch durch die Dunkelheit, sodass die Gesichter nicht auf Anhieb zu unterscheiden waren. Wenn nun einer der beiden sprach, dann fiel es schwer, die Stimme sofort einem der Brüder zuzuordnen.

Plötzlich kam John MacDonald hektisch mit den Armen rudernd angerannt. Er tauchte wie aus dem Nichts aus der Dunkelheit auf und war völlig außer Atem.

»Der Kampf ist vorüber«, lachte Lord Elcho, »beruhigt Euch!«

»Sehr witzig«, brummte John MacDonald und stoppte vor Charles Edward. »Chief Donald Cameron of Lochiel hat es erwischt!«

Mit einem Schlag war sämtliche Müdigkeit aus den Gesichtern der Männer verschwunden.

»Erwischt?«, fragte Ranald MacDonald besorgt nach.

»Er hat sich einen Stoß mit dem Bajonett eingefangen«, erklärte John MacDonald knapp.

»Wie schlimm ist es?«

»Das ist verdammt schwierig zu beurteilen in dieser Dunkelheit! Einige seiner Männer haben ihn in dem verflixten Durcheinander aus den Augen verloren und sich deshalb auf die Suche nach ihm gemacht. Sie haben ihn schließlich auf dem Boden liegen sehen, unter einem toten Engländer begraben und mit einer klaffenden

Wunde am Oberkörper. Ich habe ihnen aufgetragen, ihn sofort hierher zu bringen.«

»Gut. Ich lasse unverzüglich einen Arzt rufen!«, sagte Thomas Sheridan und machte sich auf den Weg.

In diesem Moment kamen auch schon die Männer aus dem Clan Cameron mit ihrem Chief angelaufen. Sie hatten aus einem Plaid notdürftig eine Trage gemacht, sodass sie den massigen Donald Cameron überhaupt einigermaßen vernünftig transportieren konnten. Ranald MacDonald wies ihnen einen Platz zu und befühlte oberflächlich die Wunde, bis endlich Thomas Sheridan mit dem Arzt eintraf. Aufgrund des Regens war es weiterhin nicht möglich, ein Lagerfeuer zu entzünden. Zwar wurden vereinzelt Versuche in diese Richtung unternommen, doch das mitgeführte Brennholz war leider nass geworden und qualmte nur, anstatt lichterloh zu brennen.

Bonnie Prince Charlie und die anderen standen um den Verletzten und den Arzt herum und schauten gebannt zu. Sie unterhielten sich lautstark über die Wunde und spekulierten wild, wie schwerwiegend sie wohl war, bis es dem Arzt zu viel wurde und er sie allesamt wegschickte. Die Tatsache, dass er kaum vernünftig sehen konnte, gepaart mit dem Getratsche der Männer ließ ihn beinahe wahnsinnig werden.

Auf Bonnie Prince Charlies skeptischen Blick hin meinte Thomas Sheridan nur: »Er versteht sein Handwerk sehr gut, vertraut mir! Das ist keiner dieser Quacksalber, sondern ein angesehener Arzt aus Edinburgh, der sich uns vor Monaten freiwillig angeschlossen hat. Seither hat er sein Können mehr als nur einmal eindrucksvoll unter Beweis gestellt, er hat schon unzählige Menschenleben gerettet und ich weiß nicht wie viele Knochenbrüche geheilt und abgetrennte Gliedmaßen zusammengeflickt.«

»Wenn Ihr das sagt«, murmelte Bonnie Prince Charlie mit gemischten Gefühlen. Er hoffte inständig, dass ihr Freund nicht zu schwer verletzt war. Sein Verlust würde ihn hart treffen, denn Chief Donald Cameron of Lochiel war ihm in den letzten Wochen und Monaten furchtbar ans Herz gewachsen. Er war einer seiner wichtigsten Clanchiefs, loyal, treu, ein erfahrener und ausgezeichneter Kämpfer, aber auch ein herzensguter Mensch, sympathisch, stets gut gelaunt und immer mit einem offenen Ohr. Chief Donald Cameron war im Grunde auf so verschiedene Weise unersetzbar. Und falls er diese Nacht nicht überleben sollte, dann würde die geschlagene Schlacht einer Niederlage gleichkommen, obwohl sie nicht besiegt worden waren …

Kapitel 30

Schottland, Falkirk Muir, 18. Januar 1746

Als es am nächsten Morgen in den frühen Stunden endlich wieder heller wurde, kam dies den Männern des Bonnie Prince Charlie wie einem kleinen Wunder gleich. Es war die Erlösung einer seltsam anmutenden, sehr langen, erschöpfenden und blutigen Nacht. Zwar blieb der Tag sehr trüb und wolkenverhangen, doch zumindest konnte man nun wieder etwas sehen und tappte nicht völlig blind in der Dunkelheit herum. Und es bot sich ihnen ein erschreckender Anblick: das Schlachtfeld. Überall auf dem Falkirk Moor lagen die leblosen Körper der Gefallenen, zumeist an der Stelle, wo das Zentrum der Schotten auf den linken Flügel der Engländer geprallt war, doch die Leichenspur zog sich viel weiter und über einige hundert Yards in die Länge, da viele Engländer auf ihrem Rückzug von den sie verfolgenden Schotten erschlagen worden waren. Die am weitesten entfernt liegende Leiche war von ihrem Lager aus gar nicht mehr zu sehen, sondern lag hinter einem Hügel, einen gut fünfzehnminütigen Fußmarsch entfernt.

Bonnie Prince Charlie veranlasste eine sofortige Zählung der Gefallenen von beiden Konfliktparteien, um zu ermitteln, wer die größeren Verluste davongetragen hatte. Zwar lagen ganz offensichtlich mehr englische Rotröcke auf dem Moor verstreut, doch er wollte eindeutige Zahlen haben. In der Nacht war nämlich nicht klar zu bestimmen gewesen, wer den Sieg errungen hatte, da alles viel zu unübersichtlich gewesen war. Zwar hatten die Engländer sich heimlich davongestohlen, was im Grunde schon einer Niederlage gleichkam, denn wer das Schlachtfeld für sich behauptete, der war der Sieger. Doch solch ein Sieg war nicht viel wert, wenn dabei nicht auch deutlich mehr Feinde getötet worden waren. Mehr tote Feinde bedeuteten einen größeren Sieg, mehr Prestige und eine eindrucksvollere Außenwirkung. Außerdem wollte Bonnie Prince Charlie unbedingt wissen, wie viele Männer General Hawley noch ungefähr unter seinem Kommando hatte. Von seinen Spähern hatte er einige Informationen diesbezüglich erhalten, doch diese Angaben waren nach einem Kampf normalerweise stark verändert. Und die neue Zahl konnte er umso genauer schätzen, wenn er wusste, wie viele Männer der Feind verloren hatte. Auch was seine eigene Armee anging, musste er stets auf dem neuesten Stand sein, denn davon hing auch sein weiteres Vorgehen ab. Dabei spielten aber nicht nur die Toten, sondern auch die Verletzten oder sogar Gefangenen eine wichtige Rolle, denn auch die Letztgenannten konnten an einem neuerlichen Gefecht nicht mehr teilnehmen.

Ranald MacDonald überbrachte dem Prinzregenten schließlich die exakten Zahlen des Kampfes auf dem Falkirk Moor. »Ein großer Sieg für uns!«, strahlte der Schotte, kaum dass er den Prinzen, der in ein Gespräch mit einigen anderen Gefährten vertieft war, erreicht hatte. »Wir haben auf ganzer Linie obsiegt!«

»Das höre ich gerne«, gab Charles Edward nicht ohne eine gewisse Erleichterung zurück. Er war froh, dass diese verteufelte Nacht endlich ein Ende gefunden hatte. Und zwar ein glückliches Ende.

»Unsere Verluste beziffern sich auf vierundvierzig Tote, einundachtzig Verwundete und einen Vermissten.«

»Einen Vermissten?«, fragte Lord Elcho verblüfft nach.

Ranald MacDonald zuckte mit den Schultern. »Genau kann ich es mir auch nicht erklären, aber Roderic, der Sohn des Chiefs des

Clans Chisholm, sagte zu mir, dass in ihren Reihen ein Mann fehlen würde. Natürlich haben wir daraufhin sämtliche vierundvierzig Toten überprüft, aber der fehlende Mann war nicht unter ihnen. Auch bei den Verwundeten war er nicht dabei. Entweder haben wir eine Leiche übersehen oder …«

»Oder was?«

»Vielleicht ist er auch unglücklich in die Hände der sich zurückziehenden Engländer gefallen. Ich kann es leider nicht mit Gewissheit sagen.«

»Das wäre sehr tragisch«, meinte Bonnie Prince Charlie. »Lasst das gesamte Moor noch einmal absuchen. Ich will, dass jeder Stein umgedreht wird und dass auch in der Schlucht nachgesehen wird, womöglich ist unser Gesuchter dort irgendwo gestolpert und in die Schlucht gefallen …«

»Wir werden sofort alles Nötige veranlassen«, meinten Aeneas MacDonald und John MacDonald und machten sich auf den Weg, um einen neuerlichen Suchtrupp zusammenzustellen.

»Wie sieht es beim Feind aus?«, wollte Bonnie Prince Charlie dann von Ranald MacDonald wissen. »Wie hoch sind dessen Verluste?«

»Ich habe dreihundertsiebenundfünfzig Tote und Verwundete gezählt. Von den Verwundeten sind aber einige so schwer verletzt, dass sie die nächsten ein oder zwei Tage keinesfalls überleben werden. Das sind hässliche Verwundungen. Die Zahl der Toten wird sich also noch einmal erhöhen.«

»Eine äußerst blutige und unschöne Nacht«, stellte Bonnie Prince Charlie mit leicht trauriger Stimme fest. Doch dann fuhr er selbstbewusst fort: »Wir haben gesiegt, haben unsere Freiheit verteidigt! Und darauf kommt es an!«

»Das haben wir!«, bestätigte Ranald MacDonald feierlich.

»Dann verbreitet diese Meldung sofort in alle Windrichtungen, damit das gesamte Königreich von diesem Sieg erfährt! Jeder Mann, jeder Junge, jede Frau und jedes Mädchen, einfach jeder … soll wissen, dass die Jakobiten erneut über die Engländer und ihren despotischen Usurpator triumphiert haben!«

»Wir werden sofort Boten aussenden, die diese Nachricht verbreiten werden«, meldeten sich Colonel John William O'Sullivan und Francis Strickland zu Wort. »Diese Meldung wird sich wie ein Lauffeuer verbreiten und uns bei der Bevölkerung einen erneuten Auftrieb bescheren. Das ist wie Balsam auf die geschundene schottische Seele!«

»Was passiert mit den Gefallenen?«, wollte William Murray wissen.

Bonnie Prince Charlie blickte sich um. Einige der englischen Leichen waren noch in der Nacht und während des eigentlichen Kampfes geplündert worden, die restlichen wurden nun gerade von den schottischen Kriegern ausgenommen. Beinahe alles, was die Gefallenen bei sich trugen, konnte von den Überlebenden gebraucht und wiederverwendet werden. Zwar raubte niemand gerne oder gar aus Spaß von Toten, doch der Mangel in den Reihen der Krieger war zu groß und die geplünderten Sachen viel zu wertvoll, als dass man diese hätte ignorieren können. Bei den eigenen Toten verzichtete man jedoch weitestgehend auf Plünderungen, hier wurden lediglich die Waffen eingesammelt und neu verteilt.

»Lasst die Engländer liegen!«, meinte Charles Edward mit leiser Stimme. »Wir können nichts für sie tun. Unsere eigenen Toten sollen auf Karren geladen und zu ihren jeweiligen Familien gefahren werden! Da es so kalt ist, sollte der Transport, selbst wenn er mehrere Tage dauert, kein Problem sein.«

»Wenn ich hier etwas einwerfen dürfte, Hoheit?«, meldete sich Lord George Murray zu Wort. »Ich denke nicht, dass wir so viele Karren zum jetzigen Zeitpunkt entbehren können. Wie sollen wir sonst unsere Vorräte und Ausrüstung transportieren? Und die Karren müssten auch wieder von Männern gezogen oder zumindest begleitet werden, wodurch wir unsere Armeestärke stark reduzieren würden. Ich darf aber daran erinnern, dass wir die gestrige Schlacht zwar gewonnen haben, den Krieg jedoch nicht. General Hawley hat sich mit seinen verbliebenen Truppen zurückgezogen, doch er ist noch nicht endgültig besiegt. Und der Duke of Cumberland ist auch noch irgendwo da draußen. Wir können es uns also nicht leisten, so viele Karren und Männer …«

»Ich denke, das geht in Ordnung«, unterbrach ihn Bonnie Prince Charlie. »Diese Männer haben es verdient und sollten im Kreise ihrer engsten Familie und in ihren Dörfern ihre letzte Ruhestätte finden! Diese Krieger sind Helden, die ihr Leben für unsere Sache gegeben haben!«

»Das möchte ich auch überhaupt nicht anzweifeln«, erwehrte sich Lord George Murray. »Dennoch halte ich es nicht für richtig, so viele Männer zu entbehren. Was machen wir, wenn General Hawley und der Duke of Cumberland jetzt zum gemeinsamen Schlag gegen uns ausholen?«

»Wir ziehen uns nach Stirling zurück«, verkündete Charles Edward. »Ich habe mir über die nächsten Schritte die ganze restliche Nacht den Kopf zermartert. Und ich halte es für meine Pflicht, meinen Männern nun eine kleine Pause zu gönnen. Seht Euch die Männer an, Lord Murray, sie sind erschöpft, gezeichnet von etlichen Meilen strengen Fußmarsches, von Gefechten mit den Engländern, von der Kälte des Winters. Ich ordne deshalb den Rückzug nach Stirling an, wo wir unser Winterquartier aufschlagen werden.«

»Jetzt?«, fragte William Murray ungläubig nach. »Ich denke, dass dies der falsche Schritt zum jetzigen Zeitpunkt wäre. Wir haben uns durch den Sieg letzte Nacht einen Vorteil verschafft, den wir unbedingt nutzen sollten! Ich sage: Lasst uns General Hawley und seine restlichen Truppen verfolgen und ordentlich aufreiben! Machen wir kurzen Prozess mit diesen verdammten Sauhunden!«

»Ihr wollt die ohnehin schon erschöpften Männer jetzt zu einem weiteren Gewaltmarsch bewegen?«, fragte Bonnie Prince Charlie ruhig. »Und dann zu noch einer Schlacht? Ich denke, dass dies nicht gut ausgehen wird! Die Männer sind zu sehr erschöpft. Wir würden General Hawley in unserem jetzigen Zustand kaum einholen können. Wir würden ihn erst erreichen, wenn er seinerseits bereits das sichere Edinburgh erreicht hat. Und dann sitzt er hinter den dicken Mauern und wir stehen vor den verschlossenen Toren … Und so einfach wie vor ein paar Monaten kommen wir da diesmal sicher nicht mehr rein!«

»Auch in dieser Hinsicht sollten wir den Duke of Cumberland nicht vergessen!«, sprang Thomas Sheridan ihm zu Hilfe. »Sollte dieser sich in der Folge hinter uns positionieren, dann sind wir zwischen ihm und General Hawley eingeklemmt. Dann Gnade uns Gott …«

»Der Feind wird ebenfalls sehr erschöpft sein«, hielt Lord George Murray dagegen. »Ich denke, dass die Chancen gut stehen, um …«

»Und ich denke, dass wir eine Pause brauchen!«, brummte Bonnie Prince Charlie nun gereizter. »Mein Entschluss steht fest: Wir gehen nach Stirling und warten dort den Winter ab. Sobald es wieder wärmer wird, gehen wir das Problem namens General Hawley an.«

»Ich vermute, dass die Engländer nun ebenfalls ins Winterlager gehen«, meinte Lord Elcho besänftigend. »Von daher halte ich eine Pause für angebracht und absolut notwendig. Im Frühjahr können wir unseren Siegeszug dann fortführen. Denkt daran, dass wir weiterhin ungeschlagen sind! Da können wir uns eine Pause erlauben.«

»Na schön!«, knurrte Lord George Murray verärgert, doch er gab nach und den Befehl schließlich an die Truppen weiter. Dort wurde der Entschluss gut aufgefasst, denn sie alle waren müde und sehnten sich nach einer warmen Hütte, mit einem dichten Dach über dem Kopf sowie einem knisternden Feuer. Sie waren zwar einiges gewohnt, sehr robust und äußerst hart im Nehmen, doch die sich überschlagenden Ereignisse der letzten Wochen und Monate mussten früher oder später selbst den härtesten Krieger umhauen.

Und so marschierte Bonnie Prince Charlie mit seiner siegreichen Armee gen Stirling, um dort die nächsten Wochen zu verbringen. Viele seiner Krieger nutzten die Gelegenheit – mit ausdrücklicher Genehmigung des Prinzregenten – und gingen gar weiter und heim zu ihren Familien. Mochten sie im Kampf auch noch so hart, unerbittlich und brutal sein, so waren die meisten Highlander im Grunde sehr sanftmütig und absolute Familienmenschen. Einige freie und erholsame Tage zu Hause sollten ihnen neue Kraft schenken und ihnen zugleich unweigerlich vor Augen führen, für wen sie diesen Kampf unter anderem auch aufgenommen hatten.

Kapitel 31

Bannockburn, nahe Stirling, 21. Januar 1746

Kaum war Bonnie Prince Charlie in Stirling angekommen, fühlte er sich so schlaff und erschöpft, als wäre er einmal zu Fuß um die halbe bekannte Welt gelaufen. Seine Stirn begann zu glühen, ihm wurde abwechselnd heiß und kalt und seine Augen nahmen einen glasigen Ausdruck an. Während also viele seiner Krieger ihren Familien einen kurzen Besuch abstatteten, zog er sich in die königlichen Gemächer zurück und verbrachte die nächsten zwei Tage ohne Unterbrechung im Bett. Nur wenn er sich erleichtern musste, stand er kurz auf und lief zu dem Pott in der Ecke, anschließend schleppte er sich mühsam zurück und legte sich sofort wieder hin. Die Fenster hatte er vorher mit einem dicken Stoff verhängen lassen, sodass ihn auch am helllichten Tag eine gewisse Dunkelheit umgab. Er vermutete, dass die Kälte, die omnipräsente Nässe und die langen Nächte in der letzten Zeit einfach zu viel gewesen waren und er sich deshalb irgendetwas eingefangen hatte.

Von seinen Gefährten wurde der Prinzregent während dieser Zeit fürsorglich gepflegt, sodass das Fieber glücklicherweise schnell zurück ging. Allerdings beschwerte Bonnie Prince Charlie sich lautstark über die Methoden seiner Freunde, denn mehrmals täglich musste er auf ihr Drängen hin einen ekelhaft schmeckenden Aufguss trinken, den er kaum hinunter bekam. Er musste dabei stets schwer an sich halten, um sich nicht zu übergeben. Hinzu kam, dass ein herbeigerufener Arzt empfahl, dass er in seinem jetzigen Zustand besser nicht so viel Wein und Whisky trinken sollte. Stattdessen riet der Medikus zu einem weiteren Gebräu, das nicht nur widerlich schmeckte, sondern noch übler stank. »Das riecht, als ob vierzig Schweine in den Becher geschissen hätten!«, kommentierte Charles Edward unverhohlen und lehnte die empfohlene Medizin mit einem vor Übelkeit verzogenen Gesicht ab. »So krank bin ich nun auch wieder nicht!«, fuhr er mit schwacher Stimme fort und versuchte, sich aus dem Bett zu hieven, um seine Worte zu bekräftigen.

»Ihr solltet Euch noch etwas ausruhen, damit Ihr schnell wieder zu Kräften kommt!«, widersprach Thomas Sheridan und redete anschließend so lange auf Charles Edward ein, bis dieser endlich einen Schluck von dem widerlichen Gebräu nahm.

»Zum Teufel!«, fluchte Bonnie Prince Charlie und spuckte auf den Boden aus. »Mir reicht es!«, knurrte er und musste sich einmal kräftig schütteln, da er den Geschmack nicht mehr aus seinem Mund bekam. »Ich werde dieses Teufelszeug nicht mehr anrühren! Ich bin der festen Überzeugung, dass mich dieses Gebräu - was auch immer es sein mag - früher ins Grab bringt, als die leichte Erkältung, die ich mir zugezogen habe!«

»Eine leichte Erkältung?«, sprach Thomas Sheridan irritiert, wobei seine Stimme ungewöhnlich hoch klang. »Ihr habt keine leichte Erkältung, Hoheit, das ist eine schwerwiegende …«

»Jaja, schon gut!«, zischte Bonnie Prince Charlie genervt. »Eure Sorgen um meine Gesundheit weiß ich sehr zu schätzen, mein Freund, doch ich weiß wohl selbst noch am besten, was mein Körper braucht und was nicht! Und dieses ekelerregende Zeug braucht mein Körper sicher nicht! Ich möchte Wein haben!«

»Ihr wisst doch, was der Arzt dazu gesagt hat …«

»Und es ist mir egal! Oh, Gott …«

»Was ist? Geht es Euch nicht gut? Legt Euch lieber wieder hin …«

»Ich muss hier raus!«, murmelte Charles Edward, während er seinen Kopf auf seinen Händen barg. »Ich muss unbedingt hier raus!«, wiederholte er leise. Deshalb verlangte er nach seinem Kilt und seinem Plaid, ließ sich beim Ankleiden helfen und schleppte sich dann in den Stall, um sein Pferd zu holen.

»Ich halte das für keine sehr gute Idee«, versuchte Thomas Sheridan einen neuerlichen Einwand. »Ihr geht ein unkalkulierbares Risiko ein, wenn Ihr Euch in diesem Zustand … Wo wollt Ihr eigentlich hin, wenn ich fragen darf?«

»Nach Bannockburn«, gab Bonnie Prince Charlie bereitwillig Auskunft und unterdrückte einen Hustenreiz.

»Oh, ich verstehe«, gab der Ire zurück und zog seine Mundwinkel nach unten. »Ihr seid also der Meinung, dass eine weibliche Hand Euch besser zu pflegen vermag.«

»Mimt nicht den Beleidigten, Thomas!«, lachte Charles Edward kurz auf, musste dann aber kräftig husten. Anschließend zog er seine Nase hoch und fügte hinzu: »Aber ja, im Grunde habt Ihr ja recht. Also, bis dann!«

»Wartet!«, rief Thomas ihm hinterher. »Ich kann Euch vielleicht nicht aufhalten, doch Ihr geht keinesfalls ohne Eure Leibgarde! Wir haben dieses Thema schon oft genug besprochen.«

»Na, meinetwegen«, gab Charles Edward in diesem Punkt nach und ließ es zu, dass die schwer bewaffneten Männer ihn flankierten.

»Ich werde später nachkommen und nach Euch sehen«, meinte der Ire noch und seine Worte klangen beinahe wie eine Drohung.

»Tut, was auch immer Ihr wollt«, murmelte Bonnie Prince Charlie müde zurück, dann ritt er endlich los. Er fühlte sich noch sehr schwach und wollte so schnell wie möglich das Haus des Sir Hugh Paterson in Bannockburn erreichen. Allein der Weg von seinen Gemächern in den Stall hatte ihn einiges an Kraft gekostet und seine Beine waren dabei sehr wackelig gewesen. Er hoffte, dass er die kurze Reise gut überstehen würde. Immerhin schien heute die Sonne an einem strahlend blauen Himmel, die Luft war klar und frisch, und der Sturm der letzten Tage vorüber.

Thomas Sheridan blickte dem Prinzregenten kopfschüttelnd hinterher. Er hielt es zwar für keine gute Idee, dass sich sein Schützling in diesem Zustand auf ein Pferd schwang, doch wenn sich Charles Edward Stuart einmal etwas in den Kopf gesetzt hatte, dann war er nicht mehr davon abzubringen. Dies war in aller Regel auch eine ganz nützliche und vorteilhafte Charaktereigenschaft, konnte aber in manchen Fällen, wenn zum Beispiel eine Frau im Spiel war, durchaus problematisch und riskant werden. »Er muss lernen, nicht immer auf das zu hören, was sein Herz ihm gerade sagt!«, murmelte der Ire deshalb leise vor sich hin, während er in die Gemächer zurückkehrte. Er selbst hatte keine Zeit, sich mit einer Frau zu vergnügen, denn er hatte noch allerlei Schreibzeug zu erledigen.

Der Ritt nach Bannockburn war nicht sehr lang, doch er zehrte mächtig an Bonnie Prince Charlies Kräften, sodass er todmüde und heftig keuchend auf dem herrschaftlichen Anwesen ankam, gestützt von seiner Leibgarde. Mit halb geschlossenen Augen kämpfte er sich aus dem Sattel und wankte auf die Eingangstür zu, die noch vor seinem Erreichen von innen aufgerissen wurde. Sir Hugh Paterson persönlich erschien.

»Königliche Hoheit!«, rief der Schotte überrascht und aufgrund des schlechten Gesundheitszustandes des Prinzregenten auch besorgt aus.

»Seid gegrüßt, Sir Paterson«, sagte Bonnie Prince Charlie mit leiser Stimme.

»Hoheit! Ich habe so schnell nicht wieder mit Eurem Besuch gerechnet, sonst hätte ich natürlich …«

»Vergesst das! Führt mich einfach nur in Euer Haus!«

»Selbstverständlich, Hoheit, sofort! Geht es Euch nicht gut? Wie kann ich Euch helfen? Ich werde sofort einen Arzt rufen lassen, der sich um Euch …«

»Keinen Arzt!«, rief Charles Edward schnell dazwischen und musste dazu all seine ihm verbliebene Kraft aufbringen. »Keinen Arzt! Eure Nichte soll mich pflegen!«

»Ähm, ja … natürlich, wie Ihr wünscht, Hoheit! Ich lasse Clementina sofort rufen!« Sir Paterson wandte sich um und einem Diener zu, der die ganze Zeit über stillschweigend hinter ihm gestanden hatte. »Geh und hole meine Nichte herbei! Geschwind! Los, los!« Er wedelte den Diener weg, dann fixierte er mit seinen Augen wieder den Prinzregenten und griff ihm sogar vorsichtig unter die Arme. Zusammen mit der Leibgarde schleppte er Charles Edward ins Haus und dort in ein eilig hergerichtetes Gemach. »Was auch immer Ihr wünscht, Hoheit, ich werde es Euch unverzüglich bringen lassen!«

»Etwas Wein«, flüsterte Charles Edward müde und sank in das herrlich weiche Bett zurück. Er hatte sich nicht einmal die Mühe gemacht, seinen Kilt vorher auszuziehen. Der Ritt hierher war anstrengender gewesen, als er anfangs gedacht hatte. Deshalb schloss er die Augen und lauschte nur noch den Geräuschen, die ihn umgaben: Er hörte, wie das Feuer im Kamin entzündet wurde, vernahm das herrliche Gluckern, als Wein von einer Karaffe in einen Becher gegossen wurde, hörte die leiser werdenden Schritte seiner Leibgarde, die sich zurückzog und ihn in Ruhe ließ, und dann endlich drangen folgende sehnsüchtigst herbeigewünschten Geräusche an seine Ohren: zunächst die leisen Schritte von Clementina Walkinshaw, die auf den dicken Teppichen stark gedämpft wurden, gefolgt von ihrer leisen Stimme, die einen wohligen Schauer in ihm verursachte. Und obwohl ihm durch das weiterhin lodernde Fieber unglaublich heiß war, lief ihm eine Gänsehaut über beide Arme. Ihre Stimme war so unglaublich wohltuend, säuselnd, auf seltsame Weise vertraut und bekannt, und hatte einen leicht erotischen Hauch. So empfand er zumindest. Er lauschte gebannt dieser Stimme, die ihn zärtlich begrüßte und dann nach seinem Wohlergehen fragte. Er murmelte irgendetwas zur Antwort, er hatte später keine Ahnung mehr, was er eigentlich gesagt hatte, er wollte nur, dass diese Stimme weiter zu ihm redete. Aber anscheinend musste er eine seltsame Antwort gegeben haben, denn plötzlich lachte Clementina heißer auf.

»Ich fürchte, Ihr seid noch im Fieberwahn, Hoheit«, meinte sie kichernd und strich ihm mit einer Hand eine blonde Haarsträhne aus dem Gesicht.

Bonnie Prince Charlie schlug nun endlich die Augen auf und blickte die junge Frau eindringlich an. »Was?«, murmelte er verwirrt.

Clementina schwieg eine Weile, ehe sie mit ernster Stimme fragte: »Wieso seid Ihr hierher gekommen, hm? Seid Ihr Euch überhaupt bewusst gewesen, dass solch ein Ritt in Eurem jetzigen Zustand tödlich sein kann? Das war nicht sehr klug von Euch, Hoheit!«

»Ich musste Euch sehen«, gab Bonnie Prince Charlie unumwunden zu. »Nun geht es mir gleich wieder viel besser. Eure Anwesenheit wirkt sich positiv auf meine Gesundheit aus, deshalb war dieser Ritt auch keinesfalls dumm oder töricht, sondern einzig richtig.«

»Ihr seid ein Schmeichler … ein törichter Schmeichler!«

»Außerdem konnte ich diesen Arzt nicht mehr ertragen …«, fügte er mit einem sanften Lächeln hinzu.

»Ihr solltet das Fieber nicht auf die leichte Schulter nehmen!«, ermahnte Clementina. »Und auch den Arzt solltet Ihr keinesfalls verschmähen, denn ich bin kein Arzt und kann Euch nicht wirklich weiterhelfen …«

»Das habt Ihr aber bereits!«, widersprach Charles Edward energisch und ergriff ihre Hand, die an seiner Wange zum Ruhen gekommen war. »Ihr seid die einzige Medizin, die ich brauche! Und nicht irgendeine Mixtur aus Schweine- und Ziegenscheiße!«

»Das ist sehr nett von Euch«, meinte Clementina und hatte dabei eine Augenbraue hochgezogen. »Und dennoch muss ich mit Euch schimpfen!«

»Schimpft mich aus, soviel Ihr wollt! Solange Ihr nur bei mir bleibt und mich nicht verlasst!«

»Dann macht Euch auf einiges gefasst!«, drohte sie mit einem süffisanten Unterton. »Doch zunächst müssen wir zusehen, dass das Fieber ganz verschwindet und nicht verstärkt wiederkehrt. Was durch Eure leichtsinnige Reise hierher aber durchaus der Fall sein kann.«

»Ich vertraue Euren Fähigkeiten und Euren Händen voll und ganz. Mein Schicksal und damit das Schicksal von ganz Schottland gebe ich willig in Eure zarten Hände …«

Kapitel 32

Stirling, Ende Januar 1746

Bonnie Prince Charlie genoss die letzten Tage im Januar des Jahres 1746 - seiner Krankheit zum Trotz - und ließ sich ausgiebig von Clementina Walkinshaw gesund pflegen. Er bekam von ihr warme Suppe eingeflößt, die heiße Stirn mit nass-kalten Tüchern abgetupft und täglich Geschichten aus alten Büchern oder der Bibel vorgelesen. Er liebte es, ihre sanfte Stimme zu vernehmen, während er in seinem gemütlichen Bett lag, die Augen geschlossen hatte und sich voll und ganz auf sie konzentrieren konnte. Und da sie beide römisch-katholisch waren, beteten sie auch mehrmals täglich miteinander. Dies waren alles Momente, die eine tiefergehende Verbindung zwischen ihnen aufbauten und eine Blase von Intimitäten entstehen ließen.

Als es ihm deutlich besser ging und das Fieber glücklicherweise verschwunden war, stellte er sich mit Absicht wieder kränklicher, nur damit er noch etwas länger bei ihr bleiben konnte. Er wollte nicht schon wieder aufbrechen und zu seiner Armee zurück, er wollte nicht wieder in den blutigen Kampf ziehen, sondern vielmehr hier bleiben, in diesem ansehnlichen Herrenhaus, und die Nähe zu seiner entfachten Flamme genießen.

Natürlich durchschaute die kluge Clementina sofort seine Absicht, doch sie sagte nichts, sondern spielte brav mit, denn auch sie genoss die Zweisamkeit mit dem Prinzregenten. Sie war fasziniert von ihm, von seinem Aussehen und seinem Charme, seinem Charisma und seinem natürlichen Witz. Sie mochte die Leidenschaft, das Feuer in ihm, das er immer versprühte, wenn er von seinen

Träumen und dem Kampf um die Kronen dieser Insel sprach. Außerdem hatte er Einfluss und würde schon bald einer der mächtigsten Männer dieser Erde sein. Auch dieser Umstand zog sie unbewusst an. Selbstverständlich kannte sie auch die vielen Geschichten, die man sich bezüglich seines Liebeslebens hinter vorgehaltener Hand erzählte, doch sie spürte, dass das zwischen ihnen beiden etwas anderes war. Zwar wagte keiner von ihnen, diesen Umstand offen beim Namen zu nennen, doch es bedurfte auch keiner Worte, denn sie konnten es deutlich spüren. Und allein das zählte.

Ein zunehmendes Ärgernis für Bonnie Prince Charlie war hingegen Clementinas Onkel, Sir Hugh Paterson. Der alte Mann mit dem leichten Buckel war zwar ein ergebener Anhänger seiner Familie und in der Bewirtung äußerst großzügig, doch was die Sache mit Clementina anging, da funkte er immer im falschen Moment dazwischen. Und zwar eindeutig mit Absicht. Sir Paterson hatte immer ein wachsames Auge auf seine Nichte und sorgte stets dafür, dass keine Gerüchte einer Liebelei in Umlauf kommen konnten. Seine oberste Absicht schien es zu sein, die Tugend von Clementina zu bewahren. Dies hinderte Bonnie Prince Charlie zwar nicht daran, seiner Umworbenen doch näher zu kommen, schließlich war er ein Meister der Verführungskunst, aber dennoch war der alte Mann wie ein lästiger Wachhund bei einem Einbruch.

Leider ging die Zeit in Bannockburn sehr schnell vorüber, die Tage schwanden nur so dahin, und leider konnte Charles Edward nicht so lange bei seiner Clementina verweilen, wie er eigentlich gehofft hatte, denn die Politik und der Krieg zogen ihn wieder fort. Beunruhigende Nachrichten vom Feind zwangen ihn, Abschied von Clementina Walkinshaw zu nehmen und nach Stirling zurückzukehren, wo er bereits ungeduldig von seinen Heerführern und

Ratgebern erwartet wurde. Und kaum war er dort angekommen, prasselten die Nachrichten, Fragen und Ratschläge nur so auf ihn ein, dass er sich erst einmal in eine ruhige Kammer zurückzog und sich Wein bringen ließ.

Anschließend hörte er sich in Ruhe die vielen Meldungen über den Feind an. Und was er dabei hörte, beunruhigte ihn plötzlich sehr. »Vielleicht war es doch ein Fehler gewesen, General Hawley nicht sofort nachzusetzen?«, murmelte er leise fragend vor sich hin. Eigentlich hatte er gedacht, dass der Feind nun ebenfalls die Kampfhandlungen einstellen und ins Winterquartier gehen würde, vor allem aufgrund General Hawleys verlorener Schlacht nahe Falkirk, doch anscheinend war dies nicht der Fall. Die Pause der letzten Tage hatte der General gut genutzt und sich neu gesammelt. Er hatte sich nach Edinburgh zurückgezogen, dort reorganisiert und frische Truppen aus England angefordert, die nun früher als erwartet eingetroffen waren. Auch der Duke of Cumberland hatte sich in dem Kampf zurückgemeldet, war mit seinem Teil der englischen Regierungsarmee ebenfalls nach Edinburgh marschiert und hatte, stinksauer über General Hawleys Niederlage bei Falkirk, den Oberbefehl über sämtliche nun vereinigten Truppen übernommen. Ende Januar war er dann losmarschiert, von Edinburgh nach Linlithgow, das keine zwanzig Meilen von Stirling entfernt lag. In Linlithgow hatte er den Königspalast bezogen, der in der Vergangenheit und über viele Generationen hinweg der Herrschaftssitz der Familie Stuart gewesen war. Auch die berühmte Maria Stuart war hier geboren worden. Dieser frevlerische Akt war eine Beleidigung und Herausforderung gleichermaßen, doch Bonnie Prince Charlie ließ sich klugerweise nicht darauf ein.

»Er provoziert uns, wo er nur kann!«, brüllte der Prinzregent und haute mit der Faust ungebremst auf den Tisch, sodass die vielen Gläser und Krüge, die darauf standen, bedrohlich wackelten. Er musste zugeben, dass diese Provokationen ihn durchaus ärgerten, sehr sogar, aber er war dennoch nicht töricht genug, sich in der jetzigen Situation auf einen Kampf einzulassen.

»Er rückt uns auf die Pelle und besetzt auch noch den Königspalast der Stuarts«, sagte Thomas Sheridan. »Damit will er uns eindeutig herausfordern! Er möchte, dass wir sofort losziehen und ihm entgegentreten.«

»Eine Falle also!«, warnte Lord Elcho.

»Selbst wenn es keine Falle sein sollte«, meinte Chief Donald Cameron, der sich von seiner Verletzung bei der Schlacht auf dem Falkirk Moor wieder weitestgehend erholt hatte, »wir sind eindeutig in der Unterzahl. Vergesst nicht, dass immer noch sehr viele unserer Krieger nicht von ihren Familienbesuchen zurückgekehrt sind! Es dauert, bis die Nachrichten sie erreichen und sie sich dann auf den Weg machen und wieder zu uns stoßen. Es könnte noch viele Wochen dauern, bis wir wieder unsere volle Stärke erreicht haben …«

»Hinzu kommt die unschöne Tatsache, dass der Feind seine beiden Armeen vereinigt und zusätzlich frische Verstärkung aus Südengland bekommen hat. Das ist ein doppelter Nachteil für uns.«

»Was schlagt Ihr dann vor?«, brüllte Lord George Murray dazwischen, dem diese Vorsichtigkeit auf die Nerven ging. »Ich sage, dass wir angreifen sollten!«

»Das wäre Wahnsinn! Und das wisst Ihr!«, hielt Colonel John William O'Sullivan dagegen. »Ich bin durchaus für einen ordentlichen Kampf«, fügte er schnell hinzu. »Doch daran liegt es nicht, denn wenn wir jetzt blindlings drauflos stürmen, dann wird das nicht gut enden!«

»Ich frage noch einmal«, knurrte Lord George Murray in die Runde, jedoch hauptsächlich an den Prinzregenten gewandt. »Was wollt Ihr stattdessen unternehmen? Wollt Ihr davonlaufen?«

Bonnie Prince Charlie richtete sich bedrohlich auf, stützte beide Hände auf dem Tisch ab und funkelte den Bruder von William Murray finster an. »Erinnert Ihr Euch noch an Derby? Da war es Eurer Meinung nach kein Weglaufen, sondern ein geordneter Rückzug! Und nun kommt Ihr mir so?«

»Was in Derby war, interessiert heute doch niemanden mehr! Außerdem waren das gänzlich andere Bedingungen, mit denen wir zu tun hatten. Nun stehen wir aber hier und vor der Frage, ob wir uns immer und immer weiter zurückziehen wollen? Wir haben uns zurückdrängen lassen, obwohl wir bisher jeden Kampf gewonnen haben! Wir haben Edinburgh und viele andere schottische Städte verloren! Wie viel von Eurem Land wollt Ihr denn noch preisgeben?«

»Wenn wir jetzt kämpfen und verlieren, dann werden wir alles verlieren!«, hielt Bonnie Prince Charlie dagegen.

»Dem muss ich zustimmen«, meinte Lord Elcho. »Zu kämpfen, wenn man nicht unbedingt muss, gleichzeitig aber eindeutig im Nachteil ist, ist nicht sonderlich klug.«

»Alles Geschwätz!«, schnaubte Lord Murray verächtlich. »Laufen wir weiterhin nur davon, verlieren wir die Unterstützung der Bevölkerung!«

»Das glaube ich kaum«, widersprach Ranald MacDonald. »Die meisten Menschen stehen weiter hinter Charles Edward Stuart.

Und das wird sich durch einen weiteren Rückzug auch nicht ändern. Die Menschen wissen sehr wohl, was er für sie bisher getan hat.«

»Mal angenommen, wir ziehen uns weiter in den Norden zurück«, versuchte William Murray die Gemüter ein wenig zu beruhigen und wieder mehr Konstruktivität einzubringen. »Wohin wenden wir uns? In den Highlands gibt es kaum große Städte, in die wir uns zurückziehen können! Wohin also?«

»Fort William oder Inverness«, machte Ranald MacDonald sogleich den Vorschlag. »Diese beiden Orte scheinen mir am günstigsten. Dort könnten wir uns neu sammeln und auf die zurückkehrenden Krieger warten.«

»Somit könnten wir zumindest einen kleinen Nachteil gegenüber dem Feind ausgleichen«, stimmte Chief Donald Cameron of Lochiel zu.

»Bedenkt aber, dass der Duke of Cumberland uns nachsetzen wird!«, warnte Francis Strickland. »Er wird vielleicht einen Moment lang enttäuscht sein, dass wir uns ihm nicht gleich hier gestellt haben, doch dann wird er uns weiter verfolgen. Er wird ebenfalls in den Norden marschieren. Was dann?«

»Irgendwann müssen wir uns ihm in den Weg stellen!«, nahm Lord George Murray den Faden auf. »Das versuche ich doch die ganze Zeit schon zu veranschaulichen.«

»Aber wenn wir nach Norden gehen, könnten wir den Ort des Kampfes bestimmen«, sagte Lord Elcho. »Dies wäre ein Vorteil für uns. Diesen Ort hier hingegen hat der Duke of Cumberland bestimmt, also ein Vorteil für ihn.«

»Wir stellen uns dadurch mit dem Rücken zur Wand!«, warnte Aeneas MacDonald, der bisher geschwiegen hatte. Er hielt sich bei solch hitzigen Diskussionen zumeist zurück und sagte nur hin und wieder ein paar Worte, wie auch noch einige andere Clanführer, die ebenfalls anwesend waren. Sie bestimmten in aller Regel einen aus ihrem Kreis zum Redner, der dann für sie alle sprach. Sofern sie denn gleicher Meinung waren. Doch nur so konnte verhindert werden, dass solche Beratungen völlig aus dem Ruder liefen.

»Wir wollen und können die nächste Schlacht überhaupt nicht aufhalten«, meinte Thomas Sheridan. »Doch wir können uns wertvolle Zeit verschaffen und uns selbst neu ordnen.«

Bonnie Prince Charlie hatte genug gehört, er hatte ohnehin längst eine Entscheidung getroffen. »Ich plädiere für einen weiteren Rückzug in den Norden«, sagte er mit lauter und kräftiger Stimme, um endlich zu einem Ergebnis zu kommen, ansonsten würden sie die ganze Nacht hindurch weiter diskutieren. »Wer mit mir einer Meinung ist, der möge nun die Hand heben!«

Thomas Sheridan und Ranald MacDonald waren die ersten, die ihre Hände hoben, daraufhin folgten auch Chief Donald Cameron, Colonel O'Sullivan, Francis Strickland, Lord Elcho, John MacDonald, Reverend George Kelly und nach einigem Zögern auch Aeneas MacDonald. William Murray stimmte schließlich ebenfalls zu, obwohl er sich damit gegen seinen Bruder stellte, der als einer von wenigen gegen den Rückzug stimmte.

»Was ist mit Euch, *Belle Rebelle*?«, wollte Bonnie Prince Charlie von Lady Anne wissen, die ganz im Hintergrund stand und sich von sämtlichen Beratungen stets raushielt.

»Ich?«, fragte Lady Anne überrascht zurück.

»Ihr seid ebenso mein Colonel«, meinte Charles Edward mit sanfter Stimme. Den Spitznamen *Belle Rebelle* hatte er ihr direkt nach dem Gefecht auf dem Falkirk Moor verpasst. Und er fand, er stand ihr sehr gut. »Auch Eure Meinung zählt.«

»Nun gut … Ich stimme dem Marsch nach Norden zu«, sagte Lady Anne mit fester Stimme. »Ich halte es in der derzeitigen Situation für unsere beste Möglichkeit.« Sie war keineswegs unsicher oder nervös in der Gegenwart all dieser Männer, sondern trat eben ganz wie ein echter Colonel auf.

»Dann ist es beschlossen!«, verkündete Bonnie Prince Charlie laut. »Wir gehen nicht auf die Provokationen Cumberlands ein und wenden uns stattdessen weiter nach Norden … in die Tiefe der Highlands. Dort werden wir den Feind dann empfangen!«

Im Anschluss entschied der Kriegsrat noch die Details des Rückzugs. So wurde unter anderem beschlossen, dass die Armee dreigeteilt werden sollte, um schneller voranzukommen. Außerdem konnten sie auf diese Weise mehr Nahrungsmittel und Proviant aus den umliegenden Dörfern und Gehöften einsammeln, was zum einen für die eigene Versorgung wichtig war, und zum anderen dem Feind weniger zurückließ. In Inverness, der Hauptstadt der Highlands, sollten sich die drei Armeeteile wieder treffen und vereinen. Zum finalen Gefecht!

Lord George Murray widersprach dieser Vorgehensweise heftig und versuchte, die Clanchiefs auf seine Seite zu ziehen, doch seine Beschwörungen blieben diesmal erfolglos. Der katastrophale Rückzug aus Derby warf einen Schatten auf ihn. Dennoch war der Riss, der schon seit Längerem zwischen dem Prinzregenten und ihm herrschte, an diesem Abend scheinbar irreparabel geworden. Die zwei würdigten sich keines Blickes, als sie nach den Besprechungen den Raum verließen.

Kapitel 33

In den Highlands um Inverness, Februar-März 1746

»Auf Geheiß Seiner königlichen Hoheit dem Prinzregenten wird die Stadt unverzüglich geräumt!«, hallte es am ersten Februarmorgen 1746 durch die steinernen Straßen von Stirling. Boten verkundeten auf jedem großen Platz diese wichtige Neuigkeit, die bei vielen Bürgern für Entsetzen sorgte, denn sie sahen den Schutz, den der Prinzregent mit seiner Armee ihnen bisher bot, wie Schnee in der Sonne dahinschmelzen und sich anschließend dem Zorn der Engländer ausgesetzt. Doch die Entscheidung stand: Stirling wurde aufgegeben und dem Feind überlassen.

Der Duke of Cumberland hatte mit einem Kampf bei Stirling gerechnet, hatte geglaubt, seine Provokationen würden Wirkung zeigen und wurde von diesem Taktikzug nun völlig überrascht. Er brauchte deshalb einige Zeit, um seine eigene Taktik zu überlegen, um schließlich ebenfalls aufzubrechen und den jakobitischen Rebellen nachzujagen. Nachdem er aber erst einmal die Fährte aufgenommen hatte, walzte er mit seiner Armee gen Norden und tyrannisierte auf seinem Weg die einheimische Bevölkerung. Vergewaltigungen, Morde und Plünderungen zogen sich alsbald wie eine Schneise durch die Highlands. Um das verflixte Katz-und-Maus-Spiel vorzeitig zu beenden, war ihm jedes Mittel recht. Und er hoffte, den Prinzregenten, den Hoffnungsträger der Schotten, zu einem Umkehren zu bewegen, wenn er die Bevölkerung nur genug plagte.

Zusätzlich schickte er abermals ein kleines Geheimkommando los, das den Stuart-Prinzen diesmal jedoch nicht sofort umbringen, sondern gefangen nehmen sollte. Er wollte den verfluchten Stuart lebend haben, um ihm anschließend öffentlich in London den Prozess zu machen. Auf Rebellion stand nämlich nicht weniger als die Höchststrafe, die aus Folter und Tod durch Hängen, Ausweiden und Vierteilen bestand. Bei diesem Gedanken musste der Duke of Cumberland genüsslich lächeln. Sein Vater und er hatten in der Vergangenheit schon einige Jakobiten auf diese grausame und äußerst qualvolle Art und Weise zum Tode verurteilt, doch bei Bonnie Prince Charlie würde er höchstpersönlich dafür sorgen, dass es besonders lange dauerte.

Am sechzehnten Februar tauchten deshalb vermummte Gestalten auf Moy Hall, dem Hauptsitz des Chiefs des Clans McKintosh, auf, wo sich Bonnie Prince Charlie zu diesem Zeitpunkt aufhielt. Die Gruppe Engländer ging mit äußerster Brutalität vor, um in einem schnellen Zugriff den schottischen Prinzregenten zu entführen, doch sie hatten ihre Rechnung ohne dessen Leibwache gemacht, die notfalls ihr Leben gab, um Charles Edward Stuart zu beschützen. Des Weiteren wurden sie durch Roderick MacKenzie, dem Doppelgänger des Prinzen, verwirrt, der durch sein beherztes und geistesgegenwärtiges Agieren die Engländer ein Stückchen von Moy Hall weglockte, sodass Bonnie Prince Charlie durch eine Hintertür in die entgegengesetzte Richtung entkommen konnte. Von dem Überfallkommando kehrten letzten Endes nur die abgetrennten Köpfe zum Duke of Cumberland zurück, der in einem darauffolgenden Tobsuchtsanfall einen seiner Diener ohne jede Vorwarnung erschlug.

Nur zwei Tage nach dem gescheiterten englischen Entführungsversuch erreichte Bonnie Prince Charlie mit seinem Armeeteil unverletzt das angestrebte Ziel: Inverness. Dort verbarrikadierte er sich und wartete auf die anderen zwei Armeeteile, die kurz darauf eintrafen und den Duke of Cumberland von einem direkten Angriff erst einmal abhielten.

Cumberland marschierte notgedrungen weiter bis nach Aberdeen und ließ sich dort nieder. Allerdings hatte er auf seinem Weg dorthin gewisse Vorkehrungen getroffen, um die Jakobiten von einem neuerlichen Siegesmarsch gen Süden abzuhalten. So hatte er an wichtigen Straßenpunkten gewaltige Sperren errichten lassen und einige Garnisonen unter anderem bei Blair Castle und Castle Menzies zurückgelassen. Allerdings vermied auch er in der Folge eine Entscheidungsschlacht, weshalb sich die Gefechte zunächst in kleineren Rahmen abspielten und, nachdem sie erst so richtig an Fahrt aufgenommen hatten, recht schnell wieder vorbei waren.

Bonnie Prince Charlie funktionierte Inverness zu seinem Hauptquartier um und dachte nicht daran, sich dem Duke of Cumberland entgegenzustellen. Er verlagerte seine Taktik vielmehr in Richtung eines Guerilla-Kampfes. Mit gezielten und blitzschnellen Attacken setzte er den militärischen Straßenposten und Garnisonen der Engländer zu und zog sich nach einem geglückten Überfall gleichermaßen schnell zurück, sodass die alarmierte Verstärkung zu spät eintraf und nichts mehr ausrichten konnte. Die jakobitischen Rebellen schienen plötzlich überall und nirgendwo zu sein, sie tauchten wie aus dem Nichts auf, schlugen zu und zogen sich wieder zurück. Und da die rauen Highlands ihre Heimat waren, kannten sie viele Schleichwege, Geheimverstecke und natürliche Fallen, die sie zu ihrem Vorteil gegenüber den Engländern nutzten.

Fast täglich erreichten Bonnie Prince Charlie in Inverness Nachrichten, die von einem neuerlich geglückten Überfall berichteten. Zwar kam es auch hin und wieder zu einem missglückten Gefecht, da der Feind langsam dazulernte und sich besser schützte, doch bis Ende März konnten die jakobitischen Rebellen allein zwischen Dalwhinnie und Blair Castle auf über dreißig erfolgreiche Kämpfe und Gefechte zurückblicken. Und bei diesen hatten sie nicht nur etliche Feinde getötet, deren Moral empfindlich getroffen und Waffen und Lebensmittel erobert, sondern auch über dreihundert englische und andersstämmige Feinde gefangen genommen.

Doch so erfolgreich diese Überfälle auch waren, Bonnie Prince Charlie wusste, dass auf Dauer kein Weg an einer alles entscheidenden Schlacht vorbeiführte. Diese kleinen Gefechte und gegenseitigen Sabotageakte waren für die jeweils andere Seite zwar äußerst ärgerlich und unangenehm, doch sie würden niemals eine Entscheidung herbeiführen, denn dazu hatten sie nicht die Durchschlagskraft. Eine baldige Entscheidung war unumgänglich. Deshalb dachte er bereits weiter und bereitete alles auf diesen einen Kampf vor. Er versuchte, den Feind stets an den empfindlichsten Stellen zu treffen, wollte die Moral der Engländer zerstören und gleichzeitig die seiner eigenen Männer aufbauen und aufrecht erhalten. Er attackierte gezielt die Nachschublinien der Engländer, um die Versorgung mit Gold, Waffen und Nahrungsmitteln zu unterbrechen. Auf der anderen Seite versuchte er, die eigenen Lebensmittel zu vermehren und einen kleinen Vorrat aufzubauen, was jedoch nicht so recht gelingen wollte. Denn kaum hatten sie ein paar Lebensmittel in die Stadt gebracht, schmolz dieser Vorrat schneller dahin, als er einen Kelch mit Wein austrinken konnte. Immer wieder aufs Neue war er erstaunt darüber, was so eine Armee tagtäglich zum Leben benötigte. Hinzu kam, dass er keinen Sold mehr zahlen konnte und deshalb als eine Art Ausgleich die Lebensmittelrationen erhöhen musste, um die Männer bei Laune zu halten. Es war ein Teufelskreis.

Außerdem stand er wieder in regem Austausch mit dem französischen König, der jedoch kein Wort mehr über etwaige Truppen verlor, die im Süden Englands landen sollten. Darüber ärgerte sich Charles Edward sehr, doch seine Stimmung hob sich an, als der Franzose versprach, ein Schiff mit Gold, Waffen und anderen nützlichen Dingen zu schicken. Seither wartete Charles Edward täglich auf die Ankunft dieses Schiffes, das in Inverness einlaufen sollte.

Ende März wurde das Wetter wieder besser und die Sonne kam nun deutlich öfter zum Vorschein. Der Schnee schmolz dahin, der gefrorene Boden taute und die Landschaft blühte nach und nach auf. Überall sprossen bunte Blumen hervor und verwandelten die Felder in wahre Blütenmeere, vielerorts waren insbesondere die lila Köpfe der schottischen Nationalblume, der Distel, zu sehen. Auch die Temperaturen stiegen langsam an, was den vielen Kriegern, die in den Feldlagern ausharrten, erleichterte Aufseufzer entlockte.

Bonnie Prince Charlie war in den letzten Wochen sehr nachdenklich geworden. Er hatte zwar nichts von seinem jugendlichen Eifer und Elan verloren, doch immer mehr fragte er sich, wohin ihn sein Erbe und dieser Krieg gebracht hatten. Alles hatte sehr holprig angefangen, dann ungemein an Fahrt aufgenommen und ihn von Sieg zu Sieg geführt, doch nun stand er plötzlich mit dem Rücken zur Wand. Ungewollt hatte er sich in die Ecke drängen lassen. Nun musste er höllisch aufpassen, um nicht sein gesamtes Erbe auf einen Schlag zu verlieren. Obwohl es doch eigentlich so gut verlaufen war, er so viel Unterstützung von der schottischen Highlandbevölkerung bekommen hatte, konnte er nicht zufrieden sein. Immer wieder haderte er im Stillen mit der Nacht von Derby, als er kurzzeitig die Kontrolle über seinen Kriegsrat verloren hatte und sie diesen verdammten Rückzug hatten antreten müssen. Nicht auszudenken, was gewesen wäre, wenn er sich damals durchgesetzt und sie ihren Siegeszug gen Süden fortgesetzt hätten. Dann könnte er heute womöglich bereits auf dem englischen Thron in London sitzen und nicht hier in Inverness, seiner letzten verbliebenen Bastion.

Bonnie Prince Charlie seufzte leise auf bei diesem Gedanken und betrachtete die Distel, die er sich vor zwei Tagen auf einem kleinen Spaziergang gepflückt hatte und nun in den Händen hielt. Er mochte diese Blume. Aber nicht nur, weil sie den Schotten fast schon so etwas wie heilig war, nein, denn sie verkörperte in seinen Augen ungemein anschaulich die schottische Seele. Die Distel war einfach, klein und oftmals so unscheinbar, doch andererseits war sie auch wunderschön, der schmale Stängel mit dem breiten Kopf obendrauf, der ihn manchmal an einen Palmenstamm erinnerte, dazu die knallige lila Färbung, die Leben versprach und von Erfüllung zeugte. Von Erfüllung und von Freude, von Lebensmut sowie dem unbändigen Drang nach Freiheit und nach Selbstbestimmung. Und um diese Selbstbestimmung zu erreichen, war jedes Mittel recht. Deshalb war die Distel nicht nur schön anzusehen, sondern hatte auch eine Art von Dornen, die ziemlich schmerzhaft sein konnten, wenn man nicht aufpasste, wo man die Pflanze anlangte. Im Grunde bedeutete der Name Distel auch nichts anderes als *spitz* oder *stechen*. Und nun wehrten sich die Schotten eben mal wieder gegen die Engländer, stachen zu und waren nicht gewillt, sich brechen zu lassen.

Als ein Bote sich durch lautstarkes Klopfen gegen die Tür ankündigte, sah Bonnie Prince Charlie auf. Er rief den Mann herein, senkte dann seinen Blick aber wieder auf die Distel nieder.

»Königliche Hoheit«, meldete sich der Bote und verbeugte sich tief. »Ich bringe Nachricht von Lord George Murray und der von ihm befehligten *Atholl Brigade*. Er übersendet Euch …«

»Kennt Ihr eigentlich den Grund, weshalb die Distel den Schotten so sehr am Herzen liegt?«, fragte Charles Edward dazwischen und ließ den Boten nicht ausreden.

»H-Hoheit?«, fragte der Mann unsicher nach.

»Es gibt sogar einen Distelorden«, fuhr Bonnie Prince Charlie unbeirrt fort. Er nahm die Unsicherheit des Boten fälschlicherweise als Unwissen an. »Ein schottischer Ritterorden, in den nur erwählte Männer aufgenommen werden. Und auch unser Wappen wird von dieser kleinen Blume geziert. Ist das nicht einzigartig?«

»Natürlich, Hoheit. Wenn ich nun fortfahren …«

»Ich werde Euch erzählen, wie die Distel zu Schottlands Blume wurde«, sagte Bonnie Prince Charlie. »Im Jahre Zwölfhundertdreiundsechzig nach Christus führten die Schotten Krieg gegen die einfallenden Wikinger. Diese barbarischen Nordmänner fielen in unser Land ein und zogen raubend, mordend und brandschatzend durch die Landstriche. Sie nahmen alles mit, was ihnen gebräuchlich erschien und machten auch vor Frauen und Kindern nicht Halt. Beinahe wie die Engländer! Natürlich rotteten sich schon damals die Tapfersten unter den Schotten zusammen, um sich gemeinsam den Wikingern in den Weg zu stellen. In der Nacht vor dem eigentlichen Kampf jedoch versuchten es die Wikinger mit einer List. Sie schlichen sich im Schutze der Dunkelheit an das Heerlager der Schotten an, um diese in einem Überraschungsangriff im Schlaf abzumetzeln. Doch dabei gerieten sie ausgerechnet in ein Feld mit dornenbestückten Disteln, sodass sie vor Schmerzen aufschrien, wodurch wiederum die Schotten alarmiert wurden. Diese griffen sofort zu ihren Waffen und konnten die Angreifer nicht nur in die Flucht jagen, sondern auch vernichtend schlagen. Seither ist die Distel den Schotten heilig, denn sie hat geholfen, dieses wundervolle Land zu verteidigen.«

Der Bote stand still da und lauschte angeregt den Worten des Prinzregenten. Natürlich war ihm diese Geschichte nur zu gut bekannt, wie übrigens jedem Kind, jedem Mann und jeder Frau in Schottland. Doch dies sagte er nicht, sondern wartete ab, ob Charles Edward Stuart noch weitererzählen würde.

»Was könnt Ihr mir berichten?«, verlangte Bonnie Prince Charlie plötzlich zu wissen.

Da erwachte der Bote aus seiner Starre. Er räusperte sich und wiederholte dann die Anfangsworte seines Berichts.

»So, Ihr bringt Kunde von Lord George Murray. Könnt Ihr mir etwa die erfolgreiche Einnahme von Blair Castle berichten?«

»Leider nicht, königliche Hoheit«, sagte der Bote, dem sichtlich unwohl war in seiner Haut. Niemand war schließlich gerne der Überbringer schlechter Nachrichten. »Lord George Murray und die *Atholl Brigade* haben, zusammen mit gut dreihundert MacPhersons, zunächst die Engländer in Murray attackiert und schließlich versucht, Blair Castle einzunehmen, doch sie mussten die Belagerung nach rund zwei Wochen erfolglos abbrechen.«

»Weshalb?«, rief Bonnie Prince Charlie laut und schleuderte die Distel in seiner Hand achtlos beiseite.

»Nun, Hoheit, es war Verstärkung der Engländer im Anmarsch, die den Eingeschlossenen zu Hilfe kam. Daraufhin hielt Lord George Murray es für klüger, sich vorsichtshalber zurückzuziehen, um keine unnötigen Verluste zu riskieren. Er war der Meinung, dass dieses Vorgehen Eure Zustimmung finden würde.«

»Dieser verdammte George Murray!«, brüllte Charles Edward wütend und ballte seine Hände zu Fäusten. »Ich könnte ihn …« Er sprach die restlichen Worte nicht aus, sondern mahnte sich selbst zur Ruhe. Er atmete einmal tief durch und versuchte, sich wieder zu beruhigen. »Ich hätte ihn schon längst von seinem Kommando entbinden sollen«, murmelte er leise. »Doch das hätte mir wiederum Ärger mit seinem Bruder William und einigen mächtigen Clanchiefs eingebracht.« Als er sich bewusst wurde, dass der Bote immer noch vor ihm stand, meinte er: »Ihr könnt Euch zurückziehen. Ich werde später wieder nach Euch rufen lassen, damit Ihr meine Antwort an Lord Murray übersendet.«

»Sehr wohl, königliche Hoheit«, sagte der Bote ehrfurchtsvoll, verbeugte sich noch einmal tief und zog sich dann mit langsamen Schritten zurück. Doch kaum war er verschwunden, klopfte es erneut von außen gegen die Tür.

»Herein!«, brüllte Bonnie Prince Charlie und hoffte, dass es diesmal bessere Neuigkeiten waren.

Ein anderer Bote trat in den Raum, verbeugte sich ebenfalls und verkündete dann seine Nachricht: »Ich bringe Kunde von *Le Prince Charles*, königliche Hoheit.«

»Ah!«, rief Bonnie Prince Charlie erfreut aus und trat dem Boten schnellen Schrittes entgegen. *Le Prince Charles* war jenes Schiff, das der französische König mit 13.000 Pfund Goldmünzen, Waffen und zahlreichen Vorräten beladen losgeschickt hatte, um ihn im Kampf gegen die Engländer zu unterstützen. Das Schiff, das nach ihm benannt war, wurde seit Tagen sehnsuchtsvoll in Inverness erwartet. »Ist die *Le Prince Charles* endlich eingelaufen?«

»Leider nein, königliche Hoheit«, musste der Bote ihn enttäuschen.

»Nein?«, fragte Bonnie Prince Charlie ungläubig und zugleich irritiert nach. »Sagtet Ihr nicht, dass Ihr Nachricht bringen würdet … Oh, ich verstehe …«

»*Le Prince Charles* wurde von der englischen Fregatte *H.M.S. Sheerness* verfolgt, sodass ein Einlaufen in Inverness nicht möglich war.«

»Natürlich. Verdammte Engländer! Wo ist das Schiff jetzt?«

»Der französische Kapitän steuerte die Bucht bei Tongue an, da diese ihm am sichersten für eine Landung erschien. Er wartete anschließend die Nacht ab, um im Schutze der Dunkelheit von Bord zu gehen. Die Crew schleppte das gesamte Gold, die Waffen und die Vorräte mit, um sie zu Fuß hierher zu bringen.«

»Tapfere Männer«, kommentierte Bonnie Prince Charlie, doch er ahnte, dass dies noch nicht das Ende der Geschichte war.

»Leider kam es an Land zu einem Gefecht mit dem Feind«, verkündete der Bote auch sogleich. »Denn als es wieder hell wurde, stießen sie bei Drum Nan Coup auf George Mackay, den Sohn des Chiefs des Clans Mackay. Da dieser unglücklicherweise entschieden hatte, für die Engländer und damit für die falsche Seite zu kämpfen, attackierte er ohne Umschweife die Crew der *Le Prince Charles.*«

»Und?«

»Nun, ähm, es wurden sechsunddreißig tapfere Männer getötet, der Rest gefangen genommen und sämtliche Vorräte sowie das Gold … sind verloren.«

»Verdammt!«, brüllte Bonnie Prince Charlie außer sich vor Wut. »Diese verfluchten Ratten! Ich könnte sie allesamt nehmen und ihnen eigenhändig die Hälse umdrehen …« Er fluchte noch einige Minuten laut vor sich hin, ehe er dem Boten für die Überbringung dieser Nachricht dankte und ihn dann entließ. Doch Ruhe, um über die Folgen dieses Verlustes und seine weiteren Schritte nachzudenken, hatte er deswegen keine, denn da verlangte schon der nächste Bote seine ganze Aufmerksamkeit. »Das geht ja zu wie im Taubenschlag heute!«, murmelte er schlecht gelaunt. Doch es half nichts, er musste sich die Nachrichten der Boten anhören, selbst wenn diese nicht gut waren. Allerdings hoffte er inständig darauf, dass endlich auch mal wieder jemand etwas Positives berichten konnte.

»Königliche Hoheit«, sagte der dritte Bote an diesem Morgen, »ich bringe Nachricht von Chief Donald Cameron of Lochiel.«

»Hoffentlich gute …«, knurrte Charles Edward und winkte dem Mann zu, zum Zeichen, dass er fortfahren konnte.

»Chief Donald lässt Euch herzlich grüßen und voller Freude ausrichten, dass sowohl Fort Augustus als auch Fort George eingenommen werden konnten.«

»Auf Chief Donald Cameron ist eben Verlass«, murmelte Charles Edward sichtlich zufriedener. Sogleich war seine Stimmung wieder ein klein wenig besser, wenngleich der Verlust der *Le Prince Charles* damit nicht aufzuwiegeln war. Aber immerhin war es ein kleiner Trost.

Der Bote fuhr fort: »Nach der erfolgreichen Einnahme von Fort Augustus und Fort George machte Chief Donald Cameron sich auf den Weg nach Fort William. Allerdings musste er die dortige Belagerung nach zwei äußerst harten und blutigen Wochen abbrechen.«

»Wo ist er jetzt?«

»Er befindet sich auf dem Rückweg nach Inverness, um sich mit Eurer Armee hier wieder zu vereinen. Seinen Angaben zufolge zieht der Duke of Cumberland gerade seine sämtlichen Streitkräfte zusammen, um zum großen Schlag auszuholen.«

»Hm«, murmelte Bonnie Prince Charlie nachdenklich. »Nun ist es also soweit, der Duke of Cumberland plant den großen Angriff. Die alles entscheidende Schlacht steht vor der Tür.« Er drehte einige Runden im Raum, während er nachdachte. Dann griff er zu Feder und Tinte und schrieb hastig einige Zeilen nieder. Anschließend versiegelte er den Brief mit geschmolzenem Wachs und seinem Familiensiegel und überreichte den kurzen Brief an den wartenden Boten. »Überbringt diese Zeilen unverzüglich an Chief Donald Cameron. Bevor Ihr aber aufbrecht, schickt sämtliche verfügbaren Boten zu mir, ich muss auch die anderen informieren. Wir befehlen sämtliche Männer nach Inverness zurück!«

»Sehr wohl, Hoheit!«, sagte der Bote, verbeugte sich und machte sich auf den Weg.

Den restlichen Tag stand die Tür zu Bonnie Prince Charlies Arbeitszimmer komplett offen, da im Minutentakt Boten ankamen oder mit Befehlen und Anweisungen hinausgingen. Der Prinzregent schrieb einen Brief nach dem anderen, bis ihm die Hand schmerzte, doch er gönnte sich keine Pause, sondern schrieb immer weiter. Er musste schleunigst alle Heerführer und Clanchiefs über die neuesten Entwicklungen informieren und herbeordern, damit sie in voller Truppenstärke dem Duke of Cumberland entgegentreten konnten.

Am Abend erreichte ihn jedoch noch ein kleiner und unscheinbarer Brief, der sogleich seine volle Aufmerksamkeit verlangte und seine Sorgen zumindest für einen Moment vergessen ließ. Clementina Walkinshaw schrieb ihm, fragte nach seinem Wohlergehen und schloss den Brief mit dem Wunsch, ihn möglichst bald und unversehrt wiederzusehen. Bonnie Prince Charlie las diesen Brief ungefähr zehnmal hintereinander durch, bis er jedes Wort auswendig kannte. Dann drückte er das kleine Stückchen Papier an seine Brust und stellte sich vor, wie seine Clementina an ihrem Schreibtisch gesessen und diesen Brief geschrieben hatte. Ein wohliger Schauer erfüllte seine Brust und ließ sie erbeben. Er wünschte ebenfalls, sie schon bald wiederzusehen. Dann aber als uneingeschränkter König von Schottland, Irland und England!

Kapitel 34

Inverness, 12. April 1746

Bonnie Prince Charlie legte die Feder beiseite, massierte sich kurz seine schmerzende rechte Hand, hob dann das Papier an und las den Brief durch, den er verfasst hatte. Es war eine Antwort an Clementina Walkinshaw. Seit einigen Tagen schon arbeitete er an ihr herum, suchte nach den richtigen Worten, den richtigen Formulierungen, hatte unzählige Male Sätze neu geschrieben, umgestellt, dann doch wieder gestrichen und noch einmal von vorne angefangen. Und war bisher nie ganz zufrieden gewesen. Nun aber hielt er endlich den fertigen Brief in den Händen, für den er eine Menge Papier, Tinte und noch viel mehr Nerven aufgewendet hatte. Er war soweit zufrieden, dass er ihn zusammenfalten, noch eine seiner blonden Haarlocken beifügen und versiegeln konnte. Es war das passende Gegenstück auf ihren kleinen Brief, für dessen Erhalt er sehr dankbar war. Er schrieb ihr die neuesten Entwicklungen bezüglich des Konflikts mit dem Duke of Cumberland, schätzte realistisch seine Siegchancen ein und wurde dann auch privater, als er gestand, die gemeinsame Zeit mit ihr sehr genossen zu haben. Er gestand ihr offen, dass er Gefühle für sie hatte und sie unbedingt wiedersehen mochte. Da er aber nicht wusste, wer den Brief sonst noch zu Gesicht bekam, womöglich gar ihr strenger Onkel Sir Paterson, hatte er die Balance zwischen Verliebtheit und Nüchternheit wählen müssen. Er schloss mit einem vorläufigen Abschied, sprach von einem baldigen Besuch und von äußerst zahlreichen Küssen.

Als der Brief bereit zum Überbringen war, seufzte Charles Edward erleichtert auf. Es war zwar nur ein kleiner Brief, doch das Schreiben hatte ihn seltsamerweise ziemlich viel Kraft gekostet. Es war auch gar nicht so leicht, seine Gefühle in Worte zu fassen, selbst dann nicht, wenn man eigentlich nicht auf den Mund gefallen war. Es war eben etwas anderes, wenn man mit einer Person von Angesicht zu Angesicht sprach und dabei im direkten Gegenzug eine Reaktion bekam, oder wenn man seiner Angebeteten einen Brief schrieb und nicht sehen konnte, wie diese auf die Worte reagierte. Falls das Gespräch zu langweilig wurde, konnte er darauf eingehen und die Richtung ändern, falls er etwas Falsches sagte, konnte er es sogleich mit einer Schmeichelei wiedergutmachen. Doch mit einem Brief verhielt es sich anders. Sollte ein Satz vom Empfänger missverstanden werden, hatte er keine Möglichkeit, sich in diesem Moment zu erklären. Ging er womöglich zu forsch vor? Oder doch eher viel zu sehr zurückhaltend? In einem direkten Gespräch wusste er es sofort, in einem Brief allerdings nicht. Hinzu kam, dass er gerade ziemlich viel mit Politik beschäftigt war und die letzten Nächte kaum geschlafen hatte. Er war demzufolge müde, ausgelaugt und hatte ständig den Duke of Cumberland im Kopf, der ihnen täglich näher kam. Er war zwar nicht vollkommen beunruhigt, denn er wusste um ihre eigene Stärke, aber dennoch verspürte er eine gewisse Aufregung, die ihn fest in ihrem Griff hielt. Selbst der Alkohol, dem er in den letzten Tagen wieder vermehrt zusprach, vermochte ihm diesbezüglich keine innerliche Ruhe mehr zu vergönnen. Und das mochte etwas heißen. Allerdings konnte er sich auch nicht komplett volllaufen lassen, denn er musste einen möglichst klaren Kopf bewahren. Er musste seine Armee anführen, musste die Taktik bestimmen, auf den Feind achten und seinen

Männern ein Vorbild sein. Da konnte er sich nicht bis zur Bewusstlosigkeit betrinken.

Nachdem Bonnie Prince Charlie den Brief an Clementina einem Kurier übergeben hatte, der sich sofort und persönlich auf den Weg nach Bannockburn machte, ließ er seinen Doppelgänger zu sich rufen. Es dauerte dann auch nicht lange, bis Roderick MacKenzie erschien und nach seinen Wünschen fragte.

»Ich habe mir Gedanken gemacht«, eröffnete Charles Edward. »Ihr, mein Lieber, seht mir rein äußerlich zwar verdammt ähnlich, doch wenn Ihr mich weiterhin glaubhaft vertreten wollt, dann müsst Ihr Euch mir noch mehr anpassen. Ihr müsst Euch mehr so bewegen, wie ich es tue, damit niemand Verdacht schöpft.«

»Ich verstehe. Und ich verspreche hiermit, mich noch mehr anzustrengen, königliche Hoheit!«

»Sehr gut. Ich habe nämlich die Absicht, Euch verstärkt einzusetzen. Ihr sollt mich noch öfter vertreten … oder vielmehr möchte ich, dass ich an zwei verschiedenen Orten gleichzeitig sein kann. Dadurch kann ich noch näher bei unseren Kriegern sein und ihnen auf diese Weise mehr Kampfkraft und Moral schenken. Außerdem möchte ich den Feind stärker verwirren, indem ich an einem Tag hier und bereits am anderen Tag dort auftauche, obwohl zwischen diesen beiden Orten mindestens drei oder vier Tagesmärsche liegen.«

»Ein ausgezeichneter Vorschlag, Hoheit«, meinte Roderick MacKenzie. »Ich werde Euch wie immer würdig vertreten. Ihr könnt Euch auf mich verlassen.«

»Ich weiß«, sagte Charles Edward und er meinte seine Worte auch genau so. Der junge Roderick war ein glühender Anhänger, ein Verehrer seiner Person … und tat absolut alles, um es ihm recht zu machen. Er stellte sich sogar bereitwillig in die gefährliche Schusslinie, nur um ihn zu schützen. »Eure Treue werde ich Euch reich belohnen«, fügte er deshalb noch hinzu.

»Ihr habt bereits mehr als genug für uns und unser Land getan, Hoheit«, antwortete Roderick.

Anschließend stellten die beiden sich vor einen mannshohen Spiegel und der junge MacKenzie versuchte, die Mimik und Gestik des Prinzregenten möglichst genau nachzuahmen. Charles Edward sah ihm geduldig zu, gab ihm einige Tipps und lobte ihn für seine Geduld und Ausdauer. Doch nur wenn es absolut perfekt war, konnte ihre Täuschung auch die erwünschte Wirkung erzielen.

Gegen Mittag erschienen Thomas Sheridan und William Murray, allerdings nicht mit einer frisch zubereiteten Mahlzeit, wie es in den letzten Tagen oftmals der Fall gewesen war, da er in seine Arbeit versunken oft nicht ans Essen dachte, sondern leider mit schlechten Neuigkeiten. Deshalb entließ Bonnie Prince Charlie seinen Doppelgänger für den Moment und schloss die Tür zu seinen Gemächern, um sich ungestört mit seinen Mentoren unterhalten zu können. »Was gibt es?«, fragte er direkt und ohne Umschweife nach.

»Leider keine guten Nachrichten.«

»Der Duke of Cumberland befindet sich mit seiner Armee viel näher, als wir zunächst dachten.«

Charles Edward machte große Augen. »Was? Wie nahe ist er? Er ist doch erst vor Tagen aus Aberdeen aufgebrochen …«

»Er hat am heutigen Morgen bereits den Fluss Spey überquert.«

»Verdammt! So nahe schon?!«

»Wir dachten eigentlich, dass das eher mäßige Wetter die Engländer noch ein wenig aufhalten würde, bis wir unsere volle Truppenstärke zurückerlangt haben, doch anscheinend haben diese Hunde uns diesmal überrascht.«

»Wir sind eigentlich noch nicht bereit für einen Kampf«, meinte Bonnie Prince Charlie besorgt. »Chief Donald Cameron ist mit seinen Männern von der gescheiterten Belagerung von Fort William hierher unterwegs und ich habe keine Ahnung, wann er eintreffen wird. Lord George Murray ist ebenfalls noch dort draußen …«

»Des Weiteren dürfen wir die vielen Krieger, die in den letzten Wochen bei ihren Familien waren, nicht vergessen«, warf William Murray ein. »Noch immer sind nicht alle dieser Männer zurück. Wir haben zwar in den letzten Tagen sehr viele Boten ausgesandt, um alle wieder zusammenzutrommeln, doch es dauert eben seine Zeit, bis wirklich alle hier eintreffen.«

»Immerhin sind die Männer aus dem nahen Umkreis bereits versammelt«, beruhigte Thomas Sheridan. »Sämtliche Vorposten aus dieser Gegend haben sich eingefunden. Wir zählen zwar noch fleißig durch, aber grob geschätzt kommen wir bislang auf knapp unter fünftausend Mann.«

»Das ist gut, aber womöglich nicht ausreichend«, überlegte Charles Edward laut. »Wenn meine geheimen Informationen stimmen, dann kommt der Duke of Cumberland auf beinahe doppelt so viele Soldaten. Und bislang konnte ich mich sehr gut auf unser Netz aus Spionen und Spähern verlassen.«

»Nun, noch ist der Feind ja nicht direkt vor den Stadttoren, es wird mindestens zwei, drei Tage dauern, bis er frühestens hier sein kann. Bis dahin wird sicherlich noch der eine oder andere Krieger zu uns stoßen. Außerdem hatten wir in der Nähe des Flusses Spey eine kleine Einheit, bestehend aus mehreren hundert Highlandern, stationiert, die dort lagerte und auf feindliche Aktivitäten lauerte.

Die Einheit hat direkt einen berittenen Boten hergeschickt und sich anschließend vor dem herannahenden Feind zurückgezogen, da ein Gefecht in dieser Unterzahl einem Selbstmord gleichgekommen wäre. Diese Männer werden schon bald zu uns stoßen. Kurzum: Unsere Armee wird noch ein bisschen anwachsen, bevor es dann zum großen Kampf kommen wird.«

»Sollten mich diese Zahlen etwa beruhigen?«, fragte Charles Edward nach, wartete jedoch keine Antwort ab und sagte stattdessen: »Ich bin kein bisschen beruhigter deswegen.«

»Ich hatte zumindest die Hoffnung …«

»Die Frage ist, ob wir uns hier in Inverness verschanzen und uns auf eine Belagerung einlassen sollten oder …«

»Davon würde ich dringend abraten!«, fuhr der Marquis of Tullibardine dazwischen. »Verzeiht, ich wollte Euch natürlich nicht unterbrechen«, fügte er anschließend schnell hinzu.

»Nein, sprecht ruhig!«

»Nun gut … Ich für meinen Teil halte es für keine gute Idee, sich belagern zu lassen. Inverness hat zwar eine mittig gelegene Festung, doch die Außenmauern der Stadt sind alt und marode und würden einem Beschuss nicht sehr lange standhalten. Die Belagerung wäre demnach bereits zu Ende, kaum dass sie angefangen hätte. Und dann würde es unweigerlich zu einem grausamen Blutbad unter der Bevölkerung kommen, wenn die beiden Armeen mitten in der Stadt aufeinandertreffen. Die Zivilisten wären eingeklemmt zwischen den Kämpfenden und würden wehrlos abgeschlachtet werden.«

»Dieser Einschätzung würde ich zustimmen«, meinte Thomas Sheridan düster. »Wenn es zu einer Schlacht kommt, dann sollten wir dafür einen für uns geeigneten Platz wählen und sie auf offenem Feld austragen. Außerdem haben wir uns in den vorangegangenen Kämpfen nicht schlecht geschlagen, warum also nun hinter Mauern verschanzen, die ohnehin schon bröckeln und vor Jahren hätten erneuert werden müssen?«

»Natürlich könnte der Duke of Cumberland auch auf einen Beschuss verzichten und versuchen, uns über Wochen und Monate hinweg auszuhungern«, führte der Marquis ein weiteres denkbares Szenario aus.

»Wir haben mittlerweile genügend Lebensmittel, um …«

»Das mag durchaus sein, doch auch dann wären wir nicht sehr gut dran, denn denkt doch nur einmal an die vergangenen Wochen und Monate! Wir hatten während dieser Zeit immer wieder mit Krankheiten und beginnenden Seuchen zu tun, dich sie aufgrund des Platzmangels sehr schnell ausgebreitet haben. Sollte es in solch einer Situation erneut zu einer Seuche kommen, könnte unsere gesamte Armee auf einen Schlag dahingerafft werden und zwar ohne, dass der Feind auch nur einen Schuss abfeuert. Dieses Risiko halte ich für größer, als wenn wir uns in einem Kampf stellen.«

»Gut. Sofern wir uns tatsächlich auf einen Kampf auf offenem Feld einlassen«, sagte Bonnie Prince Charlie, »dann muss das Gelände aber zu unseren Gunsten ausfallen. Wir dürfen uns keinen Ort aufzwingen lassen! Am besten wäre sicherlich wieder ein Moor oder zumindest ein Untergrund, der sehr weich und morastig ist.«

»Nicht schon wieder! Nimmt das den gar kein Ende?«, murmelte William Murray leise, doch er musste zugeben, dass der Prinzregent damit recht hatte.

»Nur so können wir verhindern, dass wir von der starken englischen Kavallerie zermalmt werden. Bisher konnten wir diese Einheiten stets sehr gut aus den Kämpfen nehmen. Und so müssen wir es diesmal auch wieder machen.«

»Schwebt Euch ein bestimmter Ort vor?«

»Nicht direkt, aber wenn wir nur noch zwei bis drei Tage Zeit zur Verfügung haben, muss es ja ganz in der Nähe sein. Also haben wir nicht so viel Auswahl.«

»Wie wäre es mit dem Drummossie Muir?«

»Dem was?«

»Es ist besser bekannt unter dem Namen Culloden Moor. Es ist dort, wo Ihr zeitweise Eure Zeit verbringt, wenn Ihr nicht gerade hier in Inverness seid.«

»Ah, ja, dieser Name ist mir schon eher geläufig, es ist dort beim *Culloden House*, nicht wahr?«

»Richtig. Das wäre eine mögliche Stelle für einen Kampf.«

»Dann lasst uns dorthin aufbrechen und uns ein wenig umsehen«, meinte Bonnie Prince Charlie, wobei seine Stimme gleich ein wenig abenteuerlustiger klang. »Es ist immer besser, das Gelände zu kennen, sodass man einen Vorteil gegenüber dem Feind hat.«

»Dem kann ich nicht widersprechen«, meinte Thomas Sheridan.

»Bevor wir aber aufbrechen«, sagte Charles Edward, »werden wir offiziell verkünden lassen, dass der Feind hierher unterwegs ist. Die Männer sollen sich langsam vorbereiten, sollen sich auf das Unausweichliche einstellen und ihre Ausrüstung prüfen.«

»Sie werden diese Nachricht mit Freude aufnehmen«, verkündete William Murray mit einem für ihn eher seltenen Lächeln. »Wie ich gehört habe, können die meisten es kaum mehr erwarten, endlich auf den Duke of Cumberland zu treffen. Und das, obwohl es bereits seit Wochen keinen Sold mehr gibt, da unsere Kassen bis auf den letzten Penny leer sind!«

»Dann lasst eine Extraportion Porridge ausgeben!«, sagte Bonnie Prince Charlie, den die finanzielle Situation sehr schmerzte. Deshalb ärgerte er sich auch immer noch über die verloren gegangene Ladung der *Le Prince Charles*. »Und eine Extraportion Whisky!«, fügte er an. »Die Männer sollen gestärkt in diesen Kampf gehen!«

Kapitel 35

Nahe dem Culloden Moor, in der Nacht des 15. auf den 16. April 1746

»Und wenn ich es euch doch sage, ihr Zweifler, der Kerl war mindestens vier Köpfe größer als ich! Und dennoch habe ich mich ihm tapfer und ohne Furcht in den Weg gestellt, um ihn aufzuhalten.«

»Beim letzten Mal, als du die Geschichte erzählt hast, Ewan, war der Kerl nur drei Köpfe größer …«

»Und davor nur zwei …«

»Seid still, ihr Narren!«, zischte der Mann namens Ewan. »Wart ihr beide Hosenscheißer damals in der Schlacht dabei? Nein? Also, haltet gefälligst euren Mund und unterbrecht mich nicht andauernd.«

»Ja, seid still!«, rief auch Chief Donald Cameron of Lochiel in die Richtung der beiden jungen Kämpfer, allerdings hatte seine Stimme keine Strenge, sondern vielmehr einen belustigten Unterton, der alle anderen Anwesenden unweigerlich zum Lachen brachte. »Wir wollen doch hören, wie die Geschichte ausgeht, nicht wahr!?!«

»So wie das letzte Mal«, zischte einer der beiden Jungen leise, aber gerade noch so laut, dass es jeder hören konnte. Erneut folgte Gelächter.

»Wer weiß?«, kommentierte Chief Donald mit einem Augenzwinkern und bat dann den alten und ergrauten Veteranen Ewan, mit seiner Erzählung fortzufahren.

»Danke«, sagte Ewan, der den Sarkasmus in Stimme und Gestik des Chiefs nicht erkannte. »Also«, rief er dann laut, um die Auf-

407

merksamkeit aller wieder zu erlangen, und ließ einmal seine Finger der Reihe nach knacken. Er blickte seine Zuhörer einzeln an, damit er sicher war, sämtliche Ohren zu erreichen. Schließlich fuhr er fort: »Ich weiß es nicht mehr so ganz genau, aber der Kerl war mindestens vier Köpfe größer, mindestens … Aber ich habe ihm in die Augen gesehen und ihm klar und deutlich gesagt, dass er hier nicht durchkommt! Ich habe ihm geraten, seine hässliche Visage an einen anderen Ort zu bringen, doch er wollte nicht hören. Deshalb habe ich meine Axt geschwungen und sie ihm in die Brust gehämmert. Aber eins sage ich euch, dieser Kerl war zäh! Verdammt zäh! Jeden ausgewachsenen Eber hätte dieser Schlag sofort umgebracht, doch dieser Hüne bleckte nur höhnisch seine Zähne, holte mit seiner eisenbewehrten Faust aus und donnerte sie mir gegen den Kopf. Einmal … zweimal … dreimal …«

Chief Donald Cameron lächelte während der Aufzählung der Schläge. Ihm und allen anderen Zuhörern war klar, dass die Anzahl der Schläge mit jeder weiteren Erzählung um gut ein Dutzend Hiebe anwuchs. Doch niemand störte sich daran, denn sie alle liebten den alten Ewan und seine verrückten, großspurigen und zum Teil auch erfundenen Geschichten. Deshalb drängten sie sich um das kleine Lagerfeuer, als wäre es der letzte warme Ort auf Erden, und lauschten seinen Erzählungen, während die Dunkelheit langsam um sie herum einbrach. Das Essen war heute Abend leider ausgefallen, da sie schlicht und ergreifend keine Nahrungsmittelvorräte mehr hatten. Ihr gesamter Bestand war durch einen seltsamen Pilzbefall vernichtet worden. Nun waren sie zwar nicht sehr wählerisch in ihrer Not, doch einige Männer, die von den verseuchten Vorräten gegessen hatten, lagen nun todkrank in Inverness. Doch Ewans Geschichten lockerten die Stimmung wieder auf und sorgten dafür, dass die knurrenden Mägen zumindest für einen kurzen Moment vergessen werden konnten. Außerdem wirkte das Lachen befreiend, vor allem für die jüngeren Krieger, die noch nicht so viel Erfahrung im Kriegswesen hatten. Sie waren nervös und aufgeregt vor der neuerlichen Schlacht, doch die Alten und Erfahrenen, allen voran Ewan, strahlten eine Ruhe aus, die dann zu einem gewissen Teil auf die Jungen überging.

Ewan zählte weiterhin die Anzahl der Schläge auf, bis er irgendwann nicht mehr weiter wusste. Deshalb stoppte er unfreiwillig, sein Mund weit geöffnet. Er ließ erneut seinen Blick durch die Runde schweifen, dann schüttelte er kurz den Kopf und fuhr fort: »Ihr glaubt mir nicht, habe ich recht?«

»Doch, doch, natürlich«, erwiderte Chief Donald Cameron sofort, musste aber arg an sich halten, um nicht laut loszulachen. Er wollte noch etwas hinzufügen, brachte allerdings keinen Ton heraus. Erneut musste er feststellen, wie schwer es war, ein herzhaftes Lachen zu unterdrücken. Als der innerliche Lachreiz zu groß wurde, wendete er schnell sein Gesicht ab und tat, als müsste er kräftig husten. Bis auf Ewan wusste im Grunde jeder, dass es kein Husten, sondern ein seltsam klingendes Lachen war. »Ich kann es beweisen«, murmelte er anschließend in seine Hände, die er beide vor den Mund geschlagen hatte, und nahm dem alten Recken die nächsten Worte vorweg.

Ewan blickte ihn scharf an. »Was sagtet Ihr, Chief Donald?«

Donald Cameron blickte den alten Ewan an, mit bebenden Lippen und einigen Tränen in den Augen. Glücklicherweise war es bereits sehr dunkel und die Augen des Geschichtenerzählers nicht mehr die besten. »Ich musste lediglich niesen«, meinte er entschuldigend.

»Ach so«, murmelte Ewan, der das Gekicher um sich herum nicht wahrzunehmen schien. Dann konzentrierte er sich wieder auf seine Geschichte. »Ich kann es beweisen!«

Ein kahlköpfiger Highlander konnte nun nicht mehr an sich halten. Er lachte so laut los, dass seine Kameraden ihm schnell einen Tritt verpassten und er hintenüber fiel.

»Verschwinde! Wir wollen die Geschichte zu Ende hören!«, rief einer ihm mit gespielter Entrüstung zu und wandte sich dann mit einem übertriebenen Kopfschütteln an Ewan. »Unglaublich, dieser Kerl! Kein Respekt vor einer guten Geschichte!«

»Einer wahren Geschichte!«, korrigierte Ewan mit erhobenem Zeigefinger.

»Aber wir wollen das Ende hören! Erzählt bitte weiter!«

»Na gut«, meinte Ewan, »ich werde euch anderen auch das Ende verraten. Also, der Hüne hämmerte mit seiner Faust gegen meinen Kopf. Einmal ... zweimal ... dreimal ...«

»Das hatten wir bereits«, schmunzelte Chief Donald Cameron und musste dann erneut *niesen*.

»Ich kann es beweisen«, murmelte Ewan, streckte sich einmal und nahm dann seine Mütze ab, die er sonst den ganzen Tag über und sogar in den Nächten trug.

Sogleich ging ein erstauntes Raunen durch die Reihen der Zuhörer, als diese die gewaltige Delle in Ewans rechter Kopfhälfte erblickten. Zwar kannte jeder von ihnen bereits diesen sonderbaren Anblick, doch es war immer wieder aufs Neue faszinierend. Sie alle beugten sich ein Stückchen nach vorne, um besser sehen zu können, einer fragte gar, ob er die Delle mal anfassen dürfe. Und ein Bursche namens Roy war wie immer kurz davor, sich übergeben zu müssen. Der Ärmste vertrug diesen Anblick nie sehr gut. Er war auch kein Infanterist, sondern ein Dudelsackspieler in den Reihen des James Reid, der beim Spielen oftmals die Augen zukniff, um das Gemetzel auf den Schlachtfeldern nicht mit ansehen zu müssen.

»Seht ihr?«, fragte der greise Ewan des Öfteren nach, während er seinen Kopf in alle Richtungen drehte, damit auch jeder einen Blick darauf werfen konnte. »Seht ihr? Glaubt ihr mir nun? Genau dort traf mich die Faust des Hünen! Einmal … zweimal … dreimal …«

»Immer wieder erstaunlich«, flüsterte Chief Donald Cameron. Weder er noch die anderen Zuhörer wussten zu sagen, woher Ewan diese Delle wirklich hatte. Allerdings glaubte niemand von ihnen ernsthaft daran, dass sie tatsächlich von einem Kampf mit einem hünenhaften Soldaten herrührte. William Murray hatte einmal gemeint, dass der arme Ewan als Kind gestolpert und mit dem Kopf gegen einen Stein gefallen sei, doch nachweisen ließ sich diese Version der Geschichte ebenso wenig.

Als Donald Cameron auf einmal ein Ziehen an seinem Kilt bemerkte, dachte er, irgendein nachtaktives Tier wollte ihn angehen oder es sich auf ihm gemütlich machen. Er hob bereits die Hand, um das vermeintliche Tier zu verscheuchen, doch dann erblickte er einen kleinen Jungen, kaum älter als sieben Jahre alt, der an seiner Kleidung zerrte.

»Ihr sollt sofort zum Prinzen kommen!«, rief der Junge.

»Jetzt?«, fragte Chief Donald verwundert zurück. Und als der Junge eifrig nickte, stand er auf, verabschiedete sich von der geselligen Runde und machte sich auf den Weg zu Bonnie Prince Charlies Kommandozelt. Was der Prinzregent um diese späte Uhrzeit noch von ihm wollte, konnte er beim besten Willen nicht sagen. Er war mit seinen Männern erst gestern im Laufe des Tages zur Hauptarmee zurückgekehrt und hatte sich im Anschluss daran ausgiebig mit Bonnie Prince Charlie ausgetauscht. Sie hatten bei einem Schluck Wein alles Wichtige besprochen, sodass keine offenen Fragen zurückgeblieben waren. Doch wenn jetzt so spät noch nach ihm verlangt wurde, dann musste es sehr wichtig sein. Womöglich war auch etwas Schlimmes passiert? Dieser Gedanke ließ ihn unweigerlich in einen schnelleren Schritt verfallen. Der Junge lief vor ihm her, umkurvte dabei einige andere Lagerfeuer und gluckste immer wieder fröhlich. Für ihn war das hier noch kein harter und kalter Krieg, sondern vielmehr ein großes Abenteuer. Aber bevor Donald Cameron noch mehr darüber nachdenken konnte, hatte er das gesuchte Zelt auch schon gefunden. Bonnie Prince Charlies Leibwache stand vor dem Eingang, ließ ihn aber ungehindert passieren, nachdem sie ihn erkannt hatte.

Chief Donald trat ein und sogleich schlug ihm eine warme, stickige und eindeutig alkoholgeschwängerte Luft entgegen. Es war ein krasser Gegensatz zu der frischen und klaren Luft vor dem Zelt. Als er sich umblickte, sah er den gesamten Kriegsrat bereits versammelt. Anscheinend hatten sie nur noch auf ihn gewartet.

»Da seid Ihr ja endlich, Chief Donald!«, rief Bonnie Prince Charlie und bestätigte damit die Vermutung des Clanchiefs. »Kommt her, nehmt Euch etwas zu Trinken und lauscht unseren Worten!«

Donald Cameron nickte, griff sich einen Becher und stellte sich dann neben Ranald MacDonald, der ihm seinerseits kurz zur Begrüßung zunickte. »Was ist denn hier los?«, wollte er leise flüsternd wissen.

Ranald MacDonald neigte sich ein wenig zu ihm hinüber, ehe er antwortete: »Ein nächtlicher Präventivschlag!«

»Was?«, fragte Chief Donald erstaunt zurück, doch sein Freund konnte ihm keine Antwort mehr geben, da Charles Edward nun das Wort ergriff und alle zur Ruhe aufforderte.

»Freunde, ich danke euch für das Erscheinen zu so fortgeschrittener Stunde. Ich habe euch aber nicht ohne Grund herbeirufen lassen, vielmehr hängt von dieser Nacht alles weitere ab, ja, das ganze Schicksal Schottlands hängt an dieser Nacht, möchte ich meinen. Ich werde kurz unsere Lage erläutern: Der Duke of Cumberland ist mit seiner Armee nicht weit entfernt, spätestens morgen werden wir also aufeinandertreffen. Dann kommt es zu der alles entscheidenden Schlacht.«

»Seht gut!«, kommentierte William Murray.

»Allerdings«, warnte Charles Edward und blickte den Marquis of Tullibardine streng an, »sind die Berichte, die ich von meinen Spähern bekommen habe, alles andere als beruhigend. Allem Anschein nach sind wir den feindlichen Truppen weit unterlegen.«

»Haben wir genaue Angaben?«, wollte Lord Elcho wissen.

»Exakte Angaben natürlich nicht, Ihr wisst selbst, wie das so ist im Krieg, doch Schätzungen zufolge hat der Duke of Cumberland über neuntausend Soldaten unter seinem Kommando, davon sind gut eintausend Kavalleristen. Diese Angaben sind aber bereits zwei Tage alt, da sich meine Späher gezwungenermaßen komplett zurückziehen mussten. Bei einem unfreiwilligen Zusammentreffen mit englischen Spähern wären sie nämlich beinahe getötet worden.«

Colonel John William O'Sullivan pfiff einmal durch die Zähne. »Über neuntausend Mann? Das ist eine ganze Menge!«

»Wie groß ist unsere momentane Truppenstärke?«

»Da immer noch viele Highlander von ihren Familien hierher unterwegs sind, und einige Verbände mit anderweitigen militärischen Aktionen betraut sind, unter anderem in Lochaber, Sutherland und Atholl, können wir momentan auf knapp über fünftausend Krieger zurückgreifen.«

»Die McPhersons sind in Atholl, so viel ich weiß«, murmelte Lord Elcho. »Werden sie es nicht rechtzeitig zurückschaffen?«

»Leider nein. Nicht in der kurzen Zeit.«

»Wir waren auch schon in anderen Gefechten in der Unterzahl«, stellte William Murray mit seinem typisch tiefen Brummen fest.

»Und doch scheint mir diese Unterzahl hier und jetzt sehr ungünstig«, erwiderte Charles Edward nüchtern. »Einen gewissen Unterschied können wir jederzeit ausgleichen, gar keine Frage, doch um die viertausend Mann sind nun einmal kein kleiner Unterschied! Wir sehen uns einer gewaltigen Übermacht ausgesetzt. Und das gefällt mir nicht.«

»Ich dachte, dass wir keinen Rückzug mehr …«

»Ein Rückzug kommt nicht in Frage!«, stellte Bonnie Prince Charlie sogleich entschieden klar. »Der Kampf wird stattfinden, denn wir brauchen endlich Gewissheit und müssen wieder die Oberhand gewinnen! Wenn wir uns jetzt weiter zurückziehen sollten, würden wohl einige Männer offen desertieren. Und ich könnte es ihnen nicht einmal verübeln, denn wir haben mittlerweile eine gewisse Belastungsgrenze erreicht. Wir haben uns bis hierher nach Inverness zurückgezogen, doch nicht weiter. Wir brauchen eine Entscheidung. Wir hatten zwar gehofft, noch etwas mehr Zeit zu haben, um unsere Armeestärke wieder zur Gänze aufzustocken, doch die haben wir nicht. Deshalb wäre es nicht schlecht, wenn wir

414

uns anderweitig einen Vorteil gegenüber den Engländern verschaffen könnten, um unsere Unterzahl wieder ausgleichen zu können.«

»Was schlagt Ihr also vor, Hoheit?«, fragte Chief Donald Cameron of Lochiel nach.

»Erinnert Ihr Euch an unsere erste Schlacht bei Prestonpans, Chief?«

»Natürlich«, kam sogleich die Antwort. »Solch eine grandiose Nacht werde ich wohl kaum je wieder vergessen können. Mir kommen heute noch die Freudentränen, wenn ich daran denke, wie wir damals diese englischen Hunde vermöbelt haben ...«

»Ihr erwägt abermals einen Nachtangriff?«, wollte John MacDonald wissen.

»Ganz richtig«, sagte Bonnie Prince Charlie. »Ich habe schon mit einigen von euch gesprochen und bisher nur positive Rückmeldungen bekommen.« Er blickte Lord George Murray an, der diesen Vorschlag erstaunlicherweise mit inspiriert hatte und einer der eifrigsten Befürworter dieses Nachtangriffs war.

Lord George Murray sah dies als Aufforderung und ergriff das Wort. »Bei Prestonpans konnten wir den Feind durch unsere nächtliche Attacke schlagen. Es war damals zwar sehr knapp und wir wären beinahe schon vor dem Überraschungsangriff aufgeflogen, doch der letztendliche Erfolg ist nicht von der Hand zu weisen. Und ich frage euch, wieso sollten wir dieses Kunststück nicht ein zweites Mal schaffen?«

»Da ist schon etwas dran«, murmelte Ranald MacDonald nachdenklich. »Dadurch könnten wir unsere zahlenmäßige Unterlegenheit ausgleichen und unsere Siegchancen um ein Vielfaches erhöhen. Sofern die Überraschung gelingen sollte. Vergesst nicht, dass der Duke of Cumberland auch seine Spitzel, Späher und Wachen positioniert hat. Mittlerweile weiß jedes Kind in ganz Schottland, wie wir die Truppen des General John Cope geschlagen haben. Und ich denke, der Feind wird gewisse Gegenmaßnahmen ergriffen haben, um solch einen Nachtangriff in Zukunft zu verhindern.«

»Natürlich müssen wir jederzeit damit rechnen, entdeckt und unsererseits attackiert zu werden«, gab Bonnie Prince Charlie zu. »Doch zum einen denke ich, dass wir dieses Risiko eingehen sollten, denn andernfalls werfen wir einen eventuellen Vorteil einfach weg. Zum anderen meint es der Zufall gut mit uns.«

»Wie meint Ihr das?«

»Nun, wie es der Zufall eben so will, ist heute der Geburtstag des Duke of Cumberland. Und wie ich gehört habe, gibt er seinen Männern jedes Jahr an seinem Geburtstag eine Extraration Alkohol aus. Und ich glaube, ich muss keinem hier erläutern, was das für uns heißt …«

»Die Männer des Duke of Cumberland werden mehr Alkohol trinken als sonst und deshalb ordentlich zugedröhnt sein«, sprach Thomas Sheridan es trotzdem aus.

»Genau. Dieser Umstand in Kombination mit dem Überraschungsmoment sollte ausreichen, um für klare Verhältnisse zu sorgen«, grinste Bonnie Prince Charlie.

Ein leises Murmeln schwoll unter den Mitgliedern des Kriegsrats an. Der Vorschlag wurde kurz und intensiv diskutiert, die Meinung mit den Nebenmännern ausgetauscht. Bonnie Prince Charlie nutzte diesen Moment, um Lady Anne, seinen weiblichen Colonel, sanft zur Seite zu ziehen. »Ihr müsst mir einen Gefallen tun, *Belle Rebelle*!«, flüsterte er ihr ins Ohr.

»Natürlich. Sagt, was ich für Euch tun kann und seht es als so gut wie erledigt an, Hoheit!«

Charles Edward nestelte an seiner Jackentasche herum und beförderte schließlich einen Brief zu Tage. Diesen hielt er Lady Anne hin. »Nehmt diesen Brief an Euch und verwahrt ihn gut. Ich möchte, dass Ihr ihn zu Clementina Walkinshaw bringt, sofern ich diese Nacht oder den nächsten Tag nicht überleben werde!«

»Aber … Hoheit! Ihr solltet nicht solche Gedanken …«

»Scht!«, machte Bonnie Prince Charlie und verschloss ihre Lippen mit seinem rechten Zeigefinger. »Versprecht mir, dass Ihr Euch sofort auf den Weg macht, sollte mir etwas zustoßen!«

»Ich verspreche es!«, gelobte Lady Anne nachgiebig.

»Ich danke Euch, *Belle Rebelle*«, grinste Bonnie Prince Charlie und drückte ihr einen Kuss auf die Wange. Bevor sie darauf reagieren konnte, hatte er sich auch schon wieder seinem Kriegsrat zugewandt und fragte nach, wie das Ergebnis aussah. Schließlich wurde abgestimmt, wer den Vorschlag eines nächtlichen Angriffs mittrug und wer dagegen war. Bonnie Prince Charlie blickte gespannt in die Runde und zählte die Arme, die nach und nach in die Höhe gereckt wurden. »Das Ergebnis ist eindeutig, meine Herren«, murmelte er schließlich. »Damit ist die Sache beschlossen und wir brechen in einer halben Stunde auf. Geht nun also zu euren Männern zurück, teilt ihnen den Entschluss mit und sorgt dafür, dass sie abmarschbereit sind!«

Nachdem sich alle noch einmal gegenseitig Glück und gutes Gelingen gewünscht und fest die Hände geschüttelt hatten, kehrten die Armeeführer und Clanchiefs zu ihren jeweiligen Verbänden zurück. So auch Chief Donald Cameron of Lochiel. Als er das Lagerfeuer der Gruppe um den alten Ewan erreichte, stellte er amüsiert fest, dass dort noch immer abenteuerliche Geschichten ausgetauscht wurden. Ein Junge spielte dazu leise auf einer Flöte und untermalte manch fröhliche und manch schaurige Geschichte mit der passenden Musik. Eigentlich wollte Chief Donald Cameron diese gesellige Runde nur ungern unterbrechen, deshalb stellte er sich für einige Minuten noch ruhig dazu und lauschte einer weiteren Geschichte von Ewan, doch irgendwann räusperte er sich, trat nach vorne in den Lichtkreis des Feuers und zog so sämtliche Aufmerksamkeit auf sich. Mit ruhiger Stimme verkündete er seinen erstaunten Männern, dass sie noch heute Nacht weitermarschieren würden. Und wie er es für sich bereits vorausgeahnt hatte, kam sogleich genervtes Murmeln auf, denn eigentlich hatten sich alle schon auf eine mehr oder weniger erholsame und ruhige Nacht eingestellt, niemand wollte zu dieser Stunde das Lager abbrechen müssen.

»Wir sollen in dieser verdammten Dunkelheit marschieren?«, fragte ein Krieger ungläubig nach.

»Nicht mit uns!«, rief ein anderer halblaut aus dem Hintergrund.

»Wir überraschen die Engländer und greifen sie im Schutze der Dunkelheit an«, versuchte Donald Cameron zu erklären. »So wie damals bei Prestonpans …« Zu weiteren Worten kam er überhaupt nicht mehr, denn augenblicklich setzte ein Stimmungsumschwung unter seinen Männern ein.

»Wieso habt Ihr das nicht gleich gesagt, Chief?«, fragte der Mann nach, der sich zuvor noch geweigert hatte, in der Nacht zu marschieren. »Ich bin dabei!«

»Wir können sofort aufbrechen«, meinte ein anderer.

»Wenn es darum geht, die Engländer zu schlagen, dann dürfen wir keine Zeit verlieren«, sagte auch der alte Ewan und erhob sich, um seine wenigen Habseligkeiten zusammenzupacken. »Für so etwas habe ich immer Lust und Zeit!«

Chief Donald Cameron musste unweigerlich grinsen. Er wusste, dass seine Männer manchmal etwas übertrieben und zunächst mürrisch auf solche Anweisungen reagierten, es war beinahe wie eine Art Ritual vor einem Kampf, doch dann waren sie mit Leib und Seele dabei und folgten ihm überall hin. Und die Aussicht, die Nacht von Prestonpans zu wiederholen, beflügelte sie alle ungemein.

Kapitel 36

Zwischen Culloden Moor und Nairn, spät in der Nacht des 15. auf den 16. April 1746

Gut eine halbe Stunde vor Mitternacht kamen Lord George Murray erste ernsthafte Zweifel, ob sein Vorschlag, den Feind inmitten der Nacht durch einen Angriff zu überraschen, so gut gewesen war. Rein auf dem Papier war es sicherlich ein guter taktischer Zug, der ihnen einen grandiosen Sieg bescheren konnte, doch die Umsetzung in die Tat gestaltete sich weitaus schwieriger, als zuvor gedacht. Er war sogar schon so weit, sich insgeheim und zähneknirschend einzugestehen, dass er dieses Vorhaben unterschätzt hatte. Er hatte geglaubt, dass es nicht so schwer sein konnte, das Lager des Feindes in der Dunkelheit aufzuspüren und dann alles niederzumetzeln, doch nun wurde er eines Besseren belehrt. Nun stand er inmitten einer wilden und unwirtlichen Gegend, genauer gesagt auf einem schmalen Trampelpfad, rechts und links davon Wiesen voller Heidekraut und in der Nähe ein rauschender Fluss. Und obwohl er sich bei Tageslicht wohl sehr gut zurechtgefunden hätte in dieser Gegend, wusste er nun auf einmal nicht mehr mit Sicherheit zu sagen, wo er sich eigentlich befand. Bei Nacht sah komischerweise alles ganz anders aus. Es war zwar immer noch dieselbe Umgebung, es waren dieselben Bäume und dieselben Hügel, doch irgendwie war trotzdem alles komplett anders. Die Bäume machten plötzlich einen furchterregenden Eindruck und sahen allesamt gleich aus, und jedes Rascheln im Unterholz ließ ihn aufhorchen, da er direkt einen Feind vermutete. Es waren dann zwar nur einige nachtaktive Tiere des Waldes, doch sie zehrten gewaltig an seinen Nerven.

Lord George Murray blieb notgedrungen stehen und gab auch seinen Männern das Zeichen zum Anhalten. Er blickte sich nach allen Seiten um, immer auf der Suche nach einem Anhaltspunkt, an dem er sich orientieren konnte. Doch zu seiner Enttäuschung fand er keinen nützlichen Hinweis. Das einzige, das er sah, war Schwärze. Nichts als pechschwarze Dunkelheit. Vor ihm, hinter ihm und auch zu den Seiten. Es war ein beängstigendes Gefühl, kaum mehr etwas sehen zu können. Und dieses Gefühl schien seine Brust zusammenzudrücken, sodass er Mühe hatte, noch gleichmäßig zu atmen. So ungefähr musste sich ein Blinder fühlen, schoss es ihm durch den Kopf. Gleichzeitig war er erstaunt, wie solche Menschen durch das Leben gingen.

Er umklammerte sein Schwert, das er in den Händen hielt, noch fester und stocherte damit im Boden vor sich herum. Es war ihm Stütze und eine Art Blindenstock zugleich. Dann versuchte er, sich zu konzentrieren und einen Ausweg aus dieser Misere zu finden. Er hatte sich ein gutes Stück verlaufen, hatte geglaubt, eine Abkürzung wäre hilfreich und zeitsparend, doch nun hatte er vollends die Orientierung verloren. Er hätte aufschreien können in diesem Moment. Laut aufschreien. Doch er beherrschte sich, denn zum einen gab das kein gutes Bild vor seinen Männern ab, er musste ihnen schließlich ein Vorbild sein und durfte keinerlei Schwäche zeigen, und zum anderen konnte er dadurch den Feind auf sie aufmerksam machen. Da er nicht wusste, wo genau er sich befand und wo exakt der Feind lagerte, musste er diesbezüglich höllisch aufpassen. Deshalb konnten sie auch keine Fackeln entzünden, die ihnen etwas Orientierung hätten schenken können oder ihnen zumindest den Weg gewiesen und somit das Vorankommen erleichtert hätten. Stattdessen liefen sie in stockdunkler Nacht, denn der Mond war hinter einer Wolkendecke verschwunden und spendete auch kein Licht.

»Der Fluss«, murmelte George Murray leise vor sich hin, schloss seine Augen und konzentrierte sich auf die Geräusche, die ihn umgaben. Die einzige Orientierung, die er zum jetzigen Zeitpunkt zur Verfügung hatte, war nämlich das Rauschen des Flusses. Da er diesen Fluss kannte und wusste, wo er entsprang und in welche Richtung er floss, konnte er sich an dessen Verlauf klammern. Doch das war auch nur bis zu einem gewissen Grad hilfreich, denn nicht weit entfernt von hier machte der Fluss eine Biegung, sie mussten ihrerseits aber geradeaus weiter, um in Richtung Nairn vorzustoßen, dort, wo irgendwo der Feind lagerte. Genaue Angaben über den Standort des Feindes hatten sie nicht, doch sie waren sich im Kriegsrat sicher gewesen, den Feind zu gegebener Zeit ausfindig machen zu können, da dessen Lager hell erleuchtet sein musste von den vielen Fackeln und Lagerfeuern.

Kurz bevor unter seinen Männern erste Fragen aufkamen, weshalb sie hier mitten im Nirgendwo anhielten, obwohl noch kein Feind zu sehen war, gab Lord George Murray den Befehl zum Aufbruch. Vorsichtig setzte er wieder einen Fuß vor den anderen, sein Schwert zu Hilfe nehmend. »Dicht beieinander bleiben!«, rief er in geflüstertem Tonfall über seine Schulter nach hinten, wo seine Worte dann in gleicher Weise weitergegeben wurden, bis sie auch den letzten Highlander erreicht hatten.

»Hoffentlich hat der Duke of Perth mehr Glück!«, murmelte er anschließend noch leise vor sich hin, so leise, dass es kaum einer außer ihm hörte. Die jakobitische Armee war nämlich zuvor von

Bonnie Prince Charlie zweigeteilt worden, da der Prinzregent der Meinung war, so die Erfolgsaussichten erhöhen zu können. Den einen Teil führte ganz offiziell er, Lord George Murray, den anderen Teil James Drummond, der Duke of Perth. Und er fragte sich, wie es dem Duke wohl gerade erging und ob er mit den gleichen Schwierigkeiten zu kämpfen hatte. Und obwohl er nur allzu gerne Antworten auf diese Fragen gehabt hätte, musste er sich wieder auf sich selbst und seinen Weg konzentrieren, denn dieser erforderte seine volle Aufmerksamkeit. Ein kleiner und unachtsamer Moment konnte nun verheerende Folgen für sie alle haben.

Anhand des abnehmenden Rauschens konnte Lord George Murray erkennen, dass sie die Flussbiegung mittlerweile passiert hatten. Nun würde der Weg ungleich schwerer werden. Mit jedem weiteren Schritt, den sie nun gingen, wurde die Umgebung noch ruhiger, bis das Rauschen irgendwann ganz verschwunden war und eine unheimliche Stille vorherrschte. Da er ab sofort keine Orientierungshilfe mehr hatte, versuchte er, ungefähr die Richtung beizubehalten, in der Hoffnung, irgendwann feindlichen Lichtschein ausmachen zu können. Er mahnte seine Männer zum gefühlt zwanzigsten Mal in dieser Nacht zu erhöhter Wachsamkeit, damit sie ja stets die Augen offen hielten und nicht nachlässig wurden. In solch einer pechschwarzen Nacht musste ein einzelner Fackelschein gut und gerne mehrere Meilen weit zu sehen sein. Und darin lag momentan ihre gesamte Hoffnung.

»Gebt uns irgendetwas!«, flüsterte Lord George Murray immer wieder vor sich hin. »Gebt uns nur ein verdammtes, verräterisches Zeichen! Na los, macht schon! Zeigt euch, ihr verdammten englischen Hunde!« Doch sosehr er auch vor sich hin fluchte, seine Bitten wurden nicht erhört. Vom feindlichen Lager fehlte auch in der nächsten Stunde weiterhin jede Spur. Kein verräterischer Licht-schein tauchte vor ihnen auf und auch keine Geräusche waren zu vernehmen.

»Uns läuft langsam die Zeit davon!«, murmelte irgendwann ein genervter Offizier hinter Lord George Murray. »Sollten wir nicht langsam den Feind zu Gesicht bekommen?«

George Murray drehte sich zu dem Mann um. Und obwohl er ihn in dieser Dunkelheit nicht wirklich ausmachen konnte, funkelte er böse in dessen Richtung. Er selbst war ja schon mächtig genervt, doch wenn nun auch seine Männer schon anfingen, offen und un-gehalten zu murren, dann war das kein gutes Zeichen. Es war viel-mehr ein erster Anhaltspunkt dafür, dass ihm die Kontrolle entglitt. Und das war etwas, das er momentan überhaupt nicht gebrauchen und noch weniger ausstehen konnte. »Du! Herkommen!«, rief er deshalb in strengem Ton.

Der Angesprochene kam dem Befehl sofort nach und trat näher an Lord George Murray heran. »Sir?«

»Ich möchte, dass du dir ein paar weitere Männer nimmst und dann mit ihnen ausschwärmst! Erkundet die nähere Umgebung und haltet nach Hinweisen auf den Feind Ausschau. Wir marschie-ren auf diesem Weg hier weiter, ihr solltet also später wieder zu uns zurückfinden, indem ihr einfach einen Bogen lauft. Falls ihr etwas entdeckt, ganz egal was, möchte ich unverzüglich eine Meldung ha-ben!«

»Jawohl, Sir!«, rief der Mann und machte sich dann mit einigen anderen Kriegern auf den Weg.

Lord George Murray blickte ihnen hinterher, bis sie komplett in der Schwärze verschwunden und nur noch ihre dröhnenden Fuß-schritte zu hören waren. Ob es etwas brachte, wusste er nicht zu sagen, doch immerhin war er auf diese Weise den Nörgler losgeworden. Allerdings war der Kerl nicht der einzige in den Reihen seiner Männer, der so langsam die Nerven verlor. Die Stimmung hatte einen kritischen Punkt erreicht.

Als sie kurz darauf eine Wegkreuzung erreichten, hatte George Murray keine Ahnung, welche Richtung er nun einschlagen sollte. Er konnte natürlich weiter stur geradeaus laufen, doch wenn der Feind nur ein Stückchen weiter im Süden lagerte, würde er unweigerlich an ihm vorbeilaufen. Immerhin konnte er den Weg in nördlicher Richtung ausschließen, denn dort irgendwo marschierte der Duke of Perth mit seinen Männern.

»Wieso geht es nicht weiter vorwärts?«, ertönte von weiter hinten eine Stimme.

Lord George Murray musste sich beherrschen, um keinen Wutanfall zu bekommen. Er ballte seine Hände zu Fäusten und atmete einmal bewusst tief ein, ehe er mit möglichst ruhiger und autoritärer Stimme sagte: »Wir machen hier eine kleine Pause. Setzt euch für einen Augenblick hin, es geht schon bald weiter!« Dann rief er einige Männer, die ursprünglich aus dieser Gegend stammten, zu sich heran und befragte sie, wohin diese Wege jeweils führten und wie sie exakt weiter verliefen. Außerdem erkundigte er sich nach günstigen Lagerplätzen für eine Armee mit mehreren tausend Soldaten, doch die Antwort darauf trug nicht dazu bei, seine Laune zu bessern, denn die Anzahl der Möglichkeiten war viel zu groß, als dass sie alle hätten absuchen können. Und die Wege zu den vielen Plätzen waren teilweise zu weit und zu beschwerlich, als dass eine Nacht dafür ausgereicht hätte. Außerdem sollten die Männer ja auch noch kämpfen können, sobald sie das feindliche Lager erreicht hatten.

Aber noch gab Lord George Murray nicht auf. Er war zwar ebenfalls hundemüde, hatte riesigen Hunger und würde nun viel lieber an einem warmen Lagerfeuer liegen und versuchen, ein wenig Schlaf zu finden, doch dies war nun einmal der Krieg. Und im Krieg gab es keine Wünsche, keine Bequemlichkeit, hier galt es einzig und allein, den Feind zu schlagen. Die stundenlangen Gewaltmärsche, die Schmerzen, der Hunger sowie die zahlreichen anderweitigen Entbehrungen waren jeweils eines von vielen hässlichen Gesichtern, die ein Krieg an sich hatte.

Allerdings konnten diese Probleme nicht ausgesessen werden, deshalb scheuchte er seine Männer nach der kurzen Pause gnadenlos auf und führte sie weiter durch die dunkle Nacht an. Würden sie doch nur endlich das feindliche Lager finden und ihren Angriff starten können, dann könnte der Krieg am morgigen Tag bereits vorbei sein. Dieser erfreuliche Gedanke hielt ihn wach und trieb ihn vorwärts. Darum gab er kaum etwas auf das ungebrochen zunehmende Murren der Krieger, sondern ignorierte weitestgehend ihre Sprüche und lief Schritt für Schritt voorneweg.

Einem unvorsichtigen Mann schlug er kurz darauf eine Pfeife, die dieser sich angezündet hatte, aus dem Mund, mit der erneuten Mahnung, unter keinen Umständen auf sich aufmerksam zu machen, denn sonst konnte es passieren, dass sie vom Feind überrascht wurden.

»Ist doch nicht so schlimm«, tönte da eine zynische Stimme aus dem dunklen Hintergrund. »Dann hätten wir die verdammten Engländer immerhin gefunden!«

»Wer war das?«, verlangte George Murray erbost zu wissen und hob sein Schwert, doch ihm wurde sofort bewusst, dass er weder die Nerven noch die Zeit hatte, sich jetzt auf solch einen Zwist einzulassen. »Ihr haltet jetzt alle das Maul und lauft weiter!«, rief er deshalb wütend und ließ den Mann mit der scharfzüngigen Zunge noch einmal davonkommen.

Bei Prestonpans war alles viel einfacher gewesen, ging es ihm in den nächsten Minuten durch den Kopf, da sie damals ganz genau gewusst hatten, wo der Feind lagerte. Diese Information hatten sie diesmal leider nicht, sie wussten nur ungefähr die grobe Richtung, sodass sie gezwungen waren, wie ein blindes Huhn durch die Gegend zu taumeln. Und mittlerweile bereute er aufrichtig, diesen Vorschlag überhaupt gemacht zu haben. Bei Erfolg wäre er natürlich gut dagestanden und hätte mehr Einfluss als je zuvor gehabt, doch nach Erfolg sah dieser nächtliche Irrgang momentan nicht aus. Und mit jedem weiteren Schritt, den er aufseufzend machte, nahm die Moral seiner Männer weiter ab. Er durfte in dieser Situation auch nicht vergessen, dass sie einen ebenso langen und schweren Rückweg zu bewältigen hatten, sollten sie das feindliche Lager nicht finden. Denn sollte es heute Nacht zu keinem Angriff kommen, mussten sie wieder an ihren Ausgangspunkt nahe dem Culloden Moor zurückkehren, um sich dort mit der anderen Armeehälfte zu vereinen. So lauteten die Befehle. Und es war viel gefährlicher, bei Tageslicht noch hier unterwegs zu sein, vor allem nur mit einer Hälfte der Armee. Sollte dann nämlich der Kontakt mit dem Duke of Cumberland und dessen gewaltiger Armee erfolgen, dann hätten sie nicht die geringste Chance.

Doch noch war es nicht soweit, um über einen Rückzug nachzudenken, redetet George Murray sich selbst ein, obwohl seine Gedanken immer häufiger zu diesem Thema abwanderten. Mit letzter Anstrengung führte er seine Männer durch ein flaches Tal, vorbei an einem felsigen Hügel, umrundete einen kleinen See und durchschritt mit ihnen einen finsteren Wald. Er sandte noch mehr Späher in alle Himmelsrichtungen aus, in der Hoffnung, dass sie etwas entdeckten. Er versuchte verzweifelt, möglichst ein großflächiges Gebiet abzusuchen, doch es half alles nichts. Nachdem auch der letzte Bote ohne handfeste Ergebnisse und ohne den kleinsten Hinweis auf den Feind zurückgekehrt war, und sie nach dem Durchqueren eines kleinen Flusses alle nasse Füße hatten, gab er den Befehl zum Umkehren. Dieser Befehl wurde einerseits wieder mit Murren, andererseits aber auch mit erleichterten Seufzern aufgenommen. Zu groß war die allgemeine Erschöpfung.

So geschah, dass um kurz nach ein Uhr in der Nacht unzählige schwerbewaffnete und grimmig dreinblickende Highlander die Suche nach dem verhassten Feind aufgaben, um sich im Schutze der Dunkelheit wieder zurückzuziehen. Ohne einen einzigen Engländer getötet zu haben, mussten sie notgedrungen denselben weiten Weg zurücklaufen, noch müder, noch hungriger und nun auch noch mit nassen Füßen. Die mächtigen Waffen drückten schwer auf ihre Schultern und manch einer der Krieger hatte mittlerweile das unschöne Gefühl, ein ganzes Waffenarsenal zu tragen. Ein junger Krieger, der noch kaum mit Bartwuchs gesegnet war, warf sogar seinen hölzernen Schild achtlos beiseite, wohl wissend, dass ihn das bei der nächsten Schlacht das Leben kosten konnte. Doch er war mit seinen Kräften so gut wie am Ende und wollte einfach nur hier und jetzt einen Teil der schweren Last loswerden. Er wollte, dass der Schmerz in seinen Armen und seinen Schultern nachließ und das einsetzende Taubheitsgefühl sich nicht noch weiter ausbreitete.

Lord George Murray lief still vorneweg und hing seinen eigenen Gedanken nach. Er überlegte, was er hätte anders machen können, kam aber immer wieder zu dem Schluss, dass er alles versucht hatte. Mehr war nicht drin gewesen. Hätte er mehr Informationen über den ungefähren Standort des Feindes gehabt, hätte die Sache sicherlich anders ausgesehen, doch so hatte er das Maximum herausgeholt. Diese militärische Aktion war eben ein Fehlgriff gewesen, so etwas kam vor, wenngleich er sich diesen nicht anlasten wollte. All seine Hoffnungen ruhten in diesen Stunden auf dem Duke of Perth. Er betete inständig, dass dieser mehr Erfolg gehabt hatte mit seiner Suche. Noch war also nicht alles verloren. Mit etwas Glück würde er bei seiner Rückkehr zum zentralen Ausgangspunkt auch schon Meldung eines erfolgreich geführten Gefechts erhalten. Dann hätte die Nacht doch noch ein gutes Ende genommen. Mit diesen versöhnlichen Gedanken führte Lord George Murray die Männer zurück.

Doch George Murray sollte bei seiner Rückkehr im Morgengrauen bitter enttäuscht werden. Die Sonne ging in der Ferne bereits langsam wieder auf und erwärmte mit orangefarbenem Licht den feuchten Boden, als er und seine Krieger das jakobitische Lager erreichten. Im langsam aufsteigenden Dampf schlurften sie durch die verlassenen Zelte, warfen achtlos die Waffen beiseite und legten sich irgendwo nieder, um noch ein paar Stunden Schlaf zu bekommen. Es dauerte nur wenige Augenblicke, da waren die ersten schon eingenickt und schnarchten leise vor sich hin.

George Murray begab sich seinerseits ins Kommandozelt, wo sein Bruder und andere Mitglieder des Kriegsrats sehnsüchtig auf seine Rückkehr gewartet hatten, und erstattete kurz und knapp Bericht. Natürlich war die Enttäuschung bei allen groß, denn sie hatten sich eine Menge von dieser Nacht erwartet. Aber es war nicht zu ändern. »Das Problem war, dass wir ohne unsere eigentlichen Späher, die uns sonst mit wichtigen Informationen versorgen, absolut blind waren«, murmelte George Murray zum Abschluss seiner Zusammenfassung.

»Aber hätten unsere Späher sich vor Tagen nicht rechtzeitig zurückgezogen, dann wären sie von den Engländern getötet worden«, erwiderte William Murray und klopfte seinem Bruder aufmunternd auf die Schulter. »Da war nichts zu machen.«

»Dort draußen war es dermaßen stockdunkel …«, flüsterte George Murray müde und erschöpft. »Ich dachte tatsächlich manchmal, dass ich mein Augenlicht verloren hätte.«

»Wir waren uns von Anfang an bewusst, dass dieses Unternehmen scheitern kann, Ihr solltet Euch deswegen keinen Vorwurf machen!«

»Ich bin hundemüde …«

»Legt Euch ein wenig hin und ruht Euch aus!«

Lord George Murray winkte ab. »Ich brauche keinen Schlaf, ich brauche dringend eine gute Nachricht. Was ist mit unserem hochgeschätzten Duke of Perth? Hat er mehr Erfolg gehabt? Wisst Ihr etwas von ihm?«

»Leider nicht. Wir haben von James Drummond noch keine Nachricht erhalten. Es besteht also durchaus noch Hoffnung …«

»Wenn Ihr das sagt … Ich jedenfalls glaube nicht … Egal. Lassen wir das! Ich werde mich zurückziehen, falls ich hier nicht weiter gebraucht werde …« Mit diesen Worten verabschiedete er sich, schlurfte aus dem Kommandozelt und suchte sein eigenes kleines Zelt auf, um sich in vollständiger Kriegsmontur hineinzulegen. Sofort übermannte ihn die Müdigkeit und trug ihn mit sich fort.

Es war bereits nach fünf Uhr, als der Duke of Perth den Sammelplatz der Jakobiten erreichte, jedoch nicht weniger erschöpft und ermattet. Auch er hatte in der Nacht kein Glück und keinen

Erfolg gehabt und hatte den geplanten Überraschungsangriff gezwungenermaßen abbrechen müssen. Den Tränen nahe überbrachte er Bonnie Prince Charlie und dem Kriegsrat seinen Bericht. Dabei betonte er immer wieder, dass er sich einfach nicht erklären könne, wo sich der Feind aufhält. »Wir sind stundenlang streng marschiert und haben eine riesige Fläche abgesucht, doch vom Duke of Cumberland und seiner Armee keine Spur! Ich kann mir das nicht erklären! Ich weiß nicht, wie … wie ist so etwas möglich? Der Feind kann sich doch nicht in Luft aufgelöst haben?!? So eine riesige Armee macht Lärm, sie braucht Platz … die … die … kann man doch nicht übersehen? Ich … es ist … ich verstehe das nicht! Es tut mir leid … ich kann es mir nicht erklären!«

Charles Edward Stuart und die anderen mussten anschließend lange auf den Duke of Perth einreden, um ihn wieder zu beruhigen und ihm zu versichern, dass er sein Bestes gegeben hatte. Nachdem sie ihn endlich in sein Zelt geschickt hatten, damit er etwas Schlaf und Ruhe fand, diskutierten sie ihre Lage, die nun noch schlechter war als gestern Nacht. Fast ihre gesamte Armee hatte einen nächtlichen Gewaltmarsch absolviert, war demzufolge todmüde und erschöpft, außerdem genervt, hungrig und wenig motiviert für einen heutigen Kampf. Doch allen war klar, dass sie diesem Kampf nicht ausweichen konnten. Culloden würde die Entscheidung bringen …

A deed so monstrous, shocking ev'n to name,
To all eternity 'twill damn their fame.

Zeilen aus einem Gedicht 1746

Kapitel 37

Culloden Moor, 16. April 1746

Culloden – ein kleines und unscheinbares Dorf, nicht weit von Inverness in östlicher Richtung gelegen, mit alten, massiven Steinhäusern, in denen die dort ansässigen Familien schon seit vielen Generationen hinweg lebten. Ein Dorf, das in weiten Teilen des Landes gänzlich unbekannt und lediglich den Menschen der nahen Umgebung ein Begriff war. Hier schien die Zeit langsamer zu gehen, eine bäuerliche Lebensweise prägte das Erscheinungsbild, die Neuerungen der anbrechenden Moderne hatten kaum Einzug gefunden und vieles wurde so gemacht wie noch vor Jahrhunderten. Die Bewohner waren ärmlich und besaßen nicht sehr viel, doch sie waren zufrieden damit und arbeiteten stets hart, um über den nächsten Winter zu kommen. Besucher oder Fremde kamen nicht oft hierher, und wenn doch, dann hatten sie sich verirrt, meist auf dem Weg nach Inverness. Umso größere Augen machten die Bewohner des kleinen Dorfes, als am sechzehnten April des Jahres 1746 tausende schottische Krieger durch ihre Siedlung zogen, um sich auf dem nahen Culloden Moor zu versammeln und eine geordnete Aufstellung zu nehmen. Hier und dort überreichten die Dorfbewohner den müden Soldaten eine Kleinigkeit zum Essen, wofür die Männer dankbar zurücknickten und dann tapfer weiter marschierten.

Als Bonnie Prince Charlie auf seinem Pferd das Dorf durchritt, wurde er sofort von sämtlichen Bewohnern umringt, denn jeder wollte ihn leibhaftig einmal zu Gesicht bekommen. So abgeschieden Culloden auch liegen mochte, selbstverständlich hatte man auch hier vom bereits legendären Stuart-Prinzregenten gehört, der für ihre Freiheit, ihre Rechte und gegen die Engländer kämpfte. Alle wollten sie ihn nur einmal sehen und wenn möglich auch anfassen, denn im Volksmund sollte eine Berührung des hübschen Prinzen Glück bringen. Manch einer behauptete sogar, durch eine einzige Berührung von einer schlimmen Krankheit geheilt worden zu sein, was darauf zurückzuführen sei, dass Bonnie Prince Charlie von Gott gesegnet war. Charles Edward selbst gab zwar nicht sonderlich viel auf solche Behauptungen und lächelte meist nur sanft dazu, aber er förderte dennoch die Verbreitung dieser Geschichten, da sie seine Person erhöhten und ihm zusätzlichen Rückhalt in der Bevölkerung schenkten. Und davon konnte man niemals genug haben.

Für die Bewohner des Dorfes war dieser Tag, als der echte Bonnie Prince Charlie sie besuchte, ein Feiertag, sodass sein Durchritt beinahe in einer Art Volksfest ausartete. Und normalerweise genoss Charles Edward diesen Trubel und hielt auch an, um allerlei Glückwünsche, Geschenke und Segenswünsche entgegenzunehmen, doch heute nicht. Heute blieb er auf seinem Pferd sitzen, schüttelte zwar die eine oder andere Hand, doch er versuchte, möglichst zügig vorwärts zu kommen und das Dorf samt Bewohner hinter sich zu lassen. Falls die Schlacht heute siegreich sein sollte, dann würde er zurückkehren und sich ausgiebig feiern lassen, doch momentan war er dazu nicht in der Stimmung. Die letzte Nacht mit dem missratenen Überraschungsangriff zehrte an seinen Nerven, ließ ihn unruhig mit den Fingern zittern und verursachte ein böses Grummeln in seiner Magengegend.

Am frühen Vormittag hatte endlich die gesamte Armee des Prinzregenten das Moor erreicht. Es war eine relativ flache und weitläufige Ebene, durchweg moorig-morastig, durchsetzt von einigen Grasbüscheln und kleineren, kaum knöchelhohen Sträuchern. Hier und dort war der Boden fest, an anderer Stelle hingegen konnte man gut und gerne einen Fuß tief im aufgeweichten Dreck einsinken. Ein herber und ganz eigentümlicher Duft von verfaulendem Holz lag in der Luft. Weit in der Ferne konnte man schwach die Gipfel einiger Erhebungen und Hügel erkennen, die direkte Umgebung des Moors war jedoch von einigen freistehenden Waldgruppen geprägt. Ganz im Osten verlief das kleine Flüsschen Nairn, dessen Gluckern hin und wieder zu hören war.

Nun galt es für die aufständischen Jakobiten, eine geordnete Aufstellung zu nehmen. Dazu überprüfte Bonnie Prince Charlie zunächst die Bodenbeschaffenheit und wählte hiernach einen geeigneten Standort für seine Männer aus. Da er den Feind ungefähr aus nordöstlicher Richtung erwartete, genau wusste es niemand zu sagen und von den Engländern war bislang noch nichts zu sehen, ließ er grob in diese Richtung Aufstellung nehmen. Seine Heerführer übernahmen einen Großteil dieser Aufgabe, sodass er alles überwachen und etwaige Korrekturen vornehmen konnte. Und heute musste er eine Menge korrigieren, denn seine Krieger hatten Mühe, die von ihm gewünschte Position zu finden und einzunehmen. Es war nicht leicht, tausende Mann auf engstem Raum zu dirigieren, vor allem, wenn diese nicht hart gedrillt waren und im Gleichschritt liefen, sondern in kleinen Grüppchen wild durcheinander marschierten. Einmal mehr vermisste Bonnie Prince Charlie eine einheitliche Ausbildung seiner Männer und musste aufseufzend an die Armee des großen Preußenkönigs Friedrich denken. Doch dann besann er sich darauf, was seine Krieger schon Großartiges geleistet hatten und übte sich deshalb in Geduld. Solange vom

Feind ohnehin noch nichts zu sehen war, hatten sie auch noch genügend Zeit.

Charles Edward überlegte, wie die Formation des Duke of Cumberland aussehen konnte, und wählte danach die Besetzung seiner Flügel und des Zentrums seiner Armee aus. Er dachte an die glorreiche Aufstellung bei der Schlacht von Falkirk zurück, als sein rechter Flügel die Kavallerie des Feindes niedergemacht hatte und sein starkes Zentrum den linken Flügel der Engländer aufgerieben hatte. So in etwa würde er es diesmal am liebsten wieder sehen wollen. Allerdings konnte die Taktik des Feindes heute ganz anders aussehen, zumal bei Falkirk noch General Henry Hawley das Kommando über die englischen Regierungstruppen geführt hatte. Diese Überlegungen machten die Aufstellung durchaus komplizierter und wiederum ein Stückchen langwieriger.

Nach gut einer Stunde des unablässigen Rochierens verspürte Charles Edward plötzlich einige Regentropfen auf seiner Wange. Er blickte gen Himmel und betrachtete skeptisch die dunkle Wolkendecke, die sich dort oben auftürmte. Es war eine furchteinflößende Front, die sich weit von der einen Hälfte des Horizonts bis zur anderen erstreckte, doch die Tropfen wurden bereits nach einigen Minuten wieder weniger. Es kam in der Folge auch nicht zu sintflutartigen Regenfällen, wie er es in Schottland schon teilweise erlebt hatte, vielmehr blieb es überraschenderweise trocken. Die dunkle Wolkendecke schwebte zwar weiterhin über ihren Köpfen wie das berühmte Schwert des Damokles, doch das störte ihn nicht weiter, solange er und seine Männer nicht komplett durchnässt wurden. Also konzentrierte er sich wieder voll und ganz auf seine Aufgabe, gab Handzeichen, brüllte Befehle und schüttelte den Kopf, wenn ihm etwas nicht passte.

Seine Armee hatte in der kurzen Zeit seit seiner Landung einiges erlebt und durchgemacht, hatte einen unglaublichen Höhenflug hingelegt, den ihr in diesem Ausmaß niemand zugetraut hatte, und war von Sieg zu Sieg geeilt. Sie hatte zwar auch Tiefen erlebt, war aber immer wieder aufgestanden und hatte niemals aufgesteckt, sondern stets verbissen weitergekämpft. Umso erstaunlicher war das Bild, das die gefürchteten Highlander am Morgen des 16. April darboten, als sie sich auf dem Culloden Moor zur Schlacht aufstellten. Die meisten Männer konnten sich kaum mehr richtig auf den Beinen halten, ihre Kleidung war zerschlissen, die Kopfhaare und die Bärte zerzaust und die ansonsten knalligen Muster der vielen Kilts waren mit einer braunen und längst verkrusteten Dreckschicht überzogen. Ihre Ausrüstung war in einem denkbar schlechten Zustand, ihre Gesichter waren vom Krieg und von der Entbehrung gezeichnet, viele Augenpaare waren starr und leer. Gelegentlich sah man einen Kämpfer, wie er sein Schwert in den Boden gerammt hatte und sich unauffällig darauf abstützte. James Reid und die anderen Dudelsackspieler gaben zwar ihr Bestes, um die Krieger mit ihren Melodien anzustecken und in Stimmung zu bringen, doch so recht wollte dies an diesem Morgen nicht gelingen. Die anstrengende Nacht steckte noch zu tief in den Knochen, die Glieder waren schwer und der Hunger allgegenwärtig. Der zurückliegende Winter war sehr hart gewesen und hatte bei jedem einzelnen von ihnen seinen Tribut gefordert.

Schließlich erreichte Bonnie Prince Charlie die Nachricht, dass der Feind zu sehen war und ebenfalls auf dem Culloden Moor aufzumarschieren begann. Deshalb beorderte er sogleich seinen gesamten Kriegsrat zu sich und begab sich auf einen höheren Punkt, um die englischen Truppen überblicken zu können. Was er dann sah, schmeckte ihm jedoch überhaupt nicht, denn sie sahen sich einer gewaltigen Übermacht gegenüber. Von diesem Umstand waren sie bislang zwar auch immer ausgegangen, doch Zahlen auf einem Stück Papier oder in einem mündlichen Bericht waren etwas ganz anderes, als diese Übermacht nun mit eigenen Augen sehen zu können. Es war ein zutiefst beeindruckendes Bild, wie die Soldaten tausendfach in Reih und Glied aufmarschierten. Einige Trommler gaben ihnen den Takt vor, doch es dauerte nicht lange, da übertönten James Reid und die anderen schottischen Dudelsackspieler mit ihren Instrumenten den Feind. Es war im Grunde ein erster unblutiger Schlagabtausch vor dem eigentlichen Kampf, der klar an die Jakobiten ging.

»Die packen wir!«, rief William Murray großspurig und mit einem gewissen ironischen Unterton, erntete dafür aber sogleich viele zustimmende Antworten. »So viele sind das gar nicht«, fügte er noch lächelnd hinzu.

»Die starke Kavallerie macht mir Sorgen«, murmelte Bonnie Prince Charlie und dachte dann bereits darüber nach, wie er den berittenen Einheiten des Feindes beikommen oder möglichst aus dem Weg gehen konnte.

»Da hinten!«, rief Thomas Sheridan auf einmal und zog sämtliche Blicke auf sich. Der Ire hatte mal wieder sein Fernrohr gezückt und vor sein linkes Auge gehoben, um damit die feindlichen Reihen abzusuchen.

»Was ist dort hinten?«, fragte William Murray brummend nach. »Es ist immer dasselbe mit Euch! Hättet Ihr vielleicht die Güte, Euch etwas genauer auszudrücken!?!«

»Ich kann den Duke of Cumberland sehen«, meinte Thomas Sheridan und reichte dann wie üblich sein Fernrohr weiter. »Dieser aufgeblasene Hanswurst links von den Standarten. Seht Ihr ihn?«

Bonnie Prince Charlie folgte mit dem Fernrohr der Beschreibung des Iren und hatte dann den Widersacher im Blick. Dieser zückte eben zu jener Zeit sein eigenes Fernrohr und suchte damit die Linien der Jakobiten ab, bis er plötzlich innehielt. Ihre Blicke traten sich für einen kurzen Moment, ehe der Duke of Cumberland sich wieder wegdrehte und Charles Edward das Fernrohr an William Murray und die anderen gab, damit diese ebenfalls einen Blick tätigen konnten.

»Meint Ihr den fetten Widerling in den - Oh, mein Gott!!! - viel zu engen Hosen und dem blauen Umhang?«, fragte der Marquis of Tullibardine in Richtung Thomas Sheridan. »Das soll der Sohn des englischen Usurpators sein? Diese halbe Portion?«

»Genau der«, bestätigte der Ire.

»Allein vom Anblick dieser ekelhaft engen Hose wird mir schlecht«, ätzte William Murray. »Wie kann der Kerl damit nur anständig auf einem Pferd sitzen? Das ist doch unmöglich ...«

Bonnie Prince Charlie ließ seine Männer, allen voran den Marquis, noch ein paar derbe Witze machen, wovon die meisten weit unter die Gürtellinie gingen, ehe er wieder mehr Ernsthaftigkeit einforderte, denn schließlich lag noch eine Menge Arbeit vor ihnen. Sie hatten ihre Armee immer noch nicht vollständig aufgestellt und mussten jetzt, da sie die Reihen des Feindes sahen, noch einmal an einigen Punkten Korrekturen vornehmen. Allerdings mussten sie sich beeilen, denn ein Blick hinüber zu den Engländern zeigte ihnen, dass dort alles um einiges schneller vonstatten ging, da die Soldaten gut gedrillt waren und ihre Formationen in vielen harten und schweißtreibenden Stunden eingebläut bekommen hatten.

Der Duke of Cumberland wählte für seine Armee eine Aufstellung mit drei hintereinander stehenden Kampflinien, wobei jede der Linien mindestens vier Mann tief besetzt war. Die vorderste Linie bildeten in ihren leuchtend roten Jacken das Royal Regiment, 34th Cholmondleys Foot, 14th Prices Foot, 21st North British Fusiliers, 37th Dejeans Foot sowie 4th Barrells Foot. Die Artillerie wurde so positioniert, dass sie zwischen den einzelnen Linien und Regimentern stand und ungehindert auf die Jakobiten feuern konnte, ohne dabei die eigenen Leute zu treffen. Die gefürchtete Kavallerie wurde ein gutes Stückchen fernab der letzten Infanterieeinheit auf die äußersten Flügel kommandiert, um von dort aus den Feind umgehen und in den Rücken fallen zu können. Und obwohl die englische Armee in diese drei Linien aufgeteilt war, war jede einzelne Kampflinie beinahe so breit wie die nahezu einzige Linie der aufständischen Jakobiten.

Kurz vor Mittag, als beide Armeen positioniert waren und sich grimmig gegenüberstanden, begann der Kampf. Bonnie Prince Charlie hatte zunächst zwei Gefechtslinien bilden lassen, eine große und eine kleinere dahinter als Reserve, doch bereits kurz nach Kampfbeginn entschied er sich um und beorderte beinahe alle Einheiten auf eine einzige Linie, da er so kompakt wie nur möglich stehen wollte. Außerdem hoffte er, so der feindlichen Artillerie weniger Angriffsziele zu bieten. Seine Kampflinie wuchs damit auf gut eintausend Yards in der Breite an. Einzig die Kavallerieeinheiten und fünf Reserveregimenter blieben dahinter zurück, um die Kavallerie des Feindes aufhalten zu können. Lord Elcho war dazu bestimmt worden, einen Teil der Kavallerie auf dem rechten Flügel zu kommandieren. Bonnie Prince Charlie selbst stand, umringt von seiner berittenen Leibgarde, im Zentrum hinter der Kampflinie, um über sämtliche nachfolgenden Geschehnisse einen Überblick zu haben.

Die Artilleriegeschosse auf beiden Seiten eröffneten die Schlacht und sorgten für ein erstes blutiges Abtasten und Demoralisieren des jeweiligen Feindes. Es wurde aus allen Rohren gefeuert, sodass schon bald dichter, weißer Rauch in den Himmel aufstieg und den sich dahinter befindlichen Soldaten die Sicht auf den Feind nahm. Eine erste Unsicherheit brach unter den Fußsoldaten aus, die noch stumm dastehen und auf ihren Marschbefehl warten mussten. Sie durften sich nicht rühren, waren aber gleichzeitig das Ziel der jeweils feindlichen Artillerie. Sie standen eingehüllt im dichten und stark im Hals kratzenden Geschützrauch, hörten nur das laute Knallen der Kanonen und Geschosse, und kurze Zeit später ihre Nebenmänner aufbrüllen, wenn diese getroffen worden waren. Dreck, Gras, Erde, unendlich viele kleine Splitter sowie zerfetzte Menschenkörper flogen auf und rieselten anschließend wieder auf die schwer schluckenden Soldaten hinab. Unruhe und Nervosität griffen um sich und schnürten so manchem harten Kerl die Kehle ab. Leise gemurmelte Gebete wurden tausendfach gen Himmel gesandt, Tränen möglichst unauffällig unterdrückt oder schnell mit einem Hemdsärmel weggewischt. Viele Soldaten stampften mit den Füßen auf, marschierten unscheinbar an Ort und Stelle, um nicht vollends Panik zu bekommen, zu desertieren und einfach davonzulaufen. Der Angriffsbefehl wurde von ihnen sehnsüchtig erwartet, denn es war etwas anderes, wenn man in einem Zweikampf von Mann zu Mann starb oder unrühmlich als dreckiges Kanonenfutter endete.

Bonnie Prince Charlie verfolgte den gegenseitigen Artilleriebeschuss mit zunehmender Sorge. Einige Minuten reichten bereits aus, um ihm unmissverständlich bewusst werden zu lassen, dass seine Kanonen denen des Feindes nichts entgegenzusetzen hatten. Seine Artilleristen gaben zwar ihr Bestes, schwitzten und arbeiteten am äußersten Anschlag, doch der Schaden beim Feind war überschaubar. Zwar fielen bei jedem neuerlichen Schuss einige Rotröcke schreiend zu Boden oder schleppten sich mit üblen und stark blutenden Verletzungen vom Schlachtfeld, doch dies waren keine entscheidenden Wirkungstreffer, die den Feind in die Knie zwingen konnten. Ihre eigenen Reihen hingegen lichteten sich zusehends. Die Artillerie der Engländer wütete grausam und gnadenlos, sie war eben nicht nur zahlenmäßig überlegen, sondern auch zielgenauer, schneller beim Nachladen und effektiver.

Deshalb änderte Charles Edward Stuart seine zunächst eher defensive Taktik und gab den Befehl zum großen Sturmangriff. Er schmiss nun alles in die Waagschale und gab Lord George Murray einen entsprechenden Hinweis, damit dieser mit den Fußregimentern vorwärts rannte und den Feind niedermetzelte. »Es ist Zeit für unseren berüchtigten *Highland Charge*!«, rief er laut und verfolgte dann mit bangem Hoffen den sehnsüchtig erwarteten Aufschrei seiner Männer, die ihre Waffen in die Höhe reckten, lautstark brüllten, dass es den Engländern das Blut in den Adern gefror, und dann ungestüm losrannten. Die Erde begann gewaltig zu beben, als sich tausende Highlander gleichzeitig in Marsch setzten.

Bonnie Prince Charlie ballte seine Hände zu Fäusten, bis die Knöchel weiß hervortraten und schließlich zu schmerzen begannen. Erst dann wurde er sich bewusst, dass er sich seine Fingernägel ins eigene Fleisch gekrallt hatte. Doch dieser Umstand kümmerte ihn nicht weiter, denn seine Augen flogen gebannt über seine vorrückenden Männer hinweg und das Bild erfüllte ihn mit Stolz und Ehrfurcht.

Allerdings währte dieses Gefühl nicht sehr lange, denn irgendetwas stimmte nicht. Sein Blick blieb am linken Flügel hängen, wo sich wenig bis gar nichts tat. »Verdammt! Was ist da los, zum Teufel?!?«, fluchte er ungehalten, da er nicht wusste, was dies zu bedeuten hatte. »Wieso bewegt sich da niemand vorwärts?«, verlangte er von einigen Mitgliedern seines Kriegsrats zu wissen, die um ihn herumstanden und das Geschehen nicht minder fassungslos verfolgten. Eine Antwort darauf hatte niemand. Deshalb trieb er ungehalten sein Pferd an und steuerte auf den linken Flügel zu, um persönlich in Erfahrung zu bringen, warum an dieser Stelle der frontale Sturmangriff auf den Feind nicht mitgetragen wurde.

Als Bonnie Prince Charlie den linken Flügel, der von den MacDonalds, genauer gesagt den MacDonalds of Glengarry, den MacDonalds of Clanranald sowie den MacDonalds of Keppoch, gebildet wurde, endlich erreicht hatte, hielt er Ausschau nach den jeweiligen Clanchiefs, um sie nach dem Grund der Befehlsverweigerung zu fragen. Außer sich vor Zorn brüllte er die drei Clanchiefs an, während der rechte Flügel und das Zentrum seiner Armee weiterhin wild schreiend in Richtung Feind rannten und kurz vor dem Zusammenprall standen.

Alasdair MacMhaighstir Alasdair, der Chief des Clans Clanranald, ergriff das Wort und setzte sich zur Wehr. »Mit Verlaub, königliche Hoheit, aber es ist eine zutiefst kränkende Beleidigung unserer Ehre, auf dem linken Flügel Eurer ruhmreichen Armee eingesetzt zu werden. Wir MacDonalds kämpfen seit jeher auf dem rechten Flügel. Es kam noch nie vor, absolut noch nie, dass ein Mac-

Donald auf dem linken Flügel sein Schwert gezogen und dem Feind entgegengetreten ist!«

Bonnie Prince Charlie hörte sprach- und fassungslos den Worten des Clanchiefs zu. Mehrmals fragte er sich selbst, ob er gerade träumte oder seine Sinne ihm einen bösen Streich spielten. Er konnte kaum glauben, was er da vernahm. Er wollte es nicht glauben.

»Wir haben uns das Recht, auf dem rechten Flügel zu stehen und in den Kampf zu ziehen, in zahlreichen blutigen Schlachten über viele Jahrhunderte hinweg hart erkämpft. Und wir werden unter diesen schmählichen Umständen keinesfalls diesen Angriff unterstützen!«, verteidigte sich auch Alexander MacDonald of Keppoch, der siebzehnte Chief des Clans MacDonald of Keppoch.

»Ich erteile euch nun ein letztes Mal den Befehl, euch sofort dem Angriff anzuschließen!«, drohte Bonnie Prince Charlie knurrend und mit bösem Blick, wobei er nicht wusste, ob er in diesem Moment lieber laut aufgeschrien oder geheult hätte. Diese Schlacht hier und heute entschied alles, entschied über sein Schicksal, seine Unternehmung, über das Schicksal Schottlands, über das Schicksal von abertausenden Menschen. Dieser Kampf hatte so oder so weitreichende Folgen, denn er würde das Leben vieler stark verändern. Und sie hatten es selbst in der Hand, ob diese Veränderungen positiv oder negativ ausfielen. Sie konnten die Schmiede ihres eigenen Glücks sein, konnten alle ihre Ziele erreichen, wofür sie bereits seit Monaten, manche von ihnen auch seit Jahren oder Jahrzehnten, so unerbittlich kämpften. Doch diese Männer riskierten nun all dies, setzten alles aufs Spiel wegen einer angeblichen Kränkung! Weil sie lieber auf dem rechten anstatt auf dem linken Flügel kämpften! Durfte das denn wahr sein?

»Ich sage, wir werden keinen Fuß weit vorrücken!«, meinte der dritte Clanchief, der Anführer der MacDonalds of Glengarry.

»Dann seid Ihr hiermit Eures Amtes enthoben!«, verkündete Bonnie Prince Charlie streng und wies seine Leibgarde an, den Clanchief unter Arrest zu stellen. Bevor es aber dazu kam, zuckten sie alle heftig zusammen, denn ganz in der Nähe schlug ein Geschoss in den Boden ein und ließ einen Regen aus Gras und Erde auf sie niedergehen. Mit einer sonderbaren Mischung aus Faszination und Entsetzen starrte Charles Edward das große Loch an, das nun im Boden klaffte. Leicht schwelender Rauch stieg daraus auf. Nicht auszudenken, wenn das Geschoss ein Stückchen weiter drüben eingeschlagen hätte. Dann würde er jetzt nicht mehr hier stehen … Er fasste sich aber recht schnell wieder, denn über solche Szenarien durfte er eigentlich nicht einmal ansatzweise nachdenken. Solche Gedanken konnten einen im falschen Moment komplett lähmen oder zu unüberlegten Handlungen mit fatalen Folgen hinreißen lassen. Mit einer kurzen Handbewegung wischte er sich deshalb den gröbsten Schmutz von seinem Kilt, dann richtete er sich wieder zu voller Größe auf, um sich an die Anhänger des Glengarry-Clans zu wenden. Er wollte sie einem neuen Anführer zuteilen und dann endlich in den Kampf schicken, doch bei diesen wie auch den anderen Clanchiefs machte sich mächtig Unmut breit.

»Ihr könnt einen Clanchief nicht einfach so des Amtes entheben!«, rief Alexander MacDonald of Keppoch aufgebracht und drohte dem Prinzregenten mit seinem erhobenen Zeigefinger. »Dazu habt Ihr nicht die Befugnis! Prinz hin oder her!«

»Ich werde Euch beweisen, wozu ich fähig bin!«, erwiderte Bonnie Prince Charlie und machte Anstalten, auch die anderen beiden Clanchiefs des Amtes zu entheben und von hier fortbringen zu lassen. Es machte ihn unfassbar wütend, dass diese Männer derart starrköpfig waren und dadurch alles Erreichte gedankenlos gefährdeten.

In der Folge kam es zu einer handgreiflichen Rangelei zwischen diesen und seiner Leibgarde, während der Unmut in den Reihen der Krieger kontinuierlich anwuchs. Viele von ihnen sahen es mit Sorge, wie ihre Chiefs behandelt wurden. Andere hingegen waren sich bewusst, dass sie gerade dabei waren, den eigentlichen Kampf zu verpassen und dass sie ihre Brüder im Stich ließen, die in diesem Moment auf den Feind trafen. Deshalb rotteten diese wenigen sich zu kleinen Gruppen zusammen und gingen ebenfalls in den Angriff über, während die treuesten Anhänger der Chiefs sich weiterhin weigerten, den Sturmangriff mitzutragen.

Da folglich der linke Flügel mit den MacDonald-Regimentern weitestgehend ausfiel, ging die Hauptlast des Kampfes auf die danach kommenden Clans, vornehmlich auf die Camerons, MacLeans, MacLachlans und Chattans über. Die Männer dieser Clans rannten wie vom Teufel getrieben über das Schlachtfeld, nahmen es in Kauf, dass einige von ihnen durch eine Gewehrsalve der Engländer getötet wurden, und sprengten dann völlig kompromisslos und ohne Rücksicht auf Verluste in die Reihen der Feinde.

Doch anders als in den bisherigen Schlachten, in denen viele Engländer aufgrund der Gewalt, der Rücksichtslosigkeit und der Brutalität der Highlander schon vor dem eigentlichen Zusammentreffen einige Schritte zurückgewichen waren und dann blindlings um sich geschlagen hatten, um sich irgendwie zu verteidigen, hielten sie diesmal stand und versuchten, ihre Reihen stets eng geschlossen zu halten. Von ihren Armeeführern waren sie in den letzten Tagen hart auf solch einen schottischen Sturmlauf vorbereitet worden und waren nun unendlich froh über diesen harten Drill. Sie hatten die Anweisung erhalten, nicht blindlings den nächstbesten Angreifer zu attackieren, der geradewegs auf sie zugerannt kam, sondern mit ihren Bajonetten immer nach dem Mann rechts davon zu stechen, um auf diese Weise den Schotten die Deckung durch die Schilde zu nehmen, die diese nutzten, um die englischen Bajonette zur Seite zu drücken.

Die schottischen Angreifer waren von der ungewohnten Ordnung und der neuen Verteidigungsweise der englischen Regierungstruppen derart überrascht, dass ihr Angriffsschwung gänzlich verloren ging. Sie mussten gezwungenermaßen abbremsen und sich erst auf die ungewohnte Situation einstellen. Sie konnten plötzlich nicht mehr ihre bisherige Taktik anwenden, mit der sie so viel Erfolg gehabt hatten, und sahen sich stattdessen von ungeahnter Richtung den messerscharfen Bajonetten ausgesetzt. Da sie ihre Schilde in den linken Händen trugen, war ihre komplette rechte Körperhälfte ungeschützt. Und genau dort wurden sie attackiert. Dementsprechend viele Schotten erlitten böse Stichverletzungen im Bauchbereich, ließen ihre Schwerter fallen, hoben sich sie blutende Wunde und zogen sich zurück, um ihren nachrückenden Kameraden Platz zu machen. Es entbrannte ein wüster Nahkampf von Mann zu Mann, bei dem es gleichermaßen auf beiden Seiten viele Opfer gab.

Die Meldung vom missglückten Sturmlauf wurde Bonnie Prince Charlie unverzüglich per Bote überbracht. Der Prinzregent nahm diese Nachricht schockiert auf, wurde kreidebleich im Gesicht, doch gab sich noch lange nicht geschlagen. Noch einmal forderte er die MacDonalds auf, ihm in den Kampf zu folgen. Und diesmal schlossen sich ihm tatsächlich einige Männer mehr an, der Rest hingegen weigerte sich weiterhin vehement, warf die Waffen beiseite und verschloss demonstrativ die Arme vor der Brust. Bonnie Prince Charlie schenkte ihnen einen letzten verächtlichen Blick, dann formierte er seine Leibgarde neu um sich, wendete sein Pferd, winkte zum Aufbruch und wandte seine volle Aufmerksamkeit dem Kriegsgeschehen zu. Mehr konnte er im Moment nicht machen, er konnte unmöglich ein anderes Regiment herbeibeordern, das die restlichen MacDonalds zum Kampf zwang. Dass sie sich gegenseitig selbst die Köpfe einschlugen, das würde ihm gerade noch fehlen. Und es würde den Engländern verteufelt gut in die Karten spielen. Um die Abweichler würde er sich also zu gegebener Zeit kümmern, nun galt es erst einmal, diese Schlacht möglichst erfolgreich auszufechten. Sie waren unerwartet ins Hintertreffen geraten und er musste nun schleunigst beisteuern, um die bedrohliche Situation einer sich anbahnenden Niederlage abzuwenden.

Als erstes ritt er zu seinem rechten Flügel, wo die englische Kavallerie, die an dieser Stelle hauptsächlich aus Hannoveranern bestand, mittlerweile ins Kampfgeschehen eingegriffen hatte, und kommandierte die *Irische Brigade* sowie die *Royal Ecossais* zum Schutz der Flanke ab. Er hoffte, dass diese beiden zusätzlichen Regimenter ausreichten, um einen offensichtlichen Umgehungsversuch des Feindes zu verhindern. Er hielt sein Pferd in der Folge kurz an, sah zu, wie die Regimenter sich in Bewegung setzten und sich dem Feind in den Weg stellten. In all dem Kampfgetümmel konnte er kurzzeitig einen Blick auf seinen Freund Lord Elcho erhaschen, der verbissen sein Schwert schwang und seine ihm unterstellten Männer unermüdlich antrieb. »Auf Lord Elcho ist Verlass!«, murmelte er, anschließend ritt er zurück ins Zentrum und weiter nach vorne.

Er passierte zahlreiche Verletzte, die ihm auf dem moorigen Untergrund entgegentaumelt kamen, blickte in leere Gesichter, in schmerzerfüllte Augen, auf blutverschmierte Körper hinab, und starrte schließlich voller Entsetzen einen Krieger an, dem ein ganzer Arm fehlte und der sich schreiend im Dreck wand. Dann erblickte er immer mehr Rotröcke, die leblos auf dem Boden lagen, und wusste, dass er die Frontlinie erreicht hatte. Noch immer schoss die englische Artillerie ununterbrochen auf die weiter hinten stehenden Linien der Schotten, unter anderem auf die zurückgebliebenen MacDonalds. Deshalb war mittlerweile das halbe Schlachtfeld in dichten Rauch gehüllt und es war schwierig, in dieser Umgebung einen Überblick zu behalten. Es war eine chaotische Masse aus tausenden Leibern.

Bonnie Prince Charlie warf sich ungehalten ins Schlachtgetümmel, gab nichts auf die warnenden Rufe seiner Leibgarde, trieb seine tapferen Krieger an und konzentrierte den Sturmangriff auf zwei vermeintliche Schwachstellen, die er in der Kürze der Zeit in den feindlichen Linien ausgemacht hatte. Er beorderte hier mehr Männer hin und schickte die Verletzten, die sich aus den Kämpfen zurückzogen, nach hinten und in die vermeintliche Sicherheit. Einige von ihnen wurden jedoch beim Rückzug von den englischen Kanonenkugeln auf unbarmherzige Art und Weise in Stücke gerissen. An diesem Tag war Culloden die Hölle auf Erden.

Bonnie Prince Charlie holte alles aus seinen Männern heraus. Er war nicht gewillt, nur einen einzigen Yard vor den Engländern zurückzuweichen, der gigantischen Übermacht zum Trotz. Er musste unweigerlich an die drei starken Kampflinien der Engländer denken, während sich seine Armee noch immer an der ersten Linie abmühte. Das hieß, dass sie noch zwei weitere Linien vor sich und zu bekämpfen hatten, sofern sie es überhaupt schaffen sollten, diese erste Verteidigungszone zu durchbrechen. Er hatte zwar schon einiges erlebt und gesehen in seinem noch recht jungen Leben, und er wusste, dass auch scheinbar Unmögliches durchaus möglich gemacht werden konnte, immerhin war er mit seiner Landung in Schottland das perfekte Beispiel hierfür, doch er konnte sich zu diesem Zeitpunkt beim besten Willen nicht vorstellen, wie er diesen Kampf auf dem Culloden Moor jemals für sich entscheiden konnte. Diese Erkenntnis traf ihn plötzlich wie ein Faustschlag mitten ins Gesicht. Er versuchte zwar, diese negativen Gedanken schnell wieder zu verdrängen und möglichst zu vergessen, doch sie ließen sich nicht mehr vertreiben. Sie waren auf einmal in seinem Kopf aufgetaucht und hatten sich dort hartnäckig festgesetzt. Auf einmal fühlte er sich schlecht und eine ungeahnte Panik kam in ihm auf. Sein Atem beschleunigte sich, sein Herz begann zu flattern. Er drohte gar, auf dem Schlachtfeld einfach umzufallen. Er wankte, taumelte ein paar Schritte, dann war auch schon seine Leibwache bei ihm und stützte ihn.

»Ist alles in Ordnung, königliche Hoheit?«, fragte einer der Männer besorgt nach.

Doch Bonnie Prince Charlie nahm diese Worte kaum mehr wahr. Er hörte sie lediglich durch einen dichten Nebelschleier, während die Welt um ihn herum zu wanken begann. Er biss die Zähne zusammen, schüttelte sich einmal kräftig, wollte dadurch die negativen Gedanken loswerden, und umklammerte sein Schwert noch fester. »Weiter!«, rief er, wobei ihm seine eigene Stimme sehr seltsam vorkam. »Nicht nachgeben! Vorwärts!«

Die Leibwache versuchte, ihn zum Umkehren zu bewegen, doch ohne Erfolg. Er ließ sich nicht vom Schlachtfeld eskortieren, sondern blieb dicht an der hart umkämpften Front. Selbst Thomas Sheridan konnte in dieser Hinsicht nichts bei ihm erreichen, all seine Argumente waren schneller verflogen als der Rauch der Kanonen.

Und schließlich tat sich ein Hoffnungsschimmer auf. Zwei Clanregimenter schafften tatsächlich den Durchbruch durch die erste Kampflinie der Engländer. Sie hatten sich in mühseliger und äußerst blutiger Arbeit eine große Lücke erkämpft und drangen nun mit aller Gewalt vorwärts, um diese Lücke weiter zu vergrößern, bis sie schließlich auf die zweite Linie stießen, die natürlich sofort angerannt kam und versuchte, das Loch wieder zu verschließen.

»Nicht nachgeben, Männer!«, brüllte Bonnie Prince Charlie aus vollem Hals, nahm seine Pistole von einer Leibwache entgegen, die diese frisch geladen hatte, und feuerte damit in die Menge der vielen Rotröcke. »Drängt sie zurück! Schickt sie zurück nach England! Vorwärts!«

Dann zuckte er abermals zusammen, diesmal aber nicht aufgrund des ungebrochenen Kanonenbeschusses, sondern weil ihn irgendetwas gestreift hatte. Er blickte an sich hinab und starrte für einige Sekunden lang seinen zerfetzten linken Hemdsärmel an, der von einer Musketenkugel gestreift worden war. Da aber niemand aus seiner Leibgarde dies mitbekommen hatte, sagte er nichts, sondern kämpfte und dirigierte weiter. Um ein Haar wäre er getötet worden. Es war zum wiederholten Male unfassbares Glück, das ihn am Leben erhielt. Oder Gottes schützende Hand.

Nach dem erfolgreichen Durchbruch kam der Angriff der Schotten aber recht schnell wieder zum Stehen. Die zweite Reihe der Engländer hatte es geschafft, die entstandene Lücke zu schließen und der brutale Kampf von Mann zu Mann ging unerbittlich weiter. Und sogleich wurden Bonnie Prince Charlies neu erwachte Hoffnungen wieder hinweggefegt. Es war ein lichter Schimmer am dunklen Horizont gewesen, doch nun herrschte abermals die pechschwarze Finsternis.

»Haltet stand, Männer! Gebt nicht nach!«, rief er energisch und hob kurz den Kopf an, da er dachte, es würde nun doch zu regnen beginnen, allerdings fiel vom Himmel weiterhin kein einziger nasser Tropfen. Es sah zwar so aus, als könnte es jederzeit in Strömen regnen, doch die vermeintlichen Regentropfen entpuppten sich schließlich als feine Blutspritzer. Glücklicherweise war es nicht sein eigenes Blut, sodass er sich nicht weiter darum kümmerte und nur Sekunden später schon wieder vergessen hatte.

Rund zwei Minuten später schien der Kampf endgültig in die andere Richtung zu kippen. Einige englische Dragoner hatten es ihrerseits geschafft, ein Loch in die schottische Angriffslinie zu schlagen. Sie beschränkten sich nun nämlich nicht mehr auf das reine Abwehren des ohnehin zum Stoppen gekommenen schottischen Sturmlaufs, sondern gingen selbst zum Angriff über. Durch ihre zahlenmäßige Überlegenheit fiel es auch nicht weiter ins Gewicht, wenn einer von ihnen fiel, denn sofort rückte ein anderer nach, während die Reihen der Schotten nach und nach ausgedünnt wurden und nicht wieder aufgefüllt werden konnten. Und sobald die englischen Truppen einen vollständigen Durchbruch geschafft haben sollten, konnten sie durch diese Lücke marschieren und die restlichen Highlander hinterrücks angreifen. Damit wäre der Kampf sofort beendet und würde in einem Massaker enden.

Deshalb beorderte Bonnie Prince Charlie sofort einige Männer zu der Lücke hinüber, auf die Gefahr hin, dass diese an anderer Stelle fehlten und es in der Folge dort zu einem englischen Durchbruch kam. Doch er konnte auf die Schnelle nichts anderes machen und musste dieses Risiko eingehen. Und bevor er es sich versah, blieb sein Blick auf einem hünenhaften jungen Kerl hängen, der wagemutig in ihre offene Lücke sprang, dabei wild brüllte, und sich todesmutig den feindlichen Dragonern in den Weg stellte, damit diese nicht weiter voran kamen. Es dauerte einen kurzen Augenblick, doch dann erkannte Bonnie Prince Charlie in ihm den jungen Gillies Mor McBain, jenen Burschen, den er damals im August letzten Jahres in Glenfinnan als einen der ersten zum Major befördert hatte. Der Junge hatte damals von einem bis zum anderen Ohr gestrahlt und geschworen, immer alles für ihn zu geben. Und dieses Versprechen setzte er nun eindrucksvoll unter Beweis.

Gillies Mor McBain schwang gekonnt sein Schwert, schlitzte einem Engländer den Bauch auf, wehrte die Attacke eines zweiten Dragoners ab, beförderte diesen mit einem Schlag in den Dreck, parierte erneut einen Hieb gegen seinen Kopf, duckte sich unter einem Bajonett hinweg, wirbelte herum und brachte mit einer gerissenen Finte gleich zwei Feinde auf einen Streich zum ewigen Schweigen. Der junge Schotte wütete und kämpfte sich in einen wahren Blutrausch, schien ungeahnte Kräfte freizusetzen, während seine Widersacher ihn langsam umzingelten. Zwar drängten die anderen Schotten, die diese heldenhafte Tat aus den Augenwinkeln mitansahen, schnell herbei, doch sie schafften es nicht, zu ihrem Kameraden vorzustoßen, denn die Übermacht, der sie sich gegenübersahen, war zu groß und wuchs mit jeder weiteren Sekunde an. Sie erschlugen zwar viele englische Dragoner, doch sie konnten nicht verhindern, dass sie Stück für Stück von Gillies Mor McBain abgedrängt wurden.

Bonnie Prince Charlie unternahm ebenfalls alles Mögliche, um seinem tollkühnen Major beizustehen, doch leider ohne Erfolg. Immer wieder blickte er zu dem jungen Burschen hinüber, der immer

noch aufrecht stand und sein Schwert schwang. Da Gillies Mor
McBain so groß war, stach er aus dem Feld heraus und war gut
sichtbar. Außerdem hob er sich mit seiner blauen Jacke recht deutlich von den vielen englischen Rotröcken ab. Bonnie Prince Charlie
beobachtete den Kampf des Schotten aus den Augenwinkeln und
zählte in Gedanken dessen Opfer mit. Als Gillies Mor McBain un-
glaubliche vierzehn Engländer getötet hatte, verschwand er kurzzeitig aus seinem Blickfeld.

Sogleich reckte Charles Edward seinen Kopf, streckte sich,
beugte sich nach vorne und machte sich so groß es nur ging, doch
den heldenhaften Gillies Mor McBain bekam er nie wieder zu Gesicht. Der junge Schotte blieb verschwunden und tauchte nicht
mehr auf.

Bonnie Prince Charlie wurde zornig über diesen Verlust, sein
Kopf lief knallrot an, er schrie auf, brüllte die Engländer an und
warf ihnen zahlreiche derbe Verwünschungen entgegen. Gleichzeitig feuerte er unerbittlich seine eigenen Kämpfer an und schickte
diejenigen, die nicht allzu stark verwundet waren und sich dennoch
zurückziehen wollten, direkt wieder an die Frontlinie nach vorne,
da sie keinen Mann mehr entbehren konnten. Es kam nun auf jedes
Schwert an. »Für den jungen Gillies Mor McBain! Vorwärts, Männer!«, rief er immer wieder gegen den Lärm an, gewillt, den jungen
Schotten zu rächen. Gillies Mor McBain, dessen Heldentat später
in zahlreichen Liedern besungen werden sollte, hatte ihnen etwas
Zeit und auch ein Stück weit neue Hoffnung verschafft, und er
wollte weder das eine noch das andere ungenutzt von dannen ziehen lassen. Er sah eine Chance, nun doch noch die Oberhand zu
gewinnen und drängte deshalb immer weiter nach vorne. Er
kämpfte verbissen, bis ihm der Schweiß in Strömen von der Stirn

lief, seine Kleidung komplett durchnässt war und sein Schwertarm schmerzte. Er musste sich kurz darauf sogar ein Stückchen zurückziehen, um einmal tief Luft zu holen, da er ansonsten drohte, an Ort und Stelle zu kollabieren. Ihm war unglaublich heiß, er hatte beinahe das Gefühl, erneut das Fieber bekommen zu haben, außerdem war er von oben bis unten verschmutzt und seine Kehle war staubtrocken. Gerne hätte er jetzt einen Schluck Wasser getrunken, doch das musste warten. Er nutzte den Moment der kurzen Pause, um sich einmal nach allen Seiten umzusehen, doch dann wünschte er insgeheim, er hätte es nicht getan. Er sah die katastrophale Lage, in der sich seine Armee befand und er musste gar nicht lange darüber nachdenken, was das hieß. In diesem Moment wusste er schlagartig, dass er heute zum ersten Mal keinen Sieg davontragen würde.

Plötzlich ging alles ganz schnell. An einigen Frontabschnitten brachen die Engländer durch, was eine fatale Panikwelle in den Reihen der Jakobiten auslöste. Zunächst kehrten nur einige ängstliche Schotten den Kämpfen den Rücken, doch dann wurden es immer mehr, die sich ohne Vorwarnung umdrehten und Reißaus nahmen. Die Reihen der Krieger lichteten sich rasch, die eingesetzte Kettenreaktion war nicht mehr aufzuhalten. Und je mehr diesem Beispiel Folge leisteten, desto mehr bröckelte auch die Haltung der verzweifelt Standhaften. Schließlich waren nur noch die Tapfersten übrig, die sich alleine einer gigantischen Anzahl von Feinden gegenübersahen, der auch sie nicht mehr beikommen konnten. Und obwohl es ihnen zutiefst widerstrebte, wichen auch sie langsam zurück oder kämpften so lange weiter, bis sie letzten Endes den Tod fanden.

Bonnie Prince Charlie bekam die rasch um sich greifenden Auflösungserscheinungen seiner Armee zwar mit, doch er wusste nicht, was er dagegen unternehmen konnte. Verzweifelt und flehend wandte er sich an seine Männer und rief ihnen zu, dass sie nicht aufgeben sollten, doch niemand schien ihn mehr zu hören. Seine Worte gingen im Kriegslärm unter, seine Befehle wurden nicht mehr angenommen und jeder versuchte nur noch, sein nacktes Leben zu retten.

Er wusste, dass dieser Kampf verloren war und wollte einen einigermaßen geordneten Rückzug einleiten, um zu retten, was noch zu retten war, doch auch dieser Befehl stieß auf taube Ohren. Da die Panik mittlerweile derart stark um sich gegriffen hatte, war die Zeit für einen geordneten Rückzug längst verstrichen. Menschen, die zutiefst panisch waren, agierten keinesfalls mehr kontrolliert oder bewusst, sondern hatten nur noch den Gedanken der Flucht im Kopf. Bloße Worte vermochten da nichts mehr auszurichten.

Und ehe Charles Edward es sich versah, wurde er auch schon ungewollt in die Mitte seiner restlichen Leibgarde genommen und ebenfalls vom Schlachtfeld geführt. Er wehrte sich zunächst dagegen und wollte den Rückzug organisieren, doch während er beinahe schon gewaltsam mitgerissen wurde, sah er erst, dass es nichts mehr zu organisieren gab. Seine Männer wurden von den englischen Soldaten verfolgt und hinterrücks abgestochen, insbesondere die Kavallerie wütete grausam und kannte kein Erbarmen.

Eine plötzliche Müdigkeit übermannte Bonnie Prince Charlie und lähmte seinen Geist und seinen Körper. Willenlos und ohne jede Kraft ließ er sich nun von seiner Leibgarde vom Schlachtfeld bringen, während bittere Tränen seine Augen füllten. Er ließ ihnen ungeniert freien Lauf. Einige Mitglieder seines Kriegsrates schlossen sich ihnen an, darunter Thomas Sheridan und Chief Donald Cameron of Lochiel, der sich erneut eine heftig blutende Wunde eingefangen hatte, aber noch in der Lage war, sich auf den Beinen zu halten.

»Geht es Euch gut, Hoheit?«, wollte Thomas Sheridan von Charles Edward heftig keuchend wissen, doch eine Antwort bekam er darauf nicht, weshalb er es zunächst einmal auf sich beruhen ließ und zusah, dass sie schnellstmöglich von hier verschwanden.

Bonnie Prince Charlies Blick war starr, die Umgebung sah er durch die vielen Tränen nur noch verschwommen. Er hörte noch einen letzten Dudelsack in seinem Rücken spielen, der Geschützdonner der englischen Kanonen war endlich eingestellt worden. Stattdessen wurden nun die unzähligen Rufe der Verletzten übernatürlich laut wahrnehmbar. Schreie, die unerträglich waren und von unmenschlichen Schmerzen zeugten.

Im Sattel sitzend, blickte Charles Edward Stuart sich noch einmal um, warf einen letzten Blick auf das verfluchte Drummossie Moor, das Culloden Moor, und konnte kaum ertragen, was er dort sah. Er wischte sich einige Tränen aus dem Auge, während die letzten Reste seiner ruhmreichen Armee in einem blutrünstigen Massaker förmlich abgeschlachtet wurden. Auch diejenigen, die ihre Waffen wegwarfen und sich ergaben, wurden einfach erschossen, und selbst die vielen Verletzten, die wehrlos über dem gesamten Moor verteilt lagen, wurden ohne jede Gnade und Skrupel abgestochen. Einige Krieger, die sich in eine nahe Scheune geflüchtet hatten und auf Gnade hofften, wurden bei lebendigem Leibe verbrannt. Den Befehl dazu gab der Duke of Cumberland höchstpersönlich, der selbst auch Hand anlegte, um möglichst viele Jakobiten zu töten. Trauriger Höhepunkt des Mordens war das Abschlachten von zahlreichen unschuldigen Zuschauern, die am Rande des Moors gestanden und der Schlacht zugesehen hatten, ohne einer der beiden Konfliktparteien anzugehören. Es waren Neugierige aus der Umgebung gewesen, Menschen aus dem Dörfchen Culloden, darunter auch viele Frauen und Kinder. Doch *The Bloody Butcher*, wie der Duke of Cumberland nach diesem Tage nur noch genannt werden sollte, verschonte in seinem unbändigen Hass und seiner Mordlust auch ihre Leben nicht. Die Tatsache, dass diese Frauen und Kinder Schotten waren, reichte ihm voll und ganz aus, um den Tötungsbefehl zu geben. Nahezu kein Menschenleben war dem Schlächter an diesem Tag heilig. Einzig die überlebenden Männer der *Irischen Brigade* und der *Royal Ecossais* wurden verschont und als normale Kriegsgefangene betrachtet, da sie vorrangig als Soldaten und nicht als aufständische Rebellen angesehen wurden. Sie wurden in nahe gelegene Gefängnisse gebracht, wo ihnen später der Prozess gemacht werden sollte. Einige ranghohe Clanchiefs wurden ebenfalls zunächst nur gefangen genommen, damit sie später wegen Hochverrats angeklagt und gehängt werden konnten. Der letzte Dudelsack hörte auf zu spielen.

Schockiert nahm Bonnie Prince Charlie diese Bilder in sich auf, ehe er sich wieder nach vorne drehte und diesen unrühmlichen Ort verließ. Noch konnte er nicht einmal einen Bruchteil der zu erwartenden verheerenden Folgen einschätzen, doch schon jetzt wusste er zu sagen, dass der sechzehnte April 1746 als der schwärzeste und leidvollste Tag in die Geschichte Schottlands eingehen würde …

Nachwort des Autors

Die Ursprünge der Jakobitenaufstände lagen in der *Glorious Revoluti-on* von 1688/89. Jakob II., Mitglied des Hauses Stuart und damaliger König von Schottland und England, wurde im Verlauf des Umsturzes zum einen aufgrund seiner prokatholischen Politik und zum anderen wegen der unerwarteten Geburt eines rechtmäßigen Thronfolgers mehr oder weniger von seinen zahlreichen Gegnern aus dem Amt gejagt.

Sowohl er selbst als auch seine zweite Ehefrau, Maria Beatrix von Modena, waren streng katholisch. In einem anglikanisch geprägten England wohlgemerkt. Ein Umstand, der heutzutage bei den meisten vermutlich nur Schulterzucken auslösen würde, war zur damaligen Zeit ein potentieller Konfliktherd, der einen ganzen Krieg auslösen konnte. Da Jakob II. aber bereits über fünfzig Jahre alt war und bis vor der Revolution keinen männlichen Erben gezeugt hatte, ging man in den Machtkreisen davon aus, dass seine prokatholische Politik nach seinem Tod wieder rückgängig gemacht werden konnte - von einem anglikanischen König. Durch die überraschende Geburt eines Sohnes am 10. Juni 1688 änderte sich dies jedoch schlagartig und es wurde nun unter anderem vonseiten der anglikanischen Kirche die dauerhafte Etablierung einer erblichen, katholischen Königslinie befürchtet. Aus diesem Grund übertrugen die Feinde des Königs die Krone an dessen Tochter, die protestantische Maria, und deren Ehemann, den Calvinisten Wilhelm von Oranien. Da Jakob II. zu diesem Zeitpunkt keine Chance sah, sich in einem militärischen Konflikt gegen Wilhelm von Oranien durchzusetzen, floh er Hals über Kopf mit seiner Ehefrau und dem Neugeborenen auf den Kontinent und überließ die Krone seinen Gegnern. Er begab sich ins Exil nach Frankreich, um von dort aus den langwierigen Kampf zur Rückgewinnung seines Thrones aufzunehmen.

Im anglikanischen England wurde der Herrscherwechsel weitestgehend positiv aufgefasst und Wilhelm von Oranien begeistert empfangen. In Schottland jedoch, vor allem in den Highlands, verhielt es sich genau umgekehrt, dort lehnte man Wilhelm von Oranien als neuen König vehement ab und fühlte sich stattdessen weiterhin Jakob II. verbunden. Dessen treuesten Anhänger nannten sich fortan *Jakobiten* und formierten sich zum Widerstand. In der Folge kam es zu den ersten blutigen militärischen Auseinandersetzungen und dem bis heute im schottischen Nationalbewusstsein verankerten *Massaker von Glencoe*, als auf Befehl Wilhelm von Oraniens unzählige nichtsahnende Mitglieder des Clans MacDonald hinterrücks ermordet wurden.

Jakob II. und seine Jakobiten unternahmen im Verlauf der nächsten Jahre einige vielversprechende Versuche, um den Thron für die Stuarts zurückzugewinnen, doch sie schafften es nicht, ihr Ziel endgültig zu erreichen, sondern scheiterten stets kurz davor.

Nach dem Tod von Jakob II. im Jahre 1701 ging der Thronanspruch, den die Stuarts für ihre Familie aufrecht erhielten, an dessen Sohn, James Francis Edward Stuart, über. Dieser wurde von den Jakobiten als Jakob III. von England und Jakob VIII. von Schottland zum rechtmäßigen König ausgerufen. Von allen anderen wurde er hingegen *The Old Pretender* genannt. James Francis Edward Stuart eiferte seinem verstorbenen Vater im Laufe der Zeit nach und versuchte selbst mehrmals, mittels militärischen Invasionen (1708, 1715) die verlorenen Kronen zurückzuerobern, doch auch er scheiterte bei sämtlichen Versuchen. Selbst der sogenannte

Atterbury-Putsch 1722/23 mit französischer, spanischer und gar päpstlicher Hilfe misslang. James Francis Edward Stuart zog sich schließlich im Jahre 1719 von Frankreich ins italienische Exil nach Rom zurück, wo er seinen Lebensabend verbrachte.

Im darauffolgenden Jahr wurde dort Charles Edward Stuart geboren, der dritte jakobitische Thronprätendent, genannt *The Young Pretender*. Seine Mutter war übrigens die polnische Prinzessin Maria Clementina Sobieska.

Charles Edward Stuart wuchs also in Italien auf, in Rom und Bologna, wo er Privatunterricht von schottischen Gelehrten erhielt. Er muss ein fleißiger Schüler gewesen sein, der mehrere Sprachen fließend beherrschte, darunter das in Schottland gesprochene Gälisch. Bereits in jungen Jahren wurde er außerdem schon im Militärwesen geschult, mit gerade einmal vierzehn Jahren nahm er am Polnischen Thronfolgekrieg und an der Belagerung von Gaeta teil. Seine Ausbildung war demnach darauf ausgelegt, dass er den begonnenen Kampf seines Großvaters und Vaters fortführte. Und diese Aufgabe nahm der junge und äußerst charismatische Charles Edward pflichtbewusst an. Er reiste viel durch Europa und an die großen Herrscherhöfe, um für Unterstützung zu werben, allerdings hatte er damit – seinem äußerlichen Erscheinungsbild und seiner Redegewandtheit zum Trotz - nicht sonderlich viel Erfolg. Beim französischen König hatte er gar Probleme, eine Audienz zu bekommen, denn Ludwig XV. war nicht gewillt, den Stuart-Erben zu empfangen.

Umso erstaunlicher scheint es, dass der Prinzregent am 22. Juni 1745, im Alter von 24 Jahren, vom französischen Nantes aus in See stach, um eine Überfahrt nach England und eine anschließende Invasion zu wagen. Gerade einmal mit zwei Schiffen, der *Elisabeth* und der *La Doutelle*, etwas Gold, sowie sage und schreibe sieben (!) Gefährten, den sogenannten *Seven Men of Moidart*, begann er dieses waghalsige Abenteuer. Ohne es vorher mit seinem Vater besprochen oder sich seinem Bruder, dem angehenden Kardinal, anvertraut zu haben. Kaum jemand wusste von dieser Unternehmung Bescheid. Die Gefahr durch englische Spione war omnipräsent und begleitete die Wagemutigen auf Schritt und Tritt.

Die Überfahrt hätte dann auch beinahe in einer Katastrophe geendet, denn zum einen drohten sie aufgrund eines Sturmes zu kentern, zum anderen wurden sie von der *H.M.S. Lion*, einem gewaltigen englischen Kampfschiff, gestellt. So mag man meinen, dass es beinahe einem Wunder gleicht, dass Charles Edward Stuart tatsächlich heil und unversehrt die Äußeren Hebriden erreichte und von dort unbehelligt auf das schottische Festland übersetzen konnte.

Von da an war es ein Spiel auf Zeit. Der junge Prinzregent versuchte mit allerlei Mitteln, die schottischen Clanchiefs auf seine Seite zu ziehen und zu einem bewaffneten Aufstand gegen die Engländer zu bewegen, doch anfangs noch mit mäßigem Erfolg. Es dauerte seine Zeit, bis er die teils zurückhaltenden und skeptischen Clans überzeugen konnte, was wohl auch ein Stück weit daran liegen mochte, dass er zum ersten Mal schottischen Boden unter den Füßen hatte und für so manchen Highlander wie ein Fremder anmutete. Zum Vorteil durfte es Charles Edward gereicht haben, dass er die Sprache der Schotten beherrschte, sich außerdem alsbald wie ein Schotte kleidete und sich für Land und Leute sowie die Kultur interessierte.

Nachdem er schließlich einige mächtige und wortführende Clanchiefs für sich hat gewinnen können, nahm das Unternehmen an Fahrt auf. Von da an wuchs seine Armee beinahe täglich an und er begann seinen einmaligen Triumphzug auf Edinburgh. Um diese Zeit, nach der Einnahme der schottischen Hauptstadt, erhielt er vermutlich auch seinen Beinamen, unter dem er heutzutage wesentlich bekannter ist: Bonnie Prince Charlie. *Bonnie* bedeutet übersetzt nichts anderes als hübsch, was er mit seinen blonden Locken angeblich gewesen sein soll. Außerdem ist es auch ein Hinweis auf seine Vorliebe zu Frauen. Glaubt man zeitgenössischen Quellen, so muss er ein regelrechter Frauenschwarm und –held gewesen sein, dem die Frauenwelt nur so zu Füßen lag. Sein anderes Laster war hingegen der Alkohol, den er gerne reichlich trank, insbesondere nach dem verhängnisvollen Tag bei Culloden.

Viele Details in diesem Buch beruhen in ihren Grundzügen auf wahren Begebenheiten, wie etwa die Marschroute, die Bonnie Prince Charlie quer durch Schottland und bis nach England führte. Selbstredend ist, dass hierbei nicht jedes einzelne kleine Dorf berücksichtigt und erwähnt werden konnte, sondern der grobe Weg mit den wichtigsten Stationen aufgezeichnet werden sollte.

Der Doppelgänger namens Roderick MacKenzie, dem später noch eine tragende und zugleich tragische Rolle zukommen sollte, ist ebenfalls keine Erfindung von mir, sondern hat wirklich gelebt. Genauso wie die bemerkenswerte Lady Anne Farquharson-McKintosh, der weibliche Colonel mit dem Spitznamen *Belle Rebelle*. Sie hatte sich, wie beschrieben, ihrem Ehemann - dem Clanchief - widersetzt und Bonnie Prince Charlie eigenständig mehrere hundert Krieger aus dem Clan McKintosh zugeführt. Lediglich den Zeitpunkt des Zusammentreffens der beiden habe ich etwas verschoben, sodass dies in diesem Buch kurz vor der Schlacht bei Falkirk passierte, in Wahrheit aber schon einige Tage früher. Im Allgemeinen hat es die meisten der in diesem Buch auftauchenden Persönlichkeiten tatsächlich gegeben, was auch anhand der Auflistung der Personen im Anhang ersichtlich wird, in welchem die historischen mit einem * gekennzeichnet sind. Natürlich habe ich mir aber gewisse Freiheiten herausgenommen, um eine Person nach meinen Vorstellungen zu skizzieren.

Auch die Geschichte des jungen und todesmutigen Schotten Gillies Mor McBain etwa, der bei Culloden zum unsterblichen Helden wurde, ist nicht frei erfunden, sondern beruht auf wahren Begebenheiten. Laut Berichten soll er vor seinem Tod ganze dreizehn oder vierzehn Feinde getötet haben. Inwieweit diese Zahlen dann letzten Endes stimmen, lässt sich heute nicht mit Gewissheit sagen, es bleibt also jedem selbst überlassen, ob er diese Legende glauben möchte.

Die Schlacht bei Prestonpans fand durch einen nächtlichen Überraschungsangriff statt, den die Jakobiten durch einen Geheimweg durch ein nahes Moor initiierten. Auch der Umstand, dass der befehlshabende General John Cope heimlich vom Schlachtfeld floh und wie der Teufel nach Berwick-upon-Tweed ritt, um die Nachricht seiner eigenen Niederlage zu überbringen, ist tatsächlich passiert. Dafür sollte er bis an sein Lebensende verspottet werden. Des Weiteren fand er Eingang in zahlreiche Geschichten und Lieder, die über ihn geschrieben wurden, wie etwa von dem schottischen Folksänger Adam Skirving, der das bald schon sehr populäre Volkslied *Hey, Johnnie Cope, Are Ye Waking Yet?* komponierte.

Nach dem Sieg über die englischen Regierungstruppen bei Prestonpans hatte Bonnie Prince Charlie relativ freie Hand, um in Schottland nach Belieben zu agieren. Wie beschrieben, befanden sich zu diesem Zeitpunkt lediglich noch einige wenige Festungen in der Hand englischer Besatzungen. Deshalb gelang ihm auch ein beispielloser Siegeszug bis nach Mittelengland, bis nach Derby, das nicht mehr weit von London entfernt liegt. Und tatsächlich bereitete der englische König schon alles für seine Flucht aus London vor, da er nicht mehr daran glaubte, sich gegen den jungen Stuartprinzen auf dem Thron behaupten zu können. Umso tragischer erscheint dann der Umstand, dass die Jakobiten ihren unerwarteten Rückzug antraten, anstatt weiter vorzurücken. Bonnie Prince Charlie selbst wäre gerne weitermarschiert, doch er wurde in dieser Hinsicht von seinem Kriegsrat überstimmt, allen voran Lord George Murray, der als Sprecher einiger mächtiger Clanchiefs fungierte. So verzweifelt Charles Edward Stuart auch um Unterstützung ersucht haben mochte, es half nichts, der Rückzug wurde eingeleitet und der sechste Dezember 1745 ging im Nachhinein als *Schwarzer Freitag* in die Geschichte ein.

Der Sohn des englischen Königs, der Duke of Cumberland, der mittlerweile aus dem Österreichischen Erbfolgekrieg zurückgekehrt war, nahm sogleich die Verfolgung auf, seine Truppen erlitten jedoch bei Clifton eine Niederlage durch Lord George Murray. Bonnie Prince Charlie verschanzte sich anschließend über Weihnachten zunächst in Glasgow, ehe es im Januar des neuen Jahres zur Schlacht bei Falkirk kam, die er ebenfalls gewinnen konnte. Mit ein Grund hierfür mag durchaus sein, dass der befehlshabende General, ein Mann namens Henry Hawley, die Bedrohung durch die Jakobiten nicht so recht ernst nahm und wegen des miserablen Wetters auch nicht daran glaubte, dass es zu einem Kampf kommen würde. Er versäumte es, seine Männer in Position zu bringen, weshalb er zu spät den Ernst der Lage erkannte und übereilt aus dem *Callender House* aufbrach, dabei sogar die Serviette abzunehmen vergaß, die er sich um den Hals gebunden hatte.

Nach der Schlacht bei Falkirk wurde Bonnie Prince Charlie krank und begab sich, natürlich nicht ohne gewissen Hintergedanken, nach Bannockburn und in die Hände der jungen Clementina Walkinshaw, um sich von ihr gesund pflegen zu lassen. Wie krank er wirklich war und wie viel davon vielleicht auch nur gespielt war, ist heute schwer zu sagen. Auf jeden Fall bedeutete dies der Beginn einer langjährigen und wechselhaften Beziehung …

Der Sieg bei Falkirk war für die Jakobiten äußerst wichtig, da andernfalls bereits zu diesem Zeitpunkt wohl alles verloren gewesen wäre, doch genau genommen bedeutete er mehr oder weniger lediglich einen zeitlichen Aufschub des Unausweichlichen. Bonnie Prince Charlie ließ sich von den überlegenen englischen Regierungstruppen - in denen tatsächlich auch einige Schotten kämpften - immer weiter in die Ecke drängen, er schaffte es nicht mehr, einen Befreiungsschlag zu tätigen. Er zog sich tief in die Highlands und bis nach Inverness zurück. Fatal war wohl auch der Umstand, dass viele Krieger in der Folgezeit tatsächlich heimgehen durften, um ihre Familien zu besuchen. Zwar betraf dies nicht alle Männer, die Kämpfe gingen in unzähligen kleineren Scharmützeln ständig weiter, doch einige von ihnen waren so lange fort, dass sie nicht mehr rechtzeitig vor der Schlacht bei Culloden zurückkehrten. Und dies war tödlich, denn die Schotten waren dem Feind ohnehin schon zahlenmäßig hoffnungslos unterlegen. Hinzu kamen dann noch viele Krankheiten und Seuchen, Erschöpfung, der harte Winter, zunehmender Hunger und das Ausbleiben von Lohnzahlungen. Gepaart mit der viel schlechteren Ausrüstung, musste dies unweigerlich in einer Katastrophe enden. Vor allem, da der Trumpf der Schotten, der gefürchtete *Highland Charge*, also der Sturmlauf mit den gezückten Schwertern, bei Culloden beinahe wirkungslos blieb.

Die Engländer hatten sich auf diese spezielle Taktik lange genug einstellen können, um ihr nun wirksam entgegenzutreten. Und war Bonnie Prince Charlie bis zum sechzehnten April 1746 unbesiegt geblieben, so erlitt er an diesem Tag seine schwärzeste Stunde, noch schwärzer als der Rückzug aus Derby.

Augenzeugenberichten zufolge dauerte die eigentliche Schlacht auf dem Culloden Moor gerade einmal um die dreißig Minuten, dann war bereits alles vorüber und die aufständischen Jakobiten geschlagen. Viel länger hingegen dauerte das anschließende gnadenlose Abmetzeln der verwundeten und gefangen genommenen Schotten und Iren an, das ähnlich wie beschrieben stattgefunden hat. Der Duke of Cumberland kannte keine Gnade und gab eiskalt die Tötungsbefehle, die seine Soldaten nicht minder kaltherzig ausführten. Nur sehr wenige Jakobiten wurden verschont, weil sie entweder ranghohe Clanchiefs oder Mitglieder der *Irischen Brigade* oder der *Royal Ecossais* waren. Diese wurden am Leben gelassen, um ihnen später den Prozess zu machen. Einige wurden gehängt, andere wiederum in die Neue Welt verschleppt, von manch einem ist das Schicksal bis heute ungeklärt.

Das Abschlachten der wehrlosen, das Töten von sogar Frauen und Kindern, brachte dem Duke of Cumberland verdientermaßen die Spitznamen *The Bloody Butcher* und *The butcher of Culloden* ein. In ganz Europa, selbst in London, sorgte das skrupellose Vorgehen der englischen Truppen für nacktes Entsetzen. Überall wurden Stimmen laut, die das brutale Vorgehen scharf verurteilten.

Auch in der Literatur hat dieses Thema großen Einzug gefunden, etwa bei Robert Burns, Andrew Lang, Lord Byron oder Walter Scott. Viele schottische Gedichte klagen in ihren Strophen den Duke of Cumberland, dessen Soldaten und die von ihnen verübten

Schandtaten an. Theodor Fontane seinerseits beschreibt wiederum seine Eindrücke des Schlachtfeldes, die er bei einem Besuch sammelte. Auch von der Gegenseite wurde dieses Thema in Musik und Literatur verarbeitet, selbstredend gänzlich anders. So erhielt beispielsweise Georg Friedrich Händel den Auftrag zur Komposition des Oratoriums Judas Maccabaeus – anlässlich der Siegesfeier der Regierungstruppen.

Nur wenige Jakobiten hatten das Glück und konnten dem sicheren Tod auf dem Culloden Moor entgehen. So etwa Bonnie Prince Charlie, sein Doppelgänger Roderick MacKenzie, Colonel John William O'Sullivan oder Chief Donald Cameron of Lochiel, um nur ein paar Beispiele zu nennen. Es begann die legendäre Flucht des Bonnie Prince Charlie, die ihn kreuz und quer durch Schottland führte. Hierbei traf er auch auf die nicht weniger berühmte Flora MacDonald, die ihm unter anderem helfen sollte und die dafür in Schottland bis heute als Nationalheldin verehrt wird.

Heute ist das berühmte Schlachtfeld Culloden in erster Linie kein Moor mehr, sondern eine grüne Wiese, die durchzogen ist von zahlreichen Wegen. Sachte im Wind wehende Fahnen zeigen den Besuchern an, wo die beiden Armeen sich einst gegenüber gestanden haben. Einige Infotafeln geben Aufschluss über den Verlauf sowie die einzelnen Clans, die an der Schlacht teilgenommen haben. Des Weiteren existiert seit einigen Jahren ein Besucherzentrum mit einer Ausstellung rund um das Thema. Ein Besuch lohnt sich also auf jeden Fall, sollte man einmal nach Schottland kommen.

Der sechzehnte April 1746 hatte verheerende und weitreichende Folgen für ganz Schottland, die teilweise bis heute noch zu sehen und tief im nationalen Gedächtnis verankert sind. Von einem

Wendepunkt, einem Trauma und einer nationalen Katastrophe ist oftmals die Rede. Vonseiten der Engländer erfolgten nämlich direkt im Anschluss an die Schlacht bei Culloden drakonische Sanktionierungen, die bewusst darauf abzielten, die Schotten zu bestrafen, jeglichen und noch so kleinen Widerstand in Zukunft im Keim zu ersticken und gleichzeitig die Kultur der Highland-Clans zu zerstören. Die Bewohner des ganzen Landes, vor allem aber diejenigen in den Highlands, wurden in den kommenden Monaten und Jahren systematisch und äußerst brutal unterdrückt, misshandelt und drangsaliert. Es wurden an vielen Ortschaften dauerhaft englische Soldaten stationiert, die teilweise in anarchistischer Art und Weise plünderten, raubten und mordeten. Das Sprechen der Gälischen Sprache wurde aus schulischen Einrichtungen verbannt, der Besitz von Waffen wurde verboten, außerdem das Tragen der typischen Highlandbekleidung: des Kilts, des Plaids und des Tartans. Das gesamte Clansystem sollte durch das Verbieten schottischer Identität gesprengt werden. Ein gängiger Mythos ist hingegen, dass das Dudelsackspielen ebenfalls verboten wurde, was so allerdings nicht ganz richtig ist. Hierzu aber, sowie zu Bonnie Prince Charlies legendärer Flucht, mehr in einer hoffentlich bald erscheinenden Fortsetzung …

Brendan P. Walker, im August 2018

DRAMATIS PERSONAE

Aufzählung der wichtigsten handelnden Personen. Historische Persönlichkeiten sind mit einem * gekennzeichnet.

<u>Jakobiten und Verbündete</u>

Charles Edward Louis Philip Casimir Stuart*, *Stuart-Erbe, genannt Bonnie Prince Charlie oder The Young Pretender*

James Francis Edward Stuart *, *Vater von Bonnie Prince Charlie, genannt The Old Pretender*

Jakob II. *, *Vater von James Francis Edward Stuart, Großvater von Bonnie Prince Charlie, bis zur Glorious Revolution 1688/89 König von England*

Henry Benedict Stuart *, *Bruder von Bonnie Prince Charlie, angehender Kardinal*

Clementina Maria Sophia Walkinshaw *, *Geliebte von Bonnie Prince Charlie*

Thomas Sheridan *, *Ire, alter Kavallerieoffizier, Freund und Mentor von Bonnie Prince Charlie, einer der »Seven Men of Moidart«*

John MacDonald*, *Ire, ehemaliger Kavallerieoffizier in französischen Diensten, einer der »Seven Men of Moidart«*

Colonel John William O'Sullivan *, *Ire, einer der »Seven Men of Moidart«*

Reverend George Kelly *, *Ire, einer der »Seven Men of Moidart«*

William Murray *, *Schotte, Marquis of Tullibardine, Bruder von Lord George Murray, einer der »Seven Men of Moidart«*

Aeneas MacDonald *, *Schotte, Pariser Banker, einer der »Seven Men of Moidart«*

Francis Strickland *, *Engländer, einer der »Seven Men of Moidart«*

Ranald MacDonald *, *18th Clanranald, treuer und wichtiger Stuart-Anhänger*

Chief Donald Cameron of Lochiel *, *Clanchief der Camerons, wichtiger Verbündeter von Bonnie Prince Charlie*

Lord George Murray *, *Führer der Ratgeber von Bonnie Prince Charlies Armee, Bruder von William Murray*

James Drummond *, *Duke of Perth, Armeeführer von Bonnie Prince Charlie*

Charles Radcliffe *, *Earl of Derwentwater, Hauptmann des Regiments Dillon der Irischen Brigade*

Alasdair MacMhaighstir Alasdair *, *Anführer des Clanranald-Regiments in der Schlacht von Culloden*

Lady Anne Farquharson-McKintosh *, *Treue Anhängerin von Bonnie Prince Charlie, von diesem Colonel Anne und Belle Rebelle genannt*

David Wemyss *, *6th Earl of Wemyss, genannt Lord Elcho*

Jean Cameron of Glendessary, *Anhänger von Bonnie Prince Charlie*

Roderick MacKenzie *, *Kaufmann aus Edinburgh, Doppelgänger von Bonnie Prince Charlie*

James Reid *, *Dudelsackspieler in der jakobitischen Armee*

Gillies Mor McBain *, *Major in der jakobitischen Armee,, Held von Culloden*

Alexander MacDonald of Keppoch *, *Clanchief der MacDonalds of Keppoch*

Adam Skirving *, *Schottischer Folksänger, komponierte nach General Copes Niederlage bei Prestonpans das populäre Volkslied »Hey, Johnnie Cope, Are Ye Waking Yet?«*

James Murray *, *Earl of Dunbar, Tutor von Henry Benedict Stuart*

Alter Seemann, *Crewmitglied der »Elisabeth«*

Ewan, *Schottischer Krieger, leidenschaftlicher Geschichtenerzähler*

Anderson von Witburgh *, *Bürger aus Edinburgh, Anhänger der Jakobiten*

Engländer und Verbündete

General John Cope *, *Oberbefehlshaber der englischen Regierungstruppen in der Schlacht von Prestonpans am 21. September 1745*

General Henry Hawley *, *Befehlshaber der englischen Regierungstruppen in der Schlacht von Falkirk am 17. Januar 1746*

General George Wade *, *Irischer Armeeführer im englischen Heer*

General John Huske *, *Armeeführer im englischen Heer*

Prinz Wilhelm August, Duke of Cumberland *, *Sohn des englischen Königs Georg II., Schlächter von Culloden*

Georg II. *, *König von England 1727-1760, von den Jakobiten als Usurpator angesehen*

Baron Philipp von Stosch *, *Deutscher Diplomat, Antiquar, Numismatiker und Gemmenforscher, Spion in englischen Diensten*

Sonstige

Ludwig XV. *, *König von Frankreich 1715-1774*

Maria Leszczynska *, *polnische Prinzessin, Ehefrau von Ludwig XV.*

Cousine der Marquise de Maintenon, *Junge Hofdame in Paris*

Maria Theresia von Österreich *, *Regierende Erzherzogin von Österreich und Königin von Ungarn und Böhmen*

Friedrich II. *, *König von Preußen*

Schottlandkarte – Wichtige Orte

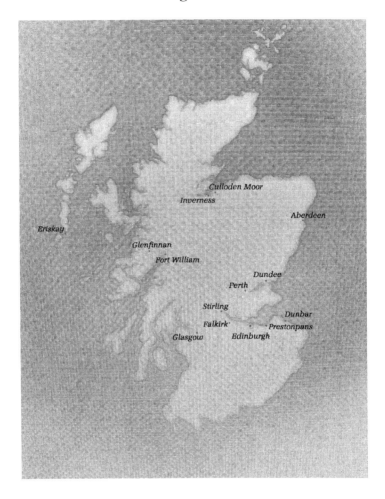

Culloden Moor

Inverness

Aberdeen

Eriskay

Glenfinnan

Port William

Dundee

Perth

Stirling

Dunbar

Falkirk

Prestonpans

Glasgow

Edinburgh

Printed in Germany
by Amazon Distribution
GmbH, Leipzig